Kontaktadresse nach EU-Produktsicherheitsverordnung:
produktsicherheit@droemer-knaur.de

Über die Autorin:
Sylvia Englert hat Anglistik, Amerikanistik und Germanistik studiert und schrieb als Journalistin unter anderem für die *Süddeutsche Zeitung*. Ihre Fantasy-Romane für Jugendliche unter dem Pseudonym Katja Brandis stehen regelmäßig auf der SPIEGEL-Bestsellerliste, nun hat sie mit »Das dunkle Wort« einen Roman für Erwachsene vorgelegt. Wenn sie nicht gerade um die Welt reist, lebt sie mit Mann, Sohn und drei Katzen in der Nähe von München.

SYLVIA ENGLERT

DAS DUNKLE WORT

ROMAN

Besuchen Sie uns im Internet:
www.knaur.de

Facebook: https://www.facebook.com/KnaurFantasy/
Instagram: @KnaurFantasy

Originalausgabe März 2018
Knaur Taschenbuch
© 2018 Knaur Verlag
Ein Imprint der Verlagsgruppe
Droemer Knaur GmbH & Co. KG, München
Alle Rechte vorbehalten. Das Werk darf – auch teilweise – nur mit
Genehmigung des Verlags wiedergegeben werden.
Redaktion: Michelle Gyo
Covergestaltung: Guter Punkt, München
Coverabbildung: Guter Punkt, Stephanie Gauger
unter Verwendung von Motiven von iStock und Thinkstock
Satz: Adobe InDesign im Verlag
Printed in Germany
ISBN 978-3-426-52107-6

2 4 5 3

Für Michelle

PROLOG

Inyra wusste, wie Furcht schmeckte. Wie Asche, bitter und heiß – so heiß, dass sie sich durch den ganzen Körper brannte. So fühlte sich ihr Inneres an, als sie einen Fuß vor den anderen setzte, auf dem kaum sichtbaren Pfad durch das stachelige Crizzra-Gestrüpp. Es schien sich an sie zu krallen, sie zurückzuhalten. Hatte *er* es verhext?

Sie warf einen besorgten Blick zu ihrer Tochter Vinja, die bewegungslos in dem Tragetuch auf dem Rücken ihres Neffen hing. Ihr Kopf war zu Seite gesackt, ein dünner Speichelfaden rann aus ihrem Mundwinkel. Inyra ging einen Moment lang schneller, um ihren Neffen einzuholen, nahm einen Tuchzipfel und wischte den Faden behutsam weg. Immerhin, Vinnie wirkte nicht verängstigt. Sie konnte nicht wissen, wohin ihre Mutter sie brachte. Zu wem.

»Wie weit noch?«, ächzte ihr Neffe Mig. »Der Weg ist verdammt steil! Wir müssten doch bald oben sein.«

»Nicht mehr weit«, sagte Inyra.

»Was ist, wenn der Kerl uns nicht sehen will? Schließlich lebt er auf diesem Berg, weil er allein sein will, hat Pap gesagt ... und immerhin hat er jemanden umgebracht, sagen alle – seine Frau und sein ungeborenes Kind gleich dazu!« In Migs Stimme klang Besorgnis mit. »Das stimmt doch, oder?«

»Es stimmt«, sagte sie knapp. Mig war zu jung, um sich zu erinnern – vor vier Jahresläufen hatte er sich noch mit den jungen Hunden auf der Erde gewälzt und für ein halbes Mon pro Stück Feuerwanzen gefangen, bevor sie irgendetwas in Brand stecken konnten. Doch Inyra erinnerte sich gut, es war ein großer Skandal gewesen. Der junge, brillante Erste Magus des Regenten, angeblich der talentierteste Magier seiner Generation, alle hatten über seine neusten Erfolge gesprochen ... und dann das. Dunkle Magie habe er entfesselt, um seine Frau nach einem Streit auf grausame Weise zu töten, hieß es.

Dunkle Magie! Ein eiskalter Schauer überlief Inyra. Aber sie zwang ihre Füße voran, einen Schritt und dann noch einen und noch einen. Sie musste versuchen, mit ihm zu reden, ihn um Hilfe zu bitten, das schuldete sie Vinnie.

»Er hat niemandem geschadet, seit er hier ist«, versuchte sie sich selbst zu beruhigen.

»Es hat ihn ja auch niemand wütend gemacht«, keuchte Mig und blieb stehen, um zu verschnaufen oder sich nach Schmetterlingen umzusehen. Er war vernarrt in die Viecher, in jedem freien Moment beobachtete und zeichnete er sie.

Gerade bewegte Vinnie sich und wimmerte leise. Inyra strich ihr beruhigend über das Köpfchen, gab ihr einen Kuss und zupfte das Lederblatt zurecht, das sie vor der grellen Sonne der Trockenzeit schützte.

»Aber wer *ist* er denn nun? Warum glaubst du überhaupt, dass er Vinnie ...« Mig konnte den Mund nicht halten. Das war schon so gewesen, als sie ihn in der Dorfschule unterrichtet hatte – gnädige Ostra Namina, wie gern sie jetzt dort gewesen wäre, vor einer Klasse von Kindern, die sie mit leuchtenden Augen anblickten! Aber diese Zeit war vorbei, vielleicht für immer, schließlich musste sie sich um Vinja kümmern.

»Das habe ich dir längst gesagt, schon vor Tagen.« Sie schaffte es nicht, die Ungeduld aus ihrer Stimme zu tilgen. »Er ist ein Magier. Du hast schon mal einen Magier gesehen, oder?«

Doch der Sohn ihres Bruders antwortete nicht – er schwieg erschrocken. So wie sie selbst.

Sie waren angekommen. Vor ihnen auf einem felsigen, mit dürrem Gras bewachsenen Plateau stand die ehemalige Schäferhütte. Besonders groß war sie nicht. Grob behauene Steine und Holzbalken trugen ein Dach aus Schieferplatten.

Inyra spürte ihr Herz in der Brust flattern. Doch unverhofft trat Mig neben sie und schenkte ihr ein schiefes Lächeln, das half ein wenig.

»Gehen wir«, sagte Inyra entschlossen.

Als sie die Hand hob, um an die verwitterte Holztür zu klopfen, fuhr ihr der Schreck bis ins Mark. Denn in diesem Moment bog mit langen Schritten ein Mann um die Ecke der Hütte – ein schlanker, breitschultriger Mann mit kurz geschorenen, weißen Haaren. Schweigend blickte er ihnen entgegen. Er trug einfache Kleidung, nicht den weißen Umhang eines Magiers, und doch wusste sie sofort, dass er es war. Terwyn del Cresta.

Warum hatte sie eigentlich jemanden erwartet, der gebeugt und erloschen war? Dieser Mann wirkte intensiv und kraftvoll. Er war kaum älter als sie selbst, und sie hatte gerade einmal achtundzwanzig Jahresläufe erlebt.

»Was wollt ihr hier?«, fragte der Mann schroff. Seine Stimme klang rau, als habe er sie lange nicht benutzt. »Habt ihr nicht gehört, dass ich keinen Wert auf Besuch lege?«

Er hängte ein Bündel Pfeilwurzeln, das er in der Hand gehalten hatte, zum Trocknen an einen Haken. Dabei rutschte der Ärmel seines Hemdes zurück, und zum Vorschein kamen die Wellen-Ornamente, die jeder Magier in Skaidar trug. Reines Silber, so tief mit der Haut verbunden, dass es ein Teil von ihr geworden war.

Aus dem Augenwinkel sah Inyra, wie sich Migs Lippen bewegten, er zu zählen begann ... und seine Gesichtszüge erstarrten. Denn es waren nicht zwei Wellen, die dieser Mann trug, so wie der Magier ihres Dorfes, und auch nicht drei oder vier. Es waren sieben – er hatte alle Sieben Ströme gemeistert. Noch nie hatte Inyra jemanden gesehen, der den Siebten Strom beherrschte, und wahrscheinlich würde sie auch nie wieder einen solchen Magier sehen.

Egal jetzt, rief sie sich zur Ordnung, warf einen Blick zu Vinnie hinüber und neigte dann den Kopf. »Shaquar schütze Euch, Terwyn del Cresta. Entschuldigt, dass ich Euch störe, aber ich komme wegen meiner Tochter Vinja.« Rasch, bevor er sie davonjagen oder verwünschen konnte, befreite sie Vinnie aus dem Tragetuch auf dem Rücken ihres Neffen und hielt sie dem Mann entgegen, ein jämmerliches Bündel, das wieder begonnen hatte, leise zu wimmern.

Terwyn del Cresta seufzte und deutete auf eine Holzbank vor der Hütte. »Wie alt ist sie? Wie lange ist sie schon so?«

Steif vor Angst setzte sich Inyra mit Vinnie auf die Bank, und der

Mann ging vor ihnen in die Hocke. Als Inyra sah, wie sanft seine kräftigen Hände ihre Tochter untersuchten, schwand ihre Furcht ein wenig. »Bei der Geburt vor einem Jahreslauf ist etwas schiefgegangen. Wir haben uns so auf sie gefreut, aber seither ist sie wie in sich selbst gefangen.« Sie erwähnte nicht, dass ihr Mann deswegen gegangen war, sie nicht einmal mehr wusste, wo er war. Das interessierte ihn sicher nicht.

»Was sagt der Magus Eures Dorfes?«

Inyra verzog verächtlich den Mund. »Er ist ein Stümper und richtet genauso viel Unheil an, wie er behebt! Beherrscht nur den Zweiten Strom, stolziert aber durch den Ort, als sei er der Beschützer aller Orchideen höchstpersönlich. Er hat gesagt, da kann man nichts machen und auch der Magus im nächstgrößeren Ort könne nicht richten, was mit ihr nicht stimmt.«

»Ich fürchte, in diesem Fall hat er recht«, sagte del Cresta. »Fünfter Strom mindestens.«

Sie schwiegen alle einen Moment. Inyra musste nicht aussprechen, was das bedeutete. Magier des Fünften Stroms gab es nur wenige in Skaidar, sie arbeiteten am Hofe des Regenten oder in den großen Handelsstädten. Wenn es ihr überhaupt gelänge, den langen, beschwerlichen Weg zu unternehmen und zu einem von ihnen vorzudringen, wäre es teuer, ihn zu beauftragen. Viel zu teuer.

Die sieben Wellen glänzten auf Terwyn del Crestas Unterarm, einen Moment lang nur, dann schob er den Ärmel wieder darüber. »Ich selbst kann es nicht tun«, sagte er.

»Bitte«, sagte Inyra leise und spürte, wie Verzweiflung in ihr hochstieg. »Wenn es um das Geld geht, dann ... wir ...«

Einen Moment lang war sein Gesicht ausdruckslos. Dann meinte er: »Darum geht es nicht. Ich habe geschworen, nie mehr Magie einzusetzen. Es tut mir wirklich leid.«

Mit großen Augen starrte Mig ihn an. »Aber ... das ist *Verschwendung!*«, platzte er lautstark heraus, und Inyra erstarrte erneut vor Schreck.

Terwyn del Cresta wandte Mig das Gesicht zu, und einen Moment lang stand in seinen Augen etwas, das Inyras Knie noch weicher werden ließ. Eine furchtbare Dunkelheit. »Bist du sicher?«, fragte der Mann, der bis vor vier Jahresläufen der Erste Magus des Regenten gewesen war. Unter seinem Blick schien Mig auf die Größe eines Noynoys zu schrumpfen. Schweigend schüttelte er den Kopf.

Vinnie bewegte sich auf Inyras Schoß, strampelte ein wenig, als versuchte sie, sich aufzurichten, und hob den Kopf. Erstaunt merkte Inyra, dass die Kleine den Mann vor ihr anblickte. Dabei verzog sich das Gesicht ihrer Tochter, als wolle sie lächeln.

Del Crestas Züge entspannten sich ein wenig. Er holte tief Luft, richtete sich auf und verschwand einen Moment lang im dämmrigen Inneren seiner Hütte. Mit einem Stück Lederblatt in der einen Hand und einem kleinen Beutel in der anderen kam er wieder heraus. »Das hier ist Sibellkraut, das sollte helfen, ihre Muskeln etwas zu entspannen«, sagte er, reichte Inyra den Beutel und anschließend das dünne gegerbte Lederblatt. »Und das hier ist eine Nachricht an Idassa del Nelmon, die Erste Magus im Orchideenpalast. Wenn Ihr damit zu ihr geht, kann es sein, dass sie Euch hilft. Sagt ihr auch, dass sie den Stümper in Eurem Dorf ablösen lassen soll.« Er wandte sich zum Gehen, doch dann hielt er noch einmal inne und blickte Mig an. »Ach ja, und du, geh mal zu einer Sichtung. Du hast magisches Talent. Tu uns allen den Gefallen und lass dich ausbilden.«

»Wer ... ich?« Migs Gesicht hatte die Farbe saurer Milch angenommen.

»Ja, du!«

»Aber wie ...«

»Kann man spüren.« Die Tür knallte ins Schloss.

Inyra stieß den angehaltenen Atem aus. Die Enttäuschung schmeckte ebenso bitter wie zuvor die Furcht. Er hätte ihnen helfen können, so leicht und so schnell. Siebter Strom! Ein Magier, der den Siebten Strom beherrschte, konnte wie einst die Große Xunday im Ostfels-Krieg eine zerstörte Festung in einer einzigen Nacht wieder aufbauen. Oder einen kürzlich Verstorbenen wieder zum Leben erwecken, wie Teranz es bei der Tochter eines früheren Regenten geschafft hatte. Dieser Einsiedler hätte Vinnies Körper und Geist erneuern können … und er hatte es nicht getan. Wegen eines dämlichen Schwures!

Inyra fühlte sich furchtbar müde, als sie sich wieder erhob. Eine Botschaft an die Erste Magus, ha! Terwyn del Cresta hatte, soweit sie es mitbekommen hatte, den Orchideenpalast damals, nach dieser furchtbaren Sache mit seiner Frau, in Ungnade verlassen müssen. Diese Erste Magus würde sicher mit größtem Vergnügen jemandem helfen, der mit der Botschaft eines verbannten Mörders zu ihr kam! Außerdem war es weit bis zum Palast in Ordaal, sehr weit.

Da war es ein kleiner Trost, dass Mig die Begabung hatte. Vielleicht reichte es nur für den Ersten Strom. Das würde ihm zwar das Wahlrecht einbringen, aber viel anfangen konnte man mit dem Ersten Strom nicht. Höchstens Krötenkrätze kurieren, Flöhe aus dem Haus tanzen lassen oder eine Geldbörse gegen Diebstahl sichern. Aber vielleicht würde sein Vater Mig dann wieder in der Schmiede helfen lassen, vielleicht konnte er Metall härten oder so etwas.

Inyra hob sich ihre Tochter auf den Rücken. Dann winkte sie ihrem Neffen, ihr zu folgen, und machte sich auf den Weg zurück zum Dorf am Fuße des Berges.

1

Manchmal fühlte sich dieses Einsiedlerleben an wie der Tod. So, als wäre sein Ich auf diesem Berg dabei, sich aufzulösen, als wäre nichts von ihm übrig als ein *Nein!*, das langsam in der Ferne verklang. Aber er lebte noch, und es war jedes Mal furchtbar schwer, dieses Nein auszusprechen. *Wann begreifen die Leute endlich, dass ich ihre Probleme nicht aus der Welt zaubern werde? Dass ich ihnen nicht mehr helfen kann, auch wenn ich es gerne täte?*

Reglos lehnte Terwyn an der Innenwand der Hütte, lauschte in der Dunkelheit darauf, wie die Schritte sich entfernten, und spürte, wie mühsam sein Atem durch seine Lungen strömte. Als die Geräusche draußen endlich verklungen waren, stieß er die Tür auf und steuerte mit langen Schritten den Pfad an, der bergauf führte. Manchmal half es, wenn er sich bewegte, wenn er seinem Körper alles abforderte, bis seine Muskeln schmerzten und er sich kaum noch auf den Beinen halten konnte. An anderen Tagen war es gut, wenn er etwas fand, das echt war, echt und wirklich. Eine Blüte, die das Wetter hier oben überlebt hatte. Ein fein geäderter Stein, der sich warm anfühlte in seiner Hand. Die stetige, ruhige Bewegung der Sonne, die dem Horizont entgegenstrebte.

Diesmal wirkte beides nicht.

Wahrscheinlich ist es eine miese Idee gewesen, dieser Frau die Nachricht an Idassa mitzugeben. Was ist, wenn sie mitsamt Tochter im Palast ankommt und gleich wieder hinausgeworfen wird, weil mein Name auf diesem Pergament steht? Heilige Orchidee!

Die dunklen Augen des kleinen Mädchens gingen ihm nicht mehr aus dem Sinn. Taleas Augen hatten genau diese Farbe gehabt, nur nicht so traurig, sondern sprühend vor Lebenslust, vor Intelligenz, vor Vergnügen daran, ihn zu necken und herauszufordern.

Cruzarks Hölle, er brauchte dringend Nachschub an Cordym-Kerzen, am besten die rote Sorte, deren Rauch die Gedanken dämpfte.

Auf anderem Weg würde er heute nicht schlafen können, selbst wenn er diesen verdammten Berg dreimal hoch- und runterlief.

Erst als der zweite Mond schon hoch am Himmel stand, war er zurück an seiner Hütte. Terwyn holte an der Quelle einen Krug Trinkwasser, ging hinein, bekam ein Feuer in Gang und bereitete das zu, was er in der Umgebung gefunden hatte: ein paar Holzpilze, zwei Handvoll wilde Bohnen und die eine oder andere gelbe Kaschugge, fast reif. Zusammen mit den Pfeilwurzeln würde das kaum reichen, um satt zu werden, aber es war ihm gleichgültig. Noch vor wenigen Jahren hätte er sich einfach ein wenig Kraft aus dem Zweiten Strom geholt und das hier in ein Festmahl verwandelt. Tja.

Was ist, wenn diese Frau doch zum Orchideenpalast reist? Wird Idassa ihr helfen? Eine Erste Magus hat jede Menge zu tun, und eine so komplexe Heilung kostet einen nicht wenig Lebenszeit. Aber diese Frau wird ihre Tochter sowieso nicht nach Ordaal schleppen. Ihr Blick! Sie hatte nicht nur Angst vor mir, zum Schluss hat sie mich auch für verrückt gehalten.

Vielleicht war er ja verrückt. Es war verrückt gewesen, dass er damals weitergemacht hatte, immer weiter, obwohl er gewusst hatte, wie riskant es war. *Wieso habe ich nicht aufgehört, wieso, wieso? Ich habe so viel Entsetzliches angerichtet damit!*

Ebenso verrückt war, dass er sich diesen kargen Berg für sein Exil ausgesucht hatte. Manchmal träumte er davon, durch einen Orchideenwald zu laufen wie damals so oft als Kind. Lautlos, auf bloßen Füßen durch das dämmrige grüne Licht. Hin und wieder anzuhalten und sich zu strecken, um behutsam eine der Blüten auf einem Ast zu berühren. *Alea mirialis*, gelb-blau gefleckt, blühte nur alle fünf Jahre. Ein paar Schritte weiter eine *Chira ondulas*, hellgelb und in der Mitte rosa angehaucht. Ihre Namen kannte er aus einem zerfledderten Buch, das er dem Primus des Dorfes abgebettelt hatte. Manchmal hatte er es mitgenommen, wenn er in den Wald lief. Ohne die Spur eines schlechten Gewissens, obwohl seine Eltern und seine Brüder über ihn fluchten, weil er sich wieder einmal vor der Arbeit auf dem Hof drückte.

Am besten hatte es ihm gefallen, wenn seine Eltern ihm eine bestimmte Aufgabe zuwiesen. Dann brauchte er nur, sobald sie ihm den Rücken zugekehrt hatten, tief einzuatmen und »Jaros« zu flüstern, den Namen des Zweiten Stroms, den er dem alten, schlecht gelaunten Magus des Ortes von den Lippen abgelesen hatte. Kurz darauf hatten die furchtbar empfindlichen Violettschafe eingeölte Hufe und die Ostländer Strauße ihr Futter.

Terwyn atmete tief durch. *Ich könnte einfach loswandern. Der nächste Orchideenwald ist nur einen halben Tag zu Fuß entfernt.* Sehnsucht zerrte an ihm. Doch er wusste, dass er hier bleiben würde, genau hier. Weil er nichts anderes verdient hatte. Nein, er war leider nicht verrückt. Das hätte alles viel einfacher gemacht und wäre Taleas Verwandten sehr recht gewesen. Verrückte Magier wurden in Skaidar entweder in tiefen, lichtlosen Verliesen untergebracht, die mit Statinum ausgekleidet waren – das absorbierte jeden Zauber, den sie womöglich wirkten. Oder man tötete sie. Wieso hatten die anderen Magier des Regenten nicht versucht, ihn auszuschalten nach dem, was passiert war? Nur weil sie ihn gefürchtet hatten? Nein. Er hatte den Verdacht, dass Idassa ihn geschützt hatte – sie hatte ihn ja auch vom Tod zurückgeholt, als er versucht hatte, sich umzubringen.

Schließlich bemühte sich Terwyn trotz allem, einzuschlafen. Er legte sich aufs Bett, zog die muffig riechende Decke über sich und schloss die Augen. Doch Taleas Bild schwebte vor seinem inneren Auge, nein, diesmal lachte sie nicht, ernsthaft und forschend blickte sie ihn an. Fragend. *Was hast du getan, Terwyn? Was hast du getan?*

Hilflos ballte er die Fäuste. Vier Jahresläufe, und der Schmerz war immer noch grell und tief. *Wird das jemals besser werden? Wahrscheinlich nicht, und das geschieht mir recht. Meine Schuld wird ja auch nicht kleiner, nur weil die Zeit vergeht.*

Schließlich kapitulierte er, stand wieder auf und ging hinüber zu seinem Schreibtisch. Vor einem Jahreslauf hatte Idassa ihm mal wieder eine Kiste voller Bücher schicken lassen, jedes einzelne sorgfältig ausgewählt – sie kannte ihn so gut! – und dazu einen Stapel leerer Schreibblätter sowie Kohlegriffel. Vielleicht hatte das ein Wink sein sollen, dass es an der Zeit war, seine Erinnerungen niederzuschreiben. Für wen? Keine Ahnung. Es konnte sowieso kaum jemand seine kleine, ungebärdige Handschrift lesen – er hatte früher so wenig Zeit wie möglich in der Schule verbracht.

Das Dämliche war, er hatte es tatsächlich getan. Alles aufgeschrieben an diesem selbst gezimmerten Schreibtisch, der ein bisschen wackelte. Was auf diesen Seiten stand, war die ganze Wahrheit. Aber eben weil es die Wahrheit war, musste er die Blätter möglichst bald verbrennen, sie waren zu gefährlich ... niemand, der auch nur die geringste Ahnung von Magie hatte, durfte das lesen!

Terwyn entzündete eine Kerze und stellte sie so, dass der gelbe Schein auf sein Manuskript fiel. Seine Finger glitten über das fein gegerbte Blattpergament.

Ich verbrenne das Ding. Vielleicht heute noch. Aber einmal lese ich noch darin.

Er vertiefte sich in seine eigenen Worte, die zu Anfang noch so hell und friedlich waren.

Schon Wochen zuvor war ich aufgeregt, weil es als Erster Magus nun meine Aufgabe war, die Hauptzeremonie beim Drachenfest zu leiten. Favinius der Fünfte amüsierte sich nicht wenig darüber, wie nervös ich war. »Selbst wenn Ihr es nicht schafft, einen Wasserdrachen zu rufen, wird Skaidar weiterhin gedeihen«, sagte er zu mir, strich sich über den dunklen Bart und begutachtete ein Dokument, das ich ihm zur Unterschrift vorgelegt hatte. Ich schaffte es irgendwie, keine Miene zu verziehen. »Zum Glück. Es werden zwar alle denken, dass der neue Erste Magus unfähig ist und den Zorn von Shaquar auf uns gezogen hat. Aber das ist ja nicht Euer Problem, Regent.«

»Genau – ich lasse Euch einfach ersetzen«, entgegnete Favinius süffisant. Dann wandelte sich seine heitere Miene zu einem Stirnrunzeln. »Sorgt Euch lieber, ob alle, die dabei sind, die Zeremonie überleben werden, Terwyn.«

»Stimmt«, gab ich zu. Vor sechs Jahresläufen waren mehrere Todesopfer zu beklagen gewesen, weil der gepanzerte Schwanz des Drachen wie eine Peitsche zwischen die Menschen geschnellt

war, als er sich herumgedreht hatte. Und ein paar Jahresläufe davor war ein Erster Magus getötet worden, als das Wesen ihn unvermittelt angegriffen hatte, aus welchen Gründen auch immer.

Ich zog mich in meine Arbeitsräume zurück, um noch einen weiteren Stapel alter Schriftrollen aus der Bibliothek, in denen die Zeremonie erwähnt war, zu entziffern. Auch in den Büchern gab es bedrückend wenig Wissen über die Wasserdrachen, nur eine Menge ziemlich alberner Mythen und Legenden über ihren angeblichen Vater, den meistens schlecht gelaunten, tief im Meer lebenden Gott, an den ich manchmal glaubte und manchmal auch nicht.

Ich war froh, als es endlich losging. Es war früher Morgen, und die Bürger Skaidars, von denen die meisten seit dem letzten Abend durchgefeiert hatten, versammelten sich in andächtigem Schweigen am Ufer des Flusses. Ich sah in der bunten Menge auch Hunderte von weißen Umhängen – wie üblich waren Magier aus dem ganzen Land angereist. Um diese Zeit war es noch kühl, und über den Wassern der Xilda schwebte Nebel, den die ersten Sonnenstrahlen aufglühen ließen. In der Luft hing ein Geruch nach brackigem Flusswasser, Rindenbier und dem Tau auf den Wiesen.

Eine Eskorte von Favinius' Leuten bahnte mir einen Weg zu der prachtvoll geschmückten Plattform am Ufer, und schweigend wichen die Menschen zur Seite, um mich und meine Helfer durchzulassen. Ich hatte mir nur ein einziges Rindenbier gegönnt, um einen klaren Kopf zu haben, aber durch all die Freude und Aufregung fühlte ich mich, als flösse goldener Wein durch meine Adern. All meine Sinne waren geschärft, die Müdigkeit hatte ich mit einem schnellen Abstecher in den Ersten Strom verscheucht.

Ich gab den Trommlern das Signal, das Ritual zu beginnen, und der monotone, hypnotische Klang hallte über den Fluss hinweg. Im gleichen Moment sprach ich die Formel für den Sechsten Strom – Glyphus – und wappnete mich gegen das Eintauchen.

Ein Vergnügen ist es nicht, mit dem Sechsten Strom zu arbeiten, seine Kraft ist brutal. Wäre er ein echter Fluss, dann ein breiter und schneller mit tückischen Strömungen, die auch den erfahrenen Schwimmer auf eine harte Probe stellen. Doch in Wirklichkeit war dieser Strom unsichtbar, auch für mich, und niemand bekam etwas von meinem Kampf mit, nicht von ihm weggerissen zu werden. Nach ein paar Atemzügen hatte ich vorerst gewonnen und schickte meinen unhörbaren Ruf aus, so stark ich es vermochte, einmal, zweimal, dreimal.

Hunderte von Gesichtern blickten neugierig zu mir auf, helle Ovale in der Dämmerung, dann wandten sich aller Augen dem Fluss zu. Dort, wo vielleicht bald der Kopf eines Wasserdrachen erscheinen würde.

Nichts passierte.

Noch einmal rief ich. Wieder nichts. Ich hatte fast vergessen, wie quälend das Warten sein konnte, wenn man jeden einzelnen Moment vergeblich vorbeiziehen sieht.

Natürlich spielt auch Glück bei der ganzen Sache mit. Wenn die Wasserdrachen, die in dieser Jahreszeit unsere Flüsse hinaufschwimmen, zu weit weg sind, dann können sie einfach nicht rechtzeitig zur Stelle sein, so schnell sie auch unter den Wellen entlanggleiten. Doch es ist trotzdem ein schlechtes Omen, wenn kein Drache erscheint. Favinius' Worte waren nur halb im Scherz gemeint gewesen. Es gab genug andere mehr oder weniger talentierte Magier im Land, die auf meinen Posten lauerten.

Schließlich hielt ich es nicht mehr aus, unablässig gespannt auf die Wasseroberfläche zu starren, und ich senkte den Kopf. Niemand achtete darauf – fast niemand. In der Nähe der Plattform stand zwischen anderen Menschen eingekeilt eine junge Frau mit langen, dunkelbraunen Haaren und ausdrucksvollen Augen. Sie allein beobachtete mich, nicht den Fluss ... und einen Moment lang trafen sich unsere Blicke. Das aufmunternde Lächeln, das sie mir schenkte, tat mir gut. Gib nicht auf, sagte dieses Lächeln. Das wird schon.

Einen Moment lang sah ich nur noch sie ... und konnte plötzlich

wieder daran glauben, dass es mir gelingen würde. Ich musste nicht lange überlegen, ob ich ein weiteres Mal rufen sollte. Zwar kostete mich die Arbeit mit einem so hohen Strom einiges an Lebenszeit, aber wenn ich hier versagte, nützte mir ein hohes Alter sowieso nichts mehr.
Und das Wunder geschah. Nach dem dritten Ruf spürte ich eine wortlose Antwort, eine fremdartige Energie, die nicht von einem menschlichen Wesen stammte. Sie war so stark, dass ich wahrscheinlich einen Moment lang taumelte, alarmiert hielten die Trommler inne. »Weiter!«, brüllte ich sie an, und verblüffte Blicke trafen mich. Es war wohl nicht schwer, meinen Gesichtsausdruck zu deuten, denn ein Raunen lief durch die Menge.
Kurz darauf erhob sich ein riesiges, bläulich schimmerndes Haupt aus dem Fluss, so groß wie ein kleines Schiff. Wasser strömte am schuppigen Leib und dem schweren, gepanzerten Kiefer des Wasserdrachen herab, eine Kaskade silberner Reflexe. Mein Herz klopfte, als wollte es mir die Brust sprengen. Noch nie hatte ich etwas so Schönes gesehen, und ich wusste, dass ich es nicht vergessen würde, solange ich lebte.
Es war ein ausgewachsener männlicher Drache, der sich zu mir emporreckte und übermütig den Kopf in die Luft warf wie ein junger Hengst. Ein paarmal tauchte er ganz in unserer Nähe ab und kam wieder zum Vorschein, beim letzten Mal mit einem großen Fisch im zähnegespickten Maul, den er beiläufig verschlang. Noch einmal spürte ich, wie unser Geist in Kontakt trat, es war eine Art Abschied. Dann stürzte er sich in die Fluten und war verschwunden.
Der Jubel, der aus der Menge aufstieg, war unglaublich, eine Woge aus Klang. Fremde Menschen umarmten sich und weinten vor Freude. Selten kam ein Wasserdrache so nahe ans Ufer, selten bot er einen so eindrucksvollen Anblick. Und wir hatten keinen Blutzoll zahlen müssen. Ein besseres Omen für den nächsten Jahreslauf konnte es nicht geben!
Über das ganze Gesicht strahlend nickte ich Favinius zu, der auf einer anderen Plattform landeinwärts stand, dann suchte ich

nach der jungen Frau, um mich bei ihr zu bedanken. Auf einmal war mir das sehr wichtig. Dieser kurze Moment hatte uns verbunden, und ich wollte unbedingt wissen, wer sie war. Natürlich hätte ich, wenn ich den Fünften Strom bemühte, ihre Gedanken lesen und auf diese Art herausfinden können, wer sie war, aber das ohne ihr Einverständnis zu tun, wäre undenkbar gewesen.

Ich sah nur noch, wie ihre Begleiter – zwei gut gekleidete junge Männer – sie davonzogen und sie im Gewimmel der Menschen verschwand. Verdammt! Dunkel erinnerte ich mich daran, dass ich sie schon mal bei Hofe gesehen hatte. Ich schärfte mein Gehör, für den Fall, dass ihre Begleiter sie mit Namen ansprachen. Doch ich bekam nur mit, wie einer der Männer meinte: »Für einen Bauerntrampel hat er das nicht schlecht gemacht.«

Oh, wie nett.

Schließlich fiel mir ein, wo ich sie schon einmal gesehen hatte. Auf einem dieser glanzvollen Bälle, die hin und wieder im Orchideenpalast stattfanden und auf denen ich mich immer überflüssig fühlte. Sie war von Verehrern umringt gewesen, mit denen sie ausgelassen flirtete und über die Tanzfläche wirbelte. Ich hatte ihr damals nur einen flüchtigen Blick zugeworfen, weil ich keinerlei Lust hatte, mich in eine Schar von Junggesellen einzureihen, die eine Frau umschwärmten. Außerdem war ich damals erst Dritter Magus gewesen, und sie hatte eine aus den Gärten des Regenten stammende Orchidee im Haar getragen, das hieß, sie kam aus einer der Edlen Familien.

Wie egal mir das jetzt war. Ich wollte mit ihr sprechen, wenigstens ein Mal.

Schon am Tag darauf ging mein Wunsch in Erfüllung, denn sie klopfte an die Tür meiner Arbeitsräume in Taracondé. Mich zu finden war sicher nicht schwer gewesen – spätestens seit dem Drachenfest kannte mich jeder: diesen großen, breitschultrigen jungen Mann, der wie ein Holzfäller ausgesehen hätte, wenn seine seltsamen weißen Haare – skandalös kurz! – nicht gewesen wären und sein Magierumhang nicht von anderen Fähigkeiten erzählt hätte. Der Kerl, dem Favinius gegen den Rat seiner Ver-

trauten eins der höchsten Ämter in seiner Regierung anvertraut hatte.

Mich traf beinahe der Schlag, als ich sie draußen stehen sah, sie war unfassbar schön an diesem Tag. »Sie wünschen, Vistra?«, brachte ich irgendwie heraus und verwünschte mich dafür, dass ich so förmlich geklungen hatte.

»Ach, nur ein kleines Anliegen – darf ich reinkommen?«, fragte sie, und ein leichter Hauch von Rot überzog ihre Wangen.

Da ich gerade nachforschte, was unsere Vorfahren über die Magie des Siebten Stroms – und ein anderes, heikleres Thema – zu sagen hatten, war der Stuhl für Besucher von einem riesigen, unordentlichen Stapel Bücher und Schriftrollen belegt. Als ich versuchte, ihn frei zu räumen, landete die Hälfte davon auf dem Boden. Die junge Frau lachte und half mir, den ganzen Kram aufzusammeln. Bevor ich richtig begriffen hatte, was passierte, krochen wir zusammen auf dem Boden herum, weil einige Werke unter den Tisch gerollt waren. Es schien sie kaum zu interessieren, dass ihr dunkelrotes Kleid aus Seidenbrokat dabei dreckig wurde.

»Ach ja, ich bin übrigens Talea Favinius«, meinte sie, während sie Staub von einer dicken Schwarte aus dem Dritten Jahrhundert blies. »Cousine von ... Ihr wisst schon.«

Auch das noch. Eine Verwandte des Regenten. »Terwyn del Cresta vai Lyann Bendigo«, stellte ich mich reflexartig vor und ärgerte mich sofort über mich selbst. Erstens wusste sie offensichtlich, wer ich war, und warum genau hatte ich ihr meinen vollen Namen genannt? Diese komplizierte Bezeichnung aus Heimatort und Abstammung, die sich eingebürgert hatte, weil Menschen aus dem Volk keinen richtigen Nachnamen hatten. Doch sie ließ sich nichts anmerken, und etwas mutiger fuhr ich fort: »Übrigens ... danke für das Lächeln. Ihr wisst schon, das bei der Zeremonie.«

Vorsichtig stapelte sie zwei alte magische Atlanten zurück auf den Tisch. »Ihr habt in dem Moment ausgesehen, als könntet Ihr es gebrauchen.«

Ich spürte, wie mein Gesicht heiß wurde. Wie peinlich, dass man mir das so deutlich angemerkt hatte – ich musste dringend eine unbewegte Miene einstudieren. »So war es auch«, gab ich zu. »Und es hat geholfen.«

»Dieser Drache, er war einfach unglaublich.« Ein ferner Blick trat in ihre Augen. »Hat er ... auf Euren Ruf geantwortet? Wie hat sich das angefühlt?«

Ich überlegte kurz, wie ich es ausdrücken sollte. »Als würde ein Gott mit mir sprechen – aber einer, der unsere Sprache nicht kennt.«

Als wir schließlich auf den Stühlen saßen, lächelten wir uns einen Moment lang einfach nur an. Schon war die Verbindung zwischen uns wieder da, die ich während der Feier gespürt hatte.

»Also mal ehrlich, ganz schön staubig unter Eurem Tisch«, sagte Talea und schnickte irgendetwas Unschönes, Graues vom Kleid.

»Ich lasse hier keine Hausmädchen rein«, erklärte ich ihr, und das fanden wir beide aus irgendeinem Grund so witzig, dass wir einfach loskicherten. Wie schön es war, dass wir miteinander lachen konnten, mir wurde es warm und wärmer ums Herz.

Doch irgendwann fiel ihr leider wieder ihr Anliegen ein.

»Es betrifft diesen Jungen, der neu in Eurem Zirkel ist«, erklärte sie. »Dieser Junge – wie heißt er noch? – hat ein Pony aus der Zucht meiner Familie, das ihm anvertraut wurde, auf magische Weise verändert. Ich möchte, dass Ihr das rückgängig macht.«

Heilige Orchidee, das hatte mir gerade noch gefehlt. »Was hat Roán denn damit gemacht?«, fragte ich alarmiert.

»Schaut es Euch selbst an«, sagte Talea und stand auf, um voranzugehen. Während wir nebeneinander herliefen, konnte ich kaum klar denken. Sie war so nah neben mir, dass sich unsere Arme beinahe streiften, so nah, dass ich ihren Duft nach Rosenholz und Äpfeln riechen konnte.

Als wir an der Koppel angekommen waren, sah ich sofort, was sie meinte. »Na wunderbar«, sagte ich und betrachtete die braune Stute. Jemand hatte ihr sechs Paar Spatzenflügel auf den Rücken gezaubert, die jetzt wild flatterten. Reiten konnte man sie so

nicht mehr. Offenbar hatte das Pony einen richtigen Pegasus beobachtet, der in einer Koppel nebenan lebte, denn es versuchte in großen Sprüngen, aber vergeblich mit seinen Spatzenflügeln abzuheben. »Pegasi zu erschaffen ist nicht einfach, wahrscheinlich hat Roán es erfolglos versucht«, stellte ich überflüssigerweise fest.
Talea schnaubte. »Ich glaube nicht. Das sieht eher nach einem schlechten Witz auf Kosten der armen Nici aus. Also, macht Ihr das jetzt bitte rückgängig?«
»Das geht leider nicht«, erklärte ich ihr, und ihre Lippen wurden schmal. »Warum nicht? Ich dachte, Ihr beherrscht den Sechsten Strom?«
Eins war klar, von Magie hatte sie keinen Schimmer. Ich versuchte ihr zu erklären, dass die Ströme nur in eine Richtung flossen, was verhinderte, dass Zauber rückgängig gemacht werden konnten. Manchmal war es möglich, sie mit einem zweiten, ausgleichenden magischen Eingriff zu neutralisieren oder zu verändern. Aber das hier sah eher nach einem Problem von der Sorte aus, wegen dem ich und Favinius uns gerade in den Haaren lagen: Er wollte, dass ich die leicht reizbaren Einhörner kurierte, denen durch einen missglückten Zauber vor fünfzig Jahresläufen eine Klinge statt eines Horns wuchs. Ich hatte mich bisher geweigert, denn diese Einhörner wurden wir nur los, wenn wir sie ausrotteten und ich dann eine Variante mit einem ordentlichen Horn neu erschuf. Nicht nur, weil ich auf Schutzmagie spezialisiert war, betrachtete ich mich als nicht zuständig für Massenmord, und außerdem mochte ich die Biester irgendwie.
»Heißt das, Nici muss so weiterleben? Sie kann mit diesen Dingern nicht mal fliegen.« Betroffen sah ich, dass Taleas Augen feucht geworden waren. Verlegen wischte sie sich über das Gesicht. »Entschuldigt. Ich kenne sie seit dem Tag ihrer Geburt, da ist es schwer ...«
Wieso hatte sie nicht mit einer einfachen, unkomplizierten Sache zu mir kommen können, bei der ich glänzen konnte? Ich seufzte und sagte: »Verstehe ich. Moment.«

Gleich darauf dekorierten die Flügel nicht mehr Nicis Rücken, sondern ihren Hals und wirbelten ihre Mähne durcheinander. Verwirrt versuchte das Pony, sich umzublicken und festzustellen, was mit ihm geschehen war. Doch nach einer Weile gab es auf, faltete seine kleinen braunen Flügel zusammen und begann zu grasen. »Jetzt kann man Nici wenigstens reiten«, sagte ich lahm.

Auf die oberste Stange der Koppel gestützt blickte Talea die Stute an, dann wandte sie sich mir zu. »Danke«, sagte sie einfach.

Sie bedankte sich bei mir, obwohl mein Adept ihre Stute ruiniert hatte? Das war mir furchtbar peinlich. »Wofür? Viel gebracht hat meine Hilfe ja nicht.«

»Der letzte Erste Magus hätte selbst dafür keine Zeit gehabt, wenn er gehört hätte, dass es nur um ein Pferd geht.« Talea stieß sich vom Zaun ab und begann, davonzugehen. »Richtet Eurem Adepten schöne Grüße von mir aus!«

Genau das tat ich noch am gleichen Abend vor dem Treffen unseres Zirkels. Allerdings in etwas schärferer Formulierung.

Der Junge konnte nicht ahnen, was er mir verpatzt hatte. Noch nie hatte ich mich zu einer Frau so stark hingezogen gefühlt. Und ich fragte mich, ob ich nach dieser Pleite noch eine Chance bei ihr hatte.

Wenige Tage später reiste sie ab, zurück zum Landgut ihrer Familie.

Erst mehrere Monde später sah ich sie unter seltsamen Umständen wieder.

Als er erwachte, merkte Terwyn, dass er mit dem Kopf auf seinem Manuskript eingeschlafen war. Er fuhr sich mit der Hand über das Gesicht und stellte fest, dass er nun Kohlespuren an den Fingern hatte. Die Kerze war heruntergebrannt und hatte einen Wachskrater auf dem Holz des Schreibtischs hinterlassen. Blinzelnd, mit verkrampften Schultern hob er den Kopf, rieb sich die Stirn – sie schmerzte auf einmal – und sah sich um, verwirrt, weil er nicht wusste, was ihn geweckt hatte.

Es war wie ein Ruck gewesen, als habe jemand ihn an der Schulter gerüttelt. Doch hier war niemand.

Terwyn lauschte in sich hinein. Irgendetwas war geschehen. Es überlief ihn eisig. *Bin ich während des Lesens zu tief in meine Erinnerungen eingetaucht, habe ich unbewusst die Lippen bewegt? Habe ich etwas ausgelöst damit? Nein, das kann nicht sein, ich habe ja eine harmlose Passage gelesen! Aber ich muss vorsichtig sein bei den anderen Stellen.*

Draußen war längst die Sonne aufgegangen. Nichts wie raus, dachte er. Er hatte das Gefühl, hier drinnen zu ersticken. In der Hütte roch es nach gekochten Pilzen, altem Pergament und Kleidung, die dringend eine Wäsche nötig hatte. Terwyn ließ die Tür der Hütte offen, um durchzulüften, als er wie jeden Morgen zur Quelle ging. Mit beiden Händen spritzte er sich das eiskalte Wasser ins Gesicht, das half ihm manchmal auf nichtmagische Weise gegen Kopfschmerzen. Eigentlich wäre es jetzt Zeit für eine Meditation oder körperliche Übungen gewesen, doch er schaffte keins von beidem. Während die Sonne immer höher stieg, lag er Stunde um Stunde kraftlos im Schatten eines Felsvorsprungs und spürte, wie die Gedanken durch ihn hindurchbrannten.

Als die Sonne am höchsten stand, hörte Terwyn ein weiches, zischendes Geräusch, das immer lauter wurde. Er stutzte und lauschte aufmerksam. Nein, er hatte sich nicht getäuscht, dieses Geräusch kannte er. *Ein Pegasus.* Und es gab nur sehr wenige Menschen, die einen Pegasus besaßen – die meisten von ihnen waren hohe Magier im Orchideenpalast des Regenten.

Hastig kam er auf die Füße und blickte sich um. *Shaquar sei mir gnädig, hat das was mit meiner Nachricht an Idassa zu tun? Hat die sie irgendwie gegen mich aufgebracht? Aber wie kann das sein?*

Seit vier Jahresläufen hatte niemand aus dem Gefolge des Regenten gewagt oder sich die Mühe gemacht, ihn hier aufzusuchen. Doch jetzt glänzte die Sonne auf großen schwarzen Schwingen, als der Pegasus – ein Vollblutrappe – näher kam und sein Reiter ihn zur Landung zügelte. Das Tier war gut ausgebildet, es streckte in tadelloser Haltung die Vorderhufe aus und federte nach dem Bodenkontakt mit allen vier Beinen ab, sodass sein Reiter kaum durchgeschüttelt wurde.

Während der Pegasus die Flügel zusammenfaltete, den Kopf senkte und begann, ein paar Grashalme zu rupfen, sprang ein junger Mann von seinem Rücken. Der Kleidung nach war der Kerl eindeutig ein Magier, aber warum trug er ein Schwert? Seltsam!

Der Fremde nahm sich nur einen Moment Zeit, um seinen weißen Umhang mit der silbernen Wasserdrachen-Schließe zu richten, dann ging er hastig auf die Hütte zu. Er hatte Terwyn, der im Schatten eines Felsvorsprungs stand, nicht bemerkt.

Na dann, dachte Terwyn grimmig und setzte sich in Bewegung, um den Mann abzufangen.

* * *

Der Wagen, der direkt vor Rhis Füßen hielt, war nur zur Hälfte beladen mit neuen magischen Waren für ihren Handelsposten. Rhi hatte nicht gewagt, mehr zu bestellen – solange sie nicht wusste, wie es weitergehen sollte, war das genug.

»So.« Mit einem unsicheren Lächeln stieg Bojak, der junge Magus des Dorfes, vom Kutschbock und zeigte auf den Stapel. »Alles wie bestellt. War ganz schön anstrengend, so viele Sachen! Sollen wir abladen?«

»Ja, bitte – bezahlt habe ich schon beim Primus«, sagte Rhi und verschränkte die Arme. Sollen *wir*? Wie nett. Warum ein paar Sekunden Lebenszeit verschwenden, um alle Waren ins Lager schweben zu lassen, wenn diese junge Händlerin doch kräftig genug aussah, um sie mit eigenen Händen reinzuschleppen? Egal. Sie war keine zarte Lilie, sie würde das schon schaffen, wenn Bojak wenigstens mit den Händen anpackte.

Als alles hineingetragen und verstaut war, schwitzte Rhi – die Hitze der Trockenzeit setzte ihr diesmal wirklich zu. Erfreut musterte sie ihre neuen Waren. *Es wäre doch gelacht, wenn ich nicht schaffe, unseren Handelsposten wieder richtig in Gang zu bekommen! Nein, nicht unseren, MEINEN Handelsposten. Es ist jetzt meiner, ob ich will oder nicht.* Eine Welle von Traurigkeit setzte ihr Herz unter Wasser, als sie an ihren Vater dachte. Zwei Monde war er nun schon tot. Wie schnell es gegangen war, zu Beginn der Woche hatte er sich ungewohnt müde gefühlt, und nur vier Tage später hatte er seinen letzten Atemzug getan. Obwohl sie und die Nachbarn rund um die Uhr versucht hatten, ihn wachzuhalten. Aber dann war die Fischhändlerin vor lauter Erschöpfung selbst eingenickt, und ihr Vater war eingeschlafen, um nie wieder aufzuwachen. So war sie, die Schlafsucht, und sie konnte froh sein, dass dieser Fluch selten zwei Menschen in einem Ort erwischte.

Rhi versuchte die Trauer beiseitezudrängen, bat den Gott des Handels um seinen Beistand und wandte sich den neu eingetroffenen Sachen zu. Zwar handelte sie auch mit pflanzlichem Leder, fermentiertem Nektar, Gewürzen und Seesalz von der Küste, aber am begehrtesten waren allerorten die magischen Gegenstände aus Skaidar. Sie hatte zehn verschiedene magische Waren geordert, von denen sie wusste, dass die Bornländer und Calisier scharf darauf waren: Schuhe, die auf magische Weise jedem passten, der sie trug. Steine, die auf Wunsch Kälte ausstrahlten oder Wärme abgaben – in den calisischen Wüstengebieten der Renner. Pergamente mit Wahrheits- oder Bindungszauber für geschäftliche Vereinbarungen. Spiegel, in denen man sich schöner sah, als man war. Schutzhemden aus hauchfeiner Seide, die weder ein Pfeil noch ein Messer durchdringen konnte.

Das waren Dinge, die immer liefen. *Doch es kommt auch auf die Besonderheiten an,* dachte Rhi und nahm eins der magischen Spielzeuge in die Hand, die sie ebenfalls geordert hatte. Ein kleines Kästchen, mit dessen Hilfe man seinen eigenen Schmetterling bemalen konnte. Gewöhnlicher brauner Falter rein, Farben einstellen, prachtvolles Geschöpf raus. Entzückte alle Mädchen. Oder die Schneedecke – brachte Wüstenbewohner jedes Mal zum Staunen. Auf den ersten Blick gewöhnliche Wolle, doch wenn man die Decke aufspannte, begann es darunter zu schneien. Wen interessierte, dass der Schnee fast so schnell schmolz, wie er den Boden berührte?

Rhi schaffte ein Grinsen, kämmte ihre wilden blonden Locken

mit den Fingern durch und nahm eine der Schneedecken, um sich eine kalte Brise zu gönnen. Nichts passierte. Keine einzige Flocke in Sicht. *Was bei Cruzark ...?* Rhi spähte unter die Decke, streckte sie höher in die Luft, klopfte darauf. Nichts. Na wunderbar. Jetzt musste sie sämtliche Waren einzeln überprüfen, ob sie funktionierten. *Wahrscheinlich hat dieser blöde Bojak, als er diese Decke verzaubert hat, gerade einem kurzen Rock hinterhergeschaut oder ...*

»Sieh an, meine liebe Cousine lässt die Verkaufsräume im Stich, um im Lager mit einer Schneedecke zu spielen.« Gadilan schob seinen langen, dürren Körper durch die Tür und schaute mit einem widerlich geduldigen Lächeln auf sie herab, als sei sie ein Kind. Dabei war er nur zwei Jahre älter als sie.

»Ich habe ausprobiert, ob sie funktioniert, was sie nicht tut.« Rhi warf die Decke auf ein Regal für herabgesetzte Artikel. »Und wenn du geklingelt hättest, dann hätte ich dich auch im Verkaufsraum begrüßt.«

Gadilan klackte mit der Zunge. »Klingeln? Wenn du dich auf so was verlässt, kann dich jeder Ganove um deine kostbare Ware erleichtern. Und überhaupt ... denkst du eigentlich nie über deine Außenwirkung nach?« Mit offensichtlichem Widerwillen ließ er den Blick über ihr grün-violettes Kleid und ihre orangefarbenen Sandalen gleiten.

»Nein, tue ich nicht«, gab Rhi zurück. Sie mochte ihre bunten Sachen, und es war ihr egal, was andere darüber dachten. Ganz besonders Gadilan, der sich Chancen ausrechnete, den Handelsposten zu übernehmen, seit ihr Vater gestorben war und Rhis Mutter und Bruder auf einer Handelsexpedition ins ferne, geheimnisvolle Saywadee verschollen waren. Aber das war erst einen halben Jahreslauf her, sie würden ganz sicher zurückkehren. Sie *mussten* zurückkehren, alles andere war undenkbar. Der Handelsposten war so furchtbar still und leer ohne ihre Familie ... an manchen Tagen hielt Rhi es kaum aus, dort zu sein. Dann wollte sie einfach weg, diese Räume hinter sich lassen, mit denen sie so viele warme, fröhliche Erinnerungen verband. Doch diese Erinnerungen waren nur noch ein hämisches Echo, wenn die geliebten Menschen, zu denen sie gehört hatten, tot oder verschwunden waren. *Allein, allein, allein,* ging es Rhi oft durch den Kopf, und in solchen Momenten konnte sie nur hoffen, dass gerade kein Kunde eintraf und ihre Tränen sah.

Alle Götter, jetzt kam auch noch Ivailo rein, ihr zweiter Cousin! Rhi spürte, wie ihr Körper sich versteifte. Gadilan verließ sich darauf, die Leute mit seiner Körpergröße und dem klugen Gerede einzuschüchtern, aber Ivailo war eine andere Sorte Mensch. Er sah Gewalt als eine praktische Sache an, in der er gut war.

»Was is'n hier los?«, sagte er und schenkte Rhi einen kurzen, drohenden Blick aus Augen, die die Farbe von algigem Teichschlamm hatten. »Gad, Mam hat gesagt, wir brauchen neue Teller. Ich such was aus.«

Schon stapfte er in den Verkaufsraum, schnappte sich ein paar Objekte aus bornländischem Eierschalenporzellan und wollte damit das Haus verlassen, sie sah es durch die offene Tür des Lagers. »He, was genau machst du da?«, rief Rhi ihm hinterher. »Ihr bekommt einen Preisnachlass, weil ihr Verwandtschaft seid, aber kostenlos gibt's nur die Schneedecke hier!«

»Behalt deine Scheißschneedecke«, sagte Ivailo, musterte kurz eine Karaffe aus calisischem Kristallglas und klemmte sich die ebenfalls unter den Arm, wobei er die Teller in der anderen Hand balancierte.

Gadilan sah Rhi tief in die Augen. »Es ist wirklich traurig, dass du hier so allein zurechtkommen musst. Wenn du Unterstützung brauchst, können wir dir als Händler mit Erfahrung gerne helfen, den Handelsposten auf zukünftige Herausforderungen vorzubereiten.« Beiläufig blockierte er die Tür zum Verkaufsraum, sodass sie nicht vorbeikam. »Frag uns einfach jederzeit. Bleibt schließlich alles in der Familie, nicht wahr?«

Rhi spürte, wie ihr sonniges Gemüt sie kurzzeitig verließ. *Wer solche Verwandtschaft hat, braucht keine Feinde mehr!* Sie wusste, dass sie besser nicht versuchte, Ivailo das Porzellan zu entreißen – er würde es sofort fallen lassen und sie dabei noch angrinsen. Stattdessen wartete sie ab, denn sie war ziemlich sicher, dass ein guter Freund bereits Wind von dem Ärger bekommen hatte.

Und so war es, schon ertönte von drüben ein gereizter Aufschrei.

»Au, verdammt – Cruzarks Hölle!«

»Ist es wieder dieses Biest?« Gadilans Stirn furchte sich.

»Heilige Orchidee, ich glaub's nicht! Diese Hose war ganz neu …!« Ein paar Flüche, in denen über mehrere Götter gelästert wurden, folgten. Rhi nutzte es, dass Gadilan abgelenkt war, drängte ihn aus dem Weg und ging mit langen Schritten zu den Haupträumen. Dort war gerade ihr blauer calisischer Zwergdrache Zad am Werke; seine Krallen hinterließen Spuren in den ohnehin schon ramponierten Bodenfliesen, während er geschickt Ivailos Fußtritten auswich. Dabei fauchte er mit angelegten Flügeln, spreizte drohend die Halsschuppen und schickte bläuliche Flämmchen in Richtung ihres Cousins. Dessen Beinkleider wiesen schon ein halbes Dutzend Brandflecken auf.

Geht nicht 'ne größere Flamme?, feuerte Rhi ihn in Gedanken an.

Nich' leicht, gab Zad zu.

Unruhig beobachtete Rhi den Kampf. *Macht nichts, aber pass bitte mit dem Porzellan auf!* Zad interessierte es nicht sehr, was er mit seinem harten, gepanzerten Schwanz traf, und in der ersten Zeit mit ihm hatte Rhi Schienbeinschoner tragen müssen, weil sie keine Lust auf weitere blaue Flecken hatte.

Vergnügt schickte ihr Zad das Bild eines Scherbenhaufens. Rhi verdrehte die Augen, was Gadilan – der die geistige Unterhaltung nicht hören konnte – seiner beleidigten Miene nach auf sich bezog.

Ivailo schlug nach Zad und erwischte ihn sogar, doch der Schlag prallte an seinem blaugrauen, gepanzerten Leib einfach ab und die Rache war eine etwas größere Flamme, diesmal in den Schritt gezielt. Noch lauter fluchend taumelte Ivailo zurück.

»Stell die Sachen einfach ins Regal zurück, ja?«, sagte Rhi milde.

Noch mehr Flüche. Doch ein paar Momente später zogen ihre Cousins tatsächlich ab, und zwar ohne Beute.

Danke, gut gemacht, teilte Rhi ihrem Zwergdrachen erleichtert mit, und der watschelte mit einem kurzen Gruß nach draußen, wahrscheinlich um noch ein paar Felsentauben zu jagen.

Nachdem sie Stück für Stück sämtliche neue Ware geprüft hatte, beschloss Rhi, dass sie für heute genug hatte, hängte ein »Bin bald zurück«-Schild auf und brachte das alte, magisch gesicherte Schloss an der Vordertür an. *Jetzt habe ich mir einen Sprung in den Fluss verdient. Bei der Hitze kann man kaum klar denken!* Schon so oft war sie mit ihrem Bruder hier gewesen. Ob sie Ninian jemals wiedersehen würde? Rhi biss sich auf die Lippe, um die Tränen aufzuhalten. Diese Anfälle von Traurigkeit kamen oft ganz plötzlich.

Sie marschierte bis zum Ufer der Neva, das mit dichten Rotweiden bestanden war, und vergewisserte sich, dass niemand in der Nähe war. Rasch streifte sie sich das Kleid über den Kopf und versteckte es im Schilf, dann bahnte sie sich einen Weg durch den Schilfgürtel und ließ sich ins grüne, klare Wasser fallen. Es war so kalt, dass sie japsen musste, und in dieser Gegend so tief, dass man es als gewöhnlicher Schwimmer nicht fertigbrachte, zum Grund zu tauchen.

Nach ein paar Schwimmzügen stapfte Rhi erfrischt ans Ufer zurück und stellte fest, dass sie nichts mitgenommen hatte, um sich abzutrocknen. *Egal, wenn ich einfach ein wenig warte, trockne ich auch so. Hier sieht mich keiner.* Sie schüttelte ihre blonden Locken wie ein Hund sein Fell – erstaunlicherweise war das Wasser schon immer von ihrem Haar abgeperlt, besonders in der Regenzeit eine praktische Sache. Dann setzte Rhi sich nackt neben ihre Kleidung, durch das menschenhohe Schilf verborgen wie hinter einem grünen Vorhang, und schlang die Arme um die Knie. Ihre Gedanken wandten sich wieder ihren Cousins zu. *Die werden schon sehen, dass ich es schaffe, das Geschäft zu halten, schließlich ist es mein ganzes verdammtes Erbe! Die andere Frage ist, will ich nicht sowieso lieber eine Karawane führen, nach Calisien will ich unbedingt noch mal, oder vielleicht könnte ich meine Mutter und Ninian in Saywadee suchen ...*

Leise Stimmen schreckten sie aus ihren Gedanken. Es waren zwei Männer, die sprachen – zum Glück nicht Gadilan und Ivailo, sondern Fremde. Aber auch von ihnen wollte Rhi auf keinen Fall nackt gesehen werden. Sie duckte sich tiefer ins Schilf.

Verblüfft stellte sie fest, dass die Fremden Saywedd sprachen, ein Dialekt aus den Ländern im fernsten Westen. Sie kannte ihn zwar von Handelsexpeditionen mit ihren Eltern, hatte ihn aber noch nie in Skaidar gehört. Ihre Eltern hatten großen Wert darauf gelegt, dass sie mehrere Sprachen lernte, schließlich waren sie ihr Handwerkszeug. Doch Rhis Saywedd war arg eingerostet, sie hätte darin keine Verhandlungen mehr führen können; nur zum Verstehen reichte es noch.

Sie änderte ihre Haltung unmerklich, um durch das dichte Schilf etwas erkennen zu können. Obwohl die Fremden mit gedämpfter Stimme sprachen, verstand sie ein paar Bruchstücke.

»... wenn alles gelingt ... höchste Zeit, das Ding jetzt ...«

»Bist du sicher ... richtige Stelle ...?«

»Absolut ... magischer Fokus ... können beginnen, wenn du ...«

Jetzt hatte sie einen guten Blick auf die beiden Männer. Sie waren so unauffällig gekleidet, dass es fast schon grotesk war – sandfarbene Umhänge über braunen Hemden, ihre Beinkleider wurden von schwarzen Ledergürteln gehalten, die nichts preisgaben über ihre Herkunft oder ihre Berufung. Ihre Gesichter waren schon interessanter: Einer von ihnen – der mittelgroße, solide gebaute Kerl mit den langen schwarzen Haaren, die er zusammengebunden trug – hatte das harte, nüchterne Gesicht eines aelischen Clanführers. Aber seine Haut wirkte keineswegs wettergegerbt, sondern fast unnatürlich glatt. Der andere Kerl wirkte im Vergleich zu ihm unbeschwert, alles an seiner lässigen Haltung verriet Vorfreude. Sein Mund war breit, fast ein wenig zu breit, und seine Augen ... irgendetwas stimmte nicht mit seinen Augen. Doch aus der Entfernung konnte Rhi nicht erkennen, was es war.

Ihre Gesichter ... ihre Bewegungen ... alles war ein klein wenig anders an ihnen, fremdartig. Waren das überhaupt Menschen? Aber wenn nicht Menschen, was waren sie *dann*?

Beide blickten sich kurz um, vielleicht um festzustellen, ob sie unbeobachtet wurden. Rhi rührte keinen Muskel.

»Na dann«, sagte der, den Rhi insgeheim den Clanführer nannte. Der Unbeschwerte zog irgendetwas unter seiner Kleidung hervor, ein längliches, schmales Ding, das in der Sonne in tausend Facetten glänzte. *Was ist das? Sieht aus wie ein Dolch aus Kristall, aber was ...* Er vollführte mit der freien Hand komplizierte Bewegungen darüber und reichte die Waffe seinem Begleiter. Der Clanführer nahm den Dolch, flüsterte Worte, die Rhi nicht verstand, und schleuderte das Ding mit der Spitze voran zur tiefsten Stelle des Sees, als wollte er das Wasser durchbohren. Einen Moment lang standen beide Männer bewegungslos und hoch konzentriert am Ufer, dann nickte der Unbeschwerte und schlenderte lächelnd davon.

Von einem Moment auf den anderen fühlte Rhi sich schwach, als hätte ihr etwas jede Energie aus dem Körper gesogen. Ihre Muskeln fühlten sich matt und verkrampft an.

Der Clanführer hob den Kopf, als hätte er etwas gewittert. Misstrauisch blickte er sich um, und Rhi wartete hilflos darauf, dass er sich einen Weg durchs Schilf bahnte und sie entdeckte. Ein eisiges Kribbeln zog durch ihren ganzen Körper. Sie war keine drei Menschenlängen von diesem Kerl entfernt, konnte er irgendwie spüren, dass sie hier war? Und wenn, was würden er und der andere mit ihr machen, wenn sie sie fanden – eine nackte Frau mitten im Schilf, die etwas beobachtet hatte, was nicht für ihre Augen bestimmt war?

Selten hatte Rhi sich so schutzlos gefühlt. Sie wagte nicht zu atmen, hätte am liebsten auch ihren Herzschlag einen Moment lang angehalten, er dröhnte ihr unerträglich laut in den Ohren – was war, wenn sie das hören konnten? Ein Krampf zog sich durch ihre Wade, doch Rhi ertrug den Schmerz ohne Regung.

Der Fremde schien seinen Verdacht zu verwerfen und folgte dem anderen Mann, ohne sich noch einmal umzublicken. Endlich!

Als die beiden weg waren, streckte Rhi die Ferse, bis der Wadenmuskel sich lockerte und der Schmerz verging. Mit langsamen, mühsamen Bewegungen streifte sie ihr Kleid über und fummelte an den Lederriemen ihrer Sandalen herum, bis sie es fertiggebracht hatte, sie über die Füße zu streifen und zu schließen. *Das war ein magisches Ritual, ganz klar, und zwar keins, das unsere Magier draufhaben! Jetzt ist nur die Frage, was es zu bedeuten hatte. Wenn es etwas Unmittelbares bewirkt hätte, hätte ich das doch gesehen, aber die beiden scheinen nicht erwartet zu haben, dass etwas Bestimmtes passiert ...*

Alarmierte Gedanken quälten sich durch ihren Kopf. *Ich muss irgendeinem Magus des Regenten berichten, was ich hier gesehen habe! Und zwar bald. Vielleicht ist es wichtig.*

Mit langen, raschen Schritten machte sie sich auf den Weg zurück in ihr Dorf.

2

Der fremde junge Magier spähte durch die offene Tür in die Hütte, während Terwyn sich ihm lautlos von hinten näherte. Eigentlich hatte er vorgehabt, ihm auf die Schulter zu tippen, doch daraus wurde nichts: Der Fremde hatte einen Bannkreis um sich gezogen, Terwyns Finger kam nicht mal in seine Nähe. Erschrocken fuhr der junge Mann herum, und seine Hand lag schon am Schwert, als er erkannte, mit wem er es zu tun hatte.

»Drachendreck, musst du dich von hinten anschleichen, Terwyn?«, ächzte er.

Erstaunt musterte Terwyn den Fremden, der ihn so vertraut ansprach. Etwa Anfang zwanzig, mittelgroß, trainierter Körper, straffe Haltung. Dunkelbraune Haare und strahlend blaue Augen in einem hübschen Gesicht. Erst an den beiden Muttermalen auf der Wange – eins klein, das zweite direkt daneben deutlich größer – erkannte er, mit wem er es zu tun hatte.

»Roán?«, fragte Terwyn ungläubig.

»Ja, klar, hast du mich etwa nicht erkannt?« Der junge Mann versuchte mit wenig Erfolg, zu lächeln.

»Nicht wirklich, hast du was an dir gemacht?« Doch, ja, jetzt erkannte Terwyn ihn – aber bei allen Göttern, er hatte sich verändert! Als ein Weißer Späher Roán del Cigoy damals in den Palast geschickt hatte, war der ein hochtalentierter, aber schüchterner, unförmiger dreizehnjähriger Junge gewesen; kein Mädchen hätte ihm einen zweiten Blick gegönnt. Obwohl er zu schlechten Scherzen geneigt hatte – die Spatzenflügel! –, hatte Terwyn ihn in seinen neuen magischen Zirkel aufgenommen und ihm geholfen, den Vierten Strom zu meistern. Als die Katastrophe geschah, war Roán sechzehn gewesen und hatte sich wie vermutlich jeder auf seine Volljährigkeitszeremonie im gleichen Jahr gefreut, bei der er seine eigene, magisch veränderte Orchidee bekommen sollte. *Das habe ich ihm wohl gründlich verdorben*, ging es Terwyn durch den Kopf.

Es war ein seltsames Gefühl, den Jungen als Erwachsenen wiederzusehen.

»Was an mir gemacht?« Roán plusterte sich empört auf. »Na ja, ein bisschen, aber das wahre Geheimnis ist tägliches Schwerttraining!« Er spannte seine Armmuskeln an. Doch trotz der kämpferischen Pose entging Terwyn nicht, dass Roáns Lippen zitterten. Sein ehemaliger Adept hatte Angst – wovor? Vor ihm? Nein, da war mehr.

Roán streifte seinen Ärmel hoch und zeigte stolz die fünf silbernen Wellen vor, die auf seinem Unterarm prangten. »Schau mal. Seit zwei Jahresläufen schon. Den da habe ich für die Abschlussprüfung erschaffen.« Er deutete auf seinen Rappen.

»Glückwunsch – wenigstens hast du diesmal die Flügelgröße richtig hinbekommen«, sagte Terwyn. Fünfter Strom. Nicht schlecht. Und der Pegasus war ein prachtvolles Exemplar. Aber dieses muntere Geplauder klang irgendwie hohl. »Um mir das zu erzählen, bist du nicht hergekommen, oder?«

Roán fiel förmlich in sich zusammen, nun wirkte er nur noch müde und angespannt. Erst jetzt ließ er seinen Bannkreis schwinden. »Wir haben ein Riesenproblem. Idassa schickt mich, um zu fragen, ob du uns hilfst.«

Einen Moment lang musterten sie sich schweigend. »Du hast ihr hoffentlich gesagt, dass das eine schlechte Idee ist«, meinte Terwyn bitter. »Habt ihr es schon vergessen?«

Nein, nichts war vergessen, so viel war klar. Roán wandte das Gesicht ab, und einen Moment lang war er wieder der Junge, an den Terwyn sich erinnerte. Kurz nach der Katastrophe hatte er ihn zum letzten Mal gesehen: große, fassungslose Augen in einem noch etwas kindlichen Gesicht, während Terwyn schweigend, noch völlig unter Schock, keines Wortes mehr fähig, an ihm und den anderen Magiern seines Zirkels vorbeigegangen war ... aus dem Sommersitz des Regenten hinaus und aus ihrem Leben. Einen letzten Blick, mehr hatten weder er noch seine Gefährten geschafft. Das war sein Abschied gewesen, obwohl die anderen und er sich in diesem Zirkel so nahe gewesen waren wie Geschwister ...

Abrupt atmete Roán lautstark ein und wandte sich um, von einem Moment auf den anderen blitzte Wut in seinen Augen. »Kann sein, dass es eine schlechte Idee ist. Aber es ist die einzige Idee, die wir gerade haben. Skaidar wird angegriffen, wir sind dabei, die Hauptstadt zu evakuieren. Zwei von Favinius' engsten Beratern sind tot, beinahe hätte es auch ihn selbst erwischt ... und Idassa.«

»Was?« Fassungslos starrte Terwyn ihn an – es war, als griffe eine eisige Hand nach seinem Herzen.

Skaidar wurde nicht gerade selten angegriffen. Seine Heimat war ein idyllisches, kleines Land, das durch Handel reich geworden war. Magier im Dienste des Regenten – so wie er einer gewesen war – sorgten dafür, dass es den Menschen gut ging, Handelsschiffe auf den Flüssen immer günstige Winde vorfanden und kein Lagerhaus abbrannte. Ein solches Land hatte natürlich auch viele Neider.

»Wieder die Aelier?«, fragte Terwyn. Den von Kriegskunst förmlich besessenen Nachbarn, die noch Menschenopfer praktizierten, war es ein Dorn im Auge, dass die Skaidarer sich weigerten, die Geheimnisse ihrer Magie preiszugeben.

»Nein, die Bornländer«, erwiderte Roán.

»Die Bornländer? Im Ernst?« Das Bornland im Norden galt als Reich der Kräuter und Heilkundigen – die gewaltigen Vogelschwärme, die über das Land zogen, düngten den Boden und ließen eine Vielzahl von wirkmächtigen Pflanzen gedeihen. Ja, es hatte schon Ärger zwischen Skaidar und Bornland gegeben, doch das hatte daran gelegen, dass vor einer Generation ein fanatisch religiöser bornländischer König den Handel gestoppt und sämtlichen Heilkundigen verboten hatte, ihre Kunst in anderen Ländern auszuüben. Inzwischen war der Wahnsinnige zum Glück abgesetzt und die Monarchie in Bornland abgeschafft. Favinius bemühte sich schon seit mehreren Jahresläufen, die Beziehungen zum Nachbarland wieder zu normalisieren.

»Es ist eine sehr, sehr seltsame Sache«, berichtete Roán, während er rastlos auf dem Felsplateau hin und her ging. »Gestern ist eine Abgesandte des Bornlandes bei Favinius aufgetaucht. Eine wirklich tolle Frau, da gehen dir die Augen über, ich sag's dir. Sie war allein, nicht mal eine Leibwache hatte sie dabei. Ganz fröhlich und locker hat sie erklärt, dass es ihren Herren nach einer alten Prophezeiung bestimmt sei, in Zukunft über Skaidar zu herrschen.«

»Was?« Fast hätte Terwyn gelacht.

Roán sah nicht aus, als sei ihm nach Lachen zumute. »Wir haben auch ziemlich dumm geguckt. Aber unsere Späher haben gemeldet, dass tatsächlich ein Heer an der Nord- und Westgrenze steht … und nicht alle Kämpfer sind menschlich.« Es dauerte einen Moment, bevor Roán es schaffte, weiterzusprechen. »Noch dümmer haben wir dreingeschaut, als die Abgesandte heute Morgen, nachdem Favinius ihre Forderung ganz offiziell abgelehnt hatte, im Thronsaal einen seltsamen Gegenstand fallen gelassen hat. Eine Art Stein. Alles, was er berührt, verwandelt sich in Kristall.«

»Respekt«, sagte Terwyn erstaunt. »Ich wusste gar nicht, dass die Bornländer überhaupt Magier haben.«

»Wir auch nicht.« Sein ehemaliger Adept blickte noch grimmiger drein. »Das Problem ist, dass sich diese Kristallzone ringförmig immer weiter ausbreitet und das Land nach und nach erstarrt. Mit allem, was darin gelebt hat, wie wir feststellen mussten. Wir haben es bisher nicht geschafft, die Kristallisierung zu stoppen, deshalb versuchen wir, die Leute in Sicherheit zu bringen. Nicht leicht. Ein paar Dutzend Tote gab es in Ordaal bestimmt schon, und wenn das so weitergeht, sind es in den nächsten Tagen Tausende.«

Terwyn nickte, er brachte kein Wort heraus. Es war schon eine gewaltige Aufgabe, den Palast und die Hauptstadt zu evakuieren, das gesamte Gebäude mit der Regierungsverwaltung und diese große, geschäftige Metropole. Und das mit dieser Kristallzone klang noch viel übler. Cruzarks Hölle! Bisher hatten es die anderen Schutzmagier und er gemeinsam mit den Soldaten Skaidars immer geschafft, Feinde schon an der Grenze abzufangen, und das, obwohl sich die Aelier immer neue militärische Strategien einfallen ließen. Und jetzt wüteten Angreifer urplötzlich im Herzen des Landes! Beim Gedanken daran wurde Terwyn übel. Er hatte Ordaal, die quirlige Hauptstadt, immer gemocht, obwohl er kein Stadtmensch war.

Er konnte nur hoffen, dass die Mutter mit ihrer behinderten

Tochter sich nicht wirklich auf den Weg zum Palast gemacht hatte – hatte er sie in ihr Unheil geschickt?

»Es ist eine einzige große Scheiße.« Roán legte die Hände aufs Gesicht, einen Moment lang wirkte er fast apathisch.

Terwyn wunderte sich darüber, wie kühl und klar seine eigenen Gedanken strömten, schon begannen sie, den Angriff zu analysieren. »Wie schnell bewegt sich diese Zone?«

»Langsames Schritttempo. Ich hatte gerade noch Zeit, ein paar Sachen aus meinem Zimmer und meine Orchidee aus den Gärten zu holen, bevor alles kristallisiert ist. Idassa hat Favinius schon mit ihrem Pegasus nach Taracondé geflogen, der Rest der Regierung – jedenfalls die Mitglieder, die noch leben – kommen mit schnellen Kutschen nach.«

Taracondé, der Sommersitz des Regenten, nur ein paar Hundert Meilen von dem Berg entfernt, auf dem sie gerade standen. Es fühlte sich an, als bohrte sich eine lange, glühende Nadel in Terwyns Seele. *Taracondé.* Dort waren seine Frau und sein Kind gestorben. *Taracondé.* Nie wieder hatte er diesen Namen hören wollen. Nein, er konnte nicht dorthin zurück, das war ausgeschlossen! Fast ohne es zu merken, schüttelte er den Kopf.

»Also, was ist?« Ruckartig stand Roán auf, wieder loderten seine Augen. Hasste der Junge ihn? »Los, sag es! Sag mir ins Gesicht, dass du nicht kommst, Terwyn! Dass du dir von diesem Berg aus anschaust, wie Menschen sterben und Orchideenwälder zerstört werden, nur damit du deinen Schwur nicht brechen musst!«

Ein eigenartiges Kribbeln überlief Terwyn. Er hatte vorgehabt, diesen Schwur zu halten, und zwar bis zum Ende seines verkorksten Lebens – auf Magie zu verzichten war gleich nach dem Tod die schlimmste Strafe, die er sich hatte vorstellen können. Da die anderen ihn nicht hatten sterben lassen, war der Schwur ihm wie der einzig richtige Weg erschienen, für seine Taten zu büßen. Aber vielleicht war es von Anfang an der falsche Weg gewesen.

Er musste zumindest darüber nachdenken.

Wie eigenartig, was durch all die giftigen Gefühle hindurch in ihm aufstieg. Es fühlte sich fast an wie ... Freude. Nicht nur, weil er zum ersten Mal seit vier Jahresläufen mit jemandem sprach, der ihm vertraut war, der ihn möglicherweise einmal gemocht hatte. Gib's doch zu, du hast dir insgeheim gewünscht, zurückzukehren und Idassa wiederzusehen. Aber was für ein furchtbarer Anlass! Jetzt weiß ich, was ich heute früh gespürt habe, diesen eigenartigen Ruck. Eine Verschiebung im Gefüge der Dinge. Obwohl ich so lange in keinen der Sieben Ströme mehr eingetaucht bin, bin ich anscheinend noch immer mit ihnen verbunden ... oder sie mit mir.

»Also?«, wiederholte Roán gepresst.

»Trägt dein Flügelgaul zwei Leute?«, fragte Terwyn und stand auf. »Bevor ich mich entscheide, will ich mit Favinius reden.«

»Mein Hengst wird nicht begeistert sein, aber ich helfe ihm mit einem Schwebezauber«, meinte Roán, er wirkte sehr erleichtert.

»Danke, Terwyn. Ich meine, das ist wirklich ...«

»Moment – ich komme mit, aber noch habe ich nicht Ja gesagt. Einen Schwur bricht man nicht so einfach.« Außerdem hatte Terwyn keine Ahnung, ob er gegen diese eigenartige Bedrohung überhaupt mehr ausrichten konnte als die anderen.

Ihm fiel ein, dass auf seinem Schreibtisch noch ein Manuskript lag, das nicht unbewacht in dieser Hütte bleiben durfte, wenn er längere Zeit weg war. Konnte er es jetzt schnell verbrennen? Nein, keine Zeit. »Ich hole nur noch ein paar Sachen«, erklärte er Roán und lief zurück zur Hütte.

Als er die Seiten betrachtete, spürte er Bedauern darüber, dass er wahrscheinlich nicht mehr dazu kommen würde, noch einmal durchzulesen, was er geschrieben hatte. Aber es stand noch frisch und klar in seinem Gedächtnis.

Wütend auf sich selbst, auf das Schicksal und auf die anscheinend irre gewordenen Bornländer stopfte er den Stapel in eine Schultertasche, steckte seine Zahnbürste dazu und hastete zurück zu Roán und dem geflügelten Rappen.

Als ich Talea das nächste Mal begegnete, wollte ich gerade keinen Menschen sehen, nicht mal sie, denn ich war dabei, das Gesetz zu brechen. Genauer gesagt kletterte ich im Dschungel fünf Meilen

vom Sommersitz des Regenten entfernt durch eine Grythanie und streckte die Hand nach der unscheinbar blassgelben Chira jubalis aus, die durch ihre Tarnfarbe furchtbar schwer zu finden war, die ich aber unbedingt für meine Experimente brauchte. Der Orchideenwächter dieses Waldes war gerade weit weg, ich wähnte mich in Sicherheit und fluchte, als ich Hufschläge hörte.
Rasch zog ich die Hand zurück und drückte mich enger an den Stamm, damit der ungebetene Besuch mich nicht sah. In diesem Moment knackte der verdammte Ast und gab nach. Obwohl ich es schaffte, mich im Sturz zu drehen wie eine Katze, fiel ich Talea buchstäblich vor die Füße.
Ihre Apfelschimmelstute erschrak furchtbar, bäumte sich auf und wollte durchgehen – eine ganz schlechte Idee auf den schmalen Pfaden eines Orchideenwaldes. Doch während Talea irgendetwas schrie, packte ich die Zügel. Die Stute war stark und in Panik, aber schwach war ich ebenfalls nicht, und der Dritte Strom verlieh mir zusätzliche Kraft. Ein paar Momente später hatte sie eingesehen, dass sie nicht gegen mich ankam, und stand zitternd still, während ihre Herrin beruhigend auf sie einredete.
Dann wandte Talea sich mir zu und fauchte mich an: »Was bei Cruzarks Hölle sollte das? Falls das ein Scherz sein sollte, war es ein ziemlich mieser!«
»Jetzt mal langsam.« Ich dachte nicht daran, mich von ihr wie ein besserer Stallbursche behandeln zu lassen. Oder die Zügel loszulassen. »Zum Spaß falle ich nicht aus Bäumen! Ich war auf der Suche nach wichtigen Heilkräutern, und jetzt denkt Ihr bitte mal kurz nach, wer sich Eurem Gaul gerade in den Weg gestellt hat!«
Das brachte sie ziemlich schnell zur Vernunft. Wortlos stieg sie ab, ging zu einem umgestürzten Baumfarn und setzte sich auf den Stamm. »Tut mir leid«, sagte sie. »Das eben ... ich habe noch ein bisschen weiche Knie. Alles in Ordnung mit Euch, Terwyn? Ihr seid wirklich nicht gesprungen, sondern gestürzt?«
»Ja, aber mir geht's gut«, behauptete ich, obwohl mir ein halbes Dutzend Knochen wehtaten. Ich investierte ein paar Minuten

Lebenszeit, um die Schmerzen mithilfe des Zweiten Stroms zu verscheuchen. Dann sah ich mich erstaunt nach den Begleitern um, die sie sonst umschwirrten wie Kolibris eine Blüte. Doch es war niemand in Sicht. »Heute niemand zum Flirten da?«
Verblüfft über meine Frechheit starrte sie mich an. »Nein, ich bin die Kerle endlich mal losgeworden. Und Ihr, ausnahmsweise mal nicht die Nase in irgendeinem Buch?«
»Nein, manchmal treibe ich mich auch auf Bäumen herum«, gab ich zurück.
»Soso, und ich dachte, Ihr stammt vom fruchtbaren Ackerland und nicht aus einer Waldhütte«, stichelte sie und klopfte an ihrer Reithose herum. »Vielleicht solltet Ihr Euch ein paar Diener zulegen, die für Euch diese Kräuter sammeln, womöglich schaffen die das unfallfrei.«
»Wischen die einem auch den Hintern ab?«, gab ich unschuldig zurück. »Solche Dienste braucht man doch in einer Edlen Familie, hab ich gehört.«
Talea schoss hoch, als hätte sie auf einer Schwarzwespe gesessen, und öffnete den Mund ... aber dann verzogen sich ihre Lippen zu einem breiten Lächeln. Sie hob die Augenbrauen und schüttelte den Kopf. »Wenn ich gewusst hätte, wie unverschämt Ihr seid, hätte ich doch ein paar Verehrer mitgebracht – die hätten Euch spätestens jetzt zum Duell gefordert.«
Wir grinsten uns an. Ich mochte es, dass sie über sich selbst lachen konnte. Außerdem gefiel es mir, dass sie keine Angst vor mir zu haben schien. Nicht jede Frau war begeistert davon, sich mit einem großen, kräftigen und dazu noch magisch begabten fünfundzwanzigjährigen Mann allein im Wald wiederzufinden, aber sie schien sich überhaupt keine Sorgen zu machen.
Während ihr Apfelschimmel in der Nähe vor sich hin döste, ließ sich Talea wieder auf dem Baumstamm nieder. Ich setzte mich neben sie und genoss das Gefühl, ihr so nahe zu sein im grünen Zwielicht des Waldes. Der schwere, feuchte Duft des Regenwaldes umgab uns, es roch nach Wachstum und Moder und den handgroßen Blüten, die nicht weit entfernt einen Riesenblätter-

strauch zierten. Doch diesmal hatte ich keinen Blick für die Schönheit des Waldes, ich versank im Anblick ihrer feingliedrigen Hände, der feinen dunklen Härchen auf ihrem Unterarm, ihrer langen, schlanken Beine.
»Was hast du denn nun wirklich auf diesem Baum gemacht?«, fragte sie schließlich, und es entging mir nicht, dass sie mich duzte.
»Willst du nicht wissen«, gab ich zurück, aus irgendeinem Grund hatte ich keine Lust, sie anzulügen.
Sie schüttelte sich demonstrativ. »Ihr Magier! Nichts als dämliche Geheimnisse. Und nein, ich werde nicht zulassen, dass dich jemand zum Duell fordert. Du würdest in zehn Atemzügen Hackbraten aus ihm machen.«
»Vielleicht keinen Hackbraten, wer mag den schon?«, flachste ich zurück. Natürlich hatte sie recht. Ich stand kurz davor, den Siebten Strom zu beherrschen, und das hatten seit Beginn der Geschichtsschreibung weniger Magier geschafft, als man an einer Hand abzählen konnte. Schon jetzt gab es niemanden mehr in Skaidar, der mich verletzen konnte ... jedenfalls körperlich.
Einer der rotschwarzen Großaugen-Tanakus, die hier in der Gegend lebten, flatterte hoffnungsfroh auf uns zu, setzte sich auf einen Ast und starrte mir in die Augen, um mich zu hypnotisieren. Das entlockte mir ein Lächeln. Netter Versuch. Ich hatte mich schon während meiner Lehrzeit, als ich mit dem Dritten Strom gearbeitet hatte, gegen Hypnose immunisiert. Was die Vögel natürlich nicht kapierten. Sie warteten immer noch darauf, dass ich in eine Trance fallen würde und ihr Schwarm mir sämtliche Nahrungsmittel, die ich bei mir hatte, aus den Taschen holen konnte.
Als der Tanaku schließlich enttäuscht das Weite suchte, lachte Talea leise. »Ganz schön grausam, wieso hast du ihm nicht einen Trostpreis gegeben? Oder hast du nichts dabei?«
Und ob ich etwas dabeihatte. Die fünf Blüten verschiedener Orchideenarten, die in meiner Tasche steckten, brannten beinahe ein Loch hinein, oder so kam es mir jedenfalls vor. Wenn jemand

die entdeckte, war mir der Kerker sicher, dann würde auch mein hohes Amt mich kaum schützen.

Plötzlich war mir nicht mehr wohl zumute bei dem, was wir da taten. Nicht nur wegen dem, was ich bereits gesammelt hatte. Sie war eine Favinius. Allein der Verdacht, dass wir uns hier für ein Schäferstündchen getroffen hatten, konnte Ärger bedeuten – für uns beide. »Los, gehen wir«, sagte ich schroffer, als ich eigentlich wollte, und erhob mich. »Wenn wir noch mal plaudern wollen, machen wir das besser dort, wo eine Anstandsdame in der Nähe ist. Oder ist dir dein Ruf egal?«

»He, wie redest du denn mit mir?« Plötzlich blitzten ihre Augen wieder. »Ist es ein Problem für dich, dass ich gerne tanze und mich unterhalte? Diese Jungs sind mir doch sowieso gleichgültig, sie kommen mir manchmal unerträglich oberflächlich vor und ...«

Wir standen uns gegenüber, ganz nah, und starrten uns wütend an. Obwohl ich kein magisches Wort gesprochen hatte, kam es mir plötzlich so vor, als wäre ich in einen der hohen, wirbelnden Ströme getaucht oder stünde in einem gewaltigen Kraftfeld, das an mir zerrte und meinen Puls hochjagte. Doch das war nicht die Magie, die ich kannte! Ich war immun gegen Hypnose, warum konnte ich dann den Blick nicht von ihren dunklen Augen lösen? Es war ein heftiger Kuss. Ich grub die Finger in ihre herrlichen, seidigen Haare, und sie umfasste mit beiden Händen mein Gesicht, um mich noch näher heranziehen zu können. Unsere Lippen schienen nicht genug voneinander zu bekommen.

»Ich reite jetzt zurück«, sagte Talea, als wir endlich geschafft hatten, uns voneinander zu lösen. Ihre Augen blickten wild, ihre Locken waren völlig durcheinander.

Ich brachte keine Antwort zustande.

Sie warf mir einen Blick zu, aus dem ich nicht schlau wurde, dann band sie mit zitternden Händen ihre Stute los und schwang sich in den Sattel. Noch lange lauschte ich den Hufschlägen, die allmählich in der Ferne verklangen.

Obwohl ich so verliebt war, dass ich kaum noch geradeaus gehen konnte, kam ich am nächsten Tag zurück und pflückte die Chira jubalis, die mir für mein Experiment noch gefehlt hatte.
Einen weiteren Tag darauf verkündete die Familie Favinius offiziell, dass es nun einen Heiratskandidaten für Talea gebe. Selbstverständlich war damit nicht ich gemeint.

* * *

Als Rhi schwer atmend ihren Handelsposten erreichte, spürte sie sofort, dass etwas nicht stimmte. Grüppchen von Leuten standen auf der breiten, ungepflasterten Straße herum und unterhielten sich aufgeregt. Sie erkannte ein paar Nachbarn, darunter den Bäcker, die Weberin und die Frau des Primus, die ihn bei seiner Arbeit als Ortsvorsteher von Noraak unterstützte.

Rhi hatte keine Zeit, zu verkünden, was sie beobachtet hatte, oder zu fragen, was los war, die Frau des Primus überfiel sie sofort mit den Neuigkeiten. »Krieg! Wir haben Krieg!«, rief sie mit hochrotem Gesicht, auf dem Schweißperlen standen. Ihr Doppelkinn bebte. »Krieger sind über die Grenze gekommen! Schon mehrere Orte sind angegriffen worden!«

»Sfakaki!«, stieß Rhi hervor, ihren calisischen Lieblingsfluch. Sie spürte, wie ihr das Blut aus dem Gesicht wich. *Krieg? So plötzlich? Was ist passiert?* »Über unsere Grenze? Hier im Westen?«

»Hauptsächlich im Norden, es sind die Bornländer, die Ärger machen«, mischte sich der Bäcker verkniffen ein. »Aber ich wette, auch wir bekommen bald ungebetenen Besuch. Wir müssen sofort anfangen, unsere Häuser zu sichern.«

Bornländer?! Drei Handelsreisen hatte sie schon zu ihnen unternommen. Rhi konnte sich noch gut erinnern, wie aufgeregt sie gewesen war, als ihre Karawane den Wald der Erinnerung überwunden hatte, der die beiden Länder voneinander trennte. Es war ein sich stetig vergrößernder Wald, denn jedes Mal, wenn jemand starb, pflanzten seine Angehörigen einen Baum in seinem Namen. Die Leute aus dem Norden waren manchmal arg stur, aber sonst eher schüchtern und überhaupt nicht kriegerisch. Was war mit ihnen passiert?

»Wo ist der Magus?«, fragte Rhi nervös, sie hatte noch immer weiche Knie von ihrem Erlebnis am Fluss. *Hat das seltsame Ritual der beiden Kerle etwas mit diesem Angriff zu tun? Aber wie kann das sein?*

Niemand wusste, wo der Kerl sich gerade aufhielt, und wenn Rhi genauer darüber nachdachte, war der Magier, der sich zurzeit Dorfmagus nennen durfte, sowieso nicht der richtige Ansprechpartner für das, was sie zu erzählen hatte. Es war gerade mal einen halben Jahreslauf her, dass er den Zweiten Strom gemeistert hatte, und zuverlässig war er auch nicht, Rhi erinnerte sich noch gut an die Panne mit der Schneedecke. Besser, sie ritt nach Khendar, den nächstgrößeren Ort, dort gab es Magier, die sich auf Kommunikation spezialisiert hatten und Säulen betrieben, mit denen man normalerweise äußerst schnell Nachrichten verschicken konnte. *Normalerweise. Was ist jetzt? Heilige Orchidee ... Krieg!*

Rhis Blick fiel auf ihren Handelsposten und auf das nicht allzu neue Schloss, das den Eingang sicherte. *Wer die Bude wirklich plündern will, der wird einfach ein Fenster einschlagen oder die Tür des Lagers aufbrechen. Was ist, wenn irgendwelchen fremden Soldaten einfällt, das Ganze in Brand zu stecken? Aber wenn ich die Fenster mit Brettern vernagele und ein paar zusätzliche Feuerschutzzauber in Auftrag gebe ...*

Am liebsten hätte sie den ganzen Vorfall am Fluss einfach vergessen. Sie hatte eigentlich keine Zeit dafür, jetzt durch die Gegend zu hetzen und irgendjemandem von zwei Leuten zu erzählen, die sich vielleicht nur eine nette Zeit am Ufer der Neva gemacht hatten.

Nein, das haben sie nicht getan. Und »Leute« sind es wahrscheinlich auch nicht gewesen.

Jedes Mal, wenn sie an diesen eigenartigen Kristalldolch dachte und die Art, wie der Mann suchend den Kopf gehoben hatte, überlief es sie kalt.

Rhi seufzte tief, marschierte los, um ihren alten braunen Wallach aus dem Stall zu holen, und stieß dabei einen unhörbaren Ruf aus. *Zad, wir machen einen kleinen Ausflug. Kommst du? Da bin ich, da!* Etwas Blaugraues schoss im Sturzflug auf sie herunter, und Rhi duckte sich gerade noch rechtzeitig. *Musst du mich so erschrecken, du Biest? Ich hab gerade wirklich andere Probleme! Hast du? Sehr schlimme?* Staub wallte auf, als Zad sich mit kräftigen Flügelschlägen abfing und geduckt auf dem Hof niederließ, seine gelben geschlitzten Augen musterten sie neugierig. Nein, sie konnte ihm nie lange böse sein.

Vielleicht, gab sie zurück, schnickte ihm zärtlich ein paar blutige Taubenfedern von der Schnauze und begann, ein paar Sachen zusammenzusuchen. Das Kleid eignete sich nicht gut fürs Reiten, rasch zog sie eine hellgrüne Tunika, dunkelblaue Beinkleider und ihre festen Schuhe aus dunkelrotem Straußenleder an. Ihren *Sangamon*, den Händlergürtel, würde sie auf jeden Fall mitnehmen. Mit einem Hauch von Ehrfurcht schlang sie ihn sich um ihre Körpermitte und strich mit den Fingern über die eingestickten Muster und aufgenähten Perlen. Sie war stolz darauf, denn ihr Gürtel zeigte, dass sie mit vielen verschiedenen Arten von Waren und insgesamt sechs Ländern handelte. Es gab genug andere Händler – zum Beispiel ihre Cousins! –, die neidisch auf ihr volles Handelspatent waren, weil sie selbst nur ein oder zwei Farben und Muster auf ihrem Sangamon trugen. Aber wie lange würde sie diesen Status noch halten können? Alle fünf Jahresläufe wurde er neu bewertet, bei ihr war es bald wieder fällig. Wenn sie Pech hatte, verlor sie dabei einige Länder und Warengruppen, weil sie es einfach nicht mehr schaffte und sich die Gebühren nicht leisten konnte.

Ach, das wird schon, dachte Rhi, während Zad mit angewinkelten Flügeln neben ihr herwatschelte. *Die bequatsche ich. Und vielleicht sind bis dahin sowieso Mam und Ninian zurück.*

Das größere Problem waren jetzt Plünderer. Pech, dass das Lager gerade so gut gefüllt war. In diesen Waren steckte ihr ganzes Vermögen. *Tja, nicht zu ändern!* Vorsichtshalber packte Rhi neben Wasser, Proviant und ihrem Umhang ein paar Dinge ein, die zu wertvoll waren, um sie unbewacht zurückzulassen: Drachenöl, mit dem man Metallgegenstände härten konnte, Xihill-Serum, das gegen Gift immun machte, und Feuerbeerschnaps aus Aelius. Außerdem steckte sie ihre Spinnenharfe aus Saywadee in die Satteltasche, ein handgroßes Instrument mit unglaublich feinen silbernen Saiten, das ihr Vater ihr von einer Handelsreise mitgebracht hatte. Sein Klang rief Spinnen aus der ganzen Umgebung herbei. Sehr nützlich, wenn es darum ging, alles, was acht Beine besaß und keine Miete bezahlt hatte, umgehend aus dem Handelsposten zu befördern.

Auch ihr Jenseitsglas, das sie zufällig auf der Insel Istragor entdeckt und sofort gekauft hatte, musste mit – soweit sie wusste, war es das einzige in Skaidar. Blickte man hindurch, konnte man in die Zukunft sehen, wenn auch nur etwa eine Minute lang. Es war ein magisches Instrument, das kein Magier in Skaidar erschaffen konnte. Nur ihre strahlend gelbe Orchidee, die sie zur Volljährigkeitszeremonie bekommen hatte und die seither im Innenhof wucherte, konnte sie leider nicht mitnehmen. Obwohl es vielleicht nicht schlecht gewesen wäre, jede gepflückte Blüte verlieh ihr eine Zeit lang etwas mehr Vorsicht.

Eigentlich hatte sie an diesem Tag schon genug gehabt von Männern, die meinten, sich in ihr Leben einmischen zu müssen. Doch wie sich herausstellte, stand ihr noch eine weitere Begegnung bevor. Als Rhi gerade ihre Sachen packte, kam Bryn vorbei, der Tischler aus dem Nachbarort. Mit einem freundlich-charmanten Lächeln auf den Lippen, so wie immer, wenn er sie sah. Er machte sich schon seit einiger Zeit gewisse Hoffnungen.

»Ich habe gerade nicht wirklich Zeit«, versuchte Rhi ihm gleich klarzumachen und stopfte das Jenseitsglas in eine der beiden Satteltaschen. Es war nicht sehr angenehm, dass er dabei alles beobachtete, was sie tat, sofort fühlten sich ihre Bewegungen eckig und ungelenk an.

»Warte, ich helfe dir«, sagte er und zog den Sattelgurt nach, was sie blendend selbst geschafft hätte. Dabei blieb er etwas zu dicht neben ihr stehen. Seine Annäherungsversuche waren nie besonders subtil. »Du denkst doch nicht etwa daran, jetzt *irgendwo* hinzureiten? Wenn die Gerüchte stimmen, dann ist es besser, du bleibst hier und suchst Schutz. In meiner Tischlerei wärst du deutlich besser aufgehoben als ...«

»Geht leider nicht«, sagte Rhi knapp, ohne ihre Worte näher zu erklären – sie hatte keine Lust auf eine langwierige Diskussion. Bryn nutzte schon seit Monaten jeden Vorwand, bei ihr vorbeizureiten, und blieb jedes Mal deutlich länger, als sie Zeit für ihn hatte. Im Dorf wurde allgemein erwartet, dass er demnächst die Frage aller Fragen stellen würde, doch Rhi konnte nur hoffen, dass ihr das erspart blieb. Zwar fand Rhi, dass er eine gute Partie war – markantes Gesicht, muskulöser Körper, prallvolle Geldschnur dank der gut gehenden Tischlerei, die er geerbt hatte. Nur leider langweilte sie sich in seiner Gesellschaft zu Tode. Ihre Cousins dagegen blickten mit Wohlwollen auf diese mögliche Verbindung, da Bryn von ihr hauptsächlich herzhaftes, reichliches Essen und jede Menge Kinder erwartete. *Als Ehemann würde er mir nie so etwas wie eine Handelsreise gestatten, schon gar nicht in eins dieser höchst verdächtigen fremden Länder!*

»Immerhin, die Bornländer werden nicht lange kämpfen, Mumm haben die keinen«, äußerte sich Bryn. Er war im Gegensatz zu ihr nie im Bornland gewesen, doch eine Meinung hatte er ohnehin zu allem.

»Kann sein, aber ich muss jetzt wirklich weg, und ...«

»Rhi, du weißt wirklich nicht, was du ...«

»Ich bin zurück, sobald ich kann – könntest du ein Auge auf meinen Handelsposten haben?« Rhi stieg auf und stieß ihrem alten Wallach die Fersen in die Seiten, sodass er sich in Bewegung setzte. Ein kurzes Winken, mehr sah Bryn nicht mehr von ihr.

Immerhin, Bryn hat einen Vorteil, ging es ihr durch den Kopf. *Wegen ihm würde ich wohl kaum zwei Wochen lang regungslos mit Liebeskummer im Bett bleiben, so wie nach der Sache mit Liconel.*

Begeistert darüber, dass es losging, flatterte Zad aus einem nahen Baum auf und stieg höher, um Ausschau zu halten.

Mit etwas Glück bin ich heute Abend schon zurück – schließlich sind es nur acht Meilen bis Khendar, sagte sich Rhi und pflückte im Vorbeireiten eine Handvoll blaurote Kirschen von einem der Bäume an der Straße.

Krieg! Sie konnte es noch nicht wirklich glauben.

* * *

Inyra konnte ihr Glück kaum fassen – diese Gelegenheit war fast zu gut! »Eine schnelle Kutsche nach Ordaal? Und zwei Plätze frei, seid Ihr sicher?«

Der Händler nickte. »Sie fährt Tag und Nacht durch, macht nur kurz halt, um die Pferde zu wechseln … es wird anstrengend. Seid Ihr sicher, dass Ihr und Vinja das schaffen könnt?«

»Wenn die Gnade von Ostra Namina mit uns ist.« Schnell bog Inyra die Hände in die Form der Orchidee. Wenn die Göttin auf ihrer Seite war, dann war alles möglich! Vielleicht war dieses Pergament von del Cresta doch noch ihre Rettung.

Doch allein würde sie eine solche Reise nicht schaffen. Sofort hastete sie los, zur Schmiede ihres Bruders. Dort fand sie Mig hinter dem Haus, er fütterte gerade den Omnivoren mit den Abfällen des Hauses. Nicht sonderlich geschickt wich der Junge den grünlichschwarzen Tentakeln aus, die aus dem Käfig heraus nach ihm tasteten. *Irgendwann wird dieses Biest ihn erwischen, tausendmal habe ich Dekkar gebeten, es abzuschaffen, mag es noch so viel Heilkraft in sich bergen!*

»Mig! Mig, kannst du mir und Vinja noch einmal helfen?« Rasch erklärte sie ihm, was für eine Gelegenheit sich ihr bot.

Mig blickte nicht begeistert drein – vielleicht hatte der Besuch auf dem Gipfel ihm Angst eingejagt. Er war anders seither, in sich gekehrter, weniger vorlaut. Doch er sagte: »Na gut.« Schon immer hatte er ihr geholfen, wo er konnte, vielleicht weil sie die Einzige war, die noch Geduld mit ihm hatte. Alle anderen störten sich daran, dass Mig sich nur für seine Schmetterlinge begeistern konnte.

Kurz darauf, am frühen Morgen, hob sie Vinnie vorsichtig in die blau lackierte Kutsche, in der es nach altem Leder, Haaröl und ungewaschenen Füßen roch. Drinnen saßen bereits zwei Passagiere, eine edel gekleidete Dame und ihr Kavalier. »Gesegnet sei die Orchidee«, begrüßte Inyra sie höflich, doch das Paar starrte sie an und grüßte nicht zurück. Es war eng im Inneren, sie und Mig mussten sich durchdrängen, und es war nicht genug Platz für drei. Sie nahm Vinnie auf den Schoß. Ihre Tochter versuchte die Hand auszustrecken und wimmerte, doch dann kam sie langsam zur Ruhe und schlief ein – mit einem leisen Schnaufen, das eher nach einem kleinen Pelztier klang als nach einem Kind. Die Dame warf Vinnie einen angewiderten Blick zu.

Schon setzte sich die Kutsche schaukelnd in Bewegung, die Räder knirschten auf dem Kies vor dem Gasthof, der Klang der Hufe wurde zu einem eintönigen Rhythmus. Inyra lehnte den Kopf gegen die Innenverkleidung und versuchte zu schlafen.

Zum Glück stiegen die anderen Leute am Abend aus, und eine große, etwas füllige Frau in schlichter, aber edler Kleidung stieg zu. Sie wuchtete ihren Blattlederkoffer neben sich auf den Sitz, statt ihn auf dem Dach befestigen zu lassen.

»Nach Ordaal, nach Ordaal!«, ertönte bei jedem Halt die Stimme des Kutschers.

Ja, in die Hauptstadt. Inyra umklammerte die Botschaft del Crestas in einer Tasche ihres Rockes. Würde ihnen die Erste Magus tatsächlich helfen, würde Vinnie schon bald gesund sein?

Als Inyra die Vorhänge der Kutschenfenster beiseitezog, sah sie, dass es draußen schon wieder hell geworden war. Die Landschaft hatte sich verändert – keine Felder, Wiesen und kleine Orte mehr, sie fuhren durch dichtgrünen, dämmrigen Wald. Inyra versuchte, weiterzudösen. Nacht und Tag verschwammen zu einem grauen Brei. Unglaublicherweise beschwerte sich Mig nur selten, er hatte die Nase in einem Buch mit dem Titel *Berühmte Magier und ihre Taten*. Na, sollte er doch träumen. Sein wirkliches Leben hielt wenig mehr bereit als eine Arbeit als Pferdeknecht oder Erntehelfer. Schmetterlinge machten nicht satt.

Die füllige Frau ihnen gegenüber arbeitete unablässig, flink tanzten ihre Finger über einen Abakus, zwischendurch schrieb sie Zahlen in ein dickes Rechnungsbuch. Als sie Inyras fragenden Blick bemerkte, lächelte sie. »Ich bin Kalkulatorin eines Handelshauses, zurück von einem Kundenbesuch«, erklärte sie und bot ihnen etwas von der geräucherten Wurst an, von der sie bei der Arbeit hin und wieder einen Bissen nahm. Das gefiel Inyra ebenso wie die Tatsache, dass die Kalkulatorin ihre Tochter nicht mitleidig oder verächtlich betrachtete.

Irgendwann – die Sonne musste bald aufgehen – ging ein Ruck durch die Kutsche, und Inyra spürte, dass die Pferde zum Stehen gekommen waren. Aber sie hatten doch erst vor Kurzem die Pferde und ihren Fahrer gewechselt! Was war hier los?

»Vielleicht ist die Straße beschädigt, das kommt hin und wieder vor«, mutmaßte die Kalkulatorin und steckte ein halb gegessenes Würstchen, dem sie sich gerade gewidmet hatte, wieder in die Tasche.

Schließlich näherten sich schwere Schritte, die Tür des Gefährts wurde aufgerissen. »Tut mir leid, aber wie's scheint, geht's hier nicht mehr weiter«, knurrte der Kutscher.

Inyra hob sich ihre Tochter auf den Rücken und kletterte mit Beinen, die sich verkrampft und taub anfühlten, hinter Mig und der Kalkulatorin aus der Kutsche, die am Rand der Straße stand. Ungläubig betrachtete sie den Anblick, den die Handelsstraße nach Ordaal bot. Sie war vollkommen verstopft von Ochsenwagen, Kutschen verschiedenster Bauart, Gruppen von Reitern, Menschen, die zu Fuß gingen und Bündel mit ihrer Habe mit sich trugen oder in Handkarren schoben. Ein Strom von Menschen – Männer, Frauen, weinende, eingeschüchterte Kinder – trampelte an ihrer Kutsche vorbei. Ein Reiter, dem es nicht schnell genug voranging, spornte sein Pferd dazu an, durch eine sumpfige Wiese neben der Handelsstraße zu traben. Es sank ein und wieherte protestierend, worauf der Mann zur Peitsche griff und es fluchend vorantrieb.

»Was ist denn hier los?«, fragte Mig verdutzt, doch Inyra hatte schon begriffen. Die Menschen strömten alle in eine Richtung – sie waren auf der Flucht! Aber wovor?

»Wo sind wir überhaupt?«, fragte sie den neusten Kutscher, einen vierschrötigen Burschen, der nach Schweiß roch.

»Nähe von Ordaal«, erwiderte er knapp.

Inyra umklammerte das Pergament mit der Nachricht, es war ein wenig feucht geworden von ihrer Handfläche. Ordaal. Ihre zweite und letzte Hoffnung!

Schließlich nahm sich ein Händler mit grün-weiß-blauem Sangamon einen Moment Zeit, mit ihnen zu sprechen. »Die Hauptstadt wird angegriffen, sagt man, ich hab's selbst nicht gesehen – es hieß nur, wir sollen uns retten, bloß weg, am besten nach Süden«, erzählte er. »Aber fremde Truppen hab ich keine gesehen, auch kein Feuer, keinen Rauch. Sehr seltsam, sag ich, sehr seltsam!«

Inyra und Mig blickten sich an. Die ganze teure und mühsame Reise – vergeblich? Und was für ein Angriff konnte das sein?

Missmutig hielt der Kutscher seine unruhigen Pferde am Zaumzeug fest, er winkte Inyra und die Kalkulatorin zu einer Besprechung heran. »Ihr seht ja selbst. Wir sollten umkehren.«

»Wie stehen die Chancen, dass wir weiterfahren können?« Der Mund der Kalkulatorin war schmal geworden. »Man erwartet mich in Ordaal, es geht um einen wichtigen Geschäftsabschluss, es muss doch möglich sein …«

Der Kutscher wandte sich ihr zu. »Wir können versuchen, mit der Kutsche seitlich herauszukommen aus dieser Blockade. Dort vorn verläuft 'n Feldweg, ich bin ziemlich sicher, dass der auf 'ne Straße Richtung Osten führt. Wir würden noch 'n paar Meilen gutmachen.«

Vor lauter Erschöpfung nickte Inyra, obwohl der grasige Feldweg nicht sehr vertrauenerweckend aussah. Die Kalkulatorin murmelte etwas davon, dass sie einen Teil ihres Fahrpreises zurückverlangen werde, doch dann stiegen sie alle wieder ein. Im Kriechtempo schob sich die Kutsche durch die ihnen entgegenbrandende Menge voran, es dauerte eine Ewigkeit, bis sie den Feldweg erreicht hatten. Dann konnten die Pferde endlich wieder antraben und es ging flott voran, den Göttern sei Dank. So unglaublich es war, schon ertönte wieder das leise Klicken des Abakus – die Kalkulatorin vertiefte sich erneut in ihre Arbeit.

Inyra atmete leichter, als sie aus dem Pulk der Fliehenden heraus waren, doch der Kutscher schien sich getäuscht zu haben ... der Weg ging nicht in einen größeren über, sondern wurde immer holpriger und steiniger, und sie, Mig und die Kalkulatorin mussten sich im Innenraum festhalten, um nicht herumgeworfen zu werden. Schließlich gab es einen heftigen Ruck, Inyra hörte das Krachen von Holz, dann stand die Kutsche still – schief wie ein Boot, das auf eine Sandbank gelaufen war.

Ärgerlich steckte ihre Mitpassagierin den Abakus ein und stieg aus. Mig folgte ihr. Inyra wollte Vinnie, die in ihren Armen schlief, nicht aufwecken.

»Wie es aussieht, ist eine Achse gebrochen – das war irgendwie klar bei diesem miesen Weg«, berichtete Mig, als er zurück war. »Das heißt, wir sitzen hier fest.«

Als Inrya sich mit Vinnie aus der Kutsche herausquälte, hatte der Kutscher schon die Pferde ausgespannt. »Ich reite in den nächsten Ort. Da find ich 'nen Handwerker, der uns wieder flottmachen kann«, versprach er und schwang sich auf eins der beiden Pferde. »Wird nicht lange dauern.«

Die Zügel des zweiten Pferdes gab er Mig in die Hand. Verunsichert streichelte ihr Neffe dem Tier die Schnauze. Doch Inyra fiel auf, dass der Braune ihn nicht beachtete und auch nicht versuchte zu grasen – er starrte mit aufgerissenen Augen und gespitzten Ohren nach Norden, obwohl sein Herr und sein Stallgefährte nach Osten verschwunden waren. Was hatte das Tier bemerkt?

Na, vielleicht nur einen Fuchs oder streunenden Hund.

3

Vom Rücken des Pegasus aus spähte Terwyn über das Land hinweg, einen Flickenteppich aus Dschungel und Lichtungen, Dörfern und offenen Feldern. Unwillkürlich suchten seine Augen nach dem Glitzern von Kristallen, nach einem unnatürlichen weißen Schimmern, doch wie er schon gedacht hatte, entdeckte er nichts. *Natürlich nicht, die Todeszone ist noch weit entfernt, erst in ein paar Tagen erreicht sie Taracondé – jedenfalls, wenn wir versagen ...*

Schließlich sah Terwyn zwischen den schwarzen Schwingen hindurch, die ihm immer wieder die Sicht verdeckten, den zweiten Palast des Regenten. *Taracondé. Vielleicht ist es ganz gut, dass ich noch einmal herkommen und mich dem stellen muss, was hier passiert ist.*

Das gute Zureden half nichts. Schon jetzt fühlte er sich völlig verkrampft.

Mit einem Ruck setzte Roáns Pegasus auf einer Rasenfläche auf, irgendwo zwischen dem Beet der Hundert Rosen und dem kleinen Tempel der Ostra Namina, in dem Talea damals jede Woche den Ritus vollzogen hatte. Sie ritten noch bis zum Gebäude, das mit den geschwungenen Steinbögen und den vielen großen Fenstern leicht und luftig wirkte, dann ließen sie sich beide vom Rücken des geflügelten Rappen gleiten.

Mit einem mulmigen Gefühl betrachtete Terwyn das Gebäude, das sonst eine so heitere Leichtigkeit ausstrahlte und jetzt verlassen wirkte, kein Mensch war in Sicht. »Ich bringe Cay rasch in den Stall – warte einfach hier«, meinte Roán, er klang unruhig. »Rühr dich nicht vom Fleck! Ich bin gleich wieder da.«

Terwyn nickte schweigend und beobachtete, wie sein ehemaliger Adept den Rappen am Zügel davonführte. Anscheinend wollte Roán nicht, dass er irgendjemandem im Palast begegnete. Wusste der Hofstaat überhaupt davon, dass man ihn zurückholen wollte? Wie würden die Leute reagieren, wenn sie es mitbekamen?

Auf einmal erklangen Schritte auf dem Steinboden hinter ihm, so nah, dass Terwyn erschrak. Dann eine Stimme, leise und kühl. »Sieh an, hoher Besuch. Es ist leider zu viel verlangt, dass ich einen Täter wie Euch willkommen heiße, nicht wahr?«

Die Haut an Terwyns Nacken prickelte. Ganz langsam drehte er sich um. Hinter ihm stand ein schlanker, langhaariger Mann in eng anliegender schwarzer Kleidung ... nein, es war kein Mann, obwohl seine Figur knabenhaft wirkte und die Brüste sich kaum gegen den Stoff abzeichneten. Ein Godar. Mann und Frau zugleich.

Der Godar war eine auffallende Erscheinung – rote Haare und olivenfarbener Teint – deshalb war Terwyn sofort sicher, dass er ihn noch nie gesehen hatte.

»Wer seid Ihr?«, fragte er, ohne sich sein Unbehagen anmerken zu lassen.

»Ich habe schon viel von Euch gehört, del Cresta, sehr viel – um genauer zu sein, habe ich jeden Mond von Euch gehört, seit Ihr Euch auf diesen Berg zurückgezogen habt.« Ein kühles Lächeln schwebte um die Lippen des Godar.

Terwyn war nicht erstaunt darüber, dass er überwacht worden war. »Ich hoffe, Ihr habt es genossen, etwas über meine neueste Kürbisernte zu hören oder über meine Versuche, das Hüttendach zu reparieren«, gab er zurück. *Der Kerl muss eine hohe Position bei Hofe haben, sonst hätte ihn Favinius bei Kriegsausbruch nicht hierher mitgenommen! Gehört er zu den Schwarzen Spähern?*

Der Godar ließ ihn keinen Moment lang aus den Augen. »Was meint Ihr: Wäre es möglich, einen solchen Angriff wie den derzeitigen von diesem Berg aus zu planen und zu lenken?«

»Was?« Einen Moment lang fehlten Terwyn die Worte. Was deutete dieser Kerl an – dass er selbst dahintersteckte, dass *er* in irgendeiner Form verantwortlich war für diese tödliche Kristallzone?

»Ist es möglich?«, wiederholte der Godar, noch immer lächelnd.

Mühsam beherrschte sich Terwyn. »Jeder Magier in Skaidar hätte es gespürt, wenn ich von dort aus so starke Magie gewirkt hätte, was ich im Übrigen nicht getan habe.«

»Das war keine wirkliche Antwort, doch vorerst genügt sie mir.« Die geschmeidige Gestalt in Schwarz nickte ihm zu, drehte sich um und ging davon. Schon war sie in einem Seiteneingang des Palasts verschwunden – doch Roán, der gerade aus den Ställen zurückkam, hatte sie noch gesehen. »Ah, du hast Bekanntschaft mit Alar del Mohayn geschlossen«, sagte er gepresst.

»Wer bei Shaquars Gnade ist dieser Godar?«

»Inzwischen der Kopf unserer Schwarzen Späher. Normalerweise hätte er keine Chance gehabt, schließlich stammt er nicht aus einer Edlen Familie, doch das hat er geschickt gedeichselt.«

»Wie denn?«, fragte Terwyn, während er Roán durch den gleichen Seiteneingang folgte. *Eins war klar, dieses kleine Gespräch eben war eine Warnung. Del Mohayn wollte mir signalisieren, dass er mich im Auge behält.*

»Er hat einen Scheinangriff auf den Palast inszeniert, auf den wir überhaupt nicht vorbereitet waren. Kopflose Hühner sag ich nur. Dann ist der Kerl seelenruhig zum Regenten marschiert und hat ihm aufgelistet, welche Schwachstellen seine Verteidigung hat. Noch am gleichen Tag gab es einige personelle Veränderungen in der Leibgarde und bei den Schwarzen Spähern, wie du dir denken kannst.«

Inzwischen waren sie im Inneren des Sommersitzes, und ihre Schritte echoten in den auf Hochglanz polierten Marmorgängen. Schon jetzt war es eine Qual, hier zu sein. Dort vorne war das Becken des kleinen Springbrunnens, an dem er Talea so oft geneckt hatte – sie hatte dort gerne einen Schluck getrunken, aber wenn sie nicht aufgepasst hatte, hatte er das Wasser in irgendwas anderes verwandelt, von Grünwein bis Rindentee. Dort vorne an der Ecke hatte Talea auf dem Weg zum Frühjahrsball eine Smaragd-Haarnadel verloren und war versehentlich draufgetreten. Bald würden sie an den Räumen vorbeikommen, in denen Talea damals gemeinsam mit ihm ihrer Mutter die Stirn geboten hatte …

Jede einzelne Erinnerung war wie eine Nadel in seinem Fleisch. Und es warteten noch viele von ihnen auf dem Weg zum Audienzzimmer des Regenten, zu dem Roán ihn anscheinend brachte. Terwyn versuchte, sich mit Fragen abzulenken. »Vertraut Favinius diesem Alar?«

»Ja, ich weiß, er sieht aus, als käme er aus Calisien. Seine Vorfahren stammen von dorther, glaube ich. Das ist nicht das Problem.« Roán verzog das Gesicht. »Vor zwei Jahren hat irrtümlich ein Stallbursche die prachtvolle Mähne von Alars Gaul gestutzt. Ein paar Tage später wurde der Junge tot in seinem Bett gefunden. Komisch, nicht?«

Während des ganzen Weges hatten sie niemanden getroffen. Doch nun standen sie vor den hohen Flügeltüren des Audienzzimmers, und zwei Leibgardisten blickten ihnen entgegen. Roán nickte ihnen zu, woraufhin sie ihm und Terwyn den Weg freigaben. Terwyns Herzschlag beschleunigte sich, als er die Wachen passierte und den Saal betrat. Dieser war weder so groß noch so prächtig wie der Audienzsaal im Orchideenpalast, doch immerhin war er mit edlen Möbeln aus dunkel gemasertem Holz eingerichtet, goldene Kelche standen für die Bewirtung von Besuchern bereit und Wandgemälde zeigten eingerahmt von Orchideen-Ornamenten die Geschichte der ersten Handelsverträge zwischen Skaidar und den Nachbarländern. Der altvertraute, herbe Geruch nach Räucherwerk stieg Terwyn in die Nase – hier war vor Kurzem eine Opferzeremonie für Ostra Namina abgehalten worden.

Sofort bemerkte Terwyn die drei Menschen, die am Rand des Raumes standen und leise miteinander sprachen: Favinius – eine kräftige, etwas füllige Gestalt mit dunklem Bart –, Alar del Mohayn ... und eine dritte Person, eine Frau. Ein brennendheißer Strom schoss durch Terwyn hindurch, Freude und Schreck zugleich. *Idassa.*

Sie hatte sich nicht die Mühe gemacht, ihre schweren schwarzen Haare hochzustecken, und trug ein schlichtes, fast schon strenges helles Kleid, darüber den weißen Umhang mit der Drachenschließe. Terwyns Blick glitt über Idassas ernstes, unbewegtes Gesicht, einen Moment lang war er enttäuscht darüber, wie kühl sie wirkte. Doch dann wurde ihm klar, dass sie es in dieser Situation unmöglich zeigen konnte, falls sie sich über dieses Wiedersehen freute. Sie war jetzt Erste Magus, so wie er damals, und musste ihrer Position gerecht werden.

Favinius' Miene zu deuten, war dagegen nicht schwer. Finster blickte er ihm entgegen, und obwohl Terwyn damit gerechnet hatte, bedrückte es ihn. *Kaum zu glauben, dass wir damals nach langen Beratungen manchmal die Füße hochgelegt und zusammen einen Grünwein getrunken haben.* Und einmal hatte er Favinius sogar das Leben gerettet, bei diesem beinahe erfolgreichen Attentatsversuch eines illegalen Magiers. *Wie lange ist das jetzt her? Acht Jahresläufe schon!*

»Terwyn«, begrüßte ihn der Regent schlicht, während Alar sich unauffällig und lautlos zurückzog. Idassa und Roán dagegen blieben und lauschten schweigend.

»Möge Ostra Namina Euch schützen, jetzt und immerdar.« Terwyn formte das Zeichen der Orchidee mit den Händen und verbeugte sich.

»Im Moment scheint sie uns nicht gerade ihre Gunst zu schenken ... oder uns zu beschirmen«, meinte Favinius grimmig. »Dieser Angriff sucht seinesgleichen. Deshalb bin ich froh, dass Ihr hier seid, obwohl Euch zu holen nicht meine Idee war. Ich will ehrlich mit Euch sein, Terwyn. Nach dem, was geschehen ist, wird es mir schwerfallen, Euch jemals wieder zu vertrauen.«

»Ich weiß«, sagte Terwyn. *Was ich getan habe, war unverzeihlich. Und Talea war seine Cousine! Er hätte sogar das Recht, mich exekutieren zu lassen. Die Versuchung war bestimmt groß. Schließlich hat er Dunkle Magie schon immer verabscheut.*

»Er hat noch nicht zugestimmt, uns zu helfen«, mischte sich Roán ein, er war sehr blass. »Dieser Schwur, den er sich auferlegt hat. Ihr wisst schon.«

Ein lastendes Schweigen senkte sich über sie. In Favinius' Gesicht arbeitete es. »Ich könnte Euch befehlen, diesen Schwur zu brechen.«

»Ich weiß«, sagte Terwyn noch einmal. Schon sehr früh in seiner Ausbildung hatte er so wie alle Magier in Skaidar einen Eid auf die Regierung Skaidars schwören müssen – einen magischen Eid, den selbst er nicht umgehen konnte. Jedenfalls hatte er es nie versucht.

»Aber ich werde das nicht tun«, sagte Favinius, und Lichtreflexe liefen über sein schweres besticktes Brokatgewand, als er die Arme kreuzte. Seine dunklen Augen sondierten ihn gnadenlos, und Terwyn versuchte nicht, diesem Blick auszuweichen. »Ein unwilliger Verbündeter ist wenig wert, und ich respektiere es, dass Ihr Euch mit diesem Schwur selbst bestrafen wolltet. Doch wenn Ihr jetzt nicht helft, Terwyn, und zwar mit allen Fähigkeiten, die Ihr besitzt ... dann wird dieser Schwur zu einem Fluch.«

Er hat recht, ging es Terwyn durch den Kopf. *MICH wollte ich damit bestrafen, nicht alle anderen!* Und doch war seine Zunge wie gelähmt, schaffte er es nicht, Ja zu sagen. Er hatte diesen Schwur ernst gemeint, verdammt ernst.

Wieder ergriff Favinius das Wort, seine Stimme klang langsam und schwer. »Talea war eine wunderbare Frau, sie fehlt meiner Familie noch immer. Bald nach ihrem Tod ist ihr Vater buchstäblich vor Kummer gestorben.«

Das hatte er nicht gewusst, und es war ebenso schwer auszuhalten wie alles andere. Terwyn schloss einen Moment lang die Augen und atmete tief durch, um sich wieder zu fangen.

»Ihr habt nun die Gelegenheit, all dieses Leid zu vergelten. Nutzt sie, Magus!«

Diesmal gab es keine andere Antwort als ein »Ja, das werde ich«. Terwyn lauschte dem Klang seiner Worte nach und wusste, dass sie nicht genügten. Dass es mehr als an der Zeit war, etwas hinzuzufügen. »Es tut mir entsetzlich leid, was passiert ist. Ich hätte nie gedacht, dass ... meine Experimente solche Folgen haben könnten. Wenn ich jetzt helfen kann, tue ich das.«

»Gut«, sagte Favinius knapp.

Es war Terwyn nicht entgangen, dass der Regent ihn *Magus* genannt hatte. Doch das war ein Ehrentitel, den er nie wieder tragen wollte, und eine Position, auf die er keinen Wert mehr legte. Er hatte nicht vor, jemals wieder den weißen Umhang zu tragen. *Was das mit dem Vertrauen angeht ... alles, was ich tun kann, ist, mit offenen Karten zu spielen. Nichts mehr zu verheimlichen. Zu helfen, und das ohne einen Moment daran zu denken, wie viele Jahresläu-*

fe Lebenszeit mich das wahrscheinlich kostet. Und gnädiger Shaquar, bewahre mich davor, durch meine Magie noch mehr zu zerstören!

Bei diesem Gedanken überlief ihn ein Schauer. Rasch wandte er seine Gedanken dem Problem zu, wegen dem er hier war.

»Diese eigenartige Abgesandte der Bornländer ... wo ist sie jetzt?«, fragte Terwyn. »Ist sie hier in Taracondé?«

»Ja«, mischte sich Idassa zum ersten Mal ein. »Sie hat keinen Versuch gemacht, zu fliehen, und befindet sich jetzt unter strengster Bewachung in einer mit Statinum ausgekleideten Arrestzelle.«

»Gut«, sagte Terwyn. Er wusste, dass seine nächste Bitte ihn nicht gerade beliebt machen würde, aber es musste sein. »Ich muss mit ihr sprechen, und zwar möglichst bald.«

»Es war nicht vorgesehen, dass Ihr Euch in die Verhandlungen einmischt«, sagte Favinius scharf.

Das war klar. Wieso sollte er jemanden, dem er nicht mehr vertraut, mit dem Feind reden lassen? »Habe ich auch nicht vor«, erwiderte Terwyn und fragte sich, ob das schon seine erste Lüge war. »Finden denn überhaupt noch Verhandlungen statt?«

»Nicht wirklich mit ihr, wir versuchen über Depeschen mit dem Bornland direkt in Kontakt zu treten«, erwiderte Idassa. »Die Abgesandte schmettert jedes Angebot, das wir ihr machen, freundlich, aber bestimmt ab. Mit ihr zu reden ist also vermutlich Zeitverschwendung.« Doch ihr Blick und der Gedanke, den sie ihm sandte, sagten etwas anderes. *Warte, das bekomme ich schon durch.*

Terwyn nickte ihr als Antwort fast unmerklich zu und spürte, wie ihm etwas leichter ums Herz wurde. Was auch immer sich daraus ergeben würde ... Idassa und er waren wieder in Kontakt.

Eins war klar – Talea musste an diesem Tag im Dschungel von den Verlobungsplänen gewusst haben, wahrscheinlich hatte sie ihnen sogar schon zugestimmt. Als wir uns geküsst hatten, hatte ich sie bereits verloren und es nur noch nicht gewusst.
Kein Wunder, dass sie mir danach aus dem Weg ging und ich ihr. Ich tröstete mich damit, meinen neuen Zirkel zusammenzustel-

len, um Favinius so dienen zu können, wie es einem Ersten Magus entsprach. Inklusive mir mussten es fünf Magier im Zirkel sein und keiner unter dem Vierten Strom. Zwei Leute hatte ich schon, den noch sehr jungen Roán und den künstlerisch begabten Handwerks-Magier Jomar, der bereits im bisherigen Zirkel Dienst getan hatte. Ich wurde zwar nicht ganz schlau aus ihm und er galt als schwierig, aber bisher leistete er hervorragende Arbeit und interessierte sich ebenso für Wasserdrachen wie ich. Er war der Einzige im Zirkel, der sich voller Aufregung mit mir auf den Weg machte, wenn irgendwo in einem Fluss oder im Meer ein Drache gesichtet worden war.

Ich hatte schon eine Idee, wie ich den Zirkel ergänzen konnte. Schon vor einer Weile hatte ich mich mit einer jungen Kommunikations- und Wetter-Magierin namens Idassa del Nelmon angefreundet, die hochtalentiert und willensstark war. Kein Wunder, dass sie unzufrieden war mit ihrer niederen Arbeit in der Wetterkontrolle. Sie war einen Kopf kleiner als ich, ihr Gesicht war eher eigenwillig als schön, und ihr Geist sprühte und funkelte förmlich. Wir spielten so manchen Abend miteinander Brigtar, diskutierten uns vor dem runden Brett die Köpfe heiß über irgendetwas und vergaßen die Partie darüber beinahe. Jedenfalls, bis uns beide der Ehrgeiz packte und wir wiederum alles andere aus dem Sinn drängten beim Versuch, uns gegenseitig aus dem Feld zu schlagen mit den kleinen, quasibelebten Figuren, die nach unseren Befehlen versuchten, gegnerisches Territorium zu besetzen.

»Sag mal, kannst du dir vorstellen, in meinem Zirkel mitzumachen?«, fragte ich sie eines Abends, und auf ihrem Gesicht ging förmlich die Sonne auf. Ihre lebhaften dunkelbraunen Augen strahlten mich an, und ihr breiter, großzügiger Mund verzog sich zu einem Lächeln. »Ja, natürlich! Aber ich bin erst beim Vierten Strom, reicht dir das denn?«

»Nein, das reicht nicht«, sagte ich ihr ganz offen. »Aber ich helfe dir, den Fünften Strom in den Griff zu bekommen. Auch den Sechsten, wenn dein Talent dafür reicht. Ich weiß zwar nicht, ob

ich als Lehrer was tauge, aber wenn du dir freche Bemerkungen verkneifst, kommen wir bestimmt miteinander klar.«

Sie warf mir eine Brigtar-Figur an den Kopf oder versuchte es jedenfalls. Die Figur – ein Schützenkommandeur war es, das weiß ich noch – prallte von meinem Bannkreis ab und marschierte dann im Stechschritt zu seiner Position zurück. Ich grinste. »Das geht nicht mehr, wenn ich erst mal dein Meister bin, ich hoffe, das ist dir klar?«

»Kann ich's mir noch mal überlegen?«, fragte Idassa.

»Vergiss es, ich brauche dich«, teilte ich ihr mit und erzählte ihr, wen ich noch für den Zirkel anwerben wollte. Mit etwas Glück bekamen wir als letztes Mitglied das Mädchen, das gerade einen wichtigen Magierwettbewerb im Norden des Landes gewonnen hatte – angeblich hatte sie ihr Preisgeld innerhalb weniger Tage verjubelt, aber das ging mich ja nichts an. Sie hieß Vicania und war spezialisiert auf Kommunikation und Heilung.

Keiner meiner neuen Gefährten ahnte, womit ich mich noch tröstete. Es war nun schon vier Jahresläufe her, dass mich eine knappe Erwähnung in einer alten Chronik neugierig gemacht hatte. Angeblich existierte eine Art von Magie, die vor langer Zeit geächtet und danach vergessen worden war. Zugang zu den Sieben Strömen gewährt je ein Wort, nach dem der jeweilige Strom auch benannt war, ein Wort, das jeder Adept erfuhr, wenn er begann, diesen Strom zu erforschen. Doch für diese verfemte Art der Magie brauchte man ein anderes, ein Dunkles Wort, das natürlich nirgendwo verzeichnet war. Neugier war schon immer mein stärkster Antrieb gewesen, und die geheime Suche nach diesem Wort faszinierte mich.

Und die Orchideen würden mir dabei helfen.

Ich wusste schon seit Langem, dass sie psychotrope und magiforme Substanzen enthielten – wenn man die Schule schwänzt, hat man Zeit für die wirklich interessanten Dinge des Lebens. Inzwischen hatte ich bei mehr als zwei Drittel aller Orchideenarten herausgefunden, was ihr Saft bewirkte. Ein paar Erwähnungen in alten Büchern halfen mir dabei weiter, aber um Experimente

kam ich nicht herum. So stellte ich fest, dass man mithilfe der hellgelben, rosa angehauchten Chira ondulas die magischen Ströme sehen kann, wenn auch nur ganz zart und durchsichtig. Man erkennt all die Wirbel, Windungen, Stromschnellen und Hindernisse, die man sich normalerweise mühsam vorstellen muss. Leider hält das nicht lange an, und danach muss man durch Cruzarks Reich der Qualen gehen, denn alle Geräusche verstärken sich ein paar Stunden lang bis zur Unerträglichkeit. Ebenso nützlich fand ich die hübsche blaue Chira utido. Sie hemmt die magischen Fähigkeiten, was dir das Leben retten kann, wenn du eine ernsthafte Blockierung hast. Denn in solchen Fällen staut sich die magische Energie in dir, und sich von ihr abzuschotten hat heilsame Wirkung.
Nicht immer war die Wirkung erfreulich. Eine Orchideenart ließ mich so aggressiv werden, dass ich mich mit zwei Nachbarsjungen prügelte (aber immerhin gewann), durch eine andere bekam ich leider die Fähigkeit, durch meine Augenlider hindurchzusehen, und konnte eine ganze elende Nacht lang nicht schlafen. Damals stellte ich auch fest, dass die sonst so nützliche Chira utido leider Nebenwirkungen hat – ich dachte einmal einen halben Tag lang, ich wäre unsichtbar, aber in Wirklichkeit war ich es gar nicht. Es war grauenhaft peinlich! Und als ich meine eigene Orchidee, eine dunkelblaue Alea xades, die ich zu meiner Volljährigkeitszeremonie bekommen hatte, probierte, wurde mir einfach nur übel. Nicht mal durch ihre magische Veränderung brachte sie mir etwas, denn der missgünstige Magus unseres Ortes hatte ihr die Eigenschaft gegeben, dass jede gepflückte Blüte mich bei Kälte innerlich wärmte. Danke, ganz herzlichen Dank, das war in einem tropischen Land wie Skaidar wirklich nützlich.
Am wichtigsten für meine Suche nach dem Dunklen Wort war Chira jubalis. In einem Buch aus dem 2. Jahrhundert – es war also fast tausend Jahre alt – hatte ich gelesen, dass es selbst den stärksten Magiern nur im Traum möglich ist, Hinweise auf das Dunkle Wort zu erhaschen. Sie sind verschlüsselt und schwer zu finden, und die meisten Magier schrecken, so die Berichte, ins-

tinktiv davor zurück, weil sie die Gefahr spüren. Du siehst etwas aus dem Augenwinkel, hörst ganz in der Ferne einen bestimmten Klang, erinnerst dich an etwas, was du selbst im Traum schon halb vergessen hast und nach dem Aufwachen erst recht. Keine Chance ... eigentlich. Doch der Saft der Chira jubalis erlaubt, sich klar und im Detail an seine Träume zu erinnern. Wenn ich so tatsächlich irgendeinen Hinweis fand, konnte ich ihn analysieren und niederschreiben. Das war die Orchidee, hinter der ich bei dieser Begegnung mit Talea im Dschungel her war.

Leider gab es keine Orchidee, die mir half, Talea zu vergessen. Und da sie weiterhin in Taracondé weilte, blieb es nicht aus, dass wir uns versehentlich über den Weg liefen – bei den Ställen, in den Speisesälen, wo sie qualvolle fünf Plätze entfernt von mir saß, bei offiziellen Empfängen. Wie konnte es sein, dass sie ein so besonderer Mensch für mich geworden war, obwohl ich sie kaum kannte? All das, was ich ihr sagen wollte und nicht aussprechen konnte, zog mich in die Tiefe, als sei jedes dieser Worte ein Bleigewicht.

Ich hielt diese vergebliche Sehnsucht nicht mehr aus, und die Hochzeitsvorbereitungen, die ihre extravagante, immer hochmodisch gekleidete Mutter in die Hand genommen hatte, schon gar nicht. Also ließ ich mich von Favinius nach Mariou beordern, um dort zwischen Magiern und Händlern zu vermitteln. Rasch packte ich meine Sachen für die Reise. Mein Glücksbringer war leider ein bisschen groß, um ihn mitnehmen zu können – es war ein alter Goldhyänen-Schädel, den ich mal im Dschungel gefunden hatte und seither zum Entsetzen des Hofstaates als Briefbeschwerer benutzte. Aber Proviant konnte ich einpacken, also machte ich mich auf den Weg in die Kellerräume, um mir welchen zu besorgen. Sollte doch der Koch einen Anfall bekommen, weil ich hier herumstöberte. Seit ein niederer Hofbeamter, der Magier hasste, versucht hatte, mich zu vergiften, suchte ich mir das, was ich aß, lieber selbst aus.

Viele Bewohner des Sommersitzes wussten nicht einmal, dass es ein Untergeschoss gab. Taracondé sah aus, als würde es der

Schwerkraft trotzen – die geschwungenen Steinbögen der Fassade wirkten dank Magie leicht wie Federn, die großen Fensterfronten mit ihren Buntglasmosaiken spiegelten die Springbrunnen der Gärten. Doch hinter sorgfältig verborgenen Zugängen gab es Treppen, die nach unten führten. Dort fanden sich Arrestzellen und verwinkelte, unterirdische Lagerräume für Wein, Bier, Gemüse und andere Lebensmittel.

Genau dort, in einem der Räume, die nach kühlem Stein und reifem Obst rochen, suchte ich mir aus einer Kiste eine Handvoll Kaschuggen heraus, als ich ein Geräusch hörte. Es klang nach einer Art Rascheln. Ratte oder Bediensteter? Rasch zog ich mich in eine Wandnische zurück und überlegte, ob ich dem Raum Licht entziehen sollte, damit es zu düster wurde, um mich zu entdecken.

Zu meiner Überraschung sah ich gleich darauf, dass das Geräusch von den raschelnden Röcken einer jungen Frau mit langen dunklen Haaren hervorgerufen wurde. Talea! Mir war zumute, als hätte mir jemand einen Schlag auf den Kopf verpasst. Sie trug ein prachtvolles mitternachtsblaues Kleid, stöberte aber in einem Regal mit alten, verstaubten Flaschen herum. Verblüfft beobachtete ich sie einen Moment lang und rief dann eine Flamme aus der Luft, um den Raum zu erhellen. Gleichzeitig räusperte ich mich. »Darf ich? Dann siehst du mehr und findest vielleicht, was du suchst. Was darf's sein, Grünwein vielleicht?«

Talea fuhr erschrocken herum, und ich sah, dass ihr Gesicht aufgequollen und von Tränenspuren überzogen war. Trotzig fuhr sie sich mit dem dreckigen Handrücken übers Gesicht und blickte mich an, so offen und verletzlich, wie ich sie noch nie gesehen hatte, nicht mal im Orchideenwald. »Drachenwasser«, sagte sie müde. »Das hilft doch angeblich, wenn's einem mies geht, oder?«

In diesem Moment begriff ich, dass sie von dieser Hochzeit ebenso wenig begeistert war wie ich. »Es tut mir leid«, sagte ich hilflos.

»Muss es nicht. Ich wusste schon immer, dass sie mich irgend-

*wann verschachern würden.« Sie zog eine alte Flasche hervor und studierte das Etikett. Kein Drachenwasser, aber immerhin Wolfsmilch. Mit einem schnellen Ruck zog sie den Korken hinaus. »Na dann, gesegnet sei die gnädige Ostra Namina!« Ich nahm ihr die Flasche weg. »Wieso hast du nicht Nein gesagt? Immerhin ist es dein verdammtes Leben, nicht ihres!«
»Ja, genau, es ist mein verdammtes Leben. Deshalb weiß ich nicht, was dich das angeht!« Sie blickte mir geradewegs in die Augen, machte aber keinen Versuch, wieder an die Wolfsmilch heranzukommen. »Du weißt nicht, wie sich das anfühlt, schon als Kind vorgeschickt zu werden, weil die Gläubiger sich womöglich von einem niedlichen Mädchen beschwatzen lassen, noch länger auf ihr Geld zu warten! Du weißt nicht, wie es ist, Hunger zu haben und es nicht zeigen zu dürfen, weil du sonst das Gesicht verlierst! Meine Familie war schon so oft pleite, dass ich es nicht mehr zählen kann, und alles nur, weil meine Mutter das Geld mit vollen Händen rauswirft!«
Betroffen musterte ich sie. Mir war nicht klar gewesen, was hinter den Fassaden der Edlen Familien so alles vorging. »Noch ein Grund mehr, Nein zu sagen. Sag deiner Mutter, wenn sie sich was leisten will, soll sie dafür arbeiten. Und zwar selbst!«
Talea lachte hysterisch los, die dunkelbraunen Haare hingen ihr ins Gesicht. Anscheinend hatte sie schon das eine oder andere Glas Wein intus. »Das will ich sehen, wie meiner Mutter jemand so was sagt. Sag du es ihr!«
»Mach ich«, sagte ich. Zu dieser Zeit hatte ich vor manchem Angst – zum Beispiel vor dem Siebten Strom, der mich jedes Mal fast in die Tiefe riss, wenn ich versuchte, mit ihm zu arbeiten –, aber nicht vor einer aufgeblasenen Schabracke, die dachte, sie sei die Herrscherin der Welt.
Ungläubig starrte Talea mich an. »Du meinst das ernst, oder?«
»Na klar«, sagte ich. »Gehen wir?«
»Vergiss es, ich komme nicht mit!«
»Dann gehe ich eben alleine«, sagte ich, verwandelte die zwei oder drei schlimmsten Flaschen, an die sie womöglich herankom-*

men konnte, in Glasskulpturen ohne Öffnung und marschierte im Halbdunkel die Treppen hinauf.

»Terwyn!«, schrie Talea mir nach.

»Was?« Ich hielt kurz auf den Stufen inne, hörte aber schon, dass sie hinter mir herhastete. Kurz darauf hatte sie mich eingeholt.

»Warte. Wenn du es ihr sagst, dann ... das wäre nicht ... ich muss selbst stark genug sein, verstehst du das?«

In diesem Moment konnte ich nicht anders. Ich hob die Hand und strich ihr zärtlich über die Wange, wischte ein paar der Tränenspuren weg. »Ja. Das stimmt. Aber ich begleite dich. Vielleicht mäßigt sie sich ein bisschen, wenn noch jemand dabei ist. Hat sie Erfahrung mit Magie?«

Talea schüttelte den Kopf, und ich lächelte sie ermutigend an.

»Prima, dann kann ich ihr damit drohen, sie in eine Gefleckte Algenschnecke zu verwandeln.«

Das brachte sie zum Lächeln – Ziel erreicht.

Sehr, sehr langsam bewegten wir uns die Treppen hinauf, einen Schritt nach dem anderen.

»Du hast wahrscheinlich schon immer gearbeitet, oder?«, fragte mich Talea, und diesmal zog sie mich nicht auf, sie wollte es wirklich wissen.

»Wenn man auf einem Bauernhof aufwächst, lässt sich das leider nicht vermeiden – mit fünf Jahren hatte ich schon ein halbes Dutzend Aufgaben«, berichtete ich und redete einfach weiter, erzählte ihr lustige Anekdoten über meine drei Brüder, versuchte sie abzulenken. Bis wir schließlich vor den Gemächern standen, in denen ihre Familie logierte, wenn sie in Taracondé war. Kurz ergriff ich Taleas Hand und drückte sie. Dann wartete ich ab.

Die junge Frau neben mir wischte sich noch einmal über das Gesicht, was es nicht gerade verschönerte, dann straffte sie die Schultern und stieß die Tür auf, ohne anzuklopfen. Ich war sehr stolz auf sie in diesem Moment.

Taleas Mutter saß auf einem mit Pfauenfedern geschmückten Sofa mit vergoldeten Füßen in Form von Vogelkrallen. Sie trug ein besticktes, grünes Seidenkleid, das wahrscheinlich so viel ge-

kostet hatte, wie meine Eltern in einem Jahreslauf verdienten, und ihr Haar war zu der gerade so modernen Nestfrisur hochgesteckt worden. Sie nippte an einer Tasse aus Bornländer Eierschalenporzellan. Als sie Talea und mich sah, ließ sie erstaunt die Tasse sinken. Offenbar wusste sie nicht recht, wie sie auf meine Anwesenheit reagieren sollte – schließlich war ich nun Erster Magus und ihr dadurch gesellschaftlich mindestens ebenbürtig. Schließlich ließ sie sich zu einem Kopfnicken herab. »Talea, hast du den Magus mitgebracht, damit er mein Kleid richtet, das die Wäscherin versehentlich verfärbt hat? Das ist aber lieb von dir!«
»Nein, eigentlich nicht«, sagte Talea und holte tief Luft. Dann sagte sie ihr, dass aus der Hochzeit nichts werden würde und warum. Der Ausdruck im Gesicht ihrer Mutter war eine Kiste Gold wert – mindestens. Ich versuchte währenddessen, eine neutrale Miene zu wahren, ja, ich hatte das seither geübt.
Unser Plan funktionierte, in meiner Gegenwart gab es nur ein Drama dritten Grades, kein Erdbeben. »Aber Talea-Schätzchen!«, sagte ihre Mutter zum Abschluss scharf. »Wenn nicht Vispino, wen willst du denn dann heiraten?« Ihr Blick fiel auf mich. »Doch nicht etwa …?«
Talea wandte sich zu mir, und das tiefe, herzliche Lächeln, das sie mir schenkte, ließ meine Knie weich werden. »Mal sehen«, sagte sie.
Von diesem Tag an waren wir zusammen.

* * *

Das da mitten auf der Handelsstraße war eindeutig weder Kirschsaft noch Rotweidensud. Halb entsetzt, halb fasziniert starrte Rhi auf die Lache, die sich neben dem zerstörten Fuhrwerk ausgebreitet hatte. Es war lange her, dass sie eine solche Menge Blut gesehen hatte. Der dazugehörige Tote war nirgendwo in Sicht, wahrscheinlich hatte ihn schon jemand weggeschafft. Eine Menge Fliegen interessierten sich auffallend für irgendetwas im Straßengraben. Nein, sie würde besser nicht nachschauen, was dort lag!

Mit einem mulmigen Gefühl im Magen sondierte Rhi die Umgebung. *Großer Jaral, Herr des Handels, es müssen feindliche Kämpfer ganz in der Nähe sein! Und was ist das eigentlich für ein Lärm?*

Weg weg schnell!, rief Zad, der hoch über ihr schwebte.

Ach, der Graben sah eigentlich doch ganz einladend aus. Rhi erreichte ihn gerade noch rechtzeitig und warf nur einen kurzen Blick auf das, was ihr dort Gesellschaft leistete, dann beobachtete sie, wie mit donnernden Hufen und klappernder Ausrüstung ein Regiment an ihr vorbeipreschte. Die Brustpanzer dunkel glänzend, am Sattel lange Lederstachelpeitschen, auf dem Rücken Breitschwerter.

Danke für die Warnung, schickte Rhi ihrem Freund nach oben und fühlte, wie sich ihr Herzschlag langsam beruhigte. Zum Glück waren es keine feindlichen Soldaten – sie trugen das Grün-Silber der Skaidarer Truppen –, doch es war ja egal, wer einen über den Haufen ritt, verletzt wurde man auf jeden Fall.

Als die Soldaten verschwunden waren, arbeitete sich Rhi hustend aus der Staubwolke heraus und ritt weiter in Richtung Khendar. *Wie sieht's im Ort aus?*, erkundigte sie sich vorsorglich bei ihrem Späher.

Noch nicht angegriffen worden, glaub ich, berichtete ihr Zwergdrache. *Trotzdem aufgestörtes Ameisennest!*

Ja, so konnte man das beschreiben. Die Straßen waren von Kutschen und Wagen verstopft, Leute rannten aus allen Richtungen über den Weg, ohne sich vorher umzublicken, eine Frau schrie und weinte völlig außer sich. Direkt vor Rhi stieg wiehernd ein Pferd, weil es sich nicht anspannen lassen wollte.

All das machte sie nervös und ihr Reittier erst recht. Es half nicht gerade, dass sich Zad hinter Rhi hockte, um sich mittragen zu lassen, die Flügel eng angelegt, die Krallen ins Leder des Sattels geschlagen, während der hornige Schwanz die Flanke des Pferdes streifte. Ihr Wallach schnaubte protestierend.

»Reg dich ab, das kennst du doch schon«, murmelte Rhi und streichelte ihm beruhigend den Hals, während ihr Zads staubiger Reptiliengeruch in die Nase stieg. »Wir suchen die Magus, und dann darfst du nach Hause, Dicker.«

Sie bahnten sich einen Weg bis zur Residenz von Magus und Primus, einem zweistöckigen Gebäude aus weißem Stein, dessen Tür drei silberne Wellen zierten. Dritter Strom war nicht übel, doch weniger schön war, dass diese Orts-Magus wenn sich Rhi recht erinnerte, auf kulinarische und handwerkliche Zauberei spezialisiert war. *Bessere Verpflegung für die Truppen ist schön und gut, aber wenn einem jemand die Kehle durchschneidet, erreicht das Essen den Magen nicht ...*

Rhi hämmerte an die Tür, doch nichts geschah. Erst nach langen Minuten hörte sie schlurfende Schritte, dann blickte ihr ein alter, gebeugter Haushofmeister eulenäugig entgegen und ließ sie eintreten. »Tut mir leid, *Vistra*, unsere edle Magus ist berufen worden, bei der Verteidigung zu helfen ... natürlich ist sie sofort losgeritten, um den Truppen beizustehen. Ihr habt sie knapp verpasst, zur fünften Tagstunde war sie noch hier.«

Na wunderbar. Rhi kniff die Lippen zusammen. Durch die offene Tür zum Audienzraum konnte sie die schlichte Steinsäule sehen, die normalerweise für die Kommunikation genutzt wurde. Es ging herrlich schnell, darüber eine Botschaft zu verschicken – einfach die Gebühr begleichen und die Botschaft auf die Säule legen, schon verschwand sie und tauchte bei einer anderen Säule wieder auf, die sich dem Zielort am nächsten befand. Boten brachten sie von dort aus zum Empfänger. Nur leider funktionierte das alles durch Magie. Keine Magus – keine Botschaft!

»In welche Richtung ist sie geritten?«, fragte Rhi.

»Ihr wollt ihr doch nicht etwa folgen? Nein, nein, Ihr dürft sie nicht bei ihrem großen Werk stören!« Der Haushofmeister blickte Rhi vorwurfsvoll an. Dabei übersah er zum Glück, dass Zad hinter ihm gerade ein Loch in eine Fensterscheibe schmolz, vielleicht um dem Gespräch besser folgen zu können.

Was für ein großes Werk genau? Ein Zehn-Gänge-Menü für den Kommandeur?, ging es Rhi durch den Kopf. »In welche Richtung ist sie geritten? Es ist wirklich wichtig!«

»Wichtig ist jetzt nur, dass wir diesen Krieg gewinnen, junge Frau«, beschied ihr der Alte, und bevor Rhi es sich versah, stand sie wieder im Vorgarten. Dieser Kerl hatte Übung darin, Bittsteller auf die Straße zu setzen!

Beunruhigt stellte Rhi einen Fuß in den Steigbügel, stieß sich mit dem anderen Fuß ab und zog sich am Sattel hoch. Zur fünften Tagstunde war die Magus aufgebrochen? Dann war sie garantiert schon aus dem Ort hinaus. Fragte sich nur, in welche Richtung, es gab bestimmt mehrere Truppeneinheiten in der Gegend. *Zad, schau mal auf der Straße nach Norden, ob du eine Dame in einem weißen Umhang sichtest*, bat Rhi ihren Zwergdrachen, und begeistert über die Aufgabe flatterte Zad los. Schon kurz darauf hörte sie ihn wieder: *Hab sie hab sie das muss sie sein! Ich halte sie auf bis du bei ihr bist.*

Rhi fragte sich, wie er das anstellen wollte. So wie die meisten Zwergdrachen ging auch er einem Menschen nur bis zum Knie, und gegen eine Magierin waren seine bescheidenen Fähigkeiten, Feuer zu spucken, wohl kaum von Nutzen. *Sei vorsichtig!*, empfahl sie ihm und überredete den Wallach zur schnellsten Gangart, die seine steifen Beine noch hergaben. Plötzlich hörte sie Zad aufquieken und ahnte, dass er sich diesmal mit der Falschen angelegt hatte. Mit einer Magierin des Dritten Stroms war nicht zu spaßen.

Kurz darauf fand sie Zad flügellahm, aber unverletzt im Straßengraben, und in der Ferne wehte ein weißer Umhang von den Schultern einer Reiterin mit mehreren Begleitern. *Los fang und beiß sie, sie ist gemein!*, forderte Zad ungnädig, gerade kroch er auf die Straße zurück.

Ich weiß nicht, ob das eine gute Idee ist – das mit dem Beißen jedenfalls, gab Rhi zurück.

Ihr Wallach schnaufte schon, doch irgendwie schafften sie es, die kleine Gruppe einzuholen. Einige Soldaten begleiteten die Magierin, darunter ein Offizier, das erkannte sie schon von hinten an seiner gelben Schärpe.

»Ho! Ich habe eine wichtige Botschaft!«, keuchte Rhi, und zum Glück zügelten die Soldaten und die Magierin ihre Tiere. Rhi bemerkte, dass das Symbol einer gelben Orchidee mit drei Blütenblättern die Brust des Offiziers schmückte – ein Sarim, das war kein sonderlich hoher Rang, aber vielleicht war er trotzdem nützlich.

»Eine Botschaft? Von wem?«, fragte der Offizier nüchtern, und Rhi wurde klar, dass sie einen Fehler gemacht hatte. *Kommt vermutlich nicht gut, wenn ich jetzt »von mir« sage ...*

»Ähm, ich möchte eine wichtige Beobachtung melden – eine Beobachtung magischer Art«, sagte Rhi und wandte sich nun direkt an die Magierin, eine Frau in mittleren Jahren, die bisher schweigend zugehört hatte. Sie hatte die helle Haut der Ostländer Linie, ihr langes rotblondes Haar hatte sie aus der Stirn gekämmt und zu einem Zopf gebunden. Ihr Gesicht wirkte verkniffen und nervös.

»Was ist denn passiert?«, fragte die Magus.

Kurz berichtete Rhi, welche eigenartige Zeremonie sie beobachtet hatte und dass ihr die beiden Beteiligten seltsam und verdächtig erschienen waren. Während sie zuhörte, nickte die Magierin mehrmals, doch sie wirkte abwesend, schien sich kaum auf ihre Worte konzentrieren zu können.

»Das klingt wirklich seltsam, aber wahrscheinlich waren es nur Leute aus der Gegend, die sich mit einem Ritual vor drohender Gefahr schützen wollten«, sagte die Frau schließlich. »Solche alten Rituale gibt es viele, und so gut wie alle sind unwirksam.«

Rhi wurde klar, dass diese Magierin ihr zwar glaubte, aber mit ihrer Information nichts anfangen konnte. »Es waren keine Leute aus der Gegend, es waren eigenartige Fremde!«, betonte sie verzweifelt.

Sofort horchte der Offizier auf. »Fremde? Waren es Bornländer?«

»Nein, sie kamen offenbar aus dem fernen Westen und ...«

Noch bevor Rhi ihren Satz beendet hatte, spürte sie, wie das Interesse ihrer Zuhörer schwand. »Wir müssen weiter«, drängte der Offizier und wandte sich an die Frau. »Habt Ihr in Khendar magische Tarnverstecke eingerichtet wie besprochen? Dann könnte sich diese junge Dame dorthin zurückziehen.«

Verlegen blickte die Magus zur Seite. »Ja ... nun ja ... ich habe mein Bestes getan. Ich bin eine Kulinarische Magierin und keine Schutzmagierin, wie Ihr wisst.«

Irgendwie tat sie Rhi leid.

Der Offizier wandte sich wieder an Rhi. »Na dann ... besser, Ihr begebt Euch an einen anderen sicheren Ort, *Vistra*, und meidet die offene Straße. Ach ja, das da vorne ist nicht etwa Euer Drache, oder?«

Rhi hielt es für besser, nicht zu antworten.

Wenige Momente später war sie allein auf der ungepflasterten Straße. Was jetzt? Aufgeben? Zurückreiten, nur weil diese völlig überforderte Magus nichts begriffen hatte? Aber was war, wenn das, was sie beobachtet hatte, wirklich entscheidend war, wenn es etwas mit diesem Krieg zu tun hatte? *Ich muss weiter und einen Magier finden, der mir zuhört – am besten eine wichtige Persönlichkeit, jemanden, der dem Regenten selbst dient!*

Wie weit musste sie wohl reiten, um so jemanden zu finden? Es wäre so viel einfacher, zu ihrem Handelsposten zurückzukehren und sich um ihre eigenen Angelegenheiten zu kümmern. Doch wie eine Klinge schnitt der Gedanke in ihre Seele, dass ihr Vater nicht mehr dort war und auf sie wartete. Ihre Mutter, Ninian ... alle fort. *Vielleicht ist es sogar besser, wenn ich weiterreite ... so weit weg wie möglich von diesem furchtbar leeren, stillen Ort!*

Es gab noch einen anderen Grund, der sie zögern ließ, aufzugeben. In der Regenzeit hatten ihre Eltern ihr und ihrem Bruder oft Geschichten über ihre verstorbene Großmutter Calinda erzählt. Einst war sie eine große Abenteurerin gewesen, die Wüsten, Gebirge und fremde Rassen erforscht hatte. Einmal hatte sie durch ihr mutiges Eingreifen einen Krieg zwischen zwei verfeindeten Völkern verhindert, obwohl sie dabei selbst verletzt worden war. Besonders Ninian hatte diese Geschichte immer wieder hören wollen – vielleicht, weil so viel Mord und Totschlag darin vorkam.

Diese Geschichten, all diese Erinnerungen sind mein eigentliches Erbe, ging es Rhi durch den Kopf, und sie fühlte, wie sich ihre Schultern unwillkürlich strafften. *Jetzt bin ich es, die meine Familie vertritt. Wer wir waren ... und wer wir sind.*

Mit hängenden Flügeln watschelte Zad auf sie zu und versuchte, ihr auf die Schulter zu fliegen. Das tat er gerne, wenn er in anhänglicher Stimmung war. Rhi taumelte unter seinem Gewicht. *Zad! Du bist zu groß dafür, kapier das doch endlich!*

Na gut, lenkte er ein, flatterte auf den Boden zurück und begann, sich mithilfe seiner Öldrüse die Schuppen zu pflegen. *Also, was machen wir?*

Eins ist klar. Meine Großmutter Calina hätte keinen Moment gezögert, sie wäre losgeritten und hätte allen Widerstand einfach niedergewalzt. Und mein Vater hätte sicher auch nicht aufgegeben, wenn er überzeugt gewesen wäre, dass es wichtig ist. Seufzend feuchtete Rhi ihre Finger an und rieb sich halb eingetrocknete Drachenspucke von der Schulter. Das Zeug klebte!

Na dann, worauf wartest du noch?, gab Zad zurück, spreizte die Halsschuppen und schlug mit den Flügeln, als kämpfte er mit einem unsichtbaren Gegner.

Darauf, dass ich mich wenigstens eine Spur wie Calinda fühle, gab Rhi gereizt zurück. *Aber das ist vermutlich zu viel verlangt.*

Sie trieb ihren Wallach an. Hoffentlich dauerte es nicht mehr allzu lange, bis sie ihre verdammte Botschaft loswurde!

4

Schweigend stand Terwyn neben Idassa, während sie sich vor dem Regenten verbeugte. »Wenn Ihr einverstanden seid, bringe ich del Cresta jetzt zum Zirkel, damit wir sofort mit der Arbeit beginnen können.«

»Tut euer Bestes, sonst stirbt dieses Land.« Favinius warf ihnen einen letzten Blick zu, dann wandte er sich ab, um mit dem Kopf seiner Schwarzen Späher zu konferieren. Roán verbeugte sich, warf Terwyn noch einen Blick zu und lief dann in Richtung des Westflügels, in dem sich die Räume des Zirkels befanden.

Einen Moment lang gingen Idassa und Terwyn still nebeneinander her, bis sie außer Hörweite waren. Dann wandten sie sich fast gleichzeitig einander zu, und erleichtert sah Terwyn, dass ein Lächeln auf Idassas Gesicht aufblühte. »Ich bin so froh, dass du hier bist«, sagte sie und berührte mit den Fingerspitzen seinen Arm. »Terwyn ... ach, verdammt! Das mit Talea ... du hast uns damals mit einem einzigen, kryptischen Satz alleingelassen. Und ich verstehe heute noch nicht, was du damit gemeint hast. Hättest du uns verdammt noch mal nicht wenigstens schreiben können, um zu erklären, was passiert ist?«

Terwyn fühlte, wie seine Kehle sich zusammenschnürte. »Bis vor Kurzem habe ich nicht geschafft, darüber zu reden. Es tut mir leid.«

»Entschuldigungen bringen uns nicht weiter, wir müssen jetzt handeln«, sagte Idassa nüchtern, und Terwyn nickte. Wie seltsam, dass sie jetzt diejenige war, die entschlossen agierte und alles zusammenhielt. Früher war er das gewesen, und es war ihm leichtgefallen. Das schien unendlich lange her zu sein.

Gleich würde er seinem ehemaligen Zirkel – der jetzt *ihr* Zirkel war – gegenüberstehen, beim Gedanken daran wurde ihm wieder mulmig zumute. Wie würden die anderen auf ihn reagieren? Sie waren sich so nah gewesen damals, und dann hatte er sie auf so furchtbare Art im Stich gelassen.

Seine ehemalige Adeptin führte ihn in den Westflügel des Gebäudes, und Terwyn war froh, dass sie dabei nicht an seinen ehemaligen Arbeitsräumen vorbeikommen würden oder an den Zimmern, die er mit Talea geteilt hatte. Auf halbem Weg kam eine Dienerin auf ihn zu, auf dem Arm einen Stapel saubere Kleidung. Sie war ganz offensichtlich halb gelähmt vor Furcht, streckte ihm die Sachen wortlos entgegen und floh, sobald er ihr alles abgenommen hatte.

Idassa zeigte ihm eine Kammer in der Nähe der Bibliothek, seine neue Bleibe. »Am besten, du ziehst dich schnell um, ja? Ich warte auf dich.«

Die Kammer war karg eingerichtet – ein Bett, ein Waschtisch, eine Kommode, auf der eine Kerze stand. Rasch streifte sich Terwyn das, was er auf seinem Berg getragen hatte, über den Kopf und zog sich die frischen Sachen über – eine schwarze Tunika mit dezenten Stickereien in Grün und Silber, einen Ledergürtel mit Wasserdrachen-Schließe, lockere Beinkleider, Sandalen. Jetzt sah er nicht mehr wie ein Einsiedler aus, und das war besser so, solange er in Tarascondé war und mit anderen Leuten zu tun hatte. Nicht, dass die Mitglieder des Zirkels so etwas interessieren würde. Nichts war wichtig, solange dieser tödliche Kristall vorrückte und immer größere Teile von Skaidar verschlang.

Die Ledertasche mit dem Manuskript verstaute er unter dem Bett, und bevor er das Zimmer verließ, sicherte er die Tür mit dem stärksten Siegelzauber, den er gerade zustande brachte. Waren diese Seiten hier sicher? *Ich muss sie verbrennen*, dachte Terwyn wieder einmal und sann kurz über gute Vorsätze und ihre Haltbarkeit nach.

Der Zirkel traf sich wie üblich in einem eigens für ihn vorgesehenen, magisch gesicherten Raum, dem Refugium. Idassa schenkte Terwyn noch ein flüchtiges Lächeln, dann traten sie ein. Wie viel Zeit er in diesem Raum verbracht hatte! Es fühlte sich seltsam an, zurück zu sein. Einen Moment schloss Terwyn die Augen und sog den Geruch nach alten Büchern, Samt und Orchideenöl ein, der hier in der Luft hing. Der größte Teil des Refugiums bestand aus einer freien, auf Hochglanz polierten Parkettfläche, in der wertvolle, verschiedenfarbige Hölzer die Form eines Wasserdrachen bildeten. Am

Rand des Raumes, nah bei den hellen Marmorwänden, stand wie früher ein schlichter, runder Tisch mit sechs Stühlen daran – fünf für den Zirkel, einer für Gäste – und zwei bequeme Sofas. Ein halb hinter einem Vorhang verborgenes Feldbett in einer Ecke war hinzugekommen. An einer der Wände erhob sich ein deckenhohes Bücherregal mit Hunderten von Werken über Magie. Obwohl es Mittag war, wurde der Raum von zwei Kerzenleuchtern erhellt, denn schwere weiße Samtvorhänge verhüllten die Fenster.

Als Terwyn mit Idassa hereinkam, verstummten die Gespräche ganz plötzlich.

Da saßen sie um den Tisch herum – Vic, Jomar und Roán, drei der stärksten Magier in ganz Skaidar. Mit einem selbstbewussten, fast herausfordernden Blick musterte ihn der gut aussehende junge Mann, zu dem Roán geworden war. Im Kerzenlicht wirkten seine durchdringend blauen Augen dunkel wie Schiefer. *Noch kommt er mir fremd vor,* dachte Terwyn, und ihm war nicht ganz wohl zumute, wenn er an die Gefühle dachte, die er auf dem Berg in Roán gespürt hatte.

Neben ihm saß Vic, die als Einzige von ihnen aus einer Edlen Familie stammte. Vic, die immer so gerne gelacht und keine Feier ausgelassen hatte, die früher gemeinsam mit Roán so manchen Blödsinn ausgeheckt und Terwyn beigebracht hatte, wie man einen echten Drachengurgler mixte. Sie musste inzwischen Mitte zwanzig sein und wirkte etwas weniger jungenhaft als damals, obwohl sie ihre dunklen Haare noch immer kurz trug. Ihre vorne geschnürte Bluse mit den weiten Ärmeln wirkte eher verwegen als modisch. Wo war ihr zahmes Noynoy geblieben, das sich ihr früher oft um den Hals gelegt hatte wie ein lebender, beigefarbener Pelzkragen? Vermutlich tot, sie wurden nur etwa fünf Jahresläufe alt.

»Hey, Terwyn.« Vic versuchte ihn anzulächeln, wirkte aber befangen. *Kein Wunder, sie hat sich gut mit Talea verstanden. Wird sie mich jemals wieder als etwas anderes sehen können als den Mann, der sie getötet hat?*

»Holla, bist du dünn geworden, hattest du nichts zu essen auf diesem Berg?«, sagte Jomar, der so wie Terwyn selbst Anfang dreißig war und mit seiner hohen Stirn ein bisschen wie ein Gelehrter aussah. Er hatte sich einen Bart wachsen lassen, der ihm nicht besonders gut stand; seine leicht gelockten blonden Haare fielen ihm offen über die Schultern. Nachdem er Terwyn einen Moment lang skeptisch gemustert hatte, stand er auf und ging ihm entgegen. Unwillkürlich versteifte sich Terwyn, doch Jomar umarmte ihn einfach kurz. »Willkommen zurück, Ter.«

Unwillkürlich spürte Terwyn, wie seine Augen feucht wurden. Mit einer solchen Geste hatte er nicht gerechnet und am allerwenigsten von Jomar, der immer ein wenig Abstand zu ihnen allen gehalten hatte. *Ja, ich bin zurück ... nicht ganz freiwillig zwar, aber vielleicht ist das hier auch eine Chance.*

»Danke«, sagte er und setzte sich an einen freien Platz am Tisch.

Idassa lächelte kurz und nahm ebenfalls ihre Position ein. »Also dann, an die Arbeit«, sagte sie. »Ich hoffe, ihr habt euch ein bisschen ausgeruht, in den nächsten Tagen werden wir sicher keinen Schlaf bekommen. Jetzt sollten wir erst einmal versuchen, uns wieder aufeinander einzustimmen, damit wir ...«

Roán verschränkte die Arme. »Das meinst du nicht ernst, oder? Wir können doch nicht so tun, als sei nichts gewesen! Cruzarks Hölle, ich finde, es ist Zeit für ein paar Erklärungen!«

»Das finde ich allerdings auch«, sagte Vic, der Blick ihrer dunklen Augen heftete sich vorwurfsvoll auf Terwyn. »Wir sind immer davon ausgegangen, dass es ein Unfall war ... aber stimmt es, dass du dich mit Talea gestritten hast? Bevor ...«

»Und was genau hast du eigentlich *gemacht?*« Auch Jomar blickte ihn nun durchdringend an. »Es stimmt doch, dass du Dunkle Magie eingesetzt hast, oder? Wir haben die Erschütterungen gespürt, aber nicht gewusst, ob da gerade ein Gott geschissen hat oder ob Taracondé einstürzt oder so was.«

»Vielleicht wäre es besser gewesen, wenn es ein richtiges Tribunal gegeben hätte«, sagte Idassa. »Dann hätten wir die Sache klären können.«

Ja, möglich. Terwyn holte tief Luft. »Nein, ich wollte nicht, dass das geschieht, ich habe sie geliebt, verdammt noch mal.« Irgendwie schaffte er es, die Fassung zu wahren, als er das sagte. Es hätte gerade noch gefehlt, dass er vor den anderen zusammenklappte. »Es stimmt, ich habe mit ihr gestritten, aber das hatte nichts mit ihrem Tod zu tun. Mein großer Fehler war, dass ich mehrere Jahresläufe lang mit Dunkler Magie experimentiert habe.«

»Jahrelang?« Vic blickte fassungslos drein. »Während der ganzen Zeit, in der wir zusammen im Zirkel gearbeitet haben?«

»Ja.« Es war ein schlichtes Wort, aber Terwyn wusste, dass es wie ein Schlag ins Gesicht wirken musste. »Bitte fragt mich darüber nichts. Je weniger ihr wisst, desto besser. Dieses Wissen ist zu Recht zum Tabu erklärt worden.«

Das reichte den anderen nicht, er konnte es ihnen ansehen, aber es musste genügen.

»Wer war eigentlich in den letzten Jahren die fünfte Person im Zirkel?«, fragte Terwyn stattdessen. »Und wieso ist er ... oder sie ... jetzt nicht hier?«

»Ionel hat uns geholfen«, berichtete Idassa. »Er hat aber schon vor Monaten gesagt, dass er es nicht mehr schafft, dass er sich zu alt fühlt für einen Zirkel, der mit so hohen Strömen arbeitet. Ich glaube, er ist verbittert darüber, dass er so viel Lebenszeit investiert hat – wahrscheinlich hat er nicht mehr als ein oder zwei Jahresläufe übrig.«

Terwyn nickte und hoffte, dass sie sich vorher noch einmal sehen würden. Seit Ionel damals als Weißer Späher sein magisches Talent entdeckt hatte, gab es ein Band zwischen ihnen, er mochte den Alten wirklich.

»Der Krieg macht ihm Angst, glaube ich«, sagte Roán, eine Spur von Verächtlichkeit klang in seiner Stimme mit.

Terwyn fiel ein, dass Roán bewaffnet auf seinem Berg erschienen war, dass er sich anscheinend regelmäßig im Schwertkampf unterrichten ließ, und plötzlich schaffte er es nicht mehr, höflich zu sein. »Und dir nicht? Shaquars Gnade, wir werden in den nächsten Tagen erleben, wie eine Menge Menschen sterben, und wir werden vermutlich auch selbst töten müssen!« Er holte tief Luft. »Einen Menschen zu töten ist furchtbar. Hast du es schon mal getan, Roán? Oder du, Idassa? Vic? Jomar?«

Vic sah entsetzt aus, Roán dagegen grinste ihm rebellisch entgegen, vielleicht um zu zeigen, dass er zu allem bereit war. Idassa verzog keine Miene. Jomar wandte den Kopf eine Winzigkeit zur Seite, schaute weg. *Moment mal! Jomar?* Erschrocken versuchte Terwyn, seine Gedanken zu erreichen, doch sein Gefährte hatte sich noch fester abgeschirmt als sonst.

»Schluss jetzt, wir haben keine Zeit für solche Streitereien«, sagte Idassa bestimmt.

»Übrigens, ich habe *auch* Angst, verdammt noch mal!« Vics Gesicht verzerrte sich einen Moment lang. »Meine Familie wohnt im Norden, so weit ist es von dort aus nicht bis zur Grenze.«

»Sie wird bestimmt schon geflohen sein. Sobald ich etwas höre, sage ich Bescheid«, versuchte Idassa sie zu beruhigen. »Und Roán, falls es dich interessiert, Ionel ist inzwischen an der *Front*, er versucht mit ein paar Magiern aus dem Norden herauszubekommen, was es mit diesen Glasklingen auf sich hat. Er war nie ein Feigling, und niemand wird ihn so nennen, klar? So, und nun zurück zu unserer Arbeit, Leute. Wer macht im Zirkel was?«

Terwyn zwang sich, die Gedanken von Jomar abzuwenden und sich auf ihre gemeinsame Aufgabe zu konzentrieren. Es erstaunte ihn, wie selbstbewusst Idassa wirkte und wie eisern sie die Kontrolle behielt. Aber das machte einen guten Kopf aus, er war froh darüber. Es war offensichtlich, dass die anderen in den letzten vier Jahren stärker geworden waren – jeder von ihnen hatte sicher ein oder zwei Wellen mehr auf dem Arm als damals –, und das machte ihm Sorgen. *Womöglich sind sie so stark, dass sie zusammen mit mir nicht mehr kontrollieren können, was sie bewirken! Aber können wir die Situation noch schlimmer machen, als sie sowieso schon ist?*

Er zwang seine Gedanken zurück zu den Rollen, die es wieder einmal zu verteilen gab. In einem Zirkel hatte jeder seine Aufgabe, damit ihre Stärken sich addierten.

»Ich bin wieder Herz, in Ordnung?«, meinte Vic, und Idassa nickte sofort. Obwohl sie während ihrer Arbeit natürlich alle den jeweiligen Strom nutzen würden, konzentrierte sich das Herz eines Zirkels ausschließlich darauf, Kraft aus dem Strom zu ziehen und durch sich hindurch zu den anderen zu leiten. Es war sehr anstrengend, auf diese Art für die anderen Kraftquell zu sein, doch in dieser Rolle hatte Vic sich schon früher bewährt.

»Haut«, sagte Jomar sofort. Auch darüber war Terwyn nicht überrascht. In dieser Rolle brauchte man jemanden, der ein Talent für Abschirmung hatte und außerdem genügend Kreativität besaß, um Löcher in der Abwehr des Zirkels einfallsreich zu stopfen oder Feinde von außen abzuwehren. Beides besaß Jomar, der nicht nur mit Farben und Leinwand ein wahrer Künstler war. Jomar und Idassa waren die einzigen Magier des Sechsten Stroms im Zirkel, Vic und Roán beherrschten nur den Fünften.

Roán brummte: »Gut, dann mache ich Hand.« Auch das war wie früher, Roán handelte gerne und war gut darin, Aufträge auszuführen. Als Hand würde er sich auf die Umsetzung dessen, was der Kopf vorgab, kümmern.

Terwyn hatte erwartet, dass Idassa die Rolle des Kopfes übernehmen würde. Doch zu seiner Überraschung sagte sie: »Ich würde gerne Rückgrat sein – es ist möglich, dass ich nicht bei jedem Zirkeltreffen dabei sein kann, ihr müsst zur Not auch ohne mich arbeiten können.«

Als Rückgrat würde sie die Gruppe stützen und sichern, dafür brauchte man viel Konzentration und Willenskraft. Keine Frage, dass sie das gut machen würde.

»Willst du wirklich, dass ich Kopf bin?«, fragte Terwyn. In dieser Rolle würde er die Richtung vorgeben sowie entscheiden, was gemacht werden sollte und wie. Es war eine Aufgabe, die Klugheit, taktisches Geschick und Erfahrung erforderte.

»Natürlich, du hast es schließlich lange genug gemacht – und du hast sicher nicht vergessen, dass du uns alle ausgebildet hast«, erwiderte Idassa, und als sich ihre Blicke kreuzten, sah er wieder die Wärme in ihren Augen. Konnte es wirklich sein, dass Idassa ihm noch vertraute? Und hatte das etwas damit zu tun, dass sie und Talea nie besonders gut miteinander klargekommen waren?

Die Frage war nur – war es klug, ihn zum Kopf zu machen? In dieser Rolle durften die anderen ihn nicht hinterfragen, sonst konnte es böse enden, wenn sie mit den gewaltigen Kräften der Ströme arbeiteten.

Gespannt blickten die anderen ihn an, und schweren Herzens nickte er. Wenn Idassa nicht Kopf sein wollte, musste er es machen. Falls er es überhaupt noch schaffte nach diesen vier Jahresläufen Pause, er war garantiert schrecklich außer Übung.

»Na, dann los«, sagte Terwyn, und eine Art von Gier überfiel ihn. Auf einmal konnte er es kaum noch erwarten, endlich wieder die Ströme zu spüren. Magie zu wirken. Endlich. Endlich! Wie unfassbar er das vermisst hatte ... fast so sehr wie Talea.

Noch in der gleichen Nacht, nachdem wir uns zufällig in den Kellerräumen begegnet waren, liebten Talea und ich uns zum ersten Mal. Völlig überwältigt wankte ich ein paar Stunden später zur Morgenbesprechung mit Favinius, Parder Mevanius, Soma Callindus und den anderen Beratern, die allesamt aus Edlen Familien stammten. Zum Glück merkte ich noch rechtzeitig, dass ich Spuren von Lippenstift neben dem Ohr hatte.

Offiziell ließen Talea und ich es dagegen langsam angehen, damit es nicht noch mehr Gerede gab als sowieso schon. Wir warben umeinander wie in Skaidar üblich, indem wir uns auf magische Weise haltbar gemachte Dinge aus der Natur schenkten. Üblich waren zu Anfang schön geformte und gefärbte Blätter – nach ein paar Wochen begannen wir dann, uns Blüten zu überreichen. Hielt unsere Beziehung, würden sie zusammen mit den Blättern eines Tages zu unseren Grabbeigaben gehören.

Bei Hofe bekamen wir wenig Gegenwind – wir galten als schönes Paar, zudem hatten unsere Vornamen den gleichen Anfangsbuchstaben, das galt als glückbringend. Und dieses Glück, so glaubten viele, färbte ab, deshalb baten uns ständig Leute, über Taleas oder meinen Zeigefinger reiben zu dürfen. »Das ist wirklich lästig, können wir uns das nicht verbitten?«, beschwerte sich Talea, aber ich lächelte nur und küsste sie. »Lass sie doch. Wir haben noch genug Glück übrig.«

Ich konnte kaum fassen, dass diese Frau sich für mich entschie-

den hatte. Leichter, schwereloser Gang, lange dunkle Mähne, breites, kühnes Lachen und wagemutig blitzende Augen – das war Talea. Sie lachte gerne, auch über sich selbst, freundete sich mit jedem Kind an, das ihr über den Weg lief, und half anderen so unauffällig, dass die es nicht mal mitbekamen und einfach nur dachten, sie hätten eine Glückssträhne. Manchmal hatte ich das Gefühl, dass sie ein sehr viel besserer Mensch war als ich. Hoffentlich merkte sie nie, wie schroff, ungeduldig und eigennützig ich sein konnte.

Taleas Freunde akzeptierten mich rasch, und auch ihre Eltern fanden sich erstaunlich schnell mit unserer Verbindung ab – wahrscheinlich erhofften sie sich viele Enkel mit starkem magischem Talent. Schwieriger war es mit meinem Zirkel. Talea konnte meine enge Verbindung zu den anderen nur schwer akzeptieren, und es irritierte sie, dass ich stundenlang mit Idassa zusammensaß, um sie zu unterweisen (gegen Roán hatte sie natürlich weniger einzuwenden). Einmal begleitete sie mich zu meinem Treffen mit Idassa in einem Nebenraum des Refugiums, und obwohl sich die beiden Frauen höflich begrüßten, bemerkte ich sofort die Spannung zwischen ihnen.

»Ihr seid ja erst ein paar Monate lang bei Hofe, habt Ihr Euch denn schon eingelebt?«, fragte Talea freundlich.

»Es sind schon zwei Jahresläufe, aber bestimmt bin ich Euch nicht aufgefallen, wer geht schon bei der Wetterkontrolle vorbei?«, entgegnete Idassa ein wenig spitz.

»Oh, entschuldigt«, meinte Talea peinlich berührt. »Ich habe hin und wieder um eine Unterbrechung des Regens gebeten, wenn ein großer Ausritt geplant war, aber ich fürchte, ich habe Euch dabei nicht bemerkt.«

Ich zuckte innerlich zusammen. O nein, gleich der zweite Fauxpas! Es gilt als schlechter Stil, ohne wichtigen Grund in die Zyklen der Natur einzugreifen. Ohne meine Verlegenheit zu bemerken, fuhr Talea fort: »Wie läuft denn die Unterweisung? Nicht jeder wird ja vom Ersten Magus selbst unterrichtet!« Sie warf mir einen stolzen Blick zu.

»Ja, das ist selbstverständlich eine Ehre«, bestätigte Idassa.
»Sie ist schon verdammt gut darin, durch den Sekundären Wirbel des ersten Quadranten zu gleiten«, mischte ich mich ein, um ihr den Rücken zu stärken.
Idassa stöhnte leise. »Puh, das war anstrengend neulich, denn dieser Kerl da« – sie deutete auf mich – »hat richtig Tempo gemacht, das war eine Zumutung erster Güte!«
Ich verzog scherzhaft den Mund. »Wieso Zumutung, du musst einfach schneller werden. Glaubst du, der Regent will ewig darauf warten, dass du endlich mit deinem Zauber loslegst?«
Erst als ich Taleas ratloses Gesicht sah, wurde mir klar, dass wir sie völlig abgehängt hatten. »Na, dann lasse ich euch mal machen«, sagte sie, versuchte ein Lächeln und verließ den Raum.
Irgendwie konnte ich verstehen, wie Talea sich fühlte. Sie hatte gemerkt, dass Idassa und ich eine Welt teilten, zu der ihr selbst der Zugang verwehrt war. Aber es gab nichts, was ich dagegen tun konnte. Idassa war nicht nur ein Mitglied meines Zirkels, sondern meine beste Freundin, und ich hatte nicht vor, das um Taleas willen zu ändern.

Als Erster Magus hatte ich nicht viel Zeit, ich musste ja nicht nur Favinius beraten, sondern auch Dispute zwischen Magiern schlichten, ernsten Beschwerden von Bürgern nachgehen, die einen Magus betrafen, und Probleme des Landes, mit denen die örtlichen Magier nicht klarkamen, aus der Welt schaffen. Es sah aus, als wollten die Aelier wieder einmal eine Invasion versuchen, das mussten ich und mein Zirkel ebenfalls im Auge behalten.
Während ich mit solchen Dingen beschäftigt war, bildete Talea junge Pferde aus, organisierte Reitunterricht und Ausflüge für die in der Umgebung lebenden Kinder und traf sich mit Freunden. Die wenige Zeit, die wir gemeinsam hatten, genossen wir umso intensiver. Oft flogen wir zusammen aus und suchten uns einen versteckten Platz im Orchideenwald. Ich wusste, dass Talea – eine hervorragende Reiterin – mich um meinen Pegasus,

einen grauen Hengst namens Ortun, beneidete. Mir war klar, dass sie mich am liebsten um ein geflügeltes Pferd gebeten hätte.
»Einen Pegasus zu erschaffen kostet dich viel Lebenszeit, oder?«, fragte sie mich bei einem gemeinsamen Ausflug mit Ortun. Als ich nickte, sah ich das Entsetzen in ihren Augen. »Wie ist das überhaupt so … mit deiner Lebensspanne?«
Ich sah, dass sie sich jedes Wort abquälen musste, und damals war ich noch dumm genug, mich über dieses Zeichen ihrer Liebe zu freuen.
Mit hinter dem Kopf verschränkten Armen blickte ich in den gleißend hellen, fast messingfarbenen Himmel. »Die durchschnittliche Lebenserwartung liegt bei einem nichtmagischen Menschen so ungefähr bei fünfundsiebzig. Magier der ersten beiden Ströme haben etwa zehn Jahre weniger … und ich, na ja, ich arbeite mit den höchsten Strömen, die es gibt … ich schätze, ich komme auf etwa fünfundfünfzig Jahre. Vielleicht weniger. Es ist nicht möglich, genau zu sagen, wie viele man noch übrig hat.« Einen Moment lang suchte ich nach Worten. »Natürlich könnte man nun sagen, wir geben unser Leben für den Regenten, wir sind seine Soldaten des Geistes, blabla, aber das ist es nicht. Ich würde auch Magie wirken, wenn ich es für niemanden anders täte als für mich.«
»Zwanzig Jahre? Du gibst zwanzig Jahre her, einfach so?« Ihre Augen schimmerten feucht. »Das ist Zeit, die wir nicht mehr miteinander haben!«
»Ja, stimmt«, sagte ich einfach, denn sosehr ich sie liebte, die Magie hätte ich damals selbst für sie nicht aufgegeben.
Ich suchte auch weiter nach dem Dunklen Wort, obwohl ich wusste, dass es gefährlich war. Aber vielleicht lockte es mich gerade deshalb.
Ein paar Hinweise auf das Dunkle Wort hatte ich mithilfe von Chira jubalis schon gefunden – hin und wieder hatte ich von Höhlen geträumt, tastete im Traum über ihre rauen Wände und wusste, dass ich auf der richtigen Spur war. Hatte es irgendetwas mit den mythologischen Höhlen zu tun, in denen angeblich die Götter Buße taten? Aber was? Diese Höhlen wurden auch Sadar

genannt, und ich war ziemlich sicher, dass Sadar ein Teil des Dunklen Wortes war.
An diesem Abend zog ich mich unter irgendeinem Vorwand früh in meine Räume zurück. Dort maß ich ein paar Tropfen des Orchideensafts ab, den ich bewusst falsch etikettiert in meinen Räumen aufbewahrte ... und machte mich auf die Reise ins Innerste meiner Träume.
Ich irre durch ein Tal voller Dornen, sie reißen an mir, ziehen blutige Spuren über meine Haut, doch ich beachte es nicht. Als ich einen Laut höre, hebe ich den Kopf. Eine Gestalt steht auf einem Berggipfel, sie ist schlicht gekleidet, in einen grauen Umhang mit Kapuze, die ihr Gesicht verbirgt. Obwohl ich weit unter ihr stehe, in einem Bergbach, der um meine Füße rauscht und dessen Bett voller scharfkantiger Steine ist, kann ich hören, dass die Gestalt ein Wort flüstert. Aber dieser Mensch – ist es überhaupt ein Mensch? – ist so furchtbar weit weg. Ist es mein Name? Nein, es klingt ähnlich, aber anders. Ich höre genau hin, versuche mir den Laut einzuprägen ...
Ist das ein Erdbeben? Ich spüre, wie etwas mich fortzieht. Nein, nein, ich muss hierbleiben, ich muss dieser Gestalt zuhören, vielleicht wird sie noch einmal dieses Wort flüstern, dieses geheimnisvolle Wort ...
Als ich erwachte, merkte ich, dass jemand mich schüttelte, so heftig, dass mein Kopf hin- und hergeworfen wurde. Einen Moment versuchte ich noch, den Traum festzuhalten, dann gab ich auf, öffnete die Augen ... und blickte in Taleas angstverzerrtes Gesicht. Sie hatte mich an den Schultern gepackt und rüttelte noch immer an mir. »Terwyn! Terwyn, bitte wach auf!«
Benommen schaffte ich ein »Was ist denn?«*.*
»Ich bin zu dir reingekommen, weil ich dich noch was fragen wollte ... du lagst da wie tot, ich konnte dich nicht wecken ... ich hatte solche Angst um dich!«
»Wieso? Ist doch alles in Ordnung«*, murmelte ich ärgerlich, weil ich dem Dunklen Wort so nah gewesen war, und wischte mir Feuchtigkeit aus dem Gesicht. Wo kam die auf einmal her?*

Entsetzt sah Talea mich an. »*Du ... du blutest, Terwyn ... da, im Gesicht ...*«

Ich betrachtete meine Hand, ja, es stimmte. Mühsam bewegte ich mich zu meinem Waschtisch und stellte im Spiegel fest, dass blutige Tränen aus meinen Augen geflossen waren, das musste eben erst passiert sein. Rasch warf ich mir mit den Händen kaltes Wasser ins Gesicht, bis das Blut restlos abgewaschen war, dann schaffte ich ein beruhigendes Lächeln in Taleas Richtung. »*Alles in Ordnung, mein Herz. Was wolltest du mich denn fragen?*«

»*Das ... oh, ich habe es vergessen. Hast du eben ... Magie gewirkt oder so was? Ist wirklich alles gut bei dir?*«

»*Ja, ja, natürlich.*« *Bei Shaquar, in diesem Moment wollte ich nur, dass sie endlich ging, damit ich aufschreiben konnte, was ich im Traum gehört hatte. Zum Glück zog sie sich gleich darauf in ihre eigenen Räume zurück, und ich notierte auf ein Pergament:* »*Than*«.

Nah dran. Ich war ganz nah dran ...

Ein paar Tage später schenkte ich Talea eine hellbraune, geflügelte Stute. Es war nicht leicht gewesen, sie heimlich zu erschaffen und auszubilden – bei einem ihrer ersten Flugversuche hatte die Stute sich im Geäst einer Doradis verheddert und war in einem Regen aus grüngoldenen Blättern abgestürzt. Doch das war ihr eine Lehre, danach mied sie Bäume. Talea freute sich furchtbar über mein Geschenk, und der hässliche Zwischenfall war vergessen.

* * *

So viele Menschen waren auf der Flucht, noch konnte Rhi es nicht ganz fassen. *Wieso fliehe ICH eigentlich nicht? Nur weil ich versuche, einem Vorbild gerecht zu werden, das mir zu groß ist wie ein geerbtes Kleidungsstück?*

Doch aus welchen Gründen auch immer, sie hielt die Augen offen nach einem verdammten weißen Umhang, irgendeinem. Einem

Magier, der ihre verdammte Botschaft an jemand Wichtiges weiterleiten konnte, am besten die Erste Magus.

Schließlich erspähte sie ein kurzes Aufblitzen von Weiß mitten in einem Pulk von Leuten. Dort stand ein großer, schlanker Mann mit grauen Haaren, die sich im Nacken kräuselten. Er lächelte den Menschen, die ihn umringten, gütig und beruhigend zu, während der Wind seinen großen weißen Umhang flattern ließ.

»Bitte, Magus, einen Schutzzauber!«, rief ein Zeno, das geschlechtslose Gesicht verzerrt vor Furcht. Rhi hätte auch an der typischen schleppenden Stimme erkannt, was für ein Geschöpf es war. Zeno waren entfernt mit Pflanzen verwandt und vermehrten sich, indem sie sich Körperteile – meist Finger – abtrennten und einpflanzten. Dieses hier versuchte wahrscheinlich, junge Setzlinge zu schützen, jedenfalls fehlten ihm gleich drei Finger und, durch die Sandalen deutlich sichtbar, einige Zehen.

Eine dicke Frau knuffte das Zeno beiseite. »Entschuldigt mal, ich war zuerst dran – Magus, ich flehe Euch an ...«

Der vierschrötige Mann neben ihr unterbrach sie, er schwenkte eine volle Geldschnur. »Ich biete Euch zehn Sintar! Ganze zehn! Einen Schutzzauber für meine Familie ...«

Rhi horchte auf. Wenn der Kerl Schutzzauber konnte, dann würde es ihm garantiert auch nicht schwerfallen, durch die nächstbeste Säule einen Brief zu senden. Fragte sich nur, ob sie noch drankam, ehe der Magus genug von dem Trubel hatte. Nervös mischte sie sich unter die Menge und hielt die Botschaft in ihrer Hand sehr fest, damit sie ihr nicht versehentlich entrissen wurde. Sie hatte alles aufgeschrieben, was sie am Fluss beobachtet hatte, jede Einzelheit dieses seltsamen Rituals, an die sie sich erinnern konnte. *Dieser Kerl kann mir einen Ritt von einigen Hundert Meilen ersparen, er MUSS einfach zustimmen, meine Nachricht zu befördern!*

»Nicht drängeln bitte, ich helfe allen, im Gegensatz zu den hohen Herren im Orchideenpalast lasse *ich* niemanden im Stich«, verkündete der Fremde mit seiner wohlklingenden Stimme und wandte sich an den Mann, der eben gesprochen hatte. »Nun seid Ihr an der

Reihe. Ein Schutzzauber, nicht wahr? Stark, sehr stark? Gegen alles Unbill dieser furchtbaren Zeiten? Zehn Sintar, sagt Ihr? Das reicht für einen sehr ordentlichen Schutz. Moment, das haben wir gleich.« Er hob die Hand, richtete einen beschwörenden Blick auf den Mann, der zuletzt gesprochen hatte, und flüsterte ein Wort. »Spürt Ihr, wie der unsichtbare Mantel der Sicherheit sich um Euch gelegt hat?«

»Ja, Magus, ich …«, stammelte der Mann.

»Gut.« Der Fremde hielt die Hand auf. Anscheinend hatte er das an diesem Tag schon zum wiederholten Male getan, denn seine Geldschnur hing so voll und schwer an seinem Gürtel, dass sie aussah, als würde sie jeden Moment reißen. Geschwind ließ er sie in seiner Tasche verschwinden, holte eine zweite heraus und fädelte die Silbermünzen mit dem Loch in der Mitte blitzschnell auf. Dann war der nächste Bittsteller an der Reihe, er verlangte einen Abwehrzauber gegen Waffen. Diesmal erkannte Rhi, dass der Magier drei silberne Wellen auf dem Arm trug. Immerhin.

Sie war eingeklemmt zwischen mehreren schwitzenden Frauen in langen Röcken, alle drängten nach vorne und versuchten, die Aufmerksamkeit des Magiers zu erregen, damit sie als Nächstes drankamen. Jemand trampelte ihr auf den Fuß. Der Einzige, der überhaupt nicht aufgeregt schien, war der Wallach des Magus – ein wertvoller Geisterrappe, Mähne und Schweif weiß, aber das Fell so schwarz wie die Seele eines Dämons. Er stand dösend, einen Hinterhuf aufgenockt, in der Nähe herum. Zad schlich sich von hinten an ihn heran, doch Rhi zischte ihm in Gedanken zu: *Mach das und ich rede zwei Tage lang nicht mit dir!*

So viele Spiele verdirbst du. Beleidigt blickte Zad sie an und begann dann, mit dem Öl aus seiner Rückendrüse die Schuppen zu pflegen.

Endlich bekam Rhi ihre Chance. »Diese Nachricht muss zu den Magi des Regenten«, keuchte sie und schaffte es, ihm die Botschaft in die Hand zu drücken, obwohl sie von allen Seiten weggedrängt wurde. »Es ist dringend! Habt Ihr eine Säule hier in der Nähe?«

»Natürlich.« Ein beruhigendes Lächeln erhellte das aristokratische Gesicht des Magiers, während er einen kurzen Blick auf das

Pergament warf und es in seiner Tasche versenkte. »Noch heute wird Eure Botschaft ihr Ziel erreichen. Das macht dann zwei Sintar.«

Zwei Sintar! Dafür bekam man ein ganzes Fass Bier, eine junge Ziege oder ein aelisches Messer guter Qualität! Ganz kurz verschlug es Rhi die Sprache. Sie hatte besonders in Istragor und Calisien schon oft genug mit unverschämten Forderungen zu tun gehabt und handelte sie normalerweise gnadenlos herunter, doch sie wusste auch, wann sie verloren hatte. Mit zusammengekniffenen Lippen machte sie sich daran, die Münzen von ihrer Geldschnur zu fädeln. *Es ist im Moment gefährlich, irgendwohin zu reiten, darin hat Bryn recht gehabt, obwohl er sonst ein Idiot ist. Ich trenne mich lieber von Geld als von meiner Gesundheit!*

In diesem Moment begann es zu regnen, und das war der Anfang vom Ende.

Der Magus fädelte Rhis Geld auf, dann setzte er sich in Bewegung, löste sich aus der Menge und schritt zu seinem Rappen. »Leider keine Zeit mehr, Entschuldigung allerseits, man benötigt meine wertvolle Unterstützung anderswo, liebe Leute ...«

Wieso hatte er es plötzlich so eilig?

Auf dem Weg zu seinem Pferd schlug der Magus einen großen Bogen um Zad, der sofort die Chance ergriffen hatte, den Regen und die staubige Straße zu Matsch der Extraklasse zu kombinieren und sich darin zu wälzen. Angeblich gab es nichts Besseres gegen spröde Flügelhaut. Doch der Bogen des Magus war nicht groß genug, ein Spritzer landete auf dem weißen Umhang und hinterließ einen deutlichen, dunklen Fleck.

Rhi blieb der Mund offen stehen. »Sfakaki, das ist ein Betrüger!«, schrie sie unwillkürlich auf und deutete auf die Schlammspur. Ein echter Magus brauchte seinen Mantel nie zu reinigen, Dreck wäre daran abgeperlt. Die drei silbernen Wellen? Vermutlich aufgemalt!

Die Menschen um sie herum verstummten, dann brachen wütende Diskussionen los. Plötzlich hatte es der falsche Magier sehr, sehr eilig. Er lief los und zog sich hastig auf seinen Geisterrappen – der auf den zweiten Blick auch nicht sehr echt aussah, die weiße Mähne wirkte eher gelblich. Garantiert gefärbt. Aber echt oder nicht, er konnte aus dem Stand angaloppieren und trug seinen Herrn rasch davon – inklusive Rhis sauer verdienter Münzen.

Halt ihn auf, Zad, rief sie ihrem Drachen zu, doch der lag gerade auf dem Rücken in seiner Schlammsuhle und kratzte sich wohlig mit einer Hinterpfote am Hals.

Drecksvieh, schickte Rhi ihm hinüber.

O ja!, kam es freudig zurück.

Ein paar Steine flogen dem Betrüger hinterher, doch leider traf keiner. Dann entfernten sich die anderen Leute schimpfend, und Rhi ließ sich auf einer Zaunlatte nieder. Während ihr der Regen auf den Kopf trommelte und an ihrer glücklicherweise magisch präparierten Tunika abperlte, machte sich einen Moment lang schwere, düstere Niedergeschlagenheit in ihr breit. War sie nicht immer ein Glückskind gewesen? Wo war dieses Glück jetzt gerade, hatte sie es in ihrem Handelsposten vergessen? *Nein, es wird mir hold sein, wenn ich es brauche, so viel ist sicher. Und ich bin zwar nicht Calinda, aber immerhin ihre Enkelin! Kein Mensch, der schon zu Beginn einer Reise über den erstbesten Maulwurfshügel stolpert.*

Es half nichts, sie musste weiter. Die Nachricht musste ihr Ziel erreichen!

5

Terwyn ging auf seine Position, und die anderen folgten. Nun standen sie sich in einem freien Teil des Refugiums auf dem polierten Parkett gegenüber – so nah, dass sie sich mit ausgestreckten Armen hätten berühren können, die Gesichter einander zugewandt. Das gelbe, weiche Licht des Kerzenleuchters erhellte den ansonsten dunklen Raum.

»Mögen die Ströme für euch fließen«, sprach Terwyn die traditionelle Eröffnung jedes Zirkels, und die anderen schlossen die Augen. Vics Gesicht war schon still und entspannt, es war ihr immer leichtgefallen, den Alltag loszulassen. Roán atmete so tief, dass Terwyn das Geräusch in der Stille hören konnte. Auch Idassas und Jomars Züge hatten sich geglättet, als die Anspannung des Tages von ihnen abfiel, auch wenn Terwyn merkte, dass Idassa bei sich selbst mit dem Ersten Strom nachgeholfen hatte. *Kein Wunder. Wer weiß, wann sie zuletzt geschlafen oder irgendetwas anderes gehört hat außer schlechten Nachrichten!*

Jetzt war er selbst dran. Sie hatten abgesprochen, dass sie sich zum zehnten Quadranten des Fünften Stroms bewegen und mit seiner Hilfe nachahmen wollten, was dieser eigenartige Kristall der Bornländer bewirkte. Wenn sie es schafften, einen solchen Effekt hier auszulösen und gemeinsam wieder zu stoppen, dann waren sie einen guten Schritt weiter. Das war natürlich ein Risiko, denn wenn ihre hausgemachte Kristallisation außer Kontrolle geriet, dann hatten sie ein Problem.

Es fiel ihm nicht leicht, sich zu entspannen, und er hoffte, dass die anderen nicht unruhig wurden, bis er endlich das Wort sprach, das ihm den Weg in den Strom öffnete. So langsam war er früher nie gewesen, ein Wimpernschlag hatte ihm genügt. Aber das war nicht so wichtig. Besser langsam und gründlich als überhastet. Mit dem Fünften Strom war nicht zu spaßen, er war kraftvoll genug, um empfindliche Gemüter auszubrennen.

»*Xulos*«, flüsterte Terwyn schließlich, die anderen wiederholten den Namen des Stroms, und schon waren sie eingetaucht. Während er mit der Strömung kämpfte, spürte er die anderen neben sich, Idassas flirrende, aber ruhige Präsenz, Vics fröhliche Lebendigkeit, Roáns ungeduldiges Vorandrängen, Jomars eiserne Kraft. Für die Zeit, die sie hier verbrachten, gehörten sie so fest zusammen wie Teile eines Körpers. Ab jetzt würden sie sich nur noch in Gedanken verständigen. Die meisten Menschen mit starkem magischem Talent brachten eine Neigung zum Gedankenkontakt mit, allerdings gelang die Verständigung meist nur mit anderen Magiern, außer man bemühte einen hohen Strom.

Als Kopf war es seine Aufgabe, den Zirkel zusammenzuhalten und zu führen. Doch das war verdammt schwer, wenn man gerade dabei war, sich in Stromschnellen zu verlieren. Der Fünfte Strom brandete stärker gegen ihn, als er ihn in Erinnerung hatte – oder war er schwächer geworden? Wahrscheinlich! –, und er bekam es einfach nicht hin, ruhig auf ihm entlangzugleiten. Einer der nächsten Wirbel erwischte ihn, und bevor er es sich versah, hatte ihn der Strom hinausgeschwemmt.

Schwer atmend öffnete Terwyn die Augen und sah, dass die anderen ihn erstaunt und nicht sehr begeistert anblickten. »Tut mir leid«, sagte er kurz. »Gleich noch mal.«

Auch sein zweiter und dritter Versuch endeten in einer Blamage. Etwas schien ihn daran zu hindern, so wie früher einfach die Ströme entlangzugleiten und aus ihnen Kraft zu ziehen. Es war, als halte sein eigener Geist ihn zurück, und mehr brauchte es nicht, um in einer so rauen magischen Umgebung zu scheitern. *Ist das mein eigener verdammter Schwur, der mir im Weg steht? Klammert sich mein Geist noch irgendwie daran? Oder bin ich einfach aus der Übung?*

Wütend auf sich selbst wollte er es ein viertes Mal versuchen, doch Idassa berührte ihn am Arm. »Lass gut sein, Ter. Du kennst doch den Spruch: *Schwemmt zum dritten Mal der Strom dich aus, lass ab von ihm und geh nach Haus.*«

Terwyn biss die Zähne zusammen. Das durfte doch einfach nicht wahr sein!

»Na toll. Sagen wir jetzt schon Kinderreime auf?« Während die anderen verlegen schwiegen, verbarg Roán nicht, wie ärgerlich er war. Ohne Terwyn anzublicken, sagte er: »Sollen wir es noch mal ohne ihn versuchen, Idassa?«

Einen Moment lang zögerte Idassa, dann nickte sie. »Ich bin Kopf und Rückgrat, aber dann machen wir nur den sechsten Quadranten.«

Niedergeschlagen ließ sich Terwyn auf einen Stuhl am Rande des Refugiums nieder und beobachtete, wie die anderen eine weitere Expedition in den Fünften Strom unternahmen. Er fühlte sich taub, geschlagen. *Ich bin nicht mehr ihr Meister, nicht mal mehr Erster unter Gleichen. Vielleicht war es ein Fehler, zurückzukehren. Ich bin ihnen keine Hilfe, im Gegenteil.*

Es war ihm keine Genugtuung, dass die anderen es nicht schafften, einen Kristalleffekt zu erzeugen. Vielleicht war es ihnen nur deshalb nicht gelungen, weil seine Kraft dafür gefehlt hatte. War es besser, wenn sie Ionel von der Front zurückholten?

»Kurze Pause«, verkündete Idassa. »Wir haben alle den ganzen Tag noch nichts gegessen, holst du uns bitte was, Roán? Irgendjemand arbeitet schon in den Küchen, glaube ich, auch wenn noch nicht viele Diener da sind.«

»Ich helfe ihm«, sagte Vic rasch. Nur weil Terwyn die beiden beobachtete, sah er, dass sich ihre und Roáns Hand beim Hinausgehen einen Moment lang berührten. Vielleicht Zufall, vielleicht aber auch nicht.

»Läuft zwischen den beiden was?«, fragte er Jomar.

»Kann gut sein«, meinte Jomar sarkastisch. »Roán hat seit seiner Welpenzeit eine Menge Herzen erobert und Schlafkammern von innen gesehen. Vor ein paar Tagen habe ich mitbekommen, wie er in irgendeiner dunklen Ecke eine hübsche Küchenhilfe geküsst hat.« Jomar klang keineswegs neidisch – Terwyn wusste, dass sein Zirkelgefährte ebenfalls keinen Mangel an Angeboten hatte und es von seiner Laune abhing, ob er dabei Männer oder Frauen bevorzugte.

»Er macht das meiste aus seiner Jugend«, meinte Idassa und zuckte mit den Schultern. »Schwer, ihm das vorzuwerfen.«

Terwyn nickte. Niedergeschlagen lehnte er sich gegen die Wand des Raumes. »Ganz schön stark ist er geworden. Im Moment ist er stärker als ich. Meint ihr, das wird noch was mit mir?«

»Bestimmt«, versuchte Idassa ihn zu trösten. »Ich vermute, du hast durch deinen Schwur eine seelische Blockade gegen Magie in dir errichtet, die wirkt eine Weile nach. Aber ich helfe dir, so gut ich kann.«

»Auf mich kannst du auch zählen – hast schon genug durchgemacht«, brummte Jomar.

Was für eine seltsame Bemerkung, Terwyn fiel keine Antwort darauf ein. *Ja, vielleicht kann man es so sehen ... aber welches Recht habe ich, mich mies zu fühlen? Keins! Talea hat sogar ihr Leben verloren, und das ist meine Schuld!*

Trotzdem berührte es ihn irgendwie, dass Jo etwas von seinen inneren Dämonen zu ahnen schien, vielleicht lag das daran, dass er älter als die anderen war und mehr Lebenserfahrung hatte. Oder steckte mehr dahinter? Terwyn musste daran denken, wie er bei seiner Frage vorhin – ob sie schon mal jemand getötet hätten – zur Seite geblickt hatte. Und nur sehr, sehr selten hatte Jomar in all den Jahren etwas über sein Leben vor dem Zirkel erzählt, Terwyn wusste eigentlich nur, dass er eine schwere Kindheit gehabt hatte und es ihm gelungen war, einen einflussreichen Magier, der für den Tod seiner Eltern verantwortlich gewesen war, anzuklagen. *Ich muss einen ruhigen Moment finden, um mit ihm darüber zu reden. Fragt sich nur, ob wir in nächster Zeit noch ruhige Momente haben werden.*

Schon kamen Vic und Roán mit essbarer Beute zurück – kalter Braten, Gemüsepastete und ein halbes Dutzend Kugeln Räucherkäse. Vic langte wie immer am kräftigsten zu, obwohl sie schon immer gertenschlank gewesen war.

Wie seltsam es sich anfühlte, wieder unter Leuten zu sein. Es war das erste Mal seit vier Jahresläufen, dass er mit anderen aß. Eine feierliche Angelegenheit war das nicht, sie schlangen das Essen hinunter, während sie über einem Atlas der Sieben Ströme brüteten und hitzig diskutierten.

»Mir geht es einfach nicht in den Kopf, dass diese Kristallzone sich weiter und weiter ausdehnt, ohne innezuhalten!«, stöhnte Vic. »Entweder sie haben Magier, die sich dabei abwechseln, sie zu erzeugen, oder sie haben eine kontinuierliche Kraftquelle. Aber wie soll so etwas möglich sein?«

»Mich würde noch viel mehr interessieren, wie sie diese Glasklingen gerufen haben«, sagte Roán, seine Augen blitzten. »Sie sind anscheinend tödliche Kämpfer und unverwundbar. Könnten die Bornländer dafür die Seelen toter Menschen verwendet haben?«

Unwahrscheinlich, dachte Terwyn, doch er meldete sich nicht zu Wort – er wusste einfach zu wenig über diesen Krieg, um mitreden zu können. Und schon nach kurzer Zeit sagte Idassa: »Entschuldigt uns«, und winkte Terwyn nach draußen in den Gang. »Am besten, wir fangen gleich mit ein paar Übungen an.«

Er lächelte gequält. »Ja, bitte.«

Im Gang lehnte Alar del Mohayn, die Arme überkreuzt, die Augen unergründlich. Terwyn wurde unwohl zumute. Wollte der Kopf der Schwarzen Späher ihn sprechen? Nein, sah nicht so aus, aber sein Blick folgte Terwyn. Verließ ihn keinen Moment. Eine Gänsehaut bildete sich auf Terwyns Armen. Idassa warf del Mohayn nur einen kurzen Blick zu, sagte aber nichts.

Idassa ging voran zu einem kleineren Nachbarraum, doch sobald sie allein waren und del Mohayn endlich außer Sicht, überholte Terwyn sie. Das fiel ihm nicht schwer, seine Beine waren länger als ihre und kräftiger denn je durch seine Wanderungen am Berg. Er musste sie etwas fragen, etwas, das ihm keine Ruhe ließ. »Sag mal, warum gab es eigentlich kein Tribunal und keine Versuche, mich unschädlich zu machen? Hast du mich damals geschützt? Du wusstest doch auch nicht genau, was passiert ist. Ich hätte ja auf die Idee kommen können, dass ihr mir alle nichts mehr zu sagen habt und ich die Macht über Leben und Tod ziemlich gut finde ...«

Ernst blickte Idassa zu ihm hoch. »Ja, ich habe dich geschützt. Weil ich dich kenne.«

»Meinst du, weil wir Freunde waren ... sind?«

»Nicht deswegen. Du hast deine Fehler und Eigenheiten, aber du bist nicht korrupt – und du hast am Missbrauch von Macht einfach kein Interesse.« Mit einem eigenartigen Blick, gleichzeitig ernst und irgendwie zärtlich, sah sie ihn an. »Sonst hätte ich Favinius empfehlen müssen, dich töten zu lassen.«

Natürlich hätte sie das. Er warf es ihr keinen Moment lang vor. Nur war es nicht allzu leicht, einen Magier des Siebten Stroms zu töten. *Fast niemand kann mich zerstören ... nur ich selbst*, ging es ihm durch den Kopf. *Und genau das habe ich auch getan.*

»So, und jetzt gehen wir üben«, sagte Idassa, sie wirkte beunruhigt. »Ich würde dir furchtbar gerne mehr Zeit geben, wieder hineinzufinden. Aber diese Zeit haben wir nicht. Vorhin habe ich die neuesten Depeschen bekommen – die Bornländer haben ziemlich viel Erfolg damit, uns zu erobern. Wir brauchen dich so, wie du früher warst, Terwyn.«

Wie du früher warst. Jedes Wort brannte durch ihn hindurch wie Säure. Nie würde er den Tag vergessen, an dem er zum ersten Mal den Siebten Strom gemeistert hatte. War er noch der gleiche Mensch wie damals? Nein. Hieß das, dass ihm nie wieder gelingen würde, was er damals geschafft hatte?

Vielleicht doch, dachte Terwyn trotzig. *Wenn Shaquar in seinem Heim tief unter den Wellen gerade einen guten Tag hat.*

Einer der wichtigsten Tage meines Lebens dämmerte während der Regenzeit herauf. Inzwischen war ich sechsundzwanzig Jahresläufe alt und nun schon seit einiger Zeit mit Talea zusammen. Draußen gingen Kaskaden von Wasser auf das dichte, verschlungene grüne Laubwerk der Orchideenwälder nieder, und das durstige Land saugte jeden Tropfen auf.
Im Palast nahe unserer Hauptstadt Ordaal, in dem Favinius zu dieser Zeit residierte, hatten wir es natürlich gemütlich und trocken.
»Du willst es also heute versuchen?« Talea saß im Schneidersitz auf unserem Bett, nur mit einem dünnen Nachthemd bekleidet. Beim Anblick ihres schlanken, aber sehr weiblichen Körpers setzte mein Verstand einen Moment lang aus. Seit drei Tagen hatte

ich mich gezwungen, mich von ihr fernzuhalten, da sexuelle Betätigung die magischen Energien schwächte.

»Ja, ich mach's«, sagte ich, stand auf und streifte mir die weißen, mit Mustern aus silbernen Wasserdrachen bestickten Sachen über, die ich schon am Abend zuvor bereitgelegt hatte. Es war kein Tag wie jeder andere – heute würde ich zum ersten Mal versuchen, den Siebten Strom zu bändigen. Wie üblich hatte ich alles gelesen, was darüber in der Bibliothek zu finden war. Nichts davon war ermutigend: Mehrere sehr starke Magier, darunter auch der berühmte Teranz, hatten sich ausgebrannt bei dem Versuch, mit dem Siebten zu arbeiten. Ich würde einfach ausprobieren müssen, ob ich stark genug war.

»Darf ich wirklich nicht mitkommen?«

Entschieden schüttelte ich den Kopf. »Zu gefährlich. Ich will dich nicht in der Nähe haben, falls ich die Kontrolle verliere.«

»Das ist dermaßen ungerecht! Wahrscheinlich darf der halbe Hofstaat zuschauen, nur ich nicht?« Scherzhaft warf Talea ein Kissen an die Wand. Wir zogen uns ständig irgendwie auf, doch diesmal war ich zu nervös, um zu reagieren, und Talea spürte meine Stimmung. Rasch streifte sie sich ein einfaches Leinenkleid über, für das sie nicht die Hilfe einer Dienerin brauchte, und umarmte mich. »Komm heil zu mir zurück«, flüsterte sie mir ins Ohr.

Ich drückte sie und hoffte, dass ich den Rest meines Lebens noch klar genug im Kopf sein würde, um sie wiederzuerkennen. Schon beim Fünften Strom läuft man Gefahr auszubrennen, wenn man ihn nicht im Griff hat, und um mindestens eine schwere Blockade kommt kaum ein Magier herum, der mit solchen Strömen arbeitet. Was der Siebte mir antun konnte, mochte ich mir lieber nicht vorstellen.

Im Blauen Saal des Orchideenpalasts wartete schon mein Zirkel auf mich. Die hohe, gewölbte Decke des Saals war ein getreues Abbild des blauschwarzen Nachthimmels, mit gemalten Sternen, die ein Magier irgendwann mal zum Leuchten gebracht hatte. Ich ging über das schwarz-weiß-goldene Mosaik zum detailge-

nauen Modell des Palasts und der Gärten, das ein Künstler aus bemaltem Holz geschaffen hatte. Es nahm die Fläche zweier großer Tische ein, und fingerhohe Menschenfiguren gaben vor, darin zu leben.

»Du willst es wirklich tun?«, sagte Roán beeindruckt, seine Stimme echote von den blau gestrichenen Wänden. »Cruzark, das ist gut. Richtig gut, Ter.«

»Was auch passiert, wir sichern dich«, sagte Idassa, ich sah die Besorgnis in ihren dunklen Augen und musste plötzlich an die Zitate denken, die ich als Adept gepaukt hatte. »Kontrollierst du den Strom oder der Strom dich?« von Kondar, dem Calisier, zum Beispiel. Oder »Gib dich zufrieden mit dem Strom, der zu dir passt!« von Teranz. Beide Kerle hatten schon vor Jahrhunderten geschafft, was ich vorhatte. Es musste also irgendwie gehen.

»Alle bereit?«, fragte ich kurz.

Jomar, der seine langen blonden Haare für den Anlass ausnahmsweise gekämmt hatte, legte mir kurz die Hand auf den Arm. »Möge Shaquar mit dir sein.« Wortlos drückte mir Vic – eine Elfe in Männerkleidung – einen Kuss auf die Wange.

Dann gab ich das Signal, richtete den Blick auf das Modell, begann tief zu atmen und mich zu entspannen. Schließlich murmelte ich den Namen des Siebten Stroms. »Unécerak.«

Wie erwartet war es heftig. Der Strom floss so schnell und gewalttätig, dass ich sofort ein Stück darin mitgespült wurde – und nach einer kurzen Strecke ging er in etwas über, was ich in der wirklichen Welt als Wasserfall bezeichnet hätte. Er rauschte senkrecht in den Abgrund und würde mich mit sich in die Tiefe reißen, wenn ich dann noch hier war!

So gut es ging, stemmte ich mich gegen die Strömung. Schnell, ich musste jetzt schnell sein! Ich nahm mir nur ganz kurz Zeit, um mich zu orientieren, dann zog ich mit jedem Quäntchen Willen, das ich besaß, mit all meiner Entschlossenheit, Kraft aus diesem wilden Strom. Unfassbar, wie viel er hergab, von dem Gefühl purer Macht wurde mir schwindelig.

Ich richtete den Blick auf das Modell, nahm diese unfassbare

Kraft, formte sie, stellte mir vor, was ich damit erreichen wollte ... und sah einen Lidschlag später, dass es mir gelungen war. Sofort verließ ich den Strom und spürte, wie mein Geist Momente lang über der Kante hing, am Abgrund entlangschrammte. Dann war ich frei und draußen.
Und ich lebte noch!
Ich beugte mich vor, stützte die Hände auf den Knien ab und versuchte verzweifelt, wieder Luft in meine Lungen zu bekommen. Idassa und Roán traten sofort an meine Seite und stützten mich, ich spürte, wie sie in den Vierten Strom tauchten und daraus Energie zogen, die sie mir geben konnten. »Geht schon wieder«, sagte ich schließlich.
Jomar starrte das Modell an. »Heiliger Rattendreck!«, flüsterte er.
Wir hatten uns vor diesem Experiment zwei Möglichkeiten überlegt. Vic hatte übermütig vorgeschlagen, dass ich das Modell inklusive seiner hölzernen Bewohner lebendig machen könnte, sodass winzige Menschen dort ihrem Leben nachgehen konnten. Doch Idassa, die zwar auch albern sein konnte, aber meistens die Vernünftigste von uns war, hatte zu Recht eingewandt, dass das ein hochgradiger Blödsinn war, weil die Miniatur-Leute danach ein furchtbares Leben als kurioses Spielzeug fristen würden. Deshalb hatte ich einfach beschlossen, dass ich das ganze Ding umwandeln würde. Favinius war zwar ein bescheidener Regent, aber auch er hatte wie so viele Herrscher vor ihm eine Schwäche für Edelmetall. Ich war ziemlich sicher, dass ihm gefallen würde, wie das Modell des Palasts jetzt aussah – es glänzte im Licht des Kronleuchters im unverkennbaren Schimmer puren Goldes.
»Nicht nur vergoldet?«, fragte Roán unsicher.
Ich grinste ihn an. »Nee. Solide durch und durch.«
Der Junge hüpfte vor Begeisterung herum wie ein Fohlen, johlte und klopfte mir auf den Rücken. Jomar, Vic und Idassa umarmten mich voller Überschwang. »Du hast heute Geschichte geschrieben, ist dir das klar?« Vic musste fast schreien, weil Roán so viel Krach machte.

»Ja«, gab ich ganz unbescheiden zu.
»Das war einfach unglaublich!« Idassa strahlte und umarmte mich gleich noch einmal.
In diesem Moment ging die Tür des Saals auf und Talea stürmte herein. Sie stockte kurz, als sie mich und Idassa sah, und ein eigenartiger Ausdruck glitt über ihr Gesicht. Dann flog sie förmlich auf mich zu und umarmte mich. »Es hat also geklappt? Oh, wie das glänzt! Die Aelier würden eine halbe Hundertschaft Sklaven töten, um dieses Ding in die Hände zu bekommen.«
Róan gackerte. »Ja, es ist wahrscheinlich besser, wenn wir ihnen nichts davon erzählen.«
»Als kleine Erinnerung an diesen Tag habe ich etwas vorbereitet«, verkündete ich, ging auf das Modell zu und hob das Dach vom Abbild des Blauen Saals. Drinnen standen fünf kleine Menschen, zuvor aus Holz, jetzt aus Gold. Ich schenkte jedem meiner Gefährten sein Abbild als Andenken. Talea wirkte ein bisschen verunsichert, lächelte aber tapfer weiter.
»Hm, mal schauen, was wir hier noch haben ...«, murmelte ich, tastete in dem Modell unseres Zimmers herum, holte Taleas Figur heraus und überreichte sie ihr mit einem Kuss.
»Aber das wäre doch nicht nötig gewesen – ich brauche kein Gold, ich hab schließlich dich«, flachste sie, und wir grinsten uns übermütig an.
In diesem Moment hörte ich ein eigenartiges Knarren und Quietschen. Es kam aus der Richtung des Modells.
»Zurück!«, brüllte Idassa, die als Erste begriff, und wir sprangen nach hinten. Keinen Moment zu früh, denn schon kollabierten die hölzernen Platten, auf denen das Modell gestanden hatte, und das ganze Ding donnerte in einer Staubwolke zu Boden. Betreten blickten wir uns an. Gold war unglaublich schwer, und keiner von uns hatte daran gedacht, den Tisch zu verstärken.
Ganz unvermittelt rastete Jomar aus. »Das war ein beschissener Anfängerfehler, Terwyn! Vielleicht solltest du vorsichtig sein mit dem Siebten Strom, solange dir so was passiert! Weißt du, was aus unseren Füßen geworden wäre, wenn das auf unseren ...«

»Langsam, langsam«, mischte sich Idassa begütigend ein. »Wir haben es alle übersehen, auch du, Jo.«

Jomar hatte natürlich recht. Aber ich hatte keine Lust, mir die Freude verderben zu lassen. Also zuckte ich nur mit den Schultern und half den anderen, im Blauen Saal aufzuräumen. Wir bekamen das Modell halbwegs wieder hin und festigten zur Sicherheit den Marmorboden, damit das Ding nicht bis in die Kellerräume durchbrach.

»Gar nicht übel, mein Lieber«, meinte Favinius, als er mein Werk kurz darauf umringt von seinen wichtigsten Beratern in Augenschein nahm. Dann umarmte auch er mich, was er noch nie zuvor getan hatte. »Ich bin stolz auf Euch, Terwyn!« In seinem Blick waren eine Herzlichkeit und eine Anerkennung, die ich so gerne nur ein einziges Mal in den Augen meines Vaters gesehen hätte.

Ein stummes Nicken war alles, was ich zustande brachte. Ich legte einen Arm um Taleas Hüfte und betrachtete noch einmal das goldene Modell. Wie viel meiner Lebenszeit auch immer darin steckte, es war die Sache wert gewesen.

Favinius' Berater blickten beeindruckt, aber auch etwas säuerlich drein ... der kleine, verkniffene Parder Mevanius mit seinem Fuchslächeln, weil er niemandem traute und Magiern schon gar nicht; die großbusige, sehr von sich überzeugte Soma Callindus, weil sie mich für einen unverschämten Emporkömmling hielt, und alle anderen, weil sie neidisch waren auf das Lob.

Das hielt sie nicht davon ab, beim anschließenden Fest zu meinen Ehren zu bechern, so viel ihr Wanst aushielt.

Zu diesem Zeitpunkt hatte Talea nur noch etwas mehr als einen Jahreslauf zu leben.

6

Inyra und Mig hatten sich im Gras niedergelassen, um neben der beschädigten Kutsche zu warten. Mit einfachen Fingerspielen hielt Inyra ihre Tochter bei Laune und pflückte Süßklee für sie, auf dem sie kauen konnte. Mig hatte sich wieder in sein Buch über berühmte Magier vertieft, und die Kalkulatorin hatte sich ins Innere der Kutsche verzogen. *Hoffentlich kommt der Kutscher bald zurück,* ging es Inyra durch den Kopf. Es machte ihr Sorgen, dass sie nichts Genaueres über diesen Angriff auf Skaidar wusste. Waren es wieder die Aelier? Warum mussten die Menschen fliehen? Hatten es zum ersten Mal Feinde über die Grenze geschafft?

Mig hatte das Pferd am Ast eines nahen Baumes festgebunden, es bewegte sich unruhig und hob immer wieder den Kopf, um nach Norden zu starren. Schließlich – Inyra sang ihrer Tochter gerade das Lied von den drei schwarzen Schwänen vor – wieherte es laut auf und versuchte sich loszureißen.

»He, was soll das, du blödes Vieh!«, rief Mig, vielleicht doch kein zukünftiger Pferdeknecht, und eilte zu ihm, um es am Zaumzeug zu packen. Doch bevor er es erreichte, riss der Zügel, der Braune wirbelte herum und galoppierte davon.

Na wunderbar, hoffentlich müssen wir den nicht bezahlen, wenn der Kutscher behauptet, wir hätten ihn schlecht angebunden, dachte Inyra. Unwillkürlich stand sie auf und blickte sich um. Und diesmal sah sie etwas Eigenartiges. Die Landschaft im Norden glänzte im Schein der Mittagssonne, warf das Licht in schimmernden Reflexen zurück. Wie das klare, fast durchsichtige Eis, das gefrierender Regen auf Ästen und Zweigen hinterlässt. Aber dort konnte kein Eis sein, es war mitten in der Trockenzeit und so heiß, dass Inyra fühlte, wie sich Schweiß in der Kuhle ihres Halses sammelte.

»Sieht aus, als hätte eine Göttin dort auf den Boden gespuckt«, sagte Mig und grinste.

»Göttinnen spucken sicher nicht in der Gegend herum«, meinte

Inyra amüsiert. »Was auch immer es ist, es ist wunderschön.« Sie klopfte an die Tür, damit die Kalkulatorin nicht vertieft in ihre Zahlen dieses Naturschauspiel verpasste.

Kurz darauf standen sie gemeinsam neben der Kutsche und beobachteten fasziniert das ferne Glitzern. »Prachtvoll – aber irgendwie gefällt mir das nicht«, sagte die Kalkulatorin und furchte die Stirn. Da sie bisher nicht viel anderes getan hatte, als zu rechnen oder ihren Unmut kundzutun, hätte Inyra ihre Worte gerne ignoriert. Doch sie konnte die Angst in den Augen des Pferdes nicht vergessen ... und dieses Glitzern war irgendwie seltsam. Konnte es sein, dass es irgendetwas mit diesem Angriff zu tun hatte, vor dem die Menschen über die Handelsstraße geflohen waren?

»Es sieht aus wie Diamanten«, sagte Mig, er wirkte völlig fasziniert. »Diamanten, die sich aus der Luft gebildet haben.«

»Diamanten haben eher nicht die Angewohnheit, sich so zu bilden, sonst wären sie nichts wert«, sagte die Kalkulatorin trocken.

»Vielleicht sollten wir unser Gepäck aus der Kutsche holen und uns auf den Weg machen«, schlug Inyra vor. »Bestimmt schaffen wir es auch zu Fuß zum nächsten Ort. Mir scheint, dieser Kutscher kommt nicht mehr, vielleicht ist er in einem Wirtshaus hängen geblieben.«

»Ja, vielleicht ist das das Beste«, meinte die Kalkulatorin, es schien, als sehe sie Inyra zum ersten Mal wirklich an. Sie verbeugte sich leicht. »Ich glaube, wir haben uns noch nicht vorgestellt – Udina del Hamoris.«

»Wir sind Inyra, Vinnie und Mig del Elímon.« Inyra schenkte ihr ein flüchtiges Lächeln. Doch es verging ihr, als sie noch einmal nach Norden blickte. Kein Zweifel, dieses Glitzern war näher gerückt in der kurzen Zeit, in der sie sich unterhalten hatten! Bewegte es sich auf irgendeine Weise? Aber wie war das möglich? War das Magie? Oder tatsächlich ein Zeichen der Götter, auch wenn es wahrscheinlich nichts mit ihren Körperflüssigkeiten zu tun hatte?

Mig half dabei, ihre Reisetasche vom Dach der Kutsche zu holen, und del Hamoris wuchtete ihre Sachen aus dem Inneren des Wagens. Die Kalkulatorin versuchte, möglichst viel davon in einen

Beutel zu stopfen, den sie über der Schulter tragen konnte, denn der Rest war offenbar zu schwer – dicke Bündel von Stoffmustern, wie sie feststellten. In der Zwischenzeit wurde Vinnie unruhig, und Inyra pflückte ihr noch etwas Süßklee. So dauerte es, bis sie endlich loskamen.

»Nach Süden?«, schlug Inyra vor, sah sich noch einmal um ... und spürte, wie der Atem sich in ihrer Kehle verfing. Denn das Glitzern war nun so nah, dass sie sehen konnte, dass es sich bewegte, langsam, aber stetig. Es kroch voran mit der ruhigen, lautlosen Kraft eines Flusses. Noch während Inyra es beobachtete, konnte sie verfolgen, wie es einige Rotweiden erreichte, neben denen sich Haselsträucher drängten. Und selbst aus dieser Entfernung sah sie, wie das glitzernde Weiß die Bäume hochkroch, als sei es ein lebendes Wesen. Es kroch an ihnen hoch ... und ein Blatt nach dem anderen überzog sich mit Reif, hörte auf, sich im Wind zu bewegen. Erstarrte.

»Cruzarks Läuse!«, stieß die Kalkulatorin hervor. »Was *ist* das?«

Darauf hatte niemand von ihnen eine Antwort.

»Tante Inyra ... lass uns gehen«, drängte Mig nervös.

»Ja«, antwortete sie knapp und spürte, wie Angst ihr ins Herz kroch. Angst um Vinnie, um Mig und um sich selbst. Rasch hob sie sich Vinnie im Tragetuch auf den Rücken, dann griffen ihre Beine wie von selbst aus. Mit langen Schritten entfernten sie sich von der weißen Zone und ließen die schief stehende Kutsche hinter sich, marschierten quer über Wiesen und über Felder.

Sie gingen so rasch, dass die etwas rundliche Kalkulatorin schon bald zu schnaufen begann. Widerwillig mäßigte Mig, der mit seinen langen Beinen vorausging, das Tempo. Schon nach der zweiten Stunde ließ del Hamoris ihre Stoffmuster einfach im Gras liegen, doch ihr dickes Rechnungsbuch behielt sie bei sich.

Immerhin, es war sehr beruhigend, dass sie in dieser kurzen Zeit einen guten Vorsprung herausgearbeitet hatten, die Kristallzone lag nun deutlich hinter ihnen. Doch ein kalter Schauer jagte durch Inyra, als sie sich umdrehte und beobachtete, wie das Glitzern über die ferne, kaum noch zu erkennende Kutsche hinwegkroch, in der sie noch vor so kurzer Zeit gesessen hatten. Wieso waren sie nicht so klug gewesen, mit den anderen Menschen zu flüchten? Und wieso nur war sie del Crestas Vorschlag gefolgt? Nein, das hier war sicher nicht seine Absicht gewesen ... er war zwar schroff gewesen, hatte aber freundlich gewirkt trotz dieser Traurigkeit, die sie an ihm gespürt hatte. Ob er überhaupt wusste, was hier geschah?

Vinnie schnaufte und wimmerte auf ihrem Rücken, doch Inyra wusste, dass sie sie nicht absetzen und beruhigen durfte. Diese seltsame glitzernde Welle bewegte sich zwar langsam, aber furchtbar stetig über das Land hinweg. Solange sie weitergingen, waren sie schneller ... aber was geschah, wenn sie sich irgendwann ausruhen mussten?

* * *

Idassa begann die Übungen beim Zweiten Strom. »Schließ die Augen, Terwyn. Denk daran, wie du aufgewachsen bist, wie natürlich du damals Magie verwendet hast. Was hast du damals getan, wie hat es sich angefühlt?« Auf diese Weise lotste sie ihn im Laufe der Nacht hoch bis zu Vimus, dem Vierten Strom, und Terwyn bewunderte ihre Geduld. Sie wusste genau, dass in diesem Moment Menschen starben und der Kristall immer mehr Orte verschlang. Doch nur selten ließ sie sich anmerken, dass sie sich dessen bewusst war.

Schließlich klopfte jemand an die Tür des Raumes, und ein Diener steckte den Kopf durch die Tür. »Erste Magus? Der Regent wünscht Euch zu sprechen.«

»Komme sofort.« Idassa erhob sich und warf Terwyn noch einen Blick zu. »Ich schicke dir Jomar. Nicht aufgeben, ja?« Bald würde draußen die Sonne aufgehen. So viel Zeit hatte er den Zirkel schon gekostet!

Er schüttelte den Kopf. Nein, Aufgeben kam nicht infrage. »Haben wir eigentlich noch eine Verständigung mit anderen Landesteilen?«

»Ein paar Säulen sind noch aktiv, aber viele mussten wir aufgeben. Wieso, gibt es jemanden, den du kontaktieren willst?«

»Meine Eltern.«

»Natürlich, entschuldige. Da vorne sind Pergament und Stift, bedien dich. Ich sorge dafür, dass deine Botschaft ankommt.« Schon war sie weg.

Rasch kritzelte Terwyn eine Nachricht an seine Familie. Er konnte sich zwar nicht wirklich vorstellen, dass sie den Hof im Stich lassen, nach Süden flüchten und ein Schiff zur Insel Istragor nehmen würden, aber zumindest hatte er sie so gewarnt.

Eigentlich gab es nur einen Menschen in seiner Herkunftsfamilie, der ihm etwas bedeutete – sein jüngster Bruder Cley. Cley, der die gleichen weißen Haare hatte wie er selbst, der wahrscheinlich ein unglaubliches starkes magisches Talent gehabt hatte. Als Kind von fünf Jahresläufen hatte Terwyn einmal gespürt, dass mit Cley, dem Säugling, etwas nicht stimmte, aber er hatte nicht wirklich Worte dafür gehabt. Seine Eltern hatten ihm ausnahmsweise trotzdem vertraut und den Magus gerufen. Doch der lag schon seit einer Ewigkeit in einer Fehde mit seinem Vater, in der es irgendwann mal um einen Scheffel Grünkorn gegangen war. Der Magus hatte sich also Zeit gelassen, und als er schließlich erschien, war es zu spät gewesen. Vermutlich war Cley damals durch eine schwere Blockierung ausgebrannt, jedenfalls war er seither ein bisschen simpel. Hoffentlich konnten seine Eltern ihn überreden, den Hof zu verlassen – wenn nötig, mussten sie ihn eben zwingen!

Jomar war hereingekommen und setzte sich ihm gegenüber. Wie immer waren seine Bewegungen rasch, fast abgehackt. »Bist du fertig? Dann machen wir weiter, Idassa hat gesagt, du bist immerhin schon beim Vierten Strom.«

»Ja, genau, so weit war ich zuletzt mit Sechzehn.« Terwyn verzog den Mund.

»Kein Selbstmitleid, bitte. Cruzarks Läuse! Mein Hirn fühlt sich an, als hätte es jemand einen Wasserfall hinuntergeworfen. Wir arbeiten seit gestern früh fast ohne Pause mit den höchsten Strömen.«

Trotz allem musste Terwyn grinsen. »Wer weiß, was ich in den letzten vier Jahresläufen alles an Lebenszeit gespart habe dadurch, dass ich keine Magie gewirkt habe. Das kann ich jetzt alles verschwenden.«

Jomar verzog nur den Mund, vermutlich dachte auch er nicht gerne daran, wie sie hier fleißig ihr Leben verkürzten.

Behutsam führte ihn Jomar in den Fünften Strom, in dem Terwyn prompt wieder auf Grund lief. Mit gerunzelter Stirn blickte Jomar ihn an. »Das ist nicht nur mangelnde Übung, so viel ist klar. Ich spüre einen Widerstand in dir, und an deine Gedanken komme ich überhaupt nicht heran. Allmählich glaube ich, du hast dich selbst blockiert, weil du Talea durch Magie getötet hast.«

So direkt hatte ihn lange niemand mehr auf die Katastrophe angesprochen. Gequält blickte Terwyn hoch. Noch während er nach Worten suchte, hörte er, wie Roán und Vic draußen vorbeigingen. Gerade hatte Roán das Wort ergriffen, er flüsterte: »… ist ein gebrochener Mann, so viel ist klar, und wenn wir eine andere Lösung suchen, dann wird es …« Den Rest hörte Terwyn selbst mit seinen magisch geschärften Ohren nicht mehr, zum Glück waren die beiden außer Hörweite.

Terwyn zweifelte keinen Moment daran, über wen die beiden gesprochen hatten. *Ein gebrochener Mann? Ja, das bin ich vermutlich.* Einen Moment lang fühlte er sich unendlich müde.

Natürlich hatte Jomar die Bemerkung ebenfalls gehört. Ihre Augen trafen sich. »Kann sein, dass du dir selbst verzeihen musst, vielleicht funktioniert es vorher nicht«, sagte der andere Magier sanft.

Niemals. Was ich getan habe, kann man nicht verzeihen! Heißt das, die Sache ist hoffnungslos? Terwyn hielt seinem Blick stand und dachte an Jomars eigenartige Reaktion auf seine Frage vorhin. »Was ist mit dir?«, fragte er ihn. »Hast *du* dir schon verziehen?«

Einen endlosen Moment lang starrten sie sich an. Der Jomar, den Terwyn in der frühen Zeit gekannt hatte, hätte einfach mit den Schultern gezuckt und das Thema gewechselt, weil er es hasste, über sich zu sprechen. Doch diesmal war alles anders, und so viel hing davon ab. Davon, dass sie endlich, nach so vielen Jahresläufen, offen miteinander waren.

»Ob ich mir verziehen habe? Irgendwie schon«, sagte Jomar schließlich, lehnte sich zurück und verschränkte die Arme vor der Brust. »Du weißt, dass ich mit neun Jahresläufen Waise geworden bin, oder? Meine Eltern waren krank, und unser Geld reichte nicht für die Gebühren des Magiers. Meine Großmutter hat sich geweigert, mich aufzunehmen, ich bin auf der Straße gelandet. Natürlich hab ich gestohlen, klar habe ich das. Aber nicht nur das.« Sein Gesicht war eine Maske. »Weißt du, was man tut, wenn man überleben will um jeden Preis?«

Terwyn spürte einen Kloß in seiner Kehle. »Nein. So schlecht ist es mir nie gegangen.«

»Sieh es dir selbst an«, sagte Jomar und lachte freudlos auf.

Terwyn war gewohnt, in Jomars Kopf auf eine Steinwand zu stoßen, genau die machte ihn ja zu einer guten Abschirmung für den Zirkel. Doch diesmal hatte Jo tatsächlich seine Barrieren gesenkt. In einem einzigen, heftigen Puls voller Schmerz und Finsternis strömten die fremden Erinnerungen auf ihn ein. Terwyn spürte sich geistig zurücktaumeln, obwohl er seinem Gefährten noch immer bewegungslos gegenübersaß. Unwillkürlich atmete er aus, und sein Kopf sank nach vorne, plötzlich so schwer wie die ganze Welt.

»Ziemlich mies, was?«, fragte Jomar.

»Es tut mir so leid«, war das Einzige, was Terwyn herausbrachte. Nie hätte er sich vorstellen können, dass Jomar es als Junge – bevor sein magisches Talent richtig entwickelt war – nötig gehabt hatte, seinen Körper zu verkaufen. Dass er später, als er wieder einmal Hunger litt, gegen Geld einen Fremden getötet hatte. Shaquars Gnade!

»Ich habe nie vergessen, wie einfach es war«, bemerkte Jomar fast beiläufig. »Als es sowieso schon heiß war, habe ich die Umgebungsluft um seinen Kopf aufgeheizt. Er ist an einem Hitzschlag gestorben.«

»Das ging wahrscheinlich als natürlicher Tod durch?« Wider Willen war Terwyn fasziniert. Kaltblütiger Mord war selten in Skaidar, da mit magischer Hilfe so gut wie alle Verbrechen aufgeklärt werden konnten.

»Ja, deshalb gab es keine Nachforschungen. Ich habe nie erfahren, wer er war oder warum jemand ihn unter die Erde gewünscht hat.« Jomar blickte auf seine Hände, seine hellen Locken fielen ihm über die Wangen. Früher war er bestimmt ein hübscher Junge gewesen – leichte Beute, bevor er sich mit seiner Magie hatte schützen können.

»Noch heute denke ich fast jeden Tag an ihn. Komisch, was?«

»Wahrscheinlich normal.« Terwyn ahnte, dass auch ihn die Gedanken an Talea bis zu seinem Lebensende begleiten würden.

»Erzähl es bitte nicht den anderen. Geht niemanden was an.«

Noch bevor Terwyn etwas versprechen konnte, ging die Tür auf – Idassa war zurück. »Na, seid ihr weitergekommen?« Er hörte die Hoffnung in ihrer Stimme.

»Irgendwie schon«, sagte Terwyn zu seiner eigenen Überraschung, und Jomar nickte.

»Ich habe noch mal mit Favinius gesprochen, du darfst dich jetzt mit der Abgesandten treffen«, verkündete Idassa, und ein Ruck ging durch Terwyn. *Na also. Vielleicht komme ich dem Rätsel durch sie auf die Spur – oder vielleicht schaffe ich es wenigstens, mehr Zeit für uns herauszuhandeln!*

Sie verließen all drei den Übungsraum, und Terwyn stellte erstaunt fest, dass draußen im unterirdischen Gang eine rothaarige Frau im schwarzen Kleid und reich besticktem Umhang auf ihn wartete. Einen Moment lang war Terwyn verblüfft, bis er Alar del Mohayn erkannte, der vorhin noch ganz anders ausgesehen hatte – anscheinend hatte der Godar sich entschieden, den Rest des Tages über seine weibliche Seite zu betonen. Alar del Mohayns Gesicht war gleichmütig, die Augen düster. Der Godar ließ ihn mehr als deutlich wissen, dass er ihn bei allem, was er tat, im Auge behalten würde. *Er hält mich für einen skrupellosen Mistkerl*, dachte Terwyn und hatte den unangenehmen Verdacht, dass er – Terwyn – auch genau das war.

* * *

Es hatte ihm nicht gutgetan, sich an all das zu erinnern. Jomar versuchte Luft zu holen, doch da war ein eiserner Ring um seinen Brustkorb, der ihn daran hinderte. Die alte vertraute Angst hatte sich in seinen Körper geschlichen wie eine Schlange und war in seinen Eingeweiden zu Stein geworden. Ärgerlich blickte er auf seine Hände und sah, dass sie vibrierten. Je mehr er versuchte, es zu unterdrücken, desto schlimmer wurde es.

Es war ihm nicht ganz recht, dass Alar ihn so sah. Aber es war ohnehin schwer, etwas vor ihr – Alar war gerade als Frau unterwegs – zu verbergen. Als Idassa und Terwyn weg waren, lehnten Alar und Jomar im Schatten einer Blumendekoration nebeneinander, kaum eine Handbreit voneinander entfernt, jedoch ohne sich zu berühren. Einen Moment lang lauschte Jomar auf Alars Atem und drehte sich so, dass er den fast lautlosen, seidenen Hauch auf seiner Haut fühlen konnte. Soweit er wusste, hatte niemand mitbekommen, dass sie in der Vergangenheit so manche Freuden geteilt hatten. Godar hatten sowohl weibliche als auch männliche Geschlechtsorgane, das machte das Liebesspiel abwechslungsreich.

Doch an solche Dinge konnte er gerade nicht denken, nicht nach dem Gespräch eben.

»Tu mir einen Gefallen und lass Terwyn in Ruhe«, sagte Jomar leise.

»Du weißt, dass ich das nicht kann.«

»Er gibt sein Bestes.«

Alar lachte tonlos. »Tun wir das nicht alle?« Sie legte ihm eine Hand auf den Arm. Es war keine aufreizende Berührung, sondern eine beruhigende.

»Atme«, sagte Alar.

Jomar konzentrierte sich auf seinen Atem und darauf, den harten, schimmernden Kern in seinem Inneren zu finden, den niemand je wirklich berühren konnte. Den Kern seines Selbst, eingekapselt, in Sicherheit vor der Welt. Seine Festung.

»Gut so.« Alar ließ ihre Hand einen Moment länger liegen als nötig, eine stumme Frage. Doch Jomar schüttelte fast unmerklich den Kopf. Es wäre unklug gewesen, in einer Lage wie dieser seine Energien zu schwächen.

Aus irgendeinem Grund hatte Alar ihm mehr über sich erzählt als jedem anderen, auch wenn sie ihn nie in ihre Gedanken eingeladen hatte. Sie hatte es nicht leicht gehabt, obwohl ihre Familie aus dem wohlhabenden Mittelstand stammte. Obwohl die Godar als weithin akzeptiert galten, war es kein Vergnügen gewesen, im tiefen Süden Skaidars als einer aufzuwachsen, und es hatte auch nicht geholfen, dass ihre Intelligenz und ihr Ehrgeiz sie von anderen abhoben. Um sich zu behaupten, hatte Alar allen anderen stets einen Schritt voraus sein müssen. Sie hatte gelernt, alle anderen gegeneinander auszuspielen, und dabei gemerkt, dass sie gut war in diesem Spiel. Auch wenn es allzu oft kein Spiel war, sondern tödlicher Ernst.

»Wenn diese Krise andauert, wird es brenzlig werden.« Alars nachdenkliche Worte rissen Jomar aus seinen Gedanken.

»Ach, ich dachte, das ist es bereits!«, erwiderte Jomar irritiert.

»Das meine ich nicht. Es ist nicht … günstig …, dass in Skaidar nur so wenigen Menschen das Wahlrecht zugestanden wird. So etwas kann gut gehen, so lange alle satt und zufrieden sind. Wenn das Land in die Krise gerät, haben wir Aufstände zu erwarten. So wie damals zur Zeit von Gryecus II.«

»Vielleicht wird's Zeit dafür«, sagte Jomar, und ein Schauer überlief ihn, als er es sagte. Denn es machte ihm Angst, wie Alars Gesicht sich veränderte, als er das sagte. Es wurde härter, aus ihren Augen rann das Gefühl heraus wie Wasser, das aus einer Schale läuft. Jomar spürte, wie sich seine Nackenhaare aufstellten. Dieser Godar war gefährlich, er hatte es schon immer gewusst, aber war es nicht gerade das, was ihn angezogen hatte? Die Gefahr, die Wandelbarkeit dieses Geschöpfs?

Alar lachte leise. »Sag das noch mal.«

»Auch du hast nur das Wahlrecht, weil du dem Regenten in hoher Position dienst.« Jomar wusste, dass er sich gerade auf einer schmalen, schwankenden Planke über den Abgrund hinausbewegte. Doch es kam ihm vor, als könnte er nicht anders. Wenn sich etwas ändern sollte, musste man irgendwo anfangen. Aussprechen, was nicht stimmte in diesem Land.

Mit einem halben Lächeln und kalten Augen betrachtete ihn Alar. »Was willst du mir damit sagen? Dass du ein Risiko für den Regenten bist?«

Wieder überlief Jomar ein Schauer. »Nein«, sagte er. »Bin ich nicht. Ich bin ihm eine wichtige Stütze, falls du das noch nicht gemerkt hast. So wie der Rest des Zirkels.«

Alar seufzte tief. *Was auch immer das heißen soll*, dachte Jomar. *Dass sie mich am liebsten verhaften würde, es aber nicht tut, weil ich hier noch gebraucht werde? Wenn Alar versuchen würde, mir zu schaden, würden die anderen sie aufhalten. Ganz sicher.*

»Hast du jemals einen besten Freund gehabt ... oder eine beste Freundin?«, fragte Jomar spontan.

Zu seiner Überraschung bekam er eine Antwort. »Ja – eine beste Freundin«, sagte Alar und zog die Finger durch ihre seidenglatten roten Haare. Wie lebendige Flammen flossen sie ihr über die Schultern. Jomar schaffte es nicht, in Alars Gesicht zu lesen, das in seinen klaren, fast scharfen Linien und den vollen Lippen so weiblich und männlich zugleich war.

»Was ist mit ihr geschehen?«

»Reden wir ein anderes Mal darüber«, sagte Alar, straffte sich und stieß den schmalen, geschmeidigen Körper von der Wand ab.

Jomar nickte wortlos und erwiderte den Blick, den Alar ihm zum Abschied zuwarf.

Unmöglich, darin zu lesen.

* * *

Zwei Wachen warteten schon darauf, Terwyn in die Eingeweide des Palasts zu bringen, dorthin, wo sich die Arrestzellen aus Statinum befanden. Zwischen Terwyns Schulterblättern kribbelte es, als sei ein Speer auf ihn gerichtet. In einer dieser Zellen hätte auch er sich wiederfinden können ...

Moment mal! Ist das eine Falle und vielleicht der Plan dieses del Mohayn? Wollen er und seine Leute mich in eine hineinlotsen und dort festsetzen, weil ich mich als nutzlos erwiesen habe? Ein Schauer überlief Terwyn. Doch seine Schritte stockten nicht. *Selbst wenn. Darauf kommt es jetzt auch nicht mehr an. Wenn die anderen und ich nicht schaffen, diese Kristallzone zu stoppen, sind wir in ein paar Tagen ohnehin alle tot.*

Durch das runde Fenster aus dickem, dunkel schimmerndem Statinumglas sah er, dass eine schöne junge Frau es sich in der Zelle gemütlich gemacht hatte. Schimmerndes honigfarbenes Haar breitete sich wie der Flügel einer Steppeneule über ihre Wange, eine typische bornländische Frisur. Auf der anderen Seite hatte sie das Haar mit einer Spange, die einen kleinen gelben Stein trug, zurückgesteckt. Die Abgesandte schien zufrieden damit, nichts zu tun und zu warten.

»Hat sie in letzter Zeit irgendetwas ... Ungewöhnliches gemacht?«, fragte Terwyn die beiden Wachen, die ihn misstrauisch beäugten.

Beide schüttelten die Köpfe, aber Terwyn fiel auf, dass sie einen deutlich weiteren Abstand als den vorgeschriebenen von der Zellentür gehalten und erst bei seinem Eintreffen hastig die korrekte Position eingenommen hatten. Hatten sie Angst vor der Abgesandten? Jedenfalls wirkten sie beide erschöpft, einer von ihnen sogar benommen. Besser, er riet Favinius, sie austauschen zu lassen, nur für den Fall, dass sie mit einem langsam wirkenden Zauber belegt oder auf irgendeine Art vergiftet worden waren.

Terwyn ließ die Wachen die Türen öffnen und hinter sich sofort wieder schließen. Das Statinum bildete eine schwarzbläulich schimmernde Schicht auf Wänden, Boden und Decke der Zelle. Dadurch fühlte er sich in ihr ein wenig, als schwebte er im Nachthimmel. Er konnte sich nur vorstellen, dass es dort besser roch, hier hing ein Geruch nach verdorbenen Lebensmitteln in der Luft.

Gleichmütig sah die junge Abgesandte ihm entgegen und stand auf, wobei sie ihren Rock glättete und in der Art der Bornländer knickste. »Qirania von Fjellhaven. Mit wem habe ich die Ehre?«, fragte sie mit selbstsicherer, melodischer Stimme.

»Terwyn del Cresta«, sagte er – die übliche Kurzform seines Namens – und beobachtete ihre Reaktion darauf. Hatte sie von ihm gehört, von seiner Rolle als Erster Magus, von der Katastrophe? Zwar hatten die Handelsbeziehungen zwischen Bornland und Skaidar lange brachgelegen, doch Neuigkeiten reisten auf vielen Wegen. Nein, der Name sagte ihr anscheinend nichts, das Lächeln haftete in ihrem Gesicht wie angeklebt. Das war nicht gerade die übliche Reaktion, wenn er sich vorstellte. Dafür bemerkte er etwas später, dass sie ihn mit zunehmendem Interesse musterte. *Ah, sie kann offensichtlich mein starkes magisches Talent spüren. Aber es ist seltsam, dass ich ihres so gar nicht wahrnehme! Ist sie eine Magierin ... oder nur eine bedeutungslose Überbringerin von Botschaften?*

Er verbeugte sich leicht vor ihr. »*Vistra* Fjellhaven, man hat mir gesagt, Ihr hättet eine Prophezeiung überbracht ... dass das Bornland künftig über Skaidar herrschen solle? Könnt Ihr sie mir bitte vortragen? Falls Euch das nicht zu viel Mühe macht.«

»Keineswegs, sie ist ja sehr wichtig und so alt wie das Bornland selbst«, entgegnete die Abgesandte, auf ihren Lippen schwebte ein verzücktes Lächeln. Mit halb geschlossenen Augen rezitierte sie:

Wie auf puren Schwingen aus Kristall,
so rein und klar wie der Strahlenkranz der Sonne,
sollen die Krieger des Bornlands nach Süden streben!
Denn von Anbeginn aller Zeit ist es ihnen bestimmt,
Herrscher der glutfarbenen Blüte zu werden
Bereit zum Aufbruch, ihr kühnen Recken!
Zögert nicht, folgt dem Ruf der Götter nach Skaidar –
und das goldene Ufer des Schicksals ist euch sicher!

Das war nicht nur scheußliche Dichtkunst, sondern auch eine arg seltsame Prophezeiung. Etwas daran störte Terwyn, aber er kam nicht darauf, was es war. »Eine faszinierende Weissagung, in der Tat. Wie hat Euer Volk sie entdeckt? Oder wurde sie überbracht?«

»Sie war im Eis eingeschlossen, uraltem Eis, das eines Tages schmolz und sie freigab«, berichtete die Frau, senkte andächtig den Blick und strich sich das honigblonde Haar aus dem Gesicht. »Es war Schicksal. Und kurz darauf haben mehrere unserer Götter zu uns gesprochen und uns darin bestärkt.«

Auch das war eigenartig, und allmählich wurde Terwyn misstrauisch. »Mag sein, dass es so ist. Aber Ihr versteht sicher, dass wir mehr Zeit brauchen, um die Übergabe unseres Landes an Eures in die Wege zu leiten.« Um so etwas zu bitten, würde natürlich nicht viel bringen, doch Terwyn wollte ihre Reaktion selbst erleben.

»Zeit?« Ein leises, melodisches Lachen. »Zeit! Die können unsere Herrscher euch nicht geben – was sein soll, soll sein.«

»Was ist, wenn Skaidar kapituliert? Stoppt ihr dann die Kristallzone?« *Hat sie überhaupt die Macht, sie zu stoppen?*

»Das bleibt zu sehen«, sagte die Abgesandte freundlich und lächelte ihn an. Lächelte ihn an! Dieses Miststück.

Er versuchte, mehr aus ihr herauszubekommen, und hatte irgendwann genug von ihren ausweichenden Antworten. Nach einem kurzen Abschied gab Terwyn den Wachen das vereinbarte Signal, ihm die Tür des Verlieses zu öffnen. Wie er erwartet hatte, machte die Abgesandte keinen Versuch, zu fliehen.

»Nun, was sagt Ihr dazu?«, fragte Alar, der draußen im Gang aufgetaucht war. »Ist sie nicht entzückend, diese Abgesandte?«

»Absolut«, erwiderte Terwyn grimmig. Mit del Mohayn zu reden war ihm lieber, als nur schweigend von ihm – nein, ihr – mit Blicken durchbohrt zu werden. »Nur ist sie leider so falsch wie eine Orchidee aus Papier.« Inzwischen war ihm klar geworden, was ihn an dieser Prophezeiung und an dieser Abgesandten irritierte.

Der Kopf der Schwarzen Späher ließ sich keine Überraschung anmerken, vielleicht war es ihr schon selbst aufgefallen. »Kommt, wir sprechen mit Favinius darüber. Er und Idassa warten schon.«

Mit langen Schritten gingen sie los.

Nachdem ich den Siebten Strom gemeistert hatte, gab es für mich noch mehr zu tun als zuvor. Ich baute einen Vulkan im Nordwesten Skaidars so um, dass er fortan harmlos war, rottete eine Seuche aus und verlieh Favinius eine eiserne Gesundheit – wahrscheinlich würde er mit hundert Jahresläufen ganz plötzlich tot umfallen. Der Palast musste drei zusätzliche Leibwachen und einen eigenen Primus für mich anheuern, um mich gegen Bittsteller abzuschirmen. Da meine Position nun stark genug war, machte ich mich daran, kräftig unter den unfähigen oder korrupten Magiern aufzuräumen, von denen es leider viel zu viele in

Skaidar gab. Das machte mich nicht beliebt bei denen, die es traf, doch für die gewöhnlichen Leute war ich ein Held. Und was kurz darauf geschah, half natürlich auch ein bisschen.

Es war Zufall, dass ausgerechnet jetzt die Aelier mit fünf berittenen Divisionen und zehn Hundertschaften Bogenschützen ihren neusten Vorstoß starteten. Ihr Pech. Ich ließ an der Grenze Skaidars eine himmelhohe Dornenhecke wachsen, die niemand durchdringen konnte. Ratlos vollzogen die Aelier in ihren Feldlagern vor der Hecke ein paar unappetitliche Menschenopfer, um ihren Gott günstig zu stimmen, was ihnen aber auch nicht weiterhalf. Wir beobachteten, wie sie vergeblich Kriegskatapulte und Granaten mit Blutöl gegen die Hecke zum Einsatz brachten. Schließlich zogen sie unverrichteter Dinge ab. Zur Feier des Tages ließ ich Exkremente über sie herabregnen. Keine sehr nette Geste, ich muss es zugeben, aber es kostete mich nur ein oder zwei Wochen Lebenszeit, und mein Zirkel hatte einen kindischen Spaß daran.

Favinius war hochzufrieden über den Sieg. »Ich werde gut auf Euch aufpassen müssen, Terwyn«, neckte er mich. »Sämtliche Mächte dieser Welt werden Euch in ihre Gewalt bekommen oder wenigstens töten wollen.«

Ich zuckte mit den Schultern.

Statt mir über so etwas Gedanken zu machen, plante ich lieber Taleas und meine Hochzeitszeremonie. Talea war dafür, auf die traditionelle Weise zu feiern – erst ein Fest mit Freunden und Verwandten, anschließend eine gemeinsame Nacht allein im Orchideenwald und bei Sonnenaufgang das Ehegelübde vor einem Priester Ostra Naminas. Ich war nicht begeistert. »Es gibt Goldhyänen in der Gegend – ich weiß nicht, ob ich denen begegnen will, wenn wir ganz allein …«

»Ach komm, die greifen uns bestimmt nicht an, wenn wir so glücklich sind«, argumentierte Talea. Goldhyänen reagieren sehr sensibel auf Stimmungen Fremder, besonders auf negative, weil sie die geistige Kommunikation in ihrem Rudel stören. Das hatte ich schon leidvoll feststellen müssen, als ich einmal nach einem

Streit mit meinen Eltern wütend in den Wald gerannt war und mich mitten in einem Pulk der Biester wiedergefunden hatte. Ohne meinen damaligen besten Freund Marinus, der mir gefolgt war und geistesgegenwärtig half, wäre das übel ausgegangen.
»Na gut, aber wir schicken vorher einen Beschwichtiger dorthin, wo wir feiern wollen – ich will auch keinen Ärger mit diesen verdammten Klingen-Einhörnern«, entschied ich. Und so machten wir es einige Monde darauf, ich war gerade siebenundzwanzig geworden. Nach viel Wein und Gesang verabschiedeten wir uns von unseren Gästen, wanderten barfuß, bekleidet nur mit den zeremoniellen Gewändern, durch den Orchideenwald und breiteten unsere Decke unter einem niedrigen, moosbedeckten Baum aus. Er war von Chira timbalis mit ihren zarten, sternförmigen Blüten überwachsen – diese Art verschafft einem, wenn man ein Elixier daraus zubereitet, nur einen richtig miesen Kopfschmerz, aber sie ist schön anzusehen. Wir verpassten den Sonnenuntergang, weil wir Besseres zu tun hatten, als ihn zu beobachten, und da ich für eine warme Nacht gesorgt hatte, hatten wir es – nur gestört von zehn oder zwanzig neugierigen Ameisen – halbwegs gemütlich.
Ausgerechnet in dieser Nacht fand ich das Dunkle Wort. Bisher hatte ich nur die Teile Than und Sadar, doch wenn ich sie zusammenfügte, passierte nichts. In dieser Nacht erschien mir im Traum eine riesige Schlange, schwarzschuppig, mit kalten silbrigen Augen. Sie erhob sich vor mir, musterte mich eisig und stieß ein Zischen aus. Selbst im Traum begriff ich, dass die Schlange ein Echo Dunkler Magie war. Mit ihrem Zischen im Ohr erwachte ich und wusste, dass ich das fehlende Element entdeckt hatte. Thanossádar.
Selbst wenn ich es nur dachte, nicht aussprach, spürte ich Wellen der Kraft in mir wogen. Sie fühlten sich an wie Brandung, in der die Wucht eines ganzen, unendlich tiefen Ozeans steckte. Ich zitterte vor Aufregung. So viele Jahresläufe lang hatte ich gesucht – und jetzt hatte ich es endlich, das Dunkle Wort!
Vielleicht hatte Talea im Halbschlaf gespürt, dass etwas mit mir

geschah, denn sie regte sich, gähnte und öffnete die Augen. »Was ist?«, *fragte sie und lächelte mich an.*

»Nichts, alles in Ordnung«, erwiderte ich und küsste sie. Noch heute kann ich nicht fassen, dass ich meine Frau am Morgen unseres Ehegelübdes belogen habe.

Sie merkte nichts davon, spürte nur, dass ich glücklich war – und das war ich auch, auf doppelte Art. So glücklich wie selten zuvor in meinem Leben ... und nie wieder danach.

Am Ende der Regenzeit, als die Temperaturen im Tiefland immer höher stiegen, zog der ganze Hofstaat nach Taracondé um, dem Sommersitz, und mein Zirkel, Talea und ich kamen selbstverständlich mit.

Natürlich konnte ich es kaum erwarten, das Dunkle Wort zu erproben. Unter irgendeinem Vorwand gegenüber Talea zog ich mich spät abends in meine Räume zurück, sicherte die Tür mit einem Zauber des Sechsten Stroms, damit niemand mich stören konnte, und schloss die Vorhänge. Dann setzte ich mich an meinen Schreibtisch, flüsterte das Wort und wartete ab, was passieren würde. Würde es so sein, wie in einen Strom einzutauchen? Aber was konnte heftiger sein als der Siebte? War es Wahnsinn, dass ich das ohne Unterstützung meines Zirkels tat? Ja, aber ich konnte unmöglich mit den anderen darüber sprechen!

Es war völlig anders als die Ströme. Eher so, als hätte ich ein Tor durchschritten zu einer anderen Welt. Bilder tauchten vor mir auf, Bilder, die so echt schienen, dass ich die Augen schloss, damit sich Vision und Wirklichkeit nicht ständig bekämpften. Ich fand mich in einer Höhle wieder, knietief durch fließendes Wasser watend. Aber das hier war kein magischer Strom, wie ich ihn kannte, es gab keine Kraft, die ich daraus ziehen konnte.

Warm und stickig war es hier drin. Im schwachen Licht konnte ich erkennen, dass das Wasser rot war wie Blut ... nein, es war Blut, schwarzrot und hier und dort klumpig geronnen. Auch die Wände der Höhle waren von einem dunklen Rotbraun, und sie schienen zu pulsieren, als befände ich mich in einem lebenden

Wesen. Aus den Wänden der Höhle schienen Organe zu ragen, fremdartige Organe, die nicht rund geformt waren wie die eines Menschen oder Tieres, sondern spitz und eckig – Klingen aus Fleisch.

Halb angewidert, halb fasziniert watete ich durch diese Höhle und überwand meinen Ekel, beugte mich herab und schöpfte mit beiden Händen etwas von der roten Flüssigkeit, um sie näher in Augenschein zu nehmen. Doch es war nicht das Zeug, das ich anstarrte, nein, voll Grauen betrachtete ich das, was ich für meine Hände gehalten hatte. Es waren schuppige, krallenbewehrte Klauen! Ich fuhr zurück, das Blut platschte zurück in den roten Fluss.

Es ist nur eine Art Traum, alles in Ordnung, ganz ruhig, dachte ich. Nach einem Moment hatte ich mich gefangen und watete weiter. Berührte eins der fremdartigen Organe, blickte mich um, stapfte hierhin und dorthin. Doch in all der Zeit spürte ich, dass irgendeine fremde Macht etwas aus mir heraussog. Aber was? Besser, ich blieb nicht allzu lange hier! Besonders die Sache mit den Krallen war mir unheimlich. Raus hier, raus, schnell!, brüllte mich eine innere Stimme an, doch ich war noch nicht ganz bereit zu gehen, es gab noch so viel zu entdecken!

Zufällig lehnte ich mich an einen Teil der Wand, an dem keine Organe wuchsen ... und geriet aus dem Gleichgewicht, weil die Wand nachgab. Ich stolperte rückwärts ... und fand mich in einer völlig weißen Höhle wieder, in der es eisig kalt war. Auch in ihr floss Wasser, es hatte die Farbe von Milch. Neugierig schlurfte ich darauf zu ... Moment mal, wieso schlurfte ich? Ich wandte mich um, und mir stockte der Atem, als ich sah, was für rote, triefende Spuren ich auf dem weißen Steinboden hinterließ. Es waren nicht die Abdrücke von Menschenfüßen ... sondern von grotesken Klauenfüßen!

Das war zu viel. Ich stolperte zurück in die rote Höhle, und mit einem heftigen Ruck, der mich meine ganze Willenskraft kostete, riss ich mich aus der Welt der Dunklen Magie. Es war, als müsste ich mir einen Weg hinaus schneiden. Ein schrecklicher Schmerz fuhr durch mich hindurch, danach war alles dunkel.

Als ich erwachte, lag ich auf dem Boden meines Arbeitszimmers, eine stinkende Lache Erbrochenes neben mir. Mühsam erhob ich mich und betrachtete sofort meine Hände. Shaquar sei Dank, meine Finger sahen völlig normal aus. Doch als ich meine Schuhe auszog, um meine Füße ebenfalls zu begutachten, wurde mir gleich wieder übel. Zwei meiner Zehen waren zu hornigen Krallen geworden. Ich war wohl zu lange in dieser roten Blutwelt gewesen.
Eine lange Zeit starrte ich verzweifelt auf diese hässlichen Klauen. Ganz klar, das war ein magischer Effekt, den konnte ich nicht rückgängig machen. Was bei Cruzarks Hölle sollte ich zu Talea sagen, wenn sie mich das nächste Mal nackt sah? »*Ach, übrigens, mir ist da was schiefgegangen, mein Herz, nicht erschrecken, ja?*« *Nein, das ging gar nicht. Eigentlich wusste ich schon, was ich tun musste, ich wollte es nur nicht wahrhaben. Ich biss die Zähne zusammen, holte mein Messer aus einer Schublade und setzte es an. Ja, es tat verdammt weh, obwohl ich meinen Schmerz mithilfe des Dritten Stroms dämpfte. Hätte ich das nicht getan, hätte ich vermutlich den Palast zusammengebrüllt. Als ich die beiden abgetrennten Zehen auf dem Fußboden sah, musste ich mich noch einmal übergeben. Das hinderte mich nicht daran, meinen Fuß mit der Hilfe des Fünften Stroms zur alten Form zurück wachsen zu lassen, was sich ebenfalls scheußlich anfühlte. Danach sahen die Zehen wieder normal aus, Shaquar sei Dank.*
Ich hatte gerade noch genug Kraft, um einen Dienstboten zu rufen, damit er mich bei Favinius krankmeldete und meine Räume sauber machte, dann legte ich mich ins Bett und blieb die nächsten beiden Tage dort. Inzwischen wusste ich auch, was genau mir diese fremde Macht in der roten Höhle entzogen hatte: sämtliche Glücksgefühle. Ich fühlte mich unnatürlich mies und traurig. Blieb man zu lange in dieser Höhle, dann riskierte man wahrscheinlich, sich aus dieser Traurigkeit heraus selbst zu töten. Ich brauchte zehn Tropfen Elixier aus Alea hetmi, bis ich wieder so etwas wie Freude fühlen konnte.
Drei Besucher hatte ich während meiner »*Krankheit*« *– Talea na-*

türlich, sie verhätschelte mich, brachte mir Kräuterbrühe, zwang mich, genug Wasser zu trinken, und küsste mich, obwohl ich vermutlich aus dem Mund stank. Auch Roán besuchte mich mit einem Geschenk meines Zirkels. Ich war ein bisschen erstaunt, dass Idassa nicht kam, hatte ich sie irgendwie erzürnt? Roán druckste nur herum und ging bald wieder.

Überrascht war ich von meinem dritten Besucher. Es war Ionel, der Weiße Späher, der damals meine magischen Fähigkeiten entdeckt hatte. Wie immer hatte er im Auftrag des Regenten Ausschau nach Kindern mit der Begabung gehalten, als meine neue, junge Lehrerin ihn auf mich hingewiesen hatte. Mein Vater verbot mir, zu ihm zu gehen, wir hatten einen schlimmen Streit, und ich kam viel zu spät und völlig durcheinander zu dieser Sichtung. Als Ionel und ich nicht auf Anhieb miteinander klarkamen, machte ich »dicht«, sodass er irgendwann genervt aufgab, er hatte an diesem Tag noch eine andere Sichtung.

Doch meine Lehrerin ließ nicht locker, und da Ionel meine magischen Fähigkeiten gespürt hatte, ließ er sich auf einen zweiten Versuch ein. Dabei nahm er sich mehr Zeit, meine Fragen zu beantworten, ich reagierte nicht so verstockt, und Ionel war schwer beeindruckt von dem, was ich mir schon selbst beigebracht hatte. Später, während ich meine Meister halb zum Wahnsinn trieb und in Rekordzeit einen Strom nach dem anderen meisterte, blieben wir in Kontakt. Ionel hatte einst Jomar entdeckt, nun schickte er mir Roán für meinen Zirkel. Ich mochte ihn wirklich, deshalb freute ich mich, als Ionel auf einmal an meiner Bettkante saß.

Doch Ionel war schwer zu täuschen. Unter seinem durchdringenden Blick kam ich mir wieder wie der rebellische Zwölfjährige vor, der ich bei der Sichtung damals gewesen war.

»Was genau hast du gemacht?«, fragte er mich. Er wusste genau, dass ich jede normale Krankheit sofort abgeschüttelt hätte wie ein nasser Hund die Wassertropfen in seinem Fell. »Experimentierst du?«

»Ich probiere dies und das aus, anders kommt man ja nicht wei-

ter«, entgegnete ich mit einem schwachen Lächeln, das an seiner undurchdringlichen Miene abprallte.
Ionel griff sich an den Kopf. »Weiter? Junge, du hast alles erreicht, was es zu erreichen gibt. Was willst du denn noch?« Diesmal gab ich ihm keine Antwort, und das war ihm wohl Antwort genug. »Ich glaube, du machst einen großen Fehler, Terwyn«, sagte er ruhig und wartete ab, bis ich seinen Blick erwiderte. »Bitte tu das nicht.«
Ich versprach ihm nichts an diesem Tag. Und wenn ich es getan hätte, bin ich nicht sicher, ob ich dieses Versprechen gehalten hätte. So schrecklich mein erstes Experiment mit dem Dunklen Wort auch gewesen war, ich wollte zurück. Zurück in diese weiße Höhle, in die ich versehentlich gelangt war. Was hatte es mit ihr auf sich, und was lag dahinter? So unglaublich es klingt, ich war noch immer neugierig. Noch war ich nicht an die eigentliche Kraftquelle der Dunklen Magie herangekommen, ich musste weiter forschen, mehr herausfinden! Vielleicht gab es einen Weg, wie ich mich dabei schützen konnte.

* * *

Angeblich war Ordaal zerstört worden, die wildesten Gerüchte kursierten, was mit der Stadt passiert war. Noch Stunden, nachdem sie es erfahren hatte, konnte Rhi es nicht fassen – konnte es tatsächlich sein, dass es Skaidars Hauptstadt nicht mehr gab? *Wir versuchen am besten nach Taracondé durchzukommen, dort wird der Regent nun sein, schätze ich*, erklärte sie Zad, als sie sich etwas zu essen gefangen hatte. Er jagte sich gerade zwischen den bauschigen Wolken über ihr sein Abendessen, hörte ihr aber trotzdem zu.

Das ist großviel weit, beschwerte er sich.

Stimmt, eigentlich könnte ich dich auch hierlassen, gab Rhi zurück, und sofort landete er vor ihren Füßen, streckte bettelnd die Flügel aus und gurrte, was wahrscheinlich niedlich wirken sollte.

Na gut, aber gemeckert wird nicht mehr, informierte sie ihn und pulte ihm einen kleinen Zweig aus dem Maul, der sich zwischen seinen Zähnen verklemmt hatte. *Mit etwas Glück finden wir vorher schon eine funktionierende Säule und können umkehren.*

Sie schafften eine gute Strecke an diesem Tag, Rhi zwang ihren Wallach, so oft es ging, zum Galopp. Eigentlich hatte sie vorgehabt, in einem Gasthaus zu übernachten, doch wie sich herausstellte, waren alle Gasthäuser auf den Handelsstraßen entweder verbarrikadiert oder bis zum Bersten überfüllt. »Tut mir leid, nichts zu machen«, beschied ihr auch der dritte Wirt, bei dem sie hoffnungsvoll anklopfte. Ein kahler Mann, der am Kinn umso mehr Haare vorweisen konnte, sein Bart reichte ihm bis zum Bauch.

»Nicht mal in der Scheune?«, versuchte Rhi es noch mal, doch die Tür schloss sich schon vor ihr.

Zum Glück war es eine warme Nacht, und das Bohnenfeld nebenan bot Schutz vor neugierigen Blicken. Dort wanden sich dicht mit Blättern besetzte, violette Ranken an nebeneinanderstehenden Stangen hoch. Rhi führte ihren Wallach ins Feld hinein zu einer Stelle, an der hohes Gras wuchs, und ließ ihn weiden, während sie sich zwischen den Bohnenranken aus ihrem Umhang und einer Decke ein Nachtlager richtete.

Die erste wirkliche Ahnung, was gerade mit Skaidar geschah, bekam sie kurz vor Sonnenaufgang. Seltsamerweise hatte sie eine Gänsehaut, erstaunt blickte Rhi auf ihren Arm, auf dem sich die Härchen sträubten. Dann zuckte sie mit den Achseln und ging zu einem Bewässerungsgraben, um sich zwei Handvoll Wasser ins Gesicht zu klatschen, in der Hoffnung, dadurch richtig wach zu werden. Dabei bemerkte sie um das Gasthaus herum einen seltsamen weißlichen Schein. Sofort hielt sie inne. *Siehst du das auch?*, fragte sie Zad, doch im selben Moment hörte sie ihn schon fauchen, wie sie ihn nie zuvor hatte fauchen hören.

Einen ganz kurzen Moment lang starrte Rhi trotzdem hinüber, ungläubig, wie gelähmt. Sah weiße Schatten, die sich bewegten, Genaueres konnte sie nicht erkennen.

Dann beförderte Zad sie schon mit einem wuchtigen Stoß in den Graben. *Still,* flüsterte er in ihrem Kopf, und sie blieb liegen, während die Feuchtigkeit in ihre Tunika sickerte und ihre Schuhe durchtränkte. Sie lag bäuchlings da, das Gesicht zur Seite gedreht, sodass sie noch ein wenig Luft bekam und mit einem Auge etwas sah, das andere hielt sie geschlossen. Der Matsch im Graben roch nach Froschlaich und modernden Pflanzenresten, doch Rhi bewegte sich nicht. *Kein Schutzmagier weit und breit!*

Rhi hörte Schreie, einen Aufruhr, das schrille Wiehern verängstigter Pferde. Dann rennende Schritte, keuchenden Atem. Da kamen Leute in ihre Richtung, hetzten durch das Bohnenfeld ... würden die jeden Moment in ihrem Graben Schutz suchen? Oder einfach darüber springen, ohne sie zu bemerken, und weiterrennen? Doch keins von beidem geschah, sie hörte nur ein Gurgeln und dumpfe Geräusche. Danach herrschte eine eigenartige, starre Stille. Nicht ein einziger Atemzug war mehr zu hören.

Was geschieht da?, flüsterte Rhi in Zads Kopf, doch zurück kam nur ein weiteres *Still!*, so leise wie ein Hauch verklang es in ihr. Dann nichts mehr. Aus den Augenwinkeln konnte sie sehen, dass Zad mit eng angelegten Flügeln im Ufergestrüpp hockte und sich genauso wenig bewegte wie sie. Er hatte sich getarnt – wenn er schlief, nahm er die Farbe seiner Umgebung an und war dadurch kaum zu sehen. Bewusst konnte er das nicht, doch vielleicht hatte er sich in eine Art Schlaf versenkt, denn er wirkte eher grau-grün gefleckt als bläulich.

Kälte schien ihr in die Knochen zu kriechen. *Was ist das für ein weißer Schein gewesen? Was passiert in diesem Gasthaus?* Sosehr sie ihr eines Ohr anstrengte, das über die Oberfläche ragte, mehr als ein leises Zischen, als würde ein Zweig durch die Luft peitschen, und eine Art feuchtes Klatschen nahm sie nicht wahr.

Ihr offenes Auge erfasste allerdings etwas höchst Unwillkommenes – keine Armlänge von ihr entfernt krabbelte ein Goldkopfkäfer zielstrebig die Böschung hinunter. Etwa so groß wie ihr Zeigefinger, schwarz mit schimmernd gelbem Kopf. O nein, nicht auch noch das! Goldkopfkäfer hatten in der Trockenzeit die unangenehme Angewohnheit, ihre Eier in einem Wirt abzulegen – irgendeinem Tier, das das Pech hatte, sich gerade in der Nähe aufzuhalten. Angeblich war ihr Stich schmerzlos, aber danach hatte man unglaublichen Ärger damit, diese Eier mithilfe von Palo-Wachs wieder aus der Wunde herauszubekommen, bevor die Larven sich im Fleisch ausbrüteten und schlüpften.

Geh weg, Scheißvieh, betete Rhi zu keinem bestimmten Gott und verfluchte, dass sie kein magisches Talent besaß. Wenn sie sich bewegte, dann wurde womöglich das, was gerade in diesem Gasthaus wütete, auf sie aufmerksam. Hilflos sah sie zu, wie der Käfer im Gras hin und her lief und dann auf sie zukrabbelte. Genauer gesagt, auf ihr Auge. *Nein, nein, nein, bitte nicht!*

Winzige Käferfüßchen kitzelten auf ihrem Gesicht. Sie blinzelte wie wild, und das brachte den Käfer immerhin dazu, an ihrem Auge vorbeizuklettern und erst auf ihrer Stirn zu verharren. Ja, der Stich war schmerzlos. Rhi schloss das Auge, lag ganz still und versuchte, an andere Dinge zu denken. *Unsere tolle Zeit in der Oase Myrguth, die Art, wie ich ein Brückenwächter-Geschöpf nahe Ceaborg ausgetrickst habe, die Prüfungsreise mit meinem Bruder Ninian zur Insel Istragor* ... nur leider kamen auch Erinnerungen aus den dunklen Tiefen hervor. Zum Beispiel, wie sie auf der Karawane ins westliche Calisien einmal, als sie hungrig und erschöpft gewesen war, völlig die Kontrolle verloren und diesen Baum angebrüllt hatte, der quer über dem Pfad lag und ihren Weg blockierte, obwohl sie dringend das Nachtlager erreichen mussten. So etwas wäre ihrer mutigen, allzeit beherrschten Großmutter Calinda garantiert nicht passiert.

Als unendlich viel Zeit vergangen war, öffnete sie das Auge wieder und konzentrierte all ihre Sinne auf die Umgebung. Der Käfer war weg, alles war ruhig. Schließlich – Zad war noch immer in eine Art Schlaf versunken – hielt sie es nicht länger aus, richtete sich langsam auf und blickte hinüber zum Gasthaus. Mit einem Schmatzen lösten sich Rhis Hände und Arme aus dem Matsch, dann ihre Blattlederschuhe. Völlig verklebt kletterte sie in das Bohnenfeld zurück. Abwesend tastete sie über ihre Stirn, auf der sie eine kleine Erhebung fühlte. Ein warmer Wind strich durch die Bohnenblätter, doch auf ihren Armen hatte sich eine Gänsehaut gebildet.

Eine Zeit lang starrte Rhi hinüber, doch im Gasthaus regte sich nichts. *Bin ich noch in Gefahr? Lauert das, was Zad eine solche Angst eingejagt hat, noch in der Nähe?*

Es gab nur einen Weg, das festzustellen.

Schon auf halbem Weg zum Gebäude fand sie heraus, was es mit den Geräuschen auf sich gehabt hatte. Anscheinend hatte es keinen Sinn gemacht, vor dem zu fliehen, was im Gasthaus geschehen war – weit waren die fünf Leute, die es versucht hatten, nicht gekommen. Die Erde war feucht und von einem tiefen Rötlichbraun, hier und da hatten sich Pfützen gebildet, um die bereits Fliegen summten. So wie um die Körperteile. Ein einzelner Arm hier, eine dunkle Masse, die aus einem Torso herausgequollen war, dort. Irgendwo dazwischen, blutdurchtränkt, ein langer, struppiger Bart. Rhis Magen hob sich einmal, zweimal, drängte gegen ihre Kehle. Schließlich wandte sie sich ab und erbrach sich.

Ihr Wallach war verschwunden, das Seil, an dem sie ihn festgebunden hatte, nur noch ein zerfranster Rest. Traurig blickte sie sich nach ihm um. So lange war der Wallach Teil ihres Lebens gewesen … hoffentlich hatte er überlebt und war einfach nur abgehauen.

Es gab seit Neuestem mehr als genug herrenlose Pferde in der Gegend. Es gelang Rhi, eine schwarze Stute einzufangen und ihr Sattel und Taschen aufzupacken. Letztere waren leider ebenfalls im Graben gelandet, ihr Proviant war größtenteils durchweicht und hinüber. Inzwischen regte sich Zad wieder. Er wirkte nicht überrascht, als er die Leichen fand und sie beschnupperte, doch unwillkürlich sträubten sich seine Halsschuppen.

Danke, sagte Rhi zu ihm, und er fletschte kurz die Zähne – seine Art, ihr Lächeln nachzunahmen. *Niemand ist sicher vor den Schatten*, sagte er nur und weigerte sich, mehr zu diesem Thema zu sagen.

Weiter. Sie mussten weiter. Einen mächtigen Magus finden. Oder wenigstens eine funktionierende Säule. Als Rhi weiterritt, liefen ihr Tränen über die Wangen, fast ohne dass sie es merkte.

Ich werde es schaffen. Irgendwie.

7

Es war sehr deutlich, dass der Godar auf dem Weg zu Favinius' Strategiezimmer nicht vorhatte, Terwyn den Rücken zuzuwenden, sie ging seitlich hinter ihm. Das war sicher nur eine Geste, bestimmt war dieser Alar del Mohayn klar, dass ein starker Magier sie noch aus zehn Meilen Entfernung vernichten konnte.

Im Strategiezimmer roch es wie immer nach altem Papier, Sand und Holzpolitur. Terwyn warf nur einen flüchtigen Blick auf die Karten, die die Wände tapezierten, und den großen Tisch mit dem Modell Skaidars, auf dem man mit winzigen Truppenfiguren verschiedene Taktiken durchspielen konnte. Mit einem Blick registrierte er, welche Divisionen wo standen und wie tief die Bornländer bereits ins Land eingedrungen waren. Cruzarks Hölle!

Dann zwang er sich, es zu ignorieren, und wandte sich Favinius und Idassa zu. Zum ersten Mal kam ihm Favinius wirklich alt vor, sein Gesicht wirkte tief gefurcht, und er saß da, als habe er das Sitzen nötig. *Er ist eben kein Krieger, die Heerführung war ihm immer eine Last,* ging es Terwyn durch den Kopf. Favinius' Stärken waren Handel und Diplomatie – er war damals von den Edlen Familien und Magiern als neuer Regent gewählt worden, um den Wohlstand des Landes zu sichern und die Beziehungen zu den Nachbarländern zu festigen.

Mit gerunzelter Stirn blickte Favinius der Fünfte ihm entgegen. »Terwyn, ich habe Euch schon gesagt, dass ich es nicht schätze, wenn Ihr Euch in die Verhandlungen ...«

»Bitte hört mir zu«, bat Terwyn rasch, für so etwas hatten sie jetzt keine Zeit! »An dieser ganzen Sache ist irgendetwas faul. Diese angeblich uralte Prophezeiung kann so alt nicht sein, sie enthält Worte aus dem letzten Jahrhundert und eine Redewendung, die sich erst durch ein wenige Jahrzehnte altes Werk eingebürgert hat. Kurz, ein völliger Mischmasch.« Zahllose Male hatten ihn Leute damit aufgezogen, dass er so viel las, sich fast schon gierig durch die Bibliothek des Palasts gearbeitet hatte. Doch nicht zum ersten Mal war Terwyn froh über dieses Wissen.

»Tatsächlich?« Favinius wirkte erstaunt. Alar ließ sich nichts anmerken.

»Ja. Auch die Art, wie die Nordländer diese angebliche Prophezeiung bekommen haben, stinkt zum Himmel«, fuhr Terwyn fort. »Irre ich mich, oder hat das Bornland seit mehreren Jahresläufen eine Kältezeit? Wie bei Cruzark soll unter diesen Bedingungen *irgendetwas* aus einem Gletscher geschmolzen sein?«

Idassa und Alar nickten. »Das ist richtig«, bemerkte Alar. »Seltsam kam uns natürlich auch vor, dass die Götter zu den Bornländern gesprochen haben sollen ... Götter neigen eher selten dazu, mit Sterblichen zu plaudern.«

»Sowieso.« Das Blut kreiste durch Terwyns Adern wie flüssiges Feuer. »Aber auch mit dieser Abgesandten stimmt etwas nicht – sie ist mir ein bisschen zu bornländisch, wenn Ihr wisst, was ich meine. Völlig überzogen. Ihr Akzent ist so sorgfältig, dass sie ihn vermutlich einstudiert hat. Und diese seltsame Haarspange ... die kommt nicht aus dem Bornland, ich tippe auf das westliche Calisien oder sogar Saywadee. Wieso habt Ihr der Frau erlaubt, das Ding zu behalten? Was ist, wenn es ein magisches Werkzeug ist?«

Doch Terwyn konnte spüren, dass die anderen noch nicht überzeugt waren. *Kein Wunder, ich kann nichts beweisen, all das sind nur Ahnungen!* Rasch sprach er weiter: »Aber das Seltsamste ist natürlich, dass die Bornländer auf einmal dazu imstande sind, äußerst starke Magie zu wirken. Das passt einfach nicht zu ihnen.«

»Was schlussfolgert Ihr daraus, Terwyn?«, knurrte Favinius.

Terwyn holte tief Luft. »Wir müssen uns fragen, wer wirklich hinter diesem Angriff steckt. Wer Skaidar schaden will und dafür die Bornländer benutzt.«

Drei Augenpaare starrten ihn an, und kurz darauf waren es schon vier, denn eine dünne, graue, nach Hustenkräutern riechende Gestalt war eingetroffen: Parder Mevanius, Erster Primus Skaidars. Er blickte sich misstrauisch um, dann heftete sich sein Blick auf Terwyn. Idassa sagte ruhig: »Danke, Terwyn. Wir treffen uns im Refugium – ich komme nach, sobald ich kann.«

Das war ein klarer Rauswurf. Sie wollten ohne ihn diskutieren, und das war völlig in Ordnung so, er war nicht länger Mitglied dieser Regierung. Hauptsache, sie schenkten ihm Glauben. Aber das war noch längst nicht sicher, so wie Favinius eben reagiert hatte.

Mit einer leichten Verbeugung verabschiedete sich Terwyn. Während er den Audienzsaal verließ, hörte er Favinius beunruhigt flüstern: »Wann ist er so weit, Idassa?«

»Bald«, gab Idassa ebenso leise zurück.

Cruzark verfluche seine magisch geschärften Ohren! *Ich muss da dringend etwas damit machen, im Moment bekomme ich einfach zu viel mit, was ich nicht hören will.*

Aus Versehen hatte er den Nordausgang des Saals benutzt. Als er merkte, dass er in Gedanken versunken einen ganz anderen Korridor entlanggegangen war als zuvor, wurde ihm furchtbar kalt. Wahrscheinlich aus reiner Gewohnheit hatte er den Weg zu seinen ehemaligen Arbeitsräumen in Taracondé eingeschlagen.

Den Räumen, in denen Talea gestorben war.

Der Atem stockte in seiner Kehle, und einen Moment lang konnte er keinen Muskel bewegen. Sein ganzer Körper war aus Eisen, schwerem, rostigem Eisen, nicht einmal ein Sturm hätte es geschafft, ihn eine Handbreit zu bewegen.

Irgendwie brachte er es schließlich fertig, einen Fuß vor den anderen zu setzen. Er wollte weg, so weit weg wie nur möglich, und doch ging er weiter. Auf einmal lag seine Hand auf der Klinke, und wie durch ein Wunder war die Tür nicht verschlossen und öffnete sich für ihn. Hätte sie jemand anderen eingelassen, oder hatte sie all die Zeit nur darauf gewartet, ihm den Weg freizugeben?

Einen furchtbaren Moment lang erwartete Terwyn, die Räume der amtierenden Ersten Magus zu betreten, von Schriftstücken übersät, mit Idassas Sammlung historischer Talismane geschmückt. Doch die Zimmer waren leer und verlassen, die Luft roch abgestanden, als sei lange niemand hier gewesen. Natürlich war alles ausgeräumt, kein persönlicher Gegenstand mehr in Sicht, selbst seine

Bücher waren weg. Nur die schlichten, aber edlen Möbel standen noch dort, die er aus Calisien hatte importieren lassen.

Sein Blick wurde von der Stelle angezogen, an der Talea erst ihre Seele und dann ihr Leben verloren hatte. Etwas in ihm gerann. Die Zeit bäumte sich auf und weigerte sich, zu vergehen.

Da lag etwas auf dem Boden hinter dem Schreibtisch. Ein kleines, flammenfarbenes Ding.

Ganz langsam ging er in die Hocke, um es mit den Fingern zu berühren. Es war eine Carynnie, magisch präpariert, sodass sie nie welken würde. Als er sie zwischen den Fingern drehte, sah er das erwartungsvolle Lächeln vor sich, mit dem Talea ihm die Blüte bei einem heimlichen Treffen in den Gärten überreicht hatte. »Die sind ziemlich selten, ich musste einen unserer Späher bestechen, damit er sie für mich sucht ... gefällt sie dir?«

Und er wusste noch, was er scherzhaft geantwortet hatte: »Sehr. Die wird mal eine tolle Grabbeigabe.«

Talea, mein Herz. Und meine Tochter – du hattest nicht mal einen Namen.

Er hatte schon seit einer Ewigkeit nicht mehr geweint, doch jetzt spürte er, wie der Schmerz sich einen Weg aus ihm hinaus bahnte. Die Tränen brannten in seinen Augen, rannen über seine Wangen und schienen sich in seine Haut zu ätzen, während sie versuchten, den Hass auf sich selbst aus seinem Inneren zu spülen.

Während ich Favinius diente, bereitete ich in aller Stille weitere Experimente mit dem Dunklen Wort vor. In Krygars magischem Handbuch, einem bei den meisten Leuten vergessenen Werk, hatte ich einen wertvollen Hinweis gefunden auf zeremonielle, Schutz gewährende Tätowierungen. Eigentlich hätte ein anderer Magier sie auf meiner Haut anbringen müssen, und es war ziemlich kompliziert, sie sich selbst zu verpassen, doch schließlich prangten sie auf meinem Oberarm und waren nicht wieder zu entfernen. Lebende Amulette, die mich hoffentlich vor den schlimmsten Folgen meiner eigenen Dunklen Magie schützen würden.

Als ich mich wieder mit meinem Zirkel traf, merkte ich, dass die anderen eine Veränderung an mir spüren konnten. Na gut. Ich zog mein Hemd aus und ließ sie alle einen Blick darauf werfen. »Die ... bewegen sich ja, wenn auch nur ganz langsam«, sagte Vic fasziniert, und Roán traute sich sogar, mit der Hand über die fließenden Formen zu streichen. »Au!« Er riss die Finger weg, als hätte er sich verbrannt, und blickte mich vorwurfsvoll an.
Idassa hob die Augenbrauen, während sie sich die Tätowierungen anschaute. »Hübsch«, sagte sie nur.
»Alles in Ordnung mit dir?«, fragte ich sie ganz direkt. Sie nickte, und ich schlug ihr vor, bei Gelegenheit mal wieder eine Partie Brigtar zu spielen. Das würde vielleicht ein bisschen Normalität in mein neues Leben bringen. Doch sie schüttelte den Kopf. »Zu viel zu tun, ich weiß gar nicht mehr, wo mir der Kopf steht ...«
Enttäuscht nickte ich, und wir begannen mit unserer üblichen Arbeit.
Auch Talea arbeitete nun, sie hatte eine Stelle in der Verwaltung angenommen und kümmerte sich mit Schwung und Energie um den Ankauf von Vorräten für den Hof des Regenten. Hin und wieder schaute sie im Zirkel vorbei; die anderen respektierten sie als meine Frau und mochten sie zum Glück auch, besonders Roán, den sie ein bisschen bemutterte, und Vic, mit der sie tiefsinnige Gespräche führte. Umgekehrt hatte ich mich ein bisschen mit Taleas Vater angefreundet. Er war dünn und ging etwas gebeugt, hatte wirres, etwas zu langes graublondes Haar und schaffte es selbst in Galauniform, schlampig angezogen zu wirken. Er war vergesslich und nicht sehr lebenstüchtig, aber ein netter Kerl, mit dem man gut etwas trinken konnte. Gemeinsam fachsimpelten wir über den Außenhandel ... und über Magie, denn Taleas Vater hatte eine schwache Begabung, auf die er sehr stolz war. »Bitte sag ihm nicht, dass seine magischen Fähigkeiten lächerlich sind«, seufzte Talea, als wir nach einem langen Tag im Bett unserer gemeinsamen Palastwohnung lagen.

»Wieso sollte ich ihm so was sagen? Er ist ein lustiger alter Knabe, ich will ihn nicht kränken«, sagte ich, und Talea küsste mich dankbar.
Ich fühlte mich furchtbar schlecht, weil ich froh war, dass sie manchmal ein paar Tage auf dem Landgut ihrer Familie verbrachte. Dann konnte ich weiter experimentieren, nun geschützt von meinen neuen Tätowierungen. Es tat, wie sich herausstellte, leider verdammt weh, wenn ich damit Dunkle Magie wirkte – manchmal brannten sie auf meiner Haut, als würde mich dort ein glühendes Eisen berühren –, aber sie funktionierten. Als ich probeweise das Dunkle Wort sprach und die rote Höhle gleich wieder verließ, wurde ich durch den magischen Schock nicht ohnmächtig, und mein Körper hatte sich nicht verändert.
Ich fühlte mich also bereit, meine Forschungen weiter zu betreiben. Zu sagen, dass ich angespannt war, als ich das Dunkle Wort sprach, wäre eine Untertreibung erster Güte gewesen. Ein Schauer überlief mich, als ich zurückging in diese Welt, die so furchtbar wirklich zu sein schien. Ich watete durch die rote Höhle, als wäre Cruzark persönlich hinter mir her, fand die Stelle, an der ich durch die nur scheinbar solide Felswand gefallen war, und gelangte tatsächlich in die weiße Höhle. Auch sie war ein furchtbarer Ort, eisig und unwirtlich, die beißende Kälte schien mir bis auf die Knochen zu gehen, mir das Leben aus dem Körper zu saugen. Bei Shaquar, tat sie das wirklich? Was machte diese Höhle mit mir?
Trotzdem ging ich umher, watete im weißen Fluss, der eigentlich sehr schön war, wenn auch sehr fremdartig, berührte die kristallenen Wände und stutzte, als ich merkte, dass an einer Stelle meine Hand ohne Widerstand hindurchglitt. Moment mal ... befand sich hinter der weißen Höhle etwa noch eine andere?
Glücklicherweise betrachtete ich, während ich über diese Frage nachdachte, meine Hände. »Drachendreck!«, entfuhr es mir. Ich konnte förmlich zusehen, wie meine Finger zusammenschrumpften, dünn und blutleer wurden. Jetzt fiel mir auch auf, dass ich

die Füße kaum noch heben konnte, meine Kräfte zusehends schwanden. Diese Höhle entzog mir Lebenskraft! Als ich versuchte, mich aus dieser Welt herauszureißen, ging es nicht, und ich ahnte, dass eine Rückkehr nur aus der Bluthöhle möglich war.
Raus hier! Raus! Ich rannte los. Mit letzter Kraft warf ich mich gegen die Wand, die zur anderen Seite führte, ließ mich hindurchfallen und landete mit einem lauten Platschen im roten Fluss. Jetzt gab es drei Möglichkeiten – entweder ich schaffte es nicht mehr auf die Füße, dann würde ich in diesem ekelhaften, halb geronnenen Blut ertrinken. Oder ich kam irgendwie nach draußen und starb anschließend an Entkräftung, weil ich wie üblich niemandem gesagt hatte, was ich vorhatte. Die Chancen, dass ich es unbeschadet zurück schaffte, standen nicht sonderlich gut. Dass ich hier drin nicht an die vertrauten Sieben Ströme herankam, hatte ich längst gemerkt.
Auf allen vieren kroch ich durch die rote Höhle und konnte fühlen, wie mir dabei neben der Kraft auch noch der Lebensmut verloren ging. Doch ich spürte auch, dass meine zeremoniellen Tattoos immer stärker schmerzten. Sie kämpfen für mich!
Keine Ahnung, wieso ich noch einmal »Thanossádar« flüsterte. Aber das half tatsächlich. Kurz darauf war ich draußen, lag im Einzelbett meines Arbeitszimmers und betrachtete meine Finger, die noch immer aussahen wie etwas sehr, sehr Altes, das jemand im Moor gefunden hatte. Ich wünschte mir einen Magier herbei, irgendeinen, der mir helfen konnte. Aber es war niemand da außer mir selbst.
Mit Mühe und Not brachte ich es fertig, mit einem gemurmelten »Zeylus« in den Dritten Strom hineinzukommen und daraus Energie zu ziehen. Dennoch dauerte es bis zur siebten Nachtstunde, bis ich stark genug war, aufzustehen. Wie viel Lebenszeit hatte mich das alles gekostet? Keine Ahnung. Wenn ich Pech hatte, wurde ich keine vierzig, wenn ich so weitermachte!
Ich beschloss, das Dunkle Wort möglichst schnell zu vergessen, und bestellte bei einem Diener ein fünfgängiges Menü, um wie-

der zu Kräften zu kommen. Obwohl es mitten in der Nacht war, wurde es kurz darauf geliefert.

Was ich leider nicht vergessen konnte, war, dass meine Hand an einer Stelle durch die weiße Wand gedrungen war. Inzwischen war ich sicher, dass sich dahinter noch mindestens eine weitere Höhle befinden musste.

Cruzark verfluche meine Neugier!

Wenige Tage später bestand Idassa die Abschlussprüfung für den Sechsten Strom, und ich prägte ihr in der uralten Zeremonie die sechste silberne Welle in die Haut.

»Nutze deine Macht mit Weisheit und Vorsicht«, sagte ich dabei, wie es Sitte war, und küsste sie auf die Stirn – kein normaler Kuss, sondern eine Übertragung meiner eigenen Erfahrungen mit dem Sechsten Strom.

»Das werde ich, Meister«, erwiderte Idassa, wie das Ritual es vorschrieb, doch ihr Blick, mit dem sie mich ansah, passte nicht dazu – er war eher beunruhigt. Einen Moment lang streckte sie die Gedanken nach mir aus, wie nur ein Magier es kann, und sprach in meinen Kopf, sodass niemand außer mir es hören konnte. »Und du, Terwyn, pass auf dich auf.«

Ich nickte nur, dann blockte ich mich gegen sie ab.

* * *

Die bornländischen Truppen schienen überall zu sein, sie brannten Häuser nieder, rissen orchideenbesetzte Bäume aus, zertrampelten Grünkornfelder. Nur Zads Warnungen hatte Rhi es zu verdanken, dass sie ihnen noch nicht in die Hände gefallen war. Doch diesmal stand als Versteck nur eine Lücke zwischen zwei Dornenhecken zur Verfügung – bei jeder falschen Bewegung rissen Stacheln an ihren Kleidern und bohrten sich in ihre Haut. Die Stute, die sie mit sich geführt hatte, schnaubte und versuchte rückwärtszugehen.

»Ganz ruhig, alles gut«, flüsterte Rhi ihr zu, liebkoste ihre Nüstern und wartete ungeduldig auf den Abzug der Soldaten. *Ich fühle mich wie ein gespickter Braten,* informierte sie ihren Freund, der hoch über ihr flatterte. *Menschen essen nicht Menschen,* gab er trocken zurück. *Abwarten musst du!*

Doch diesmal verschwanden die fremden Soldaten nicht einfach – stattdessen verdunkelte ein Schwarm Pfeile den Himmel, ein paar pfiffen auch durch ihre Dornenhecke. »Heiliger Jaral!«, flüsterte Rhi, duckte sich noch tiefer und tastete nervös nach Zads Gedanken. *Die Bornländer haben doch keine Bögen – sind das etwa unsere Leute?*

Ja!, jubelte Zad. *Pfeile haben sie! Außerdem zwei Sorten Granaten. Eine mit Schlafgas und eine mit Grünem Feuer.*

Gut, dachte Rhi mit plötzlicher Hoffnung. *Gewinnen wir?*

Ähm ... nicht wirklich.

Kaum geboren, zerfiel ihre Hoffnung schon wieder zu Asche. Als beide Seiten abgelenkt waren, machte Rhi, dass sie davonkam.

Es war fast unglaublich, wie rasch sie trotz allem in Richtung Taracondé vorankamen. Die schwarze Stute hatte einen schwerelosen Gang, war unglaublich ausdauernd und reagierte auf Rhis kleinstes Zeichen. Das Problem war nur, dass ihr Proviant dem Ende entgegenging, und außerdem brauchte sie Palo-Wachs – das nur bestimmte Bäume in Orchideenwäldern absonderten – oder magische Hilfe, um die Larven des Goldkopfkäfers loszuwerden.

Wir müssten heute noch Tenélo erreichen, da finden wir sicher einen Heiler und Vorräte, sagte Rhi zu Zad und tastete wieder einmal über ihre Stirn – unter der kleinen Erhebung bewegte sich etwas, die Larven des Goldkopfkäfers waren geschlüpft. Vor Ekel wurde Rhi übel.

Als sie von einem Hügel auf Tenélo hinunterschaute, sah sie, dass die Bornländer vor ihr hier gewesen waren. Fassungslos ließ sie den Blick über die Zerstörung schweifen. Was einmal eine wohlhabende Handelsstadt gewesen war, wirkte nun wie eine Mischung aus einem Steinbruch und dem Lager eines irren Holzhändlers.

Trotzdem lenkte sie die schwarze Stute hinab, vielleicht war noch irgendwo etwas Essbares zu finden. Vorsichtig setzte ihr neues Pferd die Hufe zwischen die Trümmer, und ein erstickender Geruch nach Rauch, Blut und Steinstaub stieg Rhi in die Nase. Ein Stück entfernt sah sie einen Alleebaum, in dem irgendein dunkler Klumpen hing. Als Rhi näher kam, sah sie, dass es ein Omnipode war, er musste aus einem Käfig entkommen sein. Das Vieh hatte irgendetwas relativ Großes erbeutet, aus der Entfernung konnte sie nicht erkennen, was es war.

Hoffentlich konnten nicht allzu viele von diesen Biestern flüchten, sagte sie zu Zad.

Sechs lange Arme, mit denen sie mir die Ratten wegschnappen können, beschwerte sich ihr Freund und versuchte mit einem gewagten Sprung, eine quiekende Beute zu packen.

Doch es war keine Ratte, die der Omnipode sich gegriffen hatte, sondern ein Baby. Unwillkürlich zuckten ihre Hände an den Zügeln, brachten die Stute zum Stehen. Rhi zwang sich, hochzublicken. Der Omnipode hatte schon gemerkt, dass sie da war, mit seinen Glotzaugen blickte er sie an, und seine grünlichen Tentakel wanden sich um die Äste des Baumes. So still und starr, wie das Kind in seinem Griff hing, lebte es garantiert nicht mehr. Einen Moment lang dachte Rhi darüber nach, den Omnipoden zu töten und das Baby zu begraben, aber dann hatte sie doch nicht die Kraft dazu. *Schwer zu glauben – nur zwei Tage ist es her, dass dieser Krieg begonnen hat, und schon versinkt mein Land in einem Albtraum. Kann es sein, dass er auch genauso rasch wieder vorbei sein wird?* Die Erste Magus Idassa del Nelmon war angeblich sehr stark, sicher würden sie und ihr Zirkel es schaffen, die Bornländer zurückzuschlagen – und dann würden all ihre anderen Magier helfen, die zerstörten Städte wiederaufzubauen, auch wenn sie niemandem das Leben zurückgeben konnten. *Kein anderes Land hat so gute Magier wie wir, ja, verdammt, außer uns hat doch sowieso niemand Magier!*

Doch ein kleiner, nagender Gedanke ließ sich nicht aus Rhis Kopf verscheuchen: *Wenn der Zirkel des Regenten das schaffen kann, wieso hat er es dann noch nicht GETAN?*

Inzwischen war sie weit in die verlassene Stadt vorgedrungen, die

Häuser standen hier dicht an dicht und viele waren kaum zerstört. Vielleicht würde sie in einem davon etwas zu essen finden. Rhi stieg ab und band die Stute an den Pfahl einer Straßenlaterne, während Zad halb watschelnd, halb flatternd einer weiteren Ratte nachjagte. *Krieg dich schon noch, Leckerchen!*, versicherte er ihr.

Rhi wählte ein zweistöckiges Gebäude aus, dessen Tür nur angelehnt war, das Schloss hatte seltsame kleine Eindellungen. *Bin gleich zurück, warte auf mich, ja?*

Drinnen roch es seltsamerweise nach Holzpolitur und alten Wollteppichen, so als sei gar nichts passiert, als ginge das Leben einfach weiter wie zuvor. Dämmriges Licht beleuchtete den Flur und auch den Wohnraum. Wahrscheinlich gehörte das Haus einem Fluss-Kapitän – an den Wänden hingen nautische Karten der Skaidarer Flüsse, das Namensschild eines Schiffes, eine alte Flagge.

Beklommen blickte Rhi sich um, sie fühlte sich wie ein Eindringling. Doch das hinderte sie nicht daran, sich auf die Suche nach einer Küche oder Vorratskammer zu machen. Sie fand beides im ersten Stock. Na also, da im Schrank waren ein paar Gläser mit eingelegten Kirschen, und in der Anrichte standen sogar noch mehr Esswaren!

Ihre Freude hielt nicht lange an. Als ihre Hand gerade tief in einem Vorratsschrank steckte, hörte sie Geräusche aus dem Stockwerk über ihr: Schritte auf den Holzdielen, ein unterdrücktes Husten, dann ein Poltern.

Rhi erstarrte.

***

Auf der Flucht vor dem Kristall stolperte Inyra immer häufiger vor Müdigkeit, sie musste sich auf einen Stein setzen und wenigstens einen Moment lang verschnaufen. Mig reichte ihr den Trinkbeutel, sie trank einen Schluck Wasser und verschlang rasch ein Stück Gänsefleisch.

»Wir haben jetzt einen guten Vorsprung«, versuchte sie sich selbst zu beruhigen und küsste ihre schlafende Tochter auf den Kopf. Hatte die es gut, sie konnte einfach einnicken, wann sie wollte.

»Fliegen müsste man können«, meinte Mig und blickte beunruhigt in die Richtung, aus der sie gekommen waren, doch mehr als drei oder vier Menschenlängen weit sah man hier nicht. Sie waren in einem Orchideenwald, ein grünes Gewucher, aus dem sich ihr von allen Seiten Blätter mit und ohne Dornen entgegenzustrecken schienen. Es waren wohl Wilderer da gewesen, denn viele Orchideen sah sie nicht.

Inyra blickte ihn erstaunt an. Fliegen? Er hatte wohl zu viel über berühmte Magier gelesen in letzter Zeit! Doch dann fiel ihr ein, dass er in der Schule oft Bilder von Schwalben, Falken und anderen Vögeln auf seine Schiefertafel gezeichnet hatte.

Die Kalkulatorin zog einen ihrer Schuhe aus und betrachtete ärgerlich die wunde Fußsohle. Wahrscheinlich war sie nicht gewohnt, so weite Strecken zu gehen, und ihr fülliger Leib behinderte sie dabei.

Inyra hatte sich vor ihrer Zeit als Lehrerin mit Heilkräutern beschäftigt, nur ein paar Schritte entfernt fand sie ein Blatt der Lymbarranke. »Wartet, ich helfe Euch«, meinte sie und rieb ihrer Begleiterin vorsichtig den Fuß ein. Zwei Blasen hatte die Frau schon.

»Danke«, brummte die Kalkulatorin und brachte ein kurzes Lächeln zustande.

»Ich versuche, ein bisschen zu schlafen«, kündigte Mig an, setzte sich, lehnte sich mit dem Rücken an einen Stamm und schloss die Augen.

»Einer von uns muss aber Wache halten, und du bist noch jung und kräftig«, protestierte die Kalkulatorin, die es sich ebenfalls, so gut es ging, auf dem Boden gemütlich gemacht hatte.

Trotzig, aber wortlos erwiderte Mig ihren Blick.

»Auch er braucht Schlaf«, verteidigte Inyra ihren Neffen. »Ich kann die erste Wache übernehmen.« Sie hatte jetzt nicht die Kraft zu diskutieren, lieber verzichtete sie auf die Ruhe.

Doch ihre Wache dauerte ohnehin nicht lange an. Nach etwa einer halben Stunde merkte Inyra, wie sich auf ihren Armen eine Gänsehaut bildete. Sie richtete sich auf, hielt Ausschau … und sah voll Grauen ein weißes Glitzern auf einigen Ästen, zwar noch in einiger Entfernung, doch nah genug. Wieso war das Kristall schon hier? So langsam dieses Zeug war, es bewegte sich unerbittlich vorwärts!

Sofort rüttelte sie Mig an der Schulter. »Wir müssen weiter!«, rief sie ihm und der Kalkulatorin zu. Verschlafen richtete sich Mig auf und blickte sich erschrocken um. »Stimmt.«

Diesmal ließ die Frau auch ihr schweres Rechnungsbuch liegen. Wortkarg und erschöpft hinkten sie durch den Wald, langsamer als zuvor. Wie viel Vorsprung hatten sie überhaupt noch? Längst hätte sie Vinnie wickeln müssen, doch sie hatte Angst davor, dass es zu lange dauern würde. Da war es leichter, den Geruch zu ertragen.

Es wurde dunkel, der Weg war kaum noch zu sehen, obwohl beide Monde am Himmel standen, und immer häufiger gerieten sie vom Pfad ab und mussten anhalten, weil das Gebüsch zu dicht war. Mig gähnte fast ohne Unterlass, und Inyra wünschte sich selbst nichts so sehr wie Schlaf. Sie sehnte sich danach wie ein Verdurstender in der Wüste nach Quellwasser, wie das junge Mädchen, das sie vor so kurzer Zeit gewesen war, nach ihrer ersten, vergeblichen Liebe. Wie lange würde sie noch schaffen, ihre Augenlider, die immer wieder heruntersanken, zu heben?

Auch die Kalkulatorin kämpfte. Als der Morgen dämmerte und sie endlich wieder etwas sahen, schlurfte sie nur noch apathisch mit hängendem Kopf dahin. *Sie wird zuerst sterben*, ging es Inyra durch den Kopf, und sofort schämte sie sich des Gedankens. *Nein, niemand wird sterben, ganz sicher wird irgendjemand uns retten! Wo sind die Magier des Regenten, wenn man sie braucht?*

Vinnie fühlte sich schwer an wie ein Stein im Tragetuch auf ihrem Rücken. Aber Inyra setzte sie nicht ab – weil sie nicht wusste, ob sie danach noch die Kraft haben würde, sie wieder hochzunehmen.

Der Kristall blieb ihnen knapp auf den Fersen.

Wird es wehtun? Wird Vinnie leiden müssen?, ging es Inyra durch den Kopf, und jedes Mal, wenn sie Mig ansah, fuhr ihr ein scharfer Schmerz durch die Seele. *Er ist noch so jung, er hat so viele Träume, wieso muss er schon sterben? Und das wird er, das werden wir alle, wenn kein Wunder geschieht.*

Sie passierten mehrere Dörfer, alle verlassen. *Wer flüchten konnte, ist bereits weg. Sind alle so viel klüger als wir?*, dachte Inyra bitter.

Am nächsten Mittag war das Kristall keine drei Menschenlängen mehr von der Kalkulatorin entfernt, die ein Stück hinter sie zurückgefallen war. Sie konnten sich nicht einmal mehr kurz setzen, um auszuruhen. Weiter, weiter, immer weiter.

Wie lange noch, bis es sie eingeholt hatte?

8

»Was hast du gemacht? Es geht besser!« Erfreut blickte Idassa ihn an. »Das hat sich eben fast angefühlt wie früher.«

»Ja, hat es«, sagte Terwyn erleichtert. Diesmal hatte er es zusammen mit ihr geschafft, den Fünften Strom zu kontrollieren. Sofort hatten er und Idassa Kraft daraus geschöpft und dafür genutzt, die magischen Barrieren um Taracondé zu verstärken.

»Gleich noch mal. Ich will sicher sein.« In ihren Augen stand Entschlossenheit. Natürlich, eine Blamage wie bei seiner ersten Zirkelarbeit wollte sie nicht noch einmal riskieren. »Wir richten dreißig Meilen von hier eine Frühwarnstelle ein, damit die Kristallzone uns nicht überraschen kann. In Ordnung?«

Doch Terwyn nickte nicht sofort, er sah sie einfach über den Tisch hinweg an, und Idassa erwiderte seinen Blick fragend. Das Kerzenlicht glänzte auf ihrem schweren, dunklen Haar, ihrem ovalen Gesicht. Einen Moment lang war es, als säßen sie wieder über einer Partie Brigtar in der Bibliothek. »Ich bin sehr, sehr froh, dass du Erste Magus geworden bist«, sagte er. »Du bist nämlich verdammt gut darin. Ohne dich wäre dieses Land schon längst irgendjemandes Beute gewesen.«

»Ich weiß«, sagte sie, und einen winzigen, kostbaren Moment lang erhellte ein echtes Lächeln ihre Züge.

Dann arbeiteten sie weiter.

Als die dritte Nachtstunde anbrach, hatte Terwyn auch den Sechsten Strom gut genug im Griff, um einen zweiten Versuch mit dem Zirkel wagen zu können.

Die anderen blickten skeptisch, als Idassa und er in das Refugium des Zirkels zurückkehrten, doch niemand machte eine Bemerkung, selbst Roán nicht. *Auch ein mutigerer Mann als er würde nicht wagen, sich Idassa entgegenzustellen, wenn sie diesen stählernen Blick hat*, dachte Terwyn, trotz allem amüsiert.

»Diesmal bist du Rückgrat, Terwyn«, bat ihn Idassa, und er nickte mit gemischten Gefühlen. *Kann ein gebrochener Mann die anderen stützen? Na, das werden wir gleich sehen ...*

Es funktionierte, und beim nächsten Versuch entschied sich Idassa, ihn wieder als Kopf einzusetzen. Kurz sprach Terwyn sich mit den anderen ab, nach so vielen Jahren genügten wenige Worte. »Jetzt mal Sechster Strom. Zweiter Quadrant. Vic und Roán, ihr nutzt unseren Niederfluss, klar? Wir kristallisieren den Baum da draußen.« Mit dem Daumen deutete er auf eine junge Grythanie jenseits des Fensters.

»Ach, machen wir das?«, fragte Roán und verschränkte die Arme.

»Ja«, sagte Terwyn nur. Wann war der Junge so unerträglich arrogant geworden?

Vic dagegen musterte die Grythanie interessiert, sie schien sich geistig bereits auf die Herausforderung einzustimmen. Da sie und Roán nur den Fünften Strom beherrschten, würden sie Kraft aus den anderen Mitgliedern des Zirkels ziehen, die sich im Sechsten aufhielten, und dennoch mit ihnen in Kontakt blieben. Schon vor Jahrhunderten hatte sich dafür die Bezeichnung Niederfluss eingebürgert.

Wenige Momente später glänzte der Baum draußen, als hätte ein starker Frost ihn überfallen, und wurde dann zu einem Kunstwerk aus Glas, auf dem besser kein Vogel landete, weil sonst womöglich ein Ast abbrach.

»Nicht übel – und jetzt wieder zurück«, kommandierte Terwyn. Auch das gelang, obwohl die arme Grythanie nun die Blätter hängen ließ.

»Ob die das überlebt?« Jomar stützte sich schwer auf den Fenstersims und starrte nach draußen.

»Vermutlich nicht, und eins ist klar, warmblütige Lebewesen sind danach hinüber«, sagte Vic beklommen. »Jetzt würde mich mal interessieren, ob unsere Methode der der Bornländer überhaupt ähnlich ist.«

Doch trotz der kritischen Töne spürte Terwyn Erleichterung bei seinen Gefährten – über das gelungene Experiment und über ihn.

Nun war er wieder in der Lage, einen echten Beitrag zu leisten, auch wenn ihm klar war, dass Favinius und die neue Erste Magus noch sehr viel mehr von ihm erwarteten.

»Wir sind wieder ein funktionierender, starker Zirkel, und es ist Zeit, dass wir ernsthaft in diesen Krieg eingreifen«, verkündete Idassa. »Wir fliegen los zur Front – zu einer Stelle, an der die Kristallzone vorrückt. Dort versuchen wir sie zu stoppen.«

Die anderen sprangen sofort auf, Roán mit blitzenden Augen und einem Draufgängerlächeln, Jomar und Vic in freudiger Aufregung, obwohl ihnen sicher klar war, wie gefährlich diese Mission werden würde.

Terwyn blickte sie verlegen an. »Ähm, Leute, wer hat eigentlich meinen Pegasus? Ihr wisst schon, Ortun, meinen grauen Hengst. Er lebt noch, hoffe ich?« Nach der Katastrophe hatte er ihn zurückgelassen, so wie alles andere, was ihm gehört hatte. Und er hatte jetzt weder die Energie noch die Zeit, sich einen neuen Pegasus zu erschaffen und ihn auszubilden.

Verlegenes Schweigen. »Parder hatte ihn sich unter den Nagel gerissen«, sagte Jomar schließlich. »Aber wir bekommen ihn für dich zurück, du brauchst ihn dringender als diese Kanaille.«

»Nicht nötig, ich hole ihn mir schon selbst«, sagte Terwyn. Parder Mevanius, ein entfernter Verwandter von Vic, hatte ihn nie ausstehen können, was auf Gegenseitigkeit beruhte. Das machte es interessanterweise nun leichter, ihm gegenüberzutreten. Es waren die Menschen, die er mochte, vor denen es ihm bei seiner Rückkehr gegraut hatte.

Diesmal schaffte er es schon fast, an Alar del Mohayn vorbeizugehen und dabei den bohrenden Blick, mit dem dieser ihn musterte, zu ignorieren. *Man gewöhnt sich anscheinend an alles,* ging es Terwyn durch den Kopf. *Die Frage ist, plant er irgendwas gegen mich? Oder überwacht er mich nur so, dass ich es merken soll?*

Trotz der späten Stunde fand er den Ersten Primus in seinen Arbeitsräumen, wo er über Stapeln von Berichten und Depeschen brütete. Parder, ein magerer Mann mit zurückweichenden grauen Haaren und lebhaften Augen, hatte schon für Favinius' Vorgänger gearbeitet. Sicher würde er auch seinem Nachfolger die Welt erklären, denn seine Stellung bei Hofe war unangreifbar – nicht zuletzt dank geheimer Akten über die Verfehlungen sämtlicher Regierungsmitglieder. Politische Verwicklungen waren Stolz und Freude seines Lebens, niemand vermochte es darin mit ihm aufzunehmen. Als Erster Magus mit ihm zusammenzuarbeiten war manchmal ein Höhenflug gewesen und deutlich öfter ein Albtraum.

Als er Terwyn hereinkommen sah, blickte Parder auf, schob seine Augengläser die spitze Nase hinauf und lächelte auf seine verkniffene Art. »Ah, Terwyn del Cresta. Ich habe mich schon gefragt, wann Ihr mir die Aufwartung machen würdet. Ihr habt Euch viel Zeit gelassen. Lasst mich raten, es ist die Hoffnung, die Euch hergetrieben hat. Euer von Ehrgeiz zerfressenes Herz erhofft sich meine Fürsprache, um wieder die Gunst der Mächtigen zu erlangen. Meine beispielsweise. Ihr wollt mich um Verzeihung bitten dafür, dass Ihr es nach Eurer abscheulichen Missetat gewagt habt, Euch ohne mein Einverständnis auf den Berg Elímon zurückzuziehen und dort in äußerster Missachtung jeglichen Protokolls vier Jahresläufe lang ...«

»Nein«, sagte Terwyn.

Parder stockte. »Wie bitte? *Nein?*«

»Genau. Ich wollte nur Bescheid geben, dass ich mir meinen Pegasus zurückhole.« Terwyn stand auf, verließ die Arbeitsräume und schloss die Tür hinter sich.

Erst auf dem Weg zu den Ställen erlaubte er sich ein heimliches Lächeln. *Soll sich Favinius doch Parders Beschwerden über mich anhören!*

Im Halbdunkel der Ställe erkannte Terwyn seinen Hengst sofort, einen gewaltigen, hellgrauen Körper in einer der großen Boxen, die speziell für die geflügelten Pferde entworfen worden waren ... hoch und geräumig, damit kein Pegasus sich eine Feder abknickte, wenn ihm einfiel, die Flügel zu strecken.

»Ortun«, rief Terwyn leise. Es war kein wirklich passender Name, eher ein Witz. Ortun del Wyland war ein hochbegabter Magier gewesen, der davon geträumt hatte, zu fliegen … und sich dabei im zarten Alter den Hals gebrochen hatte.

Als der Hengst seine Stimme hörte, riss er den Kopf hoch. Mit gespitzten Ohren kam er Terwyn entgegen, witterte und blies ihm seinen warmen Atem ins Genick.

»Ja, ich bin's wirklich, tut mir leid, dass ich dich im Stich gelassen habe«, murmelte Terwyn, während Ortun den mitgebrachten Apfel zermalmte. *Wenigstens einer, der nicht wütend auf mich ist!* »Hoffentlich hat der Kerl dich wenigstens gut behandelt.« Prüfend ließ er die Hand über Ortuns feste Flügelvorderkanten und sein seidiges Gefieder gleiten, dann kraulte er ihn am Mähnenansatz, genau dort, wo der Hengst es mochte. Rasch streifte er Ortun das Zaumzeug über und befestigte den gepolsterten Haltegurt um seinen Körper, sodass er knapp vor den Flügeln anlag. Es fühlte sich gut an, das nach all den Jahren wieder zu tun, irgendwie hatte er das Fliegen vermisst. Darüber hätte Jomar, der an Höhenangst litt, wahrscheinlich den Kopf geschüttelt.

Die Tür knarrte, jemand kam herein. Rasch wandte sich Terwyn um, er rechnete damit, Parders Leute zu erblicken, die ihn von Ortun entfernen sollten wie eine lästige Klette. Als er sah, wer es tatsächlich war, erschrak er. *Früher oder später hätte ich mich ihm sowieso stellen müssen … ihm und seinem Entsetzen darüber, was aus mir geworden ist …*

Schon vor zwanzig Jahresläufen, als sie sich zum ersten Mal begegnet waren, war ihm Ionel alt vorgekommen. Da er schon früh Verantwortung getragen und zu viel gearbeitet hatte, war sein volles Haar früh ergraut. Seither hatte sein hageres Gesicht weitere Linien hinzugewonnen. Wie immer trug er einfache, unauffällige Kleidung mit den aufgestickten Insignien des Weißen Spähers – eine silberne Orchidee und ein Augensymbol darunter sowie eine silberne Schärpe mit violetter Linie darin.

Und noch immer hatte Ionel diesen durchdringenden Blick, der bis auf den Grund seiner Seele zu reichen schien. »Ich hätte nicht gedacht, dass du jemals hierher zurückkehrst«, sagte er anstelle eines Grußes.

»Es war nicht ganz freiwillig«, sagte Terwyn und ließ die Hand auf Ortuns Hals liegen. »Danke, dass du die fünfte Position im Zirkel übernommen hast, während ich ... weg war.«

»War mir ein Vergnügen. Aber als die Krise begonnen hat, wurde mir klar, dass ich endgültig zu alt bin für so was. Außerdem bin ich kein Krieger.« Ionel trat neben ihn und streichelte Ortuns Nüstern, was sich der Hengst gerne gefallen ließ. »Deshalb hat mich auch die Welt der Dunklen Magie nicht so gereizt wie dich.«

»Du kennst diese Welt?« Schockiert blickte Terwyn ihn an.

»Ja.« Ionels Miene war grimmig. »Ich war neunzehn Jahresläufe alt, als ich das Dunkle Wort gefunden habe. Nach vielen Versuchen, ihm auf die Spur zu kommen, haben mir Träume weitergeholfen ... ein Falke und ein Mann im Kapuzenmantel kamen darin vor. Ich glaube, der Mann war ich selbst ... ein anderer Teil meiner selbst. Nicht der beste Teil, fürchte ich.«

Die Erinnerung ließ Terwyn erschauern. »Bei mir war es ähnlich.«

»Habe ich mir gedacht. Deshalb wünschte ich, du hättest offen mit mir gesprochen. Rechtzeitig!«

Terwyn nickte. »Du hättest mich nicht verraten, oder?«

»Natürlich nicht. Aber kritisiert hätte ich dich schon, und du wolltest keine Kritik hören.« Ionel musterte ihn forschend. »Wie hat das deine Meisterin damals ausgedrückt? Um dir etwas beizubringen, braucht man starke Nerven.«

»Kann sein. Wie weit bist du gekommen bei deinen Experimenten damals?«

»Nur bis zur roten Höhle. Dann wurde mir klar, dass dieser Ort nicht für mich ... oder irgendeinen anderen Menschen ... bestimmt ist. Ich bin nie wieder zurückgekehrt.«

»Du warst schon immer klüger als ich«, sagte Terwyn bitter.

»Klüger?« Ionel lächelte wehmütig. »Nein, ich glaube nicht, nur vorsichtiger. Zu vorsichtig manchmal, deshalb bin ich auch nie ein wirklich guter Schutzmagier gewesen, und es hat mir immer deutlich mehr Spaß gemacht, junge Talente zu entdecken.«

Und eins dieser Talente war er – Terwyn – gewesen. »Hätte es etwas geändert, wenn du mich damals nicht gefördert hättest?«, fragte Terwyn, obwohl ihn der Gedanke schmerzte. »Vielleicht wäre es besser für alle gewesen, wenn ich nie so weit gekommen wäre.«

Ionel schnaubte. »Ja, natürlich hätte es etwas geändert, du wärst einfach ein illegaler Magier geworden, wild und schwer zu kontrollieren! Nein, ich habe das nie bedauert. Und vergiss nicht, du hast auch viel Gutes bewirkt in deiner Zeit als Erster Magus. Allein, dass du einen großen Teil der unfähigen Magier aus dem Dienst entfernt hast, hat sicher einige Leben gerettet.«

Terwyn hatte Vorwürfe erwartet … und jetzt sagte Ionel so etwas. Er wusste noch nicht genau, wie er damit umgehen sollte. »Jetzt ist es Zeit, noch ein paar mehr Leben zu retten.«

»Gehen wir«, sagte Ionel, und sie lächelten sich kurz an.

Terwyn wusste, dass er die Erinnerung an diesen Moment bewahren würde wie einen Schatz. Auch sein Verhältnis zu seiner ersten Meisterin Qirisha war eng gewesen, doch nach der Katastrophe hatte sie ihn verdammt wie so viele andere. Wie es aussah, war Ionel noch immer ein Freund trotz allem. Unglaublich.

Auf dem hinteren Hof war schon einiges los: Roáns Rappe und Vics Schimmel trugen einen Disput aus, was wiederum Idassas dunkelbraunen Pegasus mit der silbernen Mähne, auf dem sie gemeinsam mit Jomar saß, nervös machte. Vics Schimmel bäumte sich auf, was Vic keineswegs zu stören schien, sie lachte nur und hielt sich am Haltegurt fest, da sie wie Terwyn ohne Sattel flog.

»Normalerweise hätte ich dich ja zu einem Luftkampf herausgefordert«, rief sie Roán zu. »Aber diesmal kämpfe ich lieber gegen die verdammten Bornländer!«

Alle Pegasi schienen zu spüren, dass etwas Besonderes geschehen würde, sie streckten aufgeregt ihre Schwingen aus. Windböen trafen Terwyn, als Roáns Rappe mit den Flügeln schlug. Ionel schwang sich auf seinen fuchsfarbenen Pegasus, der einen sehr schmalen, leichten Körper hatte, aber enorme Flugmuskeln.

»Nichts wie los«, sagte Idassa. Sie hatte ein magisches Licht an der Mähne ihres Braunen befestigt, damit die anderen ihr durch die Nacht folgen konnten und nicht auf das spärliche Licht der beiden Mondsicheln angewiesen waren. »Ich hoffe, die Bornländer haben keine Waffen, mit denen sie uns vom Himmel holen können – wenn ihr irgendetwas bemerkt, müssen wir die Lichter löschen.«

Terwyn zog sich am Haltegurt auf den Rücken seines Hengstes und spürte, wie sich die mächtigen Muskeln unter ihm bewegten, als Ortun sich in die Luft katapultierte. Seine lange Mähne peitschte ihm ins Gesicht, und der Wind zerrte an seinem Umhang.

Ihre erste Mission an der Front hatte begonnen.

* * *

Von wem stammten die Geräusche? Besser, ich finde es gar nicht erst heraus, dachte Rhi, drehte sich hastig um und ging auf die Treppe zu, die zum Erdgeschoss führte.

Auf dem Weg zur Treppe trat ihr jemand entgegen. Ein junger, muskulöser Mann mit dunklen Haaren und schlechten Zähnen, auf der einen Seite waren mehrere ausgeschlagen. Erschrocken machte Rhi einen Schritt zurück, und er grinste.

»Na, auf der Suche nach 'n paar netten Andenken?«

»Nein, ich ... mein Proviant ist hinüber, ich wollte nur sehen, ob ich was zu essen finde.« Sofort war ihr klar, dass dies hier nicht der Besitzer des Hauses war. Stattdessen sah er aus wie einer, der ein solches Haus bauen konnte. Er war grobknochig wie ein Ackergaul, seine Hände waren kräftig und schwielig, und an seinem Ledergürtel baumelte neben einem breiten Messer auch Werkzeug. Über die Schulter trug er eine Armbrust. Als ein grauer Vogel mit spitzem, silbernem Schnabel auf der Schulter des Mannes landete, begriff sie auch, woher die seltsamen Eindellungen auf dem Schloss gekommen waren. Das da war ein Eisenspecht, die kamen überall durch.

»Essen? Na, viel gibt's hier nicht mehr«, sagte er und musterte sie von oben bis unten mit einem Blick, der Rhi nicht gefiel. Natürlich sah er dabei, dass sie keine silbernen Wellen auf dem Arm trug. Sichtlich beruhigt hob er den Kopf und rief: »He, Lankas, Saggruf, schaut mal, was ich hier entdeckt hab.«

Zwei weitere Männer polterten die Treppe aus dem oberen Stockwerk hinunter, beide nicht nur bewaffnet, sondern auch schwer bepackt mit Messingkannen, Statuetten und gerahmten Bildern. Einer von ihnen hatte sich einen Umhang aus gutem, schwerem Tuch mit einer Goldschließe umgehängt. Jetzt war Rhi endgültig klar, dass sie es hier mit Plünderern zu tun hatte, und sie wurde noch nervöser, als sie ohnehin schon war.

Zad, rief sie lautlos. *Wo bist du gerade? Noch beim Ort, an dem Wasser aus der Erde kommt. Hast du Ärger in einem fremden Revier? Sozusagen.* Rhi schickte ihm ein Bild der drei Männer und spürte, dass auch Zad Angst bekam. Er wusste genau wie sie, dass er gegen drei Bewaffnete nichts ausrichten konnte.

Erleichtert sah Rhi, dass den beiden Männern eine Frau folgte. Auch auf ihren Handelsreisen waren sie und ihre Eltern immer beruhigt gewesen, wenn sie auf eine Gruppe getroffen waren, in der sich auch Frauen oder sogar Kinder befanden. Sie sorgten gewöhnlich dafür, dass sich die Männer halbwegs zivilisiert benahmen. Doch diese Frau sah nicht besonders vertrauenerweckend aus: Sie hatte ein ebenso grobknochiges Gesicht wie der erste Mann und langes, dunkelblau gefärbtes Haar, das fettig herunterhing. Ihre rundliche Figur hatte sie in ein schlecht gegerbtes Lederhemd gepresst. Aus kleinen, missgünstigen Augen starrte sie Rhi ins Gesicht. »Wer ist die denn?«

»Woher soll ich das wissen, Schwesterherz«, brummte der Mann, der Rhi noch keinen Moment lang aus den Augen gelassen hatte. Er strahlte eine natürliche Autorität aus, sie zweifelte keinen Moment lang, dass er der Anführer war.

»'ne Händlerin«, stellte die Frau nach einem genaueren Blick auf Rhis bunt besticktem Sangamon fest. Sie klang misstrauisch.

Die Männer legten ihre Schätze im Flur ab, betrachteten zufrieden ihre Beute und dann Rhi. Einer von ihnen war schmal gebaut, mit Armen und Beinen so dünn wie Stöcke, doch er hatte mühelos die schwersten Lasten getragen, und an seinem Gürtel waren sogar zwei Messer befestigt. Als er Rhi anblickte, sah sie Gier in seinen Augen, und das jagte ihr einen kalten Schauer über den Rücken. Der andere Kerl sah bequem aus, so als würde er sich nicht freiwillig bewegen, er hatte eine fahle Gesichtsfarbe und wirkte verbraucht. Auch er musterte sie mit mehr Interesse, als ihr lieb war.

»Ich komme aus der Nähe von Khendar«, versuchte Rhi sich an freundlichem Geplauder, während sie beobachtete, wie der Eisenspecht das Schloss einer kleinen Truhe aufmeißelte. »Meistens handele ich nicht mit solchem Zeug, wie ihr das hier habt, aber vielleicht wäre das trotzdem was für mich. Gerade die Kanne da könnte ein bisschen was wert sein ...« Unauffällig bewegte sie sich in Richtung Treppe und plapperte dabei weiter, so unbeschwert sie es fertigbrachte. »Und das Bild da, vielleicht ist das aus Ostfels, es gibt Leute, die sammeln so was – leider verstehe ich nicht viel von Kunst ...«

Leider war dem Anführer ihr Manöver nicht entgangen. »Lankas, geh mal die Tür unten zumachen, es zieht«, kommandierte er, und sofort setzte sich der dünne Mann in Bewegung.

Bin gleich da, verkündete Zad in Rhis Kopf.

Schnell!, schrie sie ihn an, doch schon hörte sie, wie unten ein schwerer Riegel vorgeschoben wurde, dann Querbalken vor der Tür befestigt wurden. Da kam niemand rein ... oder raus. Ihr wurden endgültig die Knie weich, denn auch durch die Fenster konnte Zad ihr nicht zu Hilfe kommen, sie waren gegen Einbrecher mit schmiedeeisernen Gittern gesichert. *Dieses Haus ist die reinste Festung, warum nur bin ich ausgerechnet hier hineingegangen? Jetzt sitze ich in der Falle!*

»Haha, wisst ihr noch, wie wir die doppelte Tür ins Haus von diesem Geizhals eingebaut haben?«, amüsierte sich einer der Männer, der mit dem fahlen Gesicht. »Vielleicht sollten wir dem auch mal einen kleinen Besuch abstatten, nur um zu sehen, ob die Bude noch steht ...«

»Nein, nicht in unserem Ort«, sagte der Anführer knapp. »Nur außerhalb. Hier gibt's noch genügend Häuser.« Nur kurz hatte er seinen Blick von Rhi abgewandt, jetzt musterte er sie schon wieder.

»Hört zu ...«, begann Rhi, doch mit zwei Schritten war der Anführer bei ihr und holte zum Schlag aus. Die Faust donnerte gegen ihr Kinn, und ein greller Schmerz durchschoss Rhi. Momente später fand sie sich auf dem Boden wieder und hatte keine Ahnung, wie sie dahin gekommen war. Ihr Kopf schmerzte, als stecke ein halbes Dutzend Nägel darin. Ein Tritt landete in ihren Rippen, und Rhi krümmte sich zusammen, versuchte Luft zu holen und schaffte es kaum, der Schmerz nahm ihr den Atem. Jemand beugte sich über sie, jemand, der nach Kalk, kalter Asche und Rindenbier stank. Eine Hand durchsuchte ihre Taschen, betastete ihren Hals, fuhr dann tiefer unter ihre Tunika und umfasste eine ihrer Brüste.

Rhi trat nach dem Kerl, so heftig sie konnte. »Nimm ... deine ... Pfoten weg!«, bekam sie heraus.

»He, hilf mir mal, Saggruf, die ist ganz schön lebhaft«, knurrte der Anführer dem bequem wirkenden Kerl mit der fahlen Gesichtsfarbe zu.

»Gib's der Schlampe, Gabbro!« Die Frau klang gehässig und erleichtert zugleich.

Doch der Anführer stand bereits auf, ohne Rhi weiter zu beachten, und warf die Geldschnur und alles andere, was er in ihren Taschen gefunden hatte, auf den Beutestapel. Sein Eisenspecht flatterte zurück auf seine Schulter. »Die Zeit fürs Vergnügen kommt noch, Leute. Jetzt müssen wir erst mal das ganze Zeug hier wegbringen.« Er blickte kurz aus dem Fenster. »Wenn ich mich nicht irre, sind noch 'n paar verkackte Truppen in der Nähe. Denen sollten wir nicht begegnen.«

Neue Hoffnung durchflutete Rhi. *Zad, die kommen gleich mit mir zusammen raus*, kündigte sie ihrem Gefährten an, und zurück kam eine Welle grimmiger Entschlossenheit.

Der Anführer – Gabbro – packte Rhis Tunika und riss sie daran hoch, schob sie dann grob gegen eine Wand. »So, Mädel, wie auch immer du heißt, du kommst jedenfalls mit. Hast du'n Pferd? Los, sag Ja. Pferde können wir gebrauchen.«

»Ich heiße nicht *Mädel*, sondern *Rhi*«, fauchte sie und funkelte ihn an. Sie machte sich bereit, einen weiteren Schlag abzuwehren, doch es kam keiner.

»Wie schön für dich«, meinte Gabbro nur, aber er packte etwas weniger grob an, als er sie die Treppe hinunterschob. Rhi war so wackelig auf den Füßen, dass er sie stützen musste. *Wieso war ich nur so blöd, mich in ein Gebäude zu wagen? Bestimmt hätte ich auf irgendeinem Feld außerhalb der Stadt etwas Essbares gefunden!*

»Was ist mit unseren Spuren und so was?« Saggruf – der dickliche, verlebte Mann – wirkte besorgt. »Falls 'n Magier hier rumstöbert, kann er dann …«

»Hier wird so schnell kein Magier rumstöbern, die haben gerade anderes zu tun.« Gabbro grinste. »Und die Spuren verblassen nach 'ner Weile. Bis der Krieg aus ist, sind die so schwach, dass höchstens jemand vom Vierten Strom noch welche finden könnte.«

Der Rest der Bande schien beruhigt und machte sich daran, die Beute in mehreren Kopfkissenbezügen zu verstauen.

Es dauerte eine Weile, alle Riegel und Querbalken zu entfernen, doch dann schwang die Eingangstür vor ihnen auf, und Rhi atmete erleichtert die frische Luft ein. Draußen hatte sie bestimmt bessere Chancen zu fliehen!

Sei vorsichtig, sie haben eine Armbrust, warnte sie Zad, denn die Plünderer hatten ihre Waffen gezückt. Geschickt hielt sich ihr Drache in Deckung, er wartete auf den richtigen Moment … aber würde der kommen?

»Also, wo ist dein Gaul?« Gabbro kniff Rhi grob in den Hals.

Wie sollte sie ohne die schwarze Stute weiterkommen? Rhi brauchte sie, in dieser verlassenen Stadt würde sie kein anderes Transportmittel finden! Also zögerte sie mit der Antwort, was ihr ein Messer an der Kehle einbrachte. Die Klinge, die sich in ihre Haut drückte, fühlte sich an wie eine glühende Linie. Schmal, fein, tödlich. »Also?«

Stumm deutete Rhi in die richtige Richtung, und der Schmerz verklang.

Die Plünderer bahnten sich mit ihr den Weg zu der schwarzen Stute und ihren Satteltaschen, dann begannen sie, Letztere auszuräumen. »Guter Fang – schaut mal!«, freute sich Saggruf und zeigte den anderen die Flasche mit dem Feuerbeerschnaps. Das Zeug gab es nur in Aelius, es war selten und teuer. Während Gabbro weiter in den Satteltaschen grub und mit hochgezogenen Augenbrauen Rhis Spinnenharfe in Augenschein nahm, rief Zad: *Ducken jetzt!*

Na endlich! Sofort gab Rhi vor, geschwächt zusammenzubrechen. Nur ein leises Zischen in der Luft warnte die Plünderer. Einen Moment später rissen scharfe Krallen die Kopfhaut des dünnen Mannes auf, schlugen blaugraue Flügel den Anführer ins Gesicht, sodass ihm Rhis Spinnenharfe aus der Hand fiel, und versengte ein heißer blauer Strahl den Nacken der Frau. Mit lautem Splittern zerschellte die Flasche mit dem Feuerbeerschnaps auf dem Boden. Die Frau kreischte, die anderen fluchten, was das Zeug hielt.

Nichts wie weg! Rhi verpasste dem Anführer noch einen herzhaften Tritt dorthin, wo es wirklich wehtat, und versuchte sich loszureißen. Doch sein Griff war eisern, und obwohl er sich gequält krümmte, dachte er nicht daran, sie loszulassen. Stattdessen brüllte er seinem Kumpan zu:»Lankas, *schieß!*«

Obwohl Lankas, dem Dünnen, jede Menge Blut übers Gesicht lief, hob er tatsächlich die Armbrust. Lankas' Hand zitterte und damit auch die Waffe, Rhi hatte keine Ahnung, ob er irgendwas damit treffen würde, aber er wirkte entschlossen. Bevor sie handeln konnte, löste sich mit einem Knall der Bolzen.

Rhi erstarrte, doch zum Glück hatte Lankas Zad verfehlt, das Geschoss bohrte sich in eine Hauswand. »Den krieg ich schon noch«, rief er unbeeindruckt, schon spannte er mit routinierten Bewegungen die Armbrust wieder. Diesmal wirkte er viel konzentrierter, und er nahm sich einen Moment Zeit, um zu zielen. Angst krampfte Rhis Herz zusammen. Verbissen trat sie zu, versuchte ihm das Ding aus der Hand zu treten. Doch bevor ihr Fuß am richtigen Ort ankam, sauste der nächste Bolzen durch die Luft in Zads Richtung ... und Rhi hörte einen Schmerzensschrei durch ihren Kopf hallen. Mit einem Loch im Flügel trudelte ihr Freund dem Boden entgegen und stürzte auf ein Hausdach.

Zad! Ist es sehr schlimm? Tränen strömten Rhi über die Wangen, als die Plünderer sie wegzerrten und ihre Hände und Fußgelenke mit einem Seil verschnürten. Sie stießen Rhi in einen offenen Wagen, kippten einen Stapel Beute neben sie, deckten beides mit erdig riechenden, leeren Säcken ab und fuhren los.

* * *

Viel von der Landschaft gab es bei einem Nachtflug nicht zu sehen, am Boden waren hin und wieder die Lichter von Dörfern oder Bränden zu sehen und das bläuliche Glühen der Skaidarer Flüsse, wenn sie einen von ihnen überquerten.

Das gleichmäßige Schlagen von Ortuns Schwingen war beruhigend. Erst jetzt merkte Terwyn, wie müde er war – seit er gestern Mittag hier angekommen war, hatte er kein Auge zugetan. Rasch tauchte er in den Ersten Strom ein, um die Müdigkeit loszuwerden und sich aufzuwärmen, denn hier oben wehte ein kühler Wind.

Irgendwann sah er, wie Idassa ihren Braunen nach unten lenkte, und gab Ortun das Signal, ihr und den anderen zu folgen. Schon war zu ahnen, dass die Sonne bald aufgehen würde, der Himmel war bereits heller geworden ... und zeigte, was vor ihnen lag, nur zu gut. Unter ihnen Ströme von fliehenden Menschen, eine Prozession von aufgeregten Ameisen. Und weiter nördlich eine endlose, hell glitzernde Ebene, als habe jemand flüssige Diamanten auf das Land gegossen. Eine Masse, unter der alles erstickte. Fassungslos versuchte Terwyn zu erkennen, wie weit sich der Kristall schon erstreckte. Verdammt weit! Mit bloßem Auge konnte er die Türme von Ordaal kaum noch ausmachen.

»Wir landen dort vorne«, rief Idassa zu ihnen hinüber, und in geringer Höhe glitten sie eine Runde über das von Kristall bedeckte Land. Von hier oben war es kaum zu erkennen, wie die Todeszone vorrückte, es geschah trügerisch langsam.

Doch immer noch zu schnell für die Menschen, die sich an ihrem Rand erschöpft dahinschleppten. Auf einer Flucht, die sie nicht mehr lange durchhalten würden. Sie hatten nur wenige Schritte Vorsprung vor der Todeszone.

Als sie die Pegasi über sich hinwegfliegen sahen, blickten viele von ihnen hoch, deuteten auf sie und riefen ihnen zu, die Stimmen voll neuer Hoffnung. Unter ihren Schwingen brach Chaos aus. Als Terwyn und die anderen landeten, rafften manche Flüchtlinge ihre letzten Kräfte zusammen, um auf sie zuzulaufen, eine Schar aus Dutzenden von Menschen.

»Shaquar sei euch gnädig, Magier, bitte rettet uns!«, schluchzte ein Mann in mittleren Jahren, der zwei vor Erschöpfung taumelnde Kinder hinter sich herzog, und warf sich vor Terwyn auf die Knie. »Bitte gebt uns Kraft!«

Terwyn verlor keine Zeit, tauchte in den Zweiten Strom und berührte alle drei an der Schulter. »Wir tun, was wir können. Viel Glück!«

»Gesegnet sei die Orchidee!«, rief der Mann, und alle drei rannten los wie die Hasen, weg von der Kristallzone, die immer näher rückte. Auch die anderen Mitglieder des Zirkels halfen den Flüchtlingen bereits, Terwyn sah, wie Roán eine Frau mit zwei kleinen Mädchen auf den Rücken seines Pegasus setzte und seinem Rappen das Signal gab, sie im Tiefflug in Sicherheit zu bringen. Ionels kräftiger Fuchs trug sogar vier Menschen, während er mit angelegten Flügeln von der Todeszone weggaloppierte. Jomar, Ionel und die anderen spendeten allen Menschen Kraft, die kaum noch einen Vorsprung vor der Todeszone hatten und an die sie in der Eile herankamen.

»Pass auf, dass du niemals zu nah an dieses Kristallzeug rankommst!«, rief Ionel ihm zu, während er in seiner Nähe arbeitete.

»Mit zu nah meine ich drei Schritte mindestens – und dreh dem Zeug nicht den Rücken zu!«

»Kannst du drauf wetten«, gab Terwyn zurück. Immer wieder hielten er und die anderen inne und warfen faszinierte Blicke auf das Phänomen, wegen dem sie hier waren. Stumm vor Staunen und Entsetzen beobachteten sie den langsam vorrückenden Kristall, der gerade eine ungemähte Wildblumenwiese verschlang. Im ersten Licht glänzte sie fast unwirklich wie etwas aus einem Traum. Die Kristallmasse floss voran wie Wasser, langsam, aber ohne einen Laut. Jeder Halm, den sie berührt hatte, war noch zu erkennen.

Herrlich anzusehen, aber tot. Tausende von gläsernen Nadeln allein auf dieser Wiese ... und mitten darin die unförmig wirkenden, am Boden liegenden Gestalten derjenigen, die es nicht geschafft hatten.

»Ostra Namina sei uns gnädig!«, flüsterte Idassa beim Blick darauf, ergriff den Arm eines alten Mannes, der gerade gestürzt war, und half ihm mit neuer Kraft.

Roán wirkte völlig fasziniert, er konnte den Blick nicht von der Kristallzone lösen. »Irre Idee, wieso sind wir nie auf so was gekommen? Abgesehen davon, dass wir so etwas nicht können, meine ich? Scheiße, Vic, *pass auf!* Das ist viel zu nah!«

Mit wutverzerrtem Gesicht ging Vic noch näher heran, spuckte auf die Kristallzone und sah zu, wie sich auch das, was eben noch in ihrem Mund gewesen war, verwandelte. »Das ist eine absolut unmenschliche Waffe! Und du, Roán, bist manchmal ein unerträglich arroganter Pferdehintern!«

Schritt für Schritt mussten er und die anderen zurückweichen, damit das Kristall sie nicht berührte. Terwyn beobachtete, wie ein Schmetterling von einem blauen Kelch abhob und im leichten Wind tanzte auf der Suche nach einer neuen Blüte. Gleich darauf verwandelte sich die Pflanze, auf der er gesessen hatte, und alles andere unter ihm. *Armer Kerl – sobald er landet, stirbt er*, ging es Terwyn durch den Kopf. »Es sieht ein bisschen aus wie Eis, kann das Elementarmagie sein?«

»Mach doch, fass das Zeug an, dann wirst du schon sehen, ob es kalt ist.« Wenn Jomar aufgewühlt war, hatte er einen beißenden Humor.

»Danke, nein«, sagte Terwyn und beobachtete, wie den Schmetterling sein Schicksal ereilte.

»Schnell, fangen wir an!«, rief Idassa, sie lief los und winkte ihnen, nachzukommen. »Dort vorne können wir uns aufstellen.«

In diesem Moment schrie Vic auf, und Terwyn fuhr herum. Die junge Magierin mit dem schwarzen Schopf stand keine Armlänge von der Kristallzone entfernt, und jetzt taumelte sie zurück. Terwyn erfasste die Situation mit einem Blick. Ein großes Insekt war aus der

Wiese aufgeflogen, aber ein wenig zu spät, um sich noch zu retten, das Kristall hatte es schon berührt. Halb glitzernd taumelte es durch die Luft ... direkt auf Vic zu.

Roán brüllte irgendetwas, Idassa wirkte vor Schreck wie gelähmt, doch Terwyn reagierte instinktiv. Er packte Vic hart am Arm und riss sie zurück, gleichzeitig tauchte er in den Dritten Strom ein. Das Insekt löste sich in einem Feuerball auf und fiel verkohlt zu Boden, keine Handbreit von Vic entfernt.

Vic war aus dem Gleichgewicht geraten und gestürzt – rasch zog Terwyn sie weg von der Gefahrenzone und half ihr zugleich, aufzustehen. Als Dank bekam er einen flüchtigen Blick und ein verzerrtes Lächeln. »Danke, Ter. Du warst schon immer ziemlich schnell.«

So langsam sich die Kristallzone bewegte, so unaufhaltsam war sie auch. Während des Zwischenfalls war sie wieder vorgerückt. Terwyn war nicht ganz wohl dabei, so nah daran den Zirkel zu bilden, außerdem waren um sie herum nun wieder einige Flüchtlinge, die von der Todeszone wegstrebten. Hände streckten sich nach ihnen aus, hoffnungsvolle Blicke trafen sie. Terwyn musste sich zwingen, sich von ihnen abzuwenden – er brauchte seine Kraft und Konzentration jetzt für andere Dinge.

»Ich warne euch, wenn die Zone euch zu nah kommt, und schirme euch ab«, versprach Ionel, während Terwyn und die anderen Mitglieder des Zirkels sich in einem Kreis einander gegenüber stellten.

»Gut.« Idassa wirkte nervös wie selten zuvor, als sie sagte: »Ich werde Kopf übernehmen, Roán ist Hand, Vic und Jomar sind gemeinsam Herz, damit wir möglichst viel Energie aus den Strömen ziehen können. Terwyn, schaffst du sowohl Rückgrat als auch Herz?«

Stumm nickte Terwyn. Er stand so, dass er das Vorrücken der Kristallzone sehen konnte, und hoffte, dass ihn das nicht zu sehr ablenken würde. Gleich musste er es trotzdem schaffen, sich zu entspannen.

»Na dann! Befördern wir den Glitzerkram dorthin, wo Cruzark

ihn aufsammeln kann«, sagte Roán mit einem Grinsen, das eher ein Zähnefletschen war.

Ohne ihn zu beachten, sprach Idassa ruhig die traditionellen Worte: »Mögen die Ströme für euch fließen.«

Sie tauchten ein. Entschlossen kämpfte Terwyn darum, den ungestümen Sechsten Strom zu kontrollieren und die anderen zu stützen. Das gelang ihm, und das Hochgefühl, mit den anderen im Einklang zu sein, durchströmte ihn. Nur die Stimmung des Zirkels war anders als sonst, diesmal war niemand kühl und kontrolliert, die Angst und Entschlossenheit der anderen brandete gegen die Innenseite seines Schädels.

Mit unsichtbaren Händen griff Roán zu, drückte gegen die Kristallzone mit der gewaltigen Kraft, die sie ihm gemeinsam sandten. Terwyn spürte, wie die Zone über eine weite Strecke – ein paar Dutzend Meilen vielleicht – nachgab, sich verlangsamte, zum Stillstand kam!

Lautloser Jubel stieg im Zirkel auf, doch er währte nur kurz. Die fremde Magie schien noch immer voranzudrängen, es war, als würde sie nur darauf warten, bis der Zirkel seine Energie verausgabt hatte. Sobald Roán losließ, würde alles von vorne beginnen. Ja, schon rückte sie wieder vor. Fußbreit für Fußbreit.

Auch Roán merkte es. Er schien die Faust zu ballen, wieder und wieder auf das Glitzern einzuschlagen, das Terwyn selbst mit geschlossenen Augen sehen konnte.

Es half nichts, und Roáns Versuche wirkten immer hilfloser. Wie viel Zeit hatten sie noch, bevor es zu spät war zur Flucht? Verdammt, das Kristallzeug war keine vier Menschenlängen mehr entfernt, keine drei ... wann würde Idassa entscheiden, den Versuch zu beenden? Noch zwei Menschenlängen, eine ...

Jemand rief irgendetwas, Terwyn hörte es wie aus weiter Ferne. Es war die Stimme einer Frau. »Hilfe! Bitte helft mir, ich ... bitte ...«

Aus dem Augenwinkel sah er, wie eine Gestalt auf Idassa zutaumelte, sich ihr entgegenwarf, sich an sie klammern wollte. Doch blitzschnell schuf Ionel einen Bannkreis um die Erste Magus – einen Bannkreis, der wohl etwas stärker ausgefallen war als geplant.

Noch während Idassa aufschrie, prallte die fremde Frau von diesem Bannkreis ab und wurde durch ihren eigenen Schwung nach hinten geschleudert ... dem herannahenden Kristall entgegen.

Erschrocken streckte Ionel die Hand aus, um das Unglück zu verhindern, um sie im letzten Moment aus der Gefahrenzone zu ziehen. Es gelang ihm, die Frau an der Hand zu packen und nach vorne zu zerren. Doch ihr Fuß hatte bereits die Kristallzone berührt, und ihr Bein begann, sich in eine feste, gläserne Masse zu verwandeln. Mit einem Aufschrei versuchte die Frau davonzulaufen, wegzukriechen, doch die Kräfte verließen sie schnell.

Eisige Furcht schoss durch Terwyn hindurch. »Ionel! Lass sie los!«, brüllte er und versuchte, den Zirkel trotz der Krise zusammenzuhalten.

Roán behielt einen erstaunlich kühlen Kopf, er konzentrierte seine Kräfte auf diese eine Stelle des Kristalls und versuchte, es nur noch dort zu packen und zurückzudrängen. Mit wenig Erfolg, schon war eine Schulter der Frau durchsichtig geworden. Stöhnend sackte die Fremde endgültig zusammen. Verbissen versuchte sich Ionel aus ihrem Griff zu lösen, doch anscheinend hatten sich ihre Finger verkrampft, er kam nicht los! Und die Kristallzone war inzwischen verdammt nah, kaum eine halbe Menschenlänge!

Lautlos verständigten sich Idassa, Terwyn und die anderen – einen Moment später hatten sie das Handgelenk der Frau wie mit einem dünnen, unsichtbaren Messer durchtrennt. Die Frau schrie nicht mal auf, sie wirkte inzwischen völlig weggetreten.

Befreit stolperte Ionel zurück, doch dann blickte er ungläubig auf seinen rechten Fuß. »Cruzark, es hat mich erwischt!«, rief er, und nun sah Terwyn es selbst, das unheimliche Glänzen an Ionels Ferse.

Nein! Bitte nicht! Das darf nicht sein!

Verzweifelt murmelte Ionel den Namen des Sechsten Stroms, versuchte das Unheil aufzuhalten, das seinen Körper erfasst hatte, kämpfte mit aller Kraft. Währenddessen stolperten Vic, Idassa und die anderen Mitglieder des Zirkels zurück, versuchten wieder Abstand zwischen sich und die Todeszone zu bringen.

Terwyn merkte, dass er unwillkürlich die Fäuste geballt hatte. *Ich gehe in den Siebten,* teilte er den anderen mit und spürte ihr Erschrecken. Noch nie hatte er das im Zirkel gewagt – wenn er versagte, würde er nicht der Einzige sein, der in den Abgrund gerissen wurde. *Ich kann das schaffen, ich schaffe das, bitte vertraut mir!* Schon formten seine Lippen den Namen des Siebten Stroms: »Unécerak.«

Mit der Wucht eines Vulkanausbruchs prallte der Strom gegen ihn. Terwyn warf den Kopf zurück und brüllte auf. *Shaquar steh mir bei!* Mit aller Kraft wehrte er sich dagegen, mitgerissen zu werden, hielt stand, leitete die wilde Kraft weiter zu den anderen. Ein paar Herzschläge lang nur, doch das genügte Roán, er handelte sofort. Momente später hatte er das Kristall hinweggefegt, als wäre es nur eine Schicht Mehl, die beim Backen übrig geblieben war.

Geschafft! Sie hatten es geschafft. Noch konnte er es nicht ganz glauben. Keuchend öffnete Terwyn die Augen und sah im Licht der Morgensonne eine verwelkte, aber ansonsten ganz gewöhnliche Wiese vor sich. Gewöhnlich bis auf die Tatsache, dass von hier bis zum Horizont mehrere bewegungslose Körper darauf verstreut lagen, schlaff wie Lumpenbündel. Ganz in seiner Nähe erkannte er die Frau ... und den alten Späher.

»Ionel!« Terwyn stürzte auf seinen Freund zu, warf sich neben ihm auf die Knie und spürte mit dem Zweiten Strom in seinen Körper hinein. Darin war alles zum Stillstand gekommen, begann bereits, sich zu zersetzen. Es war zu spät, die Kristallzone hatte ein weiteres Opfer gefordert. Instinktiv wusste Terwyn, dass er es nicht schaffen würde, seinen alten Freund wiederzubeleben. *Ich habe mich zu sehr verausgabt, es würde mich selbst umbringen, wenn ich noch mal in den Siebten gehe. Verdammt, Ionel! Ich hoffe, du hattest wenigstens keine Schmerzen.*

»Wieso hat ihn dieser Kristall umgebracht? Er war doch nur zum Teil davon erfasst!« Vics Stimme klang erstickt, sie kämpfte mit den Tränen. Terwyn wusste, dass auch sie Ionel gemocht hatte.

»Wahrscheinlich hat er im Kampf gegen dieses Zeug seine restliche Lebenszeit aufgebraucht«, sagte Idassa traurig. »Er war ja schon über fünfzig.«

Terwyn stand wieder auf, doch die Welt verschwamm vor seinen Augen. Schon war Idassa an seiner Seite, stützte ihn. Sie und die anderen sandten ihm Kraft, und bald schlug sein Herz wieder gleichmäßig.

Die anderen beobachteten ihn alle. »Heilige Orchidee, du bist ja noch verrückter als ich«, sagte Vic, sie klang ein bisschen zittrig. »Aber du hast es fertiggebracht! Der Kristall ... einfach weg.«

Dann umarmten sie sich, und Terwyn war nicht der Einzige, der sich anschließend über die Augen wischen musste.

9

Als der Wagen hielt und Rhi hinausgezerrt wurde, fand sie heraus, wo die Plünderer ihr Lager hatten – in einer unscheinbaren Holzscheune, die bislang vom Krieg verschont geblieben war. Vielleicht, weil sie etwas abseits in einem kleinen Tal lag. War das ihr Rückzugsort, während sie sonst wie ganz gewöhnliche Bürger im Nachbarort lebten? Anscheinend arbeiteten sie normalerweise als Bautrupp zusammen, bis auf Gabbros Schwester wahrscheinlich – sie hatte sich gleich nach ihrer Ankunft ans Kochen gemacht und klapperte an einem offenen Feuer geschäftig mit Töpfen herum.

»Aber nicht der übliche Fraß, heute wird gefeiert!«, mahnte Gabbro, der sich mit dem Eisenspecht auf der Schulter breitbeinig neben sie gepflanzt hatte. Er bekam einen derben Fluch zur Antwort.

Rhi wurde gefesselt auf dem Boden abgelegt, immerhin auf ein paar Säcken als Polster. Ihr ganzer Körper schmerzte. Als Gabbro an Rhi vorbeiging, stieß er ihr mit dem Fuß in die Seite und zwinkerte ihr zu, der Dreckskerl. »Na, schon bereit für ein bisschen Spaß?«

Fast hätte Rhi ihm eine beißende Erwiderung entgegengeschleudert, doch im letzten Moment beherrschte sie sich. Widerwillig zwang sie sich zu einem Lächeln. Sie musste diese Fesseln loswerden, sonst würde sie es nicht schaffen, zu fliehen. »Klar, aber könntest du mich erst mal losbinden? Meine Hände fühlen sich schon ganz taub an ...«

Er lachte, hob ein Gemälde vom Wagen und trug es in Richtung Scheune. »Später vielleicht.«

Die Kerle fühlten sich furchtbar sicher, für kurze Zeit waren alle Gesetze aufgehoben und sie konnten tun, wonach ihnen vielleicht schon immer der Sinn gestanden hatte. Koste es, was es wolle, sie musste fliehen, noch ehe die Nacht anbrach!

Als die ärgsten Schmerzen langsam verklangen, formte sich in Rhis Kopf ein Plan. In einer Seitentasche ihres Gepäcks war ein schmales, aber sehr scharfes Messer, das sie oft zum Schutz bei sich trug – *nur ausgerechnet diesmal nicht, wie dämlich kann man sein!* In der Haupttasche war das Jenseitsglas, mit dem sie etwa eine Minute in die Zukunft blicken und feststellen konnte, was die Kerle gleich tun würden. Das waren genau die Zutaten, die sie brauchte, um sich zu befreien.

Das Problem war, dazu musste sie an ihre Satteltaschen heran, und die lagen gut zwei Menschenlängen entfernt. Unendlich weit, wenn man verschnürt war wie ein Ballen Kattunstoff. An diesem Teil des Planes arbeitete sie noch.

Wieder und wieder versuchte Rhi, Zad in ihren Gedanken zu erreichen, und schließlich kam eine schwache Antwort. *Weh so weh kann nicht fliegen.* Das waren keine guten Nachrichten, aber Rhi war trotzdem erleichtert. Bei diesem Sturz hätte er sich trotz seines gepanzerten Körpers das Genick brechen können, Drachen waren keineswegs unsterblich. Vor lauter Erleichterung kamen ihr die Tränen.

Auf einmal stand Gabbro hinter ihr und beugte sich zu ihr herunter. »Weinen nützt dir nicht viel.« Überrascht fühlte Rhi, dass er ihre Fesseln lockerte. Anscheinend war es ihm doch nicht ganz egal, wie es ihr ging.

Ihre Großmutter Calinda, die mutige Entdeckerin, hätte ihm sicher einen frechen Spruch entgegengeschleudert. Doch Rhi brachte nur ein »Lachen wäre auch nicht besser« hervor und wünschte sich, sie könnte die Tränen abwischen.

Sich an ihre Großmutter zu erinnern, spülte Gedanken hoch, die Rhis Tränen noch reichlicher fließen ließen. Ging es wenigstens ihrer Mutter und ihrem Bruder gut? Oder waren sie ebenfalls gefangen genommen worden? Womöglich gefoltert? Nein, nein, sie lebten sicher noch … oder? Ihr Optimismus focht tapfer und ging unter. *Wahrscheinlich bin ich wirklich die Letzte meiner Familie, und womöglich erwischt es mich heute auch noch!*

Gabbro ging neben ihr in die Hocke und half ihr, sich in eine sitzende Position aufzurichten. Der Eisenspecht auf seiner Schulter hielt bei jeder Bewegung mühelos das Gleichgewicht. »Vor wem hast du eigentlich mehr Angst, vor uns oder vor diesem Drachen?«, fragte er und schien das außerordentlich vergnüglich zu finden. Langsam versiegten Rhis Tränen. Anscheinend hatten die Plünderer nicht begriffen, dass sie und Zad zusammengehörten. Gut!

»Vor dem Drachen, glaube ich«, log Rhi. »Dürfte ich vielleicht 'nen Schluck Wasser haben?«

Seine Antwort bestand darin, ihr noch mal unter die Tunika zu greifen. Dabei grinste er breit, die Vorfreude stand ihm im Gesicht geschrieben. »Wirst sehen, dir wird's gefallen nachher.«

Beim Gedanken daran brach Rhi der Schweiß aus.

Sobald er weg war, zerrte sie an ihren Handfesseln und schob sich ein kleines Stück näher an ihre Satteltaschen heran. Die anderen achteten nicht mehr auf sie, denn gerade war die Frau dabei, die Krallenwunden in Lankas' Kopfhaut zu verarzten, indem sie Schnaps darüber schüttete. Er jaulte wie eine Goldhyäne mit einem Pfeil im Hintern. Mit heftig klopfendem Herzen rutschte Rhi noch ein Stück näher an ihr Gepäck heran ... und erschrak. Saggruf ging zielsicher auf ihre Satteltaschen zu und durchwühlte sie. Dann schleifte er die Sachen davon, ohne ihr einen Blick zu gönnen.

Rhi konnte kaum atmen. *Meine letzte Chance ... da verschwindet sie gerade in dieser beschissenen Scheune.*

Obwohl der Anführer der Plünderer ihre Fesseln gelockert hatte, saßen sie noch immer sehr fest – Rhi schaffte es nicht, sie abzustreifen, und ihre Handgelenke waren schon wund gerieben. Auch Zad ging es nicht sonderlich gut, aber unglaublicherweise war er auf dem Weg zu ihr. Zu Fuß, weil das mit dem Fliegen noch immer zu sehr schmerzte. Rhi stellte sich vor, wie er verbissen Meile um Meile dahinhinkte. *Beeil dich. Bitte!*

Die Sonne sank schon, bald würde es dunkel sein, und schon jetzt schauten zumindest zwei der drei Männer immer öfter begehrlich in Rhis Richtung. Der dritte Kerl war auf Erkundung unterwegs, wahrscheinlich um festzustellen, wo sich die verschiedenen Truppen gerade befanden.

Gabbro, seine Schwester und Lankas saßen vollgefressen, aber wachsam um ein Lagerfeuer herum, den Feuerschein sorgfältig gegen fremde Blicke abgeschirmt, und unterhielten sich gut gelaunt.

Schon stand einer von ihnen – Lankas, der Dünne – auf, um zu Rhi hinüberzugehen, seine Blicke klebten auf ihrer Haut. Doch Gabbro, der Anführer, war rasch auf den Füßen und riss ihn zurück, sodass das Rindenbier in seiner Hand überschwappte. »Du wartest schön ab, bis du an der Reihe bist, Lankas. Klar?«

»Klar«, murrte der kleinere Mann. »Und wann wird das sein? Wenn die beschissene Welt untergeht? Das tut sie doch sowieso schon.«

Von irgendwoher schwebte Rhi ein Einfall zu. Allerdings würde er nur funktionieren, wenn Zad und sie zusammenarbeiteten.

»He«, rief sie zu den Plünderern hinüber. »Zu 'nem netten Abend gehört auch ein bisschen Musik, oder?«

Jetzt starrten alle drei sie an, die beiden Männer und die Frau. »Stimmt«, sagte Gabbros Schwester mit zögernder Neugier. »Kannste singen oder was?«

»Ja«, behauptete Rhi, obwohl ihre musikalischen Fähigkeiten eher berüchtigt als berühmt waren. »Und ich hab 'ne Harfe dabei. Die ist in meinem Gepäck.«

»Stimmt«, mischte sich Lankas ein. »Echtes Silber, scheint mir. Für die kriegen wir ordentlich was.«

»Aber vorher können wir die noch benutzen«, beschloss Gabbro, stand auf und ging in die Scheune, wo die Beute verstaut war. Momente später kam er mit Rhis Spinnenharfe wieder heraus, sie glänzte im Feuerschein so kühl wie Tempey, der blassere der beiden Monde. Gabbro warf einen skeptischen Blick darauf. »Na, hoffentlich hören wir bei diesem kleinen Ding überhaupt was ... kennste wenigstens ein paar saftige Lieder?«

»Klar doch.« Rhi zwang sich ein Lächeln ab. *Zad, wie weit weg bist du noch?*

Viellange bin ich gelaufen aber jetzt kann ich euer Feuer wittern, meldete ihr Freund.

Kannst du dich mit deinem Öl einschmieren? So, als würdest du deine Schuppen härten?

Ja, wieso?

Rhi erklärte es ihm, und obwohl ihr Drache sicherlich Schmerzen hatte, hörte sie sein amüsiertes Schnauben in ihrem Kopf. Das war ein Auftrag nach seinem Geschmack.

Gabbro durchschnitt ihre Handfesseln, dann stützte er Rhi, als sie mit zusammengebundenen Füßen zum Lagerfeuer humpelte, knallte die flache Hand auf ihren Hintern und half ihr, sich auf den Stamm eines umgestürzten Baumes zu setzen. Ihre Faust sehnte sich nach seinem Gesicht, doch stattdessen streckte sie ihre schmerzhaft kribbelnden Finger, strich einmal kurz über die vielen bunten Perlen ihres Sangamon und nahm dann die Harfe. Spinnenharfen riefen sämtliches achtbeinige Getier aus der ganzen Gegend zusammen, und Rhi wettete, dass es davon in diesem Tal so einiges gab.

Einmal noch tief durchatmen, dann wappnete sie sich gegen das, was gleich geschehen würde, lächelte in die Runde und begann zu spielen. Silberhelle Töne stiegen auf, als Rhis Finger die Saiten berührten, und einen Moment wirkten ihre drei Zuhörer wie verzaubert. Doch dann schüttelte Gabbro den Bann ab. »Singen!«, kommandierte er.

Wann würde die Melodie wirken? Unauffällig schaute Rhi sich um. Noch nichts. *Es kann nicht sein, dass die Harfe ihre Magie verloren hat, oder? Nein, ich muss eben Geduld haben!*

Sie spielte weiter und stimmte dazu einen Gassenhauer von der Küste an, den sie in Mariou gelernt hatte und den die Kerle garantiert kannten. Reine Begeisterung rief das nicht hervor, dafür hatten die Plünderer noch nicht genug Rindenbier intus. Hätte das Publikum faule Tomaten zur Hand gehabt, hätte sie bestimmt welche abbekommen.

»Das ist ja 'ne Zumutung!«, keifte die Frau und beugte sich vor, vielleicht um Rhi die Harfe aus der Hand zu reißen.

In diesem Moment lief eine schwarze Jägerspinne, groß wie Rhis Hand, über ihren Oberschenkel. Gabbros Schwester fuhr zurück, ihr Mund stand offen vor Schreck. Das war ihr Pech, denn im nächsten Moment kletterte eine Schar kleinerer Achtbeiner an ihrem Gesicht hinunter und entdeckte die Höhle. Lautere Schreie hatte Rhi nie gehört, sie hallten vom dichten Wald kaum gedämpft von den Talwänden wider.

Auch Gabbro und der andere Kerl hatten inzwischen festgestellt, dass sie Besuch bekommen hatten, sprangen auf und klopften fluchend an sich herum. Danach wäre Rhi auch zumute gewesen, aber sie blieb sitzen, ertrug die Berührung der vielen huschenden Beinchen und konnte nur hoffen, dass sie nicht gebissen wurde.

Jetzt!, rief sie Zad in Gedanken zu, und einen Moment später raste eine flammende Kugel aus dem Wald heraus und stürzte sich mitten unter ihre Peiniger. Erst jagte die Kugel umher, dann sprang sie mitten ins Lagerfeuer, glühendes Holz flog in alle Richtungen, und ein Funkenschauer stob auf. In wenigen Momenten stand ein großer Teil des Lagers in Brand, inklusive der Kleidung von Gabbro und seinem Kumpan. Spinnen flohen in alle Richtungen. Gabbro stieß ein tiefes, kehliges Brüllen aus und versuchte, die Flammen mit den bloßen Händen auszuklopfen, womit er nur sehr begrenzt Erfolg hatte. Neben der Scheune drehten die Pferde durch und rissen sich wiehernd los.

Während das Chaos sich entfaltete, ließ Rhi sich unauffällig rücklings vom Baumstamm fallen, die Spinnenharfe unter den Arm geklemmt. In der Deckung hinter dem Stamm machte sie sich daran, mit einem Messer, das vor sehr kurzer Zeit noch Gabbro gehört hatte, ihre Fußfesseln durchzusäbeln.

Inzwischen war Zad wieder erloschen, und gemeinsam hinkten er und Rhi in den Wald hinein, so schnell sie konnten. In ihrem Fall war das nicht sehr schnell, sie konnte kaum gehen. Auch Zad schleppte sich mühsam voran, wirkte aber zufrieden. *Das war flammig*, stellte er fest und schleckte sich im Laufen eine Schicht Ruß von einer Vorderpranke. Er hatte sich den ganzen Körper mit Öl eingerieben und anschließend sein eigenes bläuliches Feuer darauf gespuckt, sodass die Ölschicht sich entzündet hatte. Da Zad rundum feuerfest war, hatte ihm der kleine Brand nichts ausgemacht.

Doch als sie gerade zwischen den Bäumen verschwinden wollten, verharrte Rhis Freund plötzlich, wandte den Kopf zur Seite und spreizte drohend seine Halsschuppen. *Noch ein Zweiarm!*

Erschrocken fuhr Rhi herum. Nur wenige Schritte neben ihnen

war eine Gestalt aus dem Wald aufgetaucht, ein großer, vor Wut bebender Mann mit einer gespannten Armbrust in der Hand, die genau auf Rhis Herz zielte.
Verdammt, ich habe den dritten Kerl vergessen!

* * *

Wieder einmal schickte Inyra ein Gebet zu Ostra Namina, flehte sie an, ihr beizustehen. Und diesmal hatte sie wohl den richtigen Ton getroffen – verblüfft sah Inyra, wie die Kristallzone rasend schnell zurückwich. Mig jubelte, und Inyra fiel auf die Knie und sprach einen Dank.

»Ob das von Dauer ist?« Die Kalkulatorin suchte mit zusammengekniffenen Augen die Umgebung ab.

Inyra brachte keine Antwort heraus – alles, was sie wollte, war ausruhen. Kaum hatte sie sich hingelegt, fielen ihr die Augen zu, und Vinnie schlummerte ebenfalls, geborgen in ihren Armen.

Die Sonne war ein Stück weitergezogen, aber nicht viel, als jemand sie weckte. »Da ist sie wieder«, sagte Mig niedergedrückt und zeigte auf den Horizont. Dort schimmerte das Land wie fließendes Wasser.

Das Kristall war zurück, und schon bald rückte es ihnen wieder auf den Leib.

Inyra hatte immer gedacht, dass sie durch einen Unfall sterben würde. Auf eine schnelle Art, so schnell, dass selbst der Dorf-Magus nicht mehr helfen konnte. Denn so gut sie darin war, Lesen, Schreiben und Pflanzenkunde zu unterrichten, so ungeschickt war sie manchmal auch. Schon als Kind hätte sie sich beim Sammeln von Vogeleiern ein halbes Dutzend Mal fast den Hals gebrochen. Doch nie hätte Inyra gedacht, dass ihr Tod so schön und glitzernd sein würde. Woher kam dieses Kristall? Hatte es jemand gerufen, ein Magier vielleicht? Wahrscheinlich würde sie es nie mehr erfahren. Sie war so erschöpft, dass sie kaum noch die Füße heben konnte. Bald würde es so weit sein. Sehr bald. Das kam ihr unwirklich vor. Tränen traten ihr in die Augen, als sie daran dachte, dass Vinnie und Mig sterben würden. Auch wenn Mig es sicher länger schaffen würde als sie beide, er hatte so lange, starke Beine. Das hieß, er würde erst noch mit ansehen müssen, wie seine Tante zugrunde ging.

»He!«, rief Mig plötzlich. »Ich glaube, da vorne ist ein Fluss.«

»Ein Fluss«, wiederholte Inyra töricht. Was hatte das zu bedeuten?

»Wenn wir da rüber schwimmen, kann uns vielleicht das Kristall nicht folgen!«

Die Kalkulatorin, die schon seit dem Morgen kein Wort mehr gesprochen hatte, hatte offenbar gehört, was er gesagt hatte. Keine Menschenlänge mehr war das Kristall von ihr entfernt, doch nun hob sie auf einmal den Kopf, schleppte sich schneller voran. Überholte sie alle sogar auf dem Weg zum Wasser. Erstaunt blickte Inyra ihr hinterher.

»Komm, ich nehme dir Vinnie ab!« In Migs Stimme war neue Hoffnung. Dankbar ließ Inyra zu, dass er sich selbst während des Gehens das Tragetuch mit der nicht allzu gut riechenden und vor Hunger weinenden Vinnie auf den Rücken band. Dann griffen seine Beine weit aus, und befreit von der Last ihrer Tochter fand auch sie noch einen Rest Kraft in sich, um schneller zu gehen.

Einmal wandte sie sich noch um – die Kristallzone war so furchtbar nahe, gerade verschlang sie eine Baumgruppe in der Nähe des Flusses. Verwandelte sie in durchscheinendes Glas, das in der Sonne funkelte.

Spritzend und platschend wie ein großes, plumpes Tier, das vom Land in sein Element zurückkehrt, warf die Kalkulatorin sich in den Fluss, ohne sich Weste oder Schuhe auszuziehen. Unbeholfen schwamm sie los.

»Sollen wir auf die andere Seite? Ich weiß nicht, ob ich es so weit schaffe«, stöhnte Inyra. Sie war nie eine gute Schwimmerin gewesen, und dieser Fluss – der Name wollte ihr nicht einfallen – wirkte breit und tief.

»Aber zur Insel da vorne schaffst du es, oder? Wir schwimmen alle bis zur Insel!« Migs Stimme klang fester als gewöhnlich, er wirkte so entschieden. Kaum zu glauben, dass dies der Junge war, mit dem in Schule und Schmiede so wenig anzufangen gewesen war.

Die Insel lag mitten im Strom. Groß war sie nicht, und sie war fast nur mit hohem, dichtem Buschwerk und Gras bewachsen, gerade einmal zwei Bäume zählte Inyra auf der niedrigen Erhebung. Egal. Kühl und erfrischend umschloss sie das Wasser nach der Hitze der Trockenzeit, und es war eine Erleichterung, dass ihre Füße kurz ausruhen durften. Die Strömung erfasste sie sofort, doch sie waren zum Glück ein wenig stromaufwärts von der Insel hineingewatet, nun spülte sie der Fluss in die richtige Richtung. Schwer und nass hingen ihre Tunika und ihre Beinkleider an ihr, doch sie schaffte es, sich über Wasser zu halten. Vinnie zappelte ein wenig auf Migs Rücken, doch auch sie war matt und wehrte sich nur kurz gegen das kühle Wasser.

Inyra wandte sich um und schluchzte auf vor Erleichterung, als sie sah, dass das Kristall am Flussufer anhielt und das Wasser einfach weiterfloss wie zuvor. Es erstarrte nicht. »Mig! Schau!«, rief sie ihm zu, und er nickte, ein Grinsen erhellte sein Gesicht.

Auch die Kalkulatorin hatte die Insel angesteuert. Gerade kroch sie auf allen vieren auf den schmalen, kieseligen Inselstrand hinauf. Dann brach sie zusammen und blieb einfach liegen.

Inyra schaffte es gerade so an Land, schleppte sich in den Schatten eines Baumes und nahm Vinnie wieder zu sich. Ihre Tochter kuschelte sich in ihre Arme und war still, Inyra gab ihr einen Kuss auf die Stirn. Dann starrten Mig und sie hinüber zum Ufer, von dem sie gekommen waren und das jetzt völlig kristallisiert war. Wasser schien dieses tödliche Vorankriechen tatsächlich aufzuhalten!

Inyra hatte keine Kraft für Jubel und auch nicht mehr dafür, sich die nassen Sachen auszuziehen. In der Hitze würden sie schnell genug trocknen. Sie ließ sich nach hinten sinken, wie von selbst schlossen sich ihre Augen. Auch Mig lag schon unter einem Strauch am Boden, hingestreckt wie ein Toter.

Fast einen Tag und eine Nacht und noch einen halben Tag waren sie gewandert, fast ohne Rast.

* * *

Als ihre Pegasi über Tarneondé kreisten, sahen sie, dass inzwischen mehr als drei Dutzend Kutschen eingetroffen waren, sie parkten überall, sogar in den Blumenrabatten und auf dem Rasen. Früher undenkbar. *Ah, die Evakuierten sind da,* ging es Terwyn durch den Kopf. *Gut, dass wir mit solchen Neuigkeiten aufwarten können.*

Es war ein schneller, anstrengender Flug gewesen … und ein trauriger, denn Ionels Fuchs trug dessen in seinen weißen Umhang gewickelten Körper. Vorsichtig hoben Terwyn und die anderen ihn herunter, und die Diener brachten Ionels sterbliche Überreste weg. Hohe Magier wurden gewöhnlich unter hohen Ehren in einem Tempel des Shaquar bestattet, doch dafür war jetzt garantiert keine Zeit.

Die anderen ließen ihre Pegasi von Pferdeknechten versorgen, doch Terwyn nahm sich die Zeit, Ortun selbst in den Stall zu führen, ihm das Zaumzeug abzunehmen und ihm einen weiteren Apfel zu spendieren.

»Wir treffen uns im Audienzsaal«, rief Idassa, und Momente später hatten sich die anderen zerstreut.

Terwyn nutzte die Zeit, um über die blühenden, so trügerisch friedlich wirkenden Gärten hinwegzublicken. Es war eine Erleichterung, allein sein zu können, er war so viel Gesellschaft nicht mehr gewöhnt, und schon gar nicht, wenn er so aufgewühlt war. *Der Siebte Strom, er gehört wieder mir. Aber Ionel ist nicht mehr da, um sich mit mir darüber zu freuen. Wird nie mehr da sein.* Das fühlte sich immer noch an wie ein Schlag in den Magen. Doch es gab etwas, das ihn tröstete. *Immerhin, er ist gestorben beim Versuch, diese Frau zu retten … es gibt schlechtere Todesarten.*

Bedrückt betrat er den Sommersitz des Regenten und beschloss, noch kurz in seinem Zimmer vorbeizugehen und die durchgeschwitzte Tunika zu wechseln. Danach fühlte er sich bereit, Favinius und den anderen gegenüberzutreten.

Erstaunt blickte sich Terwyn im Saal um, in dem sich rund hundert Menschen in kleinen und größeren Grüppchen versammelt hatten. Ein großer Teil scharte sich um jemanden, der irgendetwas erzählte. Terwyn ging näher heran und erkannte Roáns Stimme.

»... höllisch schwer, aber ich habe es geschafft, ich habe dieses Zeug einfach weggefegt ... aber es war verdammt knapp. Nur weil ich in Hochform war ...«

Noch hatten die Leute – hauptsächlich Angehörige der Edlen Familien, Regierungsmitglieder, wichtige Beamte – Terwyn nicht bemerkt, aufgeregt redeten sie untereinander. Freude und Erleichterung klangen in ihren Stimmen mit, obwohl sie sicher auch erfahren hatten, dass Ionel tot war.

Immer wieder, während Terwyn sich zu Favinius durchdrängte, hörte er den Namen *Roán del Cigoy*.

»Sieh an – ich habe schon Gerüchte gehört, dass Ihr hier seid, und sie stimmen tatsächlich!« Soma Callindus segelte ihm entgegen, eine der Großen Alten Damen der Regierung, zumindest sah sie sich so selbst. Der Duft ihres Parfüms nahm ihm den Atem, als sie ihn anfunkelte. »Wir können wirklich froh sein, dass wir den jungen del Cigoy haben, nicht wahr? Ein so charmanter Junge und ein so starker Magier! Ich kann noch gar nicht fassen, dass er diese Kristallzone besiegt hat, ist das nicht großartig?«

Terwyn war so verblüfft, dass er nur »Ja, das ist es« sagte, und schon wandte sich Soma ab, um jemand anderem von diesem rettenden Talent vorzuschwärmen.

Inzwischen bemerkten immer mehr Leute, dass Terwyn da war. Die schrägen Blicke und geflüsterten Kommentare nahmen zu, doch niemand wagte es, ihn offen herauszufordern oder auf Talea anzusprechen. Vielleicht wollten sich die Leute ihre Siegeslaune nicht durch die Erinnerung an den hässlichen Todesfall verderben lassen. In manchen Augen sah er auch offene Angst. Das kannte er schon. Praktisch jeder, der mit irgendeiner Bitte zu ihm auf den Berg gekommen war, hatte Angst vor ihm gehabt. Und hier im Palast war es ähnlich. Dass sich die Katastrophe hier in Taracondé ereignet hatte, brachte den Schrecken noch näher, verstärkte ihre Furcht sicher noch.

Irgendjemand wagte, ihm ein Glas Schaumwein in die Hand zu drücken. Terwyn nahm einen Schluck, stellte das Glas auf irgendeinem Seitentischchen ab und ging los, um Idassa zu suchen. Er fand sie in leisem Gespräch mit Favinius, beide wirkten sehr ernst, und Terwyn unterbrach sie nicht.

Ein paar Meter weiter sichtete Terwyn Jomar. Er kippte sich gerade den Inhalt eines Glases die Kehle hinunter und ließ sich nachschenken, seine Wangen waren gerötet, sein Umhang verrutscht. »Der Junge lässt sich hemmungslos feiern«, stellte Jomar fest, schüttelte den Kopf und lachte. »Bin gespannt, was der nachher von Idassa zu hören bekommt. Die stutzt ihn gehörig zurecht! Es war *deine* Kraft, mit der wir das geschafft haben.«

»Und wenn schon!« Terwyn zuckte mit den Schultern. *Ich bin schon berühmt gewesen, und berüchtigt bin ich immer noch. Auf beides lege ich wenig Wert!* »Wichtig ist, ob sich jetzt an der Front etwas verändert. Die Bornländer werden nicht aufgeben, nur weil wir ihnen die Suppe ein wenig versalzen haben, und diesen Glasklingen müssen wir uns sowieso noch stellen. Wenn selbst Ionel nicht rauskriegen konnte, was es mit denen auf sich hat, wird's nicht einfach.«

»Der arme Kerl«, sagte Jomar.

»Ja.« Terwyn fragte sich, ob er irgendwann Zeit haben würde, wirklich um seinen alten Freund zu trauern.

Stattdessen kehrten seine Gedanken zur Abgesandten des Bornlandes zurück, die so friedlich und augenscheinlich zufrieden in ihrer Statinumzelle weilte. Spontan beschloss er, ihr einen zweiten Besuch abzustatten und zu sehen, wie sie auf diese Niederlage des Bornlandes reagieren würde.

Aber diesmal würde er nicht allein gehen – und er wusste schon genau, wen er dabeihaben wollte: Jessina del Ordaal. Da sie die Tochter eines hochrangigen Heilers war, hatte sie bei Hofe aufwachsen dürfen und war mit Roán schon seit Kindheitstagen befreundet, vielleicht weil sie beide ein Faible für das Kriegshandwerk hatten. Schon als Jugendliche hatte sie viel Zeit mit den Mitgliedern des Zirkels verbracht und ihnen manchmal Geleitschutz geben dürfen. Doch jetzt war es für Terwyn vor allem wichtig, dass Jess' Mutter Bornländerin gewesen war.

»Ich brauche Jessina del Ordaal als Leibwächterin, ist sie hier?«, fragte er den diensthabenden Offizier der Wache, und kurz darauf trat eine schwer bewaffnete junge Frau in der Uniform der Truppen ein. Terwyn erkannte sie sofort, Jess hatte sich nicht sehr verändert – sie hatte noch immer die kerzengerade Haltung der Kämpferin und trug das dunkle Haar in einem Knoten hochgebunden, damit es ihr nicht im Weg war. »Hab gehört, du hast mich angefordert«, sagte Jess und blickte ihm selbstbewusst in die Augen. Ihr melodischer bornländischer Akzent war schwach, aber nicht zu überhören. »Worum geht's denn?«

»Ich brauche Geleitschutz und deine Meinung – wir besuchen gemeinsam die Abgesandte«, kündigte Terwyn an.

Jess verzog das Gesicht. »Oh. Na gut, wenn's sein muss.«

»Du wirkst nicht wirklich begeistert. Liegt's an mir?« Besser, er ging ganz offen damit um, schließlich konnte er seine Vergangenheit ohnehin nicht ungeschehen machen.

»Mach dich nicht lächerlich.« Sie grinste ihm ins Gesicht. »Wenn ich Angst vor Magie oder Magiern hätte, hätte ich nicht so oft mit euch meine freie Zeit verbracht.«

Das war Jess, wie sie leibte und lebte. »Also liegt es an der Abgesandten?«

»Niemand bewacht sie gerne, alle versuchen, sich davor zu drücken. Sie singt manchmal vor sich hin. Sehr unheimlich. Außerdem ... hm, ich weiß nicht.« Jess schnaubte, während sie neben Terwyn die Treppen hinunterging.

Klingt seltsam, dachte Terwyn. *Wahrscheinlich ist es unverantwortlich gewesen, dass ich beim letzten Mal zu dieser Frau in die Zelle gegangen bin, denn das Statinum neutralisiert ja auch meine eigenen magischen Kräfte.*

Leise erklärte Terwyn seiner jungen Begleiterin, was er vorhatte und was er von ihr erwartete. Jess nickte grimmig. Als sie unten waren, nickte sie den anderen Wachen zu – inzwischen waren es vier –, dann spähten sie nacheinander durch das dunkel gefärbte Statinumglas des Sichtfensters. Die schöne Abgesandte hob sofort den Kopf, es sah aus, als würde sie wittern. Ein Schauer überlief Terwyn. Gemächlich erhob sich die Fremde, schlenderte hinüber zur Tür und maß ihn und Jessina mit einem Blick.

»Werdet Ihr so versorgt, wie es Euren Wünschen entspricht?«, begann Terwyn das Gespräch höflich, während er die Zelle absuchte, nach irgendetwas Ausschau hielt, das ungewöhnlich war. »Ist das Essen zufriedenstellend?«

Die Fremde strich sich das honigblonde Haar zurück und lächelte. »Aber natürlich, vielen Dank. Ein wenig mehr Waschwasser wäre nett.«

»Lasse ich Euch bringen.« Jetzt war es Zeit für die schlechten Nachrichten. »Übrigens, es gibt Neuigkeiten – wir haben es geschafft, Eure Kristallzone loszuwerden.«

»Ach, tatsächlich?« Einen Moment lang wirkte die Abgesandte irritiert. »Mit welchen Mitteln?«

»Mit der Kraft eines hohen Stroms.«

Als Terwyn ihr Lächeln sah, wusste er, dass sie keinen wirklichen Sieg errungen hatten. Verdammt! Sicher würden sie bald Nachricht bekommen, dass die Zone nachwuchs. Doch ohne es zu wollen, hatte die Abgesandte ihm mehr preisgegeben als er ihr. Es musste einen Weg geben, den Angriff zu stoppen, sonst hätte sie eben nicht irritiert gewirkt! *Wir machen etwas falsch, aber was?*

»Wer seid Ihr?«, fragte die Abgesandte plötzlich, ihr Blick bohrte sich in seinen. »Ihr seid der Kopf eines Zirkels, ja? Was für ...«

»Erlaubt uns zunächst einige Fragen«, mischte sich Jessina ein und begann wie abgesprochen mit der Beweisaufnahme, für die es Terwyn an Detailwissen fehlte. »Wo genau seid Ihr im Bornland geboren worden? Was für ein Vogelschwarm zog dabei vorüber, und in welchem Alter wurde Euer Schutzgott bestimmt?«

Die Abgesandte lachte und knickste übertrieben ehrerbietig. »Wir Bornländer freuen uns über die Aufmerksamkeit, die Skaidar uns entgegenbringt! Bald wird sich unser Schicksal erfüllen, so wie die Prophezeiung es vorhersagt.«

Jess wechselte ins Bornländische und gab einen schnellen, sehr melodischen Satz von sich, es klang beinahe wie Gesang. Das war vermutlich die nördliche Sprache, Terwyn beherrschte sie nicht, doch er wusste, dass Tonlage, Takt und Schnelligkeit der Worte Stimmung und Absicht des Sprechers verrieten.

Die Antwort der Abgesandten war ein wortloses Lächeln.

»Was hast du gesagt?«, erkundigte sich Terwyn leise.

»Ich habe gefragt, ob der Federschmuck an ihren Stiefel vom Pfeilsegler stammt oder vom Heidepieper.« Jess seufzte. »Von der erfahren wir nichts mehr, fürchte ich.«

Doch Terwyn war nicht bereit, aufzugeben, einen letzten Versuch würde er noch machen.

»Ihr stammt aus Calisien oder Saywadee«, sagte er ihr auf den Kopf zu.

»Wer sagt das?« Die Abgeordnete legte den Kopf schief, ihre Augen glänzten wie die eines Raubvogels.

»Wir haben unsere Quellen«, meinte Terwyn knapp und beobachtete sie, doch diesmal verriet sie sich nicht. »Das ist schön«, sagte sie nur und lächelte ihm gewinnend zu. »Ach ja, wie wäre es übrigens mit etwas frischerem Essen? Die Erbsen gestern hatten nicht die Qualität, die ich …«

Wieder einmal hatte er genug. »Hier können wir nicht mehr viel ausrichten«, sagte er zu Jess, und die junge Kämpferin nickte. Sie entfernten sich wieder von der Zelle, sodass die Abgesandte sie nicht mehr sehen konnte.

»Tut mir leid, dass ich nicht wirklich helfen konnte.« Jessina fuhr sich mit dem Unterarm über die Stirn, vielleicht hatte sie Kopfschmerzen.

»Macht nichts«, meinte Terwyn. Es wurmte ihn, dass diese Frau dermaßen mit ihnen spielte – offensichtlich war ihr klar, dass in Skaidar nicht gefoltert wurde und sie nichts zu befürchten hatte. »Es war einen Versuch wert. Wenn ich Beweise hätte, dann würde Favinius mir vielleicht glauben, dass sie uns die Bornländerin nur vorspielt.«

»Ich nehme ihr nicht ab, dass sie Bornländerin ist – Waschwasser, meine Fresse! Wir besitzen doch nicht mal Schweißdrüsen.« Jess verdrehte die Augen und wechselte ein paar Worte mit den Wachen, während Terwyn überprüfte, ob die magischen Barrieren des Verlieses stark und unbeschädigt waren.

»Übrigens haben die Wachen erzählt, sie hatte gestern gar keine

Erbsen«, berichtete ihm Jess, als er fertig war. »Nur falls das irgendwie wichtig sein sollte.«

Terwyn konnte es sich nicht wirklich vorstellen. *Muss ich mich trotzdem zur Sicherheit mit Erbsen beschäftigen? Was für ein Drachendreck!*

Es war Zeit, sich auf den Weg zu machen. Jess nickte den Wachen zum Abschied zu und folgte Terwyn wieder an die Oberfläche.

»Falls die Frage erlaubt ist – wie arbeitet ihr im Zirkel zusammen, seit du zurück bist? Du und Roán, meine ich?«, fragte Jess, in ihren Augen blitzte Neugier auf.

Er brachte ein halbes Lächeln zustande. »Ganz ehrlich? Einen Igel zu verschlucken, ist wahrscheinlich angenehmer.«

»Puh. Meistens kann ich ihn noch bremsen, wenn er sich mal wieder in irgendwas hineingesteigert hat. Trotzdem bin ich froh, dass ich nicht seinem Beuteschema entspreche, was Frauen angeht.« Sie grinste wieder. »Sag ihm, er soll mal wieder eine Blüte seiner Orchidee pflücken.«

»Was bewirkt sie denn?« Er hatte Roáns Volljährigkeitszeremonie ja leider verpasst. Aber er erinnerte sich, dass Idassas eigene Orchidee ihr bei Bedarf Gelassenheit schenkte und die von Vic ihrer Besitzerin Mäßigung. Leider war Jomars Orchidee schon früh an einen Wilderer verloren gegangen, sein Zirkelgefährte hätte die innere Ruhe, die sie ihm verliehen hatte, gut gebrauchen können. Die meisten Magi spürten recht gut, was den jeweiligen Sechzehnjährigen fehlte.

»Sie verleiht ihm Geduld.« Die junge Frau lachte leise. »Dabei war er bei der Zeremonie noch ein schüchterner Junge. Aber der Magus hat trotzdem gemerkt, wo's bei ihm hakt.«

»Und deine?« Es war zu lange her, Terwyn erinnerte sich nicht.

»Hat mir Vorsicht gegeben.« Jess biss sich auf die Lippe. »Aber sie ist verloren gegangen, als wir den Orchideenpalast evakuieren mussten. Ich bin jetzt in der Leibgarde, weißt du, das ging vor.«

»Natürlich«, versicherte ihr Terwyn. »Wahrscheinlich haben schon Tausende von Leuten ihre Orchidee verloren. Vielleicht können wir irgendwann für Ersatz sorgen.«

»Tolle Idee. Wenn wir endlich wieder Frieden haben. Grüß den kühnen Kämpfer von mir!« Da sie mittlerweile wieder bei den Quartieren der Wache angelangt waren, hob Jess die Hand zum Abschied und überließ ihn sich selbst.

Plötzlich fühlte sich Terwyn furchtbar müde. Besser, er ging in seine Kammer zurück und versuchte, wenigstens ein oder zwei Stunden Schlaf zu bekommen. Es war auf Dauer keine Lösung, sein Schlafbedürfnis magisch zu unterdrücken, das würde nur zur Folge haben, dass er irgendwann ohne Vorwarnung zusammenbrach.

Doch als er den kleinen Raum betrat, stockten seine Schritte.

Jemand hatte eine flachgepresste Blüte unter der Tür durchgeschoben.

Die große blaue Hyannisblüte, die er Talea zur Feier der Ostra Namina geschenkt hatte. Kurz vor ihrem schlimmsten – und letzten – Streit.

Es gefiel Talea sehr, die Frau des mächtigen Ersten Magus zu sein – weniger gefiel ihr, wie eingespannt ich in dieser Position war. Favinius hatte mich gebeten, gemeinsam mit meinem Zirkel die gesamte Südküste Skaidars umzugestalten, und ich arbeitete schon seit Tagen an einem Plan dafür. Im Moment war der idyllisch klingende Name Smaragdküste eher ein Witz, denn dieser Landstrich bestand aus messerscharfen Klippen, gefährlichen Strömungen und einigen wenigen, von Sandflöhen verseuchten Stränden. Ich hatte zwar argumentiert, dass diese unwirtliche Küste inklusive der Strömungen in den vergangenen Jahrtausenden erfolgreich aelische Piraten bei ihren Missetaten behindert hatte. Doch Favinius meinte, dass der Handel wichtiger sei und es eindeutig ein Hindernis für den Handel darstelle, wenn Frachtkähne von Unterwasserklippen aufgeschlitzt würden wie pralle Süßmehlsäcke.

Also hatte ich dem Projekt zugestimmt, aber so etwas musste gründlich geplant werden, und so sichtete ich Kartenmaterial, konferierte mit Schifffahrts-Experten und nahm immer wieder vor Ort in Augenschein, was getan werden sollte.

Talea freute sich über die blaue Blüte, die ich ihr zum Fest schenkte, doch sie war nicht begeistert, als ich ihr eröffnete, dass ich nicht zum Ball zu Ehren Ostra Naminas, der Schutzgöttin Skaidars, mitkommen würde. »Na gut, wenn du es mir zumuten willst, dass ich allein gehen muss ... dann sei es eben so!« Sie knallte die Tür unseres Waschraumes hinter sich zu.
Erleichtert verließ ich die Wohnung und kehrte in meine Arbeitsräume zurück, um wieder über Plänen und Notizen zu brüten.
Wie sich herausstellte, gingen nur Vic und Roán zum Ball – Vic, weil sie keine Feier ausließ, und Roán, weil er es auf das opulente Buffet abgesehen hatte, er liebte es, sich bei solchen Gelegenheiten vollzufressen. Doch Jomar wollte lieber an seinen Bildern arbeiten und auch Idassa hatte keine Lust. Außerdem war sie sauer auf Roán. »Weißt du, was er diesmal gemacht hat? Er hat meiner Katze Säbelzähne verpasst! Außerdem miaut sie nicht mehr, sondern bellt.«
Ich musste ein Grinsen unterdrücken. »Das mit dem Bellen finde ich nicht so schlimm. Kann sie trotz der Zähne noch fressen?«
Idassa schnaubte. »Eben nicht, außerdem macht sie Löcher ins Parkett. Ich muss versuchen, diese verdammten Zähne zu schrumpfen.«
»Ja, mach das. Wie wäre es nachher noch mit einer Runde Brigtar?«, fragte ich sie, und wieder zögerte sie unerklärlicherweise, wich meinem Blick aus. Ein kalter Schauer überlief mich. Hatte sie irgendwie gemerkt, woran ich heimlich arbeitete, wusste sie sogar, womit ich experimentierte? Hatten auch die anderen es irgendwie spüren können? Dann war ich in ernsten Schwierigkeiten!
»Terwyn ... besser nicht. Das ist keine gute Idee«, sagte Idassa schließlich, und Ärger stieg in mir auf. Ich wollte endlich wissen, woran ich war.
»Dann sag mir verdammt noch mal, warum das keine gute Idee ist! Hast du das früher etwa nur getan, um dich bei mir lieb Kind zu machen? Damit du einen Platz in meinem Zirkel bekommst?«
Sofort wusste ich, dass ich zu weit gegangen war. Idassa wurde

abwechselnd rot und blass vor Empörung, ihre Augen sprühten Funken. »Nein, das habe ich nicht! Ich mag dich, verdammt noch mal! Aber es gibt Leute, denen das nicht recht ist, wenn du es genau wissen willst.«
»Was meinst du damit?«, *fragte ich erschrocken.*
Idassa gab nach. »Talea hat mich zu einem Gespräch gebeten und mir ziemlich deutlich gemacht, dass es unerwünscht ist, dass wir privat Zeit miteinander verbringen.«
»Was?« *Ich konnte es nicht fassen.* »Wie lange ist das her?«
»Es war direkt nach eurer Hochzeit.«
Ganz langsam ließ ich mich auf einen Stuhl nieder, der zufällig in der Nähe stand, und starrte blicklos auf ein Wandgemälde. Ohne mein Wissen hatte Talea versucht, mich von meinen Freunden fernzuhalten, oder eher, meine beste Freundin von mir … dafür gab es leider nur ein Wort: Verrat.
»Ich habe versucht, ihr zu erklären, dass nichts zwischen uns ist, dass wir uns einfach nur gut verstehen«, *fuhr Idassa traurig fort.* »Aber ich bin nicht sicher, ob sie mir geglaubt hat, und vielleicht wollte sie auf Nummer sicher gehen.«
»Cruzark! Aber wie konnte sie so etwas tun, wenn sie mich liebt?«
»Vielleicht liebt sie dich etwas zu sehr«, *sagte Idassa und zögerte wieder. Mir wurde klar, dass das noch nicht alle schlechten Nachrichten gewesen waren.*
»Sag mir bitte, was du weißt«, *bat ich sie erschöpft.*
»Hast du gemerkt, dass sie dich überwachen lässt? Nach meiner Zählung hat sie ungefähr sechs Spione im Palast, die dich im Auge behalten.«
Diesmal blieb mir der Mund offen stehen, stumm schüttelte ich den Kopf. Sechs Spione! Konnte das stimmen? Instinktiv wusste ich, dass Idassa die Wahrheit sagte. In letzter Zeit hatte ich mich hin und wieder beobachtet gefühlt, es jedoch abgetan, weil ich als Erster Magus ohnehin im Zentrum der Aufmerksamkeit stand. Doch nie hätte ich damit gerechnet, dass es Talea war, die mich überwachen ließ! Womit hatte sie diese Leute bezahlt – mit mei-

nem eigenen Gold etwa oder mit dem, was sie mit ihrer neuen Arbeit verdiente? Wie bitter das alles war.
»Ich muss aber auch sagen, du hast dich hin und wieder verdächtig verhalten.« Idassa seufzte. »Manchmal schließt du dich stundenlang ein. Und neulich hast du mitten in der Nacht ein Fünf-Gänge-Menü bestellt und nur blanke Teller übrig gelassen, da gab es sogar bei den Bediensteten Gerede, dass du das unmöglich allein geschafft haben könntest.«
Ganz langsam hob ich den Kopf und begegnete ihrem Blick. Ahnte sie die Wahrheit? Die Wahrheit, die so viel schlimmer war als Affären mit den jungen Frauen bei Hofe, die mich – den berühmten Ersten Magus – anhimmelten?
In Idassas Augen stand eine Frage, aber ich beantwortete sie nicht. Mit einem solchen Geheimnis durfte ich Idassa nicht belasten, sie wäre verpflichtet gewesen, es zu melden. Und das hätte das Ende meiner Laufbahn bedeutet.
»Wissen die anderen davon? Von deinem Gespräch mit Talea?«, fragte ich sie, und Idassa schüttelte den Kopf.
»Bitte sag niemandem etwas«, bat ich sie. »Versprich mir das.«
»Ich verspreche es«, sagte Idassa, und das Mitgefühl in ihren Augen war schwer zu ertragen. War ich ein verliebter Trottel gewesen?
Als Idassa gegangen war, verbrachte ich den Rest des Abends damit, in Taleas und meinen Räumen rastlos hin und her zu gehen. Ich versuchte zu lesen und gab es nach ein paar Seiten auf, versuchte zu arbeiten und merkte, dass ich nur Blödsinn verzapfte. Aus dem Ballsaal wehten die Klänge von Libellenflöten, Geigen und Zupftrommeln herüber. Während der Hofstaat eine Göttin feierte, die mir schon immer zu zahm gewesen war, stand ich Qualen aus. Aber geschah mir das nicht vollkommen recht? Zahllose Male hatte ich Talea angelogen, ich führte schon seit mehreren Jahresläufen ein Doppelleben – auf der einen Seite der pflichtbewusste Erste Magus, auf der anderen Seite der draufgängerische Forscher, der sich nicht um Gesetze scherte. Allein die Tatsache, dass ich wilde Orchideen nicht nur pflückte, sondern

auch für meine Zauber nutzte, hätte bei meiner Frau und den meisten anderen Leuten heilloses Entsetzen hervorgerufen, denn es hieß, dass diese Orchideen uns gegen Cruzarks Dämonen schützten.

Ein bisschen verschwitzt und nach Grünwein riechend, aber noch immer wunderschön, kam Talea zur achten Nachtstunde zurück und war erstaunt, mich noch wach vorzufinden. Ich starrte sie an, diese Frau, die ich noch immer so sehr liebte, und das Herz tat mir weh bei dem Gedanken, was sie hinter meinem Rücken getan hatte.

»Wieso hast du heimlich mit Idassa gesprochen?«, fragte ich, und Talea blickte mich einen Moment lang an. Halb ertappt wirkend, halb trotzig gab sie zurück: »Es war absolut nicht schicklich, dass ihr euch allein getroffen habt. Zum Glück hat sie das schnell eingesehen.«

»Schicklich?« Ich spuckte ihr das Wort vor die Füße. »Idassa ist eine gute Freundin. Ich habe noch andere Freunde. Mit keinem von ihnen teile ich das Bett. Sobald die Sonne aufgegangen ist, wirst du dich bei Idassa entschuldigen und ihr sagen, dass du nichts gegen unsere Freundschaft einzuwenden hast!«

Ihre Augen blitzten. »Du meinst, ich als deine Frau habe nicht das Recht, ihr meine ehrliche Meinung zu sagen? Ihr mitzuteilen, was ich davon halte, dass ihr euch trefft?«

»Du hast vor allem nicht das Recht, mich überwachen zu lassen«, sagte ich ruhig.

Diesmal hatte ich geschafft, sie zu treffen, ihr war offensichtlich unwohl zumute. »Wer sagt das? Dass ich dich überwachen lasse?«

»Glaubst du nicht, dass ich Mittel und Wege habe, so etwas selbst zu merken?« Nicht oft zog ich die Magierkarte, doch diesmal war es an der Zeit.

Fauchend wie eine Schattenkatze sprang Talea auf und stürzte auf mich zu. »Ja, du bist ein Magier, ich weiß! Unglaublich mächtig! Bestimmt kannst du jede Frau, die du begehrst, zu dir holen, ohne dass jemand sie kommen oder gehen sieht – vielleicht flie-

gen sie unsichtbar durch die Luft! Wenn es nicht Idassa ist, dann sag mir doch, mit wem du dich triffst, wenn du dich mal wieder in deine Räume einschließt! Ich bin nicht naiv, Terwyn, und du kannst mir wohl kaum vorwerfen, dass es Leute gibt, die zu mir halten und mir berichten, was ich selbst nicht sehe!«

Es ist schwer zu beschreiben, wie unendlich traurig mich das machte. Sie hatte meine Begabung und meine Fähigkeiten nie verstanden, damit hatte ich mich schon ganz zu Anfang abgefunden. Doch nie hätte ich gedacht, dass meine Magie einmal zwischen uns stehen würde, dass sie mir deswegen weniger vertrauen würde. Ja, ich konnte mich für kurze Zeitspannen unsichtbar machen, das war eine Fähigkeit des Fünften Stroms, aber darum ging es hier nicht.

Ich holte tief Luft. Sollte ich ihr alles gestehen? Vielleicht konnte nur absolute Offenheit unsere Liebe jetzt noch retten.

Doch in diesem Moment hörte ich ein Geräusch – es kam von draußen. Leise Atemzüge, aber nicht so leise, dass sie meinem magisch geschärften Gehör entgingen. Lautlos erhob ich mich, ging zur Tür und riss sie auf. Draußen stand ein bleiches, zitterndes Dienstmädchen, das unseren Streit offensichtlich mit angehört hatte.

»Erster Magus, verzeiht mir ... Vistra Favinius hat mich gebeten, ihr beim Auskleiden behilflich zu sein ...«

»Danke, das mache ich schon selbst«, informierte ich sie. »Aber könnt Ihr bitte ein Blatt Pergament mit einem starken Wahrheitszauber holen? Den stärksten, den es im Palast gibt.«

»Sofort, Magus.« Sie schien froh zu sein, davonzukommen.

Talea hatte gehört, was ich gesagt hatte. Schweigend warteten wir, bis das Mädchen zurückkam und mir das Pergament reichte. Nachdem sie wieder gegangen war, setzte ich mich ohne ein Wort an den Tisch, nahm einen Kohlestift und schrieb: »Ich habe dich nie mit einer anderen Frau betrogen, mein Herz.« Dann fiel mir ein, dass es in Skaidar insgesamt vier Geschlechter – Männer, Frauen, Godar und die geschlechtslosen Zeno – gab, und fügte hinzu: »Und auch sonst mit niemandem.«

Sie beugte sich über mich hinweg, um lesen zu können, was ich geschrieben hatte ... und dann spürte ich ihre Hand auf meiner Schulter. Behutsam und scheu strichen ihre Finger über den Stoff und meine Haut. »Es tut mir leid«, flüsterte sie. »Du hast etwas ganz anderes gemacht in deinem Zimmer, oder?«
»Magische Experimente«, sagte ich und wartete, dass sie nachhakte, aber das tat sie nicht. Stattdessen küsste sie mich, lange und intensiv, knöpfte mir das Hemd auf und streifte es über meine Schulter. Ich zog sie an mich und küsste sie ebenfalls ... voller Hoffnung, obwohl ich mich noch immer fühlte, als sei meine Seele voller blauer Flecken. Alles würde gut werden, ganz sicher.
Es war eine Höllenarbeit, sie aus diesem aufwendigen Kleid herauszubekommen, aber ich schaffte es, und wir hatten Spaß dabei. Sie hatte es viel leichter, mich auszuziehen, obwohl sie dabei innehielt. »Ich mag diese Tattoos nicht«, murmelte sie, doch ich achtete nicht darauf ... ich wunderte mich darüber, dass ihre Brüste anders wirkten als sonst.
Talea merkte, dass mir etwas aufgefallen war, und strahlte. »Ich wollte es dir eigentlich erst später sagen, ich weiß es auch noch nicht lange, aber ...«
»Was denn?«, fragte ich begriffsstutzig, aber dann dämmerte es mir. War sie etwa schwanger?
Mit einem breiten Lächeln nickte Talea, die wohl meine Gedanken erriet, und mir verschlug es glatt die Sprache.
Ein Kind. Wir bekamen ein Kind!
Später behaupteten manche Leute, all das Schreckliche wäre passiert, weil ich dieses Kind nicht wollte, weil ich versucht hätte, es loszuwerden. Was für ein widerlicher Gedanke – jedes Mal, wenn ich so etwas höre, trifft es mich tief. Die Wahrheit ist, ich fühlte mich ein bisschen verwirrt und orientierungslos, aber es war eine freudige Verwirrung. Noch nie hatte ich mir Gedanken über das Thema Kinder gemacht, auch geredet hatten Talea und ich nicht darüber. Aber wir hatten auch nichts getan, um eine Empfängnis zu verhindern – das wäre mir ein Leichtes gewesen, dafür genügte der Zweite Strom. So wie Talea hatte ich Kinder schon immer

gemocht, und der Gedanke, bald ein eigenes zu haben, gefiel mir irgendwie.
Sofort legte ich eine Hand auf ihren Bauch, flüsterte »Jaros«, den Namen des Zweiten Stroms, und spürte ganz sanft in ihren Körper hinein. Ich bemerkte den zweiten Herzschlag in ihr sofort, und Staunen erfüllte mich. »Heilige Orchidee!«, murmelte ich. »Willst du wissen, was es wird?«
»Nein, ich lasse mich lieber überraschen.« Talea räkelte sich unter meinen Händen wie eine zufriedene Katze.
Kein Problem, ich konnte ja heimlich ein paar Kleidchen für unsere Tochter besorgen, bevor es so weit war.
Unser Streit war vergessen. Doch leider nicht aus der Welt.

10

Ihr Messer war nutzlos gegen eine Armbrust, das war Rhi klar. »Fallen lassen«, befahl ihr der dritte Plünderer, der dickliche mit der fahlen Hautfarbe, den die anderen Saggruf genannt hatten. Schweigend öffnete Rhi die Finger, und das Messer bohrte sich neben ihrem Fuß in den Waldboden. Aus der Nähe wirkte Saggruf älter als zuvor, sein Haar wich bereits deutlich von der Stirn zurück, und tiefe Falten zogen sich um seinen Mund. Seine Augen loderten vor Zorn, während er jetzt zum zerstörten Lagerplatz hinüberblickte. »Du verdammte Hexe! Dafür reiße ich dir die Eingeweide raus, wenn das hier vorbei ist!«

Rhi schaffte es nicht mehr, ihre Wut zu unterdrücken. »Wenn ich eine Hexe wäre, hätte ich dich schon in einen Dungfresserwurm verwandelt«, schleuderte sie mit letzter Kraft zurück.

In der nach Rauch stinkenden Dunkelheit stieß er sie in Richtung der Scheune, die vom Schein der Flammen rötlich angeleuchtet aus der Schwärze hervortrat. Wahrscheinlich wollte er sie einsperren, während er seinen Kumpanen half. Er zerrte die Holztür auf, zog Rhi an der Schulter herum und verpasste ihr mit der freien Hand einen Faustschlag gegen das Kinn, der sie zu Boden schickte, schmerzhaft prallte sie auf die gestampfte Erde. Sie sah, dass Saggruf die Armbrust auf Zad richtete ... doch der verschwand so rasch in den Schatten im Inneren der Scheune, dass sich der Bolzen in den Boden bohrte.

Kampflustig tastete Rhi den Boden der Umgebung ab, ihre Finger trafen auf raue, schwere Holzstücke. Bevor der Plünderer nachspannen und einen neuen Pfeil einlegen konnte, bombardierte sie ihn schon mit dem, was sie entdeckt hatte.

»Cruzarks Läuse!«, knurrte Saggruf, als ihn ein Holzstück im Gesicht traf, dann schloss er hastig die Scheunentür und verriegelte sie von außen. Keinen Lidschlag später bohrte sich mit einem *Tock* Rhis eigenes Messer ins Holz, das sie in ihrem Gepäck gefunden hatte.

»Geh und verrecke!«, brüllte Rhi dem Plünderer nach. Hoffentlich schüttelte Cruzark so oft seine dreckigen Haare, dass gleich ein paar Dutzend seiner Läuse davonflogen und sich diesem Mistkerl in die Haut bohrten!

Jetzt saßen sie wieder einmal fest.

Pech im Pech, oder wie könnte man das nennen?, ging es Rhi durch den Kopf.

Unglück im Unglück?, schlug Zad vor.

Einen Moment lang blieb sie erschöpft liegen, ihr Kinn pochte vor Schmerzen. Aber immerhin, ihr Kopf lag auf ihren eigenen Satteltaschen, sie sog den vertrauten Geruch des gefetteten Blattleders ein und fühlte sich ein wenig getröstet. Als sie wieder etwas Kraft gesammelt hatte, schob sie die Hand in die Taschen und ließ sie über ihre verbliebenen Besitztümer gleiten. Ein paar waren noch da, immerhin. Das Jenseitsglas. Das kleine Fläschchen mit dem Xihill-Serum. Die Spinnenharfe, die ihr Vater ihr geschenkt hatte, hatte sie sowieso keinen Moment lang losgelassen, und ihren Sangamon hätte sie niemals kampflos abgelegt.

Schwankend stand Rhi auf und begann, das Innere des Schuppens zu erkunden. Es gab noch eine zweite, kleinere Tür auf der anderen Seite, auch verschlossen. Doch das würde sie nicht aufhalten. Zad öffnete das Maul, schickte seine kleine blaue Flamme dagegen und schmolz kurzerhand das Schloss heraus.

»Gehen wir«, murmelte Rhi und hob sich die Satteltaschen auf die Schulter, dann floh sie zum zweiten Mal aus dem Lager der Plünderer. *Saggruf wird eine andere finden müssen, der er die Eingeweide herausreißen kann!*

Irgendwie schafften Zad und sie es, einige Stunden zu gehen. Doch es war klar, dass Rhi ohne Pferd nicht weit kommen würde. Sie wusste, dass südwestlich von hier, auf der anderen Seite eines Orchideenwaldes, die Xilda floss. *Wir müssen versuchen, zum Fluss zu kommen*, sagte sie zu Zad. *Er fließt in die Richtung von Tarancondé. Vielleicht finden wir ein Boot ...*

Doch gegen Mitte der Nacht konnte keiner von ihnen weiter. Zad ließ müde die rußverschmierten Flügel hängen, und Rhi brachte kaum noch einen Fuß vor den anderen. Immer wieder stiegen ihr

Tränen der Erschöpfung und der Schmerzen in die Augen, alle paar Momente musste sie sie wegwischen. Aber noch schlimmer waren die Zweifel. *Das alles wäre mir nicht passiert, wenn ich mich in meinem Handelsposten verschanzt hätte! Ist meine Botschaft tatsächlich so wichtig? Vielleicht war dieses Ritual der beiden Fremden wirklich nur irgendein abergläubischer Mist. Was ist, wenn auch die Magier des Regenten einfach abwinken?* Ihr war danach zumute, irgendjemanden anzubrüllen.

Zum Glück begegneten sie keinen Truppen auf ihrem Weg. Rhi war nicht sicher, ob sie träumte, als vor ihnen Licht durch die Dunkelheit schimmerte. Sofort änderten Zad und sie die Richtung und hinkten mit letzter Kraft darauf zu. Es war ein kleiner Hof, dahinter ragten knorrige Äste in den schwarzen Himmel – dort begann der Orchideenwald.

Rhi schleppte sich zur Türschwelle und klopfte. Ein paar Momente später öffnete ein junger Mann mit gutmütigem Gesicht. Als er sie sah, weiteten sich seine Augen. »Was ist Euch passiert, seid Ihr überfallen worden? Schnell, kommt rein, sind die Kerle noch in der Nähe?«

Benommen schüttelte Rhi den Kopf. »Darf ... mein Drache auch ...«, stammelte sie und sah, dass hinter dem Mann ein verschlafen blinzelnder Junge mit verstrubbeltem blondem Haar neugierig in ihre Richtung lugte.

Mit einem skeptischen Blick auf Zad nickte der Mann. »Ja, gut, aber er muss hier im Vorraum bleiben, was hat er da für schwarzes Zeug am Leib? Eine fremde Farbe können wir in diesem Haus nicht gebrauchen.«

Fremde Farbe? Rhi begriff nichts, aber ihr war ohnehin alles egal. Sie fiel förmlich über die Schwelle.

* * *

Jomar war erleichtert, doch etwas in seinem Inneren weigerte sich, die Angst vor diesem Kristall, vor diesem eigenartigen Angriff loszulassen. Aber wenn das wirklich die Wende gewesen war ... dann war vielleicht bald Gelegenheit, etwas in Skaidar in Bewegung zu bringen. Die Gesellschaft zum Guten zu verändern.

Er schlenderte gerade beim kleinen Rosenpavillon vorbei und atmete tief, versuchte sich zu entspannen, als Alar ihm über den Weg lief. Nicht ganz zufällig, wie Jomar vermutete. Diesmal betonte Alar seine männliche Seite und trug eng anliegendes Schwarz, das Markenzeichen der Schwarzen Späher.

»Glaubst du, es ist vorbei?«, fragte ihn Jomar. »Dieser Krieg?«

»Bleibt abzuwarten«, sagte Alar und musterte ihn prüfend. »Wie geht es dir?«

»Frag nicht.« Jomar musste lachen. Ja, er war ein bisschen beschwipst, aber das war gut so, er brauchte das jetzt. Noch immer verfolgten ihn die Bilder von Ionels Tod.

»Ruh dich aus.« Alar legte ihm die Hand auf den Arm, und wagemutig legte Jomar seine Hand darüber. Doch diesmal war es Alar, der den Kopf schüttelte. »Keine Zeit. Es passiert gerade eine Menge. Sei vorsichtig.«

»Bin ich, bin ich«, sagte Jomar und musste wieder lachen. Schließlich hatte er diesmal keine riskante Bemerkung darüber gemacht, was mit Skaidar nicht stimmte, oder?

Mit einem Nicken verabschiedete sich Alar del Mohayn, und bevor es sich Jomar versah, war der Kopf der Schwarzen Späher hinter einem blühenden Rosengebüsch außer Sicht. Dafür schlenderte Vic, die ebenfalls in den Gärten gewesen war, näher. Auf ihrem Gesicht stritten die Gefühle förmlich. »Was gibt es denn zu lachen? Ionel ist tot, hast du das vergessen?« Sie blickte sich sorgfältig um. »Dieses Wesen ist mir unheimlich. Alar, meine ich. Können Godar eigentlich schwanger werden?«

Etwas durcheinander blickte Jomar sie an. »Ja. Wie kommst du darauf?«

Vic blickte unschuldig drein. »Na, dann müsste Alar sich erst mal um ihr Kind kümmern und wir hätten eine Weile Ruhe vor ihr.«

»Und das sagt ausgerechnet eine Frau! Also wirklich, Vic.« Als Jomar das dreiste Grinsen auf Vics Gesicht sah, hatte er plötzlich den Drang, ihr zu erzählen, was er sich für Skaidar erträumte. Eine gerechtere Gesellschaft, an der alle teilhaben konnten. In der jeder das Wahlrecht hatte, nicht nur Mitglieder der Edlen Familien und Magier. Ja, gut, Vic stammte aus der Edlen Familie Mevanius, doch das war ihr, soweit er wusste, immer herzlich egal gewesen.

Also tat er es einfach. Je länger er sprach, desto entgeisterter wurde der Ausdruck auf Vics Gesicht … und nicht nur einmal schaute sie sich nervös um. »Aber … was ist mit unserem Eid? Der würde solche Pläne doch verhindern, oder?«, fragte sie, als er geendet hatte.

Jomar spürte, wie sich ein Lächeln auf seinem Gesicht ausbreitete. »Ich habe einen Weg gefunden, den Eid auf magische Weise zu umgehen. Terwyn ist nicht der Einzige, der gerne experimentiert.«

Das verschlug ihr die Sprache. Aber nur kurz. Dann platzte sie – flüsternd! – heraus: »Du … das ist … Jomar, ich weiß nicht … bist du sicher?«

»Bin ich. Und, was ist, bist du dabei?«

Sie antwortete ganz spontan: »Ja. Es passt mir auch nicht, wie gewöhnliche Leute in Skaidar behandelt werden. Sie mit Geld und Wohltaten ruhigzustellen, kann nicht die Lösung sein! Und ich weiß, dass viele so nicht zufrieden sind.«

Er lächelte sie an. Jetzt hatten sie schon eine richtige kleine Verschwörung. Hoffentlich würde er nicht bereuen, sie eingeweiht zu haben, sobald sein Schwips verflogen war.

»Hast du Terwyn schon davon erzählt?«, fragte Vic halb neugierig, halb beunruhigt.

»Nein. Er hält Favinius für einen guten Herrscher und war sein Leben lang loyal. Ich weiß ehrlich gesagt nicht, ob er mitmachen würde. Nach der nächsten Wahl, falls irgendjemand ans Ruder kommt, der seine Macht missbraucht … das wäre eine andere Sache.«

»Aber so lange willst du nicht warten, oder?« Nervös pflückte Vic eine hellblaue Rosenblüte und drehte sie in den Fingern.

Jomar schüttelte den Kopf. »Behalt das alles unbedingt für dich«, schärfte er ihr ein. »Du weißt, was passiert, wenn die Schwarzen Späher Wind von solchen Plänen bekommen.«

Sie nickte stumm, doch er sah keine Angst auf ihrem Gesicht. Diese junge Frau hatte Mut, das wusste er schon seit Langem.

Das Schlimme war, Alar ahnte bereits etwas. *Aber es ist besser, ich belaste Vic nicht mit so was*, ging es Jomar durch den Kopf. *Sie muss sowieso erst mal über das nachdenken, was sie eben von mir erfahren hat.*

Er schaffte es, unfallfrei auf die Beine zu kommen – ein gutes Omen für die Rebellion! –, und gemeinsam gingen sie zum Hauptgebäude zurück.

* * *

Terwyn verbrachte die Nacht mit Recherchen in der Bibliothek und damit, die Skaidarar Truppen magisch zu unterstützen. Am nächsten Morgen kamen die schlechten Nachrichten. Es war Alar del Mohayn – diesmal in männlicher Kleidung –, der sie ihnen im Refugium überbrachte. Seine rote Mähne leuchtete im Licht der Lampen. »Meine Späher melden, dass die Kristallzone wieder vorgerückt ist«, informierte er Terwyn und den Rest des Zirkels nüchtern; Idassa war noch in einer Krisensitzung mit den anderen Regierungsmitgliedern.

»Nein!« Vic wurde blass, Jomar fluchte, und Roáns Wangen überzogen sich mit einem leichten Rot. Terwyn nickte nur und dankte Alar dafür, dass er ihnen Bescheid gegeben hatte. *Ich habe nicht wirklich damit gerechnet, dass es so einfach sein würde*, gestand er sich grimmig ein. *So haben wir uns nur ein bisschen Zeit erkauft und ein paar mehr Leuten die Gelegenheit zur Flucht verschafft.* Er warf einen Seitenblick auf Roán. Wie peinlich für den Jungen, dass er sich so mit dem Erfolg gebrüstet hatte. Einem Erfolg, der sich nun als kurzlebig herausgestellt hatte.

Doch obwohl er fast mit so etwas gerechnet hatte, setzte der Rückschlag Terwyn ebenso zu wie den anderen. In Idassas Arbeitsräumen, unter vier Augen, konnte er nicht anders, als seiner Verzweiflung Luft zu machen. »Diese Kerle werden nichts von unserem Land übrig lassen, wenn das so weitergeht. Einer so furchtbaren

Waffe wie diesen Kristallen haben wir nichts entgegenzusetzen. Was meinst du, wird Favinius jetzt kapitulieren? Er muss kapitulieren!«

»Nicht unbedingt«, sagte Idassa. Rasch sicherte sie den Raum mit einem Stillezauber, sodass keine Geräusche nach außen dringen würden. »Es gibt noch einen anderen Weg.«

»Wirklich?« Mit einer abrupten Bewegung wandte Terwyn sich ihr zu.

»Dunkle Magie, Terwyn.« Idassas Gesicht war ruhig, viel zu ruhig, als sie es sagte.

Im Licht des frühen Tages, das durch die Fenster drang, hatte alles im Raum scharfe, klare Konturen, die Wasserkaraffe auf ihrem Schreibtisch, der magische Atlas, der achtlos über den Stuhl geworfene weiße Umhang. Einen Moment lang kam Terwyn alles unwirklich vor, sein eigenes Bild im Wandspiegel eingeschlossen. Wer war dieser große Bursche mit den weißen Haaren? Er sah jung aus, aber er war es nicht mehr, im Kopf schon gar nicht.

Dass er schwer atmete, merkte er erst nach einem Moment.

»Das meinst du nicht ernst, Idassa«, sagte er, und ohne dass er es wollte, wurde seine Stimme lauter.

»Doch.«

»Du weißt nicht, wovon verdammt noch mal du redest! Es gibt einen Grund, warum Dunkle Magie verfemt ist! Ich mag ja meinen Schwur gebrochen haben, ich bin bereit, mit dem Siebten Strom mein Leben zu riskieren. Was habe ich noch zu verlieren? *Aber ich bin nicht so blöd, noch mal mit Kräften herumzuspielen, die STÄRKER SIND ALS WIR ALLE!*« Die letzten Worte hatte er geschrien.

»Eben weil diese Kräfte so stark sind, brauchen wir sie jetzt«, argumentierte Idassa, auch sie hatte die Stimme erhoben. Ihre Augen blitzten. »Ich war dabei, ich habe gespürt, wie stark die Erschütterung der Ströme war, die du damals hervorgerufen hast. Und das war nur ein Unfall! Du warst so weit, dass du die Dunkle Magie hättest nutzen können, stimmt es oder stimmt es nicht?«

»Vergiss es, Idassa, ich mache das nicht.« Als er sich einen Schluck

Wasser einschenkte, merkte er, dass seine Hände zitterten. »Außerdem würde Favinius das niemals gutheißen, du weißt, dass er Dunkle Magie fürchtet und verachtet.«

»Er muss nicht unbedingt wissen, was wir tun, um das Land zu retten.«

»Was?« Fassungslos starrte Terwyn sie an. Er kam sich naiv vor. Irgendwie hatte er geglaubt, dass sie ihrem Herrscher die Treue hielt, sie war eine so gute Erste Magus und Favinius ein Regent, den die Menschen mochten, ja sogar verehrten. *Wieso bin ich eigentlich schockiert? Ich bin doch derjenige, der mehrere Jahresläufe lang ein Doppelleben geführt hat!* Trotzdem – der Gedanke, noch einmal etwas hinter Favinius' Rücken zu tun, war ihm zuwider. *Bei der Audienz gestern habe ich beschlossen, ihm gegenüber mit offenen Karten zu spielen, wie kann ich diesen guten Vorsatz so rasch über Bord werfen? Favinius würde denken, dass er recht gehabt hat, mir nicht wieder zu vertrauen!*

»Ich weiß, was du denkst, und es stimmt nicht«, sagte Idassa, obwohl sie nicht versucht hatte, in seine Gedanken einzutauchen. »Noch nie habe ich mich über seine Wünsche hinweggesetzt. Aber nur weil er irgendwelche persönlichen Abneigungen hat, können wir doch Skaidar nicht zugrunde gehen lassen! Er ist nur ein einzelner Mensch, wie kann er über Leben und Tod *aller* anderen Menschen hier entscheiden?« Zum ersten Mal spürte er Risse in ihrer Selbstbeherrschung, er sah, dass ihre Unterlippe vibrierte und sie kurz vor den Tränen stand. Dieser Anblick ließ seine Wut schwinden. Das Orchideenland bedeutete ihr genauso viel wie ihm.

»Du willst das Richtige tun, nur auf dem falschen Weg«, sagte Terwyn etwas ruhiger. »Es ist zu gefährlich, glaub mir. Diese Magie hätte die Macht, unserem ganzen Land die Seele zu entreißen und einen Blutzoll zu fordern, der nicht weniger hoch wäre als das, was die Bornländer anrichten.«

Jetzt wurde auch Idassa laut. »Ich will nicht *glauben*, ich will *wissen*, Terwyn. Erzähl mir doch endlich, was genau du entdeckt hast und was an diesem Tag passiert ist!«

»Nein!«

»Damit nimmst du uns vielleicht die letzte Chance, die Kristallzone aufzuhalten!«

»Ach, jetzt bin ich an allem schuld?« Seine Wut flammte auf, heißer als je zuvor. »Erzähl mir nichts von Schuld! Favinius soll kapitulieren, noch heute, jetzt sofort, dann ist es vielleicht vorbei ...«

»Aber was ist, wenn sie den Kristall trotzdem nicht stoppen? Du hast gesehen, wie diese Abgesandte reagiert hat, die ist nicht richtig im Kopf, *keiner* dieser verdammten Bornländer ist richtig im Kopf!«

»Ich habe dir doch schon gesagt, es sind eigentlich nicht die Bornländer, jemand benutzt sie, versteht ihr das nicht? Und warum bei Cruzarks Hölle glaubst du mir nicht, dass wir an Dunkle Magie nicht mal *denken* sollten?«

Nur gut, dass niemand hören konnte, wie sie sich anbrüllten.

Plötzlich hielten sie beide inne und sahen sich an. Idassas Wangen waren gerötet, doch in ihren Augen war kein Ärger mehr auf ihn ... sondern etwas anderes. Traurigkeit. Zuneigung? »Es tut mir so leid, dass ich etwas wie das von dir verlangen muss«, flüsterte sie, und dann kamen sie sich entgegen, nahmen sich in die Arme. Hielten sich. Ihr Körper fühlte sich so gut an in seinen Armen, warm und wirklich. Terwyn hielt sie ganz fest, er atmete ihren Duft nach Sandelholz ein und spürte, wie etwas in ihm zur Ruhe kam.

»Du hast gefragt, was du noch zu verlieren hast«, sagte sie leise und blickte ihm in die Augen. Und dann küsste sie ihn.

Ihre Lippen waren sanft und warm auf seinen, und bevor er es sich versah, küsste er sie zurück. Kam ihr entgegen, statt zurückzuweichen. Bis einen Moment später seine Gedanken wieder einsetzten. *Was tue ich?!* Schon ließ er sie los, entsetzt über sich selbst. *Wie konnte ich nur? Kaum eine Baumlänge entfernt von dem Ort, an dem Talea gestorben ist!*

Seine Gedanken fühlten sich an wie tausend Schwarzwespen, als er sich rasch von Idassa verabschiedete und in seine Räume zurückkehrte.

Doch er konnte den Kuss auch nicht vergessen. Talea ... Idassa ... er wurde selbst nicht mehr schlau aus seinen Gefühlen! Und er hasste die winzige Hoffnung, die in ihm keimte. *Ein neues Leben.*

Mit ihr vielleicht? Nein, NEIN, das habe ich nicht verdient! Ich hatte eine Liebe, und ich habe sie zerstört. Eine zweite Chance steht mir nicht zu ... und auf keinen Fall werde ich noch mal Dunkle Magie anwenden!

Zusammengesunken saß er auf dem schmalen Bett seiner Unterkunft, das Gesicht in den Händen vergraben. Ob er wollte oder nicht, die Erinnerung an Taleas Tod kam zurück, raste durch ihn hindurch wie ein Sturm aus Glassplittern.

Die Neuigkeit, dass Talea schwanger war, brachte mich ernsthaft zum Nachdenken. Diesmal war ich wirklich entschlossen, mit meinen magischen Experimenten aufzuhören. Bisher hatte ich keine Probleme damit gehabt, wieder und wieder mein Leben zu riskieren, doch jetzt hatte ich ein neues Ziel – ich wollte dabei sein, wie meine Tochter aufwuchs, ich wollte ihr die Welt zeigen, ihr beibringen, was ich wusste. Na ja, nicht alles. Lieber nur die schönen Dinge. Ob sie wohl magisches Talent haben würde? Wenn nicht, wäre das auch nicht schlimm. Sie würde aufwachsen in einer Welt, die ich für sie sicher gemacht hatte. Mithilfe des Siebten Stroms könnte ich sie beschützen vor den stärksten Mächten, den skrupellosesten Herrschern, allen Gefahren der Natur. Ab jetzt würde ich sparsam mit meiner Lebenszeit umgehen und auf das Dunkle Wort verzichten.
Stattdessen verbrachte ich mehr Zeit mit Talea, wir spielten mit Freunden Brigtar und Scolari, eine Art Theater, in dem jeder spontan eine Rolle übernahm, und unternahmen eine Suche nach Wasserdrachen, auf der wir – eine echte Sensation! – ein Jungtier erspähen konnten. Ich hatte das Gefühl, dass ich dem Rätsel dieser Wesen langsam auf den Grund ging.
Am liebsten wäre es mir gewesen, Talea hätte auch das Reiten während ihrer Schwangerschaft aufgegeben, doch sie sagte nur: »Monatelang nicht reiten? Das kann ich mir nicht vorstellen!«
Dann kam jedoch der Tag, als unsere Pferde auf dem Rückweg nach Taracondé durch ein Dorf trabten. Ein kleiner Junge rannte einem Ball hinterher und unseren Tieren mitten vor die Hufe.

»Nein!«, schrie Talea, ihre Stute bäumte sich auf und warf sie ab. Im letzten Moment konnte ich ihren Fall mit dem Dritten Strom ein wenig bremsen, aber nicht genug. Ich war halb gelähmt vor Schreck und vor Angst um sie und unsere Tochter.

Noch bevor ich aus dem Sattel gleiten und zu ihr rennen konnte, hatte Talea sich schon aufgerichtet. Ohne einen Gedanken an sich selbst, mit völlig verdrecktem Kleid rannte sie zu dem Kind hinüber, das am Boden kauerte und schluchzte. Sie warf sich neben dem Jungen auf die Knie. »Bist du verletzt?«

Wie sich herausstellte, hatte er sich das Bein gebrochen. Während sich die Dorfbewohner um uns drängten, trug ich ihn ins nächstbeste Haus und heilte ihn. Dann nahm ich Talea in die Arme und wollte sie kaum noch loslassen. Sie hätte hässlich sein können wie ein Baumstachler, und ich hätte sie trotzdem geliebt ... weil sie ein gutes Herz hatte.

Danach verzichtete Talea tatsächlich auf Ausritte, um unser Kind nicht zu gefährden. Ich war ihr dankbar für ihre guten Vorsätze.

Meine eigenen hielten nur ein paar Monde lang. Es war eine schöne Zeit, Talea hatte keine Einwände dagegen erhoben, dass ich mich wieder mit Idassa traf. Die Mitglieder meines Zirkels hatten mir herzlich dazu gratuliert, dass ich Vater wurde, und mich gezwungen, mehr als eine Runde darauf auszugeben. Favinius war zufrieden mit unserer Arbeit, wir kamen gut voran und hatten schon einen Teil der Küste umgestaltet.

Das meiste war, wie sich herausstellte, Routinearbeit, die auch Magier des Vierten und Fünften Stroms erledigen konnten – mich brauchten sie nur, wenn spektakulär eine ganze Klippe beseitigt werden sollte. Kurz, meinem Leben fehlte ein wenig die Würze. Und leider ging mir nicht aus dem Kopf, dass hinter der weißen Höhle noch eine weitere gewesen war. Wartete dort die Quelle unerhörter Kraft? Oder war die Dunkle Magie nur eine exotische Spielart ohne Bedeutung, geächtet wegen der starken Nebenwirkungen? Die Sache mit dem Klauenfuß würde ich nicht so schnell vergessen!

Doch der Gedanke an diese weitere Höhle war wie ein Dorn in meiner Ferse, den ich nicht entfernen konnte.
Dann fuhr Talea eines Tages mit der Kutsche zu einem Familientreffen der ganzen Favinius-Verwandtschaft, auch der Regent würde dabei sein. Ich hatte geschafft, mich vor der Teilnahme zu drücken – natürlich kam ich nur damit durch, weil ich ein Angehöriger war, kein geborener Favinius. Es war Einkehr, der traditionelle Ruhetag, und es war ruhig im Palast. Bevor ich es mich versah, war ich allein ... und die Versuchung zu stark.
Wie in Trance ging ich in meine Arbeitsräume, verriegelte die Tür und sicherte sie mit einem starken Zauber, damit niemand mich stören konnte. Keine Ahnung, wie ich vergessen konnte, das auch bei den hohen Fenstern zu den Gärten hinaus zu tun, ich begnügte mich damit, die Vorhänge vorzuziehen. Hätte ich nur, hätte ich nur ...
»Thanossádar«, flüsterte ich, und das Unheil nahm seinen Lauf. Inzwischen erschien mir das schaurige Höhlensystem fast schon vertraut. Ich hastete durch die rote Höhle, dann durch die weiße ... und steuerte zielsicher die Stelle an, bei der meine Hand ins Nichts gefasst hatte. Ich zögerte nur kurz, dann schritt ich durch den auf den ersten Blick festen Stein – und Schwärze umgab mich, völlige Schwärze.
Sofort wusste ich, dass ich diesmal im Innersten Kreis angekommen war, das Gefühl der Macht war allgegenwärtig. Ich spürte die Düsternis wie einen schwarzen, stetigen Wind gegen meinen Körper drücken. Welchen Preis würde ich dafür zahlen müssen, dass ich hier war?
Als ich mich umwandte, nahmen meine Augen zum ersten Mal etwas wahr. Ungläubig erkannte ich, was sich vor mir ausbreitete: Wie aus großer Höhe sah ich unter mir die Sieben Ströme, schimmernd zogen sie sich nebeneinander durch die Finsternis, ich sah sie in ihrer unterschiedlichen Art und Breite und Färbung fließen, sah jeden Wirbel, jede Stromschnelle. Sie flossen nicht zum Ozean wie normale Flüsse, sondern entsprangen dem Meer – der Heimat des Gottes Shaquar – und verteilten sich von

dort aus über das Land, rastlos in Bewegung. Jetzt konnte ich auch sehen, wo sie mündeten ... in eine Art magischen, hellgrün leuchtenden See, von dem ich bisher nichts gewusst hatte!
Staunend versuchte ich mich zu den Strömen hinunterzubeugen und die Hand nach ihnen auszustrecken wie ein Riese, der ein ganzes Haus vom Boden pflücken will wie eine Beere von einem Strauch. Mein geisterhafter Finger berührte den Zweiten Strom, der nicht besonders breit war und ruhig dahinströmte, und der Strom zuckte, bäumte sich auf, verformte sich unter meiner Hand. Eine Kraft, wie ich sie noch nie gespürt hatte, floss in mich hinein, während der Strom sich gegen meine Berührung wehrte wie ein lebendes Wesen, das aus meiner Hand zu entkommen versuchte.
Mir stockte der Atem, weil ich in diesem Moment begriff, worin die Dunkle Magie eigentlich bestand. Während ich normalerweise nur in die Ströme eintauchte, ein wenig aus ihnen schöpfte, konnte ich sie nun aus ihrer Bahn bringen, hochreißen, eine gewaltige Flutwelle auslösen.
Gleichzeitig war diese schwarze Höhle die furchtbarste von allen. Ich spürte, wie dieser Ort etwas aus mir heraussaugte, und diesmal war es nicht Glück oder Lebenskraft – es fühlte sich anders an, schlimmer. Etwas fraß an meiner Seele, während ich hier war! Es war, als würden Dutzende von Spinnen über meine Haut krabbeln, sich in mich hineinbohren, sich an mir nähren. Weg hier, ich musste weg, so schnell ich konnte! Ich wollte gar nicht wissen, was passierte, wenn ich zu lange hierblieb! Hatte ich schon Schaden genommen, der sich nicht rückgängig machen ließ?
Doch als ich umkehren wollte, stellte ich fest, dass ich den Durchgang zu den anderen Höhlen, meinen Rückweg, nicht fand. In der Finsternis konnte ich nichts erkennen! Eisige Angst schoss durch meinen Körper. Jeder Moment war einer zu viel, während ich hilflos über die schwarzen Felsen tastete, und mein keuchender Atem dröhnte mir in den Ohren.
Aus weiter Ferne hörte ich ein Geräusch, ein Rufen, doch ich igno-

rierte es. Ich musste hier weg, nichts anderes war jetzt wichtig. Eine Idee schoss mir durch den Kopf: Du hast unendliche Macht zur Verfügung, nutze sie doch!

Ich wandte mich wieder den Strömen zu, die sich weit unter mir schimmernd entlangschlängelten, und tippte mit meinen unsichtbaren Fingern einen von ihnen an, zerrte an ihm, forderte Helligkeit.

Was ich bekam, war ein blauschwarzes Licht, das die Höhle durchsichtig werden ließ und die reale Welt zu mir brachte, obwohl ich die schimmernden Ströme noch immer sah. Fasziniert blickte ich mich in meinem Zimmer um und spürte sogar den Luftzug aus den offenen Fenstern. So funktionierte das also! Jetzt war ich in zwei Welten gleichzeitig und konnte Dunkle Magie wirken, solange ich es hier aushielt ...

Moment mal, warum waren die Fenster offen? Ich sah deutlich, wie die Vorhänge nach innen wehten! Und ganz plötzlich spürte ich etwas – eine Berührung? Hatte jemand meinen echten Körper berührt? Eine Schockwelle brandete mir aus dem Strom entgegen, den meine geisterhaften Finger umfassten. Ich zuckte zurück, die Schutz-Tätowierungen brannten fast unerträglich auf meiner Haut ... und irgendetwas, vielleicht die Berührung des anderen Menschen, riss die Kraft der Dunklen Magie durch mich hindurch nach außen. Instinktiv versuchte ich es aufzuhalten, doch das war ebenso unmöglich, wie einen Fluss mit bloßen Händen zu stoppen.

Ich fuhr herum und sah, dass Talea hinter mir stand, sie war es, die mich an der Schulter gefasst hatte! Und jetzt sackte sie mit verwundertem Blick zusammen. Ich schrie auf, doch kein Geräusch drang aus meinem Mund.

So rasch ich konnte, stolperte ich durch die fast unsichtbare schwarze Wand, und einen Wimpernschlag später war ich durch die anderen Höhlen nach draußen gelangt – gerade noch rechtzeitig, um Taleas Körper aufzufangen. Shaquars Gnade! Sie musste umgekehrt sein, vielleicht hatte ihre Kutsche eine Panne gehabt. Wahrscheinlich war sie, als sie nicht durch die magisch *gesicherte Tür gekommen war, misstrauisch geworden und durchs Fenster geklettert. Hier drinnen hatte sie mich bewegungslos und in Trance vorgefunden, angesprochen und dann berührt, während ich die stärkste, gefährlichste Magie wirkte, die es gab. Und ich hatte mich überhaupt nicht abgeschirmt!*

»Talea!«, brüllte ich, doch sie schien mich nicht zu hören, zitterte nur und schlug um sich. »Die Spinnen ... die Spinnen ...«, stammelte sie mit vor Entsetzen geweiteten Augen. Was geschah mit ihr? Konnte es sein, dass die Dunkle Magie jetzt nach außen wirkte? Momente lang verstand ich gar nichts und konnte noch nicht wirklich glauben, was passiert war. Anscheinend hatte der seelenfressende Teil der Dunklen Magie auf sie übergegriffen! O nein, nein, das durfte einfach nicht wahr sein!

»Alles wird gut, mein Herz, alles wird gut, bitte halt durch«, stieß ich hervor, hielt sie fest und schöpfte so viel Heilkraft, wie ich nur konnte, aus dem starken Sechsten Strom. Tauchte tiefer hinein als je zuvor, schaffte es mit knapper Not, ihn überhaupt unter Kontrolle zu halten. Aber Talea wurde kaum ruhiger, mit furchtbarer Angst schlug sie noch immer um sich, versuchte einen unsichtbaren Feind zu besiegen. Selbst das Kind in ihr, meine Tochter, kämpfte verzweifelt um sein Leben, ich konnte es spüren. Schließlich bäumte Taleas Körper sich ein letztes Mal auf. Ohnmächtig brach sie zusammen, und ich spürte, wie ihr Lebensfunken immer schwächer wurde. Ihre Seele machte sich auf den Weg zu einem fernen Ort.

»Talea!«, schrie ich sie an, rief immer wieder ihren Namen, stützte ihren Kopf und drückte sie an mich, während mir Tränen über die Wangen liefen.

Auch der zweite Herzschlag, der meiner Tochter, stockte nun, flatterte ... Ein Mal nahm ich ihn noch wahr, dann war er weg. Kurz darauf wurde Taleas Blick starr, ihre Lippen standen offen, ihre Haut schien schon kühler zu werden.

O bitte, nein! Nein! Nein! Hatte ich sie für immer verloren? Völlig von Sinnen vor Verzweiflung schrie ich »Unécerak!« und tauchte in den Siebten Strom. Vielleicht konnte ich sie noch zu-

rückbringen! Ich musste es schaffen, und wenn es mich dabei ausbrannte, war mir das auch egal!

Die reißende Macht des Siebten Stroms tobte durch mich hindurch, zerrte mich an den Rand des Abgrunds ... ich war geschwächt durch meine Experimente mit der Dunklen Magie, ich bekam ihn nicht in den Griff ...

»Terwyn!« Jemand schrie meinen Namen, eine Frau. Ich spürte, wie mich ein unsichtbarer, aber fester Griff aus der Tiefe zurückriss – die Berührung einer starken Magierin. Idassa zwang den Strom, mich freizugeben.

Hände berührten mich und Talea, versuchten meine Frau vorsichtig aus meinem Griff zu lösen, doch ich hielt sie fest, wollte sie für immer festhalten. Andere Menschen redeten auf mich ein, erschrocken, leise, entsetzt, doch ich hörte nicht hin.

Es ist leicht für einen Magier, sich umzubringen. Viel Talent gehört nicht dazu. Man hält einfach sein Herz an, bis es schwer wie ein Stein in der Brust liegt. Wenn kein Blut mehr durch die Adern fließt, geht es schnell. Es ist ein gnädiger Tod. Schon spürte ich, wie mein Ich begann, sich aufzulösen. Wie ich in eine gleichgültige Dunkelheit driftete, in der nichts mehr wichtig war. In der es keine Liebe gab, aber auch keine Trauer ... in der ich nichts mehr tun konnte, in der es nicht mehr nötig war, etwas zu tun ...

Doch so leicht machten es mir die anderen nicht. Schon merkte ich, wie Roán mein Herz wieder in Gang setzte und Jomar meine Lungen bewegte, damit ich nicht stattdessen aufhören konnte zu atmen. Ich hatte nicht mehr die Kraft, sie daran zu hindern.

»Shaquar sei uns gnädig, ich glaube, er hat Dunkle Magie verwendet!« Idassas Stimme. »Terwyn, was war hier los? Los, sprich mit mir!«

»Es war ... eine Schockwelle ...«, brachte ich noch heraus.

Ab dann weiß ich nichts mehr.

11

Mit hämmerndem Herzen schreckte Mig hoch. *Ich bin eingeschlafen, ich hätte nicht einschlafen dürfen, gleich erwischt uns das Kristall! Wie weit ist es noch entfernt?* Hektisch versuchte er aufzustehen, seine Füße schabten über den Boden, seine Hände griffen in schütteres Gras. Dann hörte er das leise Plätschern des Wassers an einer Stelle, an der ein Ast ins Wasser hing, blickte sich blinzelnd um und entspannte sich ganz langsam wieder. Sie waren auf der Insel! In Sicherheit.

Mig blickte lange auf das andere Ufer, das leblos glänzte. *Das war richtig, richtig knapp. Dort drüben ist alles tot.*

In seinen Eingeweiden wühlte der Hunger, und in seinem Mund war ein widerlich pappiger Geschmack. Tante Inyra war ebenfalls wach, sie wusch Vinnie gerade im Fluss. Die Kalkulatorin hatte sich vom Ufer hochgeschleppt ins Buschwerk und war dabei, ihre Füße mit Schlamm einzureiben. Ob das gegen ihre Blasen half?

Da er weder auf Wasser mit Kinder- noch mit Fußgeschmack Wert legte, stillte Mig seinen Durst stromaufwärts von den dreien.

»Du da, Mig heißt du, oder?« Die Stimme der Kalkulatorin klang rau, ihre Augen blickten gierig. »Ihr habt noch was zu essen, richtig? Gestern hattet ihr noch Fleisch.«

»Leider alles weg, *Vistra*«, erwiderte Mig und deutete auf die andere Seite des Flusses. »Besser, wir schwimmen heute gleich rüber, seht Ihr, dort drüben, das könnten Dörfer sein. Wahrscheinlich bekommen wir dort Verpflegung. Selbst wenn die Leute weg sind, die haben bestimmt was Essbares dagelassen.«

Die Wahrheit war, sie hatten noch ein wenig Brot übrig, doch wenn sie das aufteilten, dann wurde niemand davon satt. Mit schlechtem Gewissen suchte Mig die gesamte Insel ab, was nicht sonderlich lange dauerte. Er sah einen blauen Shinarus-Falter und fühlte sich getröstet dadurch, ihn einen Moment lang zu beobachten – schon lange hatte er gehofft, einmal einen Shinarus zu entdecken, und ausgerechnet jetzt war es so weit, was für eine Ironie der Götter. Etwas Essbares fand er dagegen nicht. Aber das andere Ufer sah tatsächlich vielversprechend aus.

»Besser, wir schwimmen bald los – bist du schon wieder stark genug?«, drängte er seine Tante, aus irgendeinem Grund war er unruhig, traute dem Frieden nicht. Die Gefahren, die er früher gekannt hatte – den bissigen Dorfköter oder die Feuerwanzen, die einem nachts das Dach über dem Kopf ansteckten –, waren ein Witz gegen diese Kristallzone! Sie war ein magisches Phänomen, so viel war klar, und wilde Magie war unberechenbar. Hatte er zumindest gelesen. Er hatte keine Ahnung, was wilde Magie überhaupt war. Irgendwas mit illegalen Magiern vielleicht, also solchen, die nicht im Dienste des Regenten standen.

»Ja, ja, gib mir noch einen Moment«, sagte seine Tante, die sich um Vinnie kümmerte. »Wir haben es nicht mehr eilig, Mig, es ist wichtiger, dass wir neue Kräfte sammeln.«

Gern gehabt hatte er sie immer, doch er mochte es nicht sonderlich, wenn sie die Lehrerin herauskehrte.

In diesem Moment sah er etwas, das ihm einen Schauer über den Rücken jagte. Ein kleiner Schwarm Gelbrückendohlen war vom unversehrten Ufer aufgestiegen und kreiste nun über dem erstarrten Land auf der anderen Seite. Solche Dohlen hatte er schon oft beobachtet, sie flogen immer nur kurze Strecken.

»Nicht!«, brüllte er, als er sah, wie sich der Schwarm auf einem der kristallenen Äste niederlassen wollte. Wieder und wieder schrie er und schwenkte die Arme dabei wie eine wild gewordene Windmühle. Vielleicht konnte er sie noch aufstören, es irgendwie verhindern, was gleich geschehen würde.

Einer der Vögel setzte sich. Er flatterte sofort wieder auf, aber das Unheil war passiert, seine Klauen glänzten unnatürlich. Noch während sein Körper immer weiter erstarrte, flog er mit seinen aufgeschreckten Schwarmgenossen über den Fluss zurück ... und stürzte dort ab.

»Nein!«, kreischte die Kalkulatorin auf. »Nein, nein, nein!«

Mig ballte die Fäuste in hilfloser Wut.

Auf der gegenüberliegenden Seite wandelte sich Grün zu schimmerndem Weiß. Dort gab es keine Zuflucht mehr.

Sie waren gestrandet zwischen zwei Ufern aus Kristall.

* * *

Wenige Momente nachdem Rhi förmlich in dieses fremde Haus gefallen war, lag sie auf einer Decke am Boden, schräg vor einem Webstuhl, der einen großen Teil des Zimmers einnahm; ein halb fertiger grün-violett-silberner Teppich war daraufgespannt. Eine zierliche, hübsche Frau schmierte Kräutersalbe auf ihre wunden Handgelenke, ihr Kinn und verschiedene andere schmerzende Stellen. »Wer war das?«

»Plünderer.« Rhi war zu schwach, um in ganzen Sätzen zu antworten. Ihr Körper fühlte sich an, als wäre sie in ein Mühlrad geraten.

»Haben sie dich …?«

»Nein, aber es war knapp.«

Währenddessen war der kleine Junge damit beschäftigt, Zad anzustaunen. »Ist das wirklich ein echter *Drache?* Ganz echt? Oh, der ist *toll!*«

Rhi hörte Zad gurren. Er mochte es, wenn Leute ihn bewunderten, und hegte vermutlich die Hoffnung, dass ihm gleich jemand die Halsschuppen kraulen würde.

»Pa, bitte, den müssen wir doch reinlassen! Du willst ihn dir doch bestimmt auch anschauen? Bitte. Ich hole auch heute und morgen und übermorgen Wasser vom Brunnen!« Während der Junge aufgeregt durch den Wohnraum flitzte, erkannte Rhi, dass ein Ledergürtel mit kleinen Drachenfiguren seine Nachtkleider zusammenhielt.

»Das Wasser wirst du auch brauchen, so wie der da ausschaut«, brummte der Mann.

»Ich kann ihn sauber machen.« Noch gab der Junge nicht auf, Momente später hatte er einen Putzlappen in jeder Hand. Zad gurrte lauter, und das war das Letzte, was Rhi in dieser Nacht sah und hörte. Sie dämmerte einfach weg.

Am nächsten Morgen fand sie sich zugedeckt und mit einem Kopfkissen auf dem Boden wieder, noch immer mit dem gleichen Blick von schräg unten auf den Webstuhl. Sie hörte Teller klappern, und ein Duft nach Haferbrei mit Honig durchzog das Haus. Rhis Magen grollte eine Antwort.

Brennt dein Feuer wieder?, begrüßte Zad sie und stupste sie mit seiner kantigen, gepanzerten Schnauze an, auf der kein Fleckchen Ruß mehr zu entdecken war. Ungläubig stellte Rhi fest, dass der Junge neben ihm hockte, Zads Vorderpranke hielt und mit den diamantharten Krallen ihres Freundes Muster in einen Flusskiesel kratzte. Auf Zads verletztem Flügel prangte ein weißer Verband.

Na ja, Feuer ist zu viel gesagt, aber ich fühle mich besser, gab Rhi zurück und fragte den Jungen: »Wie heißt du?«

Mit einem scheuen Lächeln blickte er sie an. »Padric, Vistra.«

»Ach, nennt mich alle einfach Rhi«, gab sie zurück und schaffte es tatsächlich, aufzustehen, obwohl sie sich noch immer furchtbar zerschlagen fühlte.

Er deutete auf ihre Stirn. »Das war ein Goldkopfkäfer, oder? Wir haben Palo-Wachs da. Nach dem Frühstück macht meine Mama dir das drauf.«

Erleichtert lächelte sie zurück und berührte kurz die Beule auf ihrer Stirn. Unter ihrer Haut pulsierten die Larven. Widerlich! »Das wäre toll. Rausschneiden kann man sie nicht?«

»Nein. Wenn man das versucht, bohren sie sich einfach tiefer in den Kopf.«

Rhi stöhnte und bedauerte, dass sie gefragt hatte.

»Die sind ja fast so fies wie die Wesen, die es in Calisien und Saywadee gibt«, meinte sie, und ihr Herz krampfte sich zusammen, als sie an ihre Mutter und ihren Bruder dachte. Verschollen. Waren sie im fernen Westen den falschen Leuten ... oder Wesen ... über den Weg gelaufen?

»Von denen hat uns mal jemand erzählt. Ein Händler war das.« Padrics Augen leuchteten. »Zum Beispiel von diesen Wächterviechern, die unter einer Brücke wohnen und dich nicht drüberlassen, wenn du Pech hast.«

»Ach, die sind halb so schlimm, du musst ihnen nur ein kleines Geschenk machen oder so lange mit ihnen diskutieren wie nötig«, meinte Rhi. Sie hatte sich auf ihren Handelsreisen schon mit vielen der krötenartigen Brückenwächter herumschlagen müssen und fand es fast unterhaltsam – außer man hatte kein Geschenk zur Hand.

»Außerdem hat er von Wesen erzählt, die aussehen wie ganz normale Menschen, aber dir deine ganze Lebenskraft aussaugen! Vor denen habe ich Angst. Hast du die auch mal getroffen?«

Rhi wunderte sich darüber, was der Junge alles wusste. »Gressthar meinst du, oder? Gütiger Jaral, nein. Die sind zum Glück sehr, sehr selten. Falls es sie überhaupt wirklich gibt.«

»Das ist gut.« Padric widmete sich wieder konzentriert den Mustern, die er mit Zads Krallen in einen sahnefarbenen Stein kratzte. »Schau mal! Wie findest du das?«

»Toll«, log Rhi und schaute genauer hin. Sie sah nur Gekrakel. »Was ist das?«

»Eine Blume natürlich!«, verkündete Padric, betrachtete seinen Stein kritisch und überreichte ihn ihr dann. »Sie ist nicht so gut geworden, finde ich, aber weil sie dir gefällt, schenke ich sie dir.«

Rhi staunte darüber, dass sie schon wieder ein Lachen zustande brachte.

Schon begann Padric mit seinem nächsten Stein, einem dunkelgrauen diesmal. »Die nächste Blume wird noch schöner, und die schenke ich meiner Mama.«

»Oh, danke«, rief die Weberin fröhlich aus dem Hintergrund. »Ich freue mich schon.« Sie näherte sich mit einer Tasse, aus der es herrlich duftete. »Wie geht es Euch?«

»Besser«, sagte Rhi aus ganzem Herzen, und Zad blickte sie zufrieden gurrend an. Sie zog ihn näher an sich heran, sog seinen trockenen, staubigen Reptiliengeruch ein und war dankbar, dass sie beide noch lebten.

Beim Frühstück erzählte Rhi den Webern ein wenig darüber, was sie in der Stadt und mit den Plünderern erlebt hatte. Besorgt blickten die beiden sich an. »Das klingt furchtbar«, sagte der Mann, der nur wenige Jahre älter war als Rhi selbst, sich jedoch im Gegensatz zu ihr ruhig und bedächtig bewegte. »Ist wirklich alles in der Umgebung zerstört? Auch zum Osten hin? Eigentlich muss ich heute in der Nähe von Tyrdo einen fertigen Teppich ausliefern ...«

Rhi erschrak. »Mach das auf keinen Fall! Es ist schwer zu sagen, wohin sich die bornländischen Truppen bewegen, aber sie sind auf jeden Fall in dieser Gegend unterwegs.«

Padrics Vater schien noch nicht ganz überzeugt. »Aber der Teppich ist bereits bezahlt, und ich habe noch nie zu spät geliefert. Ich will nicht, dass mir der Ruf anhaftet, wortbrüchig zu werden.«

»Vergesst den Teppich«, sagte Rhi gepresst. »Ihr solltet ...«

»Was meinst du mit *vergessen*?« Entgeistert blickte die Weberin sie an, während ihre schmalen, geschickten Finger Käsewürfel für ihren Sohn schnitten. »In diesem Werk stecken Monate harter Arbeit, und wir sind auf das Geld angewiesen, um durch die nächste Regenzeit zu kommen!«

»Ja, natürlich, aber am besten wäre es sogar, ihr würdet nach Süden fliehen, sobald ihr könnt. Bitte. Macht es für den Kleinen.« Rhi vermutete, dass ihre Stimme eindringlich, aber nicht sehr deutlich klang, weil sie während des Sprechens ein Stück frisch gebackenes Brot mit Butter und Landhonig herunterschlang. »Nehmt den Teppich meinetwegen mit, ihr könnt ihn ja später liefern. Wenn in Skaidar wieder Frieden herrscht.«

Doch noch immer waren ihre Mienen skeptisch.

»Wir werden darüber nachdenken«, beschloss die Weberin, lächelte Rhi an und schaute zu, wie Zad ins Dachgebälk kletterte, um seine Krallen wieder für sich zu haben. »Jetzt erhol dich erst mal ein bisschen, Rhi.«

Wie lange würden sie zum Nachdenken brauchen? Hoffentlich nicht zu lange!

Aua! Blödes Menschenmetallding, beschwerte sich Zad währenddessen. Zwischen den Balken des Dachs hingen Dutzende Sträuße verschiedener Kräuter und sogar Bündel von Baumrinde zum Trocknen, vielleicht wurde daraus Farbe hergestellt, mit der die

Weber ihre Wolle färbten. Diese zum Teil menschengroßen Kräuterbündel schwankten gerade wild, weil Zad sich dort oben drehte und wand. Die Weber blickten drein, als hätte sich ein Regenwurm in ihrer Hand als Braunviper herausgestellt.

Was beim Großen Jaral machst du da?, rief Rhi in Gedanken hinauf.

Ein Metallding hält mich fest. Ihr Freund fauchte leise. *Das darf es nicht! Mach das weg!*

Halt still, kommandierte Rhi und erklärte ihren Gastgebern verlegen: »Er hängt an einem Nagel fest.«

»Ich mach ihn los!« Eifrig setzte sich Padric in Bewegung und kletterte flink wie ein Noynoy zu seinem Spielgefährten nach oben.

Rhi seufzte, streckte die Hand nach der Tasse mit ihrem Gewürztee aus ... und stutzte. Eine Gänsehaut hatte sich auf ihrem Arm gebildet, obwohl ihr nicht kalt war, es fühlte sich an, als ziehe etwas die Härchen nach oben. Ihr Atem stockte. Das hatte sie auch gefühlt, als sie in diesem Bohnenfeld neben dem Gasthaus übernachtet hatte.

Kurz bevor ...

Ganz kurz bevor ...

Sie sprang so hastig auf, dass ihr Stuhl umfiel, und stürzte zu ihren Satteltaschen, die in einer Ecke des Wohnraumes lagen. Mit einem Griff hatte Rhi das Jenseitsglas gepackt und riss es hervor. Hielt das kühle Messing der Umrandung in der Hand und drehte sich um sich selbst, blickte währenddessen durch das Glas ... und sah etwas am Fenster vorbeihuschen. Etwas Schimmerndes, halb Durchscheinendes.

Nein. O bitte, nein!

»Was ist denn?« Drei Augenpaare blickten Rhi verdutzt an. Nur Zad hatte diesen entrückten Blick, den sie schon kannte, dann stieß er ein warnendes Fauchen aus.

»Schnell«, zischte Rhi den Webern zu und stopfte das Jenseitsglas in eine Tasche ihres Gewandes. »Glasklingen, glaube ich. Wahrscheinlich gleich da. Habt ihr einen Keller?«

»Ja, wir ...« Der junge Mann schien unerträglich langsam zu sprechen.

»Rein in den Keller!«, brüllte Rhi. »Los!« Diesmal reagierten die Weber endlich, sie sprangen auf. »Padric! Komm runter, schnell«, rief die Frau angstvoll, während der Mann den einfachen, gemusterten Bodenteppich zurückschlug, sich auf die Knie fallen ließ und eine Klappe freilegte.

Rhi! Nach oben, fauchte Zad.

Ihre Knie fühlten sich weich und zittrig an, ihre Muskeln steif und schwach. Sie rutschte hilflos von dem Balken ab, den Padric so gewandt nach oben geklettert war. Einmal, zweimal. Die Unebenheiten im Holz, in die er seine Füße gesetzt hatte, waren viel zu klein für ihre erwachsenen Zehen. *Ich kann das nicht! Da komme ich nie im Leben hoch!*

Doch, du kannst, fuhr Zad sie an, er war wie rasend vor Wut, seine Augen schienen rötlich zu glühen.

»Mam!«, rief Padric verängstigt und wollte wieder nach unten klettern. Doch Zad packte ihn mit den Krallen, hakte sich in seine Tunika wie eine lebende Klette. Das schien den Jungen noch mehr zu erschrecken, er schrie auf und begann, um sich zu schlagen.

Sind wir gleich alle tot?, ging es Rhi durch den Kopf.

So oder so, in wenigen Momenten würden sie es wissen.

* * *

Talea war tot. Unwiderruflich. Er hatte damals ihr und sein Leben zerstört, vom Leben ihres Kindes ganz zu schweigen.

Es dauerte eine Weile, bis Terwyn es schaffte, sich aus den Erinnerungen zu lösen. Als er das Gefühl hatte, wieder einen Fuß vor den anderen setzen zu können, machte er sich nachdenklich auf den Weg zum Refugium. *Es muss noch andere Wege geben, die Bornländer zurückzuschlagen, ohne dass wir Dunkle Magie einsetzen müssen. Verdammt, ich bin Schutzmagier, ich sollte noch ein paar mehr Tricks im Ärmel haben als diesen!*

Um ein wenig mehr Zeit zum Nachdenken zu haben und vielleicht sogar mit etwas Glück Alar del Mohayn ausweichen zu können, nahm er den Umweg durch die Gärten. Seine Orchidee, die er damals zur Volljährigkeitszeremonie bekommen hatte, war tatsächlich noch da, wo er sie vor sieben Jahresläufen abgesetzt hatte, sie wuchs in einem hohlen Baum in der Nähe des Ostra-Namina-Tempels. *Alea xades*, ein wirklich schönes Exemplar, sie war auch ohne seine Pflege prächtig gediehen. Fünf Blüten waren gerade offen, tiefblau, nahezu schwarz im Zentrum. Fast hatte er Lust, eine zu pflücken, einfach so, auch wenn ihre magische Wirkung – ihn bei Kälte von innen zu wärmen – nur ein schlechter Witz war, besonders jetzt in der Hitze der Trockenzeit.

Nein, lieber doch nicht, ging es Terwyn durch den Kopf. *Ich bin nicht in der Stimmung, irgendetwas umzubringen, noch nicht mal eine Blüte.* Sie würde im gleichen Moment welken, in dem er sie pflückte und sie ihre Wirkung entfaltete.

Gleich daneben wuchs Taleas weiß-gelbe Orchidee, die ihr damals hin und wieder Selbstbeherrschung verliehen hatte. Es war schwer, sie anzusehen.

Terwyn wandte den Blick ab, begann, um den Tempel herum zurückzugehen – und stutzte, als er in einer von Blicken verborgenen Nische zwei Gestalten bemerkte, die er kannte. Roán und Vic, eng umschlungen und in einen leidenschaftlichen Kuss versunken, die Hände sehr beschäftigt.

Lautlos zog Terwyn sich zurück. Er war nicht überrascht – ihm war längst aufgefallen, wie Vic Roán anblickte, wenn sie sich unbeobachtet wähnte. Aber seine Begeisterung hielt sich in Grenzen. *Wissen die beiden, was das für den Zirkel bedeutet? Ausgerechnet jetzt, hätten sie damit nicht noch ein bisschen warten können?*

Doch sofort schalt er sich einen selbstgerechten Bastard. Er dachte öfter an den Kuss mit Idassa, als ihm lieb war. Aber er musste sie unbedingt von dieser irren Idee abbringen, dass Dunkle Magie die Lösung für ihre Probleme mit den Bornländern war. *Was haben wir denn von einem Sieg, wenn wir uns selbst dabei vernichten?*

Wütend auf sich selbst, auf Idassa und auf Roán machte sich Terwyn wieder auf den Weg. Da jetzt ohnehin jeder wusste, dass er hier war, nahm er nicht den Hintereingang, sondern ging durch die hohe, von Säulen gestützte Eingangshalle des Palasts. Unwillkürlich glitt sein Blick nach oben, zu den riesigen, jahrhundertealten Deckenfresken, die er so mochte. Sie zeigten einen früheren Ersten Magus bei der Drachenfest-Zeremonie ...

Es durchfuhr Terwyn wie ein Blitz.

Die Flüsse Skaidars, deren blaues Licht in der Dunkelheit selbst Magiern ein Rätsel aufgab ... der Anblick der Sieben Ströme von oben, sie kamen tatsächlich aus dem Meer und flossen von dort aus durch Skaidar hindurch ... sein erstes Drachenfest als Magus, bei dem er das Gefühl gehabt hatte, ein paar Momente lang mit einem von Shaquars Geschöpfen in Kontakt zu sein ...

Wir müssen die Wasserdrachen um Hilfe bitten! Plötzlich war Terwyn ganz sicher. Er beschleunigte seine Schritte, hastete durch die marmornen Korridore, stieß die Tür des Refugiums auf. Drinnen saß nur Jomar – er wälzte alte Werke über Magie, vermutlich um dort irgendeinen hilfreichen Hinweis zu finden.

»Die Wasserdrachen!«, platzte Terwyn heraus.

Jomar blickte auf. »Bitte was?«

»Ruf die anderen zusammen. Ich weiß, was wir noch ausprobieren könnten.«

Kurz darauf waren sie alle fünf versammelt. Jomar blickte fragend drein, Idassa wirkte erschöpft, aber neugierig, Roán grinste selbstzufrieden. Vics Gesicht war gerötet, ein leichtes Lächeln schwebte um ihre Lippen. Kein Zweifel, diese beiden hatten eben noch vollendet, was sie draußen am Tempel begonnen hatten. *Ausgerechnet jetzt! Die beiden wissen genau, dass das ihre magische Energie schwächt!*

»Ich bin nicht sicher, ob es eine gute Idee ist, aber es ist gerade die einzig machbare, die wir haben«, begann Terwyn, und sein Blick ruhte einen Moment länger auf Idassa als auf den anderen. So richtig fassen konnte er nicht, dass sie sich geküsst hatten. Jetzt auf einmal, nach so vielen Jahren der Freundschaft. Sie ließ sich nicht anmerken, ob ihr etwas Ähnliches durch den Kopf ging.

»Was meinst du mit *einzig machbare,* gibt es denn noch andere Ideen?«, hakte Vic sofort nach.

Terwyn vermied es, Idassa anzusehen. »Entschuldige. Ich meinte natürlich, die *einzige* Idee.«

Während er den anderen seinen Plan erklärte, sah er ihre Augen größer und größer werden. »Also mal ehrlich, ich wette keinen Drachenfurz darauf, dass das klappt«, sagte Jomar und seufzte. »Aber offensichtlich braucht jeder Zirkel irgendeinen Verrückten, der auf solche Ideen kommt.«

»Also, ich finde, der Plan hat was«, meinte Roán.

Darauf hatte Terwyn gezählt. Das, was er vorhatte, war riskant, und es versprach jede Menge Ruhm – es passte perfekt zu diesem neuen Roán.

Noch immer fixierte ihn Vic. »Terwyn, ich glaube, du hast uns eben angelogen. Das finde ich verwerflich. Entweder du bist ehrlich mit uns, oder dieser Zirkel kann nicht bestehen! Ich finde es sowieso schon schwierig, mit dir zu arbeiten nach dem, was passiert ist, und wenn du auch noch ...«

Ein kalter Schauer durchrieselte Terwyn. *Verdammt – Vic und ihr feines Gespür!* Er öffnete den Mund, um etwas zu erwidern, doch Idassa kam ihm zuvor. »Es ist nicht Terwyns Schuld, Vic, ich habe ihn gebeten, meinen Vorschlag vorerst geheim zu halten. Mir wäre es lieber gewesen, er und ich hätten das erst mal in Ruhe diskutieren können. Aber wenn ihr unbedingt wissen wollt, worum es geht ... so sei es.«

Es war so still, dass Terwyn Roáns Atemzüge hören konnte und das Trillern einer Singammer in den Gärten draußen.

Idassa straffte die Schultern. »Ich habe Terwyn vorgeschlagen, Dunkle Magie gegen die Bornländer einzusetzen.«

Schon war es mit der Stille vorbei, auf einen Schlag redeten alle durcheinander, Terwyn verstand kaum ein Wort. Keiner saß mehr. Erst nach einer Weile schaffte Idassa, wieder Ruhe einkehren zu lassen, und selbst das nur für einen Moment. »Das geht auf gar keinen Fall!«, unterbrach sie Vic. »Idassa, ist ein Dämon in dich gefahren? Hast du schon vergessen, wie wir Talea und Terwyn gefunden haben? Davon habe ich immer noch Albträume! Erst vor ein paar Tagen habe ich ...«

»Krieg dich wieder ein, Süße«, sagte Roán zu ihr. »Wir müssen über jeden Vorschlag nachdenken, auch diesen. Und ich persönlich finde ...«

»*Süße?* Sag mal, fehlen deiner Orchidee ein paar Blätter?« Vic sah aus, als wäre sie kurz davor, ihm eine Ohrfeige zu verpassen. Doch Idassa schob sich zwischen sie und den gut aussehenden jungen Magier. »Schluss jetzt. Wenn das Thema auf dem Tisch ist, müssen wir es auch diskutieren. Aber das können wir tun, ohne uns anzubrüllen.«

Terwyn grinste schief. *Die anderen können nicht ahnen, wie hoch es hergegangen ist, als Idassa und ich über Dunkle Magie gesprochen haben ...*

»Also ich bin der Meinung, dass Dunkle Magie ein Werkzeug ist«, mischte sich Jomar nüchtern ein. »Die Frage ist für mich nur, ist es das richtige Werkzeug und können wir es beherrschen?«

»Du hast keinen Schimmer von Dunkler Magie«, wies ihn Vic zurecht. »Wie willst du dann wissen, ob sie ein Werkzeug ist? Ich finde, es ist an der Zeit, dass Terwyn uns ein paar Worte darüber sagt, schließlich ist er der Einzige, der sich damit auskennt.«

»Absolut«, sagte Idassa. »Also, Terwyn, du bist dran. Ich weiß, du redest nicht gerne darüber, aber das hilft uns jetzt nicht weiter.«

Ihm wurde klar, dass ihre Neugier jetzt mindestens so stark war wie seine damals. Er musste ihnen wenigstens ein bisschen erzählen, sonst würden sie anfangen, auf eigene Faust nachzuforschen. Bei ihm war es jedenfalls immer so gewesen, dass Geheimniskrämerei seinen Wissensdrang erst recht angefacht hatte.

Er wartete ab, bis sich die anderen wieder um den Tisch herum gesetzt hatten und schweigend warteten. »Bei den Sieben Strömen nutzen wir, dass sie ungestört fließen«, begann er vorsichtig. »Wir tauchen in sie ein, manipulieren sie aber nicht. Dunkle Magie ist anders, sie entsteht aus dem Chaos, daraus, dass man die Ströme stört.« Er zögerte kurz, suchte nach Worten, nach Bildern. »Stellt euch einen Fluss vor, den man aufstaut oder der durch einen Gewitterregen anschwillt. Bricht der Damm oder ist der Regen zu heftig, dann wird er zu einem brutalen, reißenden Strom. Er schwemmt die heranmarschierenden Feinde weg, aber womöglich denjenigen, der den Damm gebrochen hat, gleich mit ... und alles, was er sein Eigen nennt.«

»Gut, das klingt unerfreulich, aber wie ist es denn so? Wie fühlt es sich *an*?« Roán beugte sich vor. »Und wie kommt man hinein in diese Magie?«

»Furchtbar fühlt es sich an – es entzieht dir erst Glück, dann Lebenskraft und schließlich deine Seele«, sagte Terwyn rau und streifte sich den linken Ärmel hoch bis zur Schulter. »Ich weiß, ihr habt euch schon früher darüber gewundert. Die Wahrheit ist, das sind Schutz-Tätowierungen. Solange du in dieser anderen Welt bist, fühlen sie sich manchmal an, als würdest du den Arm in eine offene Flamme halten, aber das ist besser als ... das andere.« Er musste nicht hinsehen, um zu wissen, dass die Muster sich ganz langsam bewegten, driftend wie Wolken, nur in streng abgezirkelten Bahnen.

»Ich habe mir schon gedacht, dass es mit diesen Tätowierungen irgendetwas auf sich hat«, sagte Vic beklommen und achtete darauf, Abstand von ihm zu halten.

»Um dein Bild von vorhin aufzunehmen ... worin besteht denn in diesem Fall das *Wegschwemmen?*«, erkundigte sich Jomar und legte die Fingerspitzen nachdenklich gegeneinander. »Solche Vergleiche sind ja immer nur Hilfsvorstellungen. Ist es so, wie durch einen Strom ausgebrannt zu werden?«

»Nein«, sagte Terwyn ruhig. »Es entreißt einem die Seele.«

Nur kurz dämpfte das ihre Neugier, schon ergriff Roán wieder das Wort. »In irgendeinem Buch hat mal jemand erwähnt, dass es um ein Dunkles Wort geht, das man kennen muss ... kennst du dieses Wort? Wie hast du es gefunden?«

»Man kann es im Traum finden, aber das dauert«, meinte Terwyn knapp und zog in seinem Geist eine Schutzwand hoch, die den Vergleich mit Jomars nicht scheuen musste. Roáns Neugier war ihm nicht ganz geheuer, und besser, der Junge geriet nicht in Versuchung, ungebeten in seinen Gedanken zu stöbern. *Verdammt, in meiner Kammer liegt noch immer dieses verdammte Manuskript, in dem alles steht, was ich über Dunkle Magie weiß!* Er überlegte, ob er es aus der Ferne in Flammen aufgehen lassen sollte, aber er wollte keine Energie dafür einsetzen müssen, anschließend den Palast zu löschen.

»Außerdem braucht man Unterstützung dafür«, fügte er hinzu. »Deswegen habe ich mit verschiedenen Orchideensäften experimentiert.«

Diesmal hatte er geschafft, selbst Idassa zu schockieren. Auch die anderen sahen völlig entgeistert aus. »Du hast mit ...?« Vic sah aus, als würde sie gleich aufstehen und gehen.

»Ja.« Sie hatte die Wahrheit von ihm verlangt, und genau die bekam sie jetzt. Er hatte nie garantiert, dass ihr diese Wahrheit gefallen würde.

»Das ist entsetzlich!«

»Also mal ehrlich, Terwyn ...«, meinte Idassa schwach.

Allmählich regte sich Trotz in ihm. »Ihr glaubt doch nicht etwa die Kindermärchen, dass die Orchideen uns vor Cruzarks Dämonen schützen, oder?«

Die anderen schwiegen und wandten den Blick ab. Nur Roán sah immer noch halb interessiert, halb herablassend drein. »Wie lautet denn nun das Dunkle Wort? Und welcher Orchideensaft war es, der am besten gewirkt hat?«

»Solche Details sind hier nicht wichtig.«

»Na gut, aber wie genau ...«

Terwyn hatte genug. Von Roáns Arroganz, von der Art, wie er nachbohrte, von seiner aggressiven Eitelkeit. Blitzschnell war er auf den Füßen, packte Roán am Kragen seiner Tunika und riss ihn hoch. Roáns Schwerttraining zum Trotz war er immer noch stärker als der Junge und schneller sowieso – Roán schaffte es nicht rechtzeitig, einen Bannkreis um sich zu ziehen. Terwyn hielt ihn gepackt und blickte ihm aus einer Handbreit Entfernung in die magisch nachgefärbten, allzu blauen Augen. »Die Dunkle Magie tötet nicht nur einen selbst. Wen liebst du? Bist du bereit, diese Menschen aufs Spiel zu setzen?«

Roán wurde totenblass.

Als Terwyn ihn losließ, setzte er sich ohne ein weiteres Wort. Terwyn ahnte, warum. Es mochte bisher keine Frau geschafft haben, Roáns Herz zu gewinnen, doch das Verhältnis zu seinen Eltern war sehr eng und herzlich.

Eine Weile herrschte Stille im Refugium des Zirkels.

»Noch haben wir eine andere Chance – die Wasserdrachen«, sagte Idassa fest. »Sie sind gefährlich, so viel steht fest … aber vielleicht nicht ganz so gefährlich wie Dunkle Magie.«

»Na, dann los«, meinte Jomar und stand auf.

* * *

Es fiel Mig schwer, den Blick von den beiden Ufern aus Kristall zu lösen. *Wir sitzen hier in der Falle.* Aber wie lange noch? Über ihm in einem Baum saßen die überlebenden Gelbrückendohlen. *In so einem kleinen Kopf hat nicht viel Platz. Wenn sie wieder versuchen, auf dem Kristall zu landen, dann verseuchen sie auch unsere Insel!*

Doch selbst wenn nicht, irgendwann würden sie alle hier verhungern.

Schweigend räumten Inyra und Mig ihre Taschen aus. Ein kleines Klappmesser, Vinnies Sonnentuch, ein kaputter Knopf aus Perlmutt, eine Vogelfeder, ein Stein, der wie ein Herz geformt war, ein Kanten Brot.

»Wieso schleppst du eine Vogelfeder herum?«, fragte Inyra.

»Die ist mein Glücksbringer«, gestand Mig, er hatte sie an einem Tag gefunden, an dem Odira aus seiner Klasse ihm zugelächelt hatte. Dem glücklichsten Tag seines Lebens. Der zweitglücklichste war gewesen, als er im Dschungel endlich einen Roten Elegant gesehen hatte, groß wie sein Handteller und wunderschön. Mig hatte sogar beobachten können, wie er an einer Blüte Nektar saugte. »Und äh, was soll der kaputte Knopf, Tante?« Nach dem steinernen Herz wagte er nicht zu fragen.

»Soll mich daran erinnern, dass das Leben nicht gerecht ist«, murmelte Inyra.

Der Brotkanten, den sie noch übrig hatten, war winzig. So gerne hätte Mig die Hand danach ausgestreckt, er fühlte sich schwach vor Hunger. Auch Inyra sah aus, als wäre sie furchtbar in Versuchung. Doch dann sagte sie: »Wenn ich es zerkrümele und Wasser dazumische, kann Vinnie es schlucken.«

Mig schluckte seine Erbitterung herunter – nein, auch er wollte nicht, dass Vinnie litt, und außerdem machte ihr hungriges Weinen ihn fast wahnsinnig.

Jemand stürmte zwischen sie, trampelte mit stinkenden, durchweichten Schuhen beinahe auf seine Finger. Die Augen der Kalkulatorin flammten vor Zorn. »Ihr habt noch Brot, ihr wolltet nichts abgeben!«

»Was soll das?«, fuhr Inyra auf, und Mig war klar, dass sie diese Nahrung mit Zähnen und Klauen verteidigen würde. »Gönnt ihr meiner Tochter das bisschen Essen etwa nicht? Sie wird bald sterben, wenn sie nichts bekommt!«

Es war deutlich zu sehen, dass das der Kalkulatorin ziemlich egal war, und das machte ihm die große, plumpe Frau noch unheimlicher. *Eins ist klar, wenn es ans Verhungern geht, wird die lange nach Vinnie sterben, sie hat noch einiges an Speck auf den Rippen. Und wahrscheinlich nimmt sie sich unser Klappmesser und ersticht uns, damit sie uns auffressen kann!*

Der Gedanke ließ seine Knie weich werden. Dazu durfte es nicht kommen. Ihm fiel ein, was der Magier gesagt hatte. Terwyn del Cresta. *Ach ja, und du, geh mal zu einer Sichtung. Du hast magisches Talent.* Schon tausendmal hatte er daran denken müssen, seit sie auf diesem Berg gewesen waren.

Vielleicht war das nun der einzige Ausweg. Er musste es wenigstens versuchen. Seine Tante wusste nicht, dass er dem Magier des Dorfes oft genug auf die Lippen geschaut hatte, dass er den Namen des Ersten Stroms kannte. *Kalios.* Was würde passieren, wenn er ihn einfach aussprach?

Nachdem sie Vinnie das in Wasser aufgeweichte Brot gegeben hatten, machte seine Tante sich daran, jede einzelne Pflanze ihrer kleinen Zuflucht zu untersuchen – sie hoffte wohl noch, dass sich eine als essbar erweisen würde. Die Kalkulatorin watete im Wasser umher, versuchte mit einem angespitzten Stock, einen Fisch zu erbeuten. Doch sie stieß viel zu langsam zu. Mig zog sich auf die andere Seite der Insel zurück und setzte sich ins trockene, von der Sonne ausgedörrte Gras. Im Baum über ihm lärmten unruhig die Gelbrückendohlen.

»Kalios«, flüsterte er.

Nichts geschah. Doch … er spürte etwas. Eine Art von unsichtbarer Gegenwart, einen ganz leichten Druck in seiner Seele. War das der Strom? Aber wie tauchte man hinein? Oder war er schon drin? Ihm wurde schwindelig, war das ein Wirbel gewesen? Er versuchte sich Essen vorzustellen, einen Berg von Pfannenbrot, doch nichts passierte, nur ein paar Grashalme vor ihm schienen sich aufzulösen. Nach wenigen Momenten begann sein Kopf zu schmerzen.

Er versuchte es noch mal und noch mal, während die Sonne langsam über den Horizont zog. Inzwischen war ihm schlecht vor Hunger. Feuer hatten sie auch keins, es würde eine sehr, sehr dunkle Nacht werden.

Mig stellte sich eine Flamme vor, sah sie fast schon vor sich, wie sie tanzte, wie er seine Hände daran wärmte. Und fuhr zurück, als ein kleiner Lichtblitz vor ihm aufglomm. Schon wieder weg. War *er* das gewesen? War er etwa noch immer im Ersten Strom? Er schloss die Augen, konzentrierte sich auf das, was er fühlte, und merkte, dass er sich im Geiste auf irgendeine Art voranbewegen konnte. Wenn er sich einen kleinen, plätschernden Bach vorstellte, den er durchwatete, verklangen die Kopfschmerzen etwas. Mig spürte, wie sich der Druck – eine Strömung? – in ihm veränderte, stärker, schwächer, manchmal auf seltsame Art lauter und ein anderes Mal holprig wurde, vielleicht hatte er jetzt andere Stellen des Stroms erreicht.

Ich beuge mich herab, schöpfe Wasser aus dem Strom, halte es in den hohlen Händen. Doch in Wirklichkeit ist das kein Wasser, sondern irgendetwas, das brennt. Eine Flamme lodert daraus empor, steigt immer höher.

Als Mig die Augen aufriss, war da ohne Zweifel ein Funke. Hastig nährte er ihn mit winzigen Aststückchen und trockenem Gras.

»Mig? Wie hast du das gemacht? *Mig!*« Jemand schrie ihn an. Seine Tante.

Es kostete ihn etwas Mühe, den Strom wieder zu verlassen, dann strahlte er sie über das prasselnde Feuer hinweg an. Aber er versuchte, beiläufig zu klingen. »Das war Magie. Kein Problem. Halb so schwer, wie ich dachte.«

»Im Ernst?« Sie starrte ihn an. »So, und jetzt mach das Feuer aus, wir haben hier kaum Brennholz und die Nacht ist nicht besonders kalt.«

Er wusste, was sie gleich fordern würde – das Gleiche, was sein eigener Magen ebenfalls von ihm verlangte –, aber ob er das schaffen konnte? Außerdem musste er sich um diese Vögel kümmern, bevor sie das Unheil auf ihre Insel trugen. Reichte der Erste Strom dafür aus, sie zu töten? Es würde ihm leidtun, er mochte Dohlen, doch was hatte er für eine Wahl?

Mig ließ den Blick noch einmal zu den beiden Ufern gleiten, die im Sternenlicht glitzerten. *Ich muss es schaffen. Sonst sterben wir hier alle, und zwar bald.*

12

Padric, komm schon!«, brüllte der Weber. »Lass ihn los, du beschissenes Drachenvieh!«

Rhi sah, dass er und seine Frau erst jetzt dabei waren, die Bodenklappe aufzustemmen. Das dauerte alles viel zu lange! Wie viel Zeit hatten sie noch? Zehn Atemzüge? Zwanzig? Dreißig?

Panisch blickte sie sich nach einem anderen Versteck um, irgendeinem. Doch es gab keins, außer sie kroch unter die große gusseiserne Badewanne in einer Wandnische. Wenn sie es schaffte, die Wanne umzudrehen …

Mit einem Sprung war Rhi dort, doch das verdammte Ding war unglaublich schwer, sie konnte es kaum bewegen, und doch musste sie fertigbringen, es umzukippen! Ihr Atem flog, ihr ganzer Körper kribbelte, sie spürte keine Schmerzen in diesem Moment. Sie zog und zerrte mit aller Kraft, und nun bewegte sich die Wanne endlich …

NACH OBEN! Noch nicht oft hatte Zad sie angebrüllt.

Im Bohnenfeld hatte er ihr das Leben gerettet. Er wusste etwas über diese Krieger, das sie nicht einmal ahnen konnte.

»Zad sagt, wir sollen hoch«, schrie Rhi die Weber an, doch der junge Mann hörte ihr nicht zu, er war mit dem Kellerzugang beschäftigt. Seine Frau wandte sich kurz um, einen Moment lang trafen sich ihre Blicke. »Padric – bleib, wo du bist, mein Schatz!«, rief sie nach oben. »Louran, beeil dich, wir müssen …«

Wie viel Zeit noch? Rhi blickte sich um, erst aus dem Fenster – nichts zu sehen –, dann hoch zum strohgedeckten Dach des Hauses. Dann kletterte sie kurzerhand auf den Tisch, zerknackte dabei mit dem Fuß einen Teller und landete mit der Ferse in der Butter. Ohne darauf zu achten, sprang sie mit aller Kraft nach oben und bekam einen der Dachbalken zu fassen. Sofort packte Zad sie mit den Zähnen am Kragen der Tunika und hievte sie hoch, er war zwar nicht groß, aber unglaublich stark. Im gleichen Moment, in dem der Stoff riss, bekam Rhi ein Knie auf einen der waagrechten Dachbalken. Der würzige Geruch der Kräuterbündel umgab sie, Zad und den Jungen, raschelnd pendelten sie, pendelten ... wann würden die verdammten Dinger endlich anhalten?

»Still«, hauchte Rhi Padric ins Ohr und umfasste ihn mit einem Arm, mit dem anderen hielt sie sich an einem senkrechten Balken fest. Sein Körper war klein und warm, und sie konnte seinen schnellen Herzschlag spüren wie bei einem verängstigten Tier. Er hatte aufgehört zu kämpfen, aber sein Atem klang rau und schluchzend.

Neben ihr schien Zad zu Stein zu erstarren, reglos lag er auf dem Dachbalken zu ihren Füßen, und seine Haut verfärbte sich zu einem gefleckten Grünbraun.

Verzweifelt sah Rhi, dass die beiden Weber noch nicht ganz den Kellerschacht hinuntergeklettert waren, die Klappe stand offen. *Beeilt euch, verdammt noch mal!*, wollte sie ihnen zurufen, doch aus ihrer Kehle kam nur eine Art Krächzen.

Dann waren sie da, zum ersten Mal sah Rhi sie mit eigenen Augen. Sie fegten herein wie eine eisige Sturmböe, lautlos und mit unmenschlicher Schnelligkeit. Auf den ersten Blick fast menschlich, auf den zweiten Blick kaum noch, ihre Körper durchscheinend, ihre Gesichter ein verschwommenes, helles Oval. In den Händen trugen sie gläserne Schwerter, deren Schneide ein weißes Glühen war. Kurz sondierten sie den Raum ... rechts, links ... und erfassten ein Ziel – die beiden Weber, deren Augen sich erschrocken geweitet hatten, die schnell noch versuchten, die Klappe hinter sich zu schließen.

Dann glitten die Schatten auf sie zu, die gläsernen Klingen erhoben. Der entsetzte Schrei, den Padrics Mutter ausstieß, brach ganz plötzlich ab.

Rhi hielt Padric fest. Er zitterte am ganzen Körper, gab aber keinen Laut von sich und presste das Gesicht an ihren Bauch, während unter ihnen die Schwerter ihr blutiges Werk begannen. Rhi schloss die Augen, um sich den Anblick zu ersparen. Wie viele Atemzüge lang hatten sie, Zad und Padric noch zu leben? Würden die Glasklingen sie zwischen den Kräuterbündeln erspähen?

Ihr seht uns nicht, ihr seht uns nicht, wiederholte sie lautlos immer wieder. Woran erkannten sie einen Menschen? Konnten sie Bewegungen sehen, Wärme, Umrisse? Lebenskraft spüren?

Es ging alles sehr schnell, und danach herrschte wieder diese entsetzliche Stille. Rhi öffnete die Augen einen Spalt breit. Die eigenartigen Krieger waren noch da, sie standen mitten im Raum neben dem Webstuhl mit dem jetzt blutbesudelten Teppich darauf, zwischen den Trümmern des Frühstücks, die nun in einem See von Rot schwammen. Sie blickten sich um – rechts, links. Zögerten. Spürten sie, dass hier noch jemand war?

Die Art, wie sie sich umblickten, erinnerte Rhi an die beiden Männer am Fluss, und plötzlich ahnte sie, dass dies hier ihr Werk war. *Haben diese beiden verdammten Kakerlaken einen tödlichen Zauber gewirkt? Haben sie diese Krieger erschaffen? Vielleicht bin auch ich gleich tot, und niemand wird jemals etwas von diesem Kristalldolch im Fluss erfahren.*

Rhis Beine trugen sie kaum noch, wahrscheinlich würde sie gleich von dem Balken fallen. Sie verbannte jeden Gedanken aus ihrem Kopf und schloss wieder die Augen. Schweigend zählte sie bis hundert, dann noch einmal und noch einmal.

Als sie das nächste Mal wagte, einen Blick nach unten zu werfen, waren die Glasklingen-Krieger verschwunden und Zad regte sich wieder. Mit bebenden Fingern befreite Rhi seinen Flügel von dem Nagel, an dem er sich verfangen hatte.

Ganz langsam kletterten sie alle herunter, Rhi half Padric dabei. Er bewegte sich eckig, mechanisch und gab noch immer keinen Laut von sich. Sie hielt ihm die Augen zu, während sie auf die Tür zusteuerten. Besser keinen letzten Blick auf seine Eltern.

Wahrscheinlich hätten sie irgendetwas mitnehmen müssen – Kleidung, Proviant, Palo-Wachs gegen diese verdammten Larven in ihrer Stirn –, doch Rhi wollte einfach nur weg aus diesem Haus, in dem es nicht mehr nach Kräutern, Honig und Wolle, sondern nach Blut und Tod stank. Auch ihre Satteltaschen waren mit rotbraunen Spritzern bedeckt. Rhi nahm heraus, was sie nicht entbehren konnte und wollte – die Spinnenharfe, ihr Messer –, packte alles in einen schlichten Umhängebeutel, den sie in einer Ecke fand, und ließ die Taschen dort.

Als sie auf dem gepflasterten Hof standen, wusste Rhi im ersten Moment nicht mehr weiter. *Was soll ich jetzt mit Padric anfangen?*, fragte sie Zad, der neben ihr durch die Tür gewatschelt war.

Hat er kein Rudel? Zads Gedanken flossen langsam und zähflüssig.

»Padric, schau mich an! Hast du noch irgendwo in der Gegend Tanten, Onkel, Großeltern?« Da er nicht reagierte, umfasste Rhi vorsichtig sein Gesicht und hob sein Kinn an.

Padrics Augen waren glasig und leer. Er starrte sie an und sah sie nicht. Völlig im Schock. Das konnte Rhi so gut verstehen – sie selbst wäre am liebsten weinend zusammengebrochen. Aber das ging jetzt nicht.

Wir müssen ihn mitnehmen, sagte Zad in ihrem Kopf, sein gepanzerter Schwanz peitschte nervös und traf sie wieder einmal am Schienbein. Rhi merkte es kaum.

»Aber was soll ich mit einem Kind anfangen?« Aus lauter Verwirrung sagte Rhi es laut.

Niemand reagierte, und ihr wurde klar, dass sie Padric mitnehmen *musste*. Wenn sie ihn hierließ, würde er nicht überleben, und ob es noch irgendwelche Leute in der Gegend gab, bei denen sie ihn absetzen konnte, wusste nur Ostra Namina die Gnädige. Nach Kriegsende konnte sie sich auf die Suche nach seinen Verwandten machen, aber dafür war jetzt keine Zeit. Sie musste zum Hof des Regenten, einen hohen Magier finden! So seltsam es war, der Zwischenfall hatte ihr neue Hoffnung beschert und ihre Zweifel verscheucht. *Vielleicht kann ich dieses Gemetzel wirklich beenden!*

Entschlossen nahm Rhi Padrics Hand und zog ihn mit sich, als sie und Zad auf das dichte Grün des Orchideenwaldes zumarschierten. In dieser Richtung floss irgendwo die Xilda, die wahrscheinlich ihre letzte Chance war.

»Wir müssen zum Fluss«, erklärte sie dem Jungen, obwohl er ihr wahrscheinlich nicht zuhörte. »Den lassen wir uns hinuntertreiben. Wird sicher nicht einfach, aber keine Sorge, das schaffen wir schon.«

Ihre Cousins hätten sie sicher wieder einmal eine hoffnungslose Optimistin genannt.

* * *

Mig versuchte zu vergessen, dass sie zwischen zwei Ufern aus Kristall festsaßen, auf einer Insel, die eher einem Gefängnis glich als einer Zuflucht. Noch war es ihm nicht gelungen, die Dohlen mit Magie zu töten. Hin und wieder flatterten sie über die Insel hinweg, wagten sich auch weiter hinaus, und jedes Mal blieb ihm fast das Herz stehen. *Nicht landen!*, beschwor er sie, und bisher hatten sie Glück gehabt.

Er konzentrierte sich auf den kleinen Stapel von Dingen, der vor ihm lag. Von den Gräsern, die hier wuchsen, hatte er die Samen abgestreift, grüne Dinger, die höchstens ein Kaninchen genährt hätten. Von einem Strauch hatte er die harten, scharf riechenden Früchte geerntet, ungefähr so groß wie Nüsse. Daneben lag ein Stapel dunkelgrüner, ledriger Blätter, die er von einem der beiden Bäume gepflückt hatte.

Es ist nur ein kleiner Schritt zwischen diesem Zeug und richtigem Essen, dachte Mig und fühlte, wie sein Magen sich wieder einmal verkrampfte.

Er war so schwach vor Hunger, dass es ihm nicht leichtfiel, sich zu konzentrieren und in den Ersten Strom einzutauchen. Doch als es ihm gelungen war, verlor er keine Zeit und ließ Bilder durch seinen Kopf strömen. *Das ist kein Grassamen, sondern Grünkorn für Brei oder für Brot. Das daneben sind Nüsse, und ein Stück weiter liegt ein Stapel Salatblätter.*

Es sich nur vorzustellen, reichte nicht, das merkte er schnell. Seine Gedanken kehrten zurück zu diesem seltsamen Einsiedler auf dem Berg – hätte er ihm nur ein paar Fragen stellen, sich ein paar Hinweise holen können! Da traf er ein Mal im Leben einen Magier des Siebten Stroms und was machte er? Stotterte nur dämlich herum! *Ich bin einfach ein Versager, alle meinen das und sie haben recht!*

Nicht mal mehr in der Schmiede ließ ihn sein Vater helfen, seit er durch falsches Schleifen ein Tagwerk an neuen Klingen ruiniert und sich danach beinahe ein rotglühendes Stück Eisen auf den Fuß hatte fallen lassen.

Wütend auf sich selbst und auf diese unmögliche Aufgabe starrte Mig auf die Grassamen, und ohne genau zu wissen, wie und warum, packte er sie im Geiste, griff *in sie hinein*, in ihr Innerstes Wesen. Vielleicht war das die Lösung, er musste die Stoffe verändern, aus denen sie bestanden. Wenn das nicht klappte, waren sie verloren.

Der Gedanke brach seine Konzentration, ein Schluchzen entfuhr ihm. *Ich will nicht sterben!* Entmutigt öffnete er die Augen ... und stutzte. Hatte sich die Farbe der Körner nicht ein wenig verändert? Mig quälte sich auf die Füße, streifte ein paar Halme ab, legte die Samen als Vergleich daneben. Ja, die sahen anders aus. Seine Hand schoss vor, ergriff ein paar der veränderten Körner, führte sie zum Mund. Schon zerkauten seine Zähne die faserige Hülle. Es schmeckte wie ganz normales Getreide, das er früher vom Feld geklaut hatte.

Tränen wollten in seine Augen drängen, doch er unterdrückte sie. Stattdessen starrte er auf die harten Früchte, auf die Baumblätter. Kurz darauf lagen Nüsse, Kaschuggen und Salat vor ihm.

Ein Schatten fiel über ihn, und Mig blickte hoch. Die Kalkulatorin stand keine zwei Schritte entfernt, ihr Gesicht war grimmig. Mit zusammengekniffenen Augen starrte sie auf das herab, was er verändert hatte. Bevor sie die Hand danach ausstrecken konnte, war Mig auf den Füßen und baute sich zwischen ihr und dem Essen auf. *Ich habe schon Feuer aus der Luft gerufen – wenn sie mich angreift, wird sie sehen, was sie davon hat!*, schoss es ihm durch den Kopf.

Inzwischen hatte seine Tante mitbekommen, was ihm gelungen war. Sie legte Vinnie, die sie in den Armen gehalten hatte, vorsichtig auf dem Boden ab, dann warf sie sich vor seiner Ausbeute auf die Knie und betrachtete sie ungläubig. »Oh, Mig. Das ist so wunderbar!«

Ein warmes, prickelndes Gefühl durchrieselte Mig ... ein Gefühl, das er bisher nur dem Namen nach gekannt hatte. »Wir teilen gerecht«, sagte er, und es kam ihm vor, als würde seine Stimme tiefer und sicherer klingen als zuvor.

»Ja, natürlich«, sagte Inyra rasch, schon waren ihre Hände am Werk, sortierten Nüsse, Salat und Körner in drei große und einen kleineren Haufen. Noch immer standen sich Mig und die Kalkulatorin gegenüber, doch er konnte spüren, dass sich die massige Frau langsam entspannte. Auf einmal wirkte sie nicht mehr bedrohlich, fast so wie zu Anfang, als sie mit den Stoffmustern, dem Abakus und dem Geschäftsbuch mit ihnen in der Kutsche gesessen hatte. Ihre rissigen Lippen öffneten sich. »Gut gemacht, Junge.«

»Ich heiße Mig«, erinnerte er sie.

Dann verschlangen sie alle ihren Anteil, ohne sich die Zeit zu nehmen, die Körner zu zermahlen oder den Salat zu waschen.

Erst später, als er weiter mit dem Ersten Strom experimentierte, kam ihm ein Gedanke, der ihn unsicher machte. *Wie viel Lebenszeit kostet es mich eigentlich, was ich hier mache? Mein Leben verkürzt sich mit jedem einzelnen Zauber, den ich wirke!*

Das war ein eigenartiges Gefühl und ausgesprochen gruselig.

* * *

Vic, Roán und Jomar hatten es eilig, sich für den Flug zu den Wasserdrachen bereit zu machen. Hitzig diskutierend verließen sie das Refugium, und einen Moment lang waren Idassa und Terwyn allein. Verlegen und etwas beklommen blickte Terwyn seine beste Freundin an. *War dieser Kuss letzte Nacht eine Art Ausrutscher? Oder ist da wirklich etwas zwischen uns?* Er war sich nicht sicher. Ja, da war Wärme in ihrem Blick, doch sie wirkte auch ein wenig distanziert. Kein Wunder nach all seinen Enthüllungen!

Es war sowieso nicht der rechte Zeitpunkt für Romantik, noch immer vibrierte der Streit mit Roán in ihm nach. »Ich verstehe Roán einfach nicht mehr«, gestand er Idassa. »Was genau hat er für ein Problem mit mir? Es ist ja anscheinend nicht so, dass er mir das mit der Dunklen Magie vorwirft. Eher im Gegenteil, er will sie möglichst bald selbst ausprobieren.«

»Du warst sein Held«, sagte Idassa sanft. »Aber dann hast du furchtbare Dinge getan ... und uns alle – vor allem ihn – im Stich gelassen. Ein paar Monate lang war danach mit ihm kaum etwas anzufangen. Er hat auf irgendeine Nachricht von dir gehofft ... aber da kam nichts.«

»Scheiße. Das tut mir so leid.« Terwyn ließ sich auf einen Stuhl fallen und stützte den Kopf in die Hände. *So unglaublich viel habe ich falsch gemacht! Nach der Katastrophe habe ich nur an Talea und mich selbst gedacht. Wieso bin ich nicht auf den Gedanken gekommen, dass es für die anderen auch furchtbar schwer sein könnte?*

»Am besten, ihr redet mal unter vier Augen. Vielleicht kannst du ihm wieder das Gefühl geben, dass du ihn schätzt«, empfahl ihm Idassa. »Ich glaube, deine Anerkennung ist ihm immer noch sehr wichtig, auch wenn man davon gerade nicht viel merkt.«

Dankbar nickte Terwyn. Ja, das war ein guter Rat, vielleicht konnte er sich wenigstens dafür entschuldigen, was er Roán angetan hatte. Manchmal konnte er kaum glauben, dass Idassa erst Ende zwanzig war, nur wenige Jahre älter als Vic, nur drei Jahre jünger als er selbst. Oft kam sie ihm nicht nur klug vor, sondern weise.

»Mache ich, nach der Sache mit den Wasserdrachen«, sagte Terwyn, und kurz rollten sie auf dem Tisch eine Landkarte aus, um den besten Ort für das Experiment zu bestimmen. »Wir brauchen einen Fluss am Rand der Todeszone.« Idassa skizzierte mit dem Finger, wohin das Kristall schon vorgerückt war. Terwyn erschrak, er blickte sie von der Seite an. »Schon so weit? Bis nach Nelmon?« Das war nicht nur die drittgrößte Stadt Skaidars, sondern auch ihre Heimatstadt, deren Namen sie für den Rest ihres Lebens tragen würde. »Ist deine Familie in Sicherheit?«

»Ja, hat man mir gesagt«, sagte Idassa knapp und starrte einen Moment lang auf die Karte, strich mit den Fingerspitzen über die geschwungenen Worte darauf.

Terwyn nickte und erinnerte sich daran, was sie ihm im Laufe der

Zeit darüber erzählt hatte, wie sie in Nelmon aufgewachsen war. Dort hatte sie als Kind einen Vogelschwarm dazu gebracht, ihr Lieblingslied zu pfeifen, dort hatte sie sich einen Fantasie-Vater aus einer Edlen Familie erdacht, weil sie über ihren wirklichen so wenig wusste. Genau dort, in Nelmon, hatte sie in einer Gastwirtschaft gearbeitet, gegen Geld Brigtar gespielt, sich verliebt und hoch in ihrem Lieblingsbaum sitzend Gedichte geschrieben. So viele Erinnerungen. Diese Stadt zu verlieren würde hart sein für sie. Hinzu kam die Sorge um Verwandte, Freunde, Nachbarn ... ob sie alle überleben würden, war ungewiss.

»Du wirst sehen, wir werden Nelmon retten«, sagte Terwyn.

»Versprich nichts, was du nicht halten kannst«, erwiderte Idassa und wandte sich ab.

Schweigend folgten sie den anderen zu den Ställen, um ihre Pegasi zu holen.

Auf dem Weg dorthin überflogen sie den Fluss Orda, der sich durch eine völlig kristallisierte Landschaft wälzte. Beide Ufer waren betroffen, nur eine von Büschen und einigen wenigen Bäumen bewachsene Insel in der Mitte des Stroms war noch grün. Ein beklemmender Anblick, und Terwyn sah, wie Roán tiefer ging und neugierig hinabschaute.

»Komm, weiter«, rief Vic ihm über das Brausen der Schwingen zu.

Der Flugwind drückte kühl gegen Terwyns Gesicht und riss an seinem Umhang. Terwyn fühlte, dass Ortun allmählich müde wurde, und half ihm mit einem Schwebezauber, in der Luft zu bleiben. Sie mussten weiter, bis zum deutlich breiteren Fluss Beku. Hierhin war das Kristall schon vorgedrungen, doch bisher nicht zum anderen Ufer. Konnte Wasser die Zone aufhalten? Oder würde das Kristall den Fluss irgendwie überqueren können?

Vor ihnen tauchten die berühmten drei lebenden Türme von Nelmon aus dem Dunst auf – Riesen-Miraanbäume, die vor fast genau viertausend Jahresläufen vom ersten Regenten Skaidars gepflanzt worden waren. Überall in der Stadt ragten einige ebenso hohe Rauchsäulen auf, hatte es Plünderungen gegeben? Terwyn fragte sich, was aus dem Bestiarium, für das Nelmon bekannt war, geworden war. Dort wurden Tiere aus der ganzen bekannten Welt gehalten, viele von ihnen waren in ihren einstigen Heimatländern längst ausgestorben. Hatten sie die Tiere in Sicherheit gebracht oder freigelassen, damit sie sich vor dem Kristall in Sicherheit bringen konnten?

Auf der anderen Seite des Beku waren die letzten Bewohner von Idassas Heimatort gerade dabei, aus der Stadt zu drängen. Sofort ließ Idassa ihren Pegasus tiefer gehen, um mehr erkennen zu können, und Terwyn und die anderen folgten ihr, gemeinsam flogen sie eine Runde über die Stadt. Ortun schnaubte, der Rauchgeruch irritierte ihn wohl. Überall loderten Brände, auch beim Bestiarium. »Das Haus meiner Mutter steht noch, aber den Dienstsitz des Magus hat jemand angezündet – und nicht nur den«, rief Idassa zu ihm hinüber.

Die Leute sind wütend, weil wir es nicht schaffen, sie zu schützen, ging es Terwyn durch den Kopf.

Am einst so stolzen Hafen von Nelmon, in dem jedes Jahr traditionell das Queren des Flusses gefeiert wurde, ließen sie ihre Pegasi landen. »Na, hier ist es wohl hoch hergegangen«, sagte Jomar, als er sich umblickte.

Stumm nickte Idassa, und Terwyn strich ihr tröstend über den Arm. Die herrschaftlichen Handelshäuser mit ihren bilderverzierten Fassaden standen noch, doch bis auf eines waren sämtliche Schiffe und Boote verschwunden. Um dieses eine schien es einen Kampf gegeben zu haben, es lag mit geknickten Wanten und zertrümmerter Bordwand schief im Wasser. Aufgegebene Besitztümer lagen überall verstreut oder schwammen im Hafenbecken, umgestürzte Fässer und Kisten säumten die Kaianlagen, überall waren Scherben. Die Luft roch scharf und ätzend nach Rauch und ausgelaufenem Kernöl.

»Wenigstens ist es hier nicht so voll«, ächzte Vic – Terwyn sah ihr die Beklommenheit an.

Unbehelligt gingen sie bis zum Ufer.

»Also dann, Terwyn«, sagte Roán mit beißendem Spott. »Meinst du nicht, wir hätten noch ein paar Trommler mitnehmen sollen, um deine geliebten Wasserdrachen anzulocken? Ein paar hätten auf unsere Gäule sicher noch draufgepasst.«

»Wozu denn Trommler?«, fragte Terwyn, klopfte mit den Fingern einen Rhythmus auf ein hölzernes Ölfass und tauchte in den Zweiten Strom ein. Sofort dröhnte der Rhythmus über die Kaianlagen, wiederholte sich immer wieder. »Das ist doch nur Zeremonie. Wir brauchen den Klang, nicht die Leute.«

»Meinst du wirklich, wir können einen der Drachen herlocken?«, Idassa suchte sich vorsichtig einen Weg zwischen den Scherben. Sie musste rufen, um sich über den dröhnenden Trommelklang verständlich zu machen. »Es ist spät in der Jahreszeit! Und du hast bestimmt schon gehört, dass ich bei meinen Drachenfesten als Erste Magus nicht viel Glück hatte mit den Biestern.«

»Keine Sorge, Ter kuschelt gerne mit denen«, behauptete Jomar. »Und die mit ihm!«

Es stimmte – er hatte Glück gehabt, und zwar jedes Mal. Es durchrieselte Terwyn warm, als er daran dachte. Einmal war es ein Weibchen gewesen, das erschienen war, doch die anderen Male war es ein männlicher Wasserdrache gewesen, der sich im Fluss hatte blicken lassen. Und zwar immer der gleiche. Inzwischen hatte Terwyn das Gefühl, ihn zu kennen, sofern man ein so fremdartiges Wesen überhaupt kennen konnte. Nur sein Name war noch ein Geheimnis. *Weiß der Drache auch, wer ich bin? Ist er gekommen, weil irgendetwas an mir ihn angezogen hat, oder war es nur ein Zeitvertreib für ihn, in den letzten Jahresläufen bei der Zeremonie vorbeizuschauen? Wird er nun bereit sein zu helfen?*

Besser, er machte den anderen keine übertriebene Hoffnung. Aber sie wussten alle, dass es ihre letzte Chance war, diese Stadt zu retten ... und vielleicht ganz Skaidar. Wasserdrachen waren magische Wesen, sehr viel mächtiger als jeder Mensch. Wenn sie entschieden, dass dieser Kristall sie störte, dann konnte es gut sein, dass sie etwas dagegen unternahmen!

Vic, Jomar und Roán waren bereits dabei, sich zu einem Zirkel aufzustellen, doch Terwyn schüttelte den Kopf. »Ich versuche es erst mal alleine.«

Roán tippte sich an die Stirn. »Denkst du, dass die Drachen ...«
»Weißt du, Terwyn hat so was schon ein paarmal geschafft. Du noch nie. Ich bin sicher, er wird größten Wert auf deine Hinweise legen.« Jomar und Roán starrten sich gereizt an.

»Hört auf, das ist jetzt alles nicht wichtig.« Idassa hatte zumindest äußerlich ihre Ruhe wiedergefunden. »Wir probieren es allein und gemeinsam, mit verschiedenen Strömen, auf welche Art auch immer, klar? Wir geben diese Stadt nicht auf, bevor wir alles versucht haben!«

Das quittierte Roán mit einem ironischen Salut, doch immerhin protestierte er nicht mehr. *Er wartet nur darauf, dass ich einen Fehler mache. Und wenn das geschieht ... was dann?* Terwyn nickte ihm und den anderen zu, dann ging er zum Rand des Hafenbeckens, dorthin, wo er dem Fluss am nächsten war. An dieser Stelle war der Beku so breit, dass vier Handelsschiffe nebeneinander darauf hätten passieren können.

Er schloss die Augen, wagte sich in den Sechsten Strom und begann mit seinem unhörbaren Ruf.

* * *

Wie lange müssen wir noch hier aushalten? Seit Tagen hatten sie keinen Menschen gesehen, sie waren allein in diesem Meer aus Kristall. Inyra pulte vorsichtig das halb verbrannte Fleisch von den Knochen einer Gelbrückendohle und zerdrückte es zwischen den Fingern, bevor sie es Vinnie in den Mund schob. Mit irgendeiner Art von Magie hatte Mig die Vögel dazu gebracht, an Ort und Stelle sitzen zu bleiben, sodass es ihr und der Kalkulatorin gelungen war, sie mit Steinen aus den Bäumen zu holen. Außerdem hatten sie auf ähnliche Art schon vier Fische erbeuten können.

Aber wie lange würden sie noch auf diese jämmerliche Art überleben müssen? Vinnies Haut war verbrannt von der gnadenlosen Sonne der Trockenzeit, von ihrer eigenen ganz zu schweigen, und es war unerträglich, nicht zu wissen, was überhaupt in Skaidar geschah. War das ganze Land tot, eine Landschaft aus Glas? Lebte außer ihnen überhaupt noch jemand? Und wer war verantwortlich für diese Katastrophe?

Konnte es sein, dass Terwyn del Cresta etwas damit zu tun hatte? Hin und wieder musste sie an ihn denken, daran, wie er abgelehnt hatte, ihnen zu helfen, an diese Bitterkeit in seiner Stimme. Vielleicht war dies hier seine Rache an Skaidar, an der Regierung, dafür, dass sie ihn nach der Sache mit seiner Frau verstoßen hatten.

Je länger sie darüber nachdachte, desto sicherer war Inyra, dass sie recht hatte. Dieses tödliche Kristall ... das war völlig anders als jede Magie, die sie bisher erlebt hatte.

»Glaubst du, das ist Dunkle Magie?«, fragte Inyra ihren Neffen, als sie unter einem Busch, der sie vor der Sonne schütze, rasteten. »Das da.« Sie zeigte mit dem Kinn auf ihre Umgebung.

Mig wirkte erschrocken, doch er fing sich schnell. »Sicherlich«, sagte er mit Überzeugung in der Stimme. »Mit den Strömen hat das nichts zu tun, weißt du?« Natürlich führte er sich jetzt auf, als sei er ein Experte für Magie. Solange er Vinnie und sie davor bewahrte zu verhungern, hatte Inyra nichts dagegen.

»Da!«, brüllte die Kalkulatorin, die in der Nähe unter einem Baum gelegen hatte, und sprang auf. Sie deutete zum Himmel. »*Da!*«

»Was denn?«, fragte Inyra. Sie sah nur ein paar große Vögel vorbeiflattern, und Vögel bedeuteten Gefahr. Aber nicht so große Gefahr, dass man deswegen zu einsilbigen, schwer interpretierbaren Ausrufen greifen musste.

»Ich glaube, das sind Pegasi mit Reitern darauf!«, brachte die Kalkulatorin schließlich heraus. Nur leider ein wenig spät, die fraglichen Flugwesen waren bereits über die Insel hinweggeflogen.

Inyra und Mig verschwendeten keine Zeit mit Nachfragen, sie sprangen auf, brüllten, schwenkten die Arme und liefen umher in dem Versuch, auf sich aufmerksam zu machen.

»Haben sie uns gesehen? Sie haben uns bestimmt gesehen!« Inyra merkte, dass ihr Tränen über die Wangen liefen.

Doch sicher waren sie alle nicht, denn schon waren die Pegasi –

oder Vögel – am Horizont verschwunden. Inyra hielt Vinnie, die mit trockenen Schluchzern weinte, eng an sich gepresst und starrte den Reitern so lange hinterher, bis ihre Augen brannten. Dann ließ sie sich kraftlos auf den Boden sinken.

Dieser verdammte del Cresta! Es ist seine Schuld, dass wir hier festsitzen! Hätte er mir nicht diese Botschaft gegeben, wäre ich nie auf die Idee gekommen, zum Orchideenpalast zu reisen.

13

Es schien unendlich lange zu dauern, bis auf seinen Ruf endlich eine Antwort kam. Doch dann konnte Terwyn sein Glück kaum fassen, vor Erleichterung wurden ihm die Knie weich. Es war die gleiche mächtige, unverkennbare Antwort, die er bereits kannte. *Das ist er! Der gleiche Drache! Wie weit kann er weg sein?* Angespannt hielt er Ausschau nach dem riesigen blaugrauen Haupt, hörte die anderen aufgeregt murmeln.

Undeutlich sah Terwyn eine gewaltige Gestalt unter der Wasseroberfläche entlanghuschen, völlig lautlos, aber rasend schnell, ein undeutliches Flirren unter den Wellen. Vor Schreck wich er einen Schritt zurück – Shaquars Gnade, dieser Schatten war *direkt vor ihm!*

Einen Herzschlag später schoss der Drache kaum fünf Schritte entfernt aus dem Fluss, hoch wie einer der hölzernen Ladekräne, und senkte das Haupt über ihn, sodass Wasser aus dem Hafenbecken auf Terwyn niederprasselte und ihn innerhalb von Momenten durchtränkte. Ein graugrünes Kleidungsstück, das wohl eben noch im Hafenbecken gedriftet hatte, klatschte neben ihm auf den Kai, dazwischen zappelten ein paar kleine Fische, die vom Sog in die Höhe gerissen worden und dann abgestürzt waren.

Er hörte Vic aufschreien, schüttelte Jomars Hand ab, die ihn vom Wasser wegziehen wollte, und widerstand mit großer Mühe dem Drang, sich zu ducken. Staunend legte Terwyn den Kopf in den Nacken und musterte den Wasserdrachen. Das Wesen war so nah, dass er kleine Narben auf seiner Haut erkennen konnte, Abschürfungen an den Panzerschuppen, winzige Tentakel um einen seiner Flossenansätze. Zum ersten Mal konnte er den Drachen riechen – brackiges Wasser, Fisch, ein Hauch von Schwefel.

Auf eine seltsame Art waren sie noch immer in Gedankenkontakt und verständigten sich ohne Worte. Der Drache sandte ihm ein Bild. *Ein junger Mann auf einer Plattform am Fluss, in gleißende Helligkeit getaucht, die von der Sonne herabströmt. Schimmernde Strö-*

me in ständiger Bewegung winden sich um die Gestalt wie silbrige Bänder, begleiten jede seiner Bewegungen.

He, das war er selbst, nur in völlig anderen, surrealen Farben! Seine Haare strahlend blau, sein schlagendes Herz weiß, alles andere in unterschiedlichen Gelbtönen. Sein Gesicht war eine verschwommene Fläche. Anscheinend sahen Wasserdrachen andere Dinge als Menschen, vielleicht nur Wärme und Magie?

Rasch schickte Terwyn ein Bild zurück, der unvergessliche Anblick des sich aufbäumenden Wasserdrachen bei dieser ersten Zeremonie, die er als ranghöchster Magus des Regenten geleitet hatte.

Sofort kam eine Welle amüsierter Bestätigung zurück. Vielleicht fand es der Drache erheiternd, wie wenig dieser Mensch von ihm und der Magie, die ihn umgab, wahrnehmen konnte.

Ein Gefühl warmer Freundschaft erfüllte Terwyn, und er ließ dieses Gefühl von sich zu diesem Wesen strömen, das in den Tiefen der Meere daheim war und sich wahrscheinlich nur seinetwegen hierher begeben hatte. Zurück kam ein fischig-schwefeliger Hauch aus dem Maul des Drachen, der Terwyn beinahe umwarf, und eine Mischung unterschiedlicher Gefühle: Neugier. Verbundenheit. Eine Prise Ungeduld.

Das riesige Maul war nur noch etwas mehr als eine Armlänge von ihm entfernt, er konnte sogar einen kleinen Krebs sehen, der zwischen den Zähnen des Drachen herumkroch und sich dort sein Frühstück zusammensuchte. Tellergroße, silbrige Augen, die ihn an die einer Katze erinnerten, betrachteten ihn.

»Alles in Ordnung, Terwyn?« Idassas Stimme klang zittrig.

»Ja«, sagte Terwyn, ohne sie anzusehen. »Er kennt mich. Ich versuche ihm jetzt zu vermitteln, was wir von ihm wollen, bevor er die Geduld mit mir verliert.«

Mit eindringlicher Kraft schickte ihm Terwyn eine Erinnerung – die vorrückende Kristallzone, fliehende Menschen, den Tod der Frau, die vom Kristall berührt worden war. Dann richtete er den Blick ans andere Ufer des Beku, auf diese trügerische, tödliche Schönheit dort. *Bitte hilf uns*, dachte er mit aller Verzweiflung, die er bei diesem Anblick fühlte. *Wir werden allein nicht damit fertig.*

Der Drache wandte das Haupt, betrachtete die Kristallzone und bewegte sich plötzlich vom Ufer weg, tauchte unter. Ein, zwei Herzschläge lang blieb er verschwunden, dann kam er genau dort zum Vorschein, wohin Terwyns Blick sich gerichtet hatte.

Vorsicht!, schrie Terwyn in Gedanken auf, doch der Drache schien sich nicht darum zu scheren. Beiläufig schmetterte er den Schuppenschwanz gegen einen gläsernen Baum, der in tausend glitzernde Splitter explodierte. Eine flirrende Wolke, die sich mit dem Wind verteilte.

»Heilige Orchidee«, murmelte Terwyn. Beunruhigt sah er das tödliche Glitzern auf der Haut des Drachen, mehrere Flecken, die dort aufblühten wie fremdartige Blumen. Doch der Drachen schnaubte nur einmal verächtlich, und schon erkannte Terwyn, dass die Flecken auf der gepanzerten Haut wieder schrumpften. Einen Moment später waren sie verschwunden.

»Sieht aus, als wäre er imstande, es rückgängig zu machen«, rief Terwyn den anderen aufgeregt zu – doch dann stutzte er. Er hatte einen zweiten fremdartigen Impuls aufgefangen, ein klein wenig ähnlich wie der seines neuen Freundes, aber drängend und gereizt. Cruzark, kam dort etwa ein *zweiter* Wasserdrache?

Auch Terwyns Drache hatte es wahrgenommen, er fuhr so rasch herum, dass eine Flutwelle ans Ufer schwappte und Terwyns Füße überschwemmte.

»Noch ein Männchen!«, schrie Jomar. »Da vorne!«

Instinktiv spürte Terwyn, dass das nicht gut war. Alles andere als das. Manchmal erzählten Seeleute von titanischen Dominanzkämpfen, die sie auf dem offenen Meer beobachtet hatten, obwohl die meisten dieser Gefechte wahrscheinlich in den Tiefen der Meere stattfanden.

Der zweite Drache hatte schwarzgraue Haut mit silbernen Schuppen, auch Krallen und Schnauze waren silbern. Schon auf den ersten Blick sah Terwyn, dass das andere Geschöpf größer war und vermutlich auch älter als das junge, blaugraue Männchen, mit dem er sich angefreundet hatte. Beunruhigt starrte er hinaus auf den Fluss und verfolgte, wie sich die beiden Drachen umkreisen und dabei die

Köpfe immer wieder kurz untertauchten und ins Wasser schnappten. Fast rituell wirkten ihre Bewegungen. Der blaue Drache wich nicht zurück und machte seine geringere Größe durch besonders rasche, kraftvolle Bewegungen wett.

Hoffentlich wird er nicht verletzt, ging es Terwyn durch den Kopf. *Ist das meine Schuld, habe ich ihn dazu gebracht, in ein fremdes Revier zu schwimmen?*

Nun näherten sich die Wasserdrachen einander. Immer enger wurden ihre Kreise. Dann stürzte sich der schwarz-silberne Drache auf seinen kleineren Widersacher und warf ihn durch die Wucht des Angriffs zurück. Es war, als prallten zwei Berge aufeinander. Einen Moment lang sah Terwyn nichts mehr außer fliegende Gischt und eine meterhohe Welle, die auf ihn zukam. Sofort zog er einen Bannkreis um sich, der wenigstens ein paar herumfliegende Trümmer von den Dockanlagen abfing, jedoch nicht stark genug war, um die Welle aufzuhalten. Er kämpfte um sein Gleichgewicht, wurde von den Füßen gerissen, fühlte, wie der Fluss ihn zu sich hinsog. Aufgeregte Rufe gellten in seinen Ohren, dann hörte er nichts mehr, das kühle Wasser umgab ihn, drang in seine Nase, seine Ohren. *Verdammt, es hat mich in den Fluss gerissen! Das war der falsche Bannkreis, ich hätte einen gebraucht, der mich vor der Gewalt der Elemente bewahrt ...*

Seine Kleidung sog sich sofort voll. Terwyn hatte im trüben, aufgewühlten Wasser voller Luftblasen keine Ahnung, wo oben und unten war, er bewegte einfach Arme und Beine. Er schwamm drauflos und verlieh sich mithilfe des Dritten Stroms die nötige Kraft, um gegen die Strömung anzukommen. Eine echte Strömung diesmal!

Aber das größere Problem war, dass um ihn herum zwei der größten magischen Wesen kämpften, die es in Skaidar gab. Wahrscheinlich merkten die beiden Drachen kaum, dass er zwischen ihnen herumpaddelte ... aber er bekam dafür um so mehr davon mit!

Ein gewaltiger, gepanzerter Schwanz fuhr neben ihm nieder und peitschte das Wasser zu Schaum. Hastig schwamm Terwyn in eine andere Richtung, doch schon wurde er wieder in die Tiefe gedrückt, als ein gewaltiger Körper neben ihm in den Fluss klatschte. Er wurde hin und her gewirbelt, immer dunkler wurde es um ihn, als er dem Grund entgegensank. *Ohne meinen Bannkreis hätte der mich gerade erschlagen!* Terwyn zwang sich, ruhig zu bleiben und den Dritten Strom anzuzapfen, damit er eine Weile ohne Luft auskam. *Vielleicht ist es hier unten erst mal sicherer ...*

Vielleicht hatte sein Drache seine Gedanken gespürt, denn Terwyn empfing ein nachdrückliches Bild des Ufers, das trotz der seltsamen Farben deutlich erkennbar war. Die Botschaft war klar – er sollte raus aus dem Wasser, so schnell wie möglich!

Terwyn stieß sich vom Grund ab, erreichte die Oberfläche ... und konnte im letzten Moment einem gewaltigen Kiefer ausweichen, der nach ihm schnappte. Seine Tunika verfing sich in einem Zahn, er wurde nach oben gerissen, doch dann gab zum Glück der Stoff nach und er fiel zurück in den Fluss. So schnell er konnte, kraulte er in Richtung Land. *Dieser andere Drache scheint gemerkt zu haben, dass ich für seinen Gegner irgendwie wichtig bin, der versucht mich nebenbei zu erledigen!*

Doch sein blaugrauer Verbündeter hatte nicht vor, das geschehen zu lassen. Wütend ging er auf seinen Widersacher los, und ineinander verknäult sanken sie in den Fluss, nur hin und wieder sah Terwyn ein Aufspritzen, eine gewaltige Klaue, die über die Wasseroberfläche ragte, oder eine zähnestarrende Schnauze. Ein Schlag traf das halbwracke Schiff, Holztrümmer wirbelten durch die Luft.

»Terwyn! Beeil dich!«, schrie ihm jemand zu. Idassa. Sie streckte die Hand nach ihm aus, um ihm aus dem Wasser zu helfen, und zugleich spürte er eine starke Strömung in die richtige Richtung, sie half ihm, indem sie ihn zu sich hinzog. Nun war er nicht mehr weit vom Ufer entfernt, in ein paar Momenten konnte er in Sicherheit sein. Einer seiner Zirkelgefährten ließ es Feuer zwischen ihm und den kämpfenden Drachen regnen, was rein gar nichts nutzte.

»Du verdammter Idiot, mach schon!«, brüllte Jomar, beide Hände wie einen Schalltrichter vor den Mund gelegt. »Die machen dich platt, wenn sie das nächste Mal in deine Richtung kommen!«

Doch Terwyn zögerte. Auf der Stelle schwimmend wandte er sich noch einmal um. Sein Verbündeter war in Schwierigkeiten, trotz seiner gepanzerten Haut blutete er schon an einem halben Dutzend Stellen. Rotschwarzes Blut suppte ins Wasser und verteilte sich dort in dunklen Schlieren. Wie schwer waren seine Verletzungen, war der andere Drache dabei, ihn zu erledigen? Terwyn fühlte, wie sich sein Herz zusammenkrampfte.

Er schloss die Augen, atmete tief, versuchte sich zu entspannen … und wappnete sich dafür, in den Sechsten Strom einzutauchen. Spürte, wie die gewaltige, unsichtbare Strömung ihn packte, und schöpfte Kraft daraus. Heilte seinen Verbündeten und spürte dessen Überraschung über die Wunden, die sich bereits schlossen. Schuf aus den Algen im Umkreis ein dichtes, hartes Geflecht, das sich um den schwarz-silbernen Drachen legte. An ihm haftete wie Leim, sich selbst mit titanischer Kraft kaum zerreißen ließ. Völlig verblüfft hielt das Wesen inne, dann zappelte es empört, biss um sich und bekam doch nichts zu fassen außer ein paar festen Strängen, die sich sofort wieder um seine Beine legten. Ein finsterer Blick aus riesigen Augen traf Terwyn – offenbar war dem Männchen klar, wem er das zu verdanken hatte!

In weiser Voraussicht nutzte der graublaue Drache die Gelegenheit zur Flucht, er jagte stromaufwärts davon. Ein letztes Mal wandte er Terwyn den Kopf zu, trafen sich ihre Blicke, dann tauchte das Wesen ab und war verschwunden.

Ein leeres Gefühl breitete sich in Terwyn aus. Dieser Drache war vermutlich ihre letzte Chance gewesen, die Kristallzone in den Griff zu bekommen … und nun raste er davon. Terwyn verzichtete auf Idassas helfende Hand, kletterte an Land und bemühte den Ersten Strom, um seine Kleidung zu trocknen.

»Terwyn!«, hörte er Vic rufen, in ihrer Stimme klang ein schriller Ton mit. Schon pfiffen sie und die anderen nach ihren Pegasi, hörte er Schwingen rauschen. Was war passiert? Die anderen blickten auf eine bestimmte Stelle der Hafenanlagen, geschah dort irgendetwas?

Ja, allerdings! Ein heller, glitzernder Fleck war auf dem Stein der Hafenmole aufgetaucht, und noch während Terwyn ihn beobachtete, vergrößerte er sich. Terwyn stöhnte auf. *Auch das noch – ein Splitter des Kristalls muss rübergeflogen sein zu unserem Ufer …*

damit ist die Stadt Nelmon verloren und alles Land weiter östlich davon wahrscheinlich auch!

Einen ganz kurzen Moment lang schaffte er es, in den Siebten Strom zu gehen und den Kristall hinwegzufegen. Schon waren die Docks frei von dem unheimlichen Glitzern. Hatte er geschafft, das Zeug auf die andere Seite des Flusses zurück zu verbannen? Sah fast so aus!

Doch dann traf sein ungläubiger Blick auf neue helle Flecken, die auf den Granitquadern des Hafens wucherten. Eben noch nicht vorhanden, doch schon wachsend, immer weiter wachsend. Momente später so groß wie eine Faust, wie ein Kopf, wie ein Rundteppich. Immer mehr davon bildeten sich, und seine Energie reichte nicht dafür, stundenlang dagegen anzukämpfen.

Ein Windhauch traf Terwyns Gesicht, und ihm wurde klar, dass sie hier in höchster Gefahr schwebten. Jeden Moment konnte einer der Splitter, vorangetragen vom Wind, einen von ihnen treffen!

»Bannkreis, schnell«, rief er den anderen zu.

»Rückzug«, kommandierte Idassa, die das ebenfalls begriffen hatte, und im Laufschritt kehrten sie zu ihren Pegasi zurück, die im Schatten eines Lagerhauses auf sie gewartet hatten.

Wie niederschmetternd. Er hatte gehofft, dass der Fluss weiterhin als Barriere dienen würde. Ihre Versuche waren nicht nur vergeblich gewesen, sondern hatten dem Land sogar geschadet.

Terwyn schwang sich auf seinen Pegasus und achtete darauf, in sicherer Höhe zu sein, bevor er den schwarz-silbernen Drachen befreite.

Wortkarg und entmutigt kehrten sie nach Taracondé zurück. Obwohl Terwyn erwartet hatte, dass sich Roán nach diesem Versagen ihm gegenüber noch feindseliger zeigen würde, wirkte er nachdenklich und in sich gekehrt, während sie ihre Tiere absattelten.

»Woran denkst du?«, fragte Terwyn ihn.

»Diese Insel geht mir nicht aus dem Kopf – du weißt schon, diese grüne Insel mitten im Fluss, um die herum alles kristallisiert war. Ich meine, ich hätte dort eine Bewegung im Unterholz gesehen. Vielleicht war's sogar ein Mensch.«

Terwyn horchte auf. »Vielleicht hat dort jemand überlebt.«
»Aber ganz sicher bin ich mir nicht«, betonte Roán.

Eins war klar – keiner von ihnen hatte Lust, noch mal zurückzufliegen und nachzusehen. Nach dem langen Flug brauchten ihre Pegasi dringend eine Pause. Terwyn ärgerte sich darüber, dass Roán ihm oder den anderen nicht gleich Bescheid gesagt hatte; es wäre nicht leicht gewesen, dort zu landen, aber möglich.

»Falls der Fluss noch schiffbar sein sollte, lasse ich ein Boot hinschicken«, entschied Terwyn, dann machten sie sich auf den Weg zum Refugium.

* * *

Im Orchideenwald war es warm und feucht, die Hitze der Trockenzeit verwandelte sich hier in ein dampfendes Schwitzbad. Um Rhi herum wucherte das Grün, streckte seine Wedel und Ausläufer nach ihr, Zad und Padric aus, als sie den schmalen ungepflasterten Weg entlangstolperten. Immer wieder sah Rhi Farbtupfer im Grün, die zarten Blüten verschiedener Orchideenarten. Sie hielt nicht an, um sie zu betrachten, und doch trösteten sie Rhi ein wenig. *Solange es in Skaidar noch wilde Orchideen gibt, kann alles gut werden.*

Wie weit war es bis zum Fluss? Diesem Fluss, der sie nach Süden bringen sollte, zu den Magiern des Regenten? Sie wusste es nicht.

Ich kann nachschauen. Mein Flügel ist schon viel besser. Mit seinen spitzen, gebogenen Vorderzähnen riss Zad sich den Verband ab. Das Loch in seiner Flügelhaut war noch genauso groß, aber immerhin blutete es nicht mehr.

Gerührt kraulte Rhi ihm die Halsschuppen. *Na gut, aber stürz möglichst nicht in ein Dornengestrüpp ab. Da krieg ich dich nicht raus.*

Wild flatternd startete Zad senkrecht nach oben und fand eine Lücke im dichten Astwerk, durch die er schlüpfen konnte. Manchmal war es sehr praktisch, dass er deutlich kleiner war als seine im Wasser lebenden Verwandten, die im Miniaturformat Padrics Ledergürtel zierten.

Der Junge ging neben ihr her, aber Rhi hatte das Gefühl, als wäre er eigentlich gar nicht da. Wenn sie seine Hand losließ, blieb er einfach stehen und starrte ins Nichts. Eine bleiche Puppe in Kindergestalt. Nichts erinnerte mehr an den zutraulichen, munter dahinplappernden Jungen, den sie heute früh kennengelernt hatte. Was sollte sie mit ihm anstellen, um ihn rauszureißen aus dieser Starre? Sie hatte keinen Schimmer.

Ihre Gedanken schweiften zurück zu dem Tag, an dem ihr klar geworden war, dass ihr Vater wahrscheinlich an dieser Schlafsucht sterben würde. An dieses unerträgliche, reißende Gefühl in ihr, das hinunterreichte bis in die Tiefen ihres Ichs. Für den Kleinen war alles noch schlimmer, weil er keinen Moment lang Zeit gehabt hatte, sich auf das Schlimmste vorzubereiten oder überhaupt zu begreifen, was geschah. *Auch in anderer Hinsicht bin ich besser dran*, dachte Rhi. *Ich habe wenigstens noch die Hoffnung, dass meine Mutter und Ninian irgendwann aus Saywadee zurückkommen werden, obwohl sie schon seit einem halbem Jahreslauf verschollen sind. Für Padric gibt es keine Hoffnung mehr. Obwohl ich ihm die Augen zugehalten habe, weiß er Bescheid.*

Zads Stimme in ihrem Kopf ließ sie aufmerken. *Nicht mehr weit zum Ufer, auch wenn man nur Menschenfüße hat!*

Ach, du bist nur neidisch, gab Rhi mechanisch zurück, obwohl ihr nicht nach herumalbern zumute war.

Sie waren noch keinem anderen Menschen begegnet, es fühlte sich an, als wären Zad, Padric und sie allein auf der Welt. Über ihnen im dichten Grün flatterte hin und wieder ein Großaugen-Tanaku, doch vielleicht spürte er irgendwie, dass bei ihnen nichts zu holen war.

Wie Zad versprochen hatte, erreichten sie schon kurz darauf den Fluss, der Weg führte direkt zum Ufer. Breit und grüngrau wälzte sich die Xilda durch die Landschaft in Richtung Meer, in Richtung Tarecondé. Sehnsüchtig blickte Rhi stromabwärts. Es sah aus, als wären hier einmal Boote vertäut gewesen, doch natürlich waren sie jetzt alle weg.

Wäre ich nur eine Magierin, dann könnte ich innerhalb eines

Augenblicks ein halbes Dutzend Bäume für ein Floß fällen! Dafür würde sicher der Zweite Strom genügen. Doch sie hatte kein solches Talent und Padric bestimmt auch nicht, sonst hätten die Weber ihr stolz davon erzählt.

So blieben Rhi nur ihre beiden Hände und ihr Messer. Sie ließ ihren Umhängebeutel ins Gras fallen und musterte die Stämme der Umgebung. Erleichtert sah sie, dass nicht weit vom Fluss entfernt zwischen Schirmblätterstauden und ein paar Baumfarnen auch ein Hain aus jungen Papierholzbäumen wuchs. Ihr Holz eignete sich zwar weder zum Verbrennen noch für Möbelstücke, aber es war schön leicht.

»So«, sagte Rhi entschlossen. »Die gehören uns.« *Vielleicht ist jetzt endlich mein Glück zu mir zurückgekehrt,* dachte sie. *Ja, bestimmt! Immerhin leben ich und Zad noch. Wir werden es schaffen.*

Mit einem kräftigen Fußtritt knickte sie einen der jungen Bäume ab und machte sich daran, die Rinde mit dem Messer durchzusäbeln. Dann wandte sie sich an Padric. »Ich brauche jetzt deine Hilfe«, erklärte sie ihm. »Ohne dich kann ich das nicht schaffen, uns hier wegzubringen. Es kommt auf dich an, verstehst du?«

Erleichtert sah Rhi, dass der Junge nickte.

»Du suchst bitte ein paar Lianen, mit denen wir das Ganze später zusammenbinden können«, wies sie ihn an. »Keine zu dicken, sie dürfen noch nicht holzig sein. Los!«

Er drehte sich um und ging davon. Besorgt blickte Rhi ihm nach. Würde er einfach weiterlaufen, den Pfad zurück, zum Haus seiner Eltern? Nein. Erleichtert sah sie, dass der Junge ins Gebüsch stapfte und an ein paar Lianen herumzerrte. Also war er nicht ganz in sich verloren, er hörte ihr noch zu.

Wie eine blaugraue Wolke, die aus dem Himmel fiel, landete Zad neben ihr und machte sich mit den Zähnen am nächstbesten Papierbaum zu schaffen, der seltsamerweise parallele helle Markierungen trug. Egal. Falls diese Papierbäume einen Besitzer hatten, dann interessierte Rhi das ungefähr so sehr wie der Käferdung an ihrem Stiefel.

Noch bevor die Morgennebel über dem Fluss sich aufgelöst hatten, stapelte sich neben ihnen eine ansehnliche Menge von Stämmen. Rhi konnte kaum glauben, wie gut das klappte. *Wieso bin ich nicht früher auf die Idee gekommen, mir vom Wasser zu meinem Ziel helfen zu lassen?*

Padric schleppte etwas an, das wie ein Haufen grüner Bandnudeln aussah. »Sehr gut«, lobte sie ihn, doch der Junge blickte sie nicht an, sondern starrte ins Gebüsch rechts von ihr. Dann machte er einen Schritt zurück, einen zweiten, einen dritten.

Rhi folgte seinem Blick ... und sah ein Paar Augen aus dem Gebüsch lugen. Gelbe Augen, so groß wie eine Männerfaust.

Alle Götter, das waren *Goldhyänen!* Diese parallelen Streifen auf den Papierbäumen – Krallenspuren waren das gewesen, Reviermarkierungen! *Ich hätte den Jungen packen und mit ihm verschwinden sollen an eine andere Uferstelle.* Stumm zählte Rhi elf große, gedrungene Körper im Dickicht, jeder einzelne sicher doppelt so schwer wie sie selbst. Ihr prachtvolles Fell, wegen dem sie bis vor wenigen Jahrzehnten gejagt worden waren, leuchtete ihr förmlich entgegen.

Zad verlor keine Zeit und flatterte hoch, auf den höchsten Ast, den er finden konnte. *Mehr Zähne als ich!*, entschuldigte er sich. So wie sie hatte er Goldhyänen schon aus der Ferne gesehen, war ihnen aber nie so nah gewesen.

Es war nicht zu übersehen, dass die Hyänen gereizt waren. Rastlos streiften sie durchs Gebüsch und rückten dabei immer weiter vor. Knurrend und geifernd kam eins der Tiere näher, es fixierte Padric und sie. Rhi hatte einen guten Blick auf seinen hässlichen, keilförmigen Kopf mit den kantigen Kiefern. Angeblich konnten sie einem damit den Schädel mit einem einzigen Biss knacken.

Schnell, lauf weg, Rhi! Mit gespreizten Halsschuppen und geöffnetem Maul drohte Zad dem Rudel von seinem Ast herunter, doch die Hyänen schauten nicht einmal hoch.

Instinktiv blieb Rhi stehen, und eine kleine Hand schob sich in ihre. »Du musst versuchen, an etwas Schönes zu denken«, flüsterte Padric ihr zu. »Dann sind sie nicht mehr wütend auf uns.«

»Ja, stimmt«, hauchte sie zurück, als ihr einfiel, was sie über die

Biester wusste. Wie Zwergdrachen waren sie fähig, einander in Gedanken zu erreichen, so verständigten sie sich im Rudel. Genau deshalb waren sie gefährlich, wenn sie Menschen über den Weg liefen, die negative Gefühle ausstrahlten – Wut, Angst, Feindseligkeit. Das störte ihre eigene Verständigung. *Bei Cruzark, ich wette, mit so vielen negativen Gefühlen wie im Moment haben sie in Skaidar noch nie zu tun gehabt! Wahrscheinlich sind sie völlig außer sich. Wir bräuchten dringend einen Beschwichtiger – eine Frohnatur zu sein reicht nicht!*

Rhi versuchte, innerlich ruhig zu werden. Ihre Angst wegzuschieben, die Sorgen, all die Bilder von Blut und Tod. Doch es gelang ihr nicht, sie streckten ihre schwarzen Fühler zu tief in ihre Seele. Und es war nicht leicht, sich zu entspannen, wenn man sich Zähnen gegenübersah, die scharf waren wie frisch geschliffene Schwerter.

Ein einzelnes Tier des Rudels rückte knurrend vor. Die anderen Tiere folgten seinen Bewegungen, als wäre es der Magnet und sie Eisenspäne. Es hatte den Kopf erhoben, als lausche es, spürte es ihren Gefühlen nach? Sein kraftvoller Körper war nur noch eine Menschenlänge von Padric und ihr entfernt, deutlich erkannte Rhi den keulenartigen Dornenschwanz des Tieres und die Vorderkrallen, die so lang waren wie ihre Finger.

»Du musst dir mehr Mühe geben, sonst greift der *Unkan* an. Der Späher.« Padrics Stimme klang ein bisschen kieksig, seine Hand packte Rhi fester.

»Ja«, presste Rhi hervor. Sie schloss die Augen und versetzte sich in die Zeit, als ihre Eltern sie – gerade zwölf geworden – und ihren älteren Bruder Ninian auf die lange Handelsreise nach Calisien mitgenommen hatten. Ein Land voller Wunder. *Ich hatte so viel Spaß beim Handeln, alle haben gestaunt darüber, welche Geschäfte ich abgeschlossen habe. Abends im Lager, als es kühl wurde, haben Ninian und ich uns gegenseitig den Wärmstein geklaut und uns kichernd durchs ganze Lager gejagt ...*

Etwas berührte Rhis Bein an einer Stelle, an der der Stoff aufgerissen war. Ein kantiger Schädel, eine Schnauze. *Sfakaki!* Unwillkürlich zuckte sie zurück, die Erinnerung entglitt ihr. Ein Knurren ertönte neben ihr, und dann schoss ein greller Schmerz durch ihr Bein. Ihre Lider öffneten sich wie von selbst, Rhi blickte von oben auf den gefleckten Rücken der Hyäne und sah, dass das Wesen sie mit den Vorderkrallen gemaßregelt hatte. Blut sickerte in den zerrissenen Stoff an ihrem Oberschenkel. Mühsam unterdrückte Rhi ein Stöhnen und fühlte, wie ihre Hände sich verkrampften. *Gleich fällt das Vieh über mich her und dann zerreißt mich das verdammte Rudel ... nein, macht es nicht ... alles wird gut ... vielleicht sind wir noch heute Abend bei den Magiern des Regenten ...*

Beschwörend erwiderte Padric den Druck ihrer Hand, und Rhi nickte leicht. Sie schloss ihre Augen wieder und zwang ihre Gedanken zu diesem Tag, an dem sie in Calisien staunend zum ersten Mal eine Kolonie von Zwergdrachen gesehen hatte. Hunderte von Tieren, die in einer mit Höhlen durchzogenen Klippe nisteten ...

Und einer davon war ich!, mischte sich stolz Zads Stimme ein. *Ich hab dich gesehen und war großviel neugierig, deshalb bin ich euch gefolgt.*

Wie gut, dass du das getan hast. Gierig sog Rhi die warmen Gefühle ein, die das in ihr auslöste, und allmählich wurde das Knurren neben ihr leiser. Ermutigt konzentrierte sie sich weiter auf Zad. Schon so lange war er nun ihr bester Freund, und wenn ihm und ihr nichts zustieß, würde er sie noch lange begleiten – Zwergdrachen konnten einige Hundert Jahre alt werden.

Die Goldhyäne war immer noch sehr nah. Rhi konnte ihren Atem riechen, ein Hauch von Erde und fauligem Fleisch. Ihr eigener Puls donnerte ihr in den Ohren.

Sie hörte ein eigenartiges Geräusch in der Nähe, eine Art Reißen. Was machte das Vieh gerade? Rhi konnte nicht anders, sie musste nachsehen.

Der massige Körper der Hyäne war kaum eine Armlänge entfernt. Das Vieh markierte die bereits gefällten Papierbäume! Seine Krallen zerfetzten die Rinde, rissen tiefe Linien in die Stämme. *Was soll das heißen, dass die dem Rudel gehören und unsere ganze Arbeit umsonst war? Was wird dann aus unserem Floß?*

Knurrend und zähnefletschend wandte sich die Goldhyäne zu ihr um, und schnell begann Rhi, über ihr herrliches Fell nachzudenken und wie wunderbar es sich wohl anfühlen würde, es zu berühren.

Endlich zogen die Hyänen ab. Mit einem erleichterten Seufzer ließ Rhi sich auf dem Boden neben Padric nieder. »Ohne dich hätte ich das eben nicht geschafft. Gut, dass du bei uns warst ... nein, bist.«

Der Kleine sagte nichts und brachte noch kein Lächeln zustande, aber einen Moment lang ließ er seine Hand noch in ihrer. Dann sprang er auf die Füße und machte sich wieder daran, Lianen zu sammeln.

Sie arbeiteten hastig und benutzten auch die von den Hyänen markierten Stämme, es war keine Zeit, neue zu fällen. Ihr Bein verband Rhi mit einem breiten Schilfblatt, zum Glück war die Wunde nicht tief. Ungefähr zur vierten Tagesstunde war das Floß fertig, sie schoben es in den Fluss hinaus und kletterten an Bord. Es war ziemlich wackelig und sank unter ihrem Gewicht bis zur Wasseroberfläche ein, auch die kleinsten Wellen spülten darüber. Doch als die Strömung am Rand der Xilda es erfasste, nahm sie das seltsame Gefährt mit sich. Mit völlig durchweichten Kleidern, aber erleichtert sah Rhi, wie das Ufer vorbeizog.

Sie waren wieder unterwegs.

* * *

Die Leute auf den Pegasi hatten sie doch gesehen. Bald darauf sah Inyra das Boot, nicht sehr groß, kaum fünf Menschenlängen. Es fuhr stromaufwärts, und sein Segel leuchtete blendend hell in der Sonne. Silbern schimmerte das Zeichen des Wasserdrachen darauf. Mig rannte sofort hinunter zum Kieselstrand und begrüßte die beiden Soldaten des Regenten – einen jüngeren und einen älteren –, die das Boot gesteuert hatten. Inyra mit Vinnie und die Kalkulatorin folgten etwas langsamer. Inyra hatte das Gefühl, ihre Füße würden sie kaum noch tragen, so kraftlos fühlte sie sich – die Soldaten mussten ihr über die Bordwand helfen.

»Danke, danke, danke«, brachte Inyra nur heraus, setzte sich und nahm die ungeschälten Früchte, die die Soldaten ihnen reichten. »Wohin bringt ihr uns? Gibt es noch einen Ort, der sicher ist?«

»Wir bringen euch nach Taracondé, so lautet unser Befehl«, bekam sie zur Antwort. »Dort ist es im Moment sicher.«

»Das hat del Cresta also noch nicht zerstören können.« Inyra hatte es eigentlich zu Mig gesagt, doch die Soldaten hatten es gehört ... und starrten sie verblüfft an. Dann wechselten die beiden Männer einen Blick. »Na, ich glaube nicht, dass er das noch vorhat«, sagte einer von ihnen, der jüngere. »Was meinst du, Dredd?«

»Höchstens versehentlich – Siebter Strom, sag ich da nur! Stark, manchmal ein bisschen zu stark«, erwiderte der andere.

Also doch nicht? Inyra war verwirrt. »Aber woher kommt das Kristall denn dann?«

»Wir sind im Krieg mit den Bornländern«, informierte einer der Soldaten sie grimmig, während er das Segel trimmte. »Und wenn nicht noch ein Wunder geschieht, verlieren wir.«

»Del Cresta schafft das schon«, sagte der ältere Soldat. »Ich kenn ihn schon, seit er als junger Kerl in den Palast gekommen ist. Für Wunder ist der zuständig, wär nicht sein erstes! Verlasst euch drauf, dem fällt noch was ein.«

»Willst du wetten?« Der jüngere Soldat fingerte eine silberne Sintar-Münze aus einer Tasche seiner Uniform. Sofort nickte sein Kollege und hielt mit einer eigenen Münze dagegen.

»Möge Shaquar Euch erhören«, murmelte Mig, und Inyra schaffte nur noch ein Nicken.

Also hat er seinen Schwur gebrochen, er verwendet wieder Magie, ging es ihr durch den Kopf. *Aber was nutzt das schon? Vinnie und ich können froh sein, wenn wir in ein paar Tagen überhaupt noch leben.*

14

Nach dem Fehlschlag mit den Wasserdrachen spürte Terwyn, dass die Stimmung im Zirkel kippte. Immer wieder kehrte die Diskussion zum Thema Dunkle Magie zurück. Als Diener ihnen im Refugium ihr Essen servierten, kamen er und seine Gefährten kaum dazu, irgendetwas zu sich zu nehmen, weil ihre Münder so damit beschäftigt waren, sich gegenseitig Vorwürfe entgegenzuschleudern.

»Was ist mit eurem Gewissen? Sagt das wirklich Ja zu dieser scheußlichen Form von Magie?« Normalerweise war Vic eine herzhafte Esserin, doch jetzt nahm sie eine gebratene Hühnerkeule, betrachtete sie und legte sie wieder zurück. »Jetzt mal ehrlich, schon der Gedanke ist mir zuwider!«

»Wenn wir aber auf diese Weise Skaidar retten können, hält dein Gewissen doch vielleicht mal den Mund, oder?«, konterte Roán und tätschelte Vic das Knie. »Mir ist auch manches zuwider, zum Beispiel bei Cay auszumisten, aber ich mache es trotzdem, weil er mit den Stallburschen nicht klarkommt.«

Vic tippte sich an die Stirn und schob unwirsch seine Hand weg. »Was ist das denn für ein alberner Vergleich? Hat dir schon mal jemand gesagt, dass du ein unreifer, hauptsächlich mit gewissen Körperteilen denkender ...«

Terwyn machte sich Sorgen um sie. *Das war kein neckisches Geplänkel unter Verliebten! Sie wirkt eher verbittert. Vielleicht ist ihr klar geworden, dass sie für Roán nicht die Liebe seines Lebens, sondern nur eine Eroberung unter vielen ist.* Ein schlechtes Zeichen war auch, dass sie so fahrig wirkte. Nahm sie wieder dieses aufputschende, blaugrüne Zeug, das die Leute Pfauenkacke nannten? Ihre Lebenslust und ihr Humor schlugen manchmal schnell in eine düstere Stimmung um, oder jedenfalls war es früher so gewesen.

»Geh doch und pflück deine Orchidee!«, empfahl Vic Roán.

»Ich bin sicher, wir werden anders darüber denken, wenn die

Kristallzone Taracondé erreicht hat«, sagte Jomar. »Oder die Küste. Denn dann gibt es keinen Ort, an den wir und alle anderen noch fliehen können.«

»Das werden sie sicher nicht tun, was nützt den Bornländern ein völlig zerstörtes Land?« Idassa ging rastlos auf und ab.

»Mir wäre wohler, wenn ich das wüsste«, sagte Terwyn. Dieser Angriff war bisher so unlogisch. Kein Krieg wie all die anderen zuvor.

Roáns Augen blitzten. »Ihr sagt es. Je schneller wir lernen, mit dieser Dunklen Magie klarzukommen, desto besser. Wann gibt's die erste Lektion, Terwyn?«

»Kann ich kurz mal mit dir reden?«, sagte Terwyn. Es war Zeit dafür. Nein, es wäre schon vor Jahren Zeit dafür gewesen!

»Nur reden? Oder kriege ich jetzt ein paar Maulschellen?« Der junge Magier feixte. »Das ist doch deine neue Masche. Handgreiflich werden, wenn dir was nicht passt.«

Terwyn stand einfach nur auf und blickte ihn an. Nach einem Moment verstummte Roán, er schien sich unwohl zu fühlen. Neugierig beobachtet von den anderen winkte Terwyn ihn in einen Nebenraum und wirkte einen Stillezauber.

Dann saßen sie sich gegenüber. Roán setzte sich breitbeinig hin, vergrub die Hände in den Taschen seines Übergewandes und erwiderte Terwyns Blick trotzig. »Ich weiß, was du jetzt sagen wirst. Wir können so nicht arbeiten, wenn das so weitergeht, zerfleischen wir uns gegenseitig, bla, bla, bla. Leg los, dann haben wir es schneller hinter uns.«

Du warst sein Held. So oft hatte Terwyn in den letzten Stunden an das denken müssen, was Idassa gesagt hatte. Vielleicht war nichts schlimmer als gefallene Helden, wenn man gerade herauszufinden versuchte, wer man war.

»Nein, das ist es nicht, was ich sagen will«, sagte er. »Ich wollte mich bei dir entschuldigen. Wir hatten ein gutes Leben damals, verdammt gut. Wenn mich jemand gefragt hätte, wer meine Familie ist, hätte ich auf euch gedeutet. Meine Geheimnisse haben all das kaputt gemacht – ich hoffe, nicht für immer.«

Roán starrte ihn an, einen Moment lang schwieg er. Behutsam

versuchte Terwyn, seine Gedanken zu erreichen, doch der junge Mann blockte ihn ab. »War's das?«, fragte er stattdessen.

»Nein. Ich wollte dir nur sagen ...« Cruzark, wie formulierte er das am besten? »Als ich hier ankam, war ich sehr beeindruckt davon, wie stark du geworden bist. Du hast den Zirkel die vier Jahre über getragen, stimmt's? Weil du weißt, wie man handelt.«

Abrupt stand Roán auf und drehte sich von ihm weg. Im ersten Moment war Terwyn verblüfft, doch dann wurde ihm klar, dass Roán verbergen wollte, wie ihm zumute war. Einen Moment lang erlaubte er sich zu hoffen, dass seine Worte zu Roán durchgedrungen waren. Doch als der junge Mann sich ihm wieder zuwandte, trug sein Gesicht den üblichen spöttisch-abwehrenden Ausdruck.

»Ach, das fällt dir alles jetzt ein? Vier Jahre lang waren wir dir nicht wichtig, und jetzt kommst du her, spielst den großen Retter und lässt garantiert wieder alles in Scherben zurück, weil das nämlich alles ist, was du kannst, del Cresta!«

Gelassenheit war noch nie Terwyns Stärke gewesen. Nun spürte er, wie ihm Roáns Worte an die Nieren gingen. »Erinnere ich mich falsch oder hast du mich *gefragt*, ob ich zurückkomme und helfe? Ich habe meinen Schwur für euch gebrochen!«

»Ja, ich weiß, diesen verdammten Schwur, der eine Drecksidee von dir war«, sagte Roán bitter. »Du hast nur an dich gedacht, von Anfang an! Weigerst du dich deswegen, uns in die Dunkle Magie einzuweihen? Weil du dann nicht mehr so einzigartig bist wie bisher? Keine Sorge, das bist du trotzdem noch, du bist ja jetzt ein Freund der Drachen!«

Terwyn zwang sich zur Ruhe. Irgendwie konnte er Roán nun doch verstehen, der Junge erinnerte ihn ein bisschen an sein rebellisches, vorandrängendes und etwas skrupelloses früheres Ich. Trotzdem wäre ihm lieber gewesen, der Junge hätte jetzt erst mal ein Blatt seiner Orchidee zu sich genommen, die ihm Geduld verlieh. Aber das hatte ihm ja auch schon Vic erfolglos empfohlen.

Terwyn holte tief Luft, bevor er weitersprach. »Wir brauchen dich, das weißt du, oder? Ohne dich können wir diesen Krieg nicht gewinnen. Aber wenn du dich aufführst wie der letzte ...«

»Na also, da kommt die Strafpredigt ja endlich!« Roán lachte auf. Es war ein seltsames Lachen, scharfkantig wie Metall. »Lass dir sagen: Ich werde meinen Weg gehen. So oder so. Wer auch immer versucht, mich zu bremsen, wird wenig Erfolg damit haben. Das kannst du auch Idassa ausrichten!«

Dann stand er auf, ging in den Korridor und knallte die Tür hinter sich zu.

Niedergeschlagen kehrte Terwyn ins Refugium zurück. Einen kurzen Moment lang waren er und Idassa im Gedankenkontakt.

Wie ist es gelaufen?

Mies. Ich hab's versaut und weiß nicht mal, wie und warum.

Mehr Zeit blieb nicht, sich auszutauschen, denn gerade schleuderte Vic eine Tasse an die Wand, Tränen liefen ihr über die Wangen.

»Wir können das noch stundenlang diskutieren, ohne weiterzukommen – ich merke doch, dass du entschlossen bist, das durchzuziehen, Idassa! Aber du weißt nicht, dass ich schon länger darüber nachdenke, auszusteigen!«

In stummem Entsetzen blickten Terwyn, Idassa und Jomar sie an.

Vic war noch nicht fertig. Ihre Augen waren dunkel vor Trauer und Verzweiflung. »Wenn ich an die Lebenszeit denke, die mir in den letzten Jahren im Zirkel verloren gegangen ist, wird mir schlecht. Ich will *leben*, verdammt noch mal! Auch noch in ein paar Jahresläufen Sonnenaufgänge sehen, lachen, tanzen, andere Länder besuchen, wahre Liebe erleben ...« Jetzt flossen ihre Tränen noch heftiger.

Sie tat ihm so furchtbar leid. Natürlich, manchmal hatte es auch ihm die Kehle zusammengeschnürt bei dem Gedanken daran, wie die Magie sein Leben verkürzte. Gerade das mit dem *andere Länder besuchen* war auch eine seiner geheimen Sehnsüchte. Am liebsten hätte er Vic in die Arme genommen und sie getröstet, doch er wusste, dass sie das von ihm nicht mehr akzeptieren würde.

Stattdessen war es Idassa, die Vics Hände in ihre nahm. »Es tut mir so leid, Vic. Ich weiß, wie schwer es ist, in einem so hohen Zirkel ...«

Doch in diesem Moment explodierte Jomar, er hatte die Fäuste geballt, und seine Augen brannten vor Zorn. »Vic, hör sofort auf mit dem Geflenne! Wir haben *Krieg!* Kann gut sein, dass wir alle sterben, aber vorher werden wir tun, was wir können, ist das klar? Das gilt auch für dich, egal wie schlecht es dir gerade geht!«

Es war ein paar Jahresläufe her, dass Terwyn erlebt hatte, wie jähzornig Jomar sein konnte. *Hoffentlich hält er sich unter Kontrolle – der Zorn eines so starken Magiers kann töten!*

Doch schon merkte er, wie Vic sich abschottete, vor ihm schützte. Gereizt, aber auch beschämt zog sie eine ihrer Hände aus Idassas, fuhr sich mit dem Ärmel über die Augen und verstummte. Einen Moment lastete das Schweigen auf ihnen wie eine Schicht Granit. Dann sog Jomar die Luft ein. Noch immer war sein Gesicht von starken Gefühlen verzerrt, als er sich an Idassa wandte. »Idassa, Terwyn, wenn ihr das immer noch vorhabt mit der Dunklen Magie ... ich bin dabei.«

»*Ich* habe das nicht vor«, betonte Terwyn und fühlte sich hilflos dabei. Nun waren schon drei Mitglieder des Zirkels dafür, das Ungeheuerliche zu wagen, das durfte doch einfach nicht wahr sein! »Und ich glaube, jetzt brauchen wir alle eine kurze Pause, um wieder ins Gleichgewicht zu kommen. In einer halben Stunde hier?«

Idassa nickte stumm.

Er würde das Manuskript endlich zerstören. Jetzt. Obwohl er das nicht wirklich wollte, sonst hätte er es längst getan. Dieses Ding war nicht nur das Ergebnis monatelanger Arbeit, er hatte sich Seite um Seite mühsam, unter Seelenqualen abgerungen. Es war auch der einzige persönliche Gegenstand, den er noch besaß. Soweit er wusste, hatte Favinius alles andere vernichten oder an seine Familie in Cresta schicken lassen. Vermutlich hatten seine älteren Brüder Scrabius und Jenner alles Wertvolle längst zu Geld gemacht mit dem Totschlagargument »Wir brauchen das Geld für den Hof«. Ein Argument, das zu wünschen übrig ließ, wenn man bedachte, mit welchen Summen Terwyn sie alle während seiner Zeit als Erster Magus unterstützt hatte. Pech für seine Brüder, dass der Regent auch den größten Teil von Terwyns Vermögen hatte beschlagnahmen lassen.

Das magische Siegel an seiner Kammer war unberührt – niemand hatte seine Unterkunft betreten oder es versucht. Beruhigt betrat Terwyn die schlichte Kammer und schloss sorgfältig die Tür hinter sich. Dann griff er unters Bett, wollte den Stapel Blattpergament hervorholen ... doch seine Finger tasteten nur über glattes Holz.

Ein eisiger Schauer durchrieselte Terwyn.

Das Manuskript war weg.

15

Er musste mit Idassa sprechen, sofort. Ihr das mit dem Manuskript beichten, mit ihr besprechen, ob und wie sie den Zirkel retten konnten. Doch sie war nirgendwo zu finden, weder bei Favinius und seinen Beratern noch in ihren Privaträumen noch sonst wo. Während er suchte, ließen ihm seine Gedanken keinen Moment der Ruhe. *Wer hat das Manuskript? Vielleicht hätten Idassa oder die anderen es schaffen können, mein magisches Türsiegel zu brechen. Aber dann hätte ich das gemerkt, solche Spuren kann man nicht vertuschen! Hat einer der anderen einen Trick angewandt? Es ist möglich, den Ort von Objekten zu verschieben, können sie die Seiten auf diese Weise durch die Tür hindurch geholt haben? Aber dann müsste jemand gewusst haben, dass sie überhaupt da sind!*

Als Terwyn beunruhigt in den Speisesaal spähte, der durch verschwenderische Wand- und Deckenmalereien in das Abbild eines Orchideenwaldes verwandelt worden war, sah er zwar nicht die Erste Magus, doch dafür Alar del Mohayn, der mit einer Beraterin des Regenten speiste. Er hatte sich an diesem Tag für eine männliche Rolle entschieden, sein rotes Haar zurückgebunden und schwarze Reitkleidung angelegt, die seine schlanke, biegsame Gestalt zur Geltung brachten. Als er Terwyn erblickte, lächelte er ihm zu und winkte ihn heran, während er sich die Lippen mit einer Damastserviette abtupfte.

»Del Cresta! Auf ein Wort«, sagte er, und da sich die Beraterin gerade erhob und verabschiedete, näherte sich Terwyn und blieb neben dem Tisch stehen.

»Was gibt's?«, fragte er kurz. »Ich suche Idassa, habt Ihr sie gesehen?«

»Leider nein, aber vielleicht nehmt Ihr ja mit mir vorlieb? Setzt Euch doch. Eine Portion Flussbarsch mit Pfefferschoten und Morellensaft?«

Terwyn schüttelte den Kopf – er hätte jetzt beim besten Willen nichts heruntergebracht – und setzte sich.

Der Kopf der Schwarzen Späher begann sich seiner Nachspeise zu widmen, Farnsprossen mit Quark-Beeren-Kompott. »Wie läuft es mit dem Zirkel? Gibt es bald weitere Überraschungen zu erwarten?«

Einen Moment lang drückte sich Terwyn vor der Antwort, doch dann entschied er sich für die Wahrheit. »Kann sein, aber ich fürchte, es werden keine guten Überraschungen sein. Wir sind gerade uneins über das weitere Vorgehen, und der Druck ist hoch. Manche von uns sind inzwischen mit den Nerven am Ende.«

»Ihr auch, del Cresta?« Alars Augen erinnerten Terwyn an die eines Noynoys, dieses armlangen, pelzigen Baumbewohners. Hellwach, wissbegierig, erwartungsvoll.

Terwyn horchte in sich hinein, dann schüttelte er den Kopf. »Es ist ja nicht mein erster Krieg. Ich bin hauptsächlich traurig. Dieser Zirkel bedeutet mir viel, und der Gedanke, was gerade mit Skaidar passiert, ist schwer auszuhalten.«

»Danke für Eure Ehrlichkeit«, sagte Alar und musterte ihn einen Moment lang nachdenklich. »Vielleicht habe ich Euch falsch eingeschätzt. Verzeiht mir. Gibt es etwas, mit dem ich Euch unterstützen kann?«

Verblüfft erwiderte Terwyn seinen Blick. Konnte er diesem Angebot trauen, konnte er *Alar* trauen? Er war nicht sicher, vielleicht lief hier irgendetwas ab, das er nicht verstand. Dieser Sinneswandel war ihm etwas zu plötzlich – gut möglich, dass es eine Falle war.

»Ich danke Euch für das Angebot und werde darauf zurückkommen«, meinte er und stand auf. »Entschuldigt mich bitte, ich muss zurück ins Refugium.«

»Noch ein Wort zu Vic Mevanius«, sagte der Kopf der Schwarzen Späher und spießte eine Farnsprosse auf seine Gabel. »Ihre Mutter ist auf dem Landgut der Familie gerade von Glasklingen getötet worden, zusammen mit zwei Cousins, einem Onkel und einigen Bediensteten. Es wurde mir eben erst gemeldet.«

»Cruzarks Hölle!«, entfuhr es Terwyn. *O nein. Nicht auch noch das!*

Alar nickte einem Diener zu, der die Teller abräumte. »Ist vielleicht besser, wenn Ihr das dem Mädchen noch nicht sagt. Auch wenn sie nie ein enges Verhältnis zu ihrer Mutter hatte, die mit ihren eigenen Angelegenheiten beschäftigt war und kein Interesse an ihrer Tochter hatte.« Ganz offensichtlich hatte er alle Mitglieder des Zirkels gründlich überprüft. Terwyn fragte sich, ob er auch über Jomars Vergangenheit Bescheid wusste. Sicher nicht in allen Details.

»Was ist mit ihrem Vater?« Den Vater kannte Terwyn, er hatte Vic hin und wieder in Taracondé besucht. Es war offensichtlich, dass er seine Tochter vergötterte. Soweit Vic erzählt hatte, hatte er sie als Kind verwöhnt – manchmal etwas zu sehr – und ihr magisches Talent mit Begeisterung gefördert.

»Konnte entkommen, soweit die Späher berichten.«

Immerhin etwas, ging es Terwyn durch den Kopf, während er sich auf den Rückweg zum Refugium machte. Ihm war trostlos zumute. Alar hatte recht, Vic durfte das auf keinen Fall erfahren, bevor der Krieg vorbei war.

Der Raum, in dem sich der Zirkel traf, war leer. Nicht einmal Jomar war in Sicht. *Auch die Disziplin löst sich auf,* dachte Terwyn irritiert. Wenn er früher »eine halbe Stunde Pause« gesagt hatte, hatten sie nach exakt dieser Zeit weitergemacht.

Er starrte aus dem Fenster, und einen Moment lang fühlte er sich wie gelähmt, als er an Vics Verwandte dachte. Würde er es überhaupt schaffen, das vor Vic geheim zu halten? Was war, wenn sie in seine Gedanken eintauchte? Er würde sich beherrschen müssen wie nie zuvor, um sich nicht bei der Zirkelarbeit zu verraten.

»Woran denkst du?«, fragte eine Stimme hinter ihm, und eine Hand berührte ihn am Arm. Idassa war zurück – von woher auch immer.

»An Vic«, sagte Terwyn bedrückt, ohne die Bürde des Wissens an sie weiterzugeben, und starrte weiter nach draußen. Auf die prachtvollen Gärten, die wahrscheinlich bald zu totem, kaltem Kristall erstarren würden. »Was machen wir jetzt mit ihr?«

»Es gibt einen starken Magier in Mariou, den wir bitten könnten, uns zu helfen«, meinte Idassa. »Aber ich bin nicht sicher, wie nützlich er uns sein wird, wir haben nie mit ihm gearbeitet. Und er hat eine Vergangenheit als Illegaler, auch das gefällt mir nicht. Wer illegal gezaubert hat, hält sich nicht an Regeln. Ach ja, und für dich ist übrigens eine Kurier-Nachricht durchgekommen. Von deiner Familie. Ich hoffe, es ist alles in Ordnung.«

Rasch riss er die Botschaft auf. Sie war kurz.

Sei gegrüßt, Terwyn,
danke für deine Warnung, aber du musst dir um uns keine Sorgen machen. Uns geht es gut, nur die Violettschafe haben gerade Durchfall. Das Futter könnte besser sein, im Moment ist kein erstklassiger Klee zu bekommen. Wir hoffen alle, die Bornländer kommen bald zur Vernunft, sonst fällt womöglich die nächste Ernte aus, und das wäre sehr ärgerlich.
Dein Bruder Scrabius

Sein zweitältester Bruder hatte noch ein paar Zeilen angefügt:

Ist der Regent dir wieder gewogen? Der Magus dieses verdammten Ortes macht uns immer wieder Probleme, könntest du den nicht mal ablösen lassen?
Viel Glück wünscht dir
Jenner

Terwyn verdrehte die Augen. Scrabius kümmerte sich mit großem Einsatz um die Tiere und alle anderen Angelegenheiten des Hofes, doch er war ein Zauderer und nicht besonders klug. *Kein Wort über meinen Vorschlag, ein Schiff nach Istragor zu nehmen! War fast klar. Wie sollen sie auch begreifen, mit was wir es hier zu tun haben. Ich begreife es ja selbst kaum.* Jenner war im Vergleich dazu helle, aber in seinem Ehrgeiz und seinem Neid auf Scrabius, der den Hof erben würde, ebenso schwer zu ertragen.

Mit Verspätung entdeckte Terwyn, dass Cley, sein jüngster, von der Magie geschädigter Bruder, in seiner kindlichen Schrift ein »Wyn, du fehlst mir!« unten auf die Seite gekritzelt hatte. Das entlockte Terwyn ein kurzes Lächeln. *Vielleicht besuche ich ihn und die anderen mal wieder ... falls dieser Krieg jemals ein Ende nimmt.*

»Alles in Ordnung in Cresta?«, fragte Idassa.

»Scheint so.« Er musste Idassa endlich fragen, ob sie etwas über sein Manuskript wusste. »Hast du zufällig ... Aufzeichnungen von mir gesehen? Ich hatte sie in meinem Zimmer, und jetzt sind sie verschwunden.«

»Oh. Was waren das denn für Aufzeichnungen?« Nur Erstaunen klang in ihrer Stimme mit. Nein, Idassa hatte sein Manuskript nicht genommen, da war er nun sicher. War es Roán gewesen?

»Sehr private. Leider.«

Es war ein unpassender Moment, an ihren Kuss zu denken, aber er konnte nichts dagegen tun. Idassas körperliche Nähe half nicht gerade, sie stand halb hinter ihm, so nah, dass sich ihre Körper berührten. Hauchzart lag ihre Hand auf seinem Rücken.

Da tat er es einfach. Drehte sich um, beugte sich ein wenig zu ihr herunter und küsste sie. Ihre Lippen hießen ihn willkommen, und einen Moment lang versank er in diesem Kuss und Gefühlen, die er für immer tot geglaubt hatte.

Dass er instinktiv nach ihren Gedanken getastet hatte, merkte er erst, als Idassa ihn abblockte.

»Entschuldige«, sagte Terwyn und fuhr zurück wie ertappt – geistig wie körperlich. Doch sie war es, die ihn schuldbewusst anblickte. »Das war ... irgendwie nicht der richtige Moment.«

Moment mal – küssen durfte er sie, aber sie zu »lesen« war tabu? Konnte sie sich nicht denken, dass das alles so viel einfacher machen würde? Wenn sie beide wussten, wie sie füreinander fühlten, dann war die quälende Unsicherheit vorbei. Doch Idassa gab kein Zeichen, dass sie ihre Meinung geändert hatte, stattdessen lächelte sie ihm verlegen zu und begann, die nächste Zirkelarbeit vorzubereiten.

Er konnte sich noch gut daran erinnern, wie er sie das letzte Mal gelesen hatte. Damals, zu seiner Zeit als Erster Magus, war der Verdacht aufgekommen, dass jemand Geheimnisse aus dem Umfeld des Regenten verriet, und sie war unter den Verdächtigen gewesen. Nur kurz allerdings, da sie ihm erlaubt hatte, in ihre Gedanken einzutauchen. Dort hatte er keinen Verrat gefunden, aber sich selbst einen Moment lang durch ihre Augen gesehen, ihre große Zuneigung zu ihm gespürt und den ehrlichen Respekt, den sie für ihn fühlte ... das hatte sie einander noch nähergebracht.

Tja, damals ist eben nicht heute, dachte er gequält.

* * *

Jomar ahnte, dass Vics Herz noch immer wild schlug, sie war völlig außer sich. Roán und er versuchten beide, ihr Geborgenheit und Kraft abzugeben, blieben nah bei ihr, geistig wie körperlich. Roán umarmte sie, Jomar hatte eine Hand auf ihre Schulter gelegt. Noch immer blockte seine Zirkelgefährtin sich ab, deshalb nahm Jomar seine reale Stimme zu Hilfe. »Entschuldige, dass ich eben so grob war«, sagte er leise. »Wir brauchen dich, Vic. Ohne dich geht es nicht.« Er wiederholte es immer wieder wie eine Beschwörung. »Lass uns jetzt nicht im Stich, Vic. Wir brauchen dich jetzt ... und später.«

»Später ... meinst du damit ...« Das schien Vic endlich aus ihrer Erstarrung zu holen. Sie blickte Jomar an, während sie sich in Roáns Umarmung schmiegte. »Du willst es immer noch durchziehen?«

»Ja. Skaidar kann ein gerechterer Ort werden. Einer, in dem Kinder ohne Eltern nicht auf der Straße landen.« Fast wie von selbst kroch Wärme in seine Stimme. »In der es egal ist, aus welcher Familie man stammt. In der jeder Mensch wählen kann. In der jede Ortschaft selbst entscheiden kann, welchen Magier es als seinen Magus verpflichten will.«

»Das ist eine schöne Zukunft«, flüsterte Vic. Sie hatte die Augen geschlossen, und ihr Gesicht hatte wieder etwas Farbe bekommen.

Jomar tat es leid, sie aus dieser Vision reißen zu müssen. »Sie kann leider nur Wirklichkeit werden, wenn wir diesen verdammten Krieg gewinnen. Unter irgendeiner Fremdherrschaft wird alles vermutlich noch schlimmer, als es jetzt ist. Dann haben wir ein paar Jahrzehnte lang eine Diktatur oder Monarchie, in der überhaupt niemand jemanden wählen kann. Dann ist diese Krise keine Möglichkeit für einen Wandel mehr.«

Roáns Augenbrauen waren langsam immer höher gewandert, während er zuhörte. Er schien wenig Mühe zu haben, sich zusammenzureimen, wovon die Rede war. Schockiert schien er darüber nicht zu sein. »Jo ... hast du uns was verschwiegen?«, meinte er nun.

»Er hat einen Weg gefunden, wie wir unseren Eid gegenüber der Regierung brechen können.« Vic straffte die Schultern.

»Du sagst, er hat tatsächlich ...? Soll das ein Witz sein?!«

»Kein Witz.« Mit flammenden Augen blickte Vic zu Roán auf.

»Und wenn das jemand von dir erfährt, dann müssen wir dich leider in eine stinkende Pfütze Erbrochenes verwandeln.«

Roán lachte. »Puh! Na, wenn das keine dunkle Magie ist. Hat Jomar dir etwa schon verraten, wie es geht?« Seine Augen forderten ihn heraus.

Schon wurde Vics Ausdruck wieder düster. *Na danke, er hätte nicht ausgerechnet jetzt Dunkle Magie erwähnen sollen*, ging es Jomar durch den Kopf.

»Ich habe noch *niemandem* verraten, wie es geht«, gab Jomar nüchtern zurück. »Dafür braucht man etwas Zeit und ein paar spezielle Übungen. Und falls wir in den letzten Tagen Zeit hatten, ist mir das irgendwie entgangen.«

Plötzlich schien sich Roán sehr unwohl zu fühlen. Er blickte sich um, lauschte. »Shaquars Rache, wenn das jemandem aus der Regierung oder Alar del Mohayn zu Ohren kommt, bist du schneller im Kerker, als du den Namen einer Formel sprechen kannst.«

»Ach, wirklich?«, sagte Jomar. Als ob er das nicht selbst am besten wüsste.

Was würde geschehen, wenn Alar es zu früh herausfand? Würde er riskieren, den Zirkel zu zerstören?

* * *

Terwyn war fast erleichtert, als Jomar und Roán hereinkamen und so die angespannte Atmosphäre zwischen ihm und Idassa lösten. Noch erleichterter war er, als er sah, dass sie das Herz des Zirkels bei sich hatten. Sie hatten Vic in die Mitte genommen, Roáns Arm lag um ihre Schultern. »Geht wieder besser«, sagte Vic mit einem gequälten Lächeln, das ihre Worte Lügen strafte.

Nur lange Übung darin, seine Gedanken und seinen Gesichtsausdruck zu kontrollieren, hinderten Terwyn daran, die furchtbaren Neuigkeiten zu verraten. Ganz bewusst wandte er sich Roán zu. Der hatte anscheinend entschieden, so zu tun, als wäre nichts gewesen. Obwohl Terwyn wusste, dass der Streit mit ihm noch längst nicht ausgestanden war, war er froh darüber.

Aber nur einen Moment lang, dann fiel ihm ein, dass es womöglich Roán war, der sich seine Aufzeichnungen unter den Nagel gerissen hatte. *Er ist so stark geworden, vielleicht hat er irgendeinen Weg gefunden, in mein Zimmer hineinzukommen oder das Manuskript herauszuholen!* Wenn der Junge das Manuskript hatte, würde Terwyn es herausfinden, es zurückholen und das Dunkle Wort aus Roáns Gedächtnis heraustrennen. Er hasste es, auf diese Art in die Gedanken anderer Menschen einzugreifen, aber möglich war es.

»Gut, machen wir weiter«, sagte Terwyn, und ausgerechnet in diesem Moment steckte ein Bediensteter den Kopf ins Refugium. Er blickte Idassa an, verbeugte sich leicht und bog die Hände in Form der Orchidee. »*Vistra*, verzeiht mir, dass ich störe, aber der Regent bittet Euch zur Krisensitzung.«

Idassa runzelte die Stirn. »Wir sind hier gerade dabei, ein ... ach, verdammt. Ich komme.«

Hatten die Bornländer einen weiteren Landesteil erobert? War das legendäre Tal der Blauen Orchidee vom Kristall zerstört worden? Terwyn versuchte, nicht darüber zu spekulieren, das würde ihn nur zermürben.

»Schafft ihr das ohne mich?«, fragte Idassa und blickte Terwyn an. Er nickte. Inzwischen fühlte er sich stark und sicher genug, um gleichzeitig als Kopf und Rückgrat zu agieren. Ganz sicher war das nicht die letzte Krisensitzung gewesen – besser, sie gewöhnten sich daran, zu viert weiterzuarbeiten.

Gerade als Idassa den Raum verließ, kehrte die Unsicherheit in Terwyns Gedanken zurück und ließ ihn seine Meinung infrage stellen. *Und was ist, wenn es doch Idassa war, die das Manuskript genommen hat? Was für einen anderen Grund könnte es geben, dass sie mich abgeblockt hat? Oder könnte etwas noch Schlimmeres dahinterstecken? Nein, nein, sicher nicht!* Er konnte sich beim besten Willen nicht vorstellen, dass Idassa mit dem Feind paktierte. Aber er war älter und zynischer geworden, und seine Meinung von den Menschen – sich selbst eingeschlossen – war nicht mehr die beste. *Was, wenn sie durch diese Annäherung versucht, mich zu beeinflussen? Sie ist entschlossen, Dunkle Magie einzusetzen, und ich weigere mich ... erhofft sie sich, dass sie mich umstimmen kann?*

»Na dann«, sagte Terwyn, atmete tief durch und blickte den Mitgliedern seines geschrumpften Zirkels ins Gesicht. »Ich fange mal mit einem Zitat von Xunday an. *Verzweifle nie, denn Verzweiflung lässt dich in jedem Strom untergehen, selbst im Ersten.*«

»Ein erbauliches Zitat!« Roán verdrehte die Augen. »Sind wir hier im Priesterunterricht oder was?«

Vielleicht ist es auch nicht so günstig, jetzt Xunday zu zitieren, sagte Jomar in Terwyns Gedanken. *Immerhin ist sie schon mit Mitte dreißig gestorben, weil sie durch ihre Großtaten in Ostfels all ihre Lebenszeit aufgebraucht hat ...*

»Ja, ja, schon gut«, ächzte Terwyn. »Eigentlich wollte ich sagen, dass nur Deppen und Draufgänger zu lange warten, bevor sie sich aus einem Strom rausziehen, den sie nicht mehr im Griff haben.«

»Dann sag's doch gleich«, sagte Vic angriffslustig, und Terwyn lächelte ihr zu.

Auf eine seltsame Art war es wieder sein Zirkel geworden, und er war froh darüber.

Sie experimentierten mehrere Stunden lang mit starken magischen Barrieren, bis Jomar sagte: »Tut mir leid, Leute, aber ich brauche wirklich eine Pause.« Auch Vic wirkte alles andere als frisch. Nur Roán strahlte eine rastlose Energie aus, er konnte kaum stillhalten und trug wieder dieses alberne Schwert. War er es doch gewesen, der das Manuskript genommen hatte? Es machte kaum Sinn, ihn darauf anzusprechen. Roán würde es kaum zugeben, und lügen konnte er leider ziemlich gut. Selbst als er und Idassa ihn früher buchstäblich mal mit der Hand in einem Glas mit kandierten Früchten ertappt hatten, hatte er noch sehr überzeugend versucht, sich rauszureden.

»Na gut, ruht euch eine halbe Stunde lang aus, dann machen wir weiter«, sagte Terwyn. Er selbst wusste, dass er nach diesem furchtbaren Fehlschlag, der sie die Stadt Nelmon gekostet hatte, keinen Schlaf finden würde. Stattdessen vertiefte er sich in die Bücher der Bibliothek, blätterte in Werken, die tausendmal älter waren als er selbst, versuchte Inspiration zu finden. *Wir packen es falsch an*, ging es ihm durch den Kopf. *Bisher bekämpfen wir nur die Symptome – aber es ist die Ursache, die wir finden müssen! Wir müssen den Dingen auf den Grund gehen, statt dort einzugreifen, wo es gerade besonders schlimm steht. Aber wie soll das gehen?*

Vic und Jomar, die ins Refugium hineinplatzten, rissen ihn aus seinen Gedanken. Vic schwenkte irgendetwas in der Hand. »Das hat dieser Kerl hier eben zur Entspannung gezeichnet, und ich finde, du solltest dir das ansehen!«

»Ist nur 'ne Skizze«, murmelte Jomar verlegen. Terwyn stand auf und nahm das Blatt mit der Kohlezeichnung. Auf den ersten Blick war es einfach der Entwurf für ein größeres Bild, in dem Glasklingen und glitzernder Kristall vorkamen ... auf den zweiten Blick war es etwas anderes. Die Formen wiederholten sich, waren ungefähr kreisförmig angeordnet. *Kristall ... Krieger ... Kristall ... Krieger.*

Etwas zündete in Terwyns Kopf. »Moment mal, Jomar ... du glaubst, diese Phänomene hängen zusammen?«

»Ja – findest du nicht auch, dass so etwas sein kann?«

»Verstehst du?« Vic schrie beinahe vor Aufregung. »Das muss die Quelle dieser fremden magischen Kraft sein! Das Kristall zieht Lebensenergie aus allem, was es verschlingt, und daraus speisen sich die Glasklingen. Ist das Ganze einmal in Gang gesetzt, braucht sich niemand mehr darum zu kümmern. Genial einfach!«

Genial tödlich, ging es Terwyn durch den Kopf. Auch er wurde allmählich aufgeregt. »Das würde vieles erklären! *Ihr seid genial, alle beide.* Ich fürchte nur, das verstanden zu haben, bringt uns auch nicht wesentlich weiter. Die Glasklingen verschwinden, wenn wir das Kristall stoppen ... aber das bekommen wir anscheinend nicht hin.«

Als die beiden wieder verschwunden waren, um den anderen von ihren Erkenntnissen zu erzählen, versank Terwyn wieder in seinen Überlegungen. *Die Ursache. Wir müssen die Ursache finden. Aber wir haben nicht die Zeit, ins Bornland oder welches andere Land auch immer zu reisen und dort nachzuforschen.* Entmutigt zerknüllte er das Blatt, auf dem er sich Notizen gemacht hatte. *Drei oder vier Tage, mehr haben wir nicht, bevor das Kristall Tarracondé erreicht hat und wir selbst fliehen müssen. Wie viel wir dann noch zustande bringen, wissen nur die Götter.* Hoffentlich redete Idassa noch einmal mit Favinius über eine Kapitulation, am besten, er streckte noch heute Nacht die Waffen. Bevor noch mehr zerstört wurde und ...

Wieder kam ein Diener herein, und diesmal blickte er *ihn* an. Sonst war ja auch niemand da. Müde erwiderte Terwyn den Blick. »Was gibt's?«

»Eine Besucherin für die Erste Magus ... aber sie selbst hat keine Zeit. Könntet Ihr sie stattdessen empfangen?«

»Heilige Orchidee, ich habe auch keine Zeit!«, fuhr Terwyn auf und klappte ein geschichtliches Werk so heftig zu, dass Staub daraus aufwallte. Er hatte das Gefühl, all das – diesen Ort, diesen Krieg, dieses Leben – keinen Moment länger ertragen zu können. »Außerdem bin ich kein Lakai der Ersten Magus. Verdammt, es muss doch jemand anderen geben, der sich um irgendwelche Besucher kümmern kann, die hier hereinschneien!«

Der Diener sah aus, als wäre er gerne zurückgewichen, und Terwyn schämte sich für seinen Ausbruch. Schließlich konnte der Mann nichts dafür, dass die Lage so schlecht war.

»Na gut«, lenkte Terwyn ein. »Wer ist denn diese Besucherin, und wo wartet sie?«

»Es ist eine Händlerin aus der Gegend von Khendar. Und sie wartet, äh ...« Er öffnete die Tür einen Spalt weiter, und seufzend sah Terwyn, dass die Händlerin im Gang stand und vermutlich alles gehört hatte.

Na gut. Besser, er brachte das hinter sich.

Rhis Herz hämmerte gegen ihre Rippen. Wie schroff dieser Mann geklungen hatte. Eins war klar, auch er war einer von der Sorte, die sie nur loswerden wollten. Aber das war egal. Er war irgendein hochrangiger Magier, nur das zählte. Sie würde ihn zwingen, sie ernst zu nehmen, ihr zuzuhören, und dann ...

Ein großer, breitschultriger Mann mit kurzem weißem Haar trat in den Gang, und Rhis Gedanken kamen einen Moment lang knirschend zum Stillstand. Dann jagten sie los, als gälte es ein Wettrennen zu gewinnen. *Moment mal, das kann nicht wirklich sein, oder? Ist das Terwyn del Cresta, der ehemalige Erste Magus des Regenten? Der Kerl, der seine Frau mit Dunkler Magie umgebracht hat? Heilige Orchidee!*

Ihre Entschlossenheit war wie weggefegt, ihre Knie wurden weich wie Butter, die jemand in der Sonne vergessen hatte, und einen Moment lang fragte sie sich, ob sie nicht besser floh, gleich jetzt. Hatte es einen Umsturz gegeben? War del Cresta jetzt an der Macht? Was hatte er mit diesem Krieg zu tun? Eins war klar, er konnte sie mit so wenig Anstrengung töten, wie andere Leute eine Fliege erschlugen!

Überrascht musterte del Cresta, wer vor ihm stand, und einen Moment lang stellte sich Rhi vor, was er sah. Eine nicht besonders saubere junge Frau mit durchweichter, zerrissener Kleidung, die vielleicht doch ein wenig bunt war, außerdem einer hässlichen Erhebung auf der Stirn, Abschürfungen an jedem sichtbaren Teil ihres Körpers und einen halb durchgebluteten Schilfblatt-Verband am Bein.

An ihre Hand klammerte sich ein sechsjähriger Junge – ebenfalls durchweicht –, und neben ihr kauerte ein nasser und daher äußerst schlecht gelaunter graublauer Zwergdrache mit schlammigen Pranken.

Gereizt wandte sich der Magier an den Diener in der Livree des Sommerpalasts. »Kann jetzt jeder hier rein, der das gerade möchte – hat Alar del Mohayn sie überprüft? Und wenn ja, wieso hat diese Frau dann keine trockene Kleidung und die Hilfe eines Heilers erhalten?«

Der Diener setzte zu einer Erklärung an, doch Rhi unterbrach ihn: »Weil diese Frau darum gebeten hat, sofort und ohne Verzögerung die Erste Magus sprechen zu können! Weil diese Frau nämlich verdammt noch mal wichtige Informationen hat, *die vielleicht entscheidend für diesen beschissenen Krieg sein könnten!*«

O nein, gnädige Ostra Namina, sie hatte gerade den gefährlichsten Mann Skaidars angebrüllt! Rhi verstummte und atmete tief durch. So weit war sie gereist, so viele Gefahren hatte sie gemeistert, es konnte doch jetzt nichts schiefgehen!

Einen Moment herrschte Stille. Del Crestas Ärger schien verflogen. Aufmerksam, aus klugen, wachen Augen musterte er sie, und Rhi spürte, wie etwas tief in ihr darauf reagierte. Wie etwas in ihrer Seele sich regte, das sie verloren geglaubt hatte.

»Mir scheint, Ihr seid einen sehr weiten Weg gekommen«, sagte der Magier, nun klang er nicht mehr ärgerlich, eher nachdenklich. »Aus Khendar? Mitten durchs Kriegsgebiet?«

»Ja«, sagte Rhi, reckte das Kinn und blickte ihm ins Gesicht.

»Alle Götter! Nur um diese Information zu uns zu bringen?«

»Genau.«

»Dann kommt Ihr jetzt besser mit.« Er winkte Rhi, ihm in einen Nebenraum zu folgen. Und Rhi tat wie geheißen.

16

Es war ein schlichter, aber exquisit eingerichteter Nebenraum, in den del Cresta sie führte, und es war Rhi peinlich, dass sie, Padric und Zad feuchte, schlammige Spuren auf dem edlen Holzparkett hinterließen. Als ihr Zwergdrache sich umdrehte, fegte er mit einer Flügelspitze Bücher aus einem der Regale, die die Wände säumten. Doch del Cresta schien es nicht zu bemerken. Höflich wies er Rhi einen Stuhl zu, dann legte er ein paar Kissen auf den Boden neben Padric und ging kurz vor dem Jungen in die Hocke. »Ich werde kurz mit deiner Mutter reden, du brauchst keine Angst zu haben, ihr seid jetzt in Sicherheit. Ruh dich einfach aus.«

Mit großen Augen starrte der Junge ihn an, und Rhi erklärte: »Er ist nicht mein Sohn. Glasklingen haben seine Eltern getötet, bei denen ich zu Gast war.«

»Verdammt.« Der breitschultrige Magier betrachtete Padric, dann sah er zu ihr hinüber. Einen Moment lang trafen sich ihre Blicke, und wieder fühlte Rhi, wie sie weiche Knie bekam … doch diesmal aus einem anderen Grund als vorhin.

Nun wandte der Magier sich an Zad und sah ihn einen Augenblick lang an. Rhis Mund blieb offen stehen, als sie begriff, dass del Cresta begonnen hatte, sich in Gedanken mit ihrem besten Freund zu unterhalten … und ihr erlaubte, mitzuhören. *Sei gegrüßt, Flammenbruder. Du hast sie geschützt auf eurer Reise, nicht wahr?*

Und ob. Stolz richtete Zad sich auf den Vorderpranken auf und streckte die Flügel – auch den löchrigen. *Du bist ein Freund der Drachen?*

Ja. Ich werde ihr kein Leid zufügen, du kannst dich ausruhen. In ein paar Momenten werden meine Leute euch Essen bringen.

Erst jetzt wandte sich Terwyn del Cresta Rhi zu, und ein leichtes Lächeln huschte über sein Gesicht, als er ihre Verblüffung bemerkte. »Ich hatte schon immer was für Drachen übrig«, meinte er. »Aber jetzt … wer seid Ihr, und was gibt es zu berichten? Bitte erzählt mir jede Einzelheit, alles kann wichtig sein.«

»Rhi del Noraak vai Coelani Santoro, ich bin Händlerin«, sagte Rhi und kämpfte darum, die Fassung zu bewahren. »Es war, ganz kurz bevor der Krieg ausgebrochen ist … ich hatte gerade in der Neva gebadet, da habe ich aus einem Versteck heraus gesehen, wie zwei Fremde ein eigenartiges Ritual vollzogen haben …« Die Worte stürzten förmlich aus ihrem Mund, und je länger sie sprach, desto eindringlicher wurde der Blick, mit dem Terwyn del Cresta sie musterte. Sie konnte seine Aufregung spüren.

»Es war ein Kristalldolch?«, fragte er nach. »Und die beiden Männer haben Saywedd gesprochen? Und haben etwas von einem magischen Fokus gesagt?«

»Ja«, bestätigte Rhi und spürte, wie seine Aufregung auf sie übergriff. Endlich hatte sie den richtigen Menschen gefunden – er konnte etwas mit dem anfangen, was sie gesehen hatte!

»Shaquars Gnade!« Mit blitzenden Augen beugte sich del Cresta nach vorne, und Rhi zuckte unwillkürlich zurück. Erst jetzt wurde ihr klar, dass sie noch immer Angst vor ihm hatte. So freundlich dieser Mann wirken mochte, er war ein Mörder … und er hatte mit Dunkler Magie experimentiert. Doch wie sich herausstellte, griff er nur nach Rhis Händen und drückte sie einen Moment lang in seinen. »Das ist der Schlüssel! Jetzt kriegen wir diese Dreckskerle. Ich kann Euch nicht genug danken.«

Überwältigt sah Rhi ihm ins Gesicht, und ihr fiel die Müdigkeit darin auf, die Linien der Sorge, die Dunkelheit in seinen Augen. Doch schon war der Moment vorbei, er ließ sie wieder los und stand hastig auf. »Ihr müsst mir die genaue Stelle in der Neva zeigen. So schnell wie möglich. Seid Ihr schon mal mit einem Pegasus geflogen?«

»Aber …« Das ging alles viel zu rasch! Sie war völlig erschöpft, konnte kaum gehen und hatte gerade Stunden um Stunden halb auf, halb in einem Fluss verbracht, noch immer war ihr furchtbar kalt.

Sofort bemerkte er ihr Zögern. »Entschuldigt, ich hätte das gleich tun sollen. Moment.«

Er blickte sie an und murmelte ein Wort, eins, das sie noch nie von einem Magier gehört hatte. Bevor Rhi richtig begriffen hatte, dass er gerade in einen Strom eingetaucht war – welchen? Den Vierten? –, spürte sie schon, dass sie sich besser fühlte. *Viel besser.* Ihre Abschürfungen schmerzten nicht mehr, die Wunde an ihrem Bein hörte auf zu brennen, ihre Erschöpfung verflog und die widerlichen Larven des Goldkopfkäfers hörten erst auf, sich zu regen, dann waren sie verschwunden. Ach, und ganz nebenbei war ihre Kleidung auch noch sauber und trocken geworden, man sah ihr nicht mehr an, dass sie mehr als einmal Bekanntschaft mit einem Dornendickicht gemacht hatten.

Wie betäubt betastete Rhi ihre Stirn, die sich wieder glatt und normal anfühlte. Das Palo-Wachs würde sie nicht mehr brauchen. Neben ihr streckte Zad gurrend seine glatten, heilen Flügel und schmiegte sich erst an Rhi, dann an Padric, der die Arme um ihn warf. Momente später waren die beiden ein unentwirrbares Knäuel aus Zwergdrache und Junge.

Das entlockte Terwyn del Cresta ein echtes Lächeln, wenn auch ein kurzes. Dann ging er mit langen Schritten zur Tür. »Ich bereite alles vor, dann fliegen wir los. Versucht ein bisschen was runterzukriegen.«

»Was denn runterzukrie…«, begann Rhi, doch schon ging die Tür auf und eine junge Frau in Livree trug eine große Platte mit verschiedenen Speisen auf. Der Duft gebratener Straußeneier und in Schmalz gerösteten Pfannenbrots stieg Rhi in die Nase. Auf dem Tablett sah sie außerdem Filets vom Ostländer Strauß und einen überbackenen Auflauf irgendeiner Art. Als Nachtisch gab es geröstete, mit Schokolade überzogene Hopper, eine Spezialität aus dem Norden.

Mit beiden Händen griff Rhi zu, und Padric folgte ihrem Beispiel. Mit einem Haps verschlang Zad gleich zwei Filets und rülpste zufrieden, wobei eine kleine Rauchwolke aus seinem Maul drang.

Jetzt habe ich glatt vergessen, mich für die Heilung zu bedanken, ging es Rhi durch den Kopf, während sie gierig in ein Stück Pfannenbrot biss. *Aber anscheinend ist dafür später noch Zeit.*

Selten hatte sie sich so froh, so leicht gefühlt. Eine furchtbare Last war von ihr genommen worden. Endlich hatte sie ihre Botschaft überbracht.

Hoffentlich half es wirklich etwas. Kampflos würden sich die Dreckskerle, wie del Cresta sie genannt hatte, garantiert nicht ergeben.

* * *

Terwyn spürte, wie neue Energie ihn durchflutete – die ganz altmodische, nichtmagische Energie der Hoffnung. Mit etwas Glück hatte diese junge Frau mit dem eigenartigen Kleidungsgeschmack und den fröhlichen Augen sie alle gerettet. Endlich kannte er die Ursache dessen, was in den letzten Tagen in Skaidar geschehen war, die Quelle des Übels! Hatten sie jetzt eine Chance? Ja, ganz sicher!

Als er ins Strategiezimmer stürmte und Idassa und den Regenten mit den Neuigkeiten überfiel, sah er in ihren Augen den gleichen Ausdruck, der wahrscheinlich in seinen eigenen stand. »Eins ist klar – du musst sofort hinfliegen und dieses Artefakt aus dem Fluss holen«, sagte Idassa, und Favinius nickte. »Wann könnt Ihr aufbrechen?«

»Sofort«, gab Terwyn zurück und nahm sich einen Moment Zeit, nachzudenken. »Aber wir dürfen jetzt keine Fehler machen. Es ist sehr, sehr wichtig, dass die Abgesandte nicht mitbekommt, was wir herausgefunden haben ... und sie darf nicht erfahren, in welche Richtung ich aufgebrochen bin. Am besten begleiten mich höchstens ein oder zwei Leute aus dem Zirkel, die anderen sollten dableiben. Vielleicht kann diese Frau spüren, wenn starke Magier sich in der Nähe aufhalten.«

Idassa nickte. »Wen willst du mitnehmen?«

Kurz dachte Terwyn nach, dann entschied er aus dem Bauch heraus. »Roán.«

Erstaunt blickte ihn Idassa an, doch Terwyn war nicht nach einer Diskussion zumute. »Er ist der Richtige dafür. Und die anderen brauchst du hier, um die Regierung zu schützen.«

»Was ist, wenn die Abgesandte Verdacht schöpft?« Favinius beugte sich über eine Karte, sein Finger zog die blaue Linie der Neva nach, die sich durch den Nordwesten Skaidars schlängelte.

»Dann könnte es unangenehm werden.« Terwyn sprach aus, was ihm schon seit seiner ersten Begegnung mit der angeblichen Bornländerin durch den Kopf ging. »Ich glaube nämlich, sie ist kein Mensch.« Beide starrten ihn an, Regent und Erste Magus. »Aber was denn dann?«, fragte Favinius und rieb sich erschöpft den dunklen Bart.

»Es wäre mir sehr viel wohler zumute, wenn ich das wüsste«, sagte Terwyn. Er und Idassa hatten die stärkste magische Barriere, zu der sie fähig waren, um das Verlies der Abgesandten gelegt, und diese Frau führte sich noch immer auf, als sei sie zur Erholung hier und könne jederzeit gehen. Was hoffentlich nicht der Fall war.

Er verabschiedete sich und eilte zu den Ställen, um Ortun für den Flug vorzubereiten. Auf dem Weg dorthin schlossen sich ihm Jomar, Vic und Roán an, rasch legte Terwyn einen Stillezauber um sie alle und erzählte ihnen, was für Neuigkeiten es gab. Er sah die Erleichterung auf ihren Gesichtern. »Wer ist diese Frau, die das beobachtet hat?«, fragte Vic neugierig.

»Eine junge Händlerin namens Rhi del Noraak«, berichtete Terwyn. »Ihr lernt sie bald kennen, sie kommt mit. Ohne sie finden wir diesen Kristalldolch vermutlich nicht, er ist garantiert magisch verschleiert.«

»Das heißt, wir müssen sie schützen, damit kein fremder Agent sie töten kann«, sagte Roán und legte die Hand auf den Knauf seines Schwerts. »Wenn jemand erfährt, dass sie uns hilft, ist sie in Lebensgefahr.«

»Fürchte schon.« Daran hatte Terwyn nicht gedacht, doch es stimmte. »Aber wir können keine Soldaten mitnehmen. Wir müssen selbst für ihre Sicherheit sorgen.«

»Wer darf denn nun mitkommen? Nur einer von uns, stimmt's? Oder eine.« Ihrem Blick nach war Vic genauso heiß darauf wie die anderen, bei dieser Mission dabei zu sein.

»Ich habe mich für Roán entschieden«, sagte Terwyn knapp.

Erstaunt schwiegen die anderen. Roán blickte verblüfft zu ihm hinüber. Verständlich. Ihr Streit war heftig gewesen, die Vorwürfe verletzend ... und jetzt das. Terwyn spürte, dass Roán versuchte, seine Gedanken zu erreichen, doch er blockte ab und behielt für sich, was ihm gerade durch den Kopf ging: *Tja, stell dir vor, Roán, ich kann nicht nur austeilen, sondern auch einstecken!*

»Eins steht fest – noch können wir diesen Krieg gewinnen.« Vics Lächeln war hell wie die Sonne. »Jetzt haben wir die Quelle dieser fremden Magie enträtselt *und* kennen die Waffe, das heißt, wir können sie unschädlich machen. Sind wir starke Magier oder was?«

Es tat Terwyn leid, sie enttäuschen zu müssen. »Ja, aber wir wissen noch nicht, wer dahintersteckt und warum er das alles tut. Beides ist wichtig.«

»Du bist so ein verdammter Schwarzseher, immer hast du irgendeinen Einwand!«, beschwerte sich Vic, und zum ersten Mal seit unendlich langer Zeit drückte sie ihm einen Kuss auf die Wange. Hieß das, dass sie ihm verziehen hatte?

Roán und er beeilten sich damit, ihre Pegasi für den Flug bereit zu machen, dann marschierte Terwyn los, um die Hauptperson des heutigen Fluges zu holen. Noch immer stand ihm das Bild dieser jungen Frau vor Augen, die Art, wie sie ihn vorhin angesehen hatte. Sie hatte Angst vor ihm gehabt ... und sich trotzdem nicht einschüchtern lassen. Das passte. Schließlich hatte sie den weiten Weg hierher irgendwie überlebt. Er war froh, dass sie es gewesen war, die die Fremden beobachtet hatte, und keine ältere Schneiderin oder Bäckerin, die beim ersten Hauch von Ärger in Ohnmacht gefallen wäre. Oder irgendein Züchter, der sich nur um seine Violettschafe sorgte und alles andere einfach ignorierte.

Vorsichtig öffnete er die Tür zum Nebenraum des Refugiums. Die drei so unterschiedlichen Gäste hatten mittlerweile ausgiebig gespeist und sahen deutlich zufriedener aus als zuvor.

»Es geht los«, sagte Terwyn zu der jungen Händlerin. Rhi. Ihr Vorname hatte sich ihm eingeprägt, auch weil er in Skaidar nicht gebräuchlich war. Vielleicht würde er sie irgendwann einmal fragen, was er bedeutete. Zum zweiten Mal an diesem Tag winkte er ihr, ihm zu folgen.

Doch sie zögerte. »Was ist mit Padric?« Noch hatte der kleine Junge kein Wort gesprochen, obwohl deutlich war, dass er einen klaren Verstand hatte und alles verstand, was sie sagten. Er klammerte sich an Rhis Hand, als würde sein Leben davon abhängen, dass sie bei ihm blieb. Kein Wunder nach dem, was er durchgemacht hatte. Und die Händlerin war der einzige Mensch, den er hier kannte.

Terwyn ging vor ihm in die Hocke, bis er mit dem Jungen auf Augenhöhe war. »Bist du einverstanden, hierzubleiben und eine Weile zu schlafen? Vielleicht mit diesem mutigen Drachen, der dich bewacht? Wir sind bald zurück, versprochen.«

Der Junge überlegte lange, doch Terwyn wich seinem Blick nicht aus. Und schließlich nickte der Kleine. Terwyn flüsterte den Namen des Zweiten Stroms, und schon fielen Padric die Augen zu. Er rollte sich auf den Kissen zusammen, und Zad baute sich neben ihm auf und fletschte das Gebiss wie der gefährlichste Drache der Welt, obwohl er seinem Gegenüber nur bis zum Knie reichte.

Pass gut auf ihn auf, bat ihn Terwyn.

In kriegerischer Stimmung blies ihm der Zwergdrache eine blaue Flamme entgegen, die prompt an Terwyns Bannkreis abprallte. *Niemand, der Pad beißen will, kommt an Zad vorbei!*

Er nickte. *Gut so.*

Fliegt gut, fliegt weit, verabschiedete sich der Drache mit einem letzten Blick auf die Händlerin, und sie kraulte ihm kurz die Halsschuppen.

Terwyn spürte, dass die junge Frau nicht ganz einverstanden war mit dieser Wendung der Dinge. Als sie zu den Ställen eilten, erklärte er: »Keiner von beiden hätte den Flug durchgehalten. Zad ist ein toller Kerl, aber zu klein für so was.«

»Ach, und Eure Drachen sind ein anderes Format, was?« Sie blickte ihn rebellisch von der Seite an.

»Ja – nur können sie leider nicht fliegen«, sagte er trocken. »Wollen wir uns nicht duzen? Ich bin Terwyn.«

»Ich weiß. Der Magier, der seine Frau umgebracht hat.«

Aua. Anscheinend nahm sie ihm ernsthaft übel, dass er sie vorerst von ihren Gefährten getrennt hatte. Einen Moment lang hätte er am liebsten gesagt, dass die Katastrophe von damals sie nichts anging, doch zu seiner eigenen Überraschung waren es ganz andere Worte, die aus seinem Mund kamen. »Das war ein Unfall. Wäre es in Ordnung, wenn wir später darüber sprechen? Wir müssen erst noch einen Krieg gewinnen.«

»Stimmt«, sagte sie etwas besänftigt. »Also dann. Rhi heiße ich.«

»Ich weiß«, gab er zurück und stellte überrascht fest, dass ihm der Austausch Spaß machte.

»Ach übrigens, danke für die Rundumerneuerung«, sagte sie.

»Kein Problem, hat mich höchstens ein paar Tage Lebenszeit gekostet.«

Fassungslos starrte sie ihn an, blieb sogar einen Moment lang stehen. »Du hast mehrere Tage deines Lebens hergegeben, nur damit ich mich besser fühle?«

Terwyn zuckte die Schultern. »Ja, wieso? Das Erste, was ich als Zwölfjähriger von meiner Meisterin gehört habe, war der Spruch *Sehnst du dich nach hohem Streben, musst deine Lebenszeit du geben*. Dann hat sie mich gefragt, ob ich bleiben oder gehen will. Ich bin geblieben. Offensichtlich.«

»Du hättest vorhin auch einen Heiler rufen können, das hätte dich gar nichts gekostet.« Ihr Blick erforschte sein Gesicht.

Es berührte Terwyn auf ganz eigenartige Weise, dass sie sich Sorgen um ihn machte. »Sei nicht albern. Mit einer unterkühlten, verletzten Helferin hätte ich nirgendwohin fliegen können. Und ein gewöhnlicher Heiler hätte viel zu lange gebraucht, um dich wieder hinzukriegen.«

Er musste unbedingt dafür sorgen, dass niemand diese Frau umbrachte! Doch konnte er das überhaupt? Es wäre ihm sehr viel wohler gewesen, wenn er gewusst hätte, wer genau sein Manuskript gestohlen hatte und jetzt das Dunkle Wort kannte.

17

Rhi bemühte sich, nicht zu zeigen, dass ihre Augen feucht geworden waren. Es war völlig albern, dass sie heulte, aber das war einfach zu viel. Die meisten Männer, die ihr bisher begegnet waren – ob mit ihr verwandt oder nicht –, hatten sie behandelt wie ein unmündiges Kind, wie einen möglichen Besitz oder eine Beute. Und jetzt kam dieser del Cresta und schenkte ihr einfach so das Kostbarste, das er besaß. Einen Teil seiner Lebenszeit. Dabei kannte er sie nicht mal.

Hör auf, schalt sie sich. *Hat gerade noch gefehlt, dass du dein Herz dem erstbesten Kerl schenkst, der nett zu dir ist! Auch wenn er verdammt gut aussieht.*

Zum Glück deutete er ihre Tränen falsch. »War eine schlimme Reise, was?«

Rhi nickte und wischte sich ärgerlich das Wasser aus den Augen. »Bin auch einfach müde, glaube ich. Nein, jetzt mach bloß nicht was dagegen. Ich schaffe das schon!«

»Müde.« Er zog eine Grimasse. »Frag mich mal. Wenn ich mich nicht irre, bin ich jetzt seit vier Tagen wach.«

»Ernsthaft?«

»Ja, was glaubst du denn? Seit Kriegsbeginn haben wir schon so ziemlich alles versucht, was uns eingefallen ist, um diese Invasion zu stoppen. So was dauert.« Ganz kurz berichtete er, was der Zirkel des Regenten – in dem er anscheinend mitarbeitete – bisher gewagt hatte. »Wir haben garantiert alle schon mehrere *Jahre* Lebenszeit verpulvert, und gebracht hat es fast nichts. Manchmal haben wir alles sogar noch schlimmer gemacht.«

Auf dem Hof vor den Ställen standen schon ein paar Leute, die Rhi neugierig entgegenblickten. Sie wirkten angespannt, aber auch von einer freudigen Aufregung gepackt. Verlegen lächelte Rhi in die Runde. »Das hier sind alles Mitglieder des Zirkels, sonst haben wir bisher niemanden eingeweiht«, erklärte Terwyn und deutete auf eine kleine, lebhaft wirkende Frau mit langen dunklen Haaren. »Das ist Idassa, die Erste Magus.«

Die Frau, mit der sie eigentlich hätte sprechen wollen. Ehrfürchtig verbeugte sich Rhi, doch sofort ergriff Idassa sie mit einem herzlichen Lächeln an der Hand und zog sie hoch. »Rhi, es ist mir eine Ehre. Du hast dein Leben riskiert, um hier zu sein.«

Einen Moment lang stiegen furchtbare Bilder in Rhi hoch – *Blut, das den Boden tränkt, eine fremde Hand auf meiner Brust, gläserne Klingen* –, doch sie schob sie und die Gefühle mit aller Kraft dorthin zurück, woher sie gekommen waren. »Ja«, erwiderte sie schlicht.

Die zweite Frau in der Gruppe – auch sie jung – wirkte unruhig und konnte kaum stillhalten, leichtfüßig wie eine Katze ging sie umher und wippte auf den Ballen. Sie begrüßte Rhi mit einem herzlichen Lächeln. »Willkommen! Ich bin Vicania, nenn mich Vic.«

Als Nächstes stand Rhi vor einem gut aussehenden jungen Mann mit unglaublich blauen Augen, galant verbeugte er sich vor ihr und enthüllte wie zufällig die fünf Wellen auf seinem Arm. »Das ist Roán, die schlimmste Zumutung in diesem Zirkel«, meinte Vic spitz.

»Stellen wir uns jetzt gegenseitig vor?« Roán zog eine Grimasse. »Na, dann mache ich mal weiter.« Er deutete mit dem Daumen auf den Mann neben ihm. »Das da ist unser zahmer Künstler, meist hört er auf den Namen Jomar, obwohl ich nicht weiß, ob es sein richtiger ist.«

»Nimm das mit dem *zahm* zurück«, schimpfte Jomar, doch er lächelte dabei. »Ach ja, und der da ...« Er drehte sich zu Terwyn um. »... ist derjenige, der es nicht mal schafft, seine Bücher alphabetisch zu sortieren, aber dafür aus Sperrholz Gold machen kann, wenn er gerade in der Stimmung ist ...«

»Gut, Leute, wir fliegen los«, mischte sich Terwyn ein, und Rhi fiel auf, dass sich ihm sofort alle zuwandten, wenn er sprach. Es mochte Idassas Zirkel sein, doch in dieser Gruppe war *er* der Anführer. »Und übrigens, Jomar, ich hatte die verdammten Bücher nach *Themen* sortiert!«

Staunend betrachtete Rhi die beiden kraftvollen, geflügelten Pferde, die gerade von Stallknechten aus ihren Boxen geführt wurden. Als eins von ihnen – ein grauer Hengst – mit den Schwingen schlug, wirbelte eine Böe ihre Haare durcheinander. »Mit einem von denen soll ich fliegen?«, fragte Rhi erschrocken.

»Falls du nicht noch mal zu Fuß gehen willst«, sagte Terwyn.

»Zu *Fuß*? Hat dir irgendein Strom das Hirn weggesengt?« Rhi konnte kaum fassen, dass sie so mit einem berüchtigten Magier redete. Doch er grinste nur.

»Nicht dass ich wüsste. Na ja, *noch* nicht.«

In was für einer seltsamen, fremden Welt diese Magier lebten!

Was genau sollte sie eigentlich daran hindern, während des Fluges abzurutschen und ein paar Hundert Meter in die Tiefe zu trudeln? Sollte sie sich einfach an Terwyn del Cresta festhalten? Das war alles völlig unwirklich, und Rhi war noch nicht sicher, ob sie weiterhin Angst vor ihm hatte oder nicht. Aber eins war klar, sie *hatte* Angst davor, abzustürzen!

* * *

Es war viel verlangt von Ortun, schon wieder loszufliegen, nachdem sie gerade erst aus Nelmon zurückgekehrt waren. Sein Hengst wirkte eher matt als temperamentvoll, während Terwyn ihm den Hals tätschelte und aufstieg. Der Arme wäre garantiert lieber in seinem gemütlichen Stall geblieben. *Ich werde ihm mit einem starken Schwebezauber helfen müssen*, dachte Terwyn und wusste, dass das wiederum ihn selbst schwächen würde. Aber er hatte keine Wahl, er und Rhi mussten sofort aufbrechen. *Sonst gibt es bald keinen gemütlichen Stall mehr, mein lieber Ortun, von einer saftigen Weide ganz zu schweigen!*

Auch Roán musterte Ortun besorgt. »Zwei Leute schafft der nicht mehr. Ich nehme das Mädel auf Cay mit, der ist noch halbwegs frisch.«

Bevor Terwyn etwas erwidern konnte, hatte Roán schon die Hand ausgestreckt, um Rhi hinter sich auf den Rücken seines geflügelten Rappen zu ziehen, und nach einem kurzen Zögern ergriff die junge Händlerin sie. Mit einem charmanten Lächeln erklärte Roán ihr, worauf es beim Fliegen ankam und dass sie sich festhalten musste, worauf Rhi ein wenig ungelenk die Arme um seine Körpermitte schlang.

Terwyn wandte den Blick ab. *Besser so*, sagte er sich, obwohl er auf eigenartige Weise enttäuscht war. *Die beiden sind ungefähr gleich alt, sie werden sich gut verstehen. Ich dagegen war grauenhaft schroff zu ihr.*

Er merkte, dass die beiden während des Fluges plauderten, sogar einmal zusammen lachten, entschied sich aber ganz bewusst dazu, wegzuhören. Es gab jetzt Wichtigeres, er musste ihr weiteres Vorgehen planen. Was sie vorhatten, konnte immerhin den Krieg entscheiden. Plötzlich kam es ihm lächerlich vor, dass sie nur zu dritt flogen, noch nicht einmal mit einem kompletten Zirkel. Was konnten drei Leute schon ausrichten, gleichgültig, wer sie waren? Warum hatte er nicht die gesamte Armee Skaidars hierher beordern lassen, sämtliche verfügbaren Magier an der Neva zusammengezogen? *Weil wir dadurch diejenigen warnen würden, denen der Kristalldolch gehört*, erinnerte sich Terwyn.

Wir fliegen so hoch wie möglich und nutzen die Wolken als Tarnung, wies er Roán gedanklich an. Falls jemand zufällig hochschaute, würde er Roáns Rappen hoffentlich für eine Krähe halten.

Seine Anspannung stieg, während sie sich dem Ziel näherten – dem Ort, in dem die junge Händlerin noch vor Kurzem gelebt hatte.

»Können wir eine kurze Runde über meinen Handelsposten drehen? Ich würde gerne sehen, ob er noch steht«, rief Rhi zu ihm hinüber, und obwohl Terwyn das sehr verständlich fand, schüttelte er den Kopf. »Wir gehen im Tiefflug ran und nutzen jede Deckung. Ich wette, diese beiden Fremden haben den Dolch nicht unbewacht zurückgelassen. Wir wollen niemanden alarmieren, wenn wir es verhindern können.«

Es war später Abend, aber noch hell. Als sie hinter einer Hecke außerhalb des Ortes aufgesetzt und die Pegasi weggeschickt hatten, sagte Terwyn: »Besser, wir machen uns von hier an unsichtbar. Wir dürfen nicht riskieren, dass uns jetzt jemand entdeckt.«

Er sah sofort, dass Roán damit nicht einverstanden war. »Das würde uns verdammt viel Kraft kosten, die wir noch brauchen werden, um diesen Kristalldolch zu bergen!«

»Na gut, wir machen es erst, wenn wir uns wirklich dem Fluss nähern«, lenkte Terwyn ein, er war selbst nicht scharf darauf, sich schon jetzt zu tarnen. Unsichtbarkeit war sehr anstrengend und kostete viel Lebenszeit.

Roán wandte sich an ihre Begleiterin. »Hey, Lockenkopf, warst du schon mal unsichtbar?«

»Zum Glück in dem Moment, als diese beiden Kerle den Dolch in den Fluss geworfen haben – keine Ahnung, was die mit mir gemacht hätten, wenn die mich mitten im Schilf gefunden hätten«, erzählte Rhi und kämmte ihren windzerzausten blonden Schopf mit den Fingern durch.

Terwyn war beeindruckt davon, wie gut sie sich hielt. Obwohl das ihr erster Flug gewesen war, verschwendete sie keine Zeit damit, über schmerzende Beine oder Höhenangst zu klagen. Wie lebendig sie wirkte – er konnte es kaum glauben, doch ihre Augen leuchteten gerade unternehmungslustig. Man sah ihrem Mund an, dass er gerne lächelte und dass dieses Lächeln jetzt nur darauf wartete, zum Vorschein zu kommen. Er mochte dieses Lächeln … und war entschlossen, sich das nicht anmerken zu lassen. Ganz kurz stiegen Gedanken an Talea in ihm hoch, doch er schob sie weg.

»Na dann, führ uns zu der richtigen Stelle«, bat er sie und blickte sich um. »Möglichst so, dass niemand uns sieht.«

Sie schlichen durch einen lichten Wald, durch den sie die Umrisse von Häusern erkennen konnten. Terwyn hörte Stimmen und war froh, als das Gebüsch dichter wurde. »Nicht mehr weit bis zum Fluss«, flüsterte Rhi, die geduckt voranging.

Terwyn nickte. Ihm war schwindelig und er fühlte ein eigenartiges Kribbeln in den Fingerspitzen. Auch Roán schien es zu spüren, seine unbekümmerte Heiterkeit hatte sich verflüchtigt. »Ist das der magische Fokus?«, ächzte er. Es gab solche Orte, an denen Magie nur schlecht funktionierte, überall in Skaidar, sie gehörten einfach zur Landschaft und waren für Magier ein Ärgernis. Sicher hatten ihre Gegner diesen Dolch mit Absicht gerade hier im Fluss versenkt, hier waren die Chancen deutlich geringer, dass ihn ein Magus spürte und fand.

»Ja, eindeutig der Fokus«, flüsterte Terwyn zurück. »Er bindet unsere Energie. Sehr unschön. Vielleicht brauchten die Kerle den Fokus irgendwie für ihr Ritual. Oder vielleicht haben sie den Dolch deswegen hier versenkt, damit wir ihnen nicht ins Handwerk pfuschen.«

»Drachendreck! Was ist, wenn wir hier die Ströme nutzen wol...«

»Was ist?« Beunruhigt wandte sich Rhi zu ihnen um.

Fast gleichzeitig setzten er und Roán ein beruhigendes Lächeln auf. »Nichts«, sagte Terwyn, während sein Zirkelgefährte ein »Alles bestens« von sich gab.

Er kann ziemlich gut lügen, ging es Terwyn wieder einmal durch den Kopf. Er fragte sich nicht zum ersten Mal, wie er herausbekommen konnte, ob es Roán war, der das Manuskript an sich genommen hatte. Vielleicht war er es auch, der ihm die Blüten, die ihn an Talea erinnerten, zugespielt hatte ... warum, um ihm wortlos Vorwürfe zu machen? Oder sogar, um ihn zu schwächen?

Wahrscheinlich waren sie beide zu sehr damit beschäftigt, in sich hineinzulauschen, anders konnte sich Terwyn nicht erklären, warum sie den Hinterhalt so spät bemerkten. Vier in dunkle Farben gekleidete Männer stürzten hinter Hecken hervor und warfen sich auf sie, die Schwerter erhoben. Instinktiv wich Terwyn einen Schritt zurück. Die Augen der Kerle blitzten vor Kampfeslust, ihr Gebrüll gellte Terwyn in den Ohren. Sie waren schon so nah, dass der Wind Terwyn ihren Geruch nach ungewaschener Kleidung und schalem Rindenbier zutrug.

Roán zögerte nicht und riss sein eigenes Schwert heraus. Klirrend traf Stahl auf Stahl. Mit einem wuchtigen Schlag trieb Roán einen der Männer zurück, dann wirbelte er herum, um sich dem zweiten zu widmen.

Die anderen beiden stürmten auf Terwyn zu ... aber nicht besonders lange. Obwohl er geschwächt war, reichte es noch problemlos für den Vierten Strom. Den ersten Angreifer erledigte Terwyn, indem er dessen Hände und Füße vertauschte. In vollem Lauf stürzte der Mann; als er sich aufrappeln wollte, starrte er ungläubig auf die Schuhe, die nun aus seinen Handgelenken ragten. Gleichzeitig riss Terwyn dem zweiten Mann buchstäblich den Boden unter den Füßen weg: Erde und Kiesel verwandelten sich in Treibsand, der unter ihm nachgab und ihn einsinken ließ. Verblüfft blickte ihr Widersacher auf seine Beine, die schon bis zu den Knien im Boden steckten. Dann schrie er wütend auf und schleuderte seinen Dolch ... aber nicht nach Terwyn, sondern auf Rhi!

Erschrocken wich die junge Händlerin zurück. Sie konnte nicht ahnen, dass er längst einen Bannkreis um sie gezogen hatte und der Dolch sie nicht erreichen würde. Als sie sich duckte, geriet sie in die Reichweite des zweiten Mannes, der gerade mit Roán kämpfte. Verdammt. Zur Sicherheit verstärkte Terwyn den Bannkreis, und gleichzeitig handelte Roán, blitzschnell stieß er dem Angreifer seine Klinge in die Kehle. Ein Schwall Blut schoss hervor, und die Finger des sterbenden Mannes öffneten sich, ließen sein eigenes Schwert auf das trockene Gras fallen.

Mit geweiteten Augen stolperte Rhi zurück, während Roán dem anderen Söldner die Waffe aus der Hand schlug und ihm die Spitze seines Schwerts auf die Brust setzte, ganz der edle Beschützer der Lady. »So, jetzt bist du außer Gefahr«, kommentierte Roán seine Aktion, und Rhi dankte ihm mit einem Lächeln.

»Wäre nett, wenn du den da am Leben lassen könntest«, sagte Terwyn irritiert zu Roán. Er war nicht gerade erfreut über das Blutvergießen. Immerhin war Rhi dank des Bannkreises nie wirklich in Gefahr gewesen, obwohl keine Zeit gewesen war, ihr das zu sagen. War es doch ein Fehler gewesen, den Jungen mitzunehmen?

»Ja, ja, hatte ich sowieso vor.« Roán starrte dem Söldner ins Gesicht. »Wer hat euch geschickt? Wie viele seid ihr noch?«

Der Mann schwieg wütend, und der Söldner mit den vertauschten Händen und Füßen wimmerte nur verzweifelt im Hintergrund. Doch sein Kumpan, der mittlerweile bis zur Brust eingesunken war, erwies sich als redefreudig. »Lasst mich hier raus, dann sage ich euch alles!«

»Umgekehrt, lieber Jumbar«, sagte Rhi, die zwar sehr blass aussah, aber gefasst wirkte.

»Du kennst ihn?« Terwyn wandte sich ihr neugierig zu, und die junge Händlerin nickte. »Er ist ein Saufkopf aus dem Nachbarort. Prügelt gerne. Du kannst ihn ruhig noch ein Stück einsinken lassen.«

»Nein, nein, bitte nicht!« Der Söldner versuchte, sich vom Treibsand zu befreien, aber er zappelte so vergeblich wie eine Fliege im Spinnennetz. »Es waren zwei Männer, sie haben uns Geld gegeben, damit wir nach Leuten Ausschau halten, die versuchen, sich dem Fluss zu nähern, sie ...«

»Wann war das?«, unterbrach ihn Terwyn. In ihm baute sich ein mulmiges Gefühl auf. Offensichtlich stimmte Rhis Geschichte, Auftraggeber dieser Kerle waren die beiden Fremden, von denen sie erzählt hatte. Aber warum hatten es diese beiden – wer auch immer sie waren – nötig, solche jämmerlichen Gestalten anzuheuern, die auch ein schlechterer Schwertkämpfer oder Magier als Roán in kurzer Zeit erledigen konnte? Was steckte dahinter?

Ein kalter Schauer überlief Terwyn, als ihm klar wurde, was hier ablief. *Das war ein Ablenkungsmanöver. Wir sollten dazu verleitet werden, uns bemerkbar zu machen. Wieso nur habe ich mich überreden lassen, auf die Unsichtbarkeit zu verzichten!* Die Haut in seinem Nacken kribbelte, als er sich umwandte und die Umgebung mit seinen magisch geschärften Sinnen sondierte. Wortlos folgte Rhi seinem Beispiel ... und keuchte auf.

Sofort folgte er ihrem Blick und sah die beiden Fremden. Ganz ruhig, mit kalten Augen standen sie etwa eine Baumlänge entfernt nebeneinander und beobachteten ihre kleine Gruppe.

* * *

Mig genoss es, einfach ganz in Ruhe den Fluss hinabzufahren und die Sorge um ihre Zukunft den Soldaten zu überlassen, die sie nach Tarcondé bringen sollten. In Gedanken versunken – seine Tante hätte bestimmt wieder gesagt, er würde vor sich hin träumen! – beobachtete er einen einzelnen Violetten Distelfalter, der mit ihnen auf der Insel gewesen, ihnen zufällig oder absichtlich gefolgt und seither auf dem Boot war ... meistens saß er auf der Bordwand und breitete die Flügel in der Sonne aus.

»Der weiß, was gut für ihn ist«, brummte eine Stimme schräg hinter ihm. Die Kalkulatorin, ihren richtigen Namen hatte Mig schon wieder vergessen.

»Ja«, meinte Mig schüchtern und betrachtete die kristalline Einöde zu beiden Seiten des Flusses. »Solange er nicht zum Ufer fliegt, lebt er weiter.«

»So wie wir. Wir werden weiterleben.«

»Unglaublich, oder?«

»Vor ein paar Tagen dachte ich noch, es wäre unglaublich, dass ich meinen Geschäftstermin in Ordaal verpasse.« Ein raues Lachen. »Oder dass ich meinen großen Abakus verliere. Den habe ich von meiner Mutter geerbt, sie hat die gleiche Arbeit gemacht wie ich.«

Mig setzte sich so, dass er die Kalkulatorin sehen konnte. Ihre kräftigen Hände, ihr eckiges Gesicht mit dem Doppelkinn. Fasziniert beobachtete er, wie die Frau an ihrem zerschlissenen Gewand aus dunkelblauem Samt und Leder herumnestelte ... und aus einer Innentasche einen winzigen Abakus zum Vorschein brachte. »Aber der hier ist auch nicht schlecht«, sagte sie.

So viel hatte die Kalkulatorin während der ganzen Zeit nicht gesprochen. Und jetzt redete sie mit ihm. Freundlich sogar wie mit einem Gleichgestellten. Mig war beeindruckt. »Darf ich den mal ausprobieren?«

»Mach ihn nicht dreckig«, sagte die massige Frau, während sie ihm das Gerät entgegenstreckte. Betroffen blickte Mig auf seine verkrusteten und verklebten Hände ... und erst als die Kalkulatorin zum zweiten Mal in Lachen ausbrach, wurde ihm klar, dass es ein Witz gewesen war. Sie waren alle vier nicht besonders sauber.

Die roten und blauen Kügelchen des Abakus fühlten sich glatt und kühl an. Es gefiel Mig, wie sie auf ihren Drähten hin- und herglitten, die nur ein klein wenig verbogen waren.

»Ich zeige dir, wie es geht«, sagte die Frau und erklärte ihm die

Funktion der Kugeln. »Das Zusammenzählen und Abziehen hattet ihr schon in der Schule, oder?«

»Ja«, erwiderte Mig knapp, dann begann er zu rechnen. Seine Finger flogen, und ein ungewohntes Gefühl der Zufriedenheit breitete sich in ihm aus. Es war eigentlich egal, was er berechnete. Wie viele Flügel achthundertundfünfundzwanzig Dreiflügel-Falter besaßen, wie viele Scheffel Grünkorn acht Bauern in einem Jahr anbauen konnten, wie weit sich die Kristallzone in einem Tag ausbreitete. Die Zahlen schienen aus seinen Fingern zu strömen, dann in seinen Kopf und wieder zurück in seine Finger.

Da Vinnie gerade schlief, beugte sich seine Tante Inyra neugierig zu ihm hinüber. Sie lächelte. »Mig! Du bist ja richtig gut darin. Wie schön.«

»Erstaunlich«, brummte die Kalkulatorin. »Schenk ich dir. Den Abakus. Wollte mir sowieso mal wieder einen neuen leisten. Und hast du mal drüber nachgedacht, in einem Handelshaus zu lernen?«

Mig spürte, wie seine Wangen heiß wurden. »Nein.«

»Solltest du aber«, kam es zurück.

Die blauen und roten Kugeln waren nicht mehr kühl. Sie schienen unter seinen Fingern zu brennen wie kleine Feuer, angewärmt von der Sonne und seinem Glück.

18

Forschend betrachtete Terwyn die beiden Männer. Sie waren unauffällig in Braun und Beige gekleidet, kaum sichtbar vor dem Hintergrund der trockenen Sträucher. Eine Frau hätte vielleicht gesagt, dass sie gut aussahen auf eine etwas eigenwillige Art. Ihm dagegen fiel auf, dass einer der beiden – der mit den langen, schwarzen Haaren – ein hartes Gesicht und noch härtere Augen hatte. Der andere, etwas größere Fremde wirkte lässiger, sein breiter Mund war verächtlich verzogen, während er sie ansah.

Beide blinzelten nicht ... überhaupt nicht. Eindeutig keine Menschen.

Terwyn spürte die Gefahr, die von den beiden ausging. Wer auch immer sie waren, gegen sie würde ein einfacher Bannkreis nicht reichen, zumal er und Roán ohnehin geschwächt waren durch den magischen Fokus in der Nähe. Hastig winkte er Rhi und Roán zu sich heran, während die beiden Fremden sich gemächlich näherten. »Zu zweit – *jetzt!*«, sagte er zu seinem Zirkelgefährten, und schon zogen sie mit vereinter Kraft eine magische Barriere zwischen sich und den Neuankömmlingen hoch. Außerdem ließ Terwyn eine kleinere Version der Dornenhecke, die er gegen die Aelier eingesetzt hatte, zwischen ihnen wachsen. Warum nur hatte er das üble Gefühl, dass das alles nicht reichte?

Die beiden Fremden schlenderten heran, als hätten sie alle Zeit der Welt. Ohne sich abzusprechen, traten Terwyn und Roán vor Rhi, und plötzlich war Terwyn wieder froh, dass ausgerechnet der Junge bei ihm war. Ja, er war unverschämt und hatte offensichtlich ein Problem damit, ihn zu akzeptieren. Doch er war auch stark und entschlossen. Weniger beschädigt vom Leben als er selbst.

Eine Weile war es vollkommen still. Terwyn hörte nur das Rauschen der Blätter an einem nahen Kirschbaum und Rhis gepressten Atem. Durch die Dornenhecke hindurch konnte er sehen, dass die beiden Fremden sie in aller Ruhe in Augenschein nahmen. Dann

begann Terwyn zu sprechen. Einen Versuch, mit diesen Wesen zu verhandeln, musste er wagen, so klein die Erfolgsaussichten auch waren. »Wir lassen euch in Ruhe und ihr uns, einverstanden?«
Der Kerl mit dem breiten Mund stieß ein leises Lachen aus. »Stimmt nicht. Ihr wollt etwas, das uns gehört.« Er sprach völlig akzentfreies Skai.
»Nur weil ihr uns damit angegriffen habt«, gab Terwyn zurück. »Das ist euer Pech.«
»Woher kommt ihr? Calisien? Saywadee? Wer seid ihr?« Terwyn rechnete nicht mit einer Antwort, und er bekam auch keine. Stattdessen spürte er etwas, das ihn beunruhigte. Etwas sog ihm Lebenskraft ab. Das Schwindelgefühl wurde stärker, obwohl er sich dem magischen Fokus nicht weiter genähert hatte, und seine Muskeln wurden mit jedem Moment schwächer, schickten sich an, den Dienst zu versagen. Rhi lehnte sich schwer an ihn, und selbst Roán schien Mühe zu haben, auf den Beinen zu bleiben.

Die beiden Fremden drehten sich um und gingen zum Fluss. Terwyn war völlig klar, was nun kam. Ihre Widersacher würden ihren Kristalldolch zurückholen, bevor ihnen jemand zuvorkam, dann würden sie ihn an einer anderen Stelle versenken – diesmal unbeobachtet.

»Idassa hat mir erzählt, was du zu ihr gesagt hast«, brachte Roán heraus. »Du hast gemeint, das seien keine Menschen. Ich gebe es ja ungern zu, aber du hast recht.«

»Mir ist damals schon aufgefallen, dass ich mich schwach gefühlt habe, als die beiden in der Nähe waren.« Rhi hatte sich auf dem Boden niedergelassen und legte kurz die Stirn auf die Knie.

»*Heilige Orchidee, und warum hast du mir das nicht gesagt?*« Terwyn stellte fest, dass er laut geworden war. Alle Götter, schon wieder wurde er grob ihr gegenüber. Aber das war eine so wichtige Information, sie hätte das erwähnen müssen!

»Aber ... was bedeutet das?« Erschöpft blickte Rhi ihn an und betrachtete dann die fingerlangen, nadelspitzen Stacheln der Dornenhecke. »Ich habe in dem Moment einfach nicht daran gedacht, es ist so viel geschehen, seit ich die beiden am Fluss gesehen habe.«

»Ich kann's mir denken. Tut mir leid.« Terwyn hatte einen ungeheuerlichen Verdacht, wer diese beiden Fremden – und die Abgesandte – sein konnten. Tief aus seiner Erinnerung stieg etwas hoch, das er vor langer Zeit gelesen hatte ... in der Zeit, in der er nach dem Dunklen Wort gesucht und sich dafür wie besessen durch die Bibliothek des Palasts gearbeitet hatte. Doch sämtliche Einzelheiten waren ihm längst entfallen, schließlich war das alles nur eine Legende. Hatte er zumindest bisher gedacht.

»Eins steht fest, wir müssen vor diesen beiden am Fluss sein«, sagte er verbissen und ließ die Dornenhecke langsam wieder schrumpfen. »Wenn sie den Dolch vor uns bekommen, war's das.«

»Noch ist nicht gesagt, ob wir uns dieses Kristallding überhaupt schnappen können. Dieser magische Fokus ...« Diesmal klang Roán verzweifelt. »Natürlich kann ich auch versuchen, tatsächlich da *runterzutauchen*, wenn es sein muss, mit Nasswerden und so weiter, aber ich weiß wirklich nicht, ob ...«

»Es ist sehr, sehr tief an dieser Stelle«, wandte Rhi ein. Sie wirkte nicht sehr zuversichtlich – vielleicht hatte sie sich von zwei mächtigen Schutz-Magiern mehr versprochen als ein Stachelgestrüpp und das Eingeständnis, dass sie ebenso hilflos waren wie alle anderen.

»Ich gehe jetzt mal davon aus, dass wir nicht an den Dolch herankommen«, sagte Terwyn und spürte, wie Wut in ihm emporquoll. Eine Wut, die ihm neue Energie gab. Hoffentlich genug Energie für das, was er gleich tun musste. »Aber ich kenne jemanden, der es kann.«

* * *

Als die Dornenhecke verschwunden war, blickte sich Rhi mit großen Augen am Ort des Kampfes um. Wo zuvor nur ein Toter gelegen hatte, waren es nun vier. Jumbar hing leblos in seiner Treibsandgrube, der Mann mit den vertauschten Händen und Füßen würde seine seltsame neue Körperform mit ins Grab nehmen, und der Kerl, den Roán mit dem Schwert in Schach gehalten hatte, lag auf dem Boden wie eine bekleidete Puppe. *Ich war wirklich in Lebensgefahr damals im Schilf! Was haben die beiden Fremden mit diesen Leuten gemacht?*

Roán und Terwyn hatten nicht mehr als einen Blick für die toten Söldner übrig, sie diskutierten schon heiß. Obwohl Terwyn nicht gesagt hatte, wen genau er kannte, hatte Roán die Andeutung anscheinend verstanden. Und offenbar war dieser Bekannte von Terwyn – so wie Terwyn selbst – nicht gerade sein bester Freund.

»O nein, nicht schon wieder«, hörte sie Roán sagen. »Hast du vergessen, was das Biest beim letzten Mal angerichtet hat?«

»Dafür konnte er nichts«, argumentierte Terwyn. »Es lag an diesem verdammten Kristall. Wir hätten wahrscheinlich den gleichen Fehler gemacht, den Kristall zu zertrümmern, wenn wir so weit gekommen wären.«

»Von wem redet ihr genau?«, fragte Rhi einfach dazwischen. Sie hatte genug davon, abwechselnd angebrüllt oder außen vor gelassen zu werden. »Vielleicht kann ich ja auch meine Meinung äußern, wenn ich mehr darüber weiß!«

»Er will seinen Lieblings-Wasserdrachen rufen«, knurrte der junge Magier. »Falls der überhaupt noch mal bereit ist, zu helfen. Das letzte Mal hatte er nämlich nicht viel Spaß dabei.«

Also stimmte es. Dieser del Cresta war tatsächlich ein Freund der Drachen. *Unglaublich – ich habe noch nie davon gehört, dass es jemandem gelungen ist, Kontakt zu den Wasserdrachen aufzunehmen! Er muss ein ganz besonderer Mensch sein.* Als Rhi den Magier mit den seltsamen weißen Haaren anblickte, spürte sie, wie eine unerwartete Wärme in ihr hochkroch. Sie versuchte ihre Gefühle in Worte zu fassen. »Das ist großartig! Ich wollte schon immer ...«

Er reagierte nicht, wirkte hoch konzentriert. Sie sah, wie seine Lippen sich bewegten, den Namen eines weiteren Stroms formten, den sie nicht kannte. Eines sehr hohen Stroms, wie es schien, denn im nächsten Moment krümmte Terwyn sich gequält, fiel auf die Knie und presste die Fingerspitzen an die Schläfen. Sofort stürzte Roán auf ihn zu und umfasste seine Schultern, in seinem glatten Jungengesicht spiegelte sich tiefe Sorge. »He, Ter, mach jetzt keinen Mist, komm da raus, sei verdammt noch mal vorsichtig!«

Rhi wurde klar, dass sie sich geirrt hatte. Die Anspannung zwischen den beiden ... das war nur die Oberfläche. Jetzt hätte auch ein Blinder gemerkt, dass dieser junge Magier Terwyn mochte. Sehr sogar.

Erschrocken merkte sie, dass Terwyns Atem aussetzte. Roán kauerte sich neben seinen Gefährten und kämpfte schwer atmend und mit zusammengebissenen Zähnen um ihn. Vielleicht gab er ihm Kraft durch die Hand, die er auf seine Schulter gelegt hatte. Auch wenn es wahrscheinlich nichts half, kniete sich Rhi neben Terwyn und strich ihm über den Arm. Nahm seine Hand und war selbst erstaunt über ihren Mut, so etwas zu tun. *Wie schrecklich kalt sich seine Finger anfühlen!*

Allmählich regte sich Terwyn wieder, und erleichtert sah Rhi, dass er nun wieder gleichmäßig atmete. Schließlich begann er, sich aufzurichten.

»Wie wär's, wenn du mal deine eigenen Ratschläge befolgen würdest?«, schimpfte Roán ihn aus. »Du weißt schon, das mit den Draufgängern, die zu lange in einem Strom bleiben! Du hättest mir schön was erzählt, wenn ich geschwächt und in der Nähe eines magischen Fokus in den Sechsten gegangen wäre!«

Wieder dieses flüchtige Lächeln ... und ein verblüffter Blick, als er Rhis Hand in seiner bemerkte. Rasch zog Rhi ihre Finger zurück. Sie spürte, wie ihre Wangen heiß wurden, doch zum Glück schien Terwyn das nicht zu bemerken.

»Ich habe ihn erreicht«, berichtete er. »Aber es ist schwer, sich mit ihm zu verständigen, ich weiß nicht, ob er verstanden hat. Oder ob er kommen wird.« Er wandte sich ihr zu, und sein Gesicht wirkte so offen, so verletzlich, dass es Rhi tief im Inneren berührte. »Wie habt ihr das gelernt, du und Zad? Euch in menschlicher Sprache zu verständigen, von Kopf zu Kopf?«

Daran konnte Rhi sich noch gut erinnern. »Das kam nach und nach. Erst ging das über Bilder, verschwommene Gefühle. Dann kamen einzelne Worte, die er aus meinem Geist gezogen hat, und seit ein paar Jahresläufen sind es ganze Sätze.«

»Egal jetzt«, drängte Roán. »Wir müssen zu dieser Stelle der Neva. Kommt, los!«

Immerhin war es jetzt nicht mehr nötig, sich unsichtbar zu machen – der Feind wusste ohnehin, dass sie da waren.

»Ich habe auch Idassa kontaktiert, ganz kurz nur«, berichtete Terwyn. »Sie weiß jetzt, was hier vorgeht. Favinius schickt alle Divisionen, die er im Nordwesten entbehren kann, hierher. Die im Zentrum und im Süden zieht er um Taracondé zusammen.«

Erstaunt lauschte Rhi. »Du kannst andere Magier über eine solche Entfernung erreichen?«

»Es ist ohne Säule nicht wirklich leicht«, gab Terwyn zu, und das war ja wohl die Untertreibung des Jahres.

So rasch sie konnten, machten sie sich auf den Weg zum Fluss, Roán stürmte förmlich voraus. Rhi wunderte sich, dass Terwyn und Roán nicht mehr davon sprachen, was eben passiert war. Vielleicht konnte jemand, der in einem solchen Zustand war, sich anschließend nicht daran erinnern ... und sich deshalb auch nur schwer bedanken?

»Ich glaube, Roán hat dir eben das Leben gerettet«, erklärte sie Terwyn leise.

»Ja, wieder mal. Schlechte Angewohnheit.«

Rhi starrte ihn an. »Du legst keinen Wert auf dein Leben? Aber wieso?«

»Weißt du doch schon. Das mit meiner Frau. Das, worüber wir später reden, weil wir jetzt ehrlich gesagt anderes zu tun haben.«

»Oh«, sagte Rhi und fand, dass das genau der richtige Zeitpunkt war, um den Mund zu halten.

19

Durch Rhis Beschreibung erschien Terwyn das Ufer fast schon vertraut. Eine Wiese, die an manchen Stellen bis zum Fluss hinunterführte. Auf der einen Seite ein breiter Schilfgürtel, der aus etwa menschenhohen Pflanzen bestand, auf der anderen Seite ein flaches Kiesufer. Der Fluss selbst: klares grünes Wasser, das von tiefhängenden Bäumen beschattet wurde. Ein idyllischer Ort, doch Terwyn nahm die Schönheit kaum wahr, aus der Deckung des Schilfs heraus hielt er Ausschau nach den beiden Unbekannten.

Rhi deutete mit dem Finger. »Hier war es, dort drüben standen sie, und dort habe ich im Schilf gehockt«, flüsterte sie ihm ins Ohr, er fühlte ihren warmen Atem auf seiner Wange, und ganz kurz musste er daran denken, dass sie vorhin seine Hand genommen hatte. Dann schwiegen sie alle und blickten sich um. Auf den ersten Blick war niemand zu sehen.

Ungebeten kehrte die Erinnerung an Roáns und seinen Streit zurück. *Jetzt kommst du her, spielst den großen Retter und lässt garantiert wieder alles in Scherben zurück, weil das nämlich alles ist, was du kannst, del Cresta!*

Aus irgendeinem Grund bekam er diesen Satz einfach nicht aus dem Kopf. Dabei klappte es heute sogar halbwegs, mit Roán zusammenzuarbeiten, woran auch immer das lag. *Ich habe eben gelogen – es ist mir nicht egal, dass der Junge mir das Leben gerettet hat. Aber vermutlich hat er es ganz instinktiv getan, so wie man ein ertrinkendes Eichhörnchen aus einem Teich fischt, wenn man drankommt. Er weiß, dass Skaidar mich noch braucht.*

Terwyn erspähte die Fremden, sie standen im Schatten eines Baumes bis zur Hüfte im Wasser und hielten die flachen Hände über die Wasseroberfläche. Als er begriff, dass sie gerade einen Zauber wirkten, kehrte seine hilflose Wut zurück. Am liebsten wäre er jetzt in den Siebten Strom eingetaucht, hätte versucht, diese beiden Kerle damit zu zerschmettern. Doch er wusste, dass ihm das an diesem

Ort nicht gelingen würde und er es außerdem nicht überleben konnte. Was war mit Dunkler Magie? Hatten Idassa, Roán und Jomar recht, war sie die einzige Möglichkeit, sosehr diese ihn auch erschreckte und anwiderte? Machbar wäre es vielleicht, Kraft brauchte man dafür kaum, nur Waghalsigkeit ... und die Bereitschaft, wenn nötig alles und jeden in den Abgrund zu ziehen.

Roán schien zu spüren, was er dachte. »Tu es nicht oder jedenfalls nicht jetzt«, wisperte er ihm zu. »Noch haben sie den Dolch nicht draußen.«

Schweigend nickte Terwyn und bemühte sich, das Dunkle Wort nicht einmal zu denken. *Thanos ... verdammt, nein!* Im letzten Moment fegte er es aus seinem Bewusstsein.

Gespannt blickte Rhi ihn von der Seite an, sie hatte natürlich keine Ahnung, wovon Roán und er redeten, sonst wäre sie wahrscheinlich schreiend weggelaufen. Oder vielleicht doch nicht? Sie hatte so viel Mut.

Nun bildete sich ein Wirbel unter den Händen der beiden Unbekannten. Er kreiste um sie, strudelte immer schneller. Im grünen Wasser des Flusses bildete sich neben den beiden Männern ein Trichter, der größer und größer wurde, immer tiefer hinabreichte. Vielleicht schon bis zum Grund der Neva.

»Gerade fällt mir was ein ... könnten wir diesen Kristalldolch überhaupt anfassen, ohne tot umzufallen?« Roán wandte den Blick nicht von dem ab, was vor ihnen geschah.

»Guter Punkt.« Rasch ging Terwyn in Gedanken durch, was er über fremde magische Artefakte wusste. »Hm, mit einem vollen Zirkel, der mich abschirmt, würde ich es vielleicht versuchen.«

»Sehr witzig«, sagte Roán. »Vielleicht sollten wir uns so was das nächste Mal vorher überlegen.«

Das entlockte Terwyn ein schiefes Lächeln. »Was meinst du mit *das nächste Mal*?«

»Ähm, Terwyn, ich frage mich gerade, ob der Fluss überhaupt groß genug ist für einen Wasserdrachen«, mischte sich Rhi besorgt ein. »Wenn er irgendwo strandet ...«

Terwyn unterdrückte ein Stöhnen. Auch noch einen Wasserdrachen auf dem Gewissen zu haben, war nicht unbedingt sein Lebensziel. »Er wird selbst wissen, wie weit er den Fluss hochschwimmen kann. Was auch immer er tut, wir müssen damit leben.«

Jede Minute, die verging, war die pure Qual. Würde sein Verbündeter erscheinen, oder war es ihm zu viel Mühe? Wo war er überhaupt gerade? Nur weil Terwyn gesehen hatte, dass er stromaufwärts geflohen war – also den Beku hoch, dessen Nebenfluss die Neva war –, hatte ihn überhaupt auf die Idee gebracht, den Drachen zu rufen. Er lauschte in sich hinein, versuchte zu spüren, ob der Wasserdrache sich näherte.

Etwa eine Baumlänge von ihnen entfernt beugte sich einer der Unbekannten – der dunkle mit den langen Haaren – in den Strudel hinab und ergriff etwas. Selbst aus der Entfernung konnte Terwyn erkennen, dass beide Männer triumphierend lachten. Kristall glitzerte in der Sonne, ein Anblick, den Terwyn inzwischen nur zu gut kannte. In diesem Fall war es ein schimmernder Dolch.

»Cruzarks Hölle«, stieß Roán hervor. »Vielleicht, wenn ich …«

Diesmal war es Terwyn, der ihn zurückhielt. Er fühlte sich schrecklich, als er mit ansah, wie die beiden Männer an Land stapften. In wenigen Momenten würden die beiden verschwunden sein, das konnten sie doch nicht einfach mit ansehen! Das Wort brannte auf seinen Lippen, das Wort, das nie wieder zu sprechen er sich geschworen hatte … aber was machte es schon aus, wenn er noch einen Schwur brach …

Ein Stein flog an ihm vorbei und traf einen der beiden Männer am Arm. Entgeistert wandten sich Terwyn und Roán um und sahen gerade noch, wie Rhi zum zweiten Mal ausholte, einen faustgroßen Brocken in der Hand. »Manchmal ist die altmodische, nichtmagische Art auch nicht schlecht«, sagte die junge Händlerin, zielte erneut und warf. Auch dieser Stein traf, einer der Fremden rieb sich mit finsterem Blick die Schulter. So mächtig die beiden waren, anscheinend waren sie nicht abgeschirmt!

Mit einem etwas zittrigen Grinsen zog Roán sein Schwert. »Ich probiere mal aus, wie ihnen kalter Stahl schmeckt.«

»Damit kommst du ihnen viel zu nah«, warnte ihn Terwyn und

bückte sich, um ebenfalls einen Stein aufzuheben. »Je weiter wir von ihnen wegbleiben, desto besser.«

Rhi schleuderte schon das nächste Geschoss, in ihren Augen sah er eine Mischung aus Angst und Entschlossenheit. Wie gut, dass sie nicht einfach vor Furcht erstarrte, wenn es brenzlig wurde. Terwyn schob das Dunkle Wort aus seinem Geist heraus, ganz weit nach hinten in seinen Kopf. Er durfte es jetzt nicht sprechen, damit würde er womöglich Rhi und Roán ebenso töten wie ihre beiden Feinde!

Auch Roán warf jetzt, mit ordentlichem Schwung, aber mieser Zielgenauigkeit. Zum Glück kam er rechtzeitig auf die Idee, die Flugbahn seines Steins mit dem Ersten Strom nachzubessern, und ein ärgerlicher Ruf erscholl vom Ufer.

Auch Terwyn traf, sein grauer Brocken erwischte den Fremden mit dem breiten Mund sogar am Kopf – ein Treffer, der jeden gewöhnlichen Menschen ausgeknockt oder getötet hätte. Doch der Unbekannte schwankte nur, berührte kurz den Kristalldolch, den sein Gefährte hielt, und stapfte dann wutentbrannt auf Roán, Rhi und Terwyn zu.

* * *

Natürlich war ihr klar gewesen, dass es darauf hinauslaufen würde, doch Angst hatte Rhi trotzdem. Eine furchtbare Angst, die in ihr lauerte, seit sie diese beiden Fremden zum ersten Mal gesehen hatte. Doch diesmal hatten die beiden sie erblickt, und nicht nur das, diesmal waren sie *wütend*, und diese lächerlichen Steine, die sie auf die beiden geschleudert hatte ... Sfakaki, hätte sie das bloß nicht getan! Diese Wesen waren so viel mächtiger als Menschen.

Ihre Füße bewegten sich zurück, einen Schritt, noch einen. War es tatsächlich so, dass sie ihr gerade Lebenskraft absogen, oder war es die Furcht, die sie schwach und fahrig machte?

»Achte darauf, wo du hintrittst – nicht hinfallen«, sagte Terwyn gepresst, er hielt sie am Arm fest. »Sie dürfen nicht zu nah an uns herankommen.«

»Terwyn, was jetzt?« So nervös hatte Rhi Roán bisher nicht gesehen.

»Ganz ruhig, wir ziehen uns langsam zurück ...« Seine Hand um ihren Arm war verkrampft. »Spürt ihr etwas? Sagt mir Bescheid, wenn ihr das Gefühl habt, sie ziehen euch Energie ab.«

»Keine Ahnung ... dieser verdammte magische Fokus macht mich sowieso schon fertig, und ...« Roán stolperte über einen kahlen, angeschwemmten Ast und ging zu Boden.

Fast gleichzeitig beugten sich Terwyn und Rhi zu ihm hinunter, um ihm aufzuhelfen. Roáns Stiefel gruben sich tief in den Kies des Ufers, zermalmten das trockene Sommergras, während er hastig versuchte, wieder auf die Füße zu kommen. In der Zwischenzeit waren die beiden Fremden schon einige Schritte näher gekommen. Ihre Blicke schienen sich in Rhis Haut zu bohren.

»Weg hier, schnell!«, entfuhr es Rhi, und sie hörte, dass ihre Stimme kieksig klang vor Panik.

Doch Terwyn überraschte sie. Einen Moment lang wirkte es so, als würde er lauschen ... und dann lächelte er.

Er lächelt?! Jetzt?!

»Wir haben sie durch die Steine lange genug aufgehalten«, sagte er.

Ein riesiges Geschöpf brach durch die Oberfläche der Neva. Wasser strömte von seinem Körper hinab, überflutete das Ufer und bog sämtliches Schilf im Umkreis zum Boden.

Rhi taumelte zurück, während die Flutwelle sie bis zur Hüfte durchnässte, und lachte zugleich über das ganze Gesicht. Der Drache, ein Männchen von ähnlicher blaugrauer Farbe wie Zad, bot einen herrlichen Anblick. Obwohl er dabei war, ihre Lieblings-Badestelle zu verwüsten.

Sein kräftiger, gepanzerter Schwanz fegte über das Ufer und fällte eine Rotweide, sodass der Stamm den beiden Fremden den Fluchtweg abschnitt. Dann senkte sich das riesige Maul des Drachen über den Unbekannten, der den Kristalldolch in Händen hielt, und durchtrennte seinen Körper mit einem Biss. Grauen erfüllte Rhi, und doch konnte und wollte sie nicht wegsehen. Der Drache versuchte nicht, seine Beute zu verschlingen, sondern ließ den Torso fast angewidert fallen. Mitsamt dem Dolch versank das, was von dem Mann mit dem harten Gesicht übrig war, im schäumenden Fluss, und das Wasser färbte sich rot.

In der Zwischenzeit hatte der zweite Fremde die Gelegenheit ergriffen, sich aus dem Staub zu machen. Gewandt lief er über den Baumstamm, sprang auf der anderen Seite zu Boden und rannte davon. Rhi ballte die Fäuste. *Cruzark, der hat es geschafft, außer Reichweite zu kommen!*

Dachte sie jedenfalls. Doch der Drache war schnell ... sehr schnell. Ungläubig sah Rhi, dass er aus dem Wasser herauskam, sich mit schwerfälligen Bewegungen seiner vier paddelartigen Beine auf dem Ufer hochstemmte und die Krallen tief in den Boden grub, um rascher voranzukommen. Sein Körper war unglaublich groß und massig, doch für kurze Zeit schien es ihm möglich, sich aus seinem angestammten Element hinauszubewegen. Schlangenartig schoss sein langer Hals vor, über die umgestürzte Rotweide hinweg, dann stieß sein Kopf auf etwas herab. Ein Schrei erklang, dann erhob sich das Haupt des Drachen wieder, diesmal langsamer, ohne Eile. Unwillig schüttelte sich der Drache das tropfende Rot von der Schnauze, dann drehte er um und schob sich wieder in den Fluss zurück.

Roán lachte und jubelte, und bevor es sich Rhi versah, hatte er sie gepackt und wirbelte sie übermütig im Kreis. Rhi lachte mit, sie genoss es, sich so unbeschwert und übermütig zu fühlen wie früher. Doch dann fiel ihr Blick auf Terwyn, und sie bemerkte, wie ernst und konzentriert er wirkte. »Setz mich ab«, bat sie Roán, und er ließ sie sofort los.

Etwas spielte sich ab zwischen Terwyn und dem Drachen, wahrscheinlich sprachen sie gerade miteinander. Einen Moment lang verharrte das riesige Geschöpf, dann glitt es geschmeidig ins Wasser zurück und tauchte unter. Als es wieder nach oben kam, glitzerte etwas zwischen seinen Zähnen.

Diesmal wurde auch Terwyns Gesicht von einem breiten Lächeln erhellt. »Na also, den hätten wir – und nicht nur das«, sagte er. »Zwei erledigt, eine übrig.«

»Was meinst du damit?«, fragte Roán, während er einen Körperrest des entzweigebissenen Unbekannten in Augenschein nahm und mit der Stiefelspitze anstieß. Auch Rhi riskierte einen Blick, doch außer dass es ein ziemlich widerlicher Anblick war, erschien ihr nichts daran ungewöhnlich. *Ein Toter wie so viele andere in diesem Krieg, und sein Blut ist genauso rot wie unseres.* Nur Magen und Gedärm kamen ihr komisch vor, ziemlich klein, wie sollte man damit irgendetwas verdauen?

»Wenn ich mich nicht irre, haben wir es nicht mit ein paar Tausend Gegnern zu tun, wie wir bisher dachten, sondern mit bedeutend weniger«, erklärte Terwyn grimmig. »Ich erklär's euch auf dem Weg, jetzt müssen wir zurück nach Taracondé. So schnell wir können. Hoffentlich ist es noch nicht zu spät.«

Rhi blickte dem Wasserdrachen hinterher. Er war mitsamt dem Kristalldolch untergetaucht und verschwunden. »Wohin hast du ihn geschickt?«

»Dorthin, wo wir jetzt auch hinfliegen. Bei ihm ist der Dolch vorerst in Sicherheit.«

»Bei Shaquar, jetzt sag endlich, was los ist, sonst muss ich dich leider erwürgen!« Roán warf ein paar Schaulustigen aus dem Dorf, die sich am Ufer eingefunden hatten, einen finsteren Blick zu, der sie zurückweichen ließ. Rasch überprüfte Rhi, ob sie jemanden dieser Leute kannte, doch es war kein vertrautes Gesicht dabei.

Eilig marschierten sie in die Richtung, in der sie die Pegasi zurückgelassen hatten, und Terwyn begann leise und eindringlich zu sprechen. »Diesmal konnte ich mich schon besser mit dem Drachen verständigen als beim letzten Mal. Wisst ihr, wie er die beiden Kerle genannt hat? *Parasiten.*«

Rhi erinnerte sich an eine Legende, die sie an einem Lagerfeuer mitten in der calisischen Wüste in der Nähe der Festung Xantall gehört hatte. »Bei allen Göttern, waren das etwa ... wie heißen die noch mal? Gressthar?«

»Du hast schon von den Gressthar gehört?« Überrascht musterte sie Terwyn von der Seite. »Ich habe selbst nur einmal etwas über sie gelesen, und das ist lange her.«

»Händler kennen viele Geschichten«, erinnerte ihn Rhi. »Aber die Leute sprechen nicht gerne über sie, und wenn doch, dann nur im Flüsterton. Die Geschichte, die ich gehört habe, war auch die einzige, keine Ahnung, warum ich sie mir gemerkt habe – ich war höchstens zehn oder so. Es ging um Wesen, die wie Menschen leben, aber anderen die Lebenskraft absaugen und dadurch sehr alt werden.«

»Erzähl sie uns«, sagte Roán knapp, es klang fast wie ein Kommando.

Rhi wühlte in ihrem Gedächtnis. Tief, sehr tief musste sie schürfen, bis die Geschichte langsam wieder Gestalt annahm. »Einer unserer Gastgeber hat berichtet, dass der Freund eines entfernten Verwandten einmal mit ein paar anderen seines Treks am Lagerfeuer hockte und sich plötzlich ein Mann mit einem eigenartigen Lächeln zu ihnen gesellte. Er wurde willkommen geheißen, lehnte aber Speis und Trank ab und begann, eine langatmige Begebenheit zu erzählen. Der Freund des Verwandten sah, wie den anderen am Feuer langsam die Augen zufielen, und auch er selbst fühlte sich auf einmal erschöpft und müde. Als er wieder erwachte, dämmerte es schon. Der Fremde war verschwunden, und alle fünf Männer und Frauen, die mit ihm am Feuer gesessen hatten … waren tot. Da wurde ihm klar, dass der Mann ein Gressthar gewesen sein musste. Er hat keine Ahnung, wieso er selbst überlebt hat.«

Schweigend nickte Roán, Terwyn blickte verkniffen drein. »Man sagt, sie leben hauptsächlich in Calisien und Saywadee. Wenn ich mich nicht irre, dann führen wir eigentlich nur Krieg gegen drei Gegner – diese beiden heute und diese angebliche Abgesandte im Verlies von Taracondé.« Terwyns Augen hatten einen fiebrigen Glanz, er ging schneller. Rhi konnte spüren, dass er aufgewühlt war, dass er … *Angst hatte?* Dieser Mann hatte Angst?

»Vielleicht war das mit Skaidar ihr großer Coup, wahrscheinlich sind sie irgendwie an diesen Kristalldolch herangekommen und haben sich dann überlegt, was sie damit machen«, fuhr Terwyn fort. »Die Bornländer können nichts dafür, die drei Gressthar haben sie von vorne bis hinten manipuliert. Idassa hat es nach dieser Pleite mit der Kristallzone sogar mal gesagt: *Keiner dieser verdammten Bornländer ist richtig im Kopf!* Und ja, zurzeit hat sie recht.«

»*Drei Leute* haben unser ganzes verdammtes *Land* verwüstet?« Roán schrie beinahe.

»Es sind keine Leute, sondern magische Wesen – so wie Drachen. Sie haben nur nicht ganz so lange Zähne.« Terwyn lächelte grimmig. »Wenn wir Glück haben, war der Kristalldolch ihr einziger großer Trumpf. Wenn wir Pech haben ...« Er beendete den Satz nicht.

Taracondé. Dort würde es sich entscheiden. Und dort warteten Zad und Padric ahnungslos darauf, dass Rhi zu ihnen zurückkehrte.

Mit eisigen Fingern packte die Furcht Rhi im Nacken.

* * *

Terwyns Gedanken fühlten sich an wie Metallstacheln in seinem Kopf. Hatte er vor dem Abflug seinen größten Fehler gemacht, schlimmer noch als die furchtbare Sache mit dem Dunklen Wort, die ja wenigstens nur ihn und Talea betroffen hatte? Wieso nur hatte er seine Ahnungen, was diese Abgesandte anging, nicht ernst genommen? Jetzt saß ein Gressthar – der gefährlichste Feind, mit dem er je zu tun gehabt hatte – mitten in Taracondé und konnte dort töten wie ein Fuchs im Hühnerhof, wenn ihm danach war. Wieso hatte er Favinius nicht überredet, diese seltsame Frau wegbringen zu lassen, möglichst weit weg? Ihn notfalls *gezwungen*, es zu tun? Vielleicht war Taracondé schon jetzt ein riesiges Grabmal, vielleicht waren alle Leute, die er dort gekannt hatte, bereits tot. Alles kam darauf an, wie Gressthar sich untereinander verständigten. Ob die Frau, die angeblich Qirania von Fjellhaven hieß, schon wusste, dass ihre beiden Kumpanen nicht mehr lebten und sie selbst entlarvt war.

Nein, all das konnte er Roán und Rhi nicht sagen. Er sah, dass sie es ohnehin schon ahnten.

Irgendwie spürte Ortun, wie ernst es war, denn er flog wie nie zuvor, gab seine letzte Kraft her. Terwyn half ihm mit einem Schwebezauber.

»Kannst du schon jemanden aus dem Zirkel erreichen?«, fragte Roán zum x-ten Mal, und wieder und wieder musste Terwyn den Kopf schütteln. Er streckte seine Gedanken aus, ließ sie nach Idassa suchen, fand nichts.

»Wir sind sicher noch zu nah am magischen Fokus«, rief er zum geflügelten Rappen hinüber und hoffte, dass das kein frommer Wunsch war.

Dann schließlich, auf halbem Weg nach Taracondé, spürte er endlich etwas, das ihm Mut machte. Ein Lebenszeichen aus dem Sommersitz des Regenten. Kurz darauf gelang es ihm, Idassas klaren, gewandten Geist zu erspüren und mit seinen Gedanken zu erreichen, ohne dass er noch mal in einen hohen Strom tauchen musste. Wahrscheinlich klappte das nur durch die tiefe Verbindung, die sie zueinander hatten. Alle Götter, sie lebte noch! Rasch berichtete er ihr, dass zwei Anstifter dieses Krieges den Tod gefunden hatten und die dritte unter ihnen weilte.

Sie hat noch keinen Verdacht geschöpft, berichtete Idassa ihm und klang dabei viel zu heiter für seinen Geschmack. *Und die Kristallzone ist zum Stillstand gekommen, ist das nicht wunderbar?*

Ja, aber ihr seid alle in höchster Gefahr! Terwyn sandte ihr die eindringlichsten Gedanken, die er zustande brachte. *Ihr müsst die angebliche Abgesandte rausschaffen aus dem Palast, bevor sie euch alle tötet. Am besten behauptet ihr, die Kristallzone würde gefährlich nahe kommen, und inszeniert eine Scheinevakuierung. Jetzt gleich!*

Das war ein Teil seines Plans. Der andere formte sich gerade in seinem Kopf ... und er konnte nur hoffen, dass er mehr taugte als die meisten seiner bisherigen Ideen.

Die Dämmerung war nicht mehr fern, als am Horizont endlich der Sommerpalast in Sicht kam. Roán wollte gleich darauf zusteuern, doch Terwyn hielt ihn davon ab.

»Wir landen zuerst kurz im Orchideenwald«, sagte er zu ihm. Zu seiner Überraschung verschwendete Roán keine Zeit mit Protesten und Argumenten. Er nickte einfach und ließ seinen Rappen tiefer über den Wald hinwegsegeln, bis Terwyn an einer bestimmten Stelle, die er gut kannte, das Signal zur Landung gab.

Ortun knickte ein paar Äste, während er niederging, und Cay musste die Flügel eng an den Körper ziehen, um es zwischen den Bäumen hindurch zu schaffen – das letzte Stück stürzte er mehr, als dass er flog, und Terwyn sah, wie Rhi sich erschrocken noch fester an Roán klammerte. Aber dann waren sie unten, und die drückend schwüle Hitze des Waldes umgab sie. Weiches, grünliches Abendlicht filterte durch das Blattwerk über ihnen, und der Orchideenduft, der hier allgegenwärtig war, stieg Terwyn in die Nase.

»Was genau wollen wir hier?«, stöhnte Roán und rieb sich den Arm, mit dem er gegen einen Ast geprallt war. Schon bewegte er die Lippen, um den Schmerz zu verscheuchen.

»Zieh dein Hemd aus, ich mache dir jetzt die Schutz-Tätowierungen, die ich auch habe«, sagte Terwyn. Roáns Augen weiteten sich, als er begriff, was das bedeutete.

»Du meinst …?«

»Kann sein. Aber dass eins klar ist – wenn jemand das Dunkle Wort spricht, dann werde ich das sein. Ihr nutzt meinen Niederfluss, falls es so was überhaupt gibt bei dieser Art von Magie. Außerdem stützt ihr mich und schirmt unsere Leute ab. Wir sind ein starker Zirkel, vielleicht schaffen wir es so, nicht das ganze Land zu zerstören.«

Es schien Roán glatt die Sprache verschlagen zu haben, wortlos löste er seinen Umhang und begann, sich das Hemd abzustreifen. Sofort wandte sich Terwyn an Rhi, die halb besorgt, halb neugierig zugehört hatte. Er hatte eine Aufgabe für sie und wusste, dass diese Aufgabe sie schockieren würde. »Ich fürchte, ich brauche deine Hilfe – wir benötigen etwas Bestimmtes für das, was ich vorhabe, und ich habe keine Zeit, es selbst zu holen.«

»Was soll ich tun?«, fragte Rhi entschlossen.

»Kannst du gut klettern?«

»Hat bisher immer gereicht.«

»Gut. Wir brauchen die Blüten drei verschiedener Orchideenarten. Welche es sind und wo sie hier in der Umgebung zu finden sind, schicke ich dir in deine Gedanken. Ich weiß, das ist viel verlangt, aber wir brauchen diese Dinger sehr dringend. Es wird selbst mit ihnen schwer werden, diesen Angriff zu überstehen.«

»Wilde Orchideen pflücken soll ich?« Sie klang völlig entsetzt, natürlich tat sie das. Genauso gut hätte er sie bitten können, in einem Tempel der Ostra Namina auf den Boden zu spucken.

Schweigend nickte Terwyn. Jemand musste es tun, und zwar mit der Hand. Er konnte diese Blüten nicht einfach auf magische Art herbefördern, ohne sie zu beschädigen, und außerdem musste er sich gleich auf die Zeremonie konzentrieren, mit der er Roán vor den Folgen der Dunklen Magie schützen wollte.

Erschrocken suchte ihr Blick sein Gesicht. Was er von ihr forderte, war gleich nach Landesverrat und Mord eins der schwersten Verbrechen in Skaidar. *Falls jemand außer uns dreien davon erfährt, kann sie das für viele Jahresläufe in den Kerker bringen.* Auch Roán war klar, was Terwyn verlangt hatte, er stieß einen Fluch aus, war aber klug genug, sich nicht einzumischen. Mit bloßem Oberkörper stand er da und strich mit der Hand über die glatten Muskeln seines Arms, als prüfe er, wo die Tätowierungen am besten hinpassten.

Terwyn wich Rhis Blick nicht aus. *Vertraust du mir?*, fragte er sie stumm und konnte nur hoffen, dass das Band, das er zwischen ihr und sich spürte, schon stark genug war, um dies hier auszuhalten.

Schließlich straffte die junge Frau mit den wilden blonden Locken die Schultern. Es war eine wortlose Antwort auf eine Frage, die er nicht laut zu stellen gewagt hatte.

»Wo finde ich sie, und wie sehen sie aus?«

Erleichterung durchflutete ihn. »Wir brauchen *Alea pugar*, *Chira ondulas* und *Chira utido*«, erklärte er und zeigte ihrem Geist die Bilder und Orte, an denen diese Orchideen wuchsen. »Pass auf, dass du nicht statt eines Asts eine Baumschlange greifst. Die sind nicht giftig, können aber unangenehm werden.«

»Wenn mich jemand unversehens packt, werde ich auch unangenehm.« Sie lächelte schief.

Roán reichte ihr sein Messer. »Hier, vielleicht brauchst du das noch. Mach die Schlange einfach um ein paar Zentimeter kürzer, wenn sie dir dumm kommt.«

»Ich hab schon ein …«, begann sie, doch dann überlegte sie es sich anders. Ohne weiteres Zögern und mit langen Schritten machte sie sich auf den Weg. Hoffentlich war niemand in der Gegend, der sie beim Orchideenpflücken erwischte. Der Gedanke, dass sie durch seine Schuld verurteilt werden könnte, war schwer erträglich.

Terwyn wandte sich seinem Zirkelgefährten zu. »Bereit?«

Roán lächelte ihn an. »Die mag dich, das weißt du, oder? Für mich hätte sie das nicht gemacht.«

»Sie weiß, dass es wichtig ist«, wich Terwyn aus und verdrängte das warme Prickeln, das bei Roáns Worten in ihm aufgestiegen war. »Also, bist du bereit?«

»Leg los. Aber ich glaube, jetzt könntest du mal deinen letzten Satz von damals erklären. Du weißt schon. ›*Es war eine Schockwelle*‹, ich hab's immer noch im Ohr.«

»Also hast du das Manuskript nicht gelesen«, sagte Terwyn, während er rasch mit den Vorbereitungen für das Ritual begann.

»Was für ein Manuskript?« Roán wirkte verwirrt, und Terwyn glaubte nicht, dass das gespielt war. Der Junge wusste nicht, wovon die Rede war. Er hatte seine Aufzeichnungen also nicht gestohlen.

»Meins – alles Weitere später«, sagte Terwyn, denn nicht mal er konnte einen so komplexen Zauber wirken und sich dabei leichtem Geplauder widmen.

Doch bei Roán schienen sich jetzt die Schleusen zu öffnen. »Das ist schon in Ordnung, du musst nicht darüber reden. Ich bin auch so bei allem dabei, was du vorhast. Du hattest recht mit dem, was du mir neulich gesagt hast. Hab mich ziemlich übel benommen wie ein richtig arrogantes Arschloch. Eigentlich bin ich nicht so, meistens jedenfalls. Wahrscheinlich wollte ich dich irgendwie bestrafen. Aber als ich gesehen habe, was du riskiert hast in den letzten Tagen … Mann, du wärst wirklich fast abgekratzt an diesem beschissenen Ort, dessen Name ich schon wieder vergessen habe …«

»Halt still, verdammt noch mal!«, brummte Terwyn. Er hätte zu gerne richtig zugehört, aber er musste sich konzentrieren.

»Manchmal kann ich mich selbst nicht ausstehen, aber ich kann nicht anders. Verdammt, ich will einfach, dass du weißt: Du kannst dich wieder auf mich verlassen. Kann ja sein, dass Vic dich im Stich lässt, aber Roán del Cigoy wird das verdammt noch mal nicht tun, verstehst du?«

»Ja, ja, schon gut, ich weiß, dass du einer der Guten bist.« Die erste Phase war geschafft, die magischen Muster krochen an Roáns Arm hoch. Nun musste er sie noch mit Roáns Geist und Körper verbinden, damit sie ihre Wirkung entfalten konnten, wenn es zum Schlimmsten kam.

»Falls du denkst, dass ich Angst habe, dann hast du recht. He, Ter, ich habe Angst vor dieser Schockwelle, von der du damals gefaselt hast! Das sind Neuigkeiten, was? Ich will gar nicht mehr wissen, wie das Dunkle Wort lautet, und ...«

Terwyn seufzte und arbeitete daran, die fließende Bewegung der Muster in die richtigen Bahnen zu lenken. Gleich fertig und keinen Moment zu früh.

Eine Gressthar in Taracondé! Jedes Mal, wenn er daran dachte, wurde ihm schlecht.

* * *

Die Äste der Grythanie waren von einer feuchten, dünnen Moosschicht bedeckt, und ihre Finger rutschten immer wieder ab. *Dämlicher Baum, lass mich da rauf*, fluchte Rhi innerlich, setzte die Füße in eine Astgabel und suchte nach einem besseren Griff. In dieser Gegend war der Wald voll von Orchideen, fast auf jedem dritten Ast wuchs irgendeine, doch sie brauchten nicht irgendeine, das hatte Terwyn mehr als deutlich gemacht. Dort oben, knapp außerhalb ihrer Reichweite, wuchs die richtige, ihren komplizierten Namen hatte sie schon halb wieder vergessen. Alea irgendwas.

»Hab dich!«, murmelte Rhi und packte eine der dunkelblau-violetten Blüten zwischen Zeigefinger und Daumen. Zur Sicherheit pflückte sie gleich drei ab und verstaute sie in einer Tasche ihrer Tunika. Ihr Magen fühlte sich dabei an, als wäre er mit Steinen gefüllt. *Hoffentlich bekommt das niemand je raus, und hoffentlich helfen die Dinger wenigstens! Sobald ich sie gepflückt habe, gebe ich sie Terwyn, und zwar alle! Keine kleine, unschuldige Blüte, die sich in einer Ecke meiner Tasche versteckt. Bevor ich in Taracondé einlaufe, will ich die Dinger LOS SEIN!*

Sie rief sich die geistige Lagebeschreibung ins Gedächtnis, die Terwyn ihr geschickt hatte, um die zweite Orchidee – eine hellgelbe diesmal – zwischen all den anderen bunten Gewächsen ausfindig zu machen, die hier wucherten. Eins war klar, er hatte so etwas schon selbst gemacht und nicht nur einmal. Das löste gemischte Gefühle in ihr aus. *Er bricht die Regeln, wenn es ihm passt, so viel ist klar. Hat er vor, Dunkle Magie einzusetzen?*

Es war ein grauenhafter Gedanke. Doch sie wusste – was auch immer Terwyn tat, er tat es nicht für sich selbst, sondern für sie alle. Es war undenkbar, ihn dabei im Stich zu lassen.

Die zweite Orchidee, die sie brauchte, blühte auf einem Ast noch weiter oben, außerdem war der Stamm bis zu einer Höhe von zwei Menschenlängen über dem Boden glatt und senkrecht. »Sfakaki!« Hätte dieser verdammte Magier ihr nicht auch noch überragende Kletterfähigkeiten verleihen können, wenn er ihr schon einen so miesen Auftrag gab?

Das ruft nach drastischen Maßnahmen. Sie holte ihr eigenes Messer, das sie durch alle Erlebnisse hindurch gerettet hatte, aus ihrem Gürtel und hieb es in den Stamm, schnitzte sich, so rasch es ging, Stellen aus dem weichen, fast schwammigen Holz heraus, an denen sie mit dem Fuß Halt finden konnte. Dann bohrte sie den Stahl weiter oben in den Miraanbaum, zog sich daran hoch, nahm die Waffe, die Roán ihr gegeben hatte, in die andere Hand und wiederholte das Manöver damit. Ihre Armmuskeln zitterten und protestierten wütend, doch auf diese Weise kam sie bis zu den Ästen, konnte die Messer wegstecken und normal weiterklettern.

»Heilige Ostra Namina, verzeih mir«, murmelte Rhi, als sie nach den hellgelben, rosa angehauchten Blüten angelte, die Terwyn ihr im Geist gezeigt hatte.

Da fauchte etwas sie an. Erschrocken wich Rhi zurück und wäre beinahe abgerutscht. Es war keine Baumschlange, sondern ein unterarmlanges gelblich beigefarbenes Pelztier, das sich mit seinen Kletterkrallen an den Ast klammerte, auf dem die Orchidee wuchs. Ein Noynoy. Vielleicht hatte es gerade mit seiner langen Zunge Ameisen vom Stamm geschleckt, jedenfalls war es ärgerlich über die Störung.

Und es hockte genau zwischen ihr und diesen Blüten auf dem Ast. Wieso ging das Mistvieh nicht weg, verdammt, wahrscheinlich wartete Terwyn schon darauf, dass sie endlich mit ihrer Beute zurückkam! Jetzt klappte das Vieh auch noch drohend die langen Zähne aus, sie ragten aus seinem Maul wie Dolche.

»Hau ab«, herrschte Rhi es an, worauf es sie nur noch wütender anfauchte.

Hilfloser Zorn überschwemmte sie. So klappte es offensichtlich nicht. Zeit, etwas anderes auszuprobieren. Sie zog sich ein Stück zurück, machte sich klein und ließ ihre Finger wie kleine Figuren auf dem Ast tanzen, auf dem das Wesen hockte.

Noynoys waren sehr, sehr neugierig. Dieses hier war einen Moment lang misstrauisch, dann gingen seine Öhrchen nach vorne, als es versuchte, sich einen Reim auf dieses eigenartige Geschehen zu machen. Stück für Stück kroch es nach vorne, witterte und streckte die Nase nach ihrer Hand aus.

Dann war es endlich in Reichweite! Blitzschnell schoss Rhis Hand vor und stieß das Noynoy weg. Es kippte zur Seite und pendelte verdutzt vom Ast herab, die Spitze des Greifschwanzes um das Holz geschlungen. Rhi packte die gelbe Orchidee, riss gleich einen ganzen Stängel mit fünf Blüten daran aus und machte sich halb rutschend, halb fallend auf den Weg nach unten.

Die dritte Orchidee zu erbeuten – eine blaue mit gelber Blütenmitte – war glücklicherweise einfach, sie musste sich nur ein wenig strecken, um an sie heranzukommen.

Als sie keuchend wieder bei Terwyn, Roán und den Pegasi eintraf, sah sie erschrocken, dass sich fließende dunkle Muster auf Roáns Arm wanden. Nur einen Moment lang erblickte sie sie, da zog der junge Magier schon sein Hemd wieder an. »Was ist das auf seiner

Haut?«, fragte sie halb fasziniert, halb angewidert, während sie Terwyn die Blüten in die Hand drückte.

»Schutz-Tätowierungen. Ich habe die gleichen«, sagte Terwyn, und einen Moment lang trafen sich ihre Blicke.

Rhi schluckte ihren Widerwillen herunter. »Ach so«, sagte sie nur. Alles, was ihn schützte, fand ihren Beifall.

Eilig überprüfte Terwyn, was sie ihm mitgebracht hatte. »Danke, das sind die richtigen«, meinte er erleichtert und schenkte ihr ein Lächeln. »Du bist eine richtig gute Orchideendiebin.«

»Wenn mir irgendwann mal jemand einen Strick daraus drehen will, erwarte ich, dass du mich rauspaukst!«

»Das ist so sicher, wie eine Goldhyäne Zähne hat«, versprach er, und dann flogen sie endlich wieder los.

20

Als sie im letzten Tageslicht über Taracondé hinwegflogen, blickte Terwyn sich ungläubig um. Wo bei Shaquars Gnade war die Scheinevakuierung? Es war wenig los um den Palast herum, er sah nur einen Stallknecht ein Pferd striegeln – die Kutschen standen noch alle da, wo sie gestern auch schon gestanden hatten. *Was läuft hier schief?*, fragte er Idassa in Gedanken entsetzt. *Warum passiert hier nichts?*

Am besten, du kommst ins Strategiezimmer, erwiderte sie nur.

Hastig führte Terwyn Rhi zurück zu ihren beiden Gefährten und hob den Zauber von Padric.

Schlafschwer sah sich der Junge um und blickte dann vertrauensvoll zu ihm hoch, es brach Terwyn fast das Herz. Er strich dem Jungen kurz über die Wange und bedankte sich mit einem Blick bei Zad für seine Wache. *Gut gemacht, Flammenbruder. Jetzt sieh zu, dass ihr abhaut!*

»Ihr müsst hier raus«, sagte er zu Rhi und kritzelte kurz eine Vollmacht auf ein Pergament. »Geh zu den Ställen, nimm für dich und Padric irgendein Pferd und reite nach Süden. Am besten zum Berg Elímon. Dort steht eine leere Schäferhütte, in der ihr abwarten könnt, bis hier wieder Ruhe eingekehrt ist.«

Rhi schluckte. »So schlimm?«

Er nickte. Sie standen sich nahe gegenüber, und Terwyn prägte sich jede Einzelheit ihres Gesichts ein, ihren Mund, der so gerne lächelte, die hellen Wimpern, die zarte Haut an ihren Schlüsselbeinen, den kecken Schwung ihrer Nase. Was für ein scheußlicher Gedanke, dass er sie wahrscheinlich nie wiedersehen würde. »Ostra Namina schütze dich, Rhi. Und euch auch, Padric und Zad. Geht jetzt. Beeilt euch!« Wenigstens sie mussten in Sicherheit sein, wenn hier die Hölle losbrach!

Sie schluckte. »Terwyn ...«

»Ja?«

Rhi kam ihm einen Schritt entgegen, hob die Arme ... wollte sie ihn etwa umarmen? Ihn, den Mörder, den Verbannten?

Genau in diesem Moment packte ihn jemand am Ärmel – jemand, den er schon am verhassten Geruch erkannte. Hustenkräuter und staubige Akten. Parder Mevanius, der Erste Primus, offenbar in einem Zustand akuter Empörung. »Del Cresta! Ihr wart das, der diese Posse mit der Evakuierung vorgeschlagen hat, ich wusste es! Wollt Ihr dieser Abgesandten zur Flucht verhelfen, ist es das, was dahintersteckt? Ich musste meine Zustimmung natürlich verweigern und ...«

»Posse?« Ah, daher wehte also der Wind! Terwyn schwankte zwischen Wut und Verzweiflung, als er sich mit einem Ruck befreite. *Wenn seine Sturheit Menschenleben kostet, verzeihe ich ihm das nie! Sträubt er sich aus Prinzip, weil er mir die Sache mit Ortun übel genommen hat, oder hält er mich wirklich für einen Verräter?*

Als er wieder aufschaute, standen sie immer noch da – Rhi, Padric und Zad, der gerade knirschend seine Krallen in den Palastboden grub. »Verdammt noch mal, *geht!*«, herrschte er sie an, und diesmal gehorchten sie endlich.

Parder stand noch immer neben ihm, seine Nasenflügel zitterten. Erschrocken begriff Terwyn, dass er die Orchideen in seiner Tasche roch. Es war allgemein bekannt, dass der Erste Primus eine sehr empfindliche Nase hatte und viele Gerüche verabscheute – nur seinen eigenen offenbar nicht. »Was ...«, begann Parder misstrauisch, doch Terwyn sagte rasch: »Entschuldigt mich, Primus, ich werde erwartet«, und entfernte sich.

Auf dem Weg zum Strategiezimmer machte er einen Abstecher zu einem kleinen Zimmer nahe den Küchenräumen, in denen Gewürze und Heilkräuter gelagert und zubereitet wurden. *Das wird ein höllischer Trank – einer, den noch nie jemand gebraut hat und auf den niemand vorbereitet ist*, ging es Terwyn durch den Kopf, als er von jeder Sorte Orchideenblüten zwei Exemplare zwischen den Fingern zerrieb und mit Wasser aufgoss. *Alea purgar* verursachte Lähmungen, wie er als Jugendlicher selbst festgestellt hatte, *Chira ondulas* bewirkte, dass man für kurze Zeit die Ströme sehen konnte, doch dann verstärkten sich alle Geräusche ins Unerträgliche. *Chira utido*, die letzte Zutat, hemmte magische Fähigkeiten. *Das Zeug könnte für eine Gegnerin sorgen, die weitaus weniger tödlich ist! Falls sie menschlich genug ist, um darauf anzusprechen.*

Die entstandene Flüssigkeit, die er in ein Fläschchen abfüllte, hatte einen ganz leichten Violettschimmer, doch Terwyn hoffte, dass man den in der bläulichen Statinumzelle nicht bemerken würde. Jetzt blieb nur noch die kleine, aber entscheidende Schwierigkeit, die Abgesandte dazu zu bringen, dieses Zeug zu trinken. Alles kam darauf an, ob er ihr Verhalten bei seinem letzten Besuch richtig gedeutet hatte.

Wie unwürdig sich das anfühlt. Ich versuche, jemanden zu vergiften, dabei bin ich Schutzmagier, kein Assassine! Aber wie es aussieht, habe ich keine Wahl.

Er verstaute das Fläschchen in der Tasche, in der auch die restlichen Orchideenblüten steckten.

Terwyn hatte erwartet, im Strategiezimmer wie so oft auch den Regenten vorzufinden, doch nur Idassa saß dort, starrte mit leerem Blick auf das Modell Skaidars und trank in tiefen Zügen aus einem Becher Wasser. »Wo sind die anderen?«, fragte er verblüfft.

Freudlos lachte sie auf. »Der Regent und die Regierung ... die feiern im Speisesaal den Sieg. Gerade haben wir die Nachricht bekommen, dass die Kristallzone nicht nur angehalten hat, sondern sogar schrumpft. Auch die weißen Glasklingen sind weg. Die Bornländer Armee wirkt deutlich weniger angriffslustig, unsere Leute drängen sie gerade zurück.«

Terwyns Wut schäumte über. »Cruzarks Hölle, wir haben noch nicht gewonnen! Hast du Favinius erklärt, was die Gressthar sind?«

Verlegen zuckte Idassa mit den Schultern, zum ersten Mal wirkte sie sehr jung ... wie die einstige Adeptin, die sich von ihrer alleinerziehenden Mutter verabschiedet und aufgemacht hatte, im Dienste des Regenten ihr Glück zu suchen. »Dabei habe ich offenbar versagt. Was wahrscheinlich daran liegt, dass ich selbst noch nie von ihnen gehört habe.«

Er sah, dass sie den Mut verloren hatte, dass sie einfach nicht mehr konnte – kein Wunder nach den harten letzten Tagen. Kurz nahm er sie in die Arme, und aufseufzend ließ sie den Kopf an seine Brust sinken. Terwyn stellte fest, dass er nicht den Wunsch hatte, sie zu küssen. *Wir sind einfach nur Freunde und nicht mehr als das ... doch mit dem Kuss hat sie mich aufgerüttelt, mir gezeigt, dass ich noch lebe. Wer weiß, ob ich ohne ihn die Kraft gehabt hätte, weiterzukämpfen. Und jetzt wissen wir immerhin, dass es mit uns nicht funktionieren würde.*

Diesmal hatte er sich nicht die Mühe gemacht, sich abzuschirmen, und ihre Gedanken flossen einen Moment lang ineinander, bevor sie sich vorsichtig wieder voneinander entfernten. Idassa seufzte tief. »Ja, wir sind Freunde. Wir werden es immer sein, und das reicht aus, oder?«

»Das mit dem Kuss ...«

»... war etwas, das ich schon lange tun wollte ... schon seit Ewigkeiten. Seit ich dich kenne, glaube ich. Wenigstens ein Mal.«

Terwyn nickte schweigend. Ja, und vielleicht war es ihm ebenso gegangen. Doch jetzt war nicht die richtige Zeit, darüber zu sprechen ... jetzt ging es um ihr Leben und das aller Bewohner von Taracondé.

Vorsichtig ließ er sie los, streifte den locker fallenden Ärmel ihres weißen Kleides hoch und erklärte ihr kurz die Sache mit den Schutz-Tätowierungen. Im Gegensatz zu Roán ließ sie ihn wortlos gewähren. »Was jetzt?«, fragte sie, als er fertig war.

»Ich muss mit Alar del Mohayn sprechen«, sagte Terwyn bitter. »Der ist, glaube ich, unsere einzige Chance. Dann komme ich, so schnell ich kann, ins Refugium und schütze auch die anderen.«

Im Speisezimmer des Regenten, das anscheinend in aller Eile mit Blüten und Laub geschmückt worden war, ging es hoch her. Gläser klirrten, Menschen lachten. Wo war Favinius? Dort, eine bärtige Gestalt im Festgewand, er trug die schwere goldene Kette seines Amtes, die seine Regentschaft symbolisierte, für jeden Bezirk Skaidars ein Kettenglied.

Einen Moment lang musste Terwyn seine Verbitterung im Zaum halten. Er hatte immer eine gute Meinung von Favinius gehabt, doch gelegentlich hatte dessen Neigung, andere beeindrucken zu wollen oder sich nicht für eine Alternative entscheiden zu können, ihn auch halb in den Wahnsinn getrieben. *Wieso hört der verdammte Kerl nicht auf mich? Damals, als ich erst Zweiter Magus war, hat er auf mich gehört, und so konnte ich das Attentat dieses illegalen Magiers verhindern! Und zählt es gar nichts, dass ich diese beiden Gressthar und damit die Kristallzone beseitigt habe?*

Soma Callindus, die Beraterin für Handel und Finanzen, hatte gerade mit einer Rede begonnen. In ihrer üblichen theatralischen Art verkündete sie: »... zeigt das wieder einmal, dass wir Skaidarer uns nicht unterkriegen lassen, von nichts und niemandem, meine lieben Mitstreiter! Die Orchidee ist unvergänglich! Nichts kann den Handel auf Dauer hindern, und schon bald sind wir wieder im Geschäft wie eh und je ...«

Widerlich. Macht einem fast Lust, dieses Land im Stich zu lassen. Terwyn blieb in der Tür stehen, im ersten Moment bemerkte ihn niemand, dann trafen ihn ein paar unbehagliche Blicke, ein paar Leute rückten beiseite. Seine Augen suchten nach Alar del Mohayn, doch dann hörte er ein leises Räuspern.

Der Kopf der Schwarzen Späher stand hinter ihm im Gang. Er trug sein Haar offen, das schlichte, eng anliegende Reitkleid schmeichelte seiner Figur. »Del Cresta«, begrüßte der Godar ihn und warf einen abschätzigen Blick auf das ausgelassene Spektakel vor ihnen. »Gut, dass Ihr wieder da seid.«

Sie zogen sich ein paar Schritte in den Gang zurück, und Terwyn legte einen Stillezauber um sie.

»Nach Eurer Botschaft habe ich die Abgesandte noch weiter isolieren lassen, bisher ist ihr Verhalten unverändert«, berichtete Alar. »Leider fällt es Favinius und den anderen schwer zu glauben, dass eine einzelne Person uns erheblichen Schaden zufügen könnte. Wie groß ist die Gefahr, die uns durch sie droht?«

Er ist der einzige Vernünftige in dieser verdammten Regierung, dachte Terwyn erleichtert und war froh, dass wenigstens del Mohayn bereit war, seine Warnung ernst zu nehmen. Knapp erklärte Terwyn ihm, was Gressthar zu tun vermochten. »Gibt es im Palast einen geheimen Gang, irgendeinen Fluchtweg? Ich wette, falls es vorher noch keinen gab, habt Ihr einen anlegen lassen.«

Der Blick, mit dem Alar ihn maß, war halb amüsiert, halb anerkennend. »So ist es in der Tat. Er führt zu einem Schutzraum unter dem Tempel der Ostra Namina und von dort aus weiter in den Orchideenwald.«

»Dann lasst Favinius von seiner Leibgarde in diesen Schutzraum bringen, jetzt sofort. Notfalls unter einem Vorwand. Sehe ich es richtig, dass Parder alle Maßnahmen blockiert?«

»Ja. Er ist absolut dagegen, dass die Abgesandte aus ihrem Statinumverlies geholt wird, weil ihr das jetzt, nach unserem Sieg, angeblich Gelegenheit zur Flucht geben könnte. Leider hat er den Rest unserer weisen und weitblickenden Regierung von seiner Sichtweise überzeugen können.« Der Hohn in Alars Stimme war offenkundig.

Terwyns Gedanken flossen klar und schnell. »Dann machen wir es andersherum, wir lassen sie, wo sie ist, und bringen unsere Leute hier raus. Sobald Favinius in Sicherheit ist, brecht Ihr die Siegesfeier ab und schafft die Leute in alle verfügbaren Kutschen, am besten gebt Ihr vor, dass ein Feuer ausgebrochen ist oder so was. Ein bisschen Rauch kostet ja nicht viel. Wie viele Bogenschützen haben wir in der Gegend?«

»Eine halbe Kompanie bringe ich zusammen.«

»Dann postiert sie in der Umgebung und überall dort, wo sie freies Schussfeld haben. Ich bin zwar nicht sicher, ob Distanzwaffen die Gressthar verletzen können, aber sie können sie ablenken und irritieren.«

Alar del Mohayn hob eine Augenbraue. »Und die Abgesandte?«

»Wenn der Palast zum größten Teil evakuiert ist, gebt Ihr das hier in ihr Trink- und Waschwasser«, sagte Terwyn und reichte ihm das Fläschchen mit dem Orchideensud. »Unbedingt auch ins Waschwasser, ich habe den Verdacht, dass sie eigentlich das trinkt – als Vorsichtsmaßnahme, damit wir sie nicht vergiften.«

»Was passiert dann mit ihr?«

»Darauf bin ich auch gespannt.«

Alar del Mohayn blickte ihn seltsam an, als wollte er noch etwas fragen, doch dann sagte er nur: »Nehmt Euch in Acht, del Cresta«, und drehte sich um. Kurz darauf war er lautlos verschwunden. *Der Kerl ist mir immer noch unheimlich*, ging es Terwyn durch den Kopf. *Mir wäre wohler, wenn ich auch nur die entfernteste Ahnung hätte, was in ihm vorgeht.*

Rasch ging Terwyn in Richtung Refugium und streckte gleichzeitig seinen Geist nach dem Wasserdrachen aus, um festzustellen, wo er und der Kristalldolch waren. Doch es war schwer zu sagen, und die Hauptsache war sowieso, dass diese mächtige Waffe in der Obhut der Drachen war und nicht missbraucht werden konnte. Terwyns Gedanken wandten sich wieder seinem Zirkel zu. *Ich muss so schnell wie möglich auch Vic und Jomar schützen, beide brauche ich dringend beim großen Kampf, der uns bevorsteht, und ...*

Kein Geräusch warnte ihn. Er spürte nur einen grellen Schmerz, der seinen Kopf beinahe zerbersten ließ, und fühlte seine Knie einknicken. Terwyn versuchte die Lippen zu bewegen und schaffte es nicht mehr.

Schon umhüllte ihn Schwärze.

* * *

Inzwischen war es Nacht geworden, und obwohl beide Monde – Gambey und Tembey – am Himmel standen wie zwei Kupfermünzen, die jemand an den Himmel geklebt hatte, war es ziemlich düster. Nur ein kleines magisches Licht beleuchtete den Weg vor den Hufen ihres Pferdes. Rhi ließ ihr neues Reittier langsam gehen, hielt Padric vor sich auf dem Sattel fest und schickte Zad voraus, damit er sie warnte, wenn auf der Straße Hindernisse oder feindlich gesinnte Wesen zu erkennen waren. Zum Glück war die Straße, die nach Süden führte – über del Arkis zum Berg Elímon –, gut ausgebaut. Trotzdem fühlte es sich an, als ritten sie ins Nirgendwo, und Rhis Kopf war übervoll mit Gedanken. *Dieser Berg – ist das der, auf dem er die letzten vier Jahresläufe verbracht hat? Ist diese Schäferhütte die, in der er gelebt hat? Er schickt uns zu seinem Zuhause.*

Heißt das, dass er irgendwann nachkommt? Aber dieser Abschied ...
Irgendwie hatte sie das Gefühl, dass Terwyn nicht damit rechnete, den Kampf zu überleben.

Ein Zittern durchlief sie. Sollte sie umkehren? Versuchen, ihm irgendwie zu helfen? Aber wie in aller Welt sollte sie ihm helfen können? Im Gegenteil, sie würde ihm im Weg sein, er würde das Gefühl haben, dass er sich um sie kümmern müsste. Das würde ihn daran hindern, mit voller Kraft und Konzentration zu kämpfen.

Und da war ja auch noch Padric, sie war für ihn verantwortlich, auf keinen Fall würde sie ihn ins Zentrum dieses Kampfes schleppen.

Nie war es ihr so schwergefallen, sich für irgendetwas zu entscheiden, und deshalb ritt sie so langsam, dass Zad irgendwann ungeduldig wurde. *Hat der Heufresser Leim an den Hufen?*, meckerte er. *Terwyn hat gesagt, das hier ist ein schlechter Ort, wir sollen weg!*

Ich weiß, gab Rhi gereizt zurück. *Fragt sich nur, ob es im Moment irgendeinen GUTEN Ort in Skaidar gibt.*

Am zarten blauen Leuchten vor ihnen erkannte sie, dass sie sich einem Fluss näherten. Das musste die Xilda sein, bei Nacht war sie wirklich wunderschön, auch wenn Rhi beim Gedanken an die kalten Wassermassen graute. In denen hatte sie wirklich mehr als genug Zeit verbracht auf ihrem Weg nach Taracondé!

In diesem Moment stieß Zad ein scharfes Trillern aus. Die Härchen in ihrem Nacken stellten sich auf.

»Was hat er?«, fragte Padric erschrocken, doch Rhi knurrte nur: »Festhalten!«, und kickte ihr Pferd in die Seite, sodass es angaloppierte. Auf die Stelle zu, an der sie Zad zuletzt gespürt hatte.

21

Als Terwyn erwachte, war ihm schwindelig und übel, ein stechender Schmerz bohrte sich in seinen Kopf. Er fühlte kalten Steinboden unter sich, und sein Gesicht war feucht. *Was ist los mit mir? Bin ich kollabiert, weil ich meinem Körper zu viel zugemutet habe?* Instinktiv versuchte er in den Ersten Strom einzutauchen, um Schmerzen und Kälte loszuwerden. »Kalios«, wisperte er mit geschlossenen Augen, doch die Wirkung blieb aus. Er kam einfach nicht an den Strom heran, diesen Kraftquell, den er seit seiner Kindheit beherrschte. Noch nie war ihm das passiert! Er versuchte es mit Jaros, dem Zweiten Strom, und Zeylus, dem Dritten. Gleiches Ergebnis.

Zutiefst beunruhigt öffnete Terwyn die Augen, sah das mitternachtsblaue Licht, das ihn umgab ... und begriff. *O nein – nicht das, nicht jetzt!* Er fuhr sich mit der Hand über das Gesicht und betrachtete seine blutbedeckten Finger. Nun war ihm endgültig klar, was passiert war – sie hatten ihn niedergeschlagen und in eins der Statinumverliese befördert! Wahrscheinlich war die angebliche Abgesandte, die sich Qirania von Fjellhaven nannte, direkt nebenan.

Die können mich doch hier nicht einsperren, nicht jetzt! Ich muss hier raus, und zwar schnell, sonst ist alles verloren! Stöhnend richtete Terwyn sich auf, schleppte sich zur Tür und hämmerte mit den Fäusten dagegen. Von innen hatte sie keinen Griff, es gab keine Möglichkeit, sie zu öffnen. Durch das dicke Statinumglas sah er die gleichmütigen Gesichter zweier Wachen, eine von ihnen hatte einen hämischen Zug um die Mundwinkel. *Wahrscheinlich denkt der Kerl, dass es mir nur recht geschieht, dass ich damals schon hätte verurteilt werden müssen ...*

»Alle Götter, lasst mich *frei*!« Noch während er die Worte brüllte, wusste Terwyn, dass es sinnlos war. Irgendjemand – Parder? Favinius? Alar del Mohayn, falls der ein falsches Spiel spielte? – hatte entschieden, dass er jetzt, nachdem er offenbar den Krieg für Skaidar gewonnen hatte, wenig mehr war als ein Risiko für das Land. Dass jetzt die Chance da war, ihn unschädlich zu machen, bevor er womöglich Unheil anrichtete.

Ihm war nach Lachen und Weinen gleichzeitig zumute. Favinius' Worte klangen ihm noch im Kopf. »Nach dem, was geschehen ist, wird es mir schwerfallen, Euch jemals wieder zu vertrauen.« Wieso war *er* eigentlich so dumm gewesen, diesem *Regenten* zu vertrauen? Oder wusste Favinius womöglich nicht, dass sein ehemaliger Erster Magus hier war?

Sei nicht naiv – du glaubst doch nicht ernsthaft immer noch an das Gute im Menschen?, schalt er sich und fühlte, wie die Müdigkeit, die er seit Tagen magisch unterdrückte, versuchte, sich an ihn heranzuschleichen. Doch die heftigen Gefühle, die in ihm pochten, hielten sie noch auf Abstand. Erschöpft wischte er sich das Blut aus dem Gesicht.

Allmählich wurde er ruhiger. Als er zum zweiten Mal zur Tür ging, schaffte Terwyn es, die Wachen mit friedlicher Stimme anzusprechen. »Bin ich eines Verbrechens angeklagt? Wer hat den Befehl gegeben, mich hierherzubringen?«

Noch hatten sie Angst vor ihm, er sah es in ihren Augen. Sie fürchteten ihn, obwohl sie wussten, dass er hier nicht an die Sieben Ströme herankam. Es gab sicher genügend Leute, die froh und erleichtert darüber waren, dass er nun hier festsaß!

Die beiden Wachen blickten sich kurz an, dann hob einer von ihnen – der mit dem hämischen Ausdruck – die Stimme, damit sie durch das dicke Glas hörbar war. »Befehl vom Ersten Primus!«, bellte er. »Der Vorwurf lautet auf Orchideenfrevel.«

Instinktiv fuhr Terwyns Hand in seine Tasche. Die restlichen Blüten ... weg! Er stöhnte auf. *Parder. Ich habe ihm endlich einen Grund gegeben, mich verhaften zu lassen. Verdammt. Ausgerechnet jetzt!*

Schon wollten sich die Wachen wegdrehen, doch Terwyn hieb mit der flachen Hand gegen das Glas, sodass sie zusammenzuckten und sich noch einmal zu ihm umwandten. »Die Abgesandte ... ist sie noch im anderen Verlies? Hat sie vor Kurzem Nahrung und Wasser bekommen?«

Ein Nicken war die einzige Antwort.

Ein unangenehmes Prickeln überlief Terwyn. Falls Alar del Mohayn ihr wie abgesprochen das Orchideenelixier gegeben hatte, hatte er nicht länger als eine halbe Stunde Zeit, hier rauszukommen! Dann würde sie die Wirkung spüren – falls sie es getrunken hatte, falls sein Gebräu auf einen Gressthar wirkte – und dann wissen, dass es ihnen gelungen war, ihr ein bislang unbekanntes Gift zu verabreichen.

In rasender Geschwindigkeit formte sein Geist Pläne und verwarf sie wieder. *Garantiert sucht der Zirkel mich gerade! Weiß Idassa, dass ich hier bin? Kann sie mich irgendwie befreien?*

Das Statinum blockierte auch seine Fähigkeit, den Zirkel mit seinen Gedanken zu erreichen. Früher oder später würden seine Gefährten natürlich herausfinden, was mit ihm geschehen war, auch wenn es ihnen niemand offiziell mitteilte. Im Korridor, wo man ihn niedergeschlagen hatte, gab es sicher reichlich magische Echos der Tat. Aber würden die anderen diese Spuren *rechtzeitig* finden?

Ich muss hier raus. Bevor es zu spät ist!

Wahrscheinlich hatte er eine Möglichkeit, sich zu befreien. Aber es war eine, die ihm einen eisigen Schauer über das Rückgrat jagte. Die Magie des Dunklen Wortes war eine andere als die der Sieben Ströme. Nie hatte er ausprobiert, ob Statinum ihn daran hinderte, diese Kraft anzuzapfen.

Nein. *Nein.* NEIN!

Wieder und wieder atmete Terwyn tief durch, verdrängte das Dunkle Wort einmal mehr aus seinen Gedanken. Dann hielt er inne, lauschte auf verdächtige Geräusche von außen, aus den benachbarten Zellen.

Nichts. Noch nicht. Noch hält die Gressthar still. Wie lange haben wir noch?

* * *

Auf einer steinernen Brücke über die Xilda brachte Rhi ihr Pferd abrupt zum Stehen. Was bei allen Göttern machte Zad da? Es sah aus, als zappelte er unter der Brücke herum, doch es wirkte nicht spielerisch, sondern verzweifelt! Wieder und wieder ließ er dieses Trillern ertönen.

Brauchst du Hilfe?, fragte ihn Rhi, und zurück kam ein völlig verängstigtes *Ja, ja, ja!* Sie sprang ab, eilte zum Rand der Brücke und beugte sich darüber. Was sie sah, ließ ihre Augen fast aus den Höhlen springen.

»Das ist ... das ist ...«, fiepte Padric.

»Still«, flüsterte Rhi und drückte ihn hinter das Mauerwerk in Deckung. »Sonst regt er sich vielleicht noch mehr auf.«

Im blau leuchtenden Wasser des Flusses hatte sie die Umrisse eines Wasserdrachen erkannt. Der größte Teil seines mächtigen Körpers war unter der Oberfläche verborgen, aber durch das Leuchten erkannte Rhi seine gigantischen Umrisse. Doch nicht seine Größe war das Problem, sondern die Tatsache, dass er die Klauen einer Vorderpranke um Zad geschlossen hatte und nicht den Anschein machte, als wollte er den kleineren Drachen in nächster Zeit loslassen.

Wieder trillerte Zad, vielleicht war das ein Versuch, seinen weitaus größeren Artgenossen zu beschwichtigen, so wie ein Mensch gesagt hätte: »Es tut mir leid, dass ich in deinem Revier bin, keine Absicht!«

Kein Zweifel, das war der Wasserdrache, der ihnen gegen die Gressthar geholfen hatte, mit dem sich Terwyn angefreundet hatte. Aber Terwyn war nicht da, und Rhi wusste nur zu gut, dass Wasserdrachen gefährlich sein konnten. *Wie er die beiden Fremden zerrissen hat, werde ich nicht so schnell vergessen – all das Blut!*

Und hier stand sie völlig ungeschützt, keine zwei Menschenlängen über ihm ... wenn er wollte, konnte er diese Brücke mit einem einzigen Schwanzschlag zertrümmern. Natürlich hatte der riesige Drache bemerkt, dass sie da waren, aber hatte er sie auch wiedererkannt? Behutsam versuchte Rhi, ihn auf die gleiche Art, wie sie mit Zad sprach, zu erreichen. Ein Schauer überlief sie, als sie diesen gewaltigen, fremden Geist berührte. Sofort war ihr klar, dass sie hier mit menschlicher Sprache nicht weit kommen würde. Stattdessen schickte sie ihm ein Bild, auf dem sie mit Terwyn zusammen waren.

Lächelnd beobachtet er, wie sie bei den eben gebrachten Speisen zulangen. Zad schnappt sich gleich zwei Filets vom Ostländer Strauß. Würde dieses Geschöpf begreifen, dass sie Freunde waren? Verbündete?

Blaues Licht umfloss den gewaltigen Körper, als er sich langsam im Wasser regte. Zad quiekte kurz auf, als er untergetaucht wurde, doch dann sah Rhi erleichtert, wie sich die armlangen Klauen öffneten, ihn freigaben. *Oh danke danke großer Bruder!* Schon tauchte ihr Freund auf, paddelte in Richtung Ufer und kroch tropfend an Land. Dort schlug er kräftig mit den Flügeln, um sie zu trocknen, Tropfen spritzten in alle Richtungen.

Bist du hier, um Terwyn zu helfen?, versuchte Rhi den Wasserdrachen zu fragen. *Es ist noch eine Gressthar übrig, sie ist gefährlich!*

Doch es war keine Zustimmung, die von dem Drachen zurückflutete, eher Bedauern. Ein »Leider nein«, hätte man es übersetzt. Rhi begriff. Tarancondé war ein ganzes Stück landeinwärts gelegen, der Drache war nicht fähig, so weit aus dem Wasser herauszukommen, ohne selbst Schaden zu nehmen.

Wo ist der Kristalldolch?, versuchte Rhi das Geschöpf stattdessen auszuhorchen, sandte ihm ein fragendes Gefühl und ein Bild des Artefakts, das er aus der Neva geborgen hatte.

Seine Antwort fegte sie fast von den Füßen. Es dauerte einen Moment, bis sie verstand, was er ihr sagen wollte.

Rhi keuchte auf. »Nein«, flüsterte sie. »Nein, bitte nicht.«

* * *

Eine Stimme flüsterte ihm aus dem Nichts etwas ins Ohr. Eine helle, weibliche Stimme, die entschlossen klang – Vics Stimme! »Terwyn, geht es dir gut?«

Unendliche Erleichterung überflutete ihn. Sein Zirkel hatte ihn gefunden! Da er Vic nirgendwo sah, hatte sie sich wohl unsichtbar gemacht – das war eins ihrer Spezialgebiete –, stand verborgen zwischen den Wachen und hatte ihre Stimme zu ihm hineingeschickt.

Beiläufig wandte er sich von der Tür weg, damit die Kerle durch das Glas nicht sahen, wie seine Lippen sich bewegten. »Alles in Ordnung«, wisperte Terwyn, obwohl sein Kopf vor Schmerz pochte und das Blut noch immer kitzelnd aus der Wunde sickerte. »Könnt ihr mir helfen, hier rauszukommen? Was geschieht gerade im Palast? Ist der Wasserdrache mit dem Kristalldolch schon ...«

»Heilige Orchidee, Ter, lass mich auch mal was sagen!«, kam es leise zurück. »Parder hat Idassa von der Anklage informiert, sie kämpft wie eine Steppenlöwin für dich. Aber wir fürchten, das reicht nicht. Ich hole dich jetzt raus. Dafür werden wir Ärger bekommen, aber verdammt, es ist Krieg, oder nicht?«

»Genau. Beeil dich!«

Doch es war nicht die Tür *seines* Verlieses, die sich öffnete. Terwyn hörte einen gewaltigen Krach und einen Aufruhr, dann Schreie. Sofort warf er sich herum und drückte das Gesicht gegen die Glasscheibe, um irgendetwas erkennen zu können. Doch er sah nur die taumelnde Gestalt eines Mannes, die gleich darauf aus seinem Blickfeld verschwand. Dann flimmerte ein Schatten vor ihm, und Vic wurde sichtbar – kurze verstrubbelte schwarze Haare und große dunkle Augen in einem ovalen, etwas jungenhaft wirkenden Gesicht. Gehetzt blickte sie sich um, und er sah, wie ihre Augen groß wurden. »Cruzarks ... Hölle!«, sagte sie und fixierte etwas, das er aus der Zelle heraus nicht erkennen konnte.

»Vic!«, brüllte Terwyn. »*Hol mich hier raus!*«

Die Entschlossenheit kehrte in ihr Gesicht zurück, doch er sah, dass ihre Lippen zitterten, während sie den Namen des Fünften Stroms sprach. Die Tür zerrann vor ihm wie geschmolzenes Wachs. Mit kräftigen Fußtritten half er nach, die Reste zu entfernen, bis sein Körper hindurchpasste.

Im Gang lag das, was von den sechs Wachen übrig war – zwei hatten vor dem Verlies gestanden, vier andere etwas weiter entfernt. Zwischen den reglosen Körpern stand eine zierliche Frau mit honigblondem Haar, das sich wie eine Vogelschwinge über ihre Wange schmiegte. Eine Spange mit einem gelben Edelstein hielt es auf der anderen Seite zurück. Die angebliche Abgesandte lächelte ihnen wortlos entgegen, ihre Augen glitzerten.

Unwillkürlich rückten Terwyn und Vic näher zusammen und umgaben sich mit einem Bannkreis. Terwyn versuchte, den Rest des Zirkels mit seinen Gedanken zu erreichen, und befreit vom Statinum gelang es ihm sofort. *Sie ist ausgebrochen*, meldete er den anderen und sandte ihnen ein Bild der Zerstörung. Wortloses Erschrecken flutete zurück, dann folgten Worte: *Favinius ist auf dem Weg an einen geheimen Ort, aber alle anderen sind noch nicht in Sicherheit! Ihr müsst sie aufhalten!*

Terwyn schuf um die Abgesandte herum eine Treibsandzone, gleichzeitig begann er zu sprechen – mit all dem Zorn, der sich in ihm aufgestaut hatte: »Ihr habt den Bornländern vorgespielt, Götter zu sein, aber in Wirklichkeit seid ihr nur Abschaum! Ihr stehlt Lebenskraft und habt nichts zu geben.«

Die Frau lächelte ihn verächtlich an und zeigte dabei ihre kleinen, wohlgeformten Zähne. Sie tat nicht mehr so, als sei sie eine Bornländerin, all das Unechte war von ihr abgefallen wie ein unnützes Kleidungsstück. »Wieso sollten wir etwas geben? Ihr seid für uns wie Vieh. Nützlich und manchmal ein wenig lästig.«

Sie wandte sich zur Treppe um, und nur eine leichte Unsicherheit in ihrem Gang verriet, dass die Wirkung von *Alea purgar* eingesetzt hatte. Was ihn beinahe komplett gelähmt hatte, war für sie nur eine kleine Unannehmlichkeit, und über seinen Treibsand schritt sie hinweg, als wäre es fester Boden. *Verdammt!*

Vic murmelte »Xulos«, den Namen des Fünften Stroms, und Lianen rankten sich aus dem Boden, schlangen sich um den Körper der Fremden wie grüne, mit Blattwerk besetzte Seile. Ohne innezuhalten, ging die Gressthar weiter, winkelte nur kurz die Arme an … und zersprengte damit die grünen Seile. Auch ein Feuerregen aus dem Nichts beeindruckte dieses Wesen, das wie eine Frau wirkte, nicht sehr.

Sie darf die Treppe nicht erreichen! Oben sind die Leute noch nicht weg!, schrie Vic in Gedanken.

Ich weiß. Terwyn ließ seine bewährte Dornenhecke zwischen der Abgesandten und der Treppe wachsen. Immerhin, die Fremde wurde kurz langsamer. Doch dann arbeitete sie sich durch die Hecke, als sei sie aus Papier, knickte Äste, schob Dornen beiseite, bahnte sich langsam, aber hartnäckig ihren Weg auf die andere Seite. Ja, die Dornen konnten sie verletzen, er sah, wie manche in ihr Fleisch drangen, doch Schmerz schien sie keinen zu spüren.

Grimmig beobachtete Terwyn ihre Fortschritte. Er hatte nicht wirklich damit gerechnet, dass die Hecke sie lange aufhalten würde. Irgendwie faszinierte dieses Geschöpf ihn. Offenbar hatte das Gift sie empört, aber sie hatte noch nicht mitbekommen, dass ihr Plan gescheitert war. Er musste versuchen, sie zu töten, und zwar jetzt, bevor sie noch weiter kam und ihr klar wurde, was wirklich passiert war. Bisher war sie gelassen, in fast spielerischer Laune – wütend wollte er sie nicht wirklich erleben.

Lautlos rief er seinen Zirkel zusammen. Vic, eine Flamme in seinem Kopf, Idassa, ein warmer Windhauch. Dann kam Jomar hinzu, ein herber Geschmack, ein Ring aus Stahl um ihre Gruppe. Einen Lidschlag später war auch Roán dabei, ein kraftstrotzendes Raubtier, zum Sprung geduckt. Wie gut es sich anfühlte, dass sie wieder zusammen waren, erst jetzt fühlte er sich wahrhaft vollständig.

Ich gehe in den Siebten, ihr in den stärksten Quadranten eures höchsten Stroms, kommandierte er, atmete tief ein … und spürte im gleichen Moment, dass er zu lange gewartet hatte. Ein lähmender Sog zog ihm die Kraft aus dem Körper – die Abgesandte versuchte, ihn und Vic auf die gleiche Art zu töten wie die Wachen! Ganz kurz wandte die Fremde sich um, es war nur ein einziger Blick, den sie ihnen zuwarf. Aber es fühlte sich an, als fiele er in einen Brunnen, der bis zum Mittelpunkt der Welt reichte. Er fiel, fiel immer weiter.

Terwyn!, schrie Idassa auf. Gedankenschnell war sie an seiner Seite, obwohl er nicht einmal wusste, wo im Palast sie sich befand. Der ganze Zirkel stützte ihn, ließ ihm Energie zufließen, bremste seinen Sturz wie mit acht unsichtbaren Händen. Schon schaffte er es wieder, sich zu bewegen, zu sprechen.

»Ihr habt euch das falsche Land ausgesucht für euren Raubzug, Gressthar«, sagte Terwyn kalt. Dann tauchte er kopfüber, ohne Rücksicht auf Verluste, in den Siebten Strom. Entfesselte gemeinsam mit Roán aus allem Metall, das er der Umgebung entziehen konnte, einen grellen, blitzenden Sturm von Klingen um die Fremde herum. Einen tödlichen Wirbel, der jeden Menschen in winzige Teile zerrissen hätte. Instinktiv duckte er sich und zog Vic noch näher an sich heran, um sie in seinen starken Bannkreis einschließen zu können.

Der sirrende Ton des Sturms wurde immer lauter, steigerte sich zum Kreischen, und das schwache Licht der Fackeln spiegelte sich auf den Klingen, bis sie wie ein Wirbel aus Licht und Dunkelheit schienen. Ein Wirbel, dem außer seinem eigenen kein Bannkreis standhalten konnte. Darin irgendwo, fast völlig verborgen – die Gressthar. Hin und wieder schien sie sich zu bewegen, strebte den Wänden zu, und der Wirbel folgte ihr, schlug mit einem hohen Ton Splitter aus dem Stein, kerbte tiefe Rinnen, zerfetzte Pfeiler, wühlte sich ein Stück in den Boden, auf dem sie stand.

Schweiß lief über Terwyns Stirn und sickerte in seinen Kragen, jede Sekunde fühlte sich an wie ein Dolchstoß. *Eins ... zwei ... drei ... vier ... raus, raus, raus ...*

Bleib noch einen Moment länger, wir müssen sicher sein! Idassas Stimme.

Ich versuch's. Doch jeder Moment brachte Terwyn dem Abgrund näher. Mit ganzer Kraft kämpfte er darum, die Kontrolle zu behalten, nicht von diesem mächtigen Fluss hinabgerissen und zerschmettert zu werden. Unwillkürlich ballte er die Fäuste, biss die Zähne zusammen, zwang mühsam Luft in seine Lungen. Dann war er draußen, gerade noch rechtzeitig.

Sein Wirbel kreiste langsamer, nun kam wieder zum Vorschein, wer in seinem Mittelpunkt stand. Die Abgesandte schlug nachlässig mit einer Hand nach den Klingen, als sei es nur ein Fliegenschwarm, der sie umschwirrte. Sie blutete aus vielen kleinen Wunden, doch noch während er hinsah, wurden sie zu Kratzern oder schlossen sich. Bloß ihr Gewand war völlig zerfetzt, es bestand nur noch aus einzelnen Fäden. Das schien ihr nichts auszumachen, sie beachtete ihre Blöße nicht.

Es hat nicht geklappt, dachte Terwyn wie betäubt. *Wie kann das sein?* Er spürte, wie Roáns hilflose Wut durch den ganzen Zirkel brannte.

Einen Herzschlag lang schien die Gressthar zu überlegen, wie sie weiter vorgehen sollte, und Terwyn musterte ihren nackten Körper. Manche hätten ihn vielleicht schön genannt, doch ihm erschien er zu perfekt, um wahrhaft menschlich zu sein. Ihre schlanke Gestalt schien der Werkstatt eines Bildhauers entsprungen, ihre Brüste waren klein, aber makellos geformt, ihre helle Haut allzu glatt.

Terwyn versuchte in ihren Körper hineinzufühlen, um ihr Herz anzuhalten, ihre Organe zu zerstören, falls sie welche hatte. Doch er traf auf einen Widerstand, kam nicht unter ihre Haut und nicht tief genug, um Schaden anzurichten.

Unwillig regte sich die Fremde, und Terwyn fühlte, wie sich sein eigener Körper spannte, bereit machte zum Kampf. Doch die blonde Frau wandte sich nicht mehr zu ihm um. Mit ruhigen, gleichmäßigen Schritten bewegte sie sich vorwärts, die Treppe hinauf. Dann verschwand sie aus seinem Blickfeld.

»Nein, verdammt!« Vics Gesicht war rot und verzerrt. »Terwyn, ist sie unbesiegbar? Wir müssen sie trotzdem irgendwie aufhalten!« Sie lief los, stolperte, fing sich wieder, lief weiter.

»Anscheinend hat sie von den Wachen so viel Lebenskraft gestohlen, dass sie sich selbst von so schweren Verletzungen heilen kann«, presste Terwyn hervor. Noch war er zu angeschlagen von seinem Ausflug in den Siebten Strom, um Vic im gleichen Tempo zu folgen.

Doch ihm war etwas aufgefallen. Die Gressthar hatte sehr wohl irritiert gewirkt, war sogar zusammengezuckt vorhin – aber nicht, als die fliegenden Klingen sie eingehüllt hatten, sondern in dem Moment, als das Geräusch lauter geworden war. *Chira ondulas* wirkte! Das mussten sie für den nächsten Versuch nutzen.

Fangt sie vom ersten Stock aus ab, sandte er den anderen. *Und macht Lärm, so viel ihr könnt – sie erträgt gerade keine lauten Geräusche!*

Die kann sie haben. Roáns Stimme in seinem Kopf klang grimmig zufrieden. Schon hörten sie ein infernalisches Getöse aus der Richtung, in der die Fremde verschwunden war: fallendes Blech, zerspringende Spiegel, Hämmer, die auf Metall trafen, das Kreischen eines verwundeten Nebelfuchses … alles gleichzeitig. Obwohl Roán den Lärm zielgerichtet auf ihre Feindin gelenkt hatte, bebte der Palast unter ihren Füßen. Rasch dämpfte Terwyn sein Gehör, bevor es ihm das Trommelfell sprengte.

Vic und er blickten sich an. *Kleine Jungs machen so gerne Krach*, schickte sie in seinen Kopf, und sie lächelten sich kurz an.

Allmählich fühlte er sich besser. Jomar gab ihm großzügig von seiner Kraft, und so war Terwyn sogar wieder imstande, die Treppen hochzurennen. Sehr zufrieden sah er, dass die Abgesandte im Korridor des Erdgeschosses angehalten hatte und gekrümmt dastand, die Hände gegen die Ohren gepresst. Vom anderen Ende des Korridors aus beobachteten Idassa, Roán und Jomar sie aus sicherem Abstand. Einen kurzen, beunruhigenden Moment lang fiel es Terwyn ein, dass er noch keine Zeit gehabt hatte, Jomar die Schutz-Tätowierungen zu geben. Oder Vic. Er konnte nur hoffen, dass sie ohnehin nicht nötig sein würden.

Während Terwyn die Angesandte beobachtete, ballte er die Fäuste. *Ich glaube, sie hat die von den Wachen gestohlene Lebenskraft inzwischen verbraucht. Jetzt ist der richtige Moment, um sie anzugreifen!*

Gedankenschnell scharte er die anderen um sich und signalisierte ihnen, was er vorhatte. Sofort schloss Roán – die Hand des Zirkels – eine unsichtbare Faust um den Körper der Fremden. Drückte zu mit all der Kraft, die sie ihm sandten. Außerdem war es ihm gelungen, den Lärm noch stärker auf die Gressthar zu fokussieren, sodass niemand sonst ihn abbekam, und dadurch konnte er ihn sogar noch weiter verstärken.

Ein Ächzen entfuhr der Gressthar – ja, sie war verletzbar! *Gut so, weiter!*, feuerte Terwyn seinen Zirkel an und tauchte selbst tief in den Sechsten Strom, um Kraft daraus zu ziehen.

Mit einem gefährlichen Glänzen in den Augen richtete die Fremde sich auf und blickte mit gerunzelter Stirn zu ihnen hinüber. Sie hob den Kopf, schien zu wittern. Mit leicht schwankenden Schritten, noch immer die Hände gegen die Ohren gepresst, lief sie los.

Wohin könnte sie wollen?, fragte Terwyn die anderen beunruhigt, doch dann dämmerte es ihm, als er die Schritte, Rufe und Kommandos aus genau dieser Richtung hörte. Die Gressthar brauchte neue Lebensenergie – sie hatte vor, sich diese von den flüchtenden Menschen zu holen! Noch war der Palast nicht evakuiert. *Verdammt, wenn sie das nur früher getan hätten – ist es jetzt zu spät?*

»Kein Problem, ich halte sie auf, Terwyn, überlass das nur mir«, versicherte ihm Roán und hastete der Fremden nach, bevor Terwyn reagieren konnte.

Mach das nicht, warnte ihn Terwyn beunruhigt. Der Junge ging viel zu schnell, keine zehn Schritte trennten ihn von der Fremden!

Und sie merkte es. Ganz plötzlich blieb sie stehen. Überrascht lief Roán noch einen Augenblick lang weiter, sein eigener Schwung trug ihn der Gressthar entgegen. Jetzt war er ihr sehr nah, viel zu nah! Mit einem gierigen, triumphierenden Lächeln drehte die Abgesandte sich um.

»*Roán!*« Vics Schrei gellte durch den Korridor, und einen Herzschlag lang lagen ihre innersten Gedanken offen, spürte Terwyn, wie viel ihr der Junge wirklich bedeutete. Vic hechtete nach vorn, riss Roán zurück, so wie Terwyn sie nahe der Kristallzone gepackt hatte. Doch dies hier war nicht die Kristallzone.

Mit wenigen, raschen Schritten warf sich die Gressthar Vic entgegen, die ihr nun näher war als Roán, und durchbrach ohne große Mühe ihren Bannkreis. Streckte die Hand nach ihr aus im gleichen Moment, in dem die vereinten Kräfte des Zirkels die junge Magierin über den Boden in Sicherheit schlittern ließen. Vics Mund hatte sich geöffnet, vielleicht zu einem Schrei, doch kein Ton drang hervor, schon sackte sie neben den anderen Mitgliedern des Zirkels zusammen. Gleichzeitig spürte Terwyn entsetzt, wie ihre zarte, geistige Berührung und dieses Gefühl der Liebe aus dem Zirkel verschwanden. Die fünf silbernen Wellen auf Vics Arm verblassten zu einem stumpfen Grau.

»Terwyn, schnell!«, brüllte Idassa.

Doch Terwyn war ihr zuvorgekommen, er war bereits im Siebten Strom, nur am Rand, mehr schaffte er gerade nicht. Trotzdem gelang es ihm zum ersten Mal, die Barrieren der Gressthar wirklich zu überwinden – mit einer unsichtbaren Faust schleuderte er sie so heftig zurück, dass sie gegen eine Wand prallte und er ihre Knochen knacken hörte. Gleichzeitig ließ er alle Lebenskraft, die er aus diesem gewaltigen magischen Fluss ziehen konnte, in Vic fließen. Doch die Kraft strömte sofort ins Nichts, als würde sie weggesogen, zu der Gressthar hin.

Jomar, schirm mich ab, mach schon!, brüllte er lautlos, während er zugleich darum kämpfte, nicht vom Siebten zerschmettert zu werden.

Schon dabei. Wie eine stählerne Wand schob sich Jomar zwischen sie beide und brachte es fertig, den dünnen, schimmernden Faden, der von Vic zur Gressthar führte, zu unterbrechen. *Kannst du sie noch retten?*

Vielleicht! Terwyn konzentrierte sich auf die reglose junge Frau vor ihm ... doch das furchtbar blasse Gesicht verschwamm immer wieder mit diesem einen anderen aus seinem Gedächtnis. Taleas Gesicht. Reue und Verzweiflung tobten durch ihn hindurch wie wilde Hunde, und der Siebte Strom versuchte, seinen Verstand in tausend Stücke zu fetzen.

Er spürte, wie Idassa ihm eine unsichtbare Hand hinstreckte, aber würde er es fertigbringen, diese Hand zu ergreifen? Oder hatte der Siebte Strom ihn schon zu weit davongetragen?

Idassa. Das Rückgrat des Zirkels. Fest und ruhig. Terwyn verankerte sich an dieser Ruhe, war auf einmal wieder fähig, Kraft aus dem Strom zu ziehen. Zweimal schaffte er es, Vic kurz zurückzuholen, ihrem Herzen ein paar Schläge zu entlocken, doch etwas war verschwunden, etwas fehlte, und dann musste er diesen brutalen Strom auch schon wieder verlassen, bevor er selbst neben ihr zusammenbrach.

Das Herz des Zirkels war tot.

Roán fiel neben Vic auf die Knie, sein Gesicht war vor Entsetzen verzerrt, seine Augen weit aufgerissen. »Sie ...«, stammelte er. »Sie hat sich für mich ... es war meine Schuld, dass sie ...«

»Roán! Wir brauchen dich!« Terwyn schob seine Trauer beiseite und packte den jungen Magier grob am Hemd. »Es gibt hier Menschen, die leben, die wir schützen müssen.«

Der Junge atmete noch immer schwer, aber er brachte ein Nicken zustande.

Voller Hass wandte Terwyn sich der falschen Abgesandten zu – sie war gerade wieder dabei, sich aufzurichten, hatte sich mit Vics Lebenskraft selbst geheilt. Die nackte Frau sah seinen Blick, sie schenkte ihm ein kaltes Lächeln. »Nahrung seid ihr, sonst nichts.«

»Wir sind mehr, als du jemals sein kannst«, gab Terwyn bitter zurück.

Doch sie hörte nicht mehr zu, stand bereits auf und ging in Richtung der fliehenden Menschen.

»Viele von unseren Leuten sind schon draußen«, keuchte Idassa. »Besser, wir halten die Gressthar irgendwie hier drinnen.«

Terwyn nickte. *Angriff*, kommandierte er lautlos, und in der Spanne eines Atemzugs fand sich der Zirkel zusammen. Reibungslos wie vier Wassertropfen, die ineinanderliefen, zu einem großen wurden. Roán war wild darauf, anzugreifen, diese Fremde zu verletzen, und immerhin schafften sie gemeinsam, sie abzulenken und die meisten Leute in den Korridoren zu retten, denen sie auf dem Weg begegneten. Doch dann gelang es der Gressthar, durch eine Tür in einen Raum zu schlüpfen, in dem Terwyn Stimmen hörte. Der größte Speisesaal von Taracondé – ausgerechnet! Doch vielleicht konnten sie sie nun einkreisen. Terwyn wusste, dass dieser Raum mehrere Eingänge hatte.

Ich fang sie ab, rief er den anderen lautlos zu und rannte los.

Schon hörte er Idassas entsetzte Gedanken. *Alle Götter, hier sind noch richtig viele Leute drin!* Sie sandte ihm ein Bild des Speisesaals mit seiner Siegesdekoration aus Blumen und Laub, allerdings war einiges davon heruntergerissen worden, und überall standen vergessene Gläser, manche umgekippt oder auf der Flucht zertreten. Mitten in diesem Chaos stand Parder Mevanius, der in vorwurfsvollem Ton mit einer Beraterin des Regenten diskutierte, beide waren umgeben von einer vierköpfigen Leibwache, zu der auch die junge Jess zählte, Roáns halb bornländische Kindheitsfreundin, mit der Terwyn bei der Abgesandten gewesen war. Eine kleine, straffe Gestalt, die dunklen Haare in einen Knoten gebändigt, die Hand am Schwertknauf. Sie und die anderen bewaffneten Wachen blickten sich nervös um und fühlten sich offenbar nicht wohl in ihrer Haut, wagten jedoch nicht, ihren Herrn mit sanfter oder auch weniger sanfter Gewalt zum Abmarsch zu bewegen. Auch mehrere Diener und eine Köchin, die Terwyn erkannte, schwirrten noch umher, darunter ein Lehrling, der kaum einen Bartflaum vorweisen konnte. Alles in allem ein Dutzend Menschen. *Cruzark!*

Terwyn riss die hintere Tür zum Speisesaal auf, sah all dies mit eigenen Augen, doch bevor er hineinstürmen konnte, ging plötzlich eine Tür auf der anderen Seite des Ganges auf und ein älterer Mann schoss auf ihn los, einer von Favinius' Handelssekretären. Noch einer, der nicht klug genug gewesen war, zu fliehen! »Was soll der ganze Aufruhr? Wir haben doch gesiegt, nicht wahr? Dieses Kristallzeug schrumpft und die beiden Schurken sind tot, hat man mir gesagt, stimmt das etwa nicht?«

Terwyn erstarrte, den Türgriff noch in der Hand. Er sah die Gressthar keine fünf Menschenlängen entfernt stehen – hatte sie das gehört?

Sie hatte. Hass flammte in ihren Augen auf. »*Tot?*«, rief sie, und ihre Stimme klang wie gesplittertes Glas.

Sein Puls raste. Hier war kein Wasserdrache an seiner Seite, um ihm zu helfen, der Fluss war viel zu weit entfernt.

Ohne den Handelssekretär noch weiter zu beachten, betrat Terwyn mit schnellen Schritten den Speisesaal.

Als Jess ihn sah, lächelte sie und hob grüßend die Hand. »He, Terwyn! Was ...?«

»*Haut ab! Jetzt!*«, brüllte er ihr und den anderen Leuten entgegen.

Doch Parder starrte nur verblüfft die nackte Frau an – war sicher lange her, dass er eine gesehen hatte, womöglich wollte er den Anblick noch ein wenig länger genießen. Und weil er sich nicht bewegte, taten es die anderen ebenfalls nicht. Schon erkannten manche in der zierlichen blonden Gestalt die angebliche bornländische Abgesandte und begannen zu murmeln. Keine Spur von Angst, kein Funke von Panik, aber beides brauchten sie jetzt, um sich noch zu retten!

Nur Jess wirkte beunruhigt, doch sie blieb besonnen. Ohne ein Wort zu verschwenden, zog die junge Kämpferin ihr Schwert und begann mit den anderen Wachen, Parder zum Ausgang zu schieben. Endlich.

Voll Grauen sah Terwyn, dass die Gressthar die Spange mit dem eigenartigen gelben Stein, die ihm von Anfang an nicht geheuer gewesen war, aus ihrem Haar zog. Dann krümmte sie die Finger der einen Hand und hieb sich mit einem ihrer Nägel, die anscheinend scharfe Kanten hatten, in die andere Hand. Blut quoll hervor ... Blut, das sie auf den gelben Stein fließen ließ.

Terwyn tauchte in den Vierten Strom, ließ dieses Ding in ihrer Hand in winzige Teile zerfallen, doch das änderte nichts mehr.

»Raus hier! Lauft!«, schrien auch Idassa und Roán die glotzenden Menschen an, und endlich reagierten sie, vielleicht weil die Erste Magus es befohlen hatte.

»Wir haben den Dolch«, rief Terwyn der Fremden zu, ein letztes Mal versuchte er zu verhandeln, obwohl er ahnte, dass es sinnlos war. »Wenn ihr ihn wiederhaben wollt, dann lasst uns reden! Wir ...«

Regen begann zu fallen mitten im Speisesaal. Einzelne goldene Regentropfen, schwer wie die, die bei einem Gewitter vom Himmel prasselten. Aus dem Nichts bildeten sie sich, und dort, wo sie aufprallten ...

Der Küchenjunge war getroffen worden, und sein durchdringender Schrei klang durch den Speisesaal. Mit wilden Augen blickte er auf seinen Arm, der einen Tropfen abbekommen hatte und nun begann, sich aufzulösen. Das Fleisch schmolz von den Knochen, als wäre es heißes Wachs, verzerrte sich und rann dann langsam nach unten. *Cruzarks Hölle, eine starke magische Säure!*

Auch die junge Jess war von einem der goldenen Tropfen an der

Schulter erwischt worden, und eine andere Wache, die sich schützend über Parder geworfen hatte, bekam einen Tropfen im Gesicht ab. Schon floss das, was einmal seine Nase, seine Lippen, seine Wangen gewesen waren, hinab und hinterließ eine glatte, blassrosa Fläche aus Fleisch, bis auch diese begann, sich aufzulösen. Fast war Terwyn froh, als sein Schrei schließlich abbrach. Jess dagegen lebte noch, sie krümmte sich in Qualen auf dem Boden, hatte sie eine Chance?

Gedankenschnell tauchte Terwyn mit Idassa und Jomar in den Sechsten Strom, sie erschufen eine feste, weiße Schutzschicht und spannten sie über den Köpfen der Menschen auf, um ihre Flucht zu decken. Erleichtert sah Terwyn, dass sie Erfolg hatten, dass die Schicht wirkte und die goldenen Tropfen sich außen auf dem magisch verstärkten Stoff sammelten.

Währenddessen mühte sich Roán von Grauen geschüttelt, seine Freundin zu retten, irgendwie aufzuhalten, was ihren Körper zerfraß. Doch er schien nicht viel Erfolg damit zu haben – das hatte der gelbe Stein mit dem Kristall gemeinsam. War erst einmal ein Körperteil erfasst, dann griff es schnell auf den Rest über.

Idassa hatte den Kopf gehoben, sie starrte zum Dach empor. »Terwyn, es dringt durch!«, schrie sie ihm zu – ja, die Tropfen hatten begonnen, sich durch ihre Schutzschicht zu fressen, gleich würde das tödliche Gold auf sie herabfließen. Außerdem hörte Terwyn aus dem Korridor ebenfalls Schreie, dort fielen wohl ebenfalls die tödlichen Tropfen. Womöglich im ganzen Sommerpalast, in der ganzen Umgebung?

Mit Genugtuung beobachtete die Fremde das Schauspiel, während der schimmernde Regen an ihrem eigenen Körper hinabfloss, ohne ihr zu schaden.

Terwyn zögerte nicht mehr. Irgendwie hatte er gewusst, dass es so weit kommen würde, und es nur nicht wahrhaben wollen. Schon formten seine Lippen das Dunkle Wort. *Thanossádar.* Er spürte, wie Wellen der Macht ihn trafen, noch ehe er die erste Silbe vollendet hatte. Doch im gleichen Moment sah er auch, wie ein goldener Tropfen Idassas Bein traf. *Nein nein nein nicht Idassa!*

Würde er all diese Menschen noch retten können, oder würde er sie erst recht ins Verderben reißen? Es war keine Zeit, darüber nachzudenken.

* * *

Der Wasserdrache ließ keinen Zweifel daran, was er von ihr forderte. Wieder zeigte er Rhi ein Abbild ihrer selbst, dann ein Bild des Ufers und des Kristalldolchs. Ein unwilliges Fauchen entwich ihm, das unter der Brücke widerhallte – er wurde ungeduldig. Sie sollte den Kristalldolch nehmen, den er anscheinend immer noch im Maul trug. Kein Wunder, dass er das Ding los sein wollte, es hinderte ihn vermutlich am Fressen. Oder schadete ihm das magische Artefakt sogar?

Aber ich kann dieses verdammte Ding nicht anfassen, sogar Terwyn hat das nicht gewagt!, dachte Rhi verzweifelt. *Es ist nicht magisch abgeschirmt oder wie auch immer man das nennt!*

Der Drache bewegte sich unruhig im Wasser, und Wellen schwappten über das Ufer. Erschrocken duckte sich Padric hinter die Seitenmauer der Brücke, machte sich ganz klein und zog seinen Umhang über den Kopf.

Er sagt, du sollst es machen, es wird dich nicht töten, sagte Zad plötzlich, der – noch ziemlich feucht – wieder neben ihr stand.

»Wie, du verstehst ihn?« Vor lauter Verblüffung hatte Rhi es laut gesagt.

Scheußlicher Akzent, aber das ist schlimm nicht, gab Zad seelenruhig zur Auskunft. *Er will baldgleich zurück ins Meer, du sollst den Dolch nehmen.*

»Na gut«, sagte Rhi, obwohl es sie schauderte. Rasch kletterte sie die Uferböschung hinab und hielt sich dabei an Zweigen und Grasbüscheln fest, um nicht abzurutschen. Der Drache hob sein gewaltiges Haupt – groß wie ein Pferdefuhrwerk – ein Stück weit aus dem Wasser, und eine fischige Atemwolke schlug ihr entgegen. Puh. Im bläulichen Halbdunkel sah sie, wie Wasser von seiner Schuppenhaut und seinem Kiefer herabströmte, ein herrlicher und zugleich furchtbarer Anblick. Zwischen seinen Zähnen glänzte ein durchsichtiges Objekt, der Dolch.

Kurz dachte sie daran, das Jenseitsglas auszupacken und sich anzuschauen, was geschehen würde, doch es war ganz unten im Gepäck, und dieses gewaltige Wesen war schon jetzt am Ende seiner Geduld. Rhi dachte nicht weiter nach, sie beugte sich so weit über den Fluss, wie sie es schaffte, und streckte die Hand danach aus. Sie kam nur an die Klinge heran, nicht an den Griff, auch das noch. Obwohl sie den Dolch ganz vorsichtig ergriff und nicht fest zupackte, fühlte sie einen scharfen Schmerz, als der Kristall in ihre Finger schnitt. Erschrocken biss sich Rhi auf die Lippe, ein zweiter, kleinerer Schmerz.

Halb hatte sie erwartet, dass sie zu einer gläsernen Statue erstarren würde, doch das geschah nicht. Noch seltsamer war, dass ihre verletzten Finger nicht mal bluteten. Der Dolch sandte nur ein leichtes Prickeln durch ihren Arm und ihren ganzen Körper. Kein unangenehmes Gefühl.

Lautlos ließ sich der Wasserdrache zurücksinken, bis er fast unter der Oberfläche verschwunden war. *Er sagt, du sollst Terwyn von ihm grüßen, die Heilung neulich hat ihm vielgut gefallen*, übersetzte Zad. *Hat gleich auch ein paar alte Beschwerden beseitigt, meint er. So ein Ziehen in der hinteren Flosse, das er schon länger hatte, zum Beispiel.*

»Äh, ja, ich richte es aus«, sagte Rhi und starrte auf den Dolch in ihrer Hand.

Es war wohl besser, sie machte sich damit auf den Weg nach Tarancondé. Und zwar schnell. Vielleicht konnte Terwyn das Ding gebrauchen. Oder war es dafür schon zu spät?

22

Die Umrisse des Speisesaals verschwammen vor seinen Augen, er war wieder in der Bluthöhle, zum ersten Mal seit langer Zeit. Terwyn watete durch die schwarzrote Flüssigkeit, so schnell er konnte, spritzend und platschend, bis zu der Stelle an der Wand, bei der er durchbrechen konnte. Er warf sich ihr entgegen, und Kälte umgab ihn, er war in der eisigen, weißen Höhle, in der das Wasser wie Milch floss. Dort stutzte er einen Moment lang. Etwas war anders, verändert. Auf dem Boden ... waren das feuchte Fußspuren? Sie konnten nicht von ihm stammen, er war seit vier Jahresläufen nicht mehr hier gewesen!

Und dort, ein roter Handabdruck an der Wand.

Es war keine Zeit, sich zu wundern oder sich damit zu befassen. Schon rannte er weiter, obwohl seine Füße sich immer schwerer vom Boden hoben ... und stürzte Hals über Kopf in die Schwärze.

Das Nichts wehte ihn an, und er sah die schimmernden Ströme tief unter sich. *Licht,* befahl Terwyn, und nun sah er wieder beide Welten, die echte überlagerte sich mit der durchscheinenden, schwarzen der Dunklen Magie. Seine Schutz-Tätowierungen brannten, als drücke ihm jemand ein glühendes Eisen auf die Schulter, doch er beachtete es nicht. Es verriet ihm nur, dass er lebte, und das allein war schon unfassbar nach all dem, was geschehen war.

Ohne zu zögern, streckte Terwyn den Finger nach den Strömen aus – sollte er Jaros nehmen, den Zweiten? Nein, verdammt noch mal, mindestens den Dritten! Er musste dieses Geschöpf, das sich als schöne Frau tarnte, endlich vernichten. Seine unsichtbaren Fingerspitzen berührten den Dritten Strom, Zeylus, jeder Wirbel, jede Stromschnelle war ihm vertraut.

Doch er hatte es zu eilig gehabt, war zu aufgewühlt, die Berührung war fester, als er gewollt hatte. Unter seiner Hand bäumte sich der Strom auf, bog sich wie eine Schlange, und Terwyn spürte den Palast erbeben. Steinbrocken regneten von der Decke, zermalmten einen Diener unter sich. Neben Terwyn traf in einer Staubwolke ein großes Trümmerteil auf. Das kostbare Mosaik des Bodens wölbte sich, und Risse verliefen in alle Richtungen. Zerfetzte Blütendekorationen regneten herab, eine Statue in der Ecke des Raumes schwankte und donnerte auf ein halbes Dutzend edle Holztische. Draußen war es dunkel, doch als Terwyn sich einen Nachtblick verlieh, sah er, wie die Säulen des Ostra-Namina-Tempels, den Talea so geliebt hatte, schwankten und in sich zusammenfielen. Schreie ertönten aus dem Speisesaal und von draußen, wie viele waren verletzt, wie viele unter Trümmern eingeklemmt?

Terwyn atmete schwer. *Beim nächsten Versuch muss es klappen. Am besten nehme ich diesmal den ...*

Ein wütender Ausruf riss ihn aus seiner Konzentration. Auf allen vieren arbeitete sich der grauhaarige Erste Primus unter seinen schwer verletzten Beschützern hervor und funkelte ihn an. Ihn! Als sei er es, der die Katastrophe ausgelöst hatte – anscheinend hatte Parder immer noch nicht begriffen, was hier ablief. »Del Cresta! Was bei Cruzark tut Ihr – *uns alle umbringen?*«

Roán wirkte völlig außer sich vor Trauer und Verzweiflung. »Ganz falsch, Dreckskerl!«, schrie er ... und dann tat er es einfach. Er verwandelte den Ersten Primus in einen alten, grauen, räudigen Fuchs. Verdutzt glotzte das Tier umher.

Das nenn ich mal gut investierte Lebenszeit, dachte Terwyn grimmig und zwang sich, den Blick abzuwenden. Er befahl dem Goldenen Regen, aufzuhören und verbannte alle Flüssigkeit, die sich auf der Schutzhülle gesammelt hatte. Schon waren sämtliche Tropfen verschwunden. Sofort beugte er sich zu Idassa hinab, die sich auf dem Boden krümmte und vor Qual schluchzte. Ihr Bein sah schlimm aus, das Fleisch schmolz unaufhaltsam dahin, er sah die hellen Knochen ihres Schienbeins und ihrer Kniescheibe hindurchschimmern. Terwyn ahnte, dass er sie mit einem zerstörerischen Werkzeug wie der Dunklen Magie nicht heilen konnte, und seine Kraft reichte nicht mehr für den Siebten Strom.

Du weißt, was ich tun muss, oder?, fragte Terwyn Idassa in Gedanken, und sie nickte unter Tränen. *Tu es! Mach schnell!*

Ohne sich zu bewegen, nur mit einem Gedanken, durchtrennte er die Verbindung zwischen ihrem Rumpf und ihrem Oberschenkel. Das, was einmal zu ihr gehört hatte, lag nun am Boden wie eine tote Masse Fleisch, das der Schlachter vergessen hatte auszubeinen. Idassas Augen wurden glasig, sie fiel in Ohnmacht. Besser so.

Als Terwyn sich umwandte, nach weiteren Opfern suchte, sah er, dass Jess tot war. Ein Stich fuhr ihm ins Herz, er hatte die junge Kämpferin gemocht. Auch den anderen, die gleich zu Anfang von dem Goldenen Regen getroffen worden waren, war nicht mehr zu helfen. Hass auf die Gressthar durchströmte ihn, heißer noch als der, den er in manchen Momenten für sich selbst fühlte.

Die Zeit der Rache war gekommen.

Natürlich bemerkte die Fremde die Veränderung in ihm, vielleicht konnte sie auch die Dunkle Magie spüren. Zum ersten Mal sah er Furcht in ihrem Blick, ihre Augen weiteten sich, als er auf sie zukam. Sie wich zurück, erst einen Schritt, dann zwei. Mit einem beiläufigen Gedanken, der alle Türen zuschlug und unüberwindbar machte, schnitt er ihr jeden Fluchtweg ab. Dann wandte er sich zu seinen Gefährten um. Es war keine Zeit für höfliche Bitten, für Diskussionen. *Roán, du stützt mich, Jomar, du schirmst ab!*

Wird gemacht, gab Roán grimmig zurück, und von Jomar kam ein wortloses, warmes Gefühl des Da-seins und Bereit-seins.

Ganz langsam ging Terwyn auf das Wesen zu, das sein Land in diesen furchtbaren Krieg gestürzt hatte. In der Welt des Dunklen Wortes wehte ein eisiger Wind durch ihn hindurch, und unsichtbare Spinnen schienen über ihn zu kriechen, an ihm zu fressen, sein Ich in sich aufzusaugen. Jeder Moment, den er hier verbrachte, kostete ihn einen Teil seiner Seele, doch es war ihm gleichgültig, er wollte diese Gressthar vernichten, ein für alle Mal.

Eigentlich hatte er vorgehabt, dafür zunächst den Zweiten Strom zu berühren, doch die Ströme wanden sich nun in heftigem Aufruhr, wogten durcheinander. Bunte Bänder in der schwarzen Weite, die keinen Moment stillhielten, die sich umeinander rollten wie aufgeregte Schlangen. Terwyn erwischte den Vierten, der sich in schimmerndem Grün unter ihm entlangzog … und spürte, dass es wieder zu heftig gewesen war. Noch heftiger als beim ersten Mal.

Ein reißendes Gefühl ging durch ihn hindurch, wogte von ihm weg – eine Art Flutwelle, die von Taracondé aus über das ganze Land strömte! Die allen, die es traf, die Seele entreißen würde, so wie es damals Talea passiert war. Hunderten, Tausenden? Terwyn stemmte sich der Welle mit ganzer Kraft entgegen, während ihn Roán stützte – doch er merkte, dass es nicht reichte, fühlte wieder das hilflose Entsetzen von damals. *Ich hatte recht, Dunkle Magie kann man nicht beherrschen, ich kann das nicht, niemand kann das!*

Doch diesmal war er nicht allein. Jomar war an seiner Seite, er warf sich der Welle entgegen, eine Steinwand, eine meterdicke Barriere. Trügerisch langsam schlug die Welle gegen ihn, gegen diesen unglaublichen Willen ... und brandete zurück. Doch dabei riss sie auch die Wand ein, eine Wand, die Jomar vielleicht schon sein Leben lang geschützt hatte ... nicht zuletzt vor sich selbst. Gleichzeitig flutete die unglaublich starke Magie durch seinen Zirkelgefährten hindurch, schwemmte ihn weg, ins schwarze Nichts hinein. Ein grauenhafter Schrei schnitt durch Terwyn hindurch, war es Jomar, der schrie, war er es selbst?

In der wirklichen Welt lag Jomar am Boden, sein Körper zitterte unkontrolliert, seine Augen hatten sich so verdreht, dass man nur noch das Weiße sah. Der Preis, den er hatte zahlen müssen, war der Wahnsinn.

Terwyn spürte, wie in ihm selbst etwas brach. *Hätte ich ihm nur die Schutz-Tätowierungen geben können, hätte ich nur, dann wäre ihm vielleicht nichts passiert, wieso habe ich nicht ...*

Mühsam riss er sich zusammen, versuchte noch einmal, die Dunkle Magie zu kontrollieren. Diesmal klappte es endlich. Zielsicher ergriffen seine Finger den Dritten Strom und hielten ihn mit gerade so viel Kraft, dass keine Schockwelle entstand. Ein unglaubliches Gefühl von Macht durchströmte ihn, und er wusste – diesmal konnte er diese Macht nutzen.

»Die Abgesandte, Terwyn!« Roán war nicht nur unsichtbar an seiner Seite, er stand nun auch neben ihm, ganz nah. Der Junge brüllte ihm ins Gesicht: »Bring sie um, Ter, verdammt noch mal, mach schon!«

Ja. Mit der Macht des Dunklen Wortes konnte er das tun. Mit einem Fingerschnippen, mit einem beiläufigen Gedanken konnte er ihr sämtliche Gliedmaßen ausreißen, konnte ein Heer von Ratten gegen sie schicken, das sie lebendig auffraß. Konnte den Goldenen Regen, den sie gerufen hatte, gegen sie selbst wenden, sodass sie die Qual am eigenen Leib erleben musste, die sie anderen zugedacht hatte.

Doch das war nicht, was er tat. Er ging auf sie zu, näher und näher. Spürte fast belustigt, dass sie versuchte, ihm die Lebenskraft aus dem Leib zu ziehen, dass sie daran genauso jämmerlich scheiterte wie ein Kind, das versucht, eine Flamme zu greifen. Stattdessen streckte er die Hand nach ihr aus ... und berührte ihre Stirn. Sog ihre Erinnerungen aus ihr heraus und ignorierte das gequälte Kreischen, das aus ihrem weit geöffneten Mund drang.

Eine Steppe in Calisien, eine Frau, die ihr tief in die Augen blickt, es ist ein Wesen so wie sie selbst ... ein fremder Mann sinkt zu Boden, zum ersten Mal strömt warmes Leben in sie über ... dann ein Wirbel von Orten, von Gesichtern ... schließlich zwei Fremde, die sich in einer Stadt begegnen, die sich erkennen als das, was sie sind ... der Kristalldolch, kostbar, ein Speicher der Lebenskraft, frohlockend halten sie ihn in Händen ... die Reise nach Skaidar, die jämmerlichen Menschen in diesem Palast, wie sie erschrecken, als sie den Kristall fallen lässt ... ein großer Mann mit weißen Haaren blickt ihr in die Augen ...

»Jetzt darfst du sterben, *Parasit*«, sagte Terwyn, und dann zerquetschte er ihr Ich, all das, was sie war, in seiner Faust wie ein lästiges Insekt.

Ihr Körper fiel zu Boden wie eine Marionette, deren Fäden jemand durchschnitten hatte, und blieb liegen. Ein makelloser, nackter Leib, der schon zu erkalten begann.

23

Es war vorbei. Endlich.

Stille kehrte im Sommerpalast ein und in Terwyns Seele.

Dann hörte er von irgendwoher Rufe. »Der Regent ist unverletzt! Es lebe der Regent!«

Fast schon abwesend nahm es Terwyn zur Kenntnis, ihm war nicht danach zumute, in den Jubel einzustimmen. So gut es ging, hatte er geholfen, Verletzte aus den Trümmern zu bergen und Bereiche abzustützen, die einzustürzen drohten. Wie viele Verwundete er schon versorgt hatte, konnte er nicht mehr zählen. Wie viel Lebenszeit hatte er damit verbraucht? Es war ihm egal.

Soldaten hatten einen der kleineren Audienzsäle, der nicht zu stark zerstört worden war, zur Krankenstation umfunktioniert, dort lag bereits eine lange Reihe von Verletzten auf Tischen, Bahren und dem Boden. Sie wurden von Heilern und Magiern des Dritten und Vierten Stroms betreut, die Alar del Mohayn aus der ganzen Gegend herbeordert hatte. Terwyn saß am Bett einer dieser Kranken – derjenigen, die ihm am wichtigsten war.

»Wird sie es schaffen? Die anderen, die einen dieser Tropfen abbekommen haben, sind alle tot.« Roán hielt Idassas linke Hand. Sein Haar war grau von Steinstaub, sein Gesicht von Dreck und Blut bedeckt, und Tränenspuren zogen helle Linien über seine Wangen. Er sah – wie sicher auch Terwyn selbst – zum Fürchten aus, und bisher hatte sich niemand an sie beide herangetraut.

»Ich weiß nicht, sie ist sehr schwach«, antwortete Terwyn schließlich. Er hielt Idassas andere Hand und wärmte sie in seiner. Auf keinen Fall würde er sie loslassen.

Noch immer war Idassa ohne Bewusstsein, ihr Puls nur noch ein schwaches Flackern, und selbst ihr langes schwarzes Haar wirkte irgendwie leblos, wie es staubig und verfilzt über die Kante der Tragbahre hinabhing.

»Wenn sie stirbt, sind wir beiden die Letzten«, sagte Roán und lachte plötzlich auf, ein furchtbar schrilles Geräusch. »Die Letzten, die vom Zirkel übrig sind.«

Terwyn nickte schweigend. Vic war tot und Jomar gerade gestorben. Das war eine Gnade, denn sein Verstand – einst so scharf wie ein Messer aus aelischem Stahl – war für immer verloren gewesen. Vielleicht, weil er ohnehin nie stabil gewesen war, der einzige echte Künstler unter ihnen, im Umgang mit Farbe und Gedanken gleichermaßen. Temperamentvoll, aber unberechenbar. Möglicherweise war das auch Blödsinn, und niemand hätte es geschafft, diese Schockwelle zu überstehen.

Seltsam, er hat keinen Moment lang daran gedacht, sich in Sicherheit zu bringen, ging es Terwyn durch den Kopf. *Er als Magier des Sechsten Stroms hätte das möglicherweise geschafft. Aber vielleicht wollte Jomar manchmal ebenso sehr sterben wie ich. Er ist seinen inneren Dämonen so furchtbar früh begegnet. Wenn man sie schon als Kind trifft, dann verlassen sie einen wohl nie mehr ganz.*

Er selbst fühlte sich ausgelaugt, völlig am Ende, zu Tode erschöpft. Wenn den Aeliern ausgerechnet jetzt nach Eroberung zumute war, konnten sie ungehindert durchmarschieren bis zum Orchideenpalast.

Noch war er nicht fähig, Idassa das wiederzugeben, was dieser Kampf sie gekostet hatte. Er konnte sie nur überwachen und ihren Kreislauf stabilisieren, während ihr Körper versuchte, mit dem organischen und magischen Schock klarzukommen. Unablässig lauschte er in ihre Organe hinein, löste jede kleinste Stockung des Blutes auf, regte ihre Lungen an, achtete darauf, dass sie nicht auskühlte.

»Willst du es selbst tun?«, fragte Róan scheu. »Ihr Bein nachwachsen lassen?«

»Besser nicht, ich bin noch nicht wieder stark genug. Am besten, wir warten damit einen Tag oder zwei.«

»Ich will nicht, dass sie aufwacht und sich so sieht.«

»Dann ist es besser, du übernimmst es. Du wirst es gut machen.« Er lächelte den Jungen an. *Shaquar, wie gern ich diesen verdammten Kerl habe!*

Absichtlich hatte er seine Gedanken offen fließen lassen, und er wusste, dass Roán sie aufgefangen hatte. Doch das schien zu viel gewesen zu sein, es war, als habe er dem Jungen einen Tiefschlag verpasst: Roán krümmte sich zusammen und vergrub den Kopf in den Armen. Terwyn versuchte nicht, ihn zu trösten, es gab keinen Trost nach dem, was geschehen war. Und die Tränen würden einen kleinen Teil der Trauer aus seinem Herzen spülen.

»Ich muss immer wieder an Vic denken«, brachte Roán heraus. »Shaquars Gnade, ich habe sie nicht immer gut behandelt, zu Anfang war das zwischen ihr und mir mehr ein Spiel, weißt du? Jedenfalls für mich.«

Terwyn nickte schweigend, ließ ihn reden.

»Aber in den letzten Tagen ist mir klar geworden, was sie mir eigentlich bedeutet. Sie war so besonders, und sie hat mich wirklich geliebt, glaube ich. Ich wollte nicht mehr nur mit ihr schlafen, sondern mit ihr zusammen sein. Verdammt, wenn ich nicht wie ein kompletter Depp versucht hätte, dich zu beeindrucken, würde sie jetzt noch leben!«

Die Antwort war *Ja, das stimmt*, und Roán wusste es. *Was für eine Ironie*, dachte Terwyn. *In gewisser Weise teilen wir nun ein Schicksal, wir haben beide Schuld auf uns geladen. Nun kommt es darauf an, wie wir fertigbringen, damit zu leben.*

»Immerhin, nun muss sie nie mehr erfahren, dass ihre Familie im Krieg umgekommen ist«, sagte Terwyn.

Schockiert starrte Roán ihn aus Augen an, die viel normaler wirkten als zuvor, nicht mehr so unglaublich blau. Er hatte seinen Zauber wohl nachgebessert. »Was? Sie sind …?«

»Ja. Glasklingen. Ich habe es ihr nicht gesagt, sie wäre zusammengebrochen.«

Bedrückt sahen sie sich an, dann sackte Roán wieder in sich zusammen. »Und Jomar. Ich werde den Kerl vermissen. Wer weiß, ob jemand außer ihm es schaffen kann, Skaidar zu einem besseren Ort zu machen.«

»Was?« Irritiert blickte Terwyn ihn an. »Wovon redest du?«

»Er hat es dir also nicht gesagt.« Roán atmete tief durch, dann wisperte er in Terwyns Gedanken: *Jomar hatte einen Weg gefunden, den Eid zu brechen. Unseren Eid auf die Regierung.*

Schockiert starrte Terwyn ihn an. Ja, so etwas durften sie nicht laut aussprechen. Er schirmte seine Gedanken gegen alle ab außer gegen Roán, erst dann erwiderte er: *Bist du sicher?*

Cruzarks Hölle, ja, und er hatte nicht mehr die Zeit, mir zu verraten, wie es geht! Roán ballte die Faust.

Halb so schlimm, versuchte Terwyn ihn zu trösten, obwohl er selbst aufgewühlt war. *Natürlich, es gibt vieles, was in Skaidar besser werden könnte, aber glaub mir, es gibt Länder, in denen es ganz anders ...*

Ich weiß, unterbrach ihn Roán müde. *Deswegen hat er dich ja auch nicht eingeweiht. Weil er wusste, dass du nicht dafür sein würdest, allzu viel zu ändern.*

Darauf wusste Terwyn nichts zu erwidern, denn das stimmte. Doch Roáns Worte brachten ihn zum Nachdenken über das, was hätte sein können ... und was gewesen wäre, wenn Jomar und ihm kein magisches Talent in die Wiege gelegt worden wäre. Sicher wäre Jomar rechtlos geblieben, ein Außenseiter, wahrscheinlich hätte er noch vor seiner Volljährigkeit tot in der Gosse gelegen. Und er selbst, was für Chancen hätte er in Skaidar gehabt? Sein Leben als Bauernsohn war vorgezeichnet gewesen, vielleicht hätte er es sich durch Orchideenwilderei oder etwas Ähnliches noch etwas interessanter gestalten können. Doch er hätte es kaum geschafft, sich am Hofe des Regenten hochzuarbeiten. Nein, gerecht war das Leben in Skaidar nicht.

Einen Moment lang brannte das Gefühl einer verpassten Gelegenheit in Terwyn, konnte er nachvollziehen, wie Roán darüber dachte.

Doch es gab etwas, das ihm viel größere Sorgen bereitete als der politische Zustand Skaidars – was hatte es mit diesen fremden Fußspuren und diesem Handabdruck in der weißen Höhle auf sich gehabt? Konnte es sein, dass noch jemand außer ihm das Dunkle Wort gefunden hatte? Aber wer? Ein illegaler Magier oder ein Magus des Regenten? Welchen Strom beherrschte derjenige? Immerhin, der- oder diejenige schien noch nicht in die schwarze Höhle vorgedrungen zu sein, sonst hätte Terwyn die magische Erschütterung der Ströme gespürt. Mit ganz viel Glück hatte die weiße Höhle den fremden Magier abgeschreckt, auch wenn es die rote anscheinend nicht geschafft hatte.

Ändern konnte er auch daran gerade nichts. Er konnte nur hoffen, dass dieser andere Magier den Durchgang zur schwarzen Höhle nicht fand oder – noch besser – bei seinen Versuchen verreckte. Mit einem tiefen Seufzer konzentrierte sich Terwyn darauf, Idassas Hand zu halten. Sein Blick glitt zu ihrem Gesicht. *Wir müssen ihrer Mutter Bescheid geben*, ging es ihm durch den Kopf. *Falls sie überhaupt noch lebt nach dem, was mit Nelmon und der Umgebung passiert ist.*

Wieder einmal musste er daran denken, was Roán bei ihrem letzten großen Streit zu ihm gesagt hatte – dass er nur Scherben zurücklassen würde. Diesmal waren es nicht nur Scherben gewesen, sondern Steinbrocken; soweit er mitbekommen hatte, war ein großer Teil von Taracondé nur noch ein Schutthaufen.

»Ich habe dir auch was verschwiegen«, sagte Roán plötzlich, und überrascht hob Terwyn den Kopf. »Was denn? Doch das mit dem Manuskript?«

»Du immer mit deinem Manuskript, von dem weiß ich immer noch nichts. Ich war es, der dir die Blüte von Talea unter der Tür durchgeschoben hat. Falls du dich gefragt hast, von wem die kam.«

»Ja, und was sollte das? Es hat mich ziemlich mitgenommen.« Terwyn wusste nicht, ob er ärgerlich sein sollte oder nicht. »Hätte ich nicht unbedingt gebraucht in diesem Moment, es ging mir sowieso schon dreckig nach meiner Rückkehr.«

Roán lachte auf, diesmal klang es schon natürlicher. »Oh. Ich dachte, ich mache dir damit eine Freude. Schließlich wusste ich, dass du nichts mehr hast. Nichts von dem, was früher dir gehört hat, und keine einzige Erinnerung an sie.«

Schweigend nickte Terwyn und spürte, wie ihm die Kehle eng wurde. Er würde diese Blüte bewahren. Sie würde ihn immer an seine Liebe erinnern ... und an seine Schuld. Vielleicht war das wichtig, damit er niemals wieder in Versuchung geriet. Dieses Gefühl der Macht vorhin war unglaublich gewesen, nicht einmal zu vergleichen mit dem Siebten Strom. Vielleicht fühlten sich Götter so – falls es sie gab.

»Ich war damals verdammt wütend auf dich«, fuhr Roán mit einem schiefen Grinsen fort. »Aber kurz bevor Favinius deine Sachen beschlagnahmt hat, habe ich etwas davon genommen. Damit deine dämliche Familie, die dich nie verstanden hat, es nicht bekommt. Damit ich es dir irgendwann zurückgeben kann.«

Mit der freien Hand griff Roán in eine Tasche seiner Tunika – und holte eine kleine Figur aus purem Gold heraus. Das Abbild eines jungen, ehrgeizigen Magiers, das einmal in einem Modell im Orchideenpalast gestanden hatte. Terwyns eigenes Abbild. Seine Erinnerung daran, wie er zum ersten Mal den Siebten Strom gemeistert hatte.

Schweigend drückte Roán sie ihm in die Hand.

»Hast du sie etwa in all der Zeit …?«

»Ganz schön blöd, was?«

»Nein. Das war nicht ganz das, was ich sagen wollte.« Bewegt hielt Terwyn die Figur, deren weicher, tiefer Glanz von der Zeit unberührt geblieben war. Kühl und schwer fühlte sie sich an.

Ein gebrochener Mann.

Wir brauchen dich so, wie du früher warst.

Hast du dir schon verziehen?

Wie war es möglich, in so wenigen Tagen einen so weiten Weg zurückzulegen? Er war nicht mehr derselbe wie damals und auch nicht der gleiche Mensch, der vor so kurzer Zeit in Taracondé eingetroffen war.

»Danke«, sagte Terwyn schlicht. Er wusste, dass er diese Figur in Ehren halten würde als ein kleines Stück seines alten Lebens, das er sich zurückerobert hatte.

Damit nahmen sie ihre stille Wache wieder auf, und wieder einmal verbannte Terwyn seine Müdigkeit mit magischer Hilfe – wie lange würde das noch gut gehen? Nicht mehr lange wahrscheinlich.

Er hatte keine Ahnung, welche Tageszeit es war – irgendwann am frühen Morgen wahrscheinlich. Noch war es ziemlich dunkel draußen, nur ein fahles Licht kündigte den kommenden Tag an.

Wie so oft in letzter Zeit musste Terwyn an Rhi denken, die sich in so kurzer Zeit einen so großen Platz in seinem Herzen erobert hatte. Hoffentlich war sie in Sicherheit, hoffentlich war ihr, Zad und dem Kleinen nichts passiert! Er war froh, dass er sie rechtzeitig weggeschickt hatte.

Ganz deutlich sah er Rhi vor seinem inneren Auge, tröstete sich mit diesem Anblick, formulierte im Geiste Dinge, die er ihr sagen wollte, falls sie sich jemals wiedersahen. Eigentlich hatte er nicht damit gerechnet, dies hier zu überleben, aber es war geschehen, es gab ihn noch ... und was jetzt? Würde sie mit einem ziemlich eigenwilligen und zehn Jahresläufe älteren Magier irgendetwas anfangen können? Oder bildete er sich nur ein, dass sie ihn auf diese ganz besondere Weise angesehen hatte?

So deutlich sah er Rhi vor sich, als sei sie wirklich da ... Moment mal!

* * *

Noch immer war Rhi erschüttert. Aus kaum vier Baumlängen Entfernung hatte sie den Einsturz des Palasts beobachtet, hatte gesehen, dass Querstreben knackten wie dünne Zweige, Säulen kollabierten, die Dachkonstruktion herabsackte und eine Staubwolke in die Nachtluft wallte. *Ein Erdbeben? Nein, der Kampf! Hat das irgendjemand überlebt? Lebt er noch?*

Als sie die Schreie der Verletzten und Verschütteten hörte, löste sich ihre Erstarrung, sie steckte den Kristalldolch einfach in ihren Sangamon und rannte auf die Ruine zu. Seltsamerweise waren die Schnitte an ihren Fingern schon verheilt. Mit bloßen Händen grub sie, bis ihre Handflächen zerschrammt und blutig waren. Fand zwei Tote, aber auch einen nur leicht verletzten jungen Mann, den sie befreien konnte, indem sie einen Holzbalken von seinem Fuß herunterhebelte. Mühsam richtete er sich auf.

»Geht's?«, fragte sie ihn.

Sein Gesicht war von Schmerz verzerrt. »Es muss gehen. Danke.«

Überall eilten Menschen herum, ihrer Kleidung nach waren Soldaten darunter, Diener, Regierungsbeamte, Mitglieder der Edlen Familien. »Habt ihr Terwyn del Cresta gesehen?«, fragte Rhi immer wieder, jedes Mal verzweifelter. »Könnt ihr mir sagen, wo ich ihn finde? Oder jemand anderen aus dem Zirkel?«

Endlich wies sie jemand in die richtige Richtung. Zad und Padric ließ sie in den Gärten zurück, viele Gebäudeteile waren vermutlich einsturzgefährdet. Und nun stand sie hier in der Krankenstation, in der es nach Blut und Heilkräutern und einer scharfen Flüssigkeit zur Wundreinigung roch.

Als sie Terwyn sah, lief eine warme Welle durch ihren ganzen Körper. Anscheinend war er unverletzt! Er saß neben einer bewegungslos daliegenden Frau, hielt ihre Hand und sah furchtbar erschöpft aus. Als Rhi näher kam, erkannte sie, dass die Frau Idassa war, die Erste Magus, die so freundlich zu ihr gewesen war. »O nein, was ist passiert?«, fragte sie und berührte ihn ganz leicht an der Schulter. »Lebt sie noch?«

Terwyn nickte, er blickte sie an wie eine Erscheinung. »Rhi, was machst du hier?«

Das war nicht ganz die Begrüßung, die Rhi sich erträumt hatte. »Leute ausgraben«, sagte sie und zeigte ihm ihre blutigen Handflächen. »Wir haben gewonnen, oder?«

»Gute Idee, das mit dem Ausgraben«, sagte Roán, der auf der anderen Seite der Frau saß. Beinahe hätte sie ihn nicht erkannt, so mitgenommen sah er aus. »Und ja, wir haben gewonnen.«

»Dir ist nichts passiert?«, fragte Terwyn, nun konnte sie spüren, wie erleichtert er war.

»Nein.« Rhi holte tief Luft. »Es tut mir leid, dass ich so lange gebraucht habe. Ich soll dir etwas geben. Und dich von jemandem grüßen. Zad hat gesagt, er heißt Wyd.« Dann zog sie den Kristalldolch aus ihrem Sangamon und streckte ihm das Ding vorsichtig, mit beiden Händen, entgegen. Sie hatte nicht vor, sich noch einmal daran zu schneiden!

Die beiden Magier starrten ungläubig auf das, was sie hielt, dann brüllte Roán einer Frau zu, sie solle eine Statinumfolie holen. Eine Heilerin, die den Dolch gesehen hatte, begann unerklärlicherweise zu schreien. Andere Leute fragten alarmiert, was los sei, manche ergriffen die Flucht. Im Nu war die Krankenstation ein Ort des Chaos und des Lärms.

»Wie fühlst du dich?« Terwyn hatte sich erhoben, ohne sie aus den Augen zu lassen. »Alles in Ordnung, Rhi?«

»Alles bestens«, sagte Rhi tapfer. »Hab mich selten besser gefühlt.« Das stimmte. Wieder lief ein angenehm prickelnder Strom von dem Dolch in ihre Handfläche, und neue Energie durchflutete sie. Am liebsten hätte sie dieses eigenartige Glasding einfach behalten, doch sie ahnte, dass zahlreiche Leute dagegen Einwände erhoben hätten.

Jemand kam mit einer bläulich schwarzen, metallisch glänzenden Folie angerannt, doch Terwyn winkte ab.

»Du sicherst mich«, sagte er knapp zu Roán, dann streckte er die Hand aus und berührte den Dolch mit den Fingerspitzen. Es schien ihm nicht zu schaden, und gleich darauf nahm er ihr die Waffe aus der Hand. Fasziniert hob er den etwa eineinhalb Hände langen, kunstvoll geschliffenen Dolch näher vor seine Augen, um ihn genauer zu betrachten … und dann legte er ihn auf Idassas bewegungslosen Körper.

»Was machst du, bist du irre?«, fuhr Roán auf.

»Kurz bevor ich die Gressthar tötete, habe ich ihre Erinnerungen angezapft«, sagte Terwyn ruhig. »In diesem Dolch ist all die Lebensenergie gespeichert, die die Kristallzone den Menschen und der Natur entzogen hat. Das wäre für diese Dreckskerle Nahrung für Jahrhunderte gewesen. Das Ding ist eine furchtbare Waffe, aber jetzt in diesem Moment ist sie etwas ganz anderes.«

Er strich über Idassas blasse Wangen, beobachtete ihr Gesicht. Rhi wagte kaum zu atmen. Konnte diese Lebenskraft die Erste Magus retten? Hatte sie ihm den Dolch noch rechtzeitig gebracht?

Eine entsetzliche Nacht war zu Ende, und draußen ging die Sonne auf.

* * *

Idassas Gesicht war furchtbar grau gewesen, doch während er es betrachtete, nahm es wieder einen rosigen Schimmer an. Da wusste Terwyn, dass der Kristalldolch ihn nicht enttäuschen würde.

»Unglaublich, sie ist über den Berg!«, meinte eine Heilerin nach einer raschen Untersuchung und lächelte ihn an.

Er nickte ihr zu, ohne Idassas Hand loszulassen. Roán stand auf und streckte sich, dass seine Gelenke knackten. »Du wirst sehen, ich mache ihr ein tolles Bein, viel schicker als ihr altes!«

»Schickes ... Bein? Wovon ... redet ihr?« Idassa hatte die Augen aufgeschlagen, verwirrt blickte sie sich um. Versuchte sich aufzurichten, sah den Kristalldolch, schrie auf, tastete dann nach ihrem Körper unter dem Laken, nach ihrem linken Bein. Terwyn sah, wie das Grauen in ihre Augen zurückkehrte.

»Alles gut – wir wissen, was wir tun«, beruhigte er sie, drückte ihre Hand noch fester und rückte den Dolch zurecht, damit sie noch ein wenig mehr Lebenskraft daraus ziehen konnte. Mit einem Aufseufzen ließ seine einstige Adeptin sich zurücksinken.

Terwyn sah Rhi mit einem kurzen, dankbaren Lächeln an. *Du bist nicht fortgeritten,* dachte er. *Du hast gewagt, hierher zurückzureiten, obwohl der Kampf um Tarcondé in vollem Gange war ... das ist unglaublich.* Irgendwann würde er ihr das auch sagen, doch jetzt waren einfach zu viele Leute hier, und er musste sich um Idassa kümmern. Sie brauchte ihn jetzt am dringendsten.

»Ist sie tot ... die Gressthar?«, flüsterte sie.

»Toter geht's nicht«, bestätigte Terwyn und fügte, um ihrer nächsten Frage zuvorzukommen, hinzu: »Aber mit Favinius ist alles in Ordnung.«

»Oh, alle Götter, das ist gut. Hat übrigens scheußlich wehgetan, dieser Goldene Regen.« Ein gehetzter Blick trat in Idassas Augen, als sie sich umblickte. »*Terwyn, wo ist Jomar?*«

Es machte keinen Sinn, sie zu schonen, sie würde es früh genug erfahren. »Die Dunkle Magie hat ihn erwischt, als er eine Schockwelle aufgehalten hat.«

»Eine Schockwelle wie die, bei der damals ...?«

»Ja, nur noch viel stärker. Niemand hätte das überstanden.«

Einen Moment lang gedachten sie schweigend ihres Gefährten. Rhi sah geschockt aus. Irgendjemand musste ihr erzählen, dass sie nicht nur Jomar, sondern auch Vic verloren hatten. Er hatte nicht genug Kraft dafür.

»Ich muss zurück zu Padric und Zad, die machen sich garantiert schon Sorgen«, sagte Rhi und blickte ihn an, schien auf etwas zu warten.

Geh nicht, wollte er sagen. *Bleib noch.*

Doch er brachte kein Wort heraus. War das der Schock? Er fühlte sich noch immer durcheinander, völlig orientierungslos, seine Gefühle kamen ihm wie gelähmt vor, und er fühlte sich eigenartig distanziert. Waren das die Nachwirkungen der Dunklen Magie, dieses Seelenfressers? Es hatte wenig zu bedeuten, dass sein Körper unversehrt war.

Als er nicht reagierte, sagte sie nur beiläufig: »Wir sehen uns später«, und schon war sie verschwunden.

Ja, später, dachte Terwyn. Dann würde er sich hoffentlich besser fühlen. Was hatte die Welt des Dunklen Wortes mit ihm gemacht? Er umschloss den Dolch mit den Fingern und zog auch für sich selbst Lebenskraft daraus, bis seine Erschöpfung nachließ und er spürte, wie diese scheußliche innere Taubheit sich ganz langsam zurückzog.

»Du hast Wissen aus ihr herausgesogen, oder? Während du die Gressthar umgebracht hast?« Idassa versuchte, sich auf einen Ellenbogen aufzurichten, und schaffte es im zweiten Anlauf. »Was hast du herausgefunden? Erzähl, los! Ich will alles wissen über diese miesen Geschöpfe.«

»Ich auch, und zwar sofort«, mischte sich Roán ein und beugte sich näher zu ihm.

Terwyn hatte die fremden Erinnerungen in einen fernen Winkel seines Kopfes geschoben, um sie dort in Ruhe in Augenschein zu nehmen. Jetzt wagte er es, in sie einzutauchen. »Soweit ich das überblicke, war sie etwa dreihundert Jahresläufe alt«, berichtete er. »Ich glaube, ihre Ahnin, die sie sozusagen erschaffen hat, lebte an der Grenze zu Saywadee. Eine Kindheit ... gibt es bei Gressthar nicht, soweit ich das sehe. Sie werden voll ausgewachsen geboren, indem ihr Elternteil sie in einen fremden Körper einpflanzt. Das Altern ist danach kein Thema mehr.«

»Was für eine Magie haben sie?«

»Ihre ganz eigene, wir könnten sie nicht nachahmen. Aber allmächtig sind sie nicht, und den Kristalldolch haben sie anscheinend einem anderen Volk gestohlen, das ist eine weitere Art der Zauberei.«

»Sämtliche Götter mögen verhindern, dass wir von *dieser* Magie irgendwann noch mehr abkriegen«, murmelte Roán.

»Warum haben sie und die beiden anderen ausgerechnet Skaidar ausgewählt?«, wollte Idassa wissen, doch dazu fand Terwyn nichts, er schüttelte den Kopf. »Keine Ahnung. Vielleicht hat es sie gelockt, dass in unserem Land so viel Leben ist – Tiere, Pflanzen, Menschen. Jede Menge Kraft. Dass es hier Magier gibt, darüber haben sie sich ab und zu lustig gemacht, sie hielten nicht viel von unseren Fähigkeiten.«

Grimmig lächelten er, Idassa und Roán sich an. Doch dann überwältigte Terwyn wieder, dass Jomar und Vic tot waren, einen Moment lang war seine Kehle so eng, dass er nicht weitersprechen konnte. Auch die anderen schwiegen, und Idassa wandte sich ab – Terwyn hörte sie schluchzen und strich ihr tröstend über den Arm. Seltsam, dass er selbst noch nicht weinen konnte.

Schließlich wandte Idassa sich wieder um, obwohl sie noch sichtlich um ihre Beherrschung rang. »Haben Gressthar Gefühle?«, fragte sie.

»Ja.« Ein Echo dieser Gefühle wehte durch die Erinnerungen, die Terwyn angezapft hatte, auch wenn er aus vielem noch nicht schlau wurde. »Zufriedenheit. Ärger. Vorfreude. Aber mir scheint, ihre Gefühle bezogen sich hauptsächlich auf sich selbst. Mitleid hatte sie nur mit sich, nicht mit anderen. Aber ich spüre auch ... Dankbarkeit. Für ihre Mutter. Sie hätte Tien Shaan ja nicht erschaffen müssen, sie hat es freiwillig getan. Auch wenn es für sie nur ein Zeitvertreib war.«

Roán starrte ihn an. »Tien Shaan ... war das der richtige Name dieser verdammten Missgeburt?«

»Ja«, sagte Terwyn langsam. Es war eigenartig, nun so viel über die Gressthar zu wissen und sie gleichzeitig für das zu hassen, was sie ihm und den anderen angetan hatten. »Ihre Kumpanen hießen Zyran und Wokek. Aber diese beiden hat sie erst vor ein paar Jahresläufen kennengelernt. Nach ihrer Geburt ist sie anscheinend erst mal durch die Drachenwüste geirrt, was für sie relativ unangenehm war, weil dort wenige Leute zu finden waren«, berichtete Terwyn. »Ein Stamm hat sie schließlich aufgenommen, die armen Leute dachten, sie würden eine junge Frau vor dem Verdursten retten. Das haben sie bitter bezahlt. Aber kein Außenstehender hat etwas davon mitbekommen, weil bald darauf ein Sandsturm aufkam und alle dachten, der Stamm wäre darin umgekommen.«

»Aber die Gressthar ist nicht in der Wüste geblieben, oder?«

Terwyn schüttelte den Kopf. »Sie ist ziemlich bald in die nächste Stadt gezogen und hat sich an ein Leben gewöhnt, in dem sie sich normalerweise ziemlich unauffällig verhielt. Damit niemand Verdacht schöpfte. Aber ihre Chancen hat sie gut genutzt. Als es damals diese Volksaufstände in Ceaborg gab, ist sie sofort hin und hat in Lebenskraft geschwelgt, die Todesfälle konnte sie dann sehr gut auf andere schieben. Bei Kriegen und Konflikten war sie auch immer dabei. Bei einer Fehde im westlichen Calisien, das muss etwa zehn Jahresläufe her sein, hat sie dann die beiden anderen Kerle kennengelernt und ist vorerst mit ihnen zusammengeblieben. Obwohl diese Wesen eigentlich Einzelgänger sind, denn sie sehen andere Gressthar eher als Konkurrenten an.«

»Was mich interessieren würde – wie viele dieser Gressthar gibt es eigentlich?« Roán blickte beunruhigt drein. »Und was passiert, wenn noch mehr davon in Skaidar auftauchen, um ihre Kumpane zu rächen?«

»Letzteres ist eher unwahrscheinlich«, meinte Terwyn. »Die Gressthar hat in dreihundert Jahren nur etwa zwanzig Artgenossen getroffen. Von daher gehe ich davon aus, dass sie wirklich selten sind. Vielleicht sind es insgesamt hundert. Aber ...«

»Was aber?« Idassas Stimme klang hart.

»In Saywadee gibt es noch eine ganze Menge anderer Geschöpfe, die … entschuldigt, ich kann das kaum in Worte fassen … sie sind sehr fremdartig, und sie …« Terwyn presste die Fingerspitzen an die Schläfen, er spürte, wie die Erinnerungen der Gressthar ihn zu überwältigen drohten. Geschwächt, wie er war, musste er sich wieder von ihnen abschotten, damit sie ihn nicht noch mehr Kraft kosteten oder ihn durch ihre Fremdartigkeit überforderten. Er würde sie nach und nach, ganz allmählich, sortieren müssen.

»Stammt von diesen anderen Geschöpfen der Kristalldolch? Wer hat ihn geschaffen?«, versuchte Roán ihn weiter auszuhorchen, doch Terwyn schüttelte stumm den Kopf. Darüber wusste er ohnehin nicht viel, da einer der männlichen Gressthar – Zyran – das Ding in die Gruppe gebracht hatte. Vermutlich hatte er es entwendet und dazu noch die Formeln, die für seine Verwendung notwendig waren.

»Langsam, Roán«, sagte Idassa, sie sah besorgt aus. »Niemand hat etwas davon, wenn Ter sich jetzt …«

Als die Tür aufging, achtete zunächst keiner von ihnen darauf, doch Terwyn bemerkte erstaunt, dass Idassas Gesicht plötzlich aufleuchtete.

Ein Mann mit einem etwa einjährigen Kind auf dem Arm war hereingekommen, suchend blickte er sich um. Er trug einfache, aber edle Kleidung und die Insignien eines Sängers und Barden, eine mit farbigen Schriftzeichen bestickte Schärpe. Terwyn spürte keine magischen Fähigkeiten an ihm. *Wer ist das, ein Verwandter?*

Rasch ging der Neuankömmling mit dem Kind auf Idassa zu. Strahlend nahm sie die beiden in die Arme und küsste den Mann und das Kind.

»Wir mussten einfach kommen, ich habe die Ungewissheit nicht mehr ausgehalten«, sagte der Mann rau und zärtlich zugleich. »Allen Göttern sei Dank, dass du lebst, mein Schatz! Dein Bein … was ist passiert?«

Da Idassa noch zu schwach war, um viel zu reden, klärte Róan den Neuankömmling über die Gressthar und ihre Angriffe auf.

Ungläubig beobachtete Terwyn das Geschehen. Jetzt wusste er, welches Geheimnis Idassa in ihren Gedanken geschützt hatte! Zum

Glück nur ein privates, sie hatte nicht mit dem Feind paktiert. Nun war ihm auch klar, wohin Idassa verschwunden war, als er sie neulich gesucht hatte. Sie war nicht im Palast gewesen, sondern hatte sich zwischen den Krisensitzungen, Zirkeltreffen und Fronteinsätzen ein wenig Zeit gestohlen, um bei ihren Liebsten zu sein.

Wieso hast du mir das nicht einfach gesagt?, fragte Terwyn Idassa lautlos, während ihr Gatte ihr entsetzt berichtete, was er von den Zerstörungen des Palasts gesehen hatte und was seine Verwandten mit der Kristallzone erlebt hatten. Außerdem gab es ein paar Neuigkeiten über den Sprössling.

Idassas Verlegenheit wehte zu ihm hinüber. *Ich habe es vor allen verborgen, nicht nur vor dir. Mir war es lieber, Xaric in aller Stille zu heiraten und danach ebenfalls geheim zu halten, dass ich einen Sohn bekommen habe. Verstehst du das? Man ist erpressbar, wenn man jemanden liebt, und eine Erste Magus hat immer Feinde. So aber wusste ich sie beide in Sicherheit vor allen missgünstigen Intriganten.*

Er wusste nicht, was er darauf erwidern sollte. Trotz allem tat es weh, dass sie ihm nicht genügend vertraut hatte, um ihm von ihrer Familie zu erzählen. Doch diese eigenartige Taubheit seiner Gefühle, die auch der Dolch nicht ganz ungeschehen machen konnte, verhinderte, dass es allzu schlimm schmerzte. Immerhin etwas.

Ich werde dich immer lieben, Ter. Die Wärme in Idassas Gedanken war echt. *Auch wenn es nie mehr zwischen uns geben wird als das, was wir sowieso schon haben.*

Es ist schön, dass du glücklich bist, erwiderte Terwyn. Denn sie hatten eine Menge: die Nähe und die Herzlichkeit und die Sicherheit, sich aufeinander verlassen zu können. Ja, sie hatte ihn wohl ein wenig manipuliert mit diesem Kuss. Aber er spürte, dass er schon dabei war, ihr zu verzeihen. *Vielleicht hättest du mich noch ein wenig mehr drängen müssen*, ging es ihm durch den Kopf. *Hätte ich das Dunkle Wort früher gesprochen, würden Vic und Jomar vielleicht ...*

So was darfst du nicht denken!, unterbrach ihn Idassa erschrocken. *Du schleppst schon genug Schuldgefühle mit dir herum. Wenn irgendjemand schuld ist an ihrem Tod, dann Parder, weil er dich eingekerkert hat, bevor du ihnen die Schutz-Tätowierungen verpassen konntest!*

»Idassa, Schatz? Hörst du mir zu? Ich habe dich gefragt, ob es dir recht ist, wenn ich Tarco ab jetzt auch Grünkornbrei gebe und nicht nur Karotten.«

»Ja, natürlich, mach nur.« Idassa schenkte ihrem Gatten ein strahlendes Lächeln.

Hast du deswegen einen Nichtmagier geheiratet? Damit du dich heimlich mit zwei Leuten gleichzeitig unterhalten kannst?, zog Terwyn sie auf.

Nichtmagier sind viel weniger anstrengend als manche mir bekannten Leute mit Wellen auf dem Arm!, bekam er sofort zurück, und recht geschah es ihm.

»So, und jetzt alle weg hier, wir erledigen das mit Idassas Bein«, sagte Roán und scheuchte sämtliche Heiler, Besucher und Gaffer aus dem näheren Umkreis. Es war eine größere Angelegenheit, neue Körperteile zu erschaffen oder nachwachsen zu lassen, und es erforderte höchste Konzentration.

Der Junge hielt Wort. Idassas neues Bein war ein prächtiges Exemplar. Doch Terwyn hatte nicht viel Gelegenheit, es zu bewundern, denn der Nächste, der die improvisierte Krankenstation betrat, war Alar del Mohayn. Nachdem er sich nach Idassas Befinden erkundigt hatte, nahm er Terwyn beiseite.

»Der Regent wünscht Euch zu sprechen«, sagte er leise, und Terwyn nickte. Er hatte schon mit diesem Ruf gerechnet.

Vorsichtig suchten sie sich einen Weg zwischen Trümmern hindurch und stiegen über Risse im zerborstenen Boden, bis sie aus dem Palast draußen waren. In den nachtdunklen Gärten hatten Diener in aller Eile mehrere der Zelte errichtet, in denen der Regent bei seinen wenigen, widerstrebenden Truppenbesuchen nächtigte. Fester sandfarbener Stoff mit golddurchwirkten Borten, geschmückt von Flaggen in den Farben Skaidars, grün und violett. Die Umgebung wurde von Fackeln erhellt, überall waren Wachen postiert.

»Gut, dass es so glimpflich ausgegangen ist, dass Ihr Dunkle Magie angewendet habt«, sagte Alar, während sie nebeneinander hergingen. »Es war ein geringer Preis, dass wir nur den Palast eingebüßt haben.«

»Das stimmt.« Terwyn runzelte die Stirn. »Wie habt Ihr das mit der Dunklen Magie überhaupt erfahren? Oder habt Ihr es an den Folgen gemerkt?«

Bevor Alar antworten konnte, versuchte sich ihnen die Haushofmeisterin von Taracondé mit einer Frage zu nähern, doch der Godar winkte sie davon. »Der Magus hat jetzt keine Zeit«, sagte er nur, und die Frau drehte sofort wieder um.

Ein halbes Lächeln umspielte Alars Lippen. »Ihr müsst mir verzeihen, del Cresta, aber ich habe Euer Manuskript gelesen. Es war eine hochinteressante Lektüre und aufschlussreich in Bezug auf die Wege dieser außergewöhnlichen Kunst, die ...«

Abrupt blieb Terwyn stehen, heiß jagte das Blut durch seine Adern. »Ihr habt mir das Ding entwendet? Aber wie habt Ihr das angestellt? Ich hatte es in meiner verschlossenen, magisch gesicherten Kammer!«

Alar del Mohayn lachte leise. »Ich habe Euch natürlich nicht irgendeine Kammer zuweisen lassen. Sondern eine, die meine Leute präpariert hatten. Es war möglich, durch die steinerne Rückwand einzudringen, ohne eine Spur zu hinterlassen. Ich muss gestehen, dass es mir zu Anfang schwerfiel, Euch zu vertrauen, deshalb habe ich höchstpersönlich Eure Sachen durchsucht.«

Terwyn stöhnte. An eine solche Möglichkeit hatte er trotz seiner Erfahrungen im Dienste des Regenten nicht gedacht. *Moment mal ... hat diese Sache etwas damit zu tun, dass sich seine Einstellung mir gegenüber nach einer Weile plötzlich geändert hat? Womöglich, weil er zu diesem Zeitpunkt mein Manuskript gelesen hatte?*

Als hätte Alar seine Gedanken erraten, lächelte er. »Ich muss gestehen, dass mir Eure ehrlichen Worte einen neuen Blick auf Euch erlaubt haben. Es machte mir möglich, die Ereignisse von damals zu verstehen.«

Unwillkürlich zog Terwyn eine Grimasse, doch dann kam ihm ein eigenartiger Gedanke.« »Hm, hättet Ihr das Ding nicht gestohlen und gelesen ... dann wärt Ihr nicht bereit gewesen, mir zu glauben oder mich zu unterstützen. In diesem Fall wären noch weitaus mehr Menschen gestorben, womöglich auch Favinius selbst.«

»Interessant, nicht wahr? Anscheinend ist nicht jeder Diebstahl verwerflich und nicht jede Tötung eine echte Missetat.«

»Ach ja, apropos Tötung«, sagte Terwyn beiläufig. »Habt Ihr es getan?«

»Was getan?«

»Den Stalljungen umgebracht, weil er die Mähne Eures Pferdes gestutzt hat.«

»So, das sagt man sich also?« Alar hob die Augenbraue, er wirkte völlig entspannt. Doch Terwyn war nicht entgangen, dass er keine echte Antwort bekommen hatte.

»Hattet Ihr eigentlich jemals einen wirklichen Freund? Oder eine beste Freundin, Alar?« Er hatte keine Ahnung, warum er das fragte, es war ihm plötzlich in den Sinn gekommen.

»Wie seltsam, jemand anderes hat mir diese Frage vor kurzer Zeit ebenfalls gestellt«, erwiderte Alar, und etwas veränderte sich in seinem Gesicht. Einen Moment lang schien sich eine düstere Schwere über ihn zu legen, war das Trauer? »Jemand, der ebenfalls ein Freund war.«

Erstaunt blickte ihn Terwyn von der Seite an ... und eine Ahnung dämmerte in ihm herauf. *Meint er Jomar? Jomar und Alar. Ja, das kann sein.*

»Es war keine Zeit mehr, ihm zu antworten, deshalb bekommt Ihr die Antwort stattdessen.« Schon hatte sich Alar wieder unter Kontrolle, war sein Gesicht erneut völlig beherrscht. »Ja, in meiner Jugend hatte ich tatsächlich eine wichtige Freundschaft. Ein Zeno namens Jiila, es arbeitete als Nektarsammler. Leider lebten wir in einer Gegend, in der die Leute Zeno misstrauisch gegenüberstanden. Noch bevor Jiila sich zum ersten Mal fortpflanzen konnte, wurde es gelyncht von einer Menge, die wegen einer grassierenden Epidemie einen Schuldigen suchte.«

Terwyn nickte grimmig. *Godar hatten es nicht leicht ... und die* geschlechtslosen Zeno hatten es noch schwerer in Skaidar. »Favinius muss mehr tun, um solche Fälle zu verhindern.«

»Ganz richtig, del Cresta.« Es war unmöglich, in Alars Gesicht zu lesen.

Inzwischen waren sie am Zelt des Regenten angekommen, und mit einer leichten Verbeugung verabschiedete sich der Kopf der Schwarzen Späher. Doch Terwyn hatte noch so viele Fragen, er blieb einfach ihm gegenüber stehen, anstatt sich ins Zelt hineinkomplimentieren zu lassen.

»Was habt Ihr mit meinem Manuskript gemacht?«

»Es verbrannt. Diese Worte durften nicht in die falschen Hände geraten. Auch ich werde mich bemühen, sie schnellstmöglich zu vergessen.«

»Dabei kann ich helfen«, bot Terwyn etwas zu rasch an, doch Alar del Mohayn schüttelte amüsiert den Kopf. »Sehr gütig und uneigennützig von Euch. Keine Sorge, niemand erfährt von mir etwas über Bettgeflüster und Ehestreit. Nicht mein Stil.«

Anscheinend. Immerhin hatte Alar es ohne größere Mühe geschafft, seine Verbindung zu Jomar geheim zu halten.

Dann stand Terwyn vor dem Regenten von Skaidar und formte mit den Händen den Orchideengruß. Der Regent trug noch immer die prachtvolle Robe, die er zu der unterbrochenen Siegesfeier angelegt hatte, das Gold seiner Amtskette schimmerte im Licht der Fackeln. Erleichtert sah Terwyn, dass er gefasst und kraftvoll wirkte. *Gut, dass er den Leuten jetzt eine starke Führung bieten kann. Es schreckt ihn nicht, was noch zu tun ist. Obwohl es selbst mit magischer Hilfe eine Weile dauern wird, bis die Schäden durch die Kristallzone behoben sind.*

Mit einer Verbeugung reichte ein Diener ihnen Becher mit frisch gebrühtem Cayoral und das traditionelle Salzbrot. Terwyn bedankte sich und trank gierig ein paar Schlucke, es war eine Ewigkeit her, dass er zuletzt etwas zu sich genommen hatte. In schweigender Eintracht brachen Favinius und er das Brot zusammen wie früher so oft, und schon das war eine Botschaft für sich, denn dieses Ritual stand nur hochgeschätzten Gästen und Verbündeten zu. Dann schickte Favinius die Diener nach draußen, und ohne Aufforderung – auch dies wie früher – legte Terwyn einen Stillezauber über das Zelt, damit niemand auf die Idee kam, sie zu belauschen.

Nun endlich ergriff Favinius das Wort. »Es war Dunkle Magie, nicht wahr?«

»Ja«, sagte Terwyn schlicht. »Ich hatte keine Wahl. Die angebliche Abgesandte war zu stark und verfügte über Kräfte, die wir bisher nicht kannten. Wir wissen einfach zu wenig über die Geschöpfe von Saywadee.«

Ein kurzes Schweigen schob sich zwischen sie, und ein Gedanke schoss Terwyn durch den Kopf. *Hätte ich damals nicht mit dem Dunklen Wort und mit den Orchideen experimentiert, hätte ich es heute Nacht nicht geschafft, Skaidar zu retten. Dann hätten die Gressthar freie Hand gehabt. Wir hätten alles verloren, auch uns selbst.*

»Ich habe mir schon gedacht, dass es das war. Das Dunkle Wort, so nennt man es doch, oder?« Favinius atmete tief. »Dann dürfen die Menschen in Skaidar niemals erfahren, dass Ihr es wart, Terwyn, der unser Land vor dem Schlimmsten bewahrt hat. Es ist bekannt, dass ich Dunkle Magie missbillige und niemals geduldet hätte, sie einzusetzen.«

Ja, das hatte er sich fast gedacht. »Es ging mir nicht um Anerkennung, um öffentliche schon gar nicht«, sagte Terwyn.

»Ich weiß«, meinte Favinius, und zum ersten Mal seit langer Zeit wirkten seine dunklen Augen freundlich, als er Terwyn betrachtete. »Und manchmal tut es mir verdammt leid, dass Ihr nicht mehr mein Erster Magus seid.« Sein goldbestickter Umhang raschelte, als er sich auf einem Stuhl niederließ.

Mit einer Handbewegung bot er Terwyn an, sich ebenfalls zu setzen, doch Terwyn lehnte mit einem Kopfschütteln ab. »Ich bin sicher, dass Idassa ihre Aufgaben hervorragend erfüllt«, sagte er nur. Nie wieder der weiße Umhang, nie wieder ein offizielles Amt. *Diesen* Schwur würde er halten!

»So ist es«, lenkte der Regent sofort ein. Ernst und feierlich sprach er weiter: »Auch in ihrem Namen und dem meiner Regierung möchte ich Euch hier, unter vier Augen, meinen persönlichen Dank aussprechen, Terwyn. Ihr habt alles getan, was menschenmöglich war, und noch einiges mehr. Ohne Euch wäre sicher keiner von uns mehr am Leben. Ihr und Euer Zirkel habt einen hohen Preis gezahlt dafür, dass Ihr diese Krise bewältigt habt. Was mich angeht, ist Eure Schuld beglichen, Terwyn del Cresta. Und das mit diesem Orchideenfrevel ... das war gewiss nur ein Missverständnis, oder?«

»So könnte man es nennen«, sagte Terwyn trocken und erklärte, wofür er die Orchideen gebraucht hatte.

Ja, der Preis war hoch gewesen ... aber diese Worte zu hören tat ihm gut. Es war eine schwere Last auf seiner Seele gewesen, dass Favinius ihm das Vertrauen entzogen hatte.

»Falls es Euch interessiert, ich habe Anweisung gegeben, Euer einstiges Vermögen freizugeben. Vielleicht ist es für Euch ja ganz praktisch, wieder Geld zu haben«, fügte Favinius hinzu, und Terwyn dankte ihm beiläufig. Tja, nun war er also wieder reich. Wieso nicht? Er hatte sich dieses Geld als Erster Magus redlich verdient.

»Was habt Ihr mit dieser Waffe gemacht, diesem Kristalldolch, wenn ich es richtig verstanden habe?«

»Wir haben den Dolch zurück und werden die Lebenskraft, die darin steckt, nutzen, um möglichst viele Menschen zu heilen«, erklärte Terwyn. »Danach geben wir ihn wahrscheinlich in die Obhut der Wasserdrachen ... oder bitten sie, das Ding in den Tiefen des Ozeans zu versenken.«

»Gut, sehr gut.« Favinius sah beruhigt aus.

Dabei gab es auch reichlich Gründe, beunruhigt zu sein. Terwyn überlegte, ob er Favinius davon erzählen sollte, dass anscheinend noch ein anderer Magier das Dunkle Wort gefunden hatte, dass er fremde Spuren in der weißen Höhle gefunden hatte. Doch dann entschied er sich dagegen. Mit dieser Information konnte der Regent wenig anfangen. Es gab nur einen Menschen, der nachforschen konnte, was dahintersteckte – Terwyn selbst. Wenn er sich erholt hatte von diesem furchtbaren Kampf.

»Dürfte ich Euch noch um einen Gefallen bitten?«, ergriff Favinius wieder das Wort. »Es geht um Ortun, Euren Pegasus. Wäre es zu viel verlangt, dass Ihr ihn hierlasst, Terwyn? Ihr habt ihn erschaffen, er gehört Euch, doch besonders die Schwarzen Späher könnten ihn gut gebrauchen.«

Ganz klar, wer hinter dieser Anfrage stand. Na gut. Er schuldete Alar noch etwas. »Ortun steht zu Eurer Verfügung«, sagte Terwyn und seufzte unhörbar.

Die Audienz war offensichtlich beendet, er verbeugte sich wieder und wandte sich dann zum Gehen. Doch eine letzte Frage hatte Favinius noch. »Ach ja, und habt Ihr irgendwo unseren Ersten Primus erspäht? Wir rätseln, wo er abgeblieben ist.«

»Ich habe ihn auch länger nicht mehr gesehen«, gab Terwyn zur Auskunft, was weitgehend der Wahrheit entsprach. Er sah den alten grauen Fuchs erst wieder auf dem Rückweg von der Audienz. Wie ein Schatten huschte das Tier durch die Gartenanlagen, hatte offensichtlich vergessen, wer es einmal gewesen war, und beschäftigte sich damit, die Jagd auf eine Maus abzuschließen. Ein Schwänzchen hing ihm noch aus dem Maul, dann war es mit einem zweiten Haps verschwunden.

»Guten Appetit«, wünschte Terwyn leise, erlaubte sich ein winziges Lächeln und lenkte seine Schritte zurück zur Krankenstation.

Mit Idassa ging es wieder aufwärts, und Roán wirkte ruhig und selbstsicher ... weitaus erwachsener als zuvor. Diese beiden würden es schaffen, einen neuen Zirkel aufzubauen. Er umarmte sie fest zum Abschied. »Wenn ihr mich braucht, dann sagt Bescheid – wenn ich irgendwie kann, werde ich zur Stelle sein«, versprach Terwyn. »Bin ich willkommen, wenn ich euch einfach mal besuchen will?«

»Immer«, sagte Idassa, und er sah, dass ihre Augen feucht geworden waren. »Bitte verzieh dich nicht wieder jahrelang, ohne dich bei uns zu melden, ja?«

»Versprochen.« Terwyn hörte, dass seine Stimme belegt klang.

»Danke für alles«, sagte Roán. Auch er war den Tränen nahe, und das rührte Terwyn am meisten, denn der Roán von vor dem Krieg hätte sich eher von einer hohen Brücke gestürzt, als vor ihm zu weinen. »Ich hoffe, du hast nicht zu viel Lebenszeit verpulvert für all das hier, Ter. Möge Shaquar dir ein langes, langes Leben gönnen.«

Das wünschte sich Terwyn auch, doch es gab keinen Weg, festzustellen, wie viel Zeit ihm noch blieb. »Das gehört zu meiner Buße dazu«, sagte er, und seine Freunde nickten schweigend.

Nach dem Abschied ging er beim Stall vorbei, streichelte Ortun ein letztes Mal und spendierte ihm einen Apfel aus einer bereitstehenden Kiste. »Und wenn Alar dich zu grob behandelt ... dann wirfst du ihn einfach ab, in Ordnung?«, flüsterte er ihm ins Ohr, und der Hengst schnaubte. Vielleicht auch nur, weil Terwyns Atem ihn am Ohr gekitzelt hatte.

Terwyns Gedanken wandten sich seinem eigenen Leben zu. Die Liste der Dinge, die er jetzt tun wollte, war kurz:
Rhi suchen. Essen. Schlafen.
In genau dieser Reihenfolge.

24

Am liebsten wäre Inyra weinend zusammengebrochen. Hier waren sie nun, in Tarascondé ... und was hatte sie hier erwartet? Sicherheit jedenfalls nicht. Ein Chaos aus einstürzenden Gebäuden, panische Menschen, die vor etwas flohen, sie hatten nicht einmal genau herausfinden können, vor was. »Bleibt draußen, in den Gärten«, hatten ihnen die Soldaten nur zugerufen, dann waren sie im Laufschritt davongeeilt, kaum dass sie das Boot am Ufer vertäut hatten.

Immerhin, in den gepflegten, duftenden Anlagen voller Rosen, Orchideen, Goldfarnen und kleiner Tempel schienen sie einigermaßen sicher zu sein. Mig, Inyra – mit Vinnie auf dem Arm – und die Kalkulatorin kauerten sich auf eine Bank neben einem Springbrunnen, in dem noch ein Rest Wasser war. Algig und zu warm, aber egal, sie tranken alle davon. Es dämmerte gerade erst, und im ersten Licht des Morgens wirkten die Ruinen von Tarascondé noch trostloser, als das volle Ausmaß der Zerstörung erkennbar wurde.

»Was ist hier nur passiert«, sagte Inyra mit rissigen, von der Sonne aufgesprungenen Lippen. Sie hielt die schlafende Vinnie eng an sich gedrückt, sodass sie ihre Wärme spüren konnte. Ihre Tochter lebte, das war alles, was sie noch aufrecht hielt.

»Wahrscheinlich haben die anderen – wer auch immer – versucht, den Palast zu erobern.« Die Kalkulatorin zuckte mit den Schultern. Gesprochen hatte sie nicht mehr viel, aber sie war bei ihnen geblieben. Noch vor Kurzem wäre nichts Inyra lieber gewesen, als sie nie wiederzusehen. Doch seit der Bootsfahrt, seit ihrer Freundlichkeit gegenüber Mig begann die Erinnerung daran, wie sie vor Hunger zu reißenden Tieren geworden waren, ein wenig zu verblassen. Keiner von ihnen hatte sich von seiner besten Seite gezeigt.

»Da kommt jemand«, sagte Mig plötzlich.

Inyras Körper spannte sich an. Hatte er das auf magische Art gespürt? Nein, er hatte einfach gute Augen. Und der Mann, der in ihrer Nähe vorbeiging, war schwer zu übersehen. Ein großer, schlanker mit kurzen, weißen Haaren und einer völlig verdreckten Tunika ... Moment mal! *Das war Terwyn del Cresta!*

Eine wilde Mischung aus Gefühlen durchflutete sie: Schreck, Angst, Neugier, Wut.

Auch er hatte sie erkannt, seine Schritte stockten, dann wandte er sich ihnen zu. Betroffen sah Inyra, dass er sich verändert hatte. Seinem Gang fehlte jede Energie, seine Haut wirkte fahl, und seine Augen waren matt. Tiefe Schatten lagen darunter. *Völlige Erschöpfung,* dachte Inyra – dieses Gefühl kannte sie nur zu gut.

»Gesegnet sei die Orchidee, ihr seid die Leute aus Elímon, oder?«, begrüßte del Cresta sie. »Was in aller Welt macht ihr hier?«

»Genau, wir sind Inyra, Vinnie und Mig del Elímon«, sagte Inyra, zum Glück gehorchte ihre Zunge ihr in diesem Moment. »Und das hier ist ... hm ... Udina del Hamoris.« Sie war froh, dass ihr der Name ihrer Begleiterin rechtzeitig eingefallen war. Die Kalkulatorin nickte wortlos.

»Eure Soldaten haben uns von der Insel geholt, diese Insel mitten in der K-Kristallzone«, ergänzte Mig, ganz selten stotterte er, wenn er sehr aufgeregt war.

»*Ihr* seid diese Leute, die auf der Insel waren?« Del Cresta starrte sie an.

»Ja, und wir sind dorthin gekommen, weil wir Eurem Rat gefolgt sind, mit dieser Botschaft an die Erste Magus zum Orchideenpalast zu reisen«, sagte Inyra müde.

»Das tut mir schrecklich leid«, sagte del Cresta. »Und dann haben euch unsere Leute ausgerechnet nach Taracondé gebracht, als tausend von Cruzarks Dämonen dort gewütet haben. Zumindest hat es sich wahrscheinlich so angefühlt, oder?«

»So ungefähr«, sagte Mig und zog eine Grimasse.

Vinja regte sich auf Inyras Schoß, wimmerte leise und versuchte, sich dem Neuankömmling zuzuwenden. Bevor Inyra begriff, was geschah, hatte Terwyn schon eine Hand ausgestreckt und die Finger des Kindes berührt. Was tat er? Völlig verkrampft wartete Inyra darauf, was geschehen würde. Nicht viel, wie sich herausstellte. Aber das Wimmern ihrer Tochter verstummte, stattdessen versuchte sie den Kopf zu heben und zog eine seltsame Grimasse in del Crestas Richtung.

»Schau mal«, flüsterte Mig erstaunt. »Vinnie lächelt!« Jedes normale Kind konnte lächeln, so oft es wollte. Konnte lernen, lachen, laufen. Alles Dinge, die für Vinnie unmöglich waren. Wieso waren die Götter so ungerecht?

Inyra starrte auf die sieben silbernen Wellen auf dem Arm des Magiers, sie konnte den Blick nicht davon lösen. Bei ihrem Bittgang auf den Berg Elímon hatte del Cresta sich geweigert, ihnen zu helfen, nie würde sie das vergessen können. Hatte er seitdem Magie gewirkt? Ja, hatte er, da war sie sicher.

Plötzlich hörte sie seine Stimme wieder. »Ich habe meinen Schwur, keine Magie mehr zu verwenden, sowieso schon gebrochen«, sagte er. »Jetzt endlich kann ich euch beiden helfen ... wenn ihr immer noch wollt.«

Mig jubelte drauflos, und erst da begriff Inyra wirklich, was dieser Mann gesagt hatte. Sie fühlte, wie eine warme, goldene Woge sie durchströmte. Schwer atmend, fast schluchzend hob sie den Kopf und lächelte, wie sie es noch nie getan hatte. Del Cresta lächelte zurück. Freundliche Augen hatte er, schon auf dem Berg war es ihr aufgefallen. Damals hatte das die Enttäuschung darüber, dass er ihnen doch nicht helfen wollte, nur noch größer gemacht.

Wie er schon angekündigt hatte, war es eine komplizierte Heilung, und es half sicher nicht, dass er offensichtlich geschwächt war durch die vorangegangenen Kämpfe. Als er ihren besorgten Blick sah, schenkte er ihr ein flüchtiges Lächeln. »Geht schon«, sagte er. »Ein bisschen konnte ich mich in der Zwischenzeit ausruhen.«

Inyra, Vinnie und er saßen sich im Gras neben dem Springbrunnen gegenüber, und im Licht der aufgehenden Sonne untersuchte Terwyn ihre Tochter, blickte wohl in ihren Körper hinein, folgte Nervenbahnen und Muskelsträngen, plante gründlich, was er wo verändern würde. Dann atmete er tief, schloss die Augen und flüsterte ein Wort, das Inyra noch nie von einem Magier gehört hatte.

»Welcher Strom, was meinst du?«, hauchte sie Mig ins Ohr.

»Fünfter, glaube ich«, wisperte er zurück.

Mit angehaltenem Atem wartete Inyra. Lange musste sie sich nicht gedulden. Kurz darauf hockte ein ganz gewöhnliches, einjähriges Mädchen vor del Cresta, grabschte nach seiner Hand und blickte ihn aus blanken, neugierigen Augen an. »Ma ...«, begann sie zu plappern und wandte sich dann um, hielt Ausschau. Entdeckte Inyra. »Ma! Di dum da.«

Inyra konnte nicht verhindern, dass ihr die Tränen kamen. Sie umarmte erst ihre Tochter, dann Terwyn del Cresta. »Ich weiß nicht, wie ... ich Euch jemals danken kann, ich ...«

»Ach, nicht nötig, war mir ein Vergnügen«, sagte del Cresta und versuchte nicht zu verbergen, dass auch er gerührt war. Er wandte sich an Mig. »Und was ist mit dir? Du hattest noch keine Gelegenheit, zu einer Sichtung zu gehen, oder?«

»Nein, aber ich habe schon ein bisschen Magie gewirkt ... dort auf der Insel«, berichtete ihr Neffe schüchtern.

»Ohne ihn wären wir verhungert«, bekräftigte Inyra, legte Mig den Arm um die Schultern und drückte ihn.

»Ein so starkes Talent wie dich habe ich lange nicht mehr gespürt, vielleicht reicht es sogar einmal für den Sechsten Strom«, sagte del Cresta nachdenklich.

Heilige Orchidee – Sechster Strom! Inyras Mund blieb offen stehen. *Nie habe ich dem armen Kerl viel zugetraut,* dachte sie beschämt. *Aber ich lag falsch, die ganze Zeit schon. Ich habe ihn nicht wirklich gesehen, und das ist eine Schande.*

Mig wirkte halb erfreut, halb erschrocken von dem, was er gerade erfahren hatte. »Das ist ... toll. Aber so etwas würde mich viel Lebenszeit kosten, oder?«

»Ja. Je höher der Strom, mit dem du arbeitest, desto kürzer dein Leben.« Del Cresta war nicht der Mann, der etwas beschönigte.

Inyra erschrak. Ja, natürlich, sie hatte das gewusst ... und doch begriff sie es erst jetzt wirklich. Wie viel Lebenszeit hatte del Cresta für die Heilung ihrer Tochter geopfert? Einfach so verschenkt? Womöglich mehrere Wochen! Dafür war der größte Dank nicht genug.

Rote Flecken waren auf Migs Wangen erschienen, Inyra konnte

sich vorstellen, wie aufgewühlt er war. Doch er ließ sich einen Moment Zeit mit der Antwort. »Dann will ich es nicht«, sagte er schließlich ruhig.

»Bist du sicher?«

»Ja. Ich will lieber leben als zaubern.«

»Kann ich verstehen, obwohl ich mich selbst anders entschieden habe«, sagte del Cresta ruhig. Er stand auf und klopfte sich ein paar Grashalme von der Tunika. »So sei es. Ich wünsche euch dreien ein frohes und langes Leben.«

Zum Glück dachte er daran, ihnen eine Vollmacht für eine Kutsche, die sie nach Elímon zurückbringen würde, zu geben. Er kritzelte sie einfach auf die Rückseite des Pergamentblatts, auf dem noch seine folgenreiche Nachricht an die Erste Magus stand. Dann verabschiedete er sich und war schon bald außer Sicht.

»Bei Jaral, das werde ich niemals vergessen«, meldete sich die Kalkulatorin plötzlich zu Wort. »Die Magie hoher Ströme ist etwas sehr Beeindruckendes.«

»Aber ja«, sagte Inyra und musste lachen, während sie Vinja an sich drückte.

* * *

Teile des Palasts waren kaum beschädigt, hier standen noch die geschwungenen Stützpfeiler und hohen Fenster, für die Taracondé berühmt gewesen war. Vielleicht hatten Terwyn und die anderen auch schon geholfen, einiges zu reparieren. Dennoch roch es überall nach Steinstaub und Blut, Mauersteine, verzierte Kacheln oder Splitter von Möbeln lagen überall im Weg.

Es ist vorbei, sagte sich Rhi. *Wirklich vorbei. Kann ich jetzt bitte mein Leben zurückhaben?*

Jedenfalls konnte sie sich auf den Rückweg machen. »Wir brechen auf«, kündigte sie Padric und Zad an, und die beiden schienen sich zu freuen, von diesem Ort wegzukommen, der nicht mehr wirklich einladend war.

Es gab keine Sachen, die sie packen mussten oder konnten. Vielleicht durfte sie sich wenigstens ein Pferd leihen, sonst würde es ein harter Weg werden. Das Tier, mit dem sie ursprünglich losgeritten war, hatte mittlerweile irgendjemand beschlagnahmt. Vorsichtig bahnte sich Rhi einen Weg von der Krankenstation zu den Ställen.

»Wäre es möglich, dass ich mir ein Reittier borge?«, fragte Rhi die Haushofmeisterin aus einer der Edlen Familien, deren straffe Gestalt schon von Weitem verriet, dass sie hier das Kommando hatte, auch wenn ihre Livree mit Staub bedeckt und an der Schulter zerrissen war.

Fast verächtlich blickte die Frau auf sie herab. »Wie stellt Ihr Euch das vor? Wir brauchen jedes Pferd für den Transport der Verletzten – seid froh, dass Ihr unversehrt seid!«

»Ja, ja, schon gut.« Einen Moment lang war es Rhi peinlich, überhaupt gefragt zu haben.

Sie wollte sich unbedingt noch von Terwyn verabschieden, ehe sie sich auf den Weg machte. *Er nimmt einen so großen Platz in meinen Gedanken ein, ich kann mir kaum vorstellen, dass wir uns vielleicht nie wiedersehen werden! Wie seltsam abwesend er vorhin gewirkt hat, so als würde er mich gar nicht richtig wahrnehmen.* Rhi fügte hinzu: »Ich würde jetzt gerne mit Terwyn del Cresta reden.«

»Mit del Cresta?« Zweifelnd blickte die Haushofmeisterin sie an. »Ich bin nicht sicher, ob das möglich sein wird.«

»Bitte«, brachte Rhi heraus. »Sag ihm, Rhi del Noraak will ihn sprechen.«

»Nun gut, ich frage«, brummte die Haushofmeisterin und marschierte davon wie eine Soldatin. Schon kurz darauf war sie zurück. »Bedauerlicherweise hat er keine Zeit. Er ist in einer wichtigen Besprechung mit dem Kopf der Schwarzen Späher und dem Regenten, die noch einige Zeit dauern wird.«

Das konnte sie verstehen, aber es war seltsam, dass er ihr nicht einmal etwas hatte ausrichten lassen. Nicht mal, dass sie warten sollte oder so etwas. Das fühlte sich an wie eine Ohrfeige. *Einige Zeit bin ich ihm nützlich gewesen, doch nun braucht er mich nicht mehr. Er hat den Kristalldolch zurück, der Kampf ist gewonnen ...*

und ich bin unwichtig. Nur irgendeine junge Händlerin aus dem Nordwesten, die am Hof des Regenten eigentlich nichts zu schaffen hat.

Rhi brachte es nicht fertig, sich für die Auskunft zu bedanken, sie nickte nur kurz, drehte sich um und verließ den Raum.

»Wir gehen«, sagte sie traurig zu Padric und Zad. Doch ganz ohne Ausrüstung wollte sie nicht aufbrechen, nicht solange ein Kind bei ihr war. Padric hatte wirklich genug Schlimmes erlebt, er sollte nicht auch noch Hunger leiden müssen.

Rhi fragte sich durch, bis sie die Küche erreicht hatte, auch sie zerstört, aber nicht so sehr wie der Rest des Palasts. Als sie dort um ein Stück Brot und Käse für den Rückweg bat, bekam sie ein freundliches Lächeln und einen Beutel mit Esswaren mit auf den Weg. Während sich ein junger Helfer bemühte, auch noch einen ledernen Trinkbeutel für sie zu finden, lauschte sie mit halbem Ohr, wie sich zwei Küchenhelferinnen unterhielten. Doch sie hörte erst richtig hin, als ein vertrauter Name fiel.

»… ist del Cresta doch wirklich ein ordentlicher Kerl, er hilft immer, wenn er kann, mir hat er einmal das Rheuma kuriert … ich hab nicht gejammert, das hätte ich gar nicht gewagt, aber er hat auch so gemerkt, dass ich Schmerzen hatte …«

»Ja, er ist eben ein Mann aus dem Volk, nicht so ein arroganter Mistkerl wie viele dieser Leute aus den Edlen Familien, wie die sich oft aufführen!«

»Ja, das stimmt, da sagst du was. Sollen die Leute doch über ihn reden, von mir bekommt er jedenfalls das Beste auf den Tisch, das meine Töpfe und Pfannen zu bieten haben!«

Das Herz zog sich Rhi zusammen, wenn sie nur Terwyns Namen hörte. Wie lange würde es dauern, ihn zu vergessen? Würde sie fortan alle Männer, die sie traf, mit ihm vergleichen? Vielleicht. Wenn sie Pech hatte … denn dann würde sie wohl lange allein sein. *Vielleicht ist es besser so,* ging es Rhi durch den Kopf. *Habe ich mir nicht geschworen, niemanden mehr so nah an mich heranzulassen? Schwüre sind eigentlich dafür da, dass man sie hält! Aber egal, ich weiß ja sowieso nicht, ob ihm irgendetwas an mir liegt.*

Rhi versuchte, Padric und Zad ihre niedergedrückte Stimmung nicht spüren zu lassen, doch sie fühlten sie wohl trotzdem. Und wahrscheinlich hätten auch sie sich gerne von Terwyn verabschiedet, der sich ebenso vom ersten Moment an in ihr Herz geschlichen hatte.

Es führten breite, herrschaftliche und weitgehend unversehrte Straßen von Taracondé weg, doch Rhi war nicht danach zumute, an deren Rand entlangzuwandern. Sie war froh, als sie einen grünen, halb überwachsenen Pfad entdeckte, der in der richtigen Richtung am Fluss entlangführte. »Den nehmen wir«, sagte sie zu den anderen und zwang sich zu einem Lächeln.

Vielgroß traurig bist du, sagte ihr Zad auf den Kopf zu. *Warum?*

Rhi verzog das Gesicht. Menschliche Gefühle waren Zad nicht selten ein Rätsel, und sie hatte keine Lust auf lange Erklärungen. *Manchmal ist man einfach traurig und kann nichts dagegen machen,* wich sie aus, konnte aber nicht verhindern, dass ein Bild in ihr aufschien, das Bild eines hochgewachsenen Mannes mit geisterhaft weißen Haaren.

Er ist oft in deinen Gedanken, stellte Zad neugierig fest. *Hat ihn irgendwas dort festgeklebt?*

Stöber bitte nicht in meinem Kopf herum!, blaffte Rhi ihn an, und eingeschnappt blies der Zwergdrache ihr eine kleine blaue Flamme entgegen. Sie revanchierte sich mit einem Fußtritt, der allerdings danebenging, weil Zad mit einem raschen Flügelschlag in die Luft auswich.

Der Uferpfad gefiel ihr, und Rhi wandte sich nicht mehr um, sie wollte diesen Trümmerhaufen, der einmal Taracondé gewesen war, kein letztes Mal sehen.

Sie waren noch nicht lange unterwegs, als Padric den Kopf hob und sich umdrehte. Kurz darauf hörte auch Rhi die schnellen Schritte. Diesmal wandte sie sich doch um ... und spürte, wie ihr Herz heftiger klopfte.

Es war Terwyn. Seine Brust hob und senkte sich in schnellen Atemzügen. »Mir war nicht klar, dass du schon gehen wolltest, Rhi. Ihr habt euch gar nicht verabschiedet!«

»Aber ... diese Haushofmeisterin hat gesagt, dass du keine Zeit hättest, wir ...«, stammelte Rhi, und plötzlich wurde ihr klar, dass diese Frau ihm nicht gesagt hatte, *wer* ihn sprechen wollte. Vielleicht aus Nachlässigkeit, vielleicht mit Absicht. Natürlich hatte er sich dann die Störung verbeten, während er gerade mit dem Regenten sprach. Sie wusste ja von ihrer ersten Begegnung, wie er auf so etwas reagierte! Aber wie hatte er später davon erfahren, dass sie gegangen waren?

Zads breites Grinsemaul gab ihr die Antwort. *Es ist leicht, seine Gedanken zu erreichen – und sie sind gerade nur halb so stachelig wie deine,* stellte ihr Drache fest, und diesmal bekam er keinen Fußtritt.

»Ach! Das erklärt vieles. Diese Haushofmeisterin ist ein alter Drachen ... tut mir leid, Zad, war nicht so gemeint.« Noch immer blickte Terwyn sie an, dann holte er Luft. »Eigentlich wollte ich euch nämlich anbieten, dass ich euch zu deinem Handelsposten begleite, Rhi. Ein paar Boote des Zirkels sind unbeschädigt, der Wind steht gut, in eineinhalb Tagen könnten wir dort sein.«

Rhi zwang sich ein Lächeln ab. »Das ist ... wirklich nett von dir, aber ...«

Ihr fiel kein Grund ein, warum sie ablehnen sollte. Kein einziger. Selten hatte sie sich etwas so sehr gewünscht, wie noch etwas Zeit mit ihm zu verbringen. *Der gefährlichste Mann Skaidars. Habe ich das tatsächlich gedacht noch vor ganz kurzer Zeit? Ja, und warum auch nicht? Es stimmt. Nur ist es mir gerade gleichgültig.*

»Aber?« Sein Gesicht war ausdruckslos. »Ist es dir lieber, wenn Roán dich begleitet?«

Verwirrt blickte Rhi ihn an. »Roán? Wieso? Nein! Wie kommst du auf ihn? Aber ich dachte, man braucht dich vielleicht in Tarracondé. Für den Wiederaufbau?«

Er stieß den Atem aus und zuckte mit den Schultern. »Das ist deren Sache. Ich habe getan, was ich konnte, nun sollten sie alleine zurechtkommen. Ein Teil dieser Regierung bin ich schon lange nicht mehr. Meine einzige Pflicht ist, diesen Kristalldolch irgendwo hinzubringen, wo er nie mehr gefährlich werden kann.«

»Du hast ihn dabei?«

»Allerdings.« Er klopfte auf die lederne Umhängetasche, die er trug. »Wir haben damit vorher noch einer Menge Leuten geholfen.«

Rhi überlegte, ob sie ihm erzählen sollte, dass sie sich an der Klinge des Kristalldolchs geschnitten hatte. Unwillkürlich blickte sie auf ihren Finger hinab, doch es war keine Spur der Verletzung mehr zu sehen. Es war nur ein Kratzer gewesen, den zu erwähnen lohnte sich wirklich nicht.

Noch immer brachte Rhi es nicht fertig, einfach Ja zu sagen. »Was wirst du … danach tun? Du warst auf einem Berg, vier Jahresläufe lang, oder? Willst du zurück?«

Diesmal blickte er zur Seite, über den Fluss hinweg. »Nein. Dort war ich lange genug. Wahrscheinlich werde ich reisen. Versuchen, die Wasserdrachen besser kennenzulernen. Nach einem sicheren Ort für den Dolch forschen. Weiß ich noch nicht genau.«

Rhi schüttelte den Kopf und blickte auf Padric hinunter. Hoffnungsvoll blickte er zu ihr hoch und drückte ihre Hand noch ein wenig fester.

»Na, dann gehen wir mal das Boot holen«, sagte Rhi.

»Ja, machen wir das«, sagte Terwyn schlicht, und einen Moment lang war sein Blick warm, konnte sie erkennen, dass er sich freute.

Ihr Herz klopfte noch schneller.

Rhi genoss die Sonne auf ihrer Haut. Die Luft war frisch und kühl auf dem Fluss, und der Wind fuhr sanft ins Segel, ließ das Boot stromaufwärts gleiten. Zad hockte an der Reling, starrte fasziniert ins Wasser und stieß ab und zu die Vorderpranke hinein, um einen Fisch auf seine Krallen zu spießen. Immer vergeblich, gut, dass er sowieso nicht gerne Fisch fraß. Terwyn stand breitbeinig und mit bloßen Füßen im Heck des Bootes und stellte gerade das Ruder ein. Sein helles, am Kragen offenes Hemd flatterte in einer Böe. Unter einer Sitzbank lag die Tasche mit seinem Gepäck und ein sorgfältig gegen das Umkippen gesicherter Topf mit seiner eigenen, blauen Orchidee darin, er hatte beschlossen, sie mitzunehmen.

»Ich zeig dir, wie man steuert, oder hast du das schon mal gemacht?«, fragte er sie.

»Nicht sehr oft«, gab Rhi zurück und balancierte nach hinten. Sie setzten sich nebeneinander, und Terwyn übergab ihr das Ruder. Dabei streiften sich ihre Hände kurz. Die Berührung jagte einen kleinen Schock durch Rhis ganzen Körper und brachte sie buchstäblich aus dem Gleichgewicht. Prompt zog der Bug einen schrägen Bogen durch den Fluss.

»Alles Übungssache«, versicherte ihr Terwyn, doch auch er wirkte abgelenkt.

Etwas mühsam konzentrierte Rhi sich aufs Steuern, und diesmal klappte es. Terwyns Lächeln belohnte sie, ein paar Herzschläge lang blickten sie sich an. Seine Augen waren grünbraun wie die Erde in der Regenzeit. Einen Moment lang blieben sie noch nebeneinandersitzen und schwiegen, kamen gemeinsam zur Ruhe, während die Sonne ihre Haut wärmte. *Wie kostbar dieser Moment ist*, dachte Rhi. Er mochte sie, da war sie inzwischen sicher.

»Komisch, genau so habe ich mir das vorgestellt«, sagte er leise, und Rhi konnte nur stumm nicken, weil sie nie gewagt hätte, sich so etwas vorzustellen. *Wünsche ich mir, dass er den Arm um mich legt? Ja. Nein. Ja. Nein.*

Sie wusste so wenig über ihn. Konnte er ihre Gedanken lesen, und wenn ja, würde sie es merken? Vielleicht war er ja wirklich gefährlich, noch immer wusste sie nicht genau, was damals passiert war mit ihm und seiner Frau, was er getan hatte. *Bin ich völlig verrückt gewesen, mich praktisch allein mit ihm auf eine solche Reise zu begeben? Hätte mir jemand noch vor ein paar Tagen eröffnet, dass ich bald mit dem berüchtigten Terwyn del Cresta reisen würde, hätte ich ihn jedenfalls für verrückt erklärt!*

»Du fragst dich gerade, ob du völlig verrückt geworden bist«, sagte Terwyn ihr auf den Kopf zu.

Ein herber Schreck durchfuhr Rhi. »Hast du meine Gedanken gelesen? Das kannst du, oder?«

»Ich kann es, auch wenn ich es nicht ohne Erlaubnis tue«, sagte er. »Habe ich aber gerade nicht. Nicht nötig. Man sieht es dir an.«

»Und, bin ich verrückt?«, fragte Rhi ihn einfach.

»Ein bisschen schon, aber das gefällt mir«, sagte Terwyn und lächelte, ein ernsthaftes und zugleich verschmitztes Lächeln, das in Rhis Magengrube ein Flattern auslöste. Er saß nur zwei Handbreit von ihr entfernt, auch mit geschlossenen Augen hätte sie ihn neben sich gespürt.

Du lässt ihn zu nah an dich heran, schrie etwas in ihr und erinnerte sie an Liconel, wegen dem sie wochenlang wie tot im Bett gelegen und gedacht hatte, ihr Leben sei vorbei.

Doch sie musste sich sowieso für nichts entscheiden, denn schon war der Moment vorbei – Rhi fiel auf, dass Padric still vor sich hin schluchzte, wahrscheinlich hatte er an seine Eltern gedacht. Sie gab Terwyn das Steuer zurück und schloss den Kleinen in die Arme, bis seine Tränen versiegten. »Wann kann ich wieder nach Hause?«, fragte Padric, und Rhi musste die Zähne zusammenbeißen, um nicht ebenfalls loszuheulen.

»Besser, du bleibst noch eine Weile bei mir«, meinte sie nur, und später fragte sie Terwyn: »Es macht vermutlich wenig Sinn, jetzt schon nach Verwandten von ihm zu suchen, oder? Obwohl wir in der Gegend vorbeikommen.«

»Besser, die Aufräumarbeiten abzuwarten«, sagte er. »Außerdem braucht er ein bisschen Zeit, um zu vergessen.«

»Kannst du ihm dabei helfen? Auf magische Art?«

Terwyn zögerte. »Ja, aber ich weiß nicht, ob das gut wäre. Unsere Gefühle machen uns zu dem, wer und was wir sind ... und dazu gehört auch die Trauer.«

Sie blickte ihn von der Seite an und musste daran denken, dass er vier Jahresläufe Trauer um seine Frau hinter sich hatte ... und vielleicht noch immer um sie trauerte. *Was bedeutet das für mich? Dass er nie wieder lieben kann ... auch mich nicht? Vielleicht ist es reine Freundlichkeit, dass er mich nach Hause begleitet – schließlich habe ich ihm und dem Zirkel geholfen. Andererseits schien ihm der Gedanke, dass ich mich vielleicht von Roán begleiten lassen will, nicht sonderlich zu gefallen.*

Terwyn stand auf, um das Segel neu festzubinden, und Rhi steuerte weiter.

Sie erzählten sich so viel an diesem ersten Tag. Rhi berichtete ihm, was sie auf ihrer Reise erlebt hatte – der falsche Magier, die Plünderer, die Glasklingen, die Goldhyänen. Er erzählte ihr, wie er sich mit dem Wasserdrachen angefreundet hatte, wie sie die Stadt Nelmon verloren hatten, was er durch die Erinnerungen ihrer Gegnerin über die Gressthar herausgefunden hatte und was für Menschen Vic und Jomar vor diesem furchtbaren letzten Gefecht gewesen waren.

An dieser Stelle stockte seine Stimme. »Kannst du kurz steuern?«, fragte er, drückte Rhi das Ruder in die Hand und ging zum Bug, um auf den Fluss hinauszustarren. Rhi merkte an seinen verkrampften Schultern, dass er weinte. Sie hätte ihn gerne getröstet, doch sie wusste nicht, wie. Nicht mal zu ihm gehen konnte sie, sonst wäre das blöde Boot auf Grund gelaufen, ärgerte sie sich.

»Sie werden nicht vergessen werden«, versprach Rhi, als Terwyn sich wieder zu ihr setzte. »Dieser Kampf wird in die Geschichtsbücher eingehen. Noch in hundert Jahresläufen werden die Leute ihre Namen kennen.«

»Vic wollte einfach nur leben«, sagte Terwyn traurig. »Aber das mit den Geschichtsbüchern hätte ihr trotzdem gefallen, glaube ich.«

Später sah Rhi, wie er im Schneidersitz bei Padric auf dem Deck saß. Die beiden hatten sich darin vertieft, aus Weichholzblöcken die fünf Figuren eines Fang-den-Jigg-Spiels zu schnitzen. Geduldig zeigte Terwyn ihm, wie er die Konturen herausarbeiten musste, doch wie sich herausstellte, lernte Padric schnell und hatte ihm einiges an Fingerfertigkeit voraus. »Das musst du so machen, fester aufdrücken mit dem Messer«, hörte Rhi den Jungen sagen und staunte, denn seit seine Eltern umgekommen waren, hatte er noch keine zehn Sätze von sich gegeben.

»Ich habe kein Talent für so was«, stöhnte Terwyn und lächelte Padric an. »Aber du, scheint mir. Wenn du so weitermachst, sind die Dinger bald fertig und wir können 'ne Runde spielen.«

Staunend beobachtete Rhi, wie Padrics stumme Traurigkeit ganz langsam aufweichte. *Terwyn tut ihm gut, auch ganz ohne Magie. Dieser Mann weiß, wie es sich anfühlt, jemanden zu verlieren.*

Am späten Nachmittag lagerten sie an einer mit Büschen und

einzelnen kleinen Blühpflanzen bestandenen Kiesbank, die ein Stück weit in den Fluss hineinragte. Sie zogen das Boot mit vereinten Kräften ans Ufer und bargen das Segel, das nach Rhis Geschmack in Türkis oder Orange deutlich besser ausgesehen hätte als in schlichtem Weiß mit Wasserdrachensymbol. Dann ging ihr Begleiter mit Padric zusammen Feuerholz sammeln, und schon bald hatten sie einen ordentlichen Stapel. Es kostete Terwyn nur ein gemurmeltes Wort, das Feuer zu entzünden.

Ein Schauer überlief Rhi, als sie daran dachte, wie seine Magie während des Kampfes den Palast zerrissen hatte, doch der Moment war rasch vorbei, als sie den Proviant auspackte. »Oh, Pastete! Nusskäse! Geräucherte Blaumakrele!«, verkündete sie, ihr lief schon das Wasser im Mund zusammen.

Terwyn blickte sie an, als sei sie eben vom Himmel gefallen. »Wie machst du das?«, fragte er sie.

»Was denn?«

»Dich über kleine Dinge zu freuen, nachdem du so viel Tod und Zerstörung miterlebt hast.«

Verdammt, er hält mich für oberflächlich. Rhi lächelte verlegen, während sie ihm gegenüberstand und sich auf ihren Händen die in Ölpapier eingewickelten Essenspakete türmten. »Das ist bei mir normal. Bei dir nicht?«

»Schon lange nicht mehr. Aber vielleicht kann man das wieder lernen. Gib mal her.« Er nahm ihr eins der Pakete aus der Hand und schnupperte daran. »Lecker. Irgendwas mit getrockneten Jannisbeeren. Die mag ich. Gab's bei uns daheim oft, als ich ein Kind war.«

Sie nahm sich das Paket zurück und schaute verstohlen hinein. »Falsch. Einmal darfst du noch raten.«

Da musste er lachen. »Na gut. Es sind gegrillte Farnsprossen drin.«

Zu seinem Pech hatte sie gesehen, wie er die Lippen bewegt hatte. »Du hast geschummelt!«

»Wer hat denn gesagt, dass Magie nicht gilt? Der Durchblick hat mich höchstens eine Sekunde Lebenszeit gekostet.« Lässig gab er ihr das Paket zurück, und wieder berührten sich ihre Finger. Diesmal stockten sie beide, es war, als hätte sie jemand in vollem Lauf angehalten. Ihre Blicke trafen sich und schafften es kaum noch, sich wieder loszulassen.

»Rhi, ich …«, begann er, und ihr Herz raste los, freudig erwartungsvoll und besorgt zugleich. »Ich muss mit dir reden«, fuhr er fort. »Du musst wissen, was passiert ist. Damals vor vier Jahren.«

»Ja«, sagte sie wie in Trance. »Das wäre besser. Nachher machen wir das.«

Nach dem Essen war Padric so müde, dass er schon bald in eine Decke gewickelt einschlief, bewacht von Zad, der sich neben ihm breit machte. »Was ist, wenn hier Goldhyänen sind?«, fragte der Junge Rhi beunruhigt, und sie küsste ihn auf die Stirn. »Du weißt doch, wer bei uns ist. Der stärkste Magier in ganz Skaidar. An dem würde nicht mal ein Riesenrudel dieser Viecher vorbeikommen.«

»Was ist mit diesen bösen Einhörnern? Denen mit der Klinge?«

»Kein Problem«, mischte sich Terwyn von der anderen Seite des Feuers ein. »Wenn die mir begegnen, werden sie sich anschließend wünschen, sie hätten sich vor uns ganz tief im Farnkraut versteckt.«

»Gut«, entschied Padric und rollte sich unter der Decke zusammen.

Als er eingeschlafen war, hockte sich Terwyn neben das Feuer und stocherte darin herum, schob die Scheite wieder richtig zusammen. Funken segelten in den dunklen Nachthimmel, und die Flammen beleuchteten sein Gesicht, das ruhig und konzentriert wirkte. Nichts war weich daran, und doch wirkte es nicht einschüchternd auf sie. Dann setzten er und Rhi sich nebeneinander, und er schlang die Arme um die Knie.

»Sie hieß Talea«, sagte er. »Schön war sie und freundlich und großzügig. Aber sie wusste nie wirklich, wer ich bin, was mich antrieb …«

Es war schlimm. Eine furchtbare Geschichte. Rhi litt mit ihm, mit Talea, mit seinem Zirkel. Als er fertig erzählt hatte, merkte sie, dass sie zitterte.

»Ich … ich glaube, ich brauche jetzt Zeit zum Nachdenken«, sagte sie und stand auf, um sich zurückzuziehen. Um hineinzugehen in die Dunkelheit, sich in ihre Decke zu rollen, weg von ihm, weg von ihren Gedanken, weg von diesen Zweifeln, ob das, was sie tat, nicht ein furchtbarer Fehler war.

»Ja«, meinte Terwyn, sein Tonfall klang langsam und schleppend. »Kann ich verstehen.«

Aber dann ging Rhi doch nicht. Weil sie ein Gefühl packte, das so stark war, dass es ihr den Atem nahm. *Ich will diesen Mann nicht verlieren, nachdem ich ihn gerade erst gefunden habe!*

Sie wirbelte herum und baute sich zwischen ihm und dem Feuer auf. »Ich bin nicht schön und manchmal auch nicht freundlich, und mein Geld habe ich immer zusammengehalten – so wie alle Händlerinnen«, stammelte sie.

Schon war er auf den Füßen und stand ihr gegenüber, nur wenige Handbreit von ihr entfernt. »Du bist schön, Rhi.« Er sagte es ohne das geringste Zögern, ohne Zweifel. »Du bist so voller Freude und du bist mutiger, als Talea es jemals war.« Spontan hob er die Hand und legte sie an ihre Wange ... und diesmal waren seine Finger warm. »Ich fand dich sofort wunderbar – schon als du ramponiert und durchweicht in diesem Gang von Taracondé gestanden hast!«

Sein Atem ging unregelmäßig, und seine Züge spiegelten eine eigenartige Mischung aus Anspannung und Zärtlichkeit. *Nein, er spielt nicht mit mir*, dachte Rhi. *Er riskiert seine Seele, alles, was er noch zu verlieren hat, für dies hier. Für uns.*

»Ich verstehe Magie genauso wenig wie Talea«, flüsterte sie. »Du brauchst jemanden, der weiß, worum es in deinem Leben geht.«

»Ja. Aber du bist so neugierig wie ein Noynoy. Wenn du länger brauchst als einen Mond, um es zu begreifen, fresse ich meinen weißen Umhang.«

»Du hast keinen mehr.«

»Egal. Ich besorge mir einen!«

Rhi konnte nicht anders, sie brach in Lachen aus. Und die furchtbare Anspannung verließ sein Gesicht, als er mitlachte und sie einfach in seine Arme zog, als sei es ganz selbstverständlich. Es war herrlich, sie spürte seine vibrierende Kraft, doch zugleich strich er so sanft über ihren Rücken, dass es unmöglich war, Furcht vor ihm zu empfinden. Hätte sie auch nur das geringste Signal gegeben, dass sie das alles nicht wollte, hätte er sie losgelassen. »Und ich kann lernen, was in deiner Welt wichtig ist, oder?«, meinte er. »Was die Muster auf deinem Gürtel bedeuten, zum Beispiel. Wie man mit verschiedenen Ländern handelt.«

»Terwyn«, flüsterte sie.

»Ja?«

»Wenn ich jetzt vor Glück sterbe, was passiert dann?«

»Dann bringe ich dich mit dem Siebten Strom zurück, Rhi. Oder gehe drauf dabei.«

Danach sagten sie nicht mehr viel. Sie legten sich neben dem Feuer in ihre Decken gewickelt auf den Boden und hielten sich in den Armen, bis Rhi aufgehört hatte zu zittern. Und dann noch ein bisschen länger.

* * *

Es war ein Genuss, zu erwachen. Terwyns Arm lag über dem warmen Körper dieser unglaublichen jungen Frau, die er erst vor so kurzer Zeit kennengelernt hatte und doch nie wieder hergeben wollte. Rhis Rücken schmiegte sich gegen seine Brust, während sie sich noch enger an ihn kuschelte. Als sie bemerkte, dass er wach war, drehte sie sich halb herum und suchte mit ihren Lippen die seinen. Terwyn dehnte diesen Kuss so lange aus, wie sie es sich gefallen ließ. *Wie kann das sein, dass ich gleichzeitig so traurig und so glücklich bin? Gleich zerreißt es das, was von meiner Seele übrig ist!*

Er konnte kaum fassen, dass er hier war. Hier mit ihr. Dass Rhi sich anscheinend ebenso stark zu ihm hingezogen fühlte wie er zu ihr. Und sie tat ihm so gut. *Erinnere ich mich richtig und hat sie mich gestern wirklich zum Lachen gebracht? Und das nach all dem, was passiert ist! Ich dachte, ich könnte nie wieder lachen.*

Vic und Jomar fielen ihm wieder ein, und seine Augen füllten sich mit Tränen – jetzt, da seine Seele sich erholt hatte, fühlte er die ganze Schärfe der Trauer. Zwei wunderbare Menschen waren verloren, sein Zirkel für immer zerstört. Und alles wegen dieser Ausgeburten von Cruzarks Hölle, dieser Gressthar! Wieso hatten sie für ihren Überfall ausgerechnet Skaidar ausgewählt? Rhi zog ihn enger an sich, strich über sein Haar, wärmte ihn mit ihrem eigenen Körper. Irgendwann dämmerte Terwyn wieder weg.

Als er zum zweiten Mal erwachte, war es hell und er war allein unter den Decken. Langsam richtete er sich auf einen Ellenbogen auf und blickte sich um. Über dem Feuer steckte eine Reihe Fische auf Stöcken und räucherte vor sich hin. Ein Stück weiter auf der Kiesbank hockten Padric und Rhi und spielten Fang-den-Jigg mit den selbstgeschnitzten Figuren. Zad lag neben ihnen und döste. Als sie ihn hörten, blickten sie alle drei zu ihm hinüber.

»Na also«, sagte der Junge. »Ich dachte, er wacht gar nicht mehr auf.«

Du hast geschlafen wie ein Jungtier nach seinem ersten Flug, neckte ihn Zad.

»Wieso, wie lange habe ich denn …?«

»Eine Nacht, dann einen Tag, dann noch eine Nacht und einen zweiten Tag«, sagte Rhi und musterte ihn besorgt. »Jetzt ist es Nachmittag.«

Verlegen griff sich Terwyn an den Kopf. »Selten hat ein langweiligerer Mann dein Bett geteilt, was?«

Wie herzlich ihr Lächeln war, er konnte kaum aufhören, sie anzublicken. »Sag doch so was nicht«, meinte sie. »Dein Körper hat sich geholt, was er brauchte. Wie fühlst du dich?«

»Besser«, stellte Terwyn fest und lauschte in sich hinein. Die Trauer um Talea und seine Gefährten saß tief, vielleicht würde sie ihn nie ganz verlassen, aber etwas anderes war weg – die Sehnsucht nach dem Tod, die Scham über das, was er getan hatte. Seine inneren Dämonen, die ihn so lange geplagt hatten, gaben Ruhe. Er fühlte sich innerlich wund, aber auf eine angenehme Art leer, bereit für etwas Neues. Konnte er jetzt wieder anfangen zu leben?

Rhi stand auf und kam zu ihm, ein wenig zögernd, mit fragendem Blick. Wahrscheinlich wirkte er ebenso unsicher, als er ihr entgegenging. Diesmal küssten sie sich vorsichtiger, mit weniger Überschwang, aber mit ebenso viel Genuss. Noch waren sie sich fremd, aber das war spannend, es gefiel ihm, weil er wusste, dass sie Zeit haben würden, sich mit jedem weiteren Tag besser kennenzulernen.

»Was sagt man denn unter Magiern, um sich morgens zu begrüßen?«, fragte Rhi.

Terwyn lächelte. »Guten Morgen.«

Er war sich noch nicht ganz im Klaren darüber, ob er in Zukunft noch ein Magier sein würde, ob er seinen Schwur, keine Zauber mehr zu wirken, erneuern sollte oder nicht. Es würde ihm furchtbar schwerfallen, die Sieben Ströme, die er gerade erst wiederentdeckt hatte, zum zweiten Mal aufzugeben. Doch er hatte den Schwur ernst gemeint, und die Krise, für die er die Ausnahme gemacht hatte, war bewältigt. Noch trug er den Gürtel mit der Drachenschließe, den er in Tarcondé bekommen hatte ... sollte er ihn wegwerfen oder nicht?

* * *

Rhi konnte sich nicht daran erinnern, wann sie zuletzt so glücklich gewesen war. *Das ist ja wohl ein guter Hinweis darauf, dass ich mich richtig entschieden habe*, ging es ihr durch den Kopf.

Gemischte Gefühle hatte sie nur beim Gedanken daran, zu ihrem Handelsposten zurückzukehren, denn was für eine traurige Heimkehr würde es werden, wenn sie dort niemand erwartete, den sie liebte. War sie ebenso eine Waise wie Padric? Nein, nein, ganz sicher nicht, Mam und Ninian lebten sicher noch, sie steckten vermutlich nur in irgendwelchen Schwierigkeiten im fernen Saywadee. Vielleicht sollte sie eine Suchexpedition ausrüsten. Was war, wenn die beiden irgendwo im fernen Westen verzweifelt auf Hilfe warteten?

Doch selbst wenn sie möglicherweise noch lebten – ihr Vater war tot, das war eine Tatsache. Rhi konnte noch nicht fassen, dass Santoro nicht an seinem Schreibtisch im hinteren Teil des Ladens sitzen und ihr entgegenlächeln würde, wenn sie zur Tür hereinkam. *Wie kann es sein, dass jemand wie er – kräftig, wortgewandt, gewitzt, ein guter Schwertkämpfer – diese Welt schon so früh hat verlassen müssen? Alle Götter, ich konnte Mam und Ninian nicht einmal mitteilen, dass er gestorben ist! Wahrscheinlich denken sie, dass hier alles bestens ist ...*

»Alles in Ordnung?«, fragte Terwyn sie leise, er hatte ihre Traurigkeit wohl gespürt.

»Ich habe gerade an meine Eltern gedacht«, gab sie zurück, und er lächelte schief. »Hast du Angst, mich ihnen vorzustellen?«

»Ich würde dich ihnen liebend gerne vorstellen«, erwiderte Rhi sofort, erklärte ihm dann, was mit ihren Eltern los war und sah die Betroffenheit in seinem Gesicht.

»Das ist furchtbar, wieso hast du mir das nicht früher gesagt?«

»Ich glaube, ich wollte es eine Weile vergessen. Hat auch geklappt. Ganz klar deine Schuld!« Sie stellte fest, dass sie gleichzeitig lachte und weinte.

Sofort nahm er sie in die Arme und hielt sie, als hätte er nur darauf gewartet, das wieder zu tun. Einen Moment lang schloss Rhi die Augen, während sie sich an ihn schmiegte, und fühlte sich zum ersten Mal seit langer Zeit geborgen. Beschützt. Was für ein seltsames Gefühl. Sie war doch gewohnt, selbst klarzukommen.

Rhi versuchte sich vorzustellen, wie ihr Vater wohl auf Terwyn reagiert hätte. Aus irgendeinem Grund war sie sicher, dass die beiden sich akzeptiert hätten. Nein, mehr als das. *Er hätte Terwyn gemocht, er hatte schon immer ein gutes Gespür für Menschen. Dass mein neuer Gefährte ein so starker Magier ist, hätte ihn bestimmt beeindruckt, aber nicht eingeschüchtert. Er war so mutig. Der einzige Mensch, den ich kenne, der sich auf seinen Handelsreisen nach Aelius getraut hat.*

Aber wäre es Terwyn auch leichtgefallen, mit ihrem Vater auszukommen? Der konnte manchmal arg rechthaberisch sein und bestand halsstarrig auf seiner Meinung. Praktisch nur Rhi hatte ihn dazu bringen können, einzulenken. Und Terwyn war selbst eine starke, aber auch kantige Persönlichkeit.

Niemand wird es je wissen, ob und wie sich die beiden verstanden hätten. Rhi schlug zwei Vogeleier, die sie in einem Nest gefunden hatte, in die Pfanne, denn natürlich hatte Terwyn nach seinem langen Schlaf Hunger wie eine Hyäne. *Aber eins steht fest – sobald wir zurück sind, werde ich diesem aufdringlichen Tischler Bryn sagen, dass er nicht mehr vorbeikommen soll. Hätte ich schon viel früher tun sollen. Wir passen einfach nicht zusammen, und man muss schon blind, taub und blöde sein, um das nicht zu kapieren!*

* * *

Nach dem Essen fuhren sie weiter und begegneten diesmal sogar einigen anderen Schiffen, die meisten schienen Material für den Wiederaufbau nach Taracondé zu transportieren. Terwyn hob jedes Mal beiläufig die Hand zum Gruß, wenn die Boote einander passierten, und die Matrosen glotzten ungläubig zu ihm und Rhi hinüber. *Es wird viel Gerede geben über mich und den Krieg und was zwischen mir und dieser jungen Frau ist. Sollen sie doch reden, mir ist es egal!*

Schließlich ließen sie das Boot gut gesichert am Ufer zurück. Für den letzten Teil des Weges, der sie über Land führen würde, kaufte Terwyn ihnen drei gute Pferde von einem Züchter, der den Krieg fast unbeschadet überstanden hatte. Der Regent hatte recht gehabt, es war praktisch, dass er wieder über sein Vermögen verfügen konnte.

»Aber ... die sind so teuer, willst du die wirklich?«, flüsterte Rhi ihm ins Ohr. »Ich könnte den Preis noch etwas runterhandeln, immerhin kaufst du gleich drei auf einmal.«

»Nein, lass nur«, sagte Terwyn und gab ihr die Zügel der Fuchsstute in die Hand, die sie sich ausgesucht hatte. »Sieh es als Entschädigung des Regenten dafür, dass du dein eigenes Pferd bei deiner Mission verloren hast.«

Sein eigenes neues Pferd war ein Geisterrappe, schwarzes Fell, Mähne und Schweif silbrig-weiß. Ein klassisches Magierpferd, er hatte wohl doch eine Schwäche für so etwas. *Vielleicht wird der mich ein bisschen darüber hinwegtrösten, dass ich Ortun zurücklassen musste. Vielleicht werde ich diesem neuen Hengst irgendwann Schwingen schenken, aber nicht jetzt.* Padric bekam ein Pony, das zu seiner Größe passte, und verstummte prompt wieder, diesmal allerdings vor Freude. Zum Glück stellte sich heraus, dass er reiten konnte.

Und dann war es so weit, sie ritten ins Dorf Lar Kendem ein, in dem sich Rhis Heim befand; Zad flatterte zielstrebig über ihnen her. Neugierig blickte sich Terwyn um. Der Ort lag an einer kleinen Handelsstraße nach Calisien, und man merkte, dass die Grenze nicht weit war, manche Häuser trugen Verzierungen im calisischen Stil, und es wuchsen Bäume hier, die er seit Jahren nicht gesehen hatte.

»Es ist nicht so viel zerstört, wie ich befürchtet habe, vielleicht steht mein Handelsposten noch«, meinte Rhi hoffnungsvoll, und Terwyn nickte schweigend. Ihr war noch immer nicht ganz klar, mit wem sie eigentlich zusammen war ... selbst wenn ihr Haus angeschlagen wäre, mit einem gemurmelten Wort könnte er es wieder richten. Aber das zu tun wäre keine sonderlich gute Idee. Erstens war hier der magische Fokus nicht weit, er hielt sich mit dem Zaubern also besser zurück und überredete sie ganz nebenbei, mit ihm zusammen eine andere Badestelle aufzusuchen, wenn es mal richtig heiß war. Zweitens war es besser, das Haus mit gewöhnlichem Werkzeug statt Magie zu reparieren, sonst passierte nämlich das Übliche – alle anderen wollten es auch und forderten rasch mehr, als er von seiner Lebenszeit zu geben bereit war. Deswegen gab es ja in jedem Ort die bewährte Zweiteilung Primus – Magus; der Primus nahm Aufträge entgegen, kassierte die Gebühren und schirmte den Magus gleichzeitig vor Bittstellern ab.

Und trotzdem ... in diesem Moment wurde ihm klar, dass er die Magie nicht wieder aufgeben würde. Die Erinnerung, wie er Vinnie geheilt hatte, war ihm schon jetzt wertvoll wie kaum eine andere. Er konnte ja versuchen, ab jetzt weniger Magie zu wirken. Lebenszeit zu sparen. *Mal sehen, wie lange dieser gute Vorsatz hält!*

Rhi ließ ihre Stute in Trab fallen. Sichtlich nervös ritt sie voraus über die Hauptstraße des Ortes, die nur aus gestampfter Erde bestand, dann bogen sie in eine Seitenstraße ein und waren da. Der Handelsposten war erstaunlich groß und wirkte gut ausgestattet, doch Vorbau und Dach waren an zwei Stellen kaputt, und offenbar waren die Haupttüren aufgebrochen worden, das Schloss war beschädigt und die Tür war nur angelehnt.

»Halb so schlimm«, rief Rhi und umrundete das Haus mit langen Schritten, während Zad es sich auf dem Dachfirst gemütlich machte und einen Blick in den Schornstein warf. »Aber es sieht aus, als wären Einbrecher da gewesen. Hoffentlich ist nicht allzu viel gestohlen worden ...«

Das hoffte Terwyn auch. Er saß ab, befreite vorsichtig seine Orchidee aus der Satteltasche und half anschließend Padric, sein Pony – das sich lieber Grasbüscheln widmete, als sich führen zu lassen – zum Hinterhof zu bringen. Doch dann fiel ihm auf, dass jemand im Inneren des Gebäudes war. Mehrere Leute. *Plünderer? Wie dreist!* Neugierig spähte er durch eine Scheibe ins Innere, ging dann rasch wieder nach vorne zur offenen Eingangstür.

Rhi war ihm zuvorgekommen, sie war schon hineingestürmt. Ihre Stimme klang laut und empört, als sie die Eindringlinge – anscheinend waren es zwei – zur Rede stellte. »Darf ich fragen, was ihr hier macht? Gadilan! Das ist mein Schreibtisch, was hast du an dem zu schaffen?«

Neugierig spähte Terwyn durch die Tür und sah zwei Männer, die nicht wie Plünderer wirkten, sondern eher wie Bewohner dieses Hauses. Das lag daran, dass sie sich zwischen den Regalen mit Stoffen, Keramik und Metallwaren anscheinend häuslich eingerichtet hatten. Der eine Mann, ein großer, dürrer, hatte sich einen Becher Cayoral bereitet, an dem er nippte, er hockte an einem Schreibtisch im hinteren Teil des Handelspostens und blätterte Papiere durch. Der zweite Kerl, ein gedrungener mit stechendem Blick, hakte eine Liste mit Waren ab. Beide schauten äußerst verblüfft drein.

»Rhi!«, rief der Mann namens Gadilan. In seiner Stimme klang Verblüffung mit, aber keine Wiedersehensfreude. »Was für eine schöne Überraschung, du lebst noch! Irgendjemand hat uns gesagt, du wärst mitten in Gefechte hineingestolpert ...«

»Ah, und dann hast du Dreckskerl dir gedacht, jetzt gehört der Laden hier endlich euch?« Rhis blonde Locken schienen sich vor

Wut zu sträuben. »Schert euch dorthin, wo man über den Rand der Welt fällt! Aber *ganz* schnell!«

»Jetzt mal langsam, Cousinchen.« Der zweite Mann, der sehr muskulös wirkte, packte die Liste fester und näherte sich ihr drohend.

Mit einem leichten Lächeln setzte der dünne Mann seine Tasse ab und legte die Fingerspitzen gegeneinander. »Du bist einfach weggeritten, meine Liebe, und hast das alles hier im Stich gelassen. Aufgegeben, könnte man auch sagen. Wir haben diesen Handelsposten gerettet, ohne uns wäre er abgebrannt, und das heißt doch wohl von Rechts wegen...«

Rhi war rot angelaufen. »*Raus hier, alle beide!*«

Vielleicht war das ein guter Moment, um sich bemerkbar zu machen. Terwyn klopfte leicht gegen das Holz der Eingangstür, und als er sah, dass die beiden Männer ihn bemerkt hatten, formte er mit den Händen höflich das Zeichen der Orchidee. Ärgerlich über die Störung wandten ihm die beiden kurz den Kopf zu, doch Terwyn merkte, dass sie ihn nicht erkannt hatten. Vermutlich, weil er so fern des Orchideenpalasts weilte und keinen weißen Umhang trug. Als hätte das irgendwas damit zu tun, ob man ein Magier war oder nicht.

»Kann ich behilflich sein?«, fragte er an Rhi gewandt. »Wer sind die beiden Herren, denen es hier so gut gefällt?«

»Meine Cousins – sie können sich selbst vorstellen!«, fauchte Rhi mit hochgezogener Oberlippe, sie sah gefährlich aus in diesem Moment.

Flüchtig erwiderte der große, dünne Mann das Zeichen der Orchidee. »Gadilan del Alric«, sagte er, und der zweite Mann murmelte: »Ivailo del Alric«, ohne ihn überhaupt anzusehen. Er betrachtete Rhi aus schmalen Augen wie ein Raubtier, das sich bereit machte zum Angriff. *Vergiss es, Hyäne*, dachte Terwyn.

»Terwyn del Cresta«, stellte er sich vor, dann beobachtete er amüsiert ihre Reaktionen.

Ivailos Kopf fuhr herum, die Liste fiel ihm aus den Fingern und klapperte zu Boden. Seine Augen glotzten ihn so starr an wie die eines Fisches. Der Dünne am Schreibtisch war weiß geworden wie eine frisch gekalkte Wand. Kein Zweifel, beiden war klar geworden, dass gerade der berüchtigte Schwarzmagier vor ihnen stand, er möglicherweise nicht auf ihrer Seite war und sie ihn zudem reichlich unhöflich begrüßt hatten.

Gadilan versuchte unmerklich zurückzuweichen, hatte aber, weil ihm der Schreibtisch und ein Regal im Weg waren, wenig Erfolg damit. Sein Blick wanderte höchst beunruhigt zwischen Rhi und Terwyn hin und her, und Terwyn musste nicht in seinen Kopf hineinblicken, um die brandrot leuchtende Frage darin zu erraten: *Was bei Cruzark haben die beiden miteinander zu schaffen? Es kann ja wohl nicht sein, dass del Cresta und sie ...!*

»Meine neue Gefährtin freut sich sehr, dass sie ihren Handelsposten wiederhat«, sagte Terwyn milde und lächelte Rhi an. »Nicht wahr, Rhi?«

Neue Gefährtin – das bestätigte offensichtlich die schlimmsten Befürchtungen der Cousins, doch keiner von ihnen wagte, auch nur einen Laut von sich zu geben. Zur Sicherheit wandte sich Terwyn ihnen noch einmal zu und ließ seinen Blick düster werden, was seine Gegenüber offensichtlich in Todesangst versetzte. Wahrscheinlich rechneten sie damit, jeden Moment in eine niedere Lebensform mit sechs oder mehr Beinen verwandelt oder von einem Blitz niedergestreckt zu werden.

»Ja, absolut.« Rhi lächelte gut gelaunt zurück. »Wisst ihr noch, wohin ihr gehen sollt, liebe Cousins?«

Auf einmal hatten es die beiden sehr, sehr eilig – etwas Unverständliches murmelnd, zogen sie ab. Zur Sicherheit folgte Terwyn ihnen nach draußen, was ihren Abgang noch einmal deutlich beschleunigte. Eine Staubwolke war das Letzte, was er und Padric, der die Vorgänge neugierig beobachtete, von ihnen und ihren Reittieren erkennen konnten.

An der Tür des Handelspostens entdeckte Terwyn ein altes Schloss mit einer Sicherung des Dritten Stroms und verpasste ihm einen Zauber des Sechsten, damit so etwas wie eben nicht noch einmal vorkam. Es war auch ein Test, und er bestand ihn. Wenn er ausgeruht war, nur wenige Atemzüge lang eintauchte und einen einfachen Quadranten wählte, dann konnte er selbst in der Nähe eines magischen Fokus starke Magie wirken. Gut zu wissen.

Jemand trat neben ihn. Rhi. Leicht strich sie ihm über den Arm.

»Das mit meinen Cousins hat dir auf eine skrupellose, grausame Weise Spaß gemacht«, sagte sie ihm auf den Kopf zu.

»Ja, klar«, gestand er bereitwillig.

Ein Grinsen erhellte ihr Gesicht. »Mir auch. Kommt rein, ihr beiden, ich zeige euch alles. Es fühlt sich so herrlich an, wieder zu Hause zu sein!«

Zu Hause.

Falls es einen solchen Ort für ihn geben konnte, dann war er vielleicht hier. Hier ... oder wo auch immer sie gerade war.

Terwyn atmete noch einmal tief, dann nahm er Padric an der Hand, drehte sich um und folgte Rhi in den Handelsposten.

ANHANG

DIE SIEBEN STRÖME

DER ERSTE STROM
KALIOS

Schwach und ziemlich gleichmäßig, aber dadurch auch recht ungefährlich. Auf dieser Ebene arbeiten schon Kinder, doch es ist nicht möglich, viel Magie mit ihm zu wirken. Als Bild wäre er ein schmaler Bach. Mithilfe des Ersten Stroms kann man kleinere Gegenstände bewegen und Elemente leicht beeinflussen, einfache Heilungen sind möglich. Mögliche Nebenwirkungen sind Kopfschmerzen.

DER ZWEITE STROM
JAROS

Ein stärkerer Strom mit ein paar Stromschnellen, die einen mitreißen und überfordern können, wenn man nicht aufpasst. Hier bringt es bereits etwas, sich zu einem Zirkel zusammenzuschließen, um anspruchsvollere Aufgaben zu erledigen, doch die zur Verfügung stehende Kraft bleibt trotzdem begrenzt. Mithilfe des Zweiten Stroms kann man größere Gegenstände bewegen, auch weitergehende Heilungen sind möglich. Ohne Ausbildung ist eine Blockade möglich, die zum Kreislaufstillstand führen kann.

DER DRITTE STROM
ZEYLUS

Ein nicht sehr breiter, aber rasch fließender Fluss voller Stromschnellen und Hindernisse, sehr schwer zu nutzen. Aber man muss ihn meistern, um sich den Vierten Strom erschließen zu können. Den Dritten Strom beherrschen nur die besseren Magier in den größeren Orten, man kann damit z.B. große Brände löschen. Ab diesem Strom ist es möglich, das eigene Herz oder die eigene Atmung anzuhalten und sich damit umzubringen (auch versehentlich). Hin und wieder kommt es bei den Nutzern zu magischen Blockaden.

DER VIERTE STROM
VIMUS

Ein etwas ruhigerer Fluss, der allerdings am Rand starke Wirbel hat. Nur wem es gelingt, sie zu überwinden, kann seine Kraft nutzen. Nur wenige Magier gelangen bis zum Vierten Strom. Doch er bietet gute Nutzungsmöglichkeiten für alle möglichen Anwendungen, zum Beispiel ein Schiff aus dem Fluss ins Trockendock zu heben. Auch schwierige Heilungen sind möglich. Schwache magische Blockaden sind bei diesem Strom recht häufig, stärkere möglich.

DER FÜNFTE STROM
XULOS

Ein breiter, starker Strom, sehr nützlich, jedoch mit einigen Hindernissen. Es ist schwer, darin gut nutzbare Quadranten zu finden. Durch den Fünften Strom sind Unsichtbarkeit und Gedankenlesen mit Nichtmagiern durchführbar. Aber auch schwere Blockaden sind möglich, bis hin zum Verlust des Verstandes oder zum Tod. Empfindliche Geister können ausbrennen.

DER SECHSTE STROM
GLYPHUS

Ein schnell fließender, breiter Strom mit zahlreichen sehr starken Strömungen. Er bietet hohe Kampfkraft, Schutz und Kommunikation über sehr weite Entfernungen, auch mit fremdartigen Wesen wie Drachen. Dafür besteht eine hohe Gefahr des Ausbrennens – der Strom rast durch einen hindurch und reißt einen mit sich.

DER SIEBTE STROM
UNÉCERAK

Zwischen dem Sechsten und dem Siebten Strom ist ein Sprung, der Siebte Strom ist zehnmal so stark wie der Sechste. Es ist ein starker, reißender Strom, der kaum noch zu beherrschen ist. Es ist sehr schwer, den Zugang zu ihm zu finden, und ihn zu nutzen ist immer nur für kurze Zeit möglich, da er schon bald in einen nicht endenden Wasserfall übergeht – wer zu lange bleibt und heruntergerissen wird, verliert den Verstand. Wer den Siebten Strom nutzt, gewinnt eine hohe Reichweite und Kraft. Es ist möglich, eine Burg in einer Nacht wiederaufzubauen, und manchmal gelingt es sogar, den Tod zu überwinden. Dafür besteht eine sehr hohe Gefahr des Ausbrennens. Übliche Nebenwirkungen sind starke Kopfschmerzen und völlige Erschöpfung bis hin zur Bewusstlosigkeit und Herzversagen.

DAS DUNKLE WORT
THANOSSÁDAR

Eröffnet magische Räume, in denen die Ströme manipuliert werden können.

FUNKTIONEN IM ZIRKEL

Kopf	Der Anführer – er geht als Erster in den Strom, gibt die Richtung vor und entscheidet, was gemacht wird. Diese Position erfordert Klugheit, taktisches Geschick und Erfahrung. Traditionell fällt diese Rolle dem erfahrensten Magier des Zirkels zu (oft ist er auch der Stärkste).	Terwyn (zeitweise auch Idassa und Ionel)
Hand	Führt Aufträge aus und kümmert sich mit Unterstützung der anderen um die Verwirklichung dessen, was der Kopf vorgegeben hat. Diese Position erfordert Energie, Zielstrebigkeit und Entschlossenheit.	Roán
Rückgrat	Stützt die Gruppe und verleiht ihr Stabilität. Das Rückgrat eines Zirkels sorgt dafür, dass niemand wegdriftet und alle eng zusammenbleiben, ebenso achtet es auf die Gesundheit der Mitglieder. Diese Position erfordert viel Konzentration und Willenskraft.	Idassa
Herz	Konzentriert sich darauf, Kraft aus dem Strom zu ziehen und die anderen damit zu versorgen, pumpt sozusagen neue Kraft durch den Zirkelkörper und ist Kraftquell für die anderen. Diese Position erfordert viel Energie und hat ein hohes Risiko des Ausbrennens, weil die Energie durch den entsprechenden Magier hindurchfließt, bevor sie sich verzweigt.	Vic
Haut	Sorgt dafür, dass keine magische Kraft ungewollt nach außen dringt und andere in Mitleidenschaft zieht. Schützt den Zirkel aber auch gegen Feinde von außen. Diese Position erfordert ein Talent für Abschirmung, Konzentration und Kreativität, um unerwartete Löcher in der Abwehr einfallsreich zu stopfen.	Jomar

SKAIDAR UND DIE UMLIEGENDEN LÄNDER

SKAIDAR

Ist bekannt als das »Orchideenland«, hat ein warmes bis heißes Klima mit Regen- und Trockenzeit. Zum Teil von Dschungel bedeckt, der jedoch in der Gegend von Siedlungen zum Teil gerodet und durch Felder und Weiden ersetzt wurde. Verfügt als einziges Land über zahlreiche ausgebildete Magier. Reich durch Handel, der zu einem bedeutenden Teil über die breiten und tiefen Flüsse abgewickelt wird. Bewohnt von Menschen, Drachen (vor allem Flussdrachen), Goldhyänen und anderen Geschöpfen.

Hauptstadt und Regierungssitz ist Ordaal, der Sommersitz des Regenten ist Taracondé.

OSTFELS

Kleines Land, früher Teil von Skaidar (im Osten), hat sich jedoch abgespalten und besteht seither auf seiner Unabhängigkeit. Es wird von einer Linie von Matriarchinnen straff-autoritär regiert. Ostfels war früher von dichtem Wald bedeckt, es wurde jedoch schon vor mehreren Jahrhunderten entwaldet von einer gierigen Fürstin, die eine große Flotte von Schiffen bauen ließ. Heute besteht die Landschaft hauptsächlich aus felsiger Savanne, auf der die berühmten Ostländer Strauße gezüchtet werden. Andere Lebensmittel müssen importiert werden, ohne die Hilfe aus Skaidar wäre das Land nicht lebensfähig.

AELIUS

Östliches Nachbarland von Skaidar, die Bewohner sind gute Seefahrer und von der Kriegskunst besessen. Sie praktizieren Menschenopfer und versuchen immer wieder, Skaidar zu erobern. Da die Aelier exzellente Pferdezüchter sind, erwerben die Skaidarer hin und wieder zu horrenden Preisen ein neues Zuchttier von ihnen. Zu den Exportartikeln gehören Metallgegenstände aller Art, da Aelius reich an Rohstoffen ist.

BORNLAND

Nachbarland im Norden. Introvertierte, als egoistisch geltende Kräuterkundler aus dem Norden, abhängig von den gewaltigen im Bornland lebenden Vogelschwärmen. Berühmt für ihre Mediziner, doch sie weigern sich, ihr Wissen zu teilen. Durch das kühle Klima besteht die Landschaft hauptsächlich aus Heide und Felsland, doch da die Vogelschwärme den Boden düngen, wächst dort eine Vielzahl von Kräutern.

CALISIEN

Ausgedehntes, zum Teil durch Berge und Wüsten geprägtes Reich im Westen, aus dem viele Drachenarten, u.a. die Zwergdrachen, und seltene Haustiere anderer Art kommen, auch die Violettschafe. Die dort wohnenden Menschen (im Norden haben sie oft braune Haut und rote Haare) gelten als freundliche, bescheidene und tolerante, aber sehr sparsame bis geizige Leute. Sie koexistieren mit mehreren nichtmenschlichen Rassen, darunter die fuchsgesichtigen *Xihil*, die nomadisch in Familienclans leben, die Brückenwächter und die Gressthar.

ISTRAGOR

Eine große Insel südlich von Skaidar, die für ihren Wein berühmt ist. Die Inselbewohner haben auffallend weiche Gesichtszüge und volle Lippen und meist sehr dichte, helle Haare. Frauen aus Istragor sind sehr beliebte Prostituierte, weil Sinnesfreude und Liebeskunst dort sehr geschätzt werden. Die verschiedenen Stämme, die dort leben, haben sich im Südlichen Völkerbund zusammengeschlossen.

SAYWADEE

Weit entferntes, noch kaum erforschtes Reich, aus dem exotische Waren kommen: Schmuck, Erfindungen, Glaswaren, Spiegel, Edelsteine und Edelmetalle. Die Bewohner von Saywadee sind gute Abnehmer von Salz, Gewürzen und edlen Stoffen aus Skaidar. Auf dem Weg zu diesem Land sind Rhis Mutter und Bruder verschollen. Bewohnt wird es von mehreren Rassen, darunter den Menschen und den weitgehend im Verborgenen lebenden geheimnisvollen, sagenumwobenen Arkadiou.

DANKSAGUNG

Mein erster und größter Dank geht an Natalja Schmidt, die sich sofort für *Das Dunkle Wort* begeistert und mir bei Droemer Knaur die Chance gegeben hat, dieses Projekt zu verwirklichen (was ich unbedingt wollte, seit ich zu meiner eigenen Überraschung diesen Kerl namens Terwyn del Cresta erfunden hatte). Du wärst ein hervorragender Kopf für einen hohen magischen Zirkel, Natalja! Aber der Posten als Programmleiterin ist ja auch nicht schlecht.

Es hat großen Spaß gemacht, beim Lektorat mit Michelle Gyo zusammenzuarbeiten – wann hat man schon mal das Vergnügen, bei der Überarbeitung nicht nur ackern zu müssen, sondern auch mal schmunzeln zu können über die Randkommentare? Deinen Adleraugen entgeht nichts, Michelle, und falls ich irgendwann mal in unserer Welt einen Zwergdrachen auftreiben kann, schenk ich ihn dir.

Ein großes Dankeschön auch an meine engagierten und sehr hilfreichen Testleser Robin Münker, Sebastian Lorenz, Ulla Scheler, Alexandra Kolb, Jasmin Hütt, Jessica Lawson und Larissa Heeke. Während ihres Praktikums haben mich Levi Elias Israel und Stefanie Link unterstützt. Danke, Stefanie, es hat richtig Spaß gemacht, mit dir über die Feinheiten der Flora und Fauna Skaidars herumzuspinnen und eine erstklassige Testleserin warst du auch!

Last, but not least wie immer ein Dankeschön an meine ebenso rührigen wie netten Agenten Gerd F. Rumler und Martina Kuscheck, auf die ich mich auch diesmal verlassen konnte.